Guerra dos Rosas

Pássaro da Tempestade

OBRAS DO AUTOR PUBLICADAS PELA EDITORA RECORD

Dunstan
O Falcão de Esparta
O livro perigoso para garotos (com Hal Iggulden)
Tollins – histórias explosivas para crianças

Série O Imperador

Os portões de Roma
A morte dos reis
Campo de espadas
Os deuses da guerra
Sangue dos deuses

Série O Conquistador

O lobo das planícies
Os senhores do arco
Os ossos das colinas
Império da prata
Conquistador

Série Guerra das Rosas

Pássaro da tempestade
Trindade
Herança de sangue
Ravenspur

CONN IGGULDEN

Guerra das Rosas

PÁSSARO DA TEMPESTADE

Tradução de
MARIA BEATRIZ DE MEDINA

4ª edição

EDITORA RECORD
RIO DE JANEIRO • SÃO PAULO
2023

CIP-BRASIL. CATALOGAÇÃO NA FONTE
SINDICATO NACIONAL DOS EDITORES DE LIVROS, RJ

I26p
4ª ed.

Iggulden, Conn, 1971-
  Pássaro da tempestade / Conn Iggulden; tradução de Maria Beatriz de Medina. – 4ª ed. – Rio de Janeiro: Record, 2023.
  il. (Guerra das rosas; 1)

  Tradução de: Stormbird (War of the Roses, vol. 1)
  ISBN 978-85-01-40460-2

  1. Ficção inglesa. I. Medina, Maria Beatriz de. II. Título. III. Série.

14-12684

CDD: 823
CDU: 821.111-3

Título original:
STORMBIRD (War of the Roses, vol. 1)

Copyright © Conn Iggulden, 2013
Mapa e Linhas de Sucessão Real da Inglaterra impressos no verso da capa copyright © Andrew Farmer

Texto revisado segundo Acordo Ortográfico da Língua Portuguesa de 1990.

Todos os direitos reservados. Proibida a reprodução, no todo ou em parte, através de quaisquer meios. Os direitos morais do autor foram assegurados.

Trecho de *Henrique VI*, de William Shakespeare, da p. 307 retirado de *Obra Completa – Volume III*, da Editora Nova Aguilar, 1988, p. 482.

Direitos exclusivos de publicação em língua portuguesa somente para o Brasil adquiridos pela
EDITORA RECORD LTDA.
Rua Argentina, 171 – Rio de Janeiro, RJ – 20921-380 – Tel.: (21) 2585-2000, que se reserva a propriedade literária desta tradução.

Impresso no Brasil

ISBN 978-85-01-40460-2

Seja um leitor preferencial Record.
Cadastre-se em www.record.com.br e receba informações sobre nossos lançamentos e nossas promoções.

Atendimento e venda direta ao leitor:
sac@record.com.br

Para Mark Griffith, um descendente de João de Gaunt

Agradecimentos

Os agradecimentos vão para Victoria Hobbs, Alex Clarke e Tim Waller, guias habilidosos para cada estágio de desenvolvimento do livro. Quaisquer erros que possam permanecer são de minha autoria. Obrigado também a Clive Room, que me acompanhou a castelos e catedrais, demonstrando um vasto conhecimento do período. Foi muito difícil fazê-lo parar.

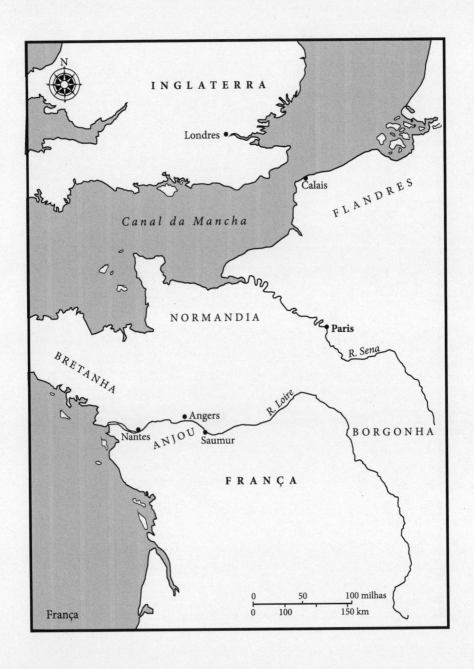

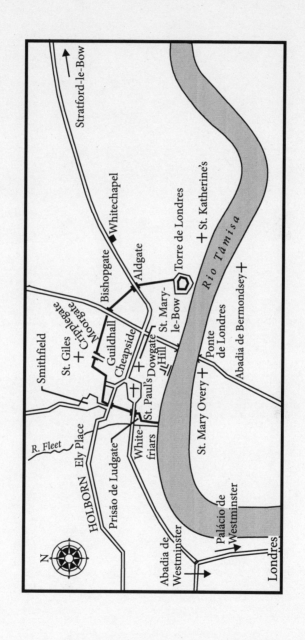

Linhas de sucessão ao trono da Inglaterra

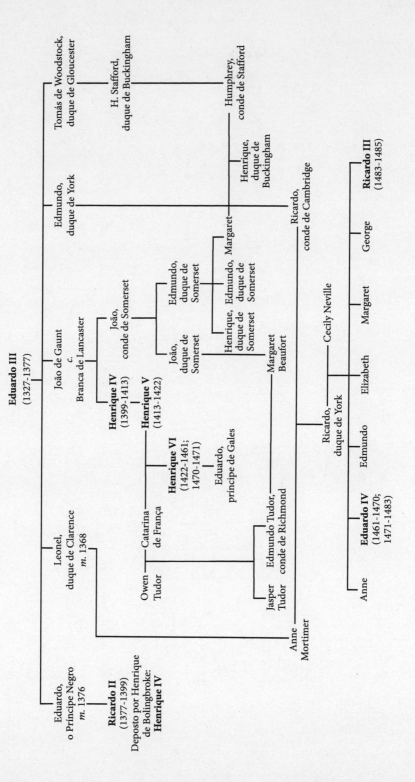

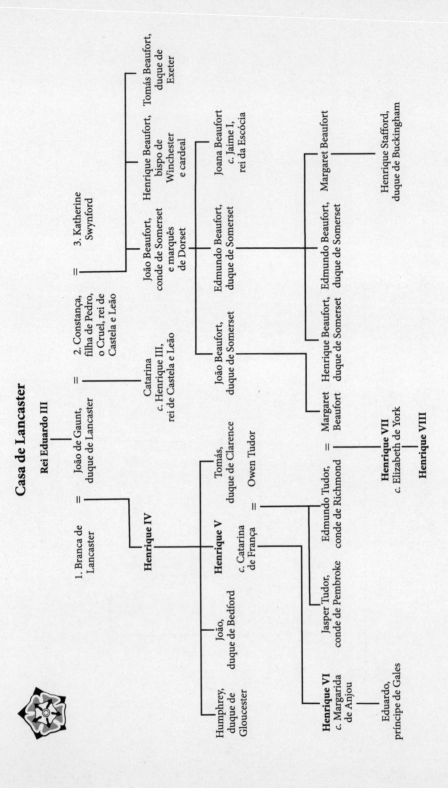

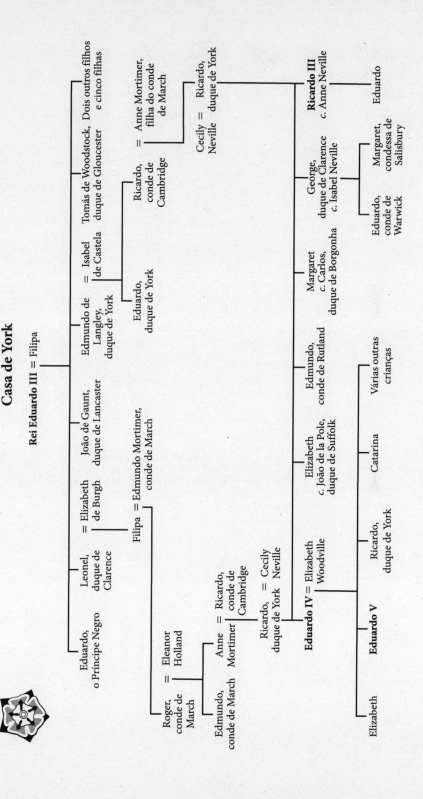

Casa de Neville

Ralph Neville = Joana Beaufort, filha de João de Gaunt

Ricardo, duque de York = Cecily Neville

Ricardo, conde de Salisbury = Alice, filha de Tomás Montacute, conde de Salisbury

Edmundo, conde de Rutland

Eduardo IV

George, duque de Clarence

Ricardo III

Ricardo, conde de Warwick e Salisbury, "O Influente" = Alice, irmã e herdeira de Henrique Beauchamp, conde e duque de Warwick

João, marquês de Montacute

George, arcebispo de York

George, duque de Clarence = Isabel

Anne = Eduardo, príncipe de Gales

= **Ricardo III**

George, duque de Bedford

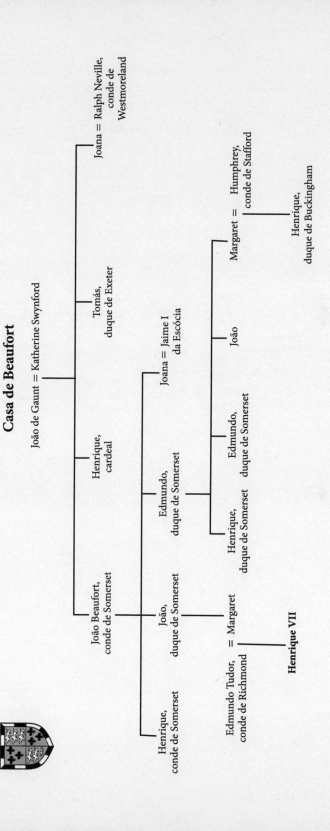

Lista de personagens

Albert	Criado da família De Roche, na França
Mestre Allworthy	Médico real de Henrique VI
Barão David Alton	Oficial na França, com William, duque de Suffolk
Margarida de Anjou/Rainha Margarida	Filha de Renato de Anjou, esposa de Henrique VI
Iolanda de Anjou	Irmã de Margarida de Anjou
João, Luís e Nicolau de Anjou	Irmãos de Margarida de Anjou
Maria de Anjou	Rainha da França, tia de Margarida de Anjou
Renato, duque de Anjou	Pai de Margarida de Anjou
Henrique Beaufort	Cardeal, filho de João de Gaunt, tio-avô de Margarida de Anjou
Edwin Bennett	Soldado do barão Strange, França
Bernard	Velho amigo de Thomas Woodchurch
Saul Bertleman (Bertle)	Mentor de Derihew Brewer
Derihew (Derry) Brewer	Espião-mor de Henrique VI
Capitão Brown	Comandante-chefe da Torre de Londres defendendo-a de Jack Cade
Filipe, duque de Borgonha	Ofereceu refúgio a William, duque de Suffolk
John Burroughs	Informante de Derry Brewer
Jack Cade	Rebelde de Kent
Carlos VII	Rei da França, tio de Henrique VI
Leonel, duque de Clarence	Filho de Eduardo III

Ben Cornish	Presente no enforcamento do filho de Jack Cade
John Sutton, barão Dudley	Presente no "julgamento" de William, duque de Suffolk
Dunbar	Ferreiro de Kent
Robert Ecclestone	Amigo de Jack Cade
Eduardo III	Rei da Inglaterra, tataravô de Henrique VI
Flora	Estalajadeira de Kent
Conde Frederick	Noivo/marido de Iolanda de Anjou
Tomás, duque de Gloucester	Filho de Eduardo III
Hallerton	Criado de Derry Brewer
Henrique VI	Rei da Inglaterra, filho de Henrique V
Sir Hew	Cavaleiro em Azincourt
Barão Highbury	Lorde vingativo, em Maine, França
Hobbs	Sargento d'armas, Windsor
Alexander Iden	Xerife de Kent
James	Torturador mais jovem da Torre das Joias
Jonas	Porta-estandarte durante a travessia de Cade até o outro lado da Ponte de Londres
Alwyn Judgment	Magistrado, Kent
Edmundo Grey, conde de Kent	Presente no "julgamento" de William, duque de Suffolk
João de Gaunt, duque de Lancaster	Filho de Eduardo III
Barão le Farges	Integrante do exército francês, Maine, França
Sieur André de Maintagnes	Cavaleiro no exército francês, Maine, França
Jean Marisse	Oficial da corte, Nantes
Paddy/Patrick Moran	Amigo de Jack Cade
Reuben Moselle	Prestamista em Anjou
Sir William Oldhall	Orador da Câmara dos Comuns

John de Vere, conde de Oxford	Presente no "julgamento" de William, duque de Suffolk
Jasper Tudor, conde de Pembroke	Meio-irmão de Henrique VI
Alice Perrers	Amante de Eduardo III
Ronald Pincher	Estalajadeiro de Kent
Capitão Recine	Soldado do Castelo de Saumur responsável pela prisão de Reuben Moselle
Edmundo Tudor, conde de Richmond	Meio-irmão de Henrique VI
Ricardo Woodville, barão de Rivers	Presente em Londres durante a investida de Cade
Barão Jean de Roche	Integrante do exército francês, Maine, França
Ricardo Neville, conde de Salisbury	Líder da Casa Neville, neto de João de Gaunt
James Fiennes, barão Say	Presente em Londres durante a investida de Cade
Thomas de Scales, barão Scales	Presente em Londres durante a investida de Cade
Simone	Criada francesa no Castelo de Saumur
Edmundo Beaufort, duque de Somerset	Amigo de William, duque de Suffolk, fiel a Henrique VI
Barão Strange	Vizinho de Thomas Woodchurch em Maine, França
William de la Pole, duque de Suffolk	Soldado e cortesão que arranjou o casamento de Henrique VI e Margarida
Alice de la Pole, duquesa de Suffolk	Esposa de William, duque de Suffolk, neta de Geoffrey Chaucer
James Tanter	Batedor escocês de Jack Cade
Ted	Torturador mais velho da Torre das Joias
Sir William Tresham	Porta-voz da Câmara dos Comuns

Ricardo Neville, conde de Warwick	Filho do conde de Salisbury, posteriormente conhecido como o Influente
Ralph Neville, conde de Westmoreland	Presente na caçada em Windsor
Joan Woodchurch	Esposa de Thomas, mãe de Rowan e duas filhas
Rowan Woodchurch	Filho de Thomas e Joan
Thomas Woodchurch	Fazendeiro, arqueiro, líder da rebelião em Maine
Edmundo de Langley, duque de York	Filho de Eduardo III
Ricardo Plantageneta, duque de York	Líder da Casa de York, bisneto de Eduardo III
Cecily Neville, duquesa de York	Esposa de Ricardo, duque de York, neta de João de Gaunt

Prólogo

Anno Domini 1377

Vasilhas de escuro sangue real jaziam debaixo da cama, esquecidas pelo médico. Alice Perrers descansava numa cadeira, ofegante pelo esforço de lutar para pôr o rei da Inglaterra em sua armadura. O ar do quarto estava azedo de suor e morte, e Eduardo parecia uma efígie de si mesmo, pálido, a barba branca.

Havia lágrimas nos olhos de Alice enquanto o observava. O golpe que derrubara Eduardo viera num vento quente de um dia claro de primavera, sorrateiro e implacável. Suavemente, ela se inclinou e limpou a saliva do canto da boca entreaberta do rei. Ele já fora tão forte, o maior dos homens, capaz de lutar da aurora ao crepúsculo. A armadura brilhava, mas estava marcada e riscada como a carne que cobria. Abaixo dela, músculos e ossos já não eram mais os mesmos.

Alice aguardou que ele abrisse os olhos, sem saber o quanto ainda era capaz de compreender. Sua consciência ia e vinha, momentos de vida desvanecida cada vez mais curtos e raros com o passar dos dias. Ao alvorecer, Eduardo havia acordado e sussurrado que vestissem a armadura nele. O médico dera um pulo da cadeira e pegara outro de seus frascos asquerosos para o rei tomar. Fraco como uma criança, Eduardo afastara a mistura fedorenta, começando a engasgar quando o homem continuou pressionando a vasilha contra sua boca. Alice sentiu sua determinação aumentar ao ver a cena. Sob os protestos furiosos do médico, ela o enxotara dos aposentos do rei, açoitando-o com seu avental e ignorando suas ameaças até fechar a porta.

Eduardo a observara erguer a cota de malha do suporte da armadura. Sorriu um momento, depois seus olhos azuis se fecharam e ele afundou de novo nos travesseiros. Na hora seguinte, Alice corou com o esforço, limpando a testa com as costas da mão ao brigar com o metal e as correias de couro, puxando e empurrando o velho sem nenhuma ajuda. Mas seu irmão era cavaleiro, e não era a primeira vez que ela vestia um homem para a guerra.

Quando Alice colocou as manoplas de metal sobre as mãos do rei e se sentou, Eduardo mal sabia o que estava acontecendo e gemia baixo enquanto sua consciência vagava. Os dedos se retorceram nos cobertores amarrotados até que ela arfou e ficou de pé, percebendo seu desejo. Alice estendeu a mão para a grande espada apoiada na parede do quarto e teve de usar os dois braços para posicioná-la onde a mão dele pudesse segurar o punho. Houvera um tempo em que Eduardo brandira aquela lâmina como se não pesasse nada. Alice enxugou lágrimas ardentes quando a mão dele se fechou num espasmo, a manopla rangendo no silêncio.

Agora parecia um rei outra vez. Estava pronto. Ela assentiu para si mesma, contente porque, quando a hora chegasse, ele seria visto como vivera de fato. Alice tirou um pente do bolso e começou a alisar sua barba e seus cabelos brancos, que tinham se embaraçado e emaranhado. Não demoraria. O rosto de Eduardo pendia de um lado como cera quente derretida, e a respiração saía em arfadas crepitantes.

Com 28 anos, ela era quase quarenta anos mais nova que o rei, mas, até adoecer, Eduardo fora forte e vigoroso como se pudesse viver para sempre. Reinara durante toda a sua vida, e ninguém que o conhecia se lembrava de seu pai nem do grande Martelo dos Escoceses que reinara antes. A família Plantageneta havia deixado sua marca na Inglaterra e dilacerado a França em batalhas que ninguém pensara serem capazes de vencer.

O pente ficou preso na barba. Os olhos azuis se abriram ao toque e, naquele corpo devastado, ele a observou. Alice tremeu sob o olhar feroz que, por tanto tempo, provocara nela um tipo peculiar de fraqueza.

— Estou aqui, Eduardo — disse ela, quase num sussurro. — Estou aqui. Você não está sozinho.

Parte do rosto do homem moribundo se repuxou numa careta, e ele ergueu o braço esquerdo para pegar a mão dela — ainda segurando o pente — e baixá-la. Cada respiração acontecia com aspereza, e a pele de Eduardo corou com o esforço de tentar falar. Alice se inclinou para mais perto a fim de ouvir as palavras amontoadas.

— Onde estão os meus filhos? — perguntou, erguendo a cabeça do travesseiro e depois deixando-a cair de novo. A mão direita tremeu no punho da espada, trazendo-lhe conforto.

— Eles estão vindo, Eduardo. Mandei mensageiros buscarem João na caçada. Edmundo e Tomás estão na ala mais distante. Todos estão vindo.

Enquanto falava, Alice pôde ouvir um ruído de passos e o troar de vozes masculinas. Conhecia bem os filhos dele e se preparou, sabendo que seus momentos de intimidade chegavam ao fim.

— Eles me mandarão embora, meu amor, mas não ficarei longe.

Ela se abaixou e beijou os lábios de Eduardo, sentindo o calor insólito do hálito amargo.

Quando voltou a se sentar, escutou o zurro da voz de Edmundo, que contava aos outros dois sobre alguma aposta que fizera. Ela gostaria que o irmão mais velho estivesse entre eles, mas o Príncipe Negro morrera havia apenas um ano e nunca herdaria o reino do pai. Alice acreditava que a perda do herdeiro do trono fora o primeiro golpe que desencadeara todo o resto. Pais não deveriam perder filhos, pensou. Era uma coisa cruel de se suportar, para homens ou reis.

A porta foi aberta com um estrondo que fez Alice se assustar. Os três homens que entraram se pareciam com o pai de jeitos diferentes. Com o sangue dos velhos Pernas Longas correndo nas veias, estavam entre os homens mais altos que já vira, ocupando todo o quarto e expulsando-a antes mesmo de falarem.

Edmundo de York era magro, os cabelos pretos, e lançou um olhar ameaçador ao ver a mulher sentada junto ao pai. Nunca aprovara as amantes dele e, quando Alice se levantou e ficou timidamente de pé, suas sobrancelhas se contraíram numa expressão azeda. A seu lado, João de Gaunt, com uma barba igual à do pai, embora ainda fosse abundante, negra e pontiaguda, ocultando a garganta. Os irmãos se agigantaram sobre o pai, observando-o de cima, e os olhos de Eduardo se fecharam lentamente mais uma vez.

Alice tremeu. O rei fora seu protetor enquanto ela acumulava uma fortuna. Enriquecera com a relação, mas sabia muito bem que, num capricho, qualquer dos homens no quarto poderia ordenar sua prisão e o confisco de suas posses e terras com apenas uma palavra. O título de duque ainda era tão recente que ninguém pusera sua autoridade à prova. Eles estavam acima de condes e barões, quase como reis por direito, e só encontravam pares e igualdade naquele quarto, naquele dia.

Dois chefes das cinco grandes casas estavam ausentes. Leonel, duque de Clarence, morrera oito anos antes e só deixara uma filha pequena. O filho do Príncipe Negro era um menino de 10 anos. Ricardo herdara do pai o ducado da Cornualha, assim como herdaria o próprio reino. Alice conhecia ambas as crianças e sua esperança era de que Ricardo sobrevivesse frente aos poderosos tios tempo suficiente para se tornar rei. Em seus pensamentos, porém, não apostaria um centavo nessa probabilidade.

O mais novo dos três irmãos era Tomás, duque de Gloucester. Talvez por ter idade mais próxima da dela, sempre a tratara com gentileza. Foi o único que demonstrou perceber sua presença ali, parada, trêmula.

— Sei que tem consolado meu pai, Lady Perrers — comentou Tomás. — Mas este é um momento em família.

Alice piscou entre as lágrimas, grata pela gentileza. Edmundo de York falou antes que ela respondesse.

— Ele está dizendo que você deveria sair, moça. — Não a fitou, o olhar preso à figura do pai deitado de armadura nos lençóis brancos. — Fora.

Alice saiu rapidamente ao ouvir isso, limpando os olhos. A porta ficou aberta, e ela olhou para trás, os três filhos em pé ao lado do rei moribundo. Fechou a porta devagar e soluçou ao se afastar através do Palácio de Sheen.

Sozinhos, os irmãos ficaram calados por muito tempo. O pai fora a âncora de suas vidas, a única constante num mundo turbulento. Reinara por cinquenta anos, tornando a Inglaterra forte e rica sob seu domínio. Nenhum dos três conseguia imaginar o futuro sem ele.

— Não deveria haver um padre? — perguntou Edmundo de repente.

— Não é bom ver o nosso pai em seus últimos momentos aos cuidados de uma meretriz. — Ele não viu o irmão João franzir o cenho com o volume de sua voz. Edmundo latia para o mundo a cada palavra, incapaz, ou pelo menos sem vontade, de falar baixo.

— Ele ainda pode ser chamado para a extrema-unção — respondeu João, baixando deliberadamente a voz. — Passamos por ele e o vimos em oração na alcova lá fora. O padre esperará mais um pouco, por nós.

Mais uma vez fez-se silêncio, porém Edmundo se remexeu e suspirou. Olhou de cima a figura imóvel, vendo seu peito subir e descer, a respiração audível com um profundo estalo no pulmão.

— Não vejo... — começou.

— Paz, irmão — interrompeu João com suavidade. — Só... *paz*. Ele pediu a armadura e a espada. Agora não vai demorar muito.

João fechou os olhos um instante, irritado, enquanto o irmão mais novo olhava em volta à procura de uma cadeira adequada e a arrastava para perto da cama de um jeito bastante ruidoso.

— Não há necessidade de ficar em pé, há? — questionou Edmundo, com empáfia. — Pelo menos posso ter um pouco de conforto. — Ele pousou as mãos nos joelhos, olhando o pai antes de virar a cabeça. Quando falou de novo, a voz perdera a estridência costumeira. — Mal consigo acreditar. Ele sempre foi tão forte.

João de Gaunt pousou a mão no ombro de Edmundo.

— Eu sei, meu irmão. Também o amo.

Tomás franziu a testa para os dois.

— Vocês querem que ele morra com essa conversa vazia zumbindo nos ouvidos? — perguntou com severidade. — Deem-lhe silêncio ou oração, ou ambos.

João segurou o ombro de Edmundo com mais força ao sentir que o irmão responderia. Para seu alívio, Edmundo se aquietou, ainda que de má vontade. João afastou a mão e Edmundo ergueu os olhos, irritado com o toque, mesmo após terminado. Lançou um olhar penetrante ao irmão mais velho.

— Já pensou, João, que agora só há um menino entre você e a coroa? Se não fosse o querido Ricardinho, você seria rei amanhã.

Os outros dois falaram ao mesmo tempo, com raiva, dizendo a Edmundo que calasse a boca. Ele deu de ombros.

— Deus sabe que as casas de York e de Gloucester não verão o trono lhes chegar, mas você, João? Você está a um fio de cabelo da realeza e de ser tocado por Deus. Se estivesse em seu lugar, eu pensaria nisso.

— Deveria ter sido Eduardo — retorquiu Tomás. — Ou Leonel, caso tivesse vivido. Ricardo, filho de Eduardo, é o único homem na linha de sucessão, e assim deve ser, Edmundo. Meu Deus, não sei como você tem a ousadia de dizer uma coisa dessas enquanto o nosso pai jaz no leito de morte. E também não sei como consegue chamar a verdadeira linha de sucessão ao trono de "fio de cabelo". Dobre a língua, meu irmão. Não aguento mais ouvi-lo. Há apenas uma linha de sucessão. Há apenas um rei.

O velho na cama abriu os olhos e virou a cabeça. Todos perceberam o movimento e a resposta azeda de Edmundo morreu em seus lábios. Como se fossem um, eles se aproximaram imediatamente enquanto o pai dava um sorriso fraco, a expressão contorcendo a metade boa do rosto num ricto que revelava dentes amarelo-escuros.

— Vieram me ver morrer? — perguntou o rei Eduardo.

Eles sorriram diante daquele vislumbre de vida e João sentiu os olhos se encherem de lágrimas indesejadas, fazendo sua visão tremular.

— Eu estava sonhando, rapazes. Estava sonhando com um campo verde, cavalgando por ele. — A voz do rei era fina e esganiçada, tão aguda e fraca que mal conseguiam escutar. Mas em seus olhos os irmãos viram o homem que conheceram. Ele ainda estava lá, vigiando-os. — Onde está Eduardo? — quis saber o rei. — Por que ele não está aqui?

João esfregou ferozmente as lágrimas.

— Ele se foi, pai. Ano passado. Seu filho Ricardo será rei.

— Ah... Sinto falta dele. Eu o vi lutar na França, sabiam?

— Eu sei, pai — respondeu João. — Eu sei.

— Os cavaleiros franceses atacaram o lugar onde ele estava, berrando e esmagando tudo. Eduardo aguentou sozinho, com apenas alguns homens. Os meus barões perguntaram se eu queria mandar cavaleiros para ajudá-lo, para ajudar o meu primogênito. Ele tinha 16 anos na época. Sabem o que eu lhes disse?

— O senhor disse não, pai — sussurrou João.

O velho riu um riso entrecortado, o rosto sombrio.

— Eu disse não. Disse que ele tinha de conquistar sua reputação. — Os olhos de Eduardo se viraram para o teto, perdidos na lembrança. — E ele conquistou! Limpou seu caminho em combate e voltou para o meu lado. Naquele instante eu soube que ele seria rei. Eu soube. Ele já vem?

— Ele não vem, pai. Eduardo se foi e o filho dele será rei.

— É, sinto muito. Eu soube. Eu o amava, aquele menino, aquele menino corajoso. Eu o amava.

O rei expirou, expirou e expirou, até que todo o ar se foi. Os irmãos aguardaram num silêncio implacável e João soluçou, cobrindo os olhos com o braço. O rei Eduardo III estava morto, e o silêncio e a imobilidade eram como um peso sobre todos eles.

— Mandem buscar o padre para a extrema-unção — pediu João. Ele se abaixou para fechar os olhos do pai, já sem a fagulha da vontade.

Um a um, os três irmãos se curvaram para beijar a testa do pai, para tocar sua carne pela última vez. Deixaram-no ali enquanto o padre entrava às pressas e saíram para o sol de junho e para o restante de suas vidas.

Parte I

Anno Domini 1443

Sessenta e seis anos após a morte
de Eduardo III

Ai de ti, ó terra, cujo rei é criança.

Eclesiastes 10, 16

1

A Inglaterra estava fria naquele mês. O gelo fazia os caminhos brilharem esbranquiçados na escuridão e se agarrava às árvores em cristais pendentes. Os guardas se curvavam e tremiam enquanto montavam guarda nas ameias. Nos cômodos mais altos, o vento suspirava e assoviava ao roçar nas pedras. O fogo na câmara parecia mais uma pintura pelo pouco calor que emanava.

— Eu me lembro do príncipe Hal, William! Eu me lembro do leão! Apenas mais dez anos e ele teria o restante da França a seus pés. Henrique de Monmouth era o meu rei, ninguém mais. Deus sabe que eu seguiria seu filho, mas esse menino não é como o pai. Você sabe disso. Em vez de um leão da Inglaterra, temos um cordeirinho para nos liderar em oração. Jesus Cristo, isso me dá vontade de chorar.

— Derry, por favor! Sua voz vai longe. E não darei ouvidos a blasfêmias. Não as permito entre os meus homens e espero algo melhor de você.

O homem mais jovem parou de andar e olhou para cima, uma luz intensa nos olhos. Deu dois passos rápidos e parou bem perto, os braços levemente dobrados, pendendo ao lado do dorso. Era meia cabeça mais baixo que lorde Suffolk, mas possuía uma compleição robusta e estava em boa forma. Raiva e força fervilhavam nele, sempre à flor da pele.

— Juro que nunca estive mais perto de nocauteá-lo, William — comentou. — São os meus homens que estão ouvindo. Acha que estou armando para você? É isso? Pois que ouçam. Sabem o que farei caso repitam uma única palavra.

Com o punho pesado, ele deu um soco de leve no ombro de Suffolk, desdenhando com uma risada o olhar severo do companheiro.

— Blasfêmia? — prosseguiu Derry. — Você foi soldado a vida inteira, William, mas fala como um padre pacífico. Eu ainda conseguiria derrubá-lo no chão. Essa é a diferença entre nós. Você lutará muito bem quando lhe ordenarem, mas eu luto porque gosto. É por isso que cabe a mim, William.

É por isso que serei eu a achar o lugar certo para a faca e nele enfiá-la. Não precisamos de *cavalheiros* piedosos, William, não para isso. Precisamos de um homem como eu, um homem que consiga ver a fraqueza e não tema arrancar os olhos dela.

Lorde Suffolk franziu o cenho e respirou fundo. Quando estava com a corda toda, o espião-mor do rei conseguia misturar insultos e elogios numa grande enchente de fel. Quando se sente ofendido, disse Suffolk a si mesmo, nenhum homem consegue realizar nada. Ele desconfiava de que Derihew Brewer conhecia muito bem seus limites.

— Podemos não precisar de um "cavalheiro", Derry, mas precisamos de um lorde para cuidar dos franceses. Você *me* escreveu, lembra? Atravessei o mar e deixei minhas responsabilidades em Orléans para lhe dar ouvidos. Portanto, eu apreciaria que me contasse seus planos, senão voltarei à costa.

— É assim, não é? Eu trago as respostas e tenho de dá-las ao meu bom amigo nobre para que ele leve toda a glória? Para que possam dizer "aquele William Pole, aquele conde de Suffolk, ele é inteligente *mesmo*", enquanto Derry Brewer é esquecido.

— William *de la* Pole, Derry, como sabe muito bem.

Derry respondeu entre os dentes, a voz quase um rosnado.

— Ah, é? Você acha que essa é a hora de ter um lindo nome francês, é? Achei que era mais esperto, achei mesmo. O caso, William, é que eu o farei de qualquer modo, porque me preocupo com o que acontece com aquele cordeirinho que reina sobre nós. E não quero ver meu reino dilacerado por tolos e canalhas presunçosos. Tenho uma ideia, embora você não vá gostar dela. Só preciso saber se entende o que está em jogo.

— Eu entendo — declarou Suffolk, os olhos cinza desdenhosos e frios.

Derry sorriu para ele sem vestígio de humor, revelando os dentes mais brancos que Suffolk se lembrava de ter visto num homem adulto.

— Não, não entende — retrucou ele com desprezo. — O reino inteiro espera que o jovem Henrique seja metade do homem que o pai fora para terminar a obra gloriosa que ocupou metade da França e fez o precioso príncipe delfim deles correr como uma jovem menina. O povo está *esperando*, William. O rei tem 22 anos e seu pai era um *autêntico* guerreiro com essa idade. Lembra? O velho Henrique arrancaria os pulmões deles e os usaria como luvas só para manter as mãos aquecidas. Mas não o cordeiro. Não seu rapaz. O cordeiro não sabe comandar, o cordeiro não sabe lutar. Ele não tem nem barba, William! Quando perceberem que ele *nunca* virá, estaremos todos arruinados, compreende? Quando os franceses pararem de tremer de terror por causa do rei Henrique, o leão da maldita Inglaterra, será o fim. Talvez daqui a um ou dois anos haja um exército francês reunindo-se como um enxame de vespas para passar um dia de lazer em Londres. Um pouco de estupro e matança e tiraremos o chapéu para fazer reverência sempre que ouvirmos uma voz francesa. Você quer isso para suas filhas, William? Para os seus filhos? É isso o que está em jogo, William *Inglês* Pole.

— Então me *diga* como podemos levá-los a um armistício — pediu Suffolk devagar, mas com firmeza na voz.

Com 46 anos, ele era um homem grande, com uma massa de cabelo cinza-férreo que brotava da cabeça larga e caía quase até os ombros. Aumentara sua massa corporal nos últimos anos e, perto de Derry, se sentia velho. O ombro direito doía quase todos os dias e o músculo de uma das pernas, gravemente ferida anos antes, nunca havia se curado direito. William coxeava no inverno e conseguia sentir os espasmos de dor subindo perna acima ali, em pé na sala fria. Sua paciência estava se esgotando.

— Eis o que o menino me falou — respondeu Derry. — "Traga-me um armistício, Derry", ele disse. "Traga-me paz." *Paz* quando poderíamos tomar tudo com uma boa temporada em combate. Isso embrulhou meu estômago... e seu pobre pai deve estar se revirando no túmulo. Passei mais tempo nos arquivos do que seria justo pedir a qualquer homem de sangue rubro. Mas achei, William Pole. Achei algo que os franceses não recusarão. Você o levará a eles, que se afligirão e se preocuparão, porém não serão capazes de resistir. Ele terá o armistício.

— E você dividirá comigo essa revelação? — perguntou Suffolk, controlando o mau humor com alguma dificuldade. Derry era irritante, mas não se deixaria apressar, e ainda havia a suspeita de que o espião-mor gostava de fazer condes esperarem por sua palavra. Suffolk resolveu não dar a Derry a satisfação de se mostrar impaciente. Atravessou a sala para se servir de um copo d'água da jarra e o esvaziou em goles rápidos.

— Nosso Henrique quer uma esposa — explicou Derry. — Eles preferirão ver o inferno congelar a lhe dar uma princesa da realeza, como fizeram com seu pai. Não, o rei francês guardará as filhas para os franceses; portanto, nem darei a ele o prazer de recusar. Mas há outra casa da realeza, William: Anjou. O duque de lá tem pretensões formais a Nápoles, Sicília e

Jerusalém. O velho Renato se diz rei e já faz dez anos que arruinou a família tentando reivindicar seus direitos. Ele pagou resgates maiores do que eu e você jamais veremos, William. E tem duas filhas, uma delas ainda não prometida e com 13 anos.

Suffolk balançou a cabeça enquanto enchia novamente o copo. Havia jurado se abster de vinho e cerveja, mas nesta ocasião realmente sentiu falta deles.

— Eu *conheço* o duque Renato de Anjou — avisou. — Ele detesta os ingleses. A mãe era muito amiga daquela garota, Joana d'Arc, e você se lembra muito bem, Derry, que a queimamos na fogueira.

— Mais do que correto — retrucou Derry. — Você estava lá, você a viu. Aquela cadelinha tinha um acordo com alguém, mesmo que não fosse com o diabo em pessoa. Não, você não está entendendo, William. Renato possui influência sobre o rei dele. Aquele pavão francês deve a Renato de Anjou a coroa, *tudo*. A mãe de Renato não lhe deu proteção quando ele arregaçou as saias e fugiu? Não mandou a pequena Joana d'Arc a Orléans para envergonhá-los ao atacar? Aquela família manteve a França, ou pelo menos o traseiro dela, em mãos francesas. Anjou é a chave dessa fechadura toda, William. O rei francês se casou com a irmã de Renato, pelo amor de Deus! Essa família é capaz de pressionar o reizinho deles... e tem uma filha solteira. Eles são o caminho de entrada, estou lhe *dizendo*. Examinei todos, William, todos os "lordes" franceses com três porcos e dois criados. Margarida de Anjou é uma princesa; o pai se rebaixou à mendicância ao tentar provar isso.

Suffolk suspirou. Era tarde e ele estava cansado.

— Derry, não adianta, mesmo que você tenha razão. Já me encontrei com o duque mais de uma vez. Lembro-me de ter reclamado comigo que os soldados ingleses riram de sua ordem de cavalaria. Ele ficou ofendidíssimo, me lembro bem.

— Então ele não deveria tê-la chamado de Ordem do Croissant, não é?

— Não é mais estranho do que a Ordem da Jarreteira, é? Seja como for, Derry, Renato não nos dará a filha, e certamente não em troca de um armistício. Poderia cobrar uma fortuna por ela, se a situação é tão ruim quanto você diz, mas uma trégua? Os franceses não são todos idiotas, Derry. Não fazemos uma campanha há uma década e a cada ano fica um pouco mais difícil manter as terras que temos. Eles possuem um embaixador aqui. Tenho certeza de que lhes conta tudo o que vê.

— Ele lhes conta o que eu o deixo ver; não se preocupe com *isso*. Tenho aquele garotinho perfumado sob controle. Mas não lhe contei o que vamos oferecer para fazer Renato suar e puxar a barra da veste do rei, implorando ao monarca que aceite nossos termos. Sem a renda das terras de seus ancestrais, ele é pobre como um arqueiro cego. E por quê? Porque *nós* as possuímos. Ele tem alguns velhos castelos esquecidos com vista para as melhores terras agrícolas da França, com bons soldados e ingleses se aproveitando delas. Maine e Anjou inteiros, William. Isso nos trará benefícios bem depressa. Isso nos conseguirá o armistício. Dez anos? Exigiremos vinte e uma maldita princesa. E Renato de Anjou tem influência sobre o rei. Os comedores de lesmas farão o possível e o impossível para dizer sim.

Suffolk esfregou os olhos, desapontado. Conseguia sentir o sabor do vinho na boca, embora não tocasse numa gota havia mais de um ano.

— Isso é loucura. Quer que eu ceda um quarto de nossas terras na França?

— Acha que gosto disso, William? — perguntou Derry, irritado. — Acha que não passei meses suando e procurando um caminho melhor? O rei disse: "Traga-me um armistício, Derry"; pois bem, aí está. Essa é a única coisa que dará certo e, acredite em mim, se houvesse outra maneira eu já teria encontrado. Se ele soubesse usar a espada do pai... Céus, se pelo menos ele conseguisse levantá-la, eu não teria essa conversa com você. Eu e você estaríamos lá outra vez, ao som das trombetas e com os franceses em fuga. Como ele não consegue fazer isso, e ele *não consegue*, William, você o conhece, esse é o único caminho da paz. Vamos lhe arranjar uma esposa também, para esconder o resto.

— Você já contou isso ao rei? — indagou Suffolk, mesmo sabendo a resposta.

— Se contasse, ele concordaria, não acha? — respondeu Derry com amargura. — "Você é quem sabe, Derry", "Se é assim que você pensa, Derry". Você sabe como ele fala. Eu conseguiria que concordasse com qualquer coisa. O problema é que qualquer um consegue. Ele é fraco assim, William. O máximo que podemos fazer é lhe arranjar uma esposa, dar tempo ao tempo e esperar um filho forte. — Derry viu a expressão de dúvida de Suffolk e fez um muxoxo. — Funcionou com Eduardo, não foi? O Martelo dos malditos Escoceses teve um filho fraco, mas e o neto? Gostaria de ter conhecido um rei como aquele. Não, eu *conheci* um rei como aquele. Conheci Henrique V. Conheci o leão da maldita Azincourt, e talvez seja o máximo que um homem possa esperar na vida. Mas, enquanto aguardamos um monarca adequado, precisamos de um armistício. O menino imberbe não está à altura de mais nada.

— Já viu algum retrato dessa princesa? — perguntou Suffolk, fitando a distância.

Derry riu com desdém.

— Margarida? Você gosta delas jovenzinhas, não é? E você é um homem casado, William Pole! Que importa a aparência dela? Margarida tem quase 14 anos e é virgem, isso é tudo o que importa. Poderia estar coberta de sinais e verrugas e o nosso pequeno Henrique diria "Se acha que devo, Derry", e essa é a pura verdade.

Derry ficou ao lado de Suffolk, reparando que o homem mais velho parecia mais encurvado agora do que quando entrara.

— Eles conhecem você na França, William. Conhecem seu pai e seu irmão e sabem que sua família paga o que deve. Eles darão ouvidos se você lhes levar essa ideia. Ainda teremos o norte e todo o litoral. Ainda teremos Calais e a Normandia, a Picardia, a Bretanha... tudo até Paris. Se pudéssemos manter tudo isso além de Maine e Anjou, eu desfraldaria os estandartes e marcharia com você. Mas não podemos.

— Preciso ouvir isso do rei antes de voltar — comentou Suffolk, a expressão soturna.

Derry desviou o olhar, pouco à vontade.

— Tudo bem, William. Entendo. Mas você sabe... Não, tudo bem. Você o encontrará na capela. Talvez consiga interromper suas orações, não sei. Ele concordará comigo, William. Ele sempre concorda, e como!

Por uma faixa de grama congelada que estalava sob os pés, os dois homens andaram no escuro até a capela do Castelo de Windsor, dedicada à Virgem Abençoada, a Eduardo, o Confessor, e a são Jorge. À luz das estrelas, com a respiração formando uma névoa a sua frente, Derry fez um sinal com a cabeça aos guardas da porta externa ao atravessarem para o interior iluminado por velas, quase tão frio quanto a noite lá fora.

A princípio, a capela parecia vazia, embora Suffolk sentisse a presença e depois vislumbrasse homens em pé entre as estátuas. De túnica escura, eram quase invisíveis até se moverem. Os passos na pedra ecoaram no silêncio quando os vigias caminharam até os dois homens, o rosto enrijecido pela responsabilidade. Por duas vezes Derry teve de esperar até ser reconhecido antes de seguir caminho pela nave em direção à figura solitária em oração.

O assento do monarca estava quase completamente envolto por madeira esculpida e dourada, iluminado por lâmpadas fracas que pendiam acima. Henrique quedava-se ali ajoelhado, as mãos postas à frente, contraídas e rígidas. Os olhos estavam fechados. Derry suspirou suavemente para si. Por algum tempo, ele e Suffolk só ficaram ali à espera, fitando o rosto erguido de um menino, iluminado em ouro em meio à escuridão. O rei parecia angelical, mas partia o coração dos dois ver como era jovem, como parecia frágil. Diziam que seu nascimento havia sido muito complicado para a mãe francesa. Ela tivera sorte em sobreviver, e o menino nascera arroxeado e sem ar. Nove meses depois, o pai, Henrique V, morrera, arrancado da vida por uma doença ordinária após sobreviver a uma vida inteira de guerras. Alguns diziam que fora uma bênção o rei não ter vivido para ver o filho crescido.

Na penumbra, Derry e Suffolk se entreolharam em silêncio, compartilhando a mesma sensação de perda. Derry se aproximou.

— Isso ainda pode durar horas — sussurrou no ouvido de Suffolk. — Você terá de interromper, senão ficaremos aqui até de manhã.

Em resposta, Suffolk soltou um pigarro, o som saindo mais alto do que pretendera no silêncio retumbante. Os olhos do jovem rei se abriram aos poucos, como se retornasse de muito longe. Devagar, Henrique virou a cabeça e percebeu os dois homens ali, parados. Piscou e depois sorriu para ambos, fazendo o sinal da cruz e murmurando uma última oração antes de se levantar sobre pernas rígidas, resultado de horas de imobilidade.

Suffolk observou o rei mexer na trava do assento e depois descer e se aproximar. Henrique deixou para trás a poça de luz, de modo que não podiam ver seu rosto quando estavam cara a cara com o jovem rei.

Os homens se ajoelharam, os joelhos de Suffolk protestando. Henrique deu uma risadinha sobre as cabeças abaixadas.

— Meu coração se alegra ao vê-lo, lorde Suffolk. Vamos, levante-se. O chão está frio demais para os velhos. Tenho certeza disso. Ouço minha camareira se queixar, embora ela não saiba que estou lá. É mais nova que o senhor, acho. Levantem-se os dois, antes que peguem um resfriado.

Quando se levantou, Derry abriu a portinhola da lâmpada que trazia, espalhando luz pela capela. O rei usava roupas simples, apenas lã preta comum e sapatos de couro grosseiro como qualquer súdito. Não usava ouro e, com a aparência de menino, poderia ser aprendiz de algum ofício que não exigisse muita força.

Suffolk vasculhou o rosto do rapaz atrás de algum vestígio do pai, mas os olhos eram inocentes e sua estrutura mais delgada, sem sinais da força imensa de sua linhagem. Por pouco não viu as ataduras nas mãos de Henrique. Seu olhar se fixou nelas, e o rei as ergueu para a luz, o rosto corado.

— Treino de esgrima, lorde Suffolk. O velho Marsden diz que ficarão mais resistentes, porém elas não param de sangrar. Pensei por algum tempo... — Ele parou no meio da frase, erguendo um dedo dobrado para tocar de leve na boca. — Não, o senhor não veio da França para ver minhas mãos. Veio?

— Não, Vossa Graça — respondeu Suffolk gentilmente. — Pode me conceder um momento? Estive conversando com mestre Brewer sobre o futuro.

— De Derry, nada de cerveja! — comentou Henrique. — Mestre Brewer, o único mestre-cervejeiro sem cerveja!*

A piada com aquele sobrenome era antiga, mas os dois homens mais velhos deram a risadinha usual. Henrique abriu um largo sorriso para eles.

— Na verdade, não posso sair deste lugar. Tenho permissão de fazer uma pausa de hora em hora, para tomar ou eliminar água, mas depois devo voltar a minhas orações. O cardeal Beaufort me contou o segredo e o fardo não é tão pesado assim.

— O segredo, Vossa Graça?

— De que os franceses não virão enquanto o rei permanecer em oração, lorde Suffolk! Com minhas mãos, mesmo enfaixadas assim, eu os mantenho afastados. Não é maravilhoso?

Suffolk respirou lentamente, praguejando em silêncio contra a tolice do tio-avô do rapaz. Não havia propósito em fazer Henrique desperdiçar as noites daquela maneira, embora Suffolk imaginasse que aquilo pudesse tornar tudo mais fácil para os que o cercavam. Em algum lugar ali perto, o cardeal Beaufort estaria dormindo. Suffolk resolveu acordá-lo e obrigá-lo a se juntar ao rapaz em oração. Afinal de contas, as orações de um rei só poderiam ser ratificadas com as de um cardeal.

Derry escutara atentamente, aguardando para falar.

— Mandarei os homens saírem, milorde Suffolk. Vossa Graça, com sua permissão. É uma questão particular, melhor não ser ouvida.

---

*Brewer, do inglês, mestre-cervejeiro. (N. do T.)

Henrique fez um gesto para que continuasse, enquanto Suffolk sorria pelo tom formal. Apesar de todo seu azedume e desdém, Derry era cauteloso na presença do rei. Não haveria blasfêmias naquela capela, não vindas dele.

O rei pareceu não notar a meia dúzia de homens que Derry fez sair da capela na noite gelada. Suffolk era suficientemente cético para desconfiar que um ou dois permaneciam nas alcovas mais escuras, porém Derry conhecia os próprios homens e a paciência de Henrique já se dissipava, seu olhar voltando para o lugar de oração.

Suffolk sentiu uma onda de afeição pelo jovem rei. Observara Henrique crescer com as esperanças de haver um reino inteiro nos ombros. Vira aquelas esperanças titubearem e depois se esfarelarem em desapontamento. Só podia imaginar como fora difícil para o próprio menino. Henrique não era burro, apesar de todas as suas esquisitices. Já teria ouvido todos os comentários maldosos direcionados a ele com o passar dos anos.

— Vossa Graça, mestre Brewer nos ofereceu um plano para negociar ao mesmo tempo uma esposa e um armistício em troca de duas grandes províncias da França. Ele acredita que os franceses concordarão com a trégua em troca de Maine e Anjou.

— Uma esposa? — questionou Henrique, piscando.

— Sim, Vossa Graça, visto que a família em questão tem uma filha adequada. Eu queria... — Suffolk hesitou. Não podia perguntar se o rei entendia o que estava dizendo. — Vossa Graça, há súditos ingleses morando tanto em Maine quanto em Anjou. Serão expulsos se cedermos esses territórios. Gostaria de lhe perguntar se não é um preço alto demais a pagar por um armistício.

— Precisamos de um armistício, lorde Suffolk. Precisamos. É o que meu tio, o cardeal, diz. Mestre Brewer concorda com ele, embora não tenha cerveja! Mas me fale dessa esposa. Há algum retrato?

Suffolk fechou os olhos um instante e depois os abriu.

— Mandarei pintar, Vossa Graça. Mas voltemos ao armistício. Maine e Anjou são a quarta parte meridional de nossas terras na França. Juntas, são do tamanho do *País de Gales*, Vossa Graça. Se cedermos toda essa terra...

— Como se chama essa menina? Não posso chamá-la de "menina" nem mesmo de "esposa", posso, lorde Suffolk?

— Não, Vossa Graça. Ela se chama Margarida. Margarida de Anjou, na verdade.

— O senhor irá à França, lorde Suffolk, e a verá por mim. Quando retornar, quero saber de todos os detalhes.

Suffolk escondeu o desapontamento.

— Vossa Graça, entendi corretamente que o senhor se dispõe a perder terras na França em troca da paz?

Para sua surpresa, o rei se aproximou para responder, os olhos azul-claros cintilando.

— É como o senhor diz, lorde Suffolk. Precisamos de um armistício. Dependo do senhor para realizar meus desejos. Traga-me um retrato dela.

Derry retornara enquanto a conversa se desenrolava, o rosto cuidadosamente neutro.

— Tenho certeza de que Sua Alteza Real gostaria de voltar agora a suas orações, lorde Suffolk.

— Gostaria, sim — respondeu Henrique, erguendo a mão enfaixada para se despedir. Suffolk pôde ver uma mancha vermelho-escura no centro da palma.

Eles fizeram uma reverência diante do jovem rei da Inglaterra, que voltou a seu lugar e se ajoelhou, os olhos fechando-se devagar, os dedos entrelaçando-se como uma tranca.

2

Margarida arfou quando uma silhueta apressada esbarrou nela e ambas caíram no chão. Ela teve uma sensação confusa de perceber o cabelo castanho bem-preso e um cheiro saudável de suor, então caiu com um gemido. Uma panela de cobre foi parar nas pedras do pátio com tanto barulho que fez doer seus ouvidos. Com a queda de Margarida, a moça havia se debatido para pegar a panela, mas, com isso, só conseguiu fazê-la sair rolando.

A criada ergueu os olhos, zangada, a boca se abrindo numa imprecação. Ao ver o belo vestido vermelho e as mangas brancas e enfunadas de Margarida, o sangue se esvaiu de seu rosto, furtando a vermelhidão comum às cozinhas. Por um instante, os olhos dela relampejaram pelo caminho, avaliando se poderia fugir. Com tantos rostos estranhos no castelo, pelo menos havia a probabilidade de que a menina não voltaria a reconhecê-la.

Com um suspiro, a criada limpou as mãos no avental. A cozinheira-chefe a havia alertado a respeito dos irmãos e do pai, mas dissera que a menina mais nova era um doce. Ela estendeu a mão para ajudar Margarida a se levantar.

— Sinto muito, querida. Eu não deveria estar correndo, mas hoje tudo está às pressas. Machucou?

— Não, acho que não — respondeu Margarida, em dúvida.

Um dos flancos doía e ela achava que havia ralado o cotovelo, mas a mulher já estava agitada, querendo sair dali. De pé, Margarida sorriu para ela, vendo o brilho de suor no rosto da mulher.

— Eu me chamo Margarida — apresentou-se, recordando as aulas. — Posso saber seu nome?

— Simone, minha senhora. Mas tenho de voltar à cozinha. Ainda há mil coisas a fazer para a vinda do rei.

Margarida viu o cabo da panela saindo da sebe aparada, perto de seu pé, e o pegou. Para seu contentamento, a mulher fez uma reverência ao receber o utensílio. Elas trocaram sorrisos antes que a criada sumisse com uma velocidade apenas uma fração menor que a inicial. Margarida ficou sozinha fitando-a. Fazia anos que o Castelo de Saumur não ficava tão movimentado. Ela ouviu a voz grave do pai se erguer em algum lugar próximo. Se a visse, ele a colocaria para trabalhar, disso tinha certeza, e assim foi para o lado oposto.

O retorno súbito do pai a Saumur deixara Margarida em lágrimas amargas e furiosas mais de uma vez. Ela se ressentia dele como se ressentiria de um estranho que chegasse com tamanha arrogância, assumindo todos os seus direitos de senhor e dono do castelo. Durante a década de ausência, a mãe havia lhe falado muito da grande bravura e honra do pai, no entanto, Margarida via os espaços vazios de reboco amarelado conforme quadros e estátuas eram levados e vendidos sem alarde. A coleção de joias fora a última a ser desfeita, e ela observara a dor da mãe quando homens de Paris chegaram para avaliar as melhores peças, apreciando-as através de seus pequenos tubos e contando moedas. Cada ano trouxera menos luxo e conforto, até que Saumur fora despido de tudo o que era bonito, revelado em pedras frias. Nisso Margarida já passara a odiar o pai, sem sequer conhecê-lo. Até os criados foram demitidos um a um, com setores inteiros do castelo fechados e deixados para azular de mofo.

Ela ergueu os olhos quando pensou nisso, calculando se conseguiria chegar à ala leste sem que a vissem e a pusessem para trabalhar. Havia camundongos correndo livremente numa das salas da torre, fazendo seus pequenos ninhos sob cadeiras e sofás velhos. Margarida estava com o bolso cheio de migalhas para atraí-los e poderia passar a tarde lá. Aquele se tornara seu refúgio, um esconderijo que ninguém conhecia, nem mesmo a irmã Iolanda.

Quando Margarida viu os homens de Paris contarem os livros na linda biblioteca do pai, ela passou a se esgueirar até lá à noite e tirar o máximo de exemplares que conseguia carregar, escondendo-os na sala da torre antes que sumissem. Não sentia culpa por isso, nem quando o pai retornou e suas ordens retumbantes ecoaram pelo lar da menina. Margarida não entendia direito o que era um resgate nem por que tinham de pagar para tê-lo de volta, mas adorava os livros que salvara, mesmo aqueles que os camundongos acharam e roeram.

Saumur era um labirinto de escadas e passagens, legado de quatro séculos de construção e expansão, de modo que alguns corredores se interrompiam sem nenhuma razão visível, enquanto só se alcançava alguns cômodos passando por meia dúzia de outros. Mas aquele era seu mundo desde quando se lembrava. Margarida conhecia todos os caminhos e, depois de esfregar a mão no cotovelo para limpá-lo, andou depressa, atravessou um corredor e, em seguida, com passos ruidosos, uma sala grande e vazia revestida de carvalho. Se a mãe a visse correndo, ouvira palavras ríspidas. Margarida também se viu com medo dos passos da governanta, até lembrar que o terror de sua infância fora demitida junto dos outros.

Dois lances de escada de madeira a levaram a um patamar que dava diretamente para a torre leste. Lá, as tábuas antigas do assoalho estavam empenadas e retorcidas, erguendo-se das colunas abaixo. Margarida perdera tardes inteiras pisando nelas em padrões complicados para fazê-las falar com sua voz guinchada. Ela chamava aquele cômodo de Sala do Corvo pelo som que as tábuas emitiam.

Ofegando levemente, ela parou sob o beiral para olhar o outro lado do salão superior, como sempre fazia. Havia algo especial em ser capaz de se debruçar acima do vasto espaço, na altura dos candelabros com suas gordas velas amarelas. Perguntou-se quem as acenderia para a visita do rei agora que os cerieiros não eram mais chamados, porém supôs que o pai teria pensado nisso. Em algum lugar ele achara ouro para contratar todos os novos criados. O castelo estava cheio deles da mesma forma que a torre estava repleta de camundongos, correndo de um lado para outro em missões que ela não sabia quais eram, todos um bando de desconhecidos.

A jovem avançou pela biblioteca, que a deixou arrepiada agora que estava vazia e fria. Iolanda disse que alguns casarões possuíam bibliotecas no andar térreo, mas, mesmo quando eram ricos, o pai dera pouca importância aos livros. As prateleiras revelaram uma grossa camada de pó quando ela passou e desenhou preguiçosamente com o dedo um rosto antes de continuar correndo. Pela janela do cômodo, olhou o pátio lá embaixo e franziu o cenho ao ver os irmãos treinando esgrima. João massacrava o pequeno Luís e ria ao mesmo tempo. Nicolau estava ao lado, a ponta da espada se arrastando na terra enquanto ele gritava para atiçar os dois irmãos. Com uma olhada em volta para se assegurar de que não havia ninguém observando, Margarida apontou o dedo para o irmão mais velho e praguejou, pedindo a Deus que desse a João urticária nas partes íntimas. Isso não pareceu afetar seus golpes alegres, embora ele merecesse pelo beliscão que lhe dera naquela manhã.

Para seu horror, de repente João ergueu os olhos, o olhar fixo encontrando o dela. Ele deu um grande berro que Margarida conseguiu ouvir mesmo através dos losangos de vidro. Ficou paralisada. Os irmãos gostavam de persegui-la, imitando trombetas de caça com as mãos e a boca sempre que corriam atrás dela pelos cômodos e corredores do castelo. Estariam de fato ocupados demais com a vinda do rei? O coração dela se apertou quando viu João sair correndo e apontar em sua direção, e depois os três correram e sumiram de vista lá embaixo. Margarida desistiu da ideia de ir para a sala secreta. Eles ainda não a tinham descoberto, mas, caso chegassem à biblioteca, os irmãos a caçariam por toda aquela parte do castelo. Seria melhor levá-los para bem longe.

Ela correu, levantando bem a saia e amaldiçoando todos com manchas e urticária. Na última vez, tinham-na obrigado a entrar num dos grandes caldeirões da cozinha e ameaçado acender o fogo.

— *Maman!* — berrou Margarida. — *Mamaaan!*

A toda velocidade, ela mal parecia tocar os degraus, usando os braços para guiá-la enquanto se precipitava andar abaixo e cortava caminho por um corredor até os aposentos da mãe. Espantada, uma criada pulou para trás com um balde e um esfregão quando Margarida passou em disparada. Conseguia ouvir os irmãos chamando em algum lugar do andar inferior, mas não parou e, num pulo, desceu três degraus que apareceram no chão à sua frente, depois subiu outros três, alguma faceta antiga da construção do castelo sem nenhum propósito visível. Ofegante, entrou como uma flecha no quarto de vestir da mãe, olhando loucamente para todos os lados em busca de refúgio. Viu um guarda-roupa imenso e pesado e, num piscar de olhos, abriu a porta e se enfiou lá dentro, consolada com o odor do perfume da mãe e com as peles espessas.

Veio o silêncio, embora ainda conseguisse ouvir João chamando seu nome a distância. Margarida lutou para não tossir com a poeira que havia se levantado. Ouviu passos soarem no quarto e se manteve imóvel como uma estátua. Não se espantaria se João mandasse Nicolau ou o pequeno Luís em outra direção, enquanto dava a volta para enganá-la com uma falsa sensação de segurança. Margarida prendeu a respiração e fechou os olhos. Pelo menos o guarda-roupa estava quente e, sem dúvida, eles não ousariam procurá-la nos aposentos da mãe.

Os passos se aproximaram e, sem aviso, a porta do móvel se abriu com um guincho. Margarida piscou para o pai com a claridade.

— O que está *fazendo* aqui, menina? — indagou ele. — Não sabe que o rei está vindo? Se tem tempo para brincadeiras, por Deus, você tem tempo *demais.*

— Sim, senhor, sinto muito. João estava me perseguindo e...

— Suas mãos estão imundas! Veja só as marcas que deixou! *Olhe* isso, Margarida! Correndo por aí como uma menina de rua com o rei a caminho!

Margarida baixou a cabeça, saiu do guarda-roupa e fechou a porta com cuidado. Era verdade que as palmas de suas mãos estavam pretas de sujeira, adquirida durante a corrida desenfreada pelas salas do andar de cima. O ressentimento cresceu dentro dela. O duque Renato podia ser seu pai, mas ela não possuía lembranças dele, nenhuma mesmo. Ele era apenas uma grande lesma branquela em formato de homem que entrara em sua casa e dava ordens como se sua mãe fosse uma criada. O rosto tinha uma palidez incomum, talvez pelos anos passados na prisão. Os olhos eram frios e cinzentos, meio escondidos pelas pesadas pálpebras inferiores e sem rugas, de modo que ele sempre parecia espiar por cima delas. Claramente não passara fome na prisão, pensou Margarida. Isso era bem óbvio. Ele havia se queixado à esposa do pagamento ao alfaiate para alargar as roupas, deixando-a em lágrimas.

— Se eu tivesse um instante a desperdiçar, mandaria açoitá-la, Margarida! Todos esses vestidos terão de ser limpos.

Ele berrou e gesticulou irritado por algum tempo; a filha baixava a cabeça, tentando parecer adequadamente envergonhada. Antigamente havia criadas e criados para esfregar cada pedra e polir todo o belo carvalho francês. Se agora a poeira era espessa, de quem era a culpa, se não do homem que arruinara Saumur com sua vaidade? Margarida o ouvira resmungar sobre o estado do castelo, mas, sem um exército de criados, Saumur simplesmente era grande demais para ser mantido limpo.

Margarida se lembrou de concordar com a cabeça enquanto o pai se enfurecia. Ele se intitulava rei de Jerusalém, Nápoles e Sicília, lugares que ela nunca vira. Supunha que isso fazia dela uma princesa, mas não podia ter certeza. Afinal de contas, ele não conseguira recuperar nenhum dos reinos, e pretensões formais não possuíam valor nenhum se ele só podia espumar e se pavonear e escrever cartas furiosas. Ela o detestava. Corou ao recordar uma conversa que tivera com a mãe. Margarida exigira saber por que ele não podia apenas ir embora de novo. Em resposta, a boca da mãe se franzira bem apertada, como uma bolsa de cordão, e ela falara com a filha com mais dureza do que nunca.

Margarida sentiu que a lesma chegava ao fim do discurso.

— Sim, senhor — respondeu humildemente.

— O quê? — indagou ele, a voz subindo. — O que quer *dizer* com "Sim, senhor"? Você escutou alguma coisa? — Manchas coradas floriram nas bochechas brancas quando o mau humor se inflamou. — Saia daqui! — explodiu ele. — Não quero ver seu rosto, a não ser que a chame, entendeu? Tenho coisa melhor a fazer hoje do que lhe ensinar os bons modos que obviamente lhe faltam. Correndo desenfreadamente! Quando o rei for embora, pensarei em algum castigo que você não esquecerá tão cedo. Vá! Saia!

Margarida fugiu, o rosto ruborizado, tremendo. Passou pelo irmão Luís no corredor e, para variar, ele pareceu solidário.

— João está procurando você no salão de banquetes — murmurou ele. — Se quiser evitá-lo, é melhor contornar pela cozinha.

Margarida deu de ombros. Luís se achava esperto, mas ela o conhecia bem demais. João estaria na cozinha, ou ali perto, isso era óbvio. Eles não conseguiriam colocá-la no caldeirão, não com tanta gente preparando o banquete do rei, mas, sem dúvida, o irmão teria pensado em algo igualmente desagradável. Com dignidade, Margarida caminhou em vez de correr, combatendo as lágrimas que mal entendia. Não lhe importava que a lesma se zangasse; por que se importaria? Ela decidiu encontrar a mãe, em algum ponto no meio da confusão e do barulho onde houvera silêncio alguns dias antes. De onde *vieram* todos os criados? Não havia dinheiro para eles nem mais nada para vender.

Ao pôr do sol, os irmãos desistiram da caçada para se vestir para o banquete. A população do Castelo de Saumur aumentara ainda mais, porque o rei Carlos enviara seu pessoal com antecedência. Além dos cozinheiros contratados em casas nobres e na aldeia local, agora havia chefes de cozinha verificando cada estágio dos preparativos e meia dúzia de homens de roupas pretas examinando cada cômodo em busca de espiões e assassinos. Dessa vez, pelo menos, o pai não disse nada quando seus guardas foram interrogados e deslocados pelos homens do rei. Todos os aldeões locais já sabiam que haveria uma visita real. Quando a escuridão caiu, com andorinhas sobrevoando e disparando pelo céu, os agricultores vieram de suas hortas e campos com a família. Ficaram à beira da estrada para Saumur, esticando o pescoço para avistar o primeiro vislumbre de realeza. Os homens tiraram o chapéu quando o rei passou, acenando, aplaudindo e dando vivas.

A chegada do rei Carlos não foi tão impressionante quanto Margarida achava que seria. Ela observara pela janela da torre um pequeno grupo de cavaleiros vir do sul pela estrada. Não havia mais que vinte deles, aglomerados em torno de uma figura esguia de cabelos escuros que usava uma capa azul-clara. O rei não parou para cumprimentar os camponeses, pelo que ela pôde ver. Margarida se perguntou se ele achava que o mundo era cheio de gente feliz dando vivas, como se fizessem parte da paisagem, como árvores ou rios.

Quando a comitiva real entrou pelo portão principal, Margarida se inclinou pela janela aberta para observar. O rei lhe parecera bastante normal ao apear no pátio e entregar as rédeas a um criado. Seus homens eram sérios, de semblante fechado, mais de um deles olhando em volta com expressão de desagrado. Margarida se irritou com eles imediatamente. Vira o pai sair e se curvar diante do rei antes de entrarem. A voz de Renato subiu até as janelas, alta e rouca. Ele se esforçava demais, pensou Margarida. É claro que um homem como o rei estaria cansado de lisonjas.

O banquete foi um sofrimento, com Margarida e Iolanda banidas para a ponta mais distante de uma mesa comprida, usando vestidos pesados que cheiravam a cedro e cânfora e preciosos demais para sujar. Os irmãos estavam sentados mais para o meio na mesa, virando a cabeça para o rei como viajantes diante da boa lareira de uma estalagem. Por ser o mais velho, João até tentou conversar, embora o esforço fosse tão afetado e formal que deixou Margarida com vontade de rir. O ambiente estava insuportavelmente abafado, e é claro que a irmã Iolanda a beliscou debaixo da mesa para fazê-la chorar e passar vergonha. Margarida a espetou com o garfo de um faqueiro de prata que nunca havia visto.

Sabia que não tinha permissão de falar; a mãe Isabel fora claríssima a esse respeito. Assim, ficou sentada em silêncio enquanto o vinho dominava a mesa e o rei oferecia a seu pai e João um sorriso ocasional entre os pratos.

Margarida achou o rei Carlos muito magro e com o nariz comprido demais para ser considerado bonito. Os olhos eram continhas pretas e as sobrancelhas, linhas finas, como se feitas com pinça. Ela esperava que fosse um homem com firmeza e carisma ou que, pelo menos, usasse algum tipo de coroa. Em vez disso, o rei remexia nervoso a comida que obviamente não lhe agradava e apenas levantava o canto dos lábios quando tentava sorrir.

O pai preenchia os silêncios com histórias e reminiscências da corte, mantendo uma torrente de conversa sem graça que fez Margarida sentir vergonha por ele. O único momento divertido foi quando as mãos gesticulantes do pai derrubaram uma taça de vinho, porém os criados agiram depressa e fizeram tudo sumir. Margarida conseguia ver o tédio do rei, ainda que o duque Renato não o percebesse. Ela beliscava cada prato, perguntando-se o custo daquilo tudo. O salão estava iluminado com velas caras e finas e até velas brancas, geralmente só usadas no Natal. Supunha que isso significaria meses de dificuldades futuras, quando o rei se fosse. Tentou aproveitar, mas a visão da cabeça comprida do pai balançando de rir só a deixava irritada. Margarida bebericou a sidra, na esperança de que percebessem sua desaprovação e talvez se envergonhassem. Era uma bela ideia: eles levantariam os olhos e veriam a menina carrancuda, depois olhariam os pratos cheios de comida que mal tocariam antes que os próximos chegassem. Ela sabia que o rei Carlos conhecera Joana d'Arc e sentia muita vontade de lhe fazer perguntas sobre ela.

Ao lado do rei, a tia Maria escutava Renato com uma expressão desaprovadora muito parecida com a da própria Margarida. Repetidas vezes, a jovem viu o olhar da tia perambular até a garganta da mãe, onde não havia nenhuma joia. Essa era uma coisa que Renato não conseguira pedir emprestada para o jantar. As joias da mãe tinham-se ido todas para financiar suas campanhas fracassadas. Como esposa do rei, Maria usava um esplêndido conjunto de rubis que pendia bem entre seus seios. Margarida tentou não olhar fixamente para eles, mas foram feitos para chamar atenção, não foram? Pensara que mulheres casadas não gostariam que os homens fitassem seus seios daquela maneira, mas aparentemente ela gostava. Maria e Renato tinham crescido em Saumur, e a jovem viu o olho avaliador da tia passar da garganta e das orelhas nuas de sua mãe para as enormes tapeçarias que pendiam nas paredes. Margarida se perguntou se ela reconheceria alguma. Como os criados, tinham sido emprestadas ou alugadas por alguns dias apenas. A menina quase conseguia ouvir os pensamentos da tia como cliques de um pequeno ábaco. A mãe sempre dizia que Maria tinha o coração de pedra, mas foi com ele que conquistara um rei e todo o luxo de sua vida.

Não pela primeira vez, Margarida se perguntou o que poderia ter levado o rei Carlos ao Castelo de Saumur. Sabia que não haveria conversas sérias durante o jantar, talvez nem mesmo depois que o rei descansasse ou caçasse no dia seguinte. Ela decidiu visitar o balcão acima do salão superior quando lhe dessem permissão para se deitar. O pai levava os hóspedes de honra até lá para apreciar a grande lareira e uma seleção de seus melhores vinhos. Com a ideia, ela se aproximou de Iolanda na mesma hora em que a irmã tentava dar um beliscão em seu braço desnudo por pura implicância.

— Vou torcer sua orelha e fazer você gritar se me der um beliscão, Iolanda — murmurou.

A irmã rapidamente puxou de volta a mão que se esgueirara sobre a mesa. Com 15 anos, Iolanda talvez fosse sua companheira mais próxima, embora ultimamente assumisse ares de mocinha e dissesse a Margarida, de um jeito pomposo, que não podia mais participar de brincadeiras de criança. Iolanda até lhe dera uma linda boneca pintada, estragando o presente com um comentário desdenhoso sobre coisas de bebê de que não precisava mais.

— Você vai comigo para a escada dos fundos depois do banquete para ficar ouvindo as conversas do balcão? Na Sala do Corvo.

Iolanda pensou bem, inclinando um pouco a cabeça enquanto sopesava a recente e empolgante sensação de ser adulta contra o desejo de ver o rei conversar com o pai em particular.

— Por um tempinho, talvez. Sei que você tem medo de escuro.

— Você é que tem, Iolanda, e sabe disso. Também não tenho medo de aranhas, nem das grandes. Então você vem?

Margarida conseguia sentir o olhar desaprovador da mãe direcionado para ela e se voltou para algumas frutas picadas sobre uma camada de gelo. Os pedaços finos estavam meio congelados e deliciosos e ela mal conseguia se lembrar de quando uma refeição terminara com algo tão bom.

— Vou — cochichou Iolanda.

Margarida estendeu a mão e a deixou descansar sobre a da irmã, sabendo muito bem que não devia se arriscar à ira da mãe com outra palavra. O pai contava alguma história tediosa sobre um de seus rendeiros e o rei deu uma risadinha, provocando uma onda de risos pela mesa. Sem dúvida, a refeição fora um sucesso, mas ela sabia que o rei não fora a Saumur pela comida e pelo vinho. De cabeça baixa, olhou o monarca da França.

O homem parecia bastante comum, mas João, Luís e Nicolau estavam fascinados por ele e ignoravam a comida ao mínimo comentário dos lábios reais. Margarida sorriu consigo mesma, sabendo que pela manhã zombaria deles por causa disso. Seria sua retribuição por a terem caçado como uma raposa.

3

A Sala do Corvo estava em silêncio quando Margarida a atravessou descalça. Ela havia passado parte do verão anterior esboçando o piso com carvão na parte de trás de um velho mapa, marcando com cruzes cada junção ou tábua barulhenta. A luz da lareira no salão superior vazava pelo balcão, e ela a atravessou como uma bailarina, dando passos exagerados num padrão que combinava com o que via na memória. As tábuas permaneceram sem ranger, como corvos calados, e Margarida chegou ao balcão em triunfo, virando-se para chamar Iolanda com um gesto.

Iluminada por sombras e ouro cintilante, a irmã demonstrou frustração, mas ela havia captado a mesma empolgação ilícita e se esgueirou pelas tábuas polidas, fazendo caretas com Margarida quando gemiam sob os pés. As duas meninas ficavam imóveis a cada som, mas o pai e o rei não prestavam atenção. O fogo bufava e estalava, e casas velhas sempre faziam barulho à noite. Renato de Anjou não ergueu os olhos quando Iolanda se instalou ao lado da irmã e espiou a cena pela balaustrada ereta de madeira.

O salão superior sobrevivera quase intacto ao desnudamento de Saumur. Talvez por ser o coração e o centro das reuniões da família, suas tapeçarias e a mobília de carvalho foram mantidas a salvo dos homens de Paris. A lareira era grande o suficiente para um homem adulto entrar nela sem baixar a cabeça. Um tronco do tamanho de um pequeno sofá ardia ininterruptamente ali dentro, aquecendo os atiçadores de ferro negro dispostos sobre ele até as pontas brilharem douradas. O rei Carlos estava sentado numa imensa cadeira estofada disposta junto às chamas, enquanto o pai, em pé, remexia em taças e garrafas. Margarida observou fascinada Renato mergulhar um dos atiçadores num cálice de vinho para o rei, soltando um chiado de vapor e adoçando o ar. Ela sentiu o cheiro de cravo e canela, e a boca se contraiu ao imaginar o sabor. Infelizmente, o calor não chegava até seu esconderijo. As pedras do castelo sugavam o calor, principalmente à noite. Margarida tremia ali sentada, as pernas inclinadas para o lado, pronta para se afastar da luz caso o pai erguesse o olhar.

Ambos os homens tinham trocado de roupa, ela percebeu. O pai usava um robe acolchoado sobre calças largas e sapatos de feltro. À luz tremulante, Margarida achou que isso o deixava parecido com um feiticeiro, gesticulando com fogo e vapor atrás das taças. O rei usava uma vestimenta pesada de algum tecido lustroso, atada na cintura. A ideia imaginosa de que assistia a algum rito antigo entre praticantes de magia lhe agradou. O tom de voz adulador do pai estilhaçou a ilusão.

— Vossa Majestade os levou a essa situação, não os outros. Se não tivesse tomado Orléans e fortalecido o exército até se transformar nessa potência, eles não implorariam um armistício agora. Esse é um sinal de nossa força e da fraqueza deles. Vieram a nós, Majestade, como suplicantes. É tudo para a glória de Vossa Majestade e para a glória da França.

— Talvez, Renato, talvez você tenha razão. Mas eles são espertos e astuciosos, quase como os judeus. Se estivesse morrendo de sede e um inglês me oferecesse um copo d'água, eu hesitaria e procuraria ver que vantagem ele teria nisso. Meu pai confiava mais neles, e pagaram sua boa vontade com mentiras.

— Vossa Majestade, concordo. Espero nunca confiar neles a ponto de apertar a mão de um lorde inglês sem conferir os bolsos depois! Mas temos o relatório do embaixador, que disse que o rei deles dificilmente lhe dirige a palavra e que foi levado à presença real e de lá tirado como se a sala estivesse em chamas. Esse Henrique não é o homem que o pai fora, senão teria renovado há anos sua injustificável destruição. Acredito que seja uma oferta feita por fraqueza; e nessa fraqueza podemos recuperar terras que perdemos. Por Anjou, Majestade, mas também pela França. Podemos nos dar ao luxo de ignorar tamanha oportunidade?

— É *exatamente* por isso que suspeito de uma armadilha — retrucou o rei Carlos com azedume, bebericando seu vinho quente e inalando o vapor. — Ah, posso muito bem acreditar que queiram uma princesa francesa para aprimorar sua linhagem poluída, para abençoá-la com um sangue melhor. Tive duas irmãs entregues a mãos inglesas, Renato. Meu pai foi... inconstante em seus últimos anos. Tenho certeza de que não entendeu direito o perigo de dar Isabel ao rei Ricardo ou minha amada Catarina ao açougueiro inglês. É tão surpreendente assim que agora reivindiquem meu trono, minha herança?

Tamanha impudência, Renato! Esse menino Henrique é um homem com duas metades: uma de anjo, a outra de demônio. E pensar que tenho um rei inglês como sobrinho! Os santos devem rir, ou chorar... Não sei.

O rei esvaziou a taça, o nariz comprido se enfiando nela. Fez uma careta quando chegou à borra e marcou sua manga com uma linha roxa ao limpar o lábio. Fez um gesto preguiçoso, perdido em pensamentos, enquanto o pai de Margarida voltava a encher a taça e tirava outro atiçador do suporte na lareira.

— Não quero fortalecer as pretensões dele com mais nenhuma gota de sangue francês, duque de Anjou. Quer que eu deserde meus próprios filhos por um rei estrangeiro? E em troca de quê? A pequena Anjou? Maine? Um armistício? Prefiro reunir meu exército e enxotá-los a pontapés até caírem no mar. Essa é a resposta que quero dar, não um armistício. Onde está a honra disso? Onde está a dignidade quando eles vendem trigo e ervilhas salgadas em Calais e lustram as botas em mesas francesas? Não dá para suportar isso, Renato.

Lá no alto, Margarida observava a expressão do pai mudar sem que o sombrio rei visse. Renato pensava e escolhia as palavras com imenso cuidado. Ela sabia que a mãe o andava alimentando com azeite e vagens de sene para tratar a prisão de ventre, legado do cárcere que parecia ter levado consigo para casa. O rosto pálido e pesado estava corado com o vinho ou com o calor do fogo, e ele parecia constipado, ela pensou, um homem empanturrado de algo desagradável. Sua antipatia só se aprofundou e, contra o bom senso, Margarida torceu para que ele se desapontasse, não importando suas intenções.

— Majestade, estou sob suas ordens em tudo. Se disser que haverá guerra, farei o exército marchar contra os ingleses na primavera. Talvez tenhamos a sorte de Orléans mais uma vez.

— Ou talvez a sorte de Azincourt — respondeu o rei Carlos, a voz azeda. Por um momento, o braço fez um movimento brusco, como se pensasse em jogar a taça ao fogo. Controlou-se com esforço visível. — Se eu pudesse ter certeza da vitória, juro que levantaria os estandartes amanhã. — Ele pensou algum tempo, fitando as chamas que se mexiam e tremeluziam. — Mas já os vi lutar, os ingleses. Lembro-me daqueles animais aos berros, de rosto vermelho, rugindo de triunfo. Eles não têm cultura, mas seus homens são selvagens. *Você* sabe, Renato. Você os viu, aqueles malditos porcos com espadas e arcos, aqueles tolos grandes e gordos que só sabem matar. — O rei Carlos fez um gesto de irritação com as lembranças sombrias, mas o pai de Margarida ousou interromper antes que o rei arruinasse todos os seus planos e esperanças.

— Que triunfo seria recuperar um quarto de suas terras na França sem uma batalha sequer, Vossa Majestade! Em troca de uma mera promessa de armistício e um casamento, conquistaremos mais do que já se conseguiu numa década ou mais contra os ingleses. Eles não têm mais o leão da Inglaterra, e lhes negaremos o coração da França.

O rei Carlos fez um muxoxo.

— Você é óbvio demais, Renato. Vejo muito bem que quer de volta as terras de sua família. O benefício é bastante claro para sua linhagem. Mas bem menos para a minha!

— Vossa Majestade, não posso discordar. O senhor vê com mais clareza e mais adiante do que jamais verei. Mas posso servi-lo melhor com a riqueza de Anjou e Maine nas mãos. Posso pagar minhas dívidas com a Coroa com essa renda, Vossa Majestade. Nosso ganho é a perda deles, e até um acre de terra da França vale um pequeno risco, tenho certeza. — O duque Renato se empolgou com o assunto ao ver a aprovação relutante do rei. — Um acre devolvido à França vale muito, Vossa Majestade, ainda mais se for devolvido pelo antigo inimigo. Isso é uma vitória, quer provocada por nossa negociação, quer por nosso sangue. Seus nobres verão apenas que o senhor reconquistou terras dos ingleses.

O rei suspirou e pousou a taça no chão de pedra para esfregar os olhos.

— Sua filha será uma rainha inglesa, se eu concordar, é claro. Suponho que tenha o caráter nobre.

— Vossa Majestade, ela é o mais perfeito exemplo de nobreza recatada. Só fortalecerá sua posição ter na corte inglesa um integrante leal de minha família.

— É... verdade — concordou Carlos. — Mas isso é quase incestuoso, Renato, não é? O rei Henrique já é meu sobrinho. Suas filhas são minhas sobrinhas. Eu teria de pedir uma autorização especial ao papa, e isso tem seus custos, ao menos se quisermos que seja concedida dentro desta década.

Renato sorriu com os sinais de progresso. Sabia que os ingleses pediriam autorização a Roma se ele assim exigisse. Também sabia que o rei negociava um dízimo em troca da concordância. O fato de as salas do tesouro de

Saumur estarem lotadas de teias de aranha e sacos vazios não o incomodava em nada. Ele podia pedir mais empréstimos aos judeus.

— Meu senhor, seria uma honra cobrir esses custos, é claro. Sinto que estamos muito perto de uma solução.

Lentamente, Carlos baixou a cabeça, a boca se mexendo como se tivesse encontrado um pouco de comida nos dentes de trás.

— Muito bem, nisso serei guiado por você, Renato. Você voltará a ser o senhor de Anjou e Maine. Confio que ficará devidamente grato.

Renato se ajoelhou, tomou a mão do rei e a beijou.

— Estou às suas ordens, Vossa Majestade. Pode contar comigo para qualquer serviço, até com o sangue que me dá a vida.

Bem acima da cabeça deles, os olhos de Margarida estavam arregalados quando ela se virou. Iolanda a fitava boquiaberta. Margarida estendeu a mão e fechou suavemente a boca da irmã com o dedo.

— Já fui prometida — sussurrou Iolanda. — Papai não romperia meu noivado.

Em concordância velada, elas se esgueiraram para longe da luz, com Margarida fazendo uma careta quando as tábuas rangeram. Longe do balcão, as duas irmãs pararam na penumbra. Iolanda tremia de empolgação e segurou as mãos da irmã, quase dando pulinhos, como se quisesse dançar.

— Você vai se casar com um rei, Margarida. Só *pode* ser você.

— Um rei inglês — respondeu, em dúvida.

Sempre soubera que lhe escolheriam um marido, mas supusera que a mãe é que escolheria, ou pelo menos que se envolveria. Irritada, olhou para a irmã, que saltitava nas sombras como um pintarroxo.

— Fui negociada como uma novilha premiada, Iolanda. Você os escutou. Isso é... opressivo.

Iolanda a afastou mais, até outra sala ainda mais escura, sem o brilho que vazava do balcão. À luz pálida da lua, abraçou a irmã.

— Você será *rainha*, Margarida. Isso é o que importa. Pelo menos o Henrique deles é jovem. Poderiam entregar você a algum nobre velho e gordo. Não está empolgada? Quando crescermos, terei de me curvar diante de você ao nos encontrarmos. Nossos irmãos terão de se curvar diante de você!

Um sorriso prolongado se espalhou pelo rosto de Margarida com o vislumbre do irmão João obrigado a respeitar a condição superior da irmã mais nova. Era uma imagem agradável.

— Posso mandar um guarda inglês enfiá-lo num caldeirão, talvez — comentou ela com uma risadinha.

— Pode, e ninguém vai impedi-la porque você será rainha.

Um pouco do prazer evidente de Iolanda a contagiou e as duas meninas deram as mãos no escuro.

A cidade de Angers era bela à noite. Embora fosse capital de Anjou e, portanto, estivesse sob autoridade inglesa, os habitantes raramente encontravam os opressores estrangeiros fora dos tribunais e das coletas de impostos. Reuben Moselle convidara muitos mercadores ingleses a sua casa à beira do rio, como fazia todo ano. Apenas com os negócios, a festa sempre se pagava, e ele a considerava um investimento justo.

Em comparação com os franceses e os ingleses, ele se vestia de forma bastante simplória, com cores escuras. Era um antigo hábito seu não exibir opulência nas vestimentas. Não importava que poderia ter comprado e vendido muitos dos homens no salão, nem que um terço deles lhe devesse uma fortuna em ouro, terras ou participação nos negócios. Dentro ou fora de seu banco, Reuben era a personificação da humildade.

Ele observou que a esposa conversava com lorde York e lhe dava as boas-vindas ao seu lar. Sara era um tesouro e achava muito mais fácil do que Reuben falar com os rudes governantes ingleses. Em geral, ele preferia os franceses, cuja mente sutil era mais adequada às nuances dos negócios. Mas York comandava os soldados ingleses na Normandia e fora convidado porque assim tinha de ser. Controlava contratos de alto valor só para alimentar seus homens de armas. Reuben suspirou enquanto ensaiava seu inglês e se aproximava deles através da multidão.

— Lorde York — saudou, sorrindo. — Vejo que já conhece minha esposa. É uma grande honra recebê-lo em meu lar.

O nobre se virou para ver quem falava com ele, e Reuben se forçou a sorrir sob um olhar repleto de desdém. O momento pareceu durar uma eternidade, até York inclinar a cabeça em agradecimento, o encantamento quebrado.

— Ah, o anfitrião — disse, sem demonstrar amabilidade. — Monsieur Moselle, posso lhe apresentar minha esposa, a duquesa Cecily?

— *Mon plaisir, madame* — respondeu Reuben, curvando-se.

Ela não lhe estendeu a mão, e ele foi pego no ato de estender a sua, encobrindo a confusão remexendo o copo de vinho. Brilhantes faiscavam na garganta da duquesa, que parecia bem adequada ao marido inglês, com olhos frios e lábios finos que se recusavam a sorrir. Tudo nela parecia severo e sem humor, pensou Reuben. As sobrancelhas tinham sido arrancadas até quase sumir e, cruzando a testa branca, ela usava uma faixa de renda bordada com pedras preciosas.

— Tem uma bela casa, monsieur — comentou a duquesa. — Meu marido me diz que o senhor vive do comércio. — Ela disse a palavra como se mal suportasse sujar os lábios com ela.

— Obrigado, madame. Tenho um pequeno banco e um armazém, negócios locais em geral. Os valentes soldados de seu marido precisam ser alimentados e aquecidos no inverno. Cabe a mim lhes fornecer algum conforto.

— Por uma fortuna em ouro — acrescentou York. — Tenho pensado em outros fornecedores, monsieur Moselle, mas aqui não é lugar para discutir essas coisas.

Reuben piscou ao ouvir aquele tom de voz, embora já o tivesse escutado de homens de todas as posições.

— Espero conseguir dissuadi-lo, milorde. Tem sido uma associação lucrativa para nós dois.

A boca da esposa se franziu com a menção ao lucro, mas Reuben continuou a sorrir, tentando ao máximo ser um bom anfitrião.

— O jantar logo será servido, madame. Espero que aprecie os pequenos prazeres que podemos oferecer. Se tiver um momento livre, o laranjal fica lindo à noite.

Reuben estava a ponto de pedir licença quando ouviu vozes irritadas se elevarem no jardim. Franziu os lábios com força, ocultando a exasperação por trás do copo de vinho enquanto bebericava. Fazia algum tempo que um dos agricultores locais tentava levá-lo ao magistrado. Era uma questão trivial e Reuben conhecia as autoridades da cidade bem o suficiente para se preocupar com um camponês pobre e suas reclamações. No entanto, não era impossível que o idiota viesse à festa anual provocar distúrbios. Reuben inclinou a cabeça, trocando um olhar com a esposa, que assentiu.

— Devo atender aos meus outros convidados. Lady York, milorde, sinto muitíssimo.

O barulho aumentava e ele via dezenas de cabeças se virando. Reuben se moveu suavemente pela multidão, sorrindo e pedindo desculpas pelo caminho. Sara entreteria o lorde inglês e sua fria esposa, deixando-os à vontade, pensou. Ela era a dádiva de Deus a um homem devoto.

A casa já pertencera a um barão francês, uma família que caíra em dificuldades e fora forçada a vender as propriedades após sofrer desastres em combate. Reuben a comprara imediatamente, para desgosto das famílias nobres locais que faziam objeção a um judeu possuir um lar cristão. Mas os ingleses se incomodavam menos com essas coisas, ou pelo menos eram fáceis de subornar.

Reuben chegou às grandes janelas de vidro transparente que davam para o gramado. Estavam abertas naquela noite a fim de deixar o ar quente entrar. Ele franziu a testa ao ver soldados de pé com as botas na grama recém-aparada. Todos os convidados escutavam, é claro, e ele manteve a voz baixa e calma.

— Cavalheiros, como podem ver, estou no meio de um jantar particular com amigos. Isso não pode esperar até amanhã de manhã?

— O senhor é Reuben Moselle? — perguntou um dos soldados. A voz continha certo desprezo, mas Reuben lidava com isso todo dia e sua expressão agradável não titubeou.

— Sou. O senhor está em minha casa.

— E pelo visto o senhor vai muito bem — respondeu o soldado, olhando o salão.

Reuben soltou um pigarro, sentindo a primeira pontada de nervosismo. O homem estava confiante, embora em geral seria de esperar certa cautela diante da riqueza e do poder.

— Posso ter a honra de também saber seu nome? — pediu Reuben, a voz caindo na frieza. O soldado não merecia a cortesia, mas ainda havia cabeças interessadas demais voltadas em sua direção.

— Capitão Recine de Saumur, monsieur Moselle. Tenho ordens de prendê-lo.

— *Pardon*? Sob que acusação? É um engano, capitão, asseguro-lhe. Aliás, o magistrado está aqui dentro. Permita-me que o leve até ele e poderá explicar...

— Tenho minhas ordens, monsieur. Houve uma acusação no nível do *département*. O senhor virá comigo agora. Pode se explicar ao juiz.

Reuben fitou o soldado. O homem tinha as mãos sujas e a farda fedia, mas ainda trazia aquela confiança perturbadora. Três outros homens atrás dele trincavam os dentes amarelos, apreciando o desconforto que causavam. A ideia de ser forçado a ir com aqueles sujeitos fez Reuben começar a suar.

— Será que posso ajudar, monsieur Moselle? — perguntou uma voz junto ao seu ombro.

Ele se virou e viu a silhueta de lorde York ali de pé, com uma taça de vinho na mão. Reuben respirou aliviado. O nobre inglês parecia um soldado, com o queixo saliente e os ombros largos. Imediatamente, os soldados franceses ficaram mais respeitosos.

— Esse... capitão está dizendo que vai me levar preso, lorde York — falou Reuben depressa, usando o título propositalmente. — Ele ainda não mencionou a acusação, mas tenho certeza de que houve algum engano.

— Entendo. Qual *é* a acusação? — quis saber York.

Reuben pôde ver que o soldado pensou numa resposta insolente, mas depois deu de ombros. Não era sensato irritar um homem com a reputação e a influência de York, pelo menos não para um mero capitão.

— Blasfêmia e feitiçaria, milorde. Ele terá de responder ao tribunal de Nantes.

Reuben sentiu o queixo cair de surpresa.

— Blasfêmia e... Isso é loucura, monsieur! Quem é meu acusador?

— Não cabe a mim dizer — respondeu o soldado. Ele observava lorde York, sabendo muito bem que o nobre poderia interferir. Reuben também se virou para o inglês.

— Milorde, se conseguir que voltem amanhã de manhã, tenho certeza de que sou capaz de encontrar testemunhas e garantias que revelarão que essa é uma falsidade.

York baixou para ele os olhos que cintilaram à luz das lâmpadas.

— Essa questão não parece pertencer à lei inglesa, monsieur Moselle. Não é problema meu.

O capitão alargou o sorriso ao ouvir isso. Deu um passo à frente e pegou o braço de Reuben com firmeza.

— Imploro sua indulgência, monsieur. Venha comigo agora. Não quero ter de arrastá-lo. — A mão apertou com mais força, revelando a mentira daquelas palavras. Reuben tropeçou, incapaz de acreditar no que estava acontecendo.

— O magistrado está em minha casa, capitão! Deixe-me pelo menos buscá-lo para falar com o senhor! Ele explicará tudo.

— Não é um problema local, monsieur. Por que não diz mais alguma coisa e me dá o prazer de lhe enfiar os dentes no fundo da garganta?

Reuben balançou a cabeça, mudo de medo. Tinha 50 anos e já respirava com dificuldade. Aquela ameaça violenta o espantou.

Ricardo, duque de York, observou seu anfitrião ser levado com um quê de divertimento. Viu sua esposa, Cecily, atravessar a multidão para ficar ao seu lado, a expressão deliciada enquanto o velho atravessava os jardins aos tropeços com seus captores.

— Eu achava que esta noite seria um grande tédio — comentou ela.

— Essa é a única maneira de lidar com judeus. Eles ficam ousados demais quando não lhes recordamos sua posição. Espero que o surrem por sua insolência.

— Tenho certeza disso, querida — reforçou ele, entretido com a cena.

No salão principal, ambos ouviram um guincho quando a notícia chegou à mulher de Reuben. Cecily sorriu.

— Acho que eu gostaria de ver o laranjal — avisou ela, estendendo o braço para o marido levá-la para dentro.

— As acusações são bastante graves, querida — declarou York, pensativo. — Eu poderia comprar a casa para você, se quiser. Angers é esplêndida no verão e não tenho nenhuma propriedade aqui.

Os lábios finos dela se franziram enquanto a cabeça balançava.

— Depois do último dono, é melhor pôr fogo e reconstruir — respondeu, fazendo-o rir ao entrarem.

4

Reuben sentiu o gosto de sangue ao cambalear de lado pela estrada. Sentia o cheiro da multidão suja que vaiava e cuspia nele, chamando-o de "assassino de Cristo" e "blasfemo", com o rosto corado de indignação moralista. Alguns jogaram nele pedras e lixo frio e úmido que o atingiu no peito e deslizou para dentro da camisa aberta.

Reuben ignorou os cidadãos indignados. Não podiam feri-lo mais do que já o tinham feito. Todas as partes de seu corpo estavam roxas ou machucadas, e um dos olhos era apenas uma massa cega e grudenta que soltava um rastro de fluido pelo rosto. Mancava ao ser empurrado pela rua de Nantes, gritando enquanto os pés sangravam pelas ataduras e deixavam pegadas rubras nas pedras.

Ele havia perdido algo nos meses de tortura e prisão. Não sua fé. Nunca duvidou um minuto de que seus inimigos receberiam a mesma punição. Deus os perseguiria e os faria curvarem as cabeças com ferro em brasa. Mas sua crença em alguma noção de decência dos homens fora esmagada da mesma forma que seus pés. Ninguém tinha ido defendê-lo nem tirá-lo dos tribunais. Conhecia pelo menos uma dezena de homens com riqueza e autoridade suficientes para obter sua libertação, mas todos se calaram quando souberam da notícia de seus terríveis crimes. Reuben, cansado, balançou a cabeça, inundado de fatalismo. Nada daquilo fazia sentido. Como se um homem de sua posição fosse passar as noites bebendo o sangue de crianças cristãs! Não quando havia bom vinho tinto na adega.

As acusações foram tão monstruosas que, a princípio, teve certeza de que a verdade viria à tona. Nenhum homem sensato acreditaria em nada daquilo. Os juízes da cidade, porém, tinham retorcido os lábios gordos ao fitar a figura surrada e alquebrada arrastada desde a masmorra. Olharam-no com nojo evidente, como se ele tivesse escolhido virar a coisa trêmula e fedorenta em que os inquisidores do tribunal o transformaram. De gorro preto, os juízes pronunciaram a pena de morte por açoitamento, com todos os sinais de satisfação por um serviço bem-executado.

Reuben havia aprendido na cela um novo tipo de coragem, com a bota que o forçaram a usar, que podia ser apertada cada vez mais até os ossos rangerem e se quebrarem. Em toda a vida, nunca tivera força nem vontade para lutar. Com o que Deus lhe dera, havia enriquecido: com seu intelecto, zombando em segredo dos que se gabavam da capacidade de levantar e balançar barras de ferro no ar. Mas nem quando a dor se tornou insuportável, depois de deixar a garganta em carne viva de tanto gritar, ele confessou. Era uma teimosia que não sabia ter em si, talvez a única maneira que lhe restava de mostrar seu desprezo. Quisera enfrentar a execução com esse farrapo de orgulho ainda intacto, como um último fio de ouro numa capa gasta.

O juiz-mor de Nantes fora a sua cela após muitos dias. Jean Marisse parecia um cadáver, segurando um *pomander* de pétalas secas junto ao nariz contra o fedor. Mascarado de sangue seco e fezes, Reuben o havia olhado com raiva pelo único olho bom, na esperança de envergonhar Marisse com algo como dignidade. Ele já não conseguia falar. Todos os dentes foram quebrados, e ele mal conseguia engolir a porção de mingau de aveia que lhe davam todo dia para mantê-lo vivo.

— Vejo que o orgulho do demônio ainda está nele — dissera Jean Marisse aos guardas.

Reuben o fitara com ódio cego. Conhecia Jean Marisse, como conhecia todas as autoridades da região. Já parecera um empreendimento lucrativo aprender seus hábitos, embora isso não o salvasse. Entre as meretrizes da cidade, o homem tinha fama de preferir açoitá-las a beijá-las. Falava-se até de uma moça que havia morrido depois de uma noite com ele. A esposa de Marisse ficaria escandalizada com a notícia, Reuben tinha certeza. Sua mente girava com as acusações que faria, mas não havia ninguém para o escutar, e sua língua fora totalmente esticada e mutilada com pinças especialmente projetadas para isso.

— Seus inquisidores me dizem que não confessará seus pecados — tinha dito Jean Marisse. — Consegue me ouvir, monsieur Moselle? Dizem que não assinará nada, embora tenham lhe deixado a mão direita intacta com esse propósito. Não entende que tudo isso terminaria? Seu destino já está escrito, tão certo quanto o pôr do sol. Nada lhe resta. Confesse e busque a absolvição. Nosso Senhor é um Deus misericordioso, ainda que eu não espere que um de vocês, abraâmicos, entenda isso. Está escrito que têm de queimar por suas heresias, mas quem sabe, não é verdade? Caso se arrependa, caso confesse, Ele ainda pode poupá-lo do fogo do inferno.

Reuben se lembrou de tê-lo encarado. Havia sentido que conseguiria canalizar toda sua dor naquele olhar até despir as mentiras do outro e abri-lo até os ossos. Marisse já parecia um cadáver, com o rosto magro e a pele igual a um pergaminho amarelo e enrugado. Mas Deus não o fulminou. Jean Marisse ergueu o queixo, como se o próprio silêncio fosse um desafio a sua autoridade.

— Suas propriedades foram confiscadas, compreende? Nenhum homem pode lucrar com a associação com o demônio. Sua esposa e seus filhos terão de encontrar o próprio caminho pelo mundo. Você já dificultou bastante a vida deles com seus ritos e suas magias secretas. Temos uma testemunha, monsieur Moselle, um cristão de boa reputação e honra impecável. Compreende? Não há esperança para o senhor neste mundo. Quem cuidará de sua família agora, quando o senhor se for? Continuarão a sofrer pelo que fez? O céu grita, Reuben Moselle. Grita contra a dor dos inocentes. Confesse, homem, e isso acaba!

Na rua, Reuben cambaleou contra um camponês que berrava, traído pelo pé quebrado. Imediatamente, o homem corpulento o golpeou e jogou a cabeça de Reuben para trás, fazendo um novo fluxo de sangue respingar de seu nariz. Ele viu as gotas de cor viva brilharem na palha e na imundície que formavam a rua até a praça da cidade. Um dos guardas rosnou para o camponês, empurrando-o para trás na multidão com a lança cruzada sobre o peito. Mesmo assim, Reuben ouviu o homem rir, contente de poder contar aos amigos que batera na cabeça do judeu.

Ele continuou aos tropeços, a mente perdendo e recuperando a clareza. A rua parecia continuar infinitamente, e cada passo era acompanhado por moradores da cidade que iam vê-lo morrer. Um menino de rua de nariz catarrento esticou o pé e Reuben caiu com um gemido, os joelhos atingindo as pedras e fazendo uma pontada de dor subir por suas pernas. A multidão riu, alegre porque parte da cena se desenrolava a sua frente. Os que se acotovelavam em seis filas ao longo do caminho até o palco não tinham dinheiro para comprar um lugar na praça principal.

Reuben sentiu um braço forte erguê-lo, acompanhado pelo cheiro de alho e cebola que conhecia bem da prisão. Tentou agradecer ao guarda pela ajuda, mas as palavras saíram ininteligíveis.

— De pé — grunhiu o homem. — Agora já está perto.

Reuben recordou Jean Marisse se inclinando sobre ele na cela, como um corvo que examinava um corpo atrás de alguma parte que ainda valesse a pena comer.

— Alguns se perguntam como um judeu conseguia realizar esses feitiços e rituais imundos sem que a esposa e os filhos soubessem. Está me entendendo, monsieur Moselle? Há quem diga que a esposa é tão culpada quanto o marido, que os filhos devem estar tão contaminados quanto o pai. Dizem que seria um crime deixá-los em liberdade. Se não confessar, será meu dever trazê-los para cá, para essas celas, e interrogá-los. Consegue imaginar como seria para uma mulher, monsieur Moselle? Ou uma criança? Consegue conceber seu terror? Mas não se pode permitir que o mal crie raízes. As ervas daninhas têm de ser arrancadas e lançadas ao fogo antes que espalhem suas sementes ao vento. Entende, monsieur? Assine a confissão e isso acabará. Tudo isso acabará.

Apenas um ano antes, Reuben teria zombado de uma ameaça dessas. Tinha amigos e riqueza então, e até influência. O mundo era um lugar em ordem, onde homens inocentes não se viam agarrados aos berros enquanto estranhos faziam seu trabalho, sem que ninguém viesse ajudar, sem nenhuma palavra de consolo. Aprendera o que era realmente o mal nas celas sob o pátio da prisão de Nantes. A esperança havia morrido nele à medida que sua carne era queimada e despedaçada.

Ele assinou. A lembrança estava clara em sua mente, olhando a própria mão trêmula ao pôr o nome abaixo de mentiras sem se dar ao trabalho de lê-las. Jean Marisse sorrira, os lábios se descolando dos dentes podres quando se aproximara. Reuben ainda se lembrara de seu fôlego acalorado e da voz do juiz, que havia ficado quase gentil.

— Agiu bem, monsieur — comentara Marisse. — Não há vergonha em finalmente dizer a verdade. Console-se com isso.

A praça da cidade estava lotada de espectadores, deixando apenas um caminho estreito entre fileiras de guardas. Reuben tremeu ao ver caldeirões de água fervente nos dois lados de uma plataforma elevada. Com muito gosto os torturadores lhe descreveram como iria morrer. Divertiram-se com a certeza de que ele entendia o que o esperava. Derramariam água fervente sobre sua pele, para queimá-la e soltá-la dos ossos e tornar mais fácil arrancar tiras compridas de carne fumegante de seus braços e de seu peito. Seriam horas de tormento intolerável para o prazer da multidão. Reuben soube, com um calafrio, que *não* conseguiria suportar. Viu-se transformado num animal aos berros diante de todos, despido de toda sua dignidade. Não ousou pensar na esposa nem nas filhas. Não ficariam abandonadas, disse a si mesmo, tremendo. Sem dúvida, o irmão as abrigaria.

Até as lembranças de seus inimigos tiveram de ser esmagadas num canto da mente. Ele tinha quase certeza de saber quem havia arquitetado sua queda, apesar de todo o bem que lhe fizera antes. O duque Renato de Anjou lhe pedira fortunas emprestadas nos meses anteriores à prisão, dando como garantia o Castelo de Saumur. A primeira prestação deveria ser paga mais ou menos na época em que os soldados foram prendê-lo. A esposa de Reuben havia sido contra o empréstimo, dizendo que todos sabiam que a família Anjou não possuía dinheiro, mas um nobre como Renato poderia arruinar um homem com a mesma facilidade por causa de uma recusa.

Enquanto era amarrado a mastros voltados para a multidão, Reuben tentou resistir ao terror balbuciante que gritava dentro de si. Aquilo seria brutal, o mais brutal que conseguissem. Ele só podia desejar que o coração desistisse, aquela coisa assustada e saltitante que batia com força em seu peito.

Os homens na plataforma eram todos moradores locais que tinham recebido alguns deniers de prata pelo trabalho. Reuben não conhecia o rosto de ninguém, e se sentiu grato por isso. Já era bastante difícil ter estranhos uivando e berrando para ele. Não achava que suportaria ver rostos de homens conhecidos. Enquanto seus membros eram presos com severidade, a multidão se aproximou para ver seus ferimentos, apontando-os com fascínio.

Seu olhar varreu os rostos vazios que berravam e então parou de repente, a névoa se limpando do olho bom. Um balcão pendia acima da praça, e um pequeno grupo de homens e mulheres estava lá, assistindo aos procedimentos e conversando entre si. Reuben reconheceu lorde York antes mesmo que o homem visse que ele o fitava e encarasse seu olhar com interesse. Reuben viu o homem chamar a atenção da esposa e ela também olhou por cima da balaustrada, apertando a mão na boca com um temor disfarçado quando seu peito ossudo foi revelado.

Reuben baixou os olhos, a humilhação completa. Os homens da plataforma tinham-lhe arrancado a camisa, revelando uma massa de hematomas em todos os tons de amarelo e roxo, chegando quase ao preto onde as costelas tinham sido chutadas e quebradas.

— *Baruch dayan emet* — murmurou Reuben, pronunciando as palavras com dificuldade. A multidão não o ouviu abençoar o único e verdadeiro juiz que importava. Tentou não pensar nas pessoas que o rodeavam, fechando os olhos quando as primeiras jarras de barro foram mergulhadas na água borbulhante e as longas facas mostradas à multidão. Ele sabia que não suportaria mas também não poderia morrer enquanto eles não permitissem.

Portsmouth era barulhenta, com o burburinho e os gritos nas ruas de um dos grandes portos do reino. Apesar do anonimato da via movimentada, Derry Brewer insistia em esvaziar a estalagem de todos os fregueses e empregados antes de dizer uma só palavra sobre assuntos particulares. Três guardas corpulentos do lado de fora fitavam os homens irritados que nem puderam terminar as cervejas.

Derry foi até o balcão e cheirou uma jarra antes de despejar a cerveja escura numa grande caneca de madeira. Ergueu-a num falso brinde enquanto voltava a se sentar e tomava um longo gole. Lorde Suffolk se serviu da jarra d'água sobre a mesa, esvaziou o copo e estalou os lábios ao voltar a enchê-lo. Ao mesmo tempo que o olhava, Derry puxou um saco das costas e remexeu em suas profundezas. Tirou um rolo de pergaminho selado com cera e envolto numa fita dourada.

— Parece que o papa está bastante receptivo, William. Fico espantado quando um homem tão espiritual encontra propósito para o cofre de prata que lhe mandamos, mas talvez vá para os pobres, não é?

Suffolk preferiu não honrar a pergunta zombeteira com uma resposta. Tomou outro longo gole para tirar o gosto de sal do mar da boca. Passara os últimos seis meses indo e voltando da França com tanta frequência que os trabalhadores do porto o cumprimentavam pelo nome ao tirar o chapéu. Estava absolutamente exausto, cansado de discussões e debates bilíngues. Olhou o rolo amarrado nas mãos de Derry, ciente de que isso assinalava a aproximação veloz da realidade.

— Sem felicitações? — perguntou Derry alegremente. — Sem "muito bem, Derry"? Estou desapontado com você, William Pole. Não há muitos homens capazes de conseguir isso nesta época, mas consegui, não foi? Os franceses procuraram raposas e só encontraram pintinhos inocentes, exatamente como queríamos. O casamento vai acontecer e só precisamos mencionar casualmente aos ingleses que moram em Maine e Anjou que seu serviço não é mais apreciado pela Coroa. Em resumo, eles que vão se foder.

Suffolk fez uma careta, tanto pela palavra, quanto pela verdade que continha. Os ingleses de Anjou e Maine tinham empreendimentos e propriedades imensas. Desde os lordes, nobres com poder e influência, até os mais reles aprendizes, todos ficariam enfurecidos quando o exército francês chegasse para expulsá-los.

— Mas tem uma coisa, William. Um problema delicado que hesito em trazer a um nobre de sua posição.

— O que *é*, Derry? — quis saber Suffolk, cansado de joguinhos. O copo d'água estava vazio de novo, mas a jarra secara. Derry girou a cerveja na caneca, fitando o líquido em movimento.

— Pediram que o casamento se realizasse na Catedral de Tours, é isso. Terra que terá o exército francês acampado do lado de fora, pronto para tomar posse do preço do armistício, é isso! Não vou deixar Henrique entrar lá, William, não enquanto meu coração bater.

— Você não vai *deixar*? — retrucou Suffolk, erguendo a sobrancelha.

— Você sabe o que quero dizer. Seria como pendurar um pedaço de carne na frente de um gato. Não deixarão que saia de suas garras, é o que estou lhe dizendo.

— Então mude o lugar. Insista em Calais, talvez. Se ele não estiver em segurança lá, tampouco estaria em segurança se casando na Inglaterra.

— Aquelas cartas que você levou durante meses não eram só contrapeso, William Pole. Não aceitariam Calais, onde sua realeza estaria cercada por um exército inglês. Gostaria de saber por que isso. Eis uma ideia. A razão é a mesma para não concordarmos com Tours? Pode me dar crédito por ter alguma inteligência, William. Tentei insistir, mas eles não cederam nem uma maldita polegada. Seja como for, não importa o lugar da cerimônia, temos outro problema, não temos? Não é possível permitir que nosso Henrique converse com o rei francês. Basta uma breve conversa com o cordeiro e eles começarão a tocar as malditas trombetas e olhar para o outro lado do canal da Mancha.

— Ah, sim, isso é um problema. Em Tours ou em Calais. Não vejo... Não haverá alguma posição neutra, a meio caminho entre os dois?

Derry ergueu os olhos desdenhosos para o homem mais velho.

— Que vergonha nunca ter tido à disposição sua mente afiada para me ajudar enquanto eu suava sobre os mapas procurando exatamente um lugar desses. A resposta é não, William. Há território inglês e território francês. Não *há* nada intermediário. Ou nós cedemos ou eles cedem, senão a coisa toda emperra e não haverá casamento nem armistício. Ah, também não resolvemos o problema do cordeiro ter de ficar calado a missa inteira. Você acha que o rei aceitará isso, William? Ou é mais provável que ele lhes diga que mantém seus navios afastados com as malditas mãos toda noite? O que acha?

William viu que Derry sorria ao mesmo tempo que anunciava o fracasso evidente de meses de trabalho.

— Você tem uma solução — declarou. — É isso?

Derry ergueu a caneca de novo, tomando goles generosos e pousando-a vazia.

— Belo gole, esse. É, tenho a resposta a suas preces, William Pole. Ou a resposta às preces reais, talvez. Ele se casará em Tours, tudo bem. Só que não estará lá.

— O quê? Isso é uma charada, Derry? — William viu os olhos do outro esfriarem e engoliu em seco.

— Não gosto de que duvidem de mim, William Pole. Eu lhe disse que tinha uma resposta e não há na Inglaterra mais três homens que conseguiriam abrir caminho pela neblina com que os franceses embrulharam a situação. Você sabe como eles são, tão convencidos da própria superioridade que mal conseguem acreditar que continuamos a surrá-los. É preciso uma arrogância muito especial para ignorar que suas costas foram lanhadas tantas vezes, mas eles conseguem. Não me pergunte como.

Ele viu a confusão na expressão de lorde Suffolk e balançou a cabeça.

— Você é bondoso demais para isso, William — continuou. — É disso que gosto em você, principalmente, mas é preciso ser um crápula com língua de cobra para passar a perna num desses sodomitas. Concordaremos com a igreja em Tours, mas nosso cordeiro ficará doente no último instante, quando for tarde demais para cancelar. É o tipo de notícia que fará a língua deles coçar de empolgação. — Ele continuou fingindo um sotaque francês atroz. — *Comme* o pai dele! *Il est* doente! *Peut-être* ele *non* sobreviva. Mas você estará lá para trocar alianças e votos no lugar dele, William. Você se casará com a pequena Margarida *no lugar* dele.

— *Eu não* — retrucou Suffolk com firmeza. — Já sou casado! Como uma coisa dessas seria sequer legal? Tenho 47 anos, Derry, e sou casado!

— É, você já disse. Gostaria de ter pensado nisso antes. Francamente, William, não acho que você tenha cérebro de peixe. É só na aparência, não é? Uma cerimônia em Tours, com você representando Henrique; depois, um casamento de verdade quando ela estiver a salvo na Inglaterra. Tudo dentro da lei. Eles aceitarão porque terão levado meses só para escolher os lugares à mesa no banquete de casamento. Vamos apresentar a coisa de modo que não lhes reste nenhuma opção além dessa.

— Meu Deus! — exclamou William com voz fraca. — Alguém terá de avisá-la, a garota.

— Não, essa é uma coisa que *não* faremos. Se ela souber antes do dia do casamento, o rei francês terá tempo de cancelar. Agora, veja bem, William. Trouxemos esse pavão dourado até a mesa. Não vou deixar que fuja agora. Não, essa é a única maneira. Eles descobrem no dia e a cerimônia acontece com você. Não é uma boa razão para tomar uma cerveja só uma vezinha, William? É cerveja maltada de Kent, sabe, um centavo a caneca se eu estivesse pagando. Também preparam boas costeletas e rins aqui, depois que eu deixar que entrem. Vamos brindar a seu segundo casamento, William Pole. Seu coração não canta como uma maldita cotovia com a ideia? O meu *certamente* canta.

5

O sol de verão se ergueu sobre o horizonte limpo de Windsor, inflamando em ouro avermelhado as grandes muralhas. A cidade em torno começava a se movimentar. Ricardo de York estava cansado e coberto de poeira após uma longa cavalgada desde a costa, mas a raiva fervilhante lhe dava energia para banir a fadiga. Os três soldados que o acompanhavam eram todos veteranos de guerra na França, homens vigorosos usando couro e cota de malha bem gastos, escolhidos pelo tamanho e pela capacidade de intimidar. Não era difícil adivinhar por que o duque convocara três dos soldados mais violentos sob seu comando para a travessia noturna e a dura cavalgada. Alguém precisava ser morto em algum lugar, ou pelo menos ameaçado. Seus homens apreciavam a sensação de autoridade que tinham por trás de um duque. Trocavam olhares de contentamento enquanto seu patrão abria caminho à força por dois anéis externos de guardas do castelo. York não aguentava imbecis e não permitiria que frustrassem seu desejo de ver o rei naquela manhã.

Em algum lugar ali perto, podiam-se ouvir ordens rugidas e os passos e o tilintar de soldados em marcha. O movimento de York rumo aos aposentos privativos do rei estava prestes a ser recebido por homens armados. Os três que o acompanhavam soltaram as espadas nas bainhas e estalaram dedos e pescoços na expectativa. Não passaram anos desleixados na Inglaterra como os guardas de Henrique. E gostavam da ideia de encontrar homens que, pelo que sentiam, eram quase seus inimigos.

O duque continuou a galope, os passos longos e seguros. Viu dois lanceiros de aparência forte guardando uma porta a sua frente e parou quando chegou diante deles.

— Afastem-se. Sou York, em missão urgente para o rei.

Os guardas se enrijeceram, os olhares fixos. Um deles virou-se para o companheiro e o homem, pouco à vontade, apertou o punho em volta da lança. Seu turno de vigia estava prestes a terminar assim que o sol clareasse as ameias e ele olhou irritado a linha dourada que aparecia no horizonte. Apenas mais alguns minutos e estaria na sala da guarda, tomando o desjejum e se perguntando que barulho todo seria aquele.

— Milorde, não tenho ordens de permitir sua entrada — retrucou o guarda. Nervoso, engoliu em seco quando York voltou para ele todo seu olhar raivoso.

— Essa é a natureza das questões urgentes. Saia do meu caminho ou mandarei açoitá-lo.

O guarda engoliu em seco e abriu a boca para responder, já balançando a cabeça. Quando ele começou a se repetir, o mau humor de York jorrou e transbordou. O duque fez um gesto rápido e um de seus homens agarrou o guarda pela garganta com a mão coberta pela manopla, fazendo-o cair de costas na porta com um estrondo. O som alto ecoou pelas muralhas externas. Alguém que andava lá em cima berrou um alarme.

O guarda se debateu loucamente e seu companheiro preparou a lança. Outro homem de York chegou ao alcance da pesada ponta de ferro e deu um golpe no queixo do homem que fez a lança e seu dono caírem no chão com estrépito. O primeiro guarda foi despachado com a mesma rapidez, com dois socos rápidos que esmagaram seu nariz.

Uma tropa de guardas surgiu com rapidez no corredor a quase 50 metros, comandada por um sargento de rosto corado com a espada desembainhada. York lançou um olhar frio em sua direção enquanto abria a porta e entrava.

No interior, parou, olhando para trás.

— Francis, guarde a porta. Vocês dois, venham comigo — ordenou.

O maior dos três homens pôs o peso contra a porta, baixou a tranca e a forçou com ambas as mãos. A porta tremeu imediatamente quando alguém se lançou contra ela pelo lado de fora. Sem qualquer palavra, o duque correu pelos cômodos seguintes. A suíte particular do rei ficava mais adiante e ele conhecia Windsor o suficiente para não hesitar. Velozmente, passou por um salão vazio de pé-direito alto, subiu um lance de escadas e parou de repente, seus homens quase esbarrando nele. Os três ficaram ali, ofegantes, enquanto York fitava a imagem de Derihew Brewer encostado numa janela baixa de pedra que dava para o vasto parque de caça de Windsor.

— Bom dia, milorde. Temo que o rei não esteja se sentindo bem para receber visitas, se é o que procura.

— Levante-se quando falar comigo, Brewer — retorquiu o duque, avançando mais no cômodo e parando. Seu olhar deu uma volta desconfiada, em busca de alguma explicação para a confiança do espião-mor. Com um suspiro, Derry se afastou do parapeito da janela e bocejou. No andar inferior, ouviam-se golpes ritmados enquanto os guardas do lado de fora começavam a arrombar a porta.

Derry deu uma olhada pela janela nas filas de soldados que corriam em todas as direções.

— Uma briguinha lá fora agora de manhã, milorde. Obra sua, não é?

York deu uma olhada na porta que sabia levar diretamente aos aposentos do rei. Estava fechada, e só havia Derry na antessala. Mas algo no sorriso insolente do homem estava dando em seus nervos.

— Vim ver o rei — avisou o duque. — Vá me anunciar senão eu mesmo vou.

— Não, acho que não vou fazer isso, Ricardo, meu velho. E acho que o senhor também não vai. Ou o rei *o* chama ou o senhor não vem. Ele o chamou? Não? Então sabe o que deve fazer, não sabe?

Enquanto Derry falava, a expressão no rosto de York se fechava com uma fúria ofendida. Seus homens ficaram tão surpresos quanto ele ao ouvir um lorde ser tratado pelo primeiro nome. Ambos deram um passo na direção de Derry, e ele os enfrentou, ainda com um sorriso estranho.

— Ponham a mão em mim, rapazes, por favor. Vejam o que conseguem.

— Esperem — ordenou York. Ele não conseguia se livrar da suspeita de que era uma armadilha, de que havia algo errado. Era quase a sensação de ter sobre si olhos que não podia ver. Os dois soldados se agigantaram sobre Derry, embora ele fosse tão largo de ombros quanto qualquer um deles.

— É bom ver que ainda lhe resta alguma inteligência — comentou Derry. — Agora, rapazes, aquela porta lá embaixo não vai durar mais do que um piscar de olhos. Se eu não estiver aqui para impedir que os façam em pedaços, acho que o título de seu senhor não os impedirá, não é? Não ao lado dos aposentos do rei, não mesmo.

York praguejou, entendendo de súbito que Derry ganhava tempo deliberadamente. Andou até a porta de carvalho, decidido a ver o rei naquela manhã, não importava o que acontecesse.

Ao se mover, algo passou relampejando por ele. Um estalo como o de uma viga rachando o fez parar de repente, a mão ainda a caminho da maçaneta da porta. York fitou o dardo de ferro negro saindo do carvalho, na altura de sua cabeça.

— Esse é o único aviso, Ricardo, meu velho. — Ouviu Derry dizer. — O próximo passa por seu pescoço.

O duque deu meia-volta a tempo de ver uma tira de cortina roxo-escura tremular até o chão. Na queda, revelou uma longa fenda que corria em torno do teto numa das extremidades, quase no comprimento total da sala. Três homens estavam deitados na abertura, de modo que ele só conseguia ver as cabeças e os ombros, além das armas terríveis apontadas para ele. Dois deles o observavam friamente pela mira das bestas. O terceiro recuava sobre os cotovelos para recarregar. York encarou os homens boquiaberto, vendo o sol brilhar na ponta polida com o dardo. Engoliu em seco enquanto Derry ria.

— Eu lhe disse, Ricardo. Ou o rei o chama ou o senhor *não* vem.

Abaixo de seus pés, um grande estrondo lhes revelou que a porta externa finalmente cedera. Os dois soldados que estavam com o duque trocaram um olhar preocupado, seu bom humor evaporando.

— Rapazes, *rapazes*! — chamou Derry, dando um passo na direção deles. — Tenho certeza de que sua presença *armada* perto do *rei* é apenas um mal-entendido. Não, *não* se afastem de mim. Tenho algumas coisas a lhes dizer antes de terminarmos.

O clamor de soldados correndo ficou mais alto, e vozes bradavam um desafio quando os homens se espalhavam pelo cômodo.

— Eu me deitaria no chão se fosse vocês — sugeriu Derry aos dois soldados.

Rapidamente eles se jogaram no chão, com as mãos para o alto e vazias para não serem pisoteados por algum dos homens corados que entraram vociferando. York permaneceu de pé e cruzou os braços, observando com olhos frios. Sabia que nenhum dos homens de artilharia ousaria tocá-lo. Depois que seus homens foram amarrados em segurança no chão, todos pareceram olhar para Derry à espera de novas ordens.

— Assim é melhor, Ricardo — declarou Derry. — Não é melhor? Acho que é. Agora, não quero ser responsável por acordar o rei esta manhã, se já não o acordamos. Que tal levar tudo isso lá para fora? Silêncio total agora, rapazes.

O duque passou pelos guardas reunidos com o rosto num tom vermelho-escuro. Ninguém o deteve ao descer a escada. Pelo menos aos olhos de Derry, foi quase cômico o modo como os soldados levantaram os prisioneiros com o máximo silêncio possível e desceram atrás dele.

York não parou junto ao corpo de seu maior soldado próximo à porta externa estilhaçada. Francis, seu homem, tivera a garganta cortada e jazia numa poça de sangue que se espalhava. York passou por cima dele sem olhar nem de relance. Os prisioneiros amarrados gemeram de medo ao ver o companheiro, de modo que um dos guardas estendeu a mão e deu uma bofetada no rosto do que estava mais perto.

A claridade do dia contrastou com a penumbra dos cômodos interiores. Derry saiu andando atrás de todos e foi imediatamente abordado pelo sargento d'armas, homem que tinha um grande bigode branco e quase tremia de fúria. Derry aceitou sua saudação.

— Não houve danos, Hobbs. Seus homens merecem uma caneca por minha conta hoje à noite.

— Queria lhe agradecer, senhor, pelo aviso — disse Hobbs, olhando de cara feia para York, que observava. Apesar de todo o abismo entre a posição dos dois, a segurança de Windsor era responsabilidade pessoal do sargento, e ele estava furioso com o ataque.

— É apenas o meu serviço, Hobbs — respondeu Derry. — Você tem um corpo do qual se livrar, mas é só. Acho que deixamos clara nossa posição.

— Como quiser, senhor, mas não gosto de pensar o quão longe ele chegou. Ainda farei uma queixa oficial, se o senhor não se importa. Não se pode suportar uma coisa dessas e o rei será informado. — Ele falava para os ouvidos do duque, embora York escutasse sem nenhuma reação visível.

— Pode levar nosso par de galinhas amarradas para a casa de guarda, Hobbs? Gostaria de dar uma palavrinha com eles antes de mandá-los de volta a seu navio. Tratarei pessoalmente com Sua Alteza.

— Entendido, senhor. Obrigado, senhor.

Com um último olhar feroz capaz de derreter ferro, o velho homem levou seus homens embora, deixando Derry e York sozinhos.

— Pergunto-me, Brewer, se conseguirá sobreviver tendo-me como inimigo — comentou York. Perdera o rubor, mas os olhos cintilavam de maldade.

— Ah, ouso dizer que consigo, mas conheci homens muito mais perigosos, seu insolente arrogante.

Não havia ninguém para escutar, e a máscara de bonomia irônica de Derry caiu quando ele encarou o duque e ficou ameaçadoramente perto dele.

— Você deveria ter ficado na França e cumprido as ordens de seu rei — avisou Derry, cutucando o peito do duque de York com o dedo rígido.

York cerrou os punhos de raiva, mas sabia que Derry o derrubaria com a menor provocação. Sabia-se que o espião-mor do rei frequentava os ringues de luta de Londres. Era o tipo de boato que ele fazia questão de que fosse ouvido por todos os seus inimigos.

— As ordens *são* dele? — perguntou York, irritado. — De um casamento e um armistício? De meus homens permanecerem em Calais? Eu *comando* o exército, Brewer. Mas não recebi nenhuma notícia até agora. Quem protegerá o rei se seus soldados estiverem 500 quilômetros ao norte? Já pensou nisso?

— As ordens foram genuínas? — perguntou Derry com inocência.

York fez um muxoxo.

— Os *selos* estavam corretos, Brewer, como tenho certeza de que você sabe. Não me surpreenderia se soubesse que era sua mão neles, derretendo a cera. Não sou o único a achar que você tem controle demais sobre o rei Henrique. Você não tem posição, não tem títulos, mas dá ordens em nome dele. Quem pode saber se vieram verdadeiramente do rei? E se apontar esse dedo de novo, mandarei enforcá-lo.

— Eu poderia ter um título de nobreza — respondeu Derry. — Ele já me ofereceu um antes. Mas acho que estou muito feliz do jeito que me encontro atualmente, por enquanto. Talvez me aposente como duque de York, quem sabe?

— Você não poderia ocupar meu lugar, Brewer. Não poderia sequer ocupar minha braguilha, sua ralé... — O duque foi interrompido quando Derry deu uma gargalhada.

— Sua braguilha! Que bela piada. Agora, por que não volta para seu navio? Terá de comparecer ao matrimônio do rei no mês que vem. Não quero que perca a cerimônia.

— Você estará lá? — perguntou York, o olhar mais agudo.

Derry não deixou de ver a insinuação. Uma coisa era zombar da autoridade do homem em Windsor, cercado pelos guardas do rei. Outra, bem diferente, era considerar o que o duque de York poderia fazer na França.

— Eu não estaria ausente de uma ocasião tão alegre — respondeu Derry, observando York sorrir com a ideia.

— Estarei com minha guarda pessoal, Brewer. Aquelas ordens agradáveis não impedem isso. Com tantos criminosos nas estradas, eu não me sentiria à vontade com menos de mil homens, talvez mais. Então falarei com o rei. Gostaria de saber se ele conhece metade de suas jogadas.

— Que pena, não passo do agente da vontade real — declarou Derry com um sorriso desdenhoso que escondia seu desalento com a ameaça. — Acredito que o rei deseje alguns anos de paz e uma esposa, mas quem sabe o que passa por sua cabeça, não é verdade?

— Você não me engana, Brewer. Nem aquele beberrão do Suffolk. Seja lá o que ofereceram aos franceses, seja lá o que vocês dois armaram, ambos estão errados! Isso é que é pior. Se oferecermos um armistício, acha que os franceses nos deixarão em paz? Ficamos parecendo fracos. Se isso continuar, estaremos em guerra antes do fim do verão, seu idiota miserável.

— Fico tentado a me arriscar a provocar a ira do rei só para vê-lo derrubado nesta grama, milorde — comentou Derry, bem perto do outro homem. — Dê-me um instante para considerar os prós e os contras, sim? Eu adoraria quebrar esse seu bico afiado, mas acontece que o senhor é um duque e tem certo nível de proteção, mesmo depois do fiasco de hoje de manhã. É claro que sempre posso dizer que o senhor tropeçou enquanto os guardas o perseguiam.

— Diga o que quiser, Brewer. Suas ameaças e ofensas não me assustam. Voltaremos a nos ver na França.

— Ah, então o senhor vai partir? Muito bem. Mandarei seus homens encontrá-lo daqui a pouco. Mal posso esperar para continuar nossa conversa no casamento.

York saiu marchando rumo à entrada principal do castelo. Derry o observou partir, uma expressão pensativa no rosto. Fora por pouco, por menos que gostaria. Soubera duas noites antes que o duque estava chegando, mas os guardas do portão externo deveriam ter sido avisados. York nunca poderia ter chegado até a área interna, muito menos à porta do próprio quarto do rei. Na verdade, Henrique ainda estava rezando na capela, porém o duque não tinha essa informação importante.

Por um instante, Derry pensou na conversa. Não se arrependia. Um homem como York tentaria matá-lo só pelo fiasco nos aposentos do rei. Não importava que Derry tivesse piorado a situação com insultos e ameaças. Não poderia *ser* pior. Ele suspirou. Mas também não podia deixar o duque ofendido ver o rei. York conseguiria fazer Henrique concordar com tudo, e toda a sutil combinação e os meses de negociação teriam sido desperdiçados.

Ao acordar, Derry soubera que aquele seria um dia ruim. Até ali, atendera a suas expectativas nos mínimos detalhes. Ele imaginou qual a probabilidade de sobreviver ao casamento em Tours. Com uma expressão horrível, percebeu que teria de tomar providências para o caso de não voltar.

Derry recordou o velho Bertle fazendo exatamente o mesmo truque em mais de uma ocasião. Seu antecessor como espião-mor sobrevivera a três tentativas de envenenamento e a um homem que aguardara por ele em seus aposentos com uma adaga. Simplesmente fazia parte do serviço, dizia, como Derry recordava. Homens úteis fazem inimigos, e pronto. Quando se é útil a um rei, os inimigos serão de qualidade. Derry sorriu ao lembrar o velho falando a palavra com prazer.

— Vejam as roupas dele, rapazes. Vejam o punhal! *Qualidade*, rapazes — dissera, sorrindo-lhes com orgulho ao lado do corpo do homem encontrado em seus aposentos. — Que elogio a mim terem mandado um cavalheiro como esse!

O velho Bertle podia ter sido um sujeito cruel, mas Derry gostara dele desde o princípio. Tinham o mesmo prazer em fazer os outros dançarem conforme sua música; outros que nem sabiam que as escolhas que faziam não eram próprias. Bertle via isso como uma forma de arte. Para um rapaz como Derry, recém-chegado da guerra na França, seus ensinamentos foram como água para uma alma ressequida.

Derry inspirou fundo e sentiu a calma lhe voltar. Quando Bertle convocava seus seis melhores homens e transmitia sua autoridade a um deles, todos sabiam que a situação era grave, que o aprendiz poderia não voltar do lugar aonde o trabalho o levava. Cada vez era um homem diferente, de modo que eles nunca tinham certeza de quem era verdadeiramente o sucessor que escolheria. Mas, após escapar por pouco uma dezena de vezes, o velho morreu no próprio leito, dormindo em paz. Derry pagara três médicos para examinarem o cadáver atrás de venenos, só para ter certeza de que não teria de rastrear ninguém.

Em paz outra vez, Derry estalou os dedos enquanto andava até a casa da guarda. Não pioraria em nada sua situação dar uma boa surra nos dois soldados. Sem dúvida, ele estava mesmo com vontade.

Prometia ser um dia glorioso de verão enquanto o sol nascia, com o ar já quente e o céu limpo. No Castelo de Saumur, Margarida se levantara antes do amanhecer. Não tinha certeza de ter dormido, depois de tanto tempo deitada no calor e na escuridão, a mente cheia de visões do marido e um medo nada pequeno. O 14º aniversário passara havia alguns meses, quase sem ser notado. Mas Margarida notara, inclusive por ter começado a sangrar na manhã seguinte. O choque daquilo ainda a acompanhava ao se banhar e se examinar à luz da lâmpada noturna. A criada lhe dissera que viria todo mês; alguns dias sofridos de trapos enrolados dentro das roupas de baixo. Para Margarida parecia um símbolo de mudança, de coisas tão velozes que mal absorvia uma nova descoberta e uma dezena de outras já clamavam por sua atenção. Seus seios estavam inchados? Ela achou que sim, e usou um espelho para apertá-los e espremê-los até surgir algo parecido com um sulco entre eles.

O castelo não estava em silêncio naquele dia, embora fosse muito cedo. Como camundongos nas paredes, Margarida já escutava vozes distantes, passos, portas batendo. O pai gastara um rio de ouro nos meses anteriores; contratara uma vasta criadagem e até trouxera modistas de Paris para tirar o máximo proveito do corpo esguio da filha. As costureiras trabalharam todas as noites nos cômodos do castelo, cosendo e cortando pano para a irmã e para as três primas que vieram do sul acompanhá-la na cerimônia. Nos dias anteriores, Margarida havia achado um pouco irritantes as garotas que se enfeitavam e davam risadinhas em volta dela, mas, de certo modo, passara do conhecimento de que o casamento ainda estava longe para aquela manhã, sem ter noção de como o tempo passara. Ainda era difícil acreditar que tinha chegado o dia em que se casaria com um rei da Inglaterra. Como ele seria? A ideia era tão aterrorizante que não conseguia nem lhe dar voz. Todos diziam que o pai dele fora um bruto, um selvagem que falava francês como um tolo hesitante. Seria o filho igual? Ela tentou imaginar um inglês segurando-a nos braços poderosos e a imaginação lhe falhou. Era simplesmente estranho demais.

— *Good morning, my... husband* — pronunciou ela, devagar.

Seu inglês era bom, assim dissera a velha governanta, mas a mulher havia sido paga para lhe ensinar. Margarida corou intensamente ante a ideia de soar como uma boba na frente do rei Henrique.

Em pé na frente do espelho, franziu a testa ao ver o emaranhado de cabelo castanho.

— Recebo-te por meu esposo — murmurou.

Esses eram os últimos momentos em que ficaria sozinha, ela sabia. Assim que as criadas a ouvissem se mexer, desceriam num rebanho para enfeitá-la, pintá-la e vesti-la. Margarida prendeu a respiração ao pensar assim e ficou de ouvido atento aos primeiros passos lá fora.

Quando veio a batida na porta, Margarida pulou, enrolando o corpo no lençol. Atravessou o quarto depressa até a porta.

— Quem é? — sussurrou. O sol ainda não se levantara. Já era hora?

— Iolanda. Não consigo dormir.

Margarida abriu um pouco a porta e deixou a irmã entrar, fechando-a devagar depois.

— *Acho* que dormi — cochichou Margarida. — Lembro-me de um sonho estranho, então acho que devo ter cochilado um pouco.

— Está empolgada?

Iolanda a fitava com fascínio, e Margarida puxou o lençol em torno dos ombros numa simulação de recato.

— Estou apavorada. E se ele não gostar de mim? E se eu disser as palavras erradas e todo mundo rir? O rei estará lá, Iolanda.

— Dois reis! — corrigiu Iolanda. — E metade dos nobres da França e da Inglaterra. Será maravilhoso, Margarida. Meu Frederick estará lá! — Ela suspirou deliberadamente, girando a bainha da camisola sobre as tábuas de carvalho do assoalho. — Ele estará muito bonito, eu sei. Eu me casaria com ele este ano se não fosse isso, mas... Ah, Margarida, não foi nada disso que quis dizer! Estou contente de esperar. Pelo menos papai recuperou parte da riqueza que perdemos. Ano passado seria um casamento de mendigos. Só espero que sobre o suficiente para me casar com Frederick. Serei condessa, Margarida, mas você será rainha. Só da Inglaterra, é claro, mas ainda assim rainha. Hoje! — Iolanda arfou ao absorver a ideia. — Você será rainha hoje, Margarida! Dá para conceber?

— Acho que posso conceber um ou dois — disse Margarida, zombeteira.

Iolanda olhou sem entender a piada e Margarida riu. Sua expressão mudou no mesmo instante para pânico quando ouviu passos rápidos no corredor lá fora.

— Estão chegando, Iolanda. *Bloody hell*, não estou pronta para elas!

— Blôdi rel?

— É uma expressão inglesa. João me ensinou. *Bloody hell*. Ele disse que é como "*sacré bleu*", uma praga.

Iolanda deu à irmã um grande sorriso.

— *Bloody hell*, eu gosto!

A porta se abriu para a entrada de uma torrente de criadas que parecia interminável, trazendo baldes de água fumegante e braços cheios de ferramentas estranhas para cuidar do cabelo e do rosto. Margarida corou de novo, resignada a horas de desconforto antes que pudesse aparecer diante dos olhos do público.

— *Bloody hell!* — murmurou Iolanda de novo junto dela, vendo com assombro o quarto se encher de mulheres ocupadas.

6

Com o sol se pondo, Derry deixou a cabeça pender enquanto a carroça o carregava pela estrada, praguejando ocasionalmente quando as rodas passavam por buracos e o faziam sacolejar de um lado para o outro. Estava na estrada havia 18 dias, pegando carona quando podia, com os nervos à flor da pele toda vez que ouvia cascos. Não relaxara um instante desde o confronto com o duque de York e, com certeza, não subestimava a ameaça. Sua rede de informantes e espiões nos arredores da fortaleza de Calais lhe trouxera notícias desagradáveis. Os homens do duque não escondiam a vontade de querer dar uma palavrinha com Derry Brewer. Do ponto de vista profissional, era interessante estar na outra ponta do esforço de encontrá-lo, em vez de estar no lugar de quem dava as ordens. Isso pouco servia de consolo ao passo que Derry coçava uma dezena de picadas de pulga na traseira da carroça que rangia.

O condutor que agora fitava a média distância não era um de seus homens. Como centenas de outros viajantes que iam da Normandia para o sul vislumbrar e se maravilhar com os reis, Derry pagara algumas moedas por um lugar na carroça e desistira da ideia de uma viagem rápida e sem paradas até Anjou. Escapara facilmente dos homens de York no porto, mas Calais estava sempre repleta de multidões ocupadas. As trilhas e os caminhos que seguiam para Anjou, ao sul, eram um lugar melhor para encurralar um viajante solitário sem confusão nem testemunhas. Pelo menos o casamento teria acabado antes que ele visse outro pôr do sol. Derry não ousara se hospedar em estalagens na estrada. Era fácil demais imaginar um ataque furtivo para pegá-lo enquanto roncava inconsciente. Em vez disso, dormira em valas e estábulos por duas semanas — e cheirava de acordo. Não quisera chegar tão em cima da hora, mas seus meios de transporte eram todos lentos, quase tão lentos quanto caminhar. Ele havia contado as manhãs e sabia que o casamento ocorreria no dia seguinte. Era uma agonia saber que estava quase lá. Podia sentir as redes de York se fechando em torno dele a cada quilômetro.

Derry passou a mão imunda no rosto, recordando-se de que estava mais parecido com um camponês do que a maioria dos camponeses de verdade. Um chapéu de palha surrado caía sobre seus olhos e as roupas não eram lavadas desde o dia em que tinham saído do tear. Era um disfarce que já havia usado anteriormente e contava que o fedor e a imundície o manteriam a salvo.

Enquanto seguia para o sul, vira cavaleiros passarem com a libré do duque meia dúzia de vezes. Derry tomara cuidado ao esticar o pescoço para observá-los, como qualquer agricultor faria. Os homens de olhos frios tinham fitado todos por que passavam, em busca de um vislumbre do espião-mor do rei.

Ele decidira usar a navalha caso fosse avistado. Era uma linha do mais fino aço, da largura de um dedo, com cabo de casco de tartaruga. Se o encontrassem, ele havia prometido a si mesmo fazer com que o matassem na estrada, em vez de sofrer nas mãos dos torturadores do duque ou, pior ainda, com o prazer presunçoso do homem de pescar um peixe daqueles. Mas os soldados de York sequer pararam ao ver mais um camponês sebento na traseira de um carro de bois.

Podia ser humilhante ser forçado a viajar para o sul daquela maneira, mas, na verdade, Derry gostava do jogo. Achava que essa parte sua é que chamara a atenção do velho Bertle, quando era apenas mais um ex-soldado informante, com os joelhos aparecendo pelas calças rasgadas. Derry administrava um pequeno ringue de lutas nos cortiços de Londres e tinha no bolso todos os homens envolvidos. Com isso obtivera um bom dinheiro, visto que organizava as lutas dependendo das apostas e dava ordens estritas ao lutador que deveria ganhar ou perder.

Só encontrara Bertle uma vez antes da noite em que o velho fora a uma de suas lutas. Vestido de preto, todo empoeirado, Bertle havia pagado um lugar de 1 centavo e observara tudo: dos sinais com os dedos que Derry fazia para os lutadores até o quadro negro de apostas e como elas mudavam. Quando a multidão foi embora para casa, o velho se aproximou com um brilho nos olhos, enquanto Derry pagava a quatro ou cinco homens cansados e machucados seu quinhão nos proventos. Ao reconhecê-lo, Derry mandara embora os rapazes que supostamente poderiam tê-lo levado para uma noitada e deixou Bertle ali sentado, observando. Já passava de meia-noite quando limparam todos os vestígios de que tinham usado o armazém. Quem quer que fosse, o dono não saberia que hospedara lutas naquela noite. Só saberia se encontrasse sangue debaixo da serragem fresca, mas, de qualquer modo, eles nunca usavam o mesmo lugar duas vezes.

Mesmo naquela época, Derry percebera o prazer e a diversão de Bertle ao se misturar com a multidão rude das lutas. Deixara todos os outros se retirarem até o velho ser o único que restava.

— Então o que há, velhote? — perguntara Derry. Lembrava-se do lento sorriso de Bertle na época, um homenzinho rijo que vira quase todos os tipos de maldade e dera de ombros a eles.

— Que belo reizinho de ladrões você é, hein, meu filho? — comentara Bertle.

— Faço tudo certo. Não misturo os bandos, pelo menos não com frequência. Ganho a vida.

— Você faz isso por dinheiro, então, é? Para ganhar o pão honestamente?

— Um homem tem de comer — retorquira Derry.

Bertle apenas havia esperado, erguendo as sobrancelhas. Derry ainda se lembrava de como o rosto do velho se enrugara de prazer quando dera uma resposta franca. Ainda não sabia por que respondera assim.

— Faço porque é divertido, seu velho diabo, tudo bem? Porque não importa quem vença, eu *sempre* ganho. Satisfeito?

— Talvez. Venha me ver amanhã, Derry Brewer. Talvez eu tenha um servicinho ou dois para você, algo que *vale a pena*.

O velho tinha saído arrastando os pés na noite, deixando Derry fitando o vazio. Ele tivera certeza de que não iria, claro. Mas fora mesmo assim, só para ver.

Derry sacudiu a confusão de lembranças em sua cabeça, sabendo que não podia simplesmente cochilar enquanto o boi avançava. Havia pensado em muitas coisas a dizer quando se dirigisse ao duque de York no casamento. Desde que encontrasse onde se banhar e trocar de roupa, é claro. O saco imundo no qual se sentava estava cheio de vestimentas cuidadosamente dobradas, boas o bastante para transformá-lo caso conseguisse chegar lá sem ter a garganta cortada. Ele gostaria de saber o que o fazendeiro havia pensado do estranho passageiro que parecia não ter dinheiro para comer, mas podia pagar com boa prata a viagem noite adentro. Derry sorriu para si mesmo ante o pensamento, dando uma olhada nas costas largas do homem. A estrada se silenciara com o pôr do sol, mas eles prosseguiram, pois Derry precisava alcançar seu destino. O fazendeiro chegou a cochilar, embalado pela carroça, acordando uma única vez quando o boi soltou um pum ruidoso, como o estrondo do fim do mundo. A tolice absoluta de sua posição fizera Derry dar uma risada dentro de seu saco.

O céu a leste se iluminou em tons de cinza muito antes de ele enxergar a linha ardente do sol. Derry estivera em Anjou algumas vezes durante suas viagens, trocando mensagens com homens a seu serviço. Sabia que um mês antes, mais ou menos, acontecera o julgamento e a execução de um prestamista judeu, e tinha uma ideia geral das dívidas acumuladas por Renato de Anjou. O homem assegurara sua posição com um pouco de crueldade, avaliava Derry, mas ponderou com indolência se deveria investigar um pouco mais as posses do duque. Antes que a renda de Anjou e Maine lhe chegasse, ele estaria vulnerável. Algumas oficinas queimadas, talvez uma safra semeada de sal para apodrecer no campo — as possibilidades eram infinitas. Com um empurrãozinho apenas, Renato de Anjou poderia ser levado a implorar um empréstimo ao novo marido da filha — e então teriam um homem de influência na corte francesa. Isso, supondo que Derry sobrevivesse ao dia do casamento, é claro. Os lordes Suffolk e Somerset tinham suas instruções para o caso de Derry não aparecer, mas saber disso dificilmente o consolaria.

Quando chegou a aurora, o condutor insistiu que tinha de descansar, alimentar e dar água ao grande boi preto que andava para o sul havia dois dias. Derry podia ver a torre dupla da Catedral de Tours elevando-se acima dos campos a distância. Não podia estar a mais de alguns quilômetros. Com um suspiro, pulou da carroça e esticou as pernas e as costas. A estrada estava misericordiosamente vazia em ambas as direções. Ele supôs que todos que tinham viajado para ver o casamento já estavam lá. Derry era o único ainda na estrada, com a possível exceção dos cavaleiros do duque que ainda vasculhavam o campo atrás dele.

Enquanto pensava nisso, avistou uma nuvem de poeira distante, correu para a beira da estrada e pulou numa moita de capim selvagem quase tão alta quanto sua cabeça.

— Três deniers de prata se você não disser nada — gritou em francês, escondendo-se o máximo que pôde. Lorde Suffolk se surpreenderia ao ouvir a fluência perfeita de Derry nesse idioma.

— Onze — respondeu o condutor ao prender um bornal na boca cheia de baba do seu boi.

Derry se ergueu, indignado.

— Onze? Você poderia comprar outro boi com onze, seu infeliz!

— Onze é o preço — reforçou o homem, sem olhar em volta. — Estão se aproximando, meu bom lorde inglês.

— Não sou lorde nenhum — rugiu Derry no capim alto. — Onze, então. Dou a minha palavra.

O sol se elevara, e ele se irritava a cada momento perdido. Não podia dar mais um passo na direção da catedral com cavaleiros à vista. Imaginou se conseguiria se esgueirar de quatro, mas, se do alto da sela vissem o capim se mexer, estaria tudo acabado para Derry Brewer. Ele ficou onde estava, tentando ignorar as moscas e os gafanhotos de um verde vívido que zumbiam e o sobrevoavam.

Baixou a cabeça imediatamente ao ouvir o barulho dos cavaleiros que se aproximavam da carroça. Estavam tão perto que poderia estender a mão e tocá-los. Ouviu uma voz inglesa zurrada, falando um francês execrável, disparar perguntas ao condutor. Derry suspirou de alívio quando o homem disse que não vira ninguém. Os cavaleiros não perderam muito tempo com outro camponês imundo e seu boi. Continuaram trotando rapidamente, de modo que o silêncio voltou à estrada e Derry conseguiu ouvir novamente o canto dos pássaros e as abelhas. Levantou-se, olhando a tropa que desaparecia em direção aonde queria ir.

— Onze deniers — avisou o condutor, estendendo a mão grande como uma pá.

Derry enfiou a mão no saco e contou as moedas. Entregou-as.

— Alguns chamariam isso de roubo.

O homem só deu de ombros, sorrindo levemente com a recompensa que ganhara. Quando se virou para a carroça, não viu Derry puxar um porrete do saco. Um golpe na nuca do sujeito o fez cambalear. Derry o atingiu de novo no alto do crânio e, com satisfação, observou-o cair.

— Estariam errados — prosseguiu Derry à figura inconsciente. — Aquilo foi apenas um caso de *force majeure*. *Isto* é roubo.

Ele pegou as moedas de volta e deu uma olhada em Tours e no sol nascente. O boi ruminava tranquilo, olhando-o pelos longos cílios, mais adequados a uma linda mulher. A carroça era lenta demais, pensou Derry. Ele teria de percorrer os últimos quilômetros correndo.

Derry deixou o condutor lá, para acordar quando tivesse de acordar, e partiu, correndo pela estrada de Tours. Dali a pouco, praguejou em voz alta e retornou. O condutor gemia, já começando a despertar.

— Você deve ter muito osso nesse cabeção — comentou Derry. Contou três moedas de prata e as colocou na mão do homem, fechando-a.

— Isso é só porque você me lembra meu velho pai e não porque eu esteja amolecendo — murmurou. — Tudo bem?

O condutor abriu um olho enevoado e o fitou.

— Então tudo bem — continuou Derry. Tomou fôlego e começou a correr.

Margarida mal ousava se mexer com o vestido. O tecido novo coçava e era estranho, tão rígido que era como se ela estivesse vestida com tábuas. Mas não podia negar que refletia magnífico no longo espelho. Pequenas pérolas tinham sido costuradas em todas as partes expostas e chocalhavam quando ela se mexia. O véu era fino como uma teia de aranha e Margarida se maravilhou por ser capaz de ver através dele. Não podia mais se curvar para olhar os perfeitos sapatos de cetim que usava por baixo. Os pés pareciam muito distantes, como se pertencessem a outra pessoa, e ela fora reduzida a uma cabeça empoleirada em metros de pano branco. A criada que a abanava era a única coisa que impedia que o suor brotasse com o aumento do calor.

Margarida já estava corada quando finalmente lhe permitiram que saísse ao sol. O Castelo de Saumur ficava a pouco mais de 60 quilômetros da Catedral de Tours, e uma carruagem grandiosa a aguardava no pátio. Cintilava de verniz e tinta preta, puxada por um par de lustrosos cavalos castanhos. Um toldo fora montado sobre os assentos ao ar livre para protegê-la da poeira da viagem.

A mãe saiu da construção principal, aproximando-se com orgulho e tensão estampados no rosto. Margarida ficou de pé, sem jeito, enquanto o vestido era torcido e puxado na posição perfeita para que ela se sentasse.

— Mantenha a cabeça erguida e não curve o corpo — indicou a mãe. — A dignidade da família viaja hoje com você, Margarida. Não nos envergonhe. Iolanda! Ajude sua irmã.

Iolanda deu uma corridinha à frente, erguendo os braços carregados de panos para impedir que se arrastassem nas pedras enquanto Margarida dava passos cuidadosos. Um pajem que não conhecia a ajudou a subir no degrau e, ofegante, ela se enfiou pela abertura e quase caiu no banco lá dentro. Embarcara, com Iolanda remexendo em volta para arrumar a cauda de modo que não amarrotasse muito. Outra carruagem já esperava para entrar no pátio, e parecia que a criadagem toda saíra para se despedir. Margarida se concentrou em controlar a respiração, sentindo-se tonta com o aperto. Não poderia curvar as costas nem se quisesse: a armação do vestido a mantinha ereta. Ela levantou a mão para as filas de criadas e pajens e foi devidamente aclamada por eles. Seu olhar parou numa criada que conhecia, de quando esbarrou nela durante a visita do rei. Aquela moça sorria e agitava o lenço com lágrimas nos olhos. Margarida se sentiu como uma boneca pintada à mão, comparada à garotinha que era na época.

Iolanda, ofegando e com brilho nos olhos, subiu para sentar-se ao seu lado.

— Isso é incrível — comentou, olhando em volta. — É tudo para você! Não está empolgada?

Margarida analisou o que sentia e só achou nervosismo. E sua resposta foi uma expressão facial de pesar. Talvez se empolgasse na estrada, mas estava prestes a se casar com um rapaz que nunca vira. O tal inglês, Henrique, estaria igualmente nervoso? Ela duvidava. Seu futuro marido era rei, acostumado a ocasiões grandiosas.

Dois outros pajens de preto, botas engraxadas e libré impecável assumiram sua posição nos dois lados da carruagem. Em teoria, afastariam quaisquer ladrões e saqueadores na estrada, mas não havia perigo de verdade. O cocheiro era um homem grande e extravagante que fez uma reverência demorada diante das duas meninas antes de assumir seu lugar e arrumar um longo chicote com uma corda pendente na ponta.

De qualquer jeito, as carruagens começaram a se mover antes que Margarida estivesse pronta. Ela viu as muralhas de Saumur passarem e se inclinou o máximo que pôde para se despedir da mãe com um aceno. O pai e os irmãos tinham partido na véspera. Esta manhã era a vez das mulheres da família, mas tudo chegara e passara tão depressa que ela não havia conseguido acompanhar. Todas as horas desde que acordara pareciam comprimidas em poucos instantes, e Margarida quis pedir que o cocheiro parasse, a mente sobrevoando as mil coisas que teria de recordar.

Viu a mãe fazer um sinal para a carruagem seguinte, a mente já no bando de primos e na trabalheira que daria para preparar Saumur para um banquete de casamento naquela noite. Margarida se recostou, vendo mais duas carruagens aguardando pacientemente para levar convidados a Tours. Enquanto ela e a irmã seguiam pela estrada, escutou o cocheiro estalando a língua e o chicote para os cavalos passarem a trotar em uníssono. Ela arfou de prazer com o sopro de vento no rosto. Ainda faltavam horas até que visse a catedral. Pela primeira vez, sentiu um agradável frêmito de expectativa.

Quando a carruagem saiu das terras de Saumur pelo portão norte, a estrada se alargou. Ambas as meninas se espantaram com a multidão que ladeava o caminho. Ninguém se dera ao trabalho de dizer a Margarida a quantidade de pessoas que viajaram só para vê-la. Tanto ingleses quanto franceses agitavam os chapéus e comemoravam, gritando seu nome. Margarida corou de leve, e elas esticaram o pescoço e riram ao sol.

— *Bloody hell* — murmurou Iolanda, deliciada. — Isso é maravilhoso.

Suffolk fez o possível para ocultar a preocupação, em pé diante da catedral. Fitava a torre dupla como se a achasse interessante, fazendo o que podia para parecer relaxado e imperturbável. Os calções e a túnica novos pinicavam, embora ele imaginasse que com a roupa parecia mais magro que de costume. Fora forçado a enxugar o rosto, e o peso da capa parecia aumentar a cada hora que passava, o debrum de pele fazendo cócegas na garganta. O estilo inglês de usar camadas de roupas não tinha lugar no verão francês, mas ele notou que os franceses vestiam roupas igualmente quentes, de modo que estavam com o rosto quase tão corado quanto o dos nobres ingleses já bêbados de vinho aguardentado.

Suffolk invejou o porte esbelto de York ao avistá-lo passando pela multidão e parando para dar ordens a um de seus homens de armas. O duque trouxera consigo uma imensa guarda pessoal, mais do que todos os outros lordes ingleses somados. Mesmo assim, ela era apequenada pelo número de soldados franceses acampados em torno da cidade.

Observou o homem de York bater continência e sair às pressas em alguma missão. Suffolk, com os braços para trás, cruzou as mãos nas costas e tentou parecer fascinado pelas torres góticas e pela cantaria elaborada. Gostaria que a esposa tivesse ido, mas Alice ficara escandalizada só em pensar na ideia. Já fora difícil o suficiente lhe explicar que, naquele dia, se casaria com uma princesa francesa de 14 anos, se tudo desse certo. Estar lá também com a esposa seria zombar da Igreja, ou assim disse ela, de certa forma.

Zombaria maior seria o massacre que poderia muito bem irromper com a mínima provocação, pensou Suffolk. Por ora, os homens de York ignoravam cuidadosamente os soldados franceses em volta de Tours, enquanto seus senhores nobres passeavam e conversavam. Suffolk sabia que os franceses estavam ali para assumir o comando de Anjou e Maine assim que a cerimônia terminasse. Adoraria contar a York, principalmente depois de aguentar os olhares expressivos dele aos soldados distantes. O duque de York sentia que sua cautela era totalmente justificada pela presença de tamanha força francesa. Quando se cruzaram brevemente no adro da catedral, ele sibilara uma pergunta, exigindo saber por que Suffolk achava que alguns poucos guardas conseguiriam proteger o rei Henrique. Mas ele só conseguira murmurar que sem dúvida não haveria perigo no dia de um casamento. York o olhara fixamente, parecendo desconfiado ao se afastar.

Era uma situação tensa, e os nervos de Suffolk se retesavam mais e mais a cada hora que passava. York não sabia que o rei não viria, e agora havia dois exércitos, um diante do outro nos campos. Bastaria que algum idiota lançasse o insulto errado ou fizesse alguma brincadeira de mau gosto e nenhuma força no céu nem na terra impediria a batalha. Suffolk usou um lenço de tecido macio para enxugar o rosto mais uma vez.

Murmurando alguma coisa insossa a outro convidado, Suffolk viu York mudar de direção para se aproximar dele pelo adro.

— Apareça logo, Derry — chamou Suffolk baixinho em inglês, fazendo o nobre francês mais próximo franzir a testa para ele com um ar confuso. — Preciso de você aqui. Venha logo.

Ele sorriu quando o duque parou.

— Ricardo! Que dia maravilhoso. Você tem notícias do rei?

York olhou com azedume o homem mais velho.

— Vim lhe perguntar exatamente isso, William. Não tenho notícias dos portos de que ele esteja a caminho. Você viu Derry Brewer?

— Ainda não. Talvez esteja com o rei. Acho que estão vindo juntos.

York fechou a carranca, fitando a multidão de famílias nobres francesas e inglesas, todas aproveitando o dia de sol.

— Não consigo entender. A menos que ele tenha criado asas, já deveria estar bem adiantado na estrada a esta altura. Dificilmente meus homens deixariam de ver uma comitiva real passando por Calais, mas não tive nenhuma notícia.

— Podem estar à frente dos mensageiros, Ricardo. Já pensou nisso? Tenho certeza de que chegarão aqui a tempo.

— Tem o dedo de Brewer nisso tudo — afirmou York, irritado. — Rotas secretas e subterfúgios, como se nem os próprios lordes do rei merecessem confiança. Esse seu amigo Brewer vai parecer um idiota se a comitiva do rei sofrer uma emboscada enquanto estamos aqui em nossas melhores roupas.

— Tenho certeza de que isso não acontecerá. Derry simplesmente tenta proteger o rei dos perigos, como todos nós.

— Eu não ficarei satisfeito enquanto o rei não estiver casado, são e salvo a caminho de casa. Viu quantos soldados mandaram acampar a nossa volta? Graças a Deus eu trouxe muitos comigo! Esta é uma situação perigosa, William. Tenho pouquíssimos homens para detê-los se fizerem um ataque surpresa.

— Tenho certeza de que só estão aqui para proteger o rei Carlos e seus nobres — mentiu Suffolk, nervoso. Ele temia o momento em que todos os detalhes do acordo de casamento fossem revelados. Teria de torcer para que o rei francês não criasse um espetáculo ao assumir o comando de seus novos territórios. Conhecendo bem os franceses, William de la Pole desconfiava de que essa esperança era extremamente vã.

— A cidade parece um campo armado e o rei francês ainda nem chegou — declarou York. — Tem algo aí que não consigo entender, William. Pela sua honra, você me diria que me preocupo à toa?

— Eu... Eu não posso dizer, Ricardo. — Ele viu os olhos do duque se estreitarem.

— *Não pode?* Então *há* alguma coisa, algo que não me contaram. Preciso saber, William, para proteger o rei da Inglaterra em solo francês. Você compreende? Não posso ser pego distraído se existem planos em andamento sobre os quais não sei absolutamente nada. *Maldito* Derry! Diga-me, lorde Suffolk. O que eu não estou sabendo?

Um grande fragor veio da estrada a oeste. Suffolk olhou naquela direção aliviado, tirando o lenço para enxugar a testa.

— Quem será? — perguntou. — Não pode ser a noiva ainda. Será o rei francês?

— Ou o rei Henrique — respondeu York, observando-o com atenção.

— Isso, isso, é claro — concordou Suffolk, suando profusamente. — Pode ser Henrique chegando. É melhor ir ver, se me dá licença.

York observou o homem mais velho se afastar rigidamente. Balançou a cabeça com repugnância e chamou um guarda para seu lado com um gesto brusco.

— Verifique os arredores mais uma vez. Quero que Derry Brewer seja pego sem alarde. Traga notícias assim que o pegar.

— Sim, milorde.

O guarda bateu continência e saiu depressa. A expressão de York azedou quando ouviu os gritos da multidão e entendeu que o rei francês chegara a Tours. O sol marcava meio-dia e ainda não havia sinal do noivo nem da noiva.

Derry fez o máximo para andar despreocupado enquanto atravessava o campo de soldados franceses, todos descansando e almoçando ao sol. A última vez que vira tantos juntos no mesmo lugar fora num campo de batalha, e a lembrança era desagradável. Sabia muito bem por que estavam ali. Os grupos animados que fofocavam e mastigavam pão duro voltariam a se tornar uma força militar quando viesse a ordem de retomar os vastos territórios de Maine e Anjou.

O espião-mor esperava ser desafiado, mas pegara por instinto uma pesada terrina de sopa nas cercanias e seguira, cambaleando com ela. Esse simples adereço o levara diretamente ao coração do acampamento. Havia dezenas de outros criados buscando e levando coisas para os soldados, e sempre que sentia um olhar desconfiado, parava e deixava que os homens se servissem, sorrindo e curvando-se para eles como um mudo ingênuo.

Ao meio-dia, já havia atravessado o acampamento e finalmente conseguido entregar o caldeirão agora vazio a um grupo de mulheres idosas antes de continuar andando. As carruagens do rei francês foram avistadas na estrada, e ninguém prestava atenção na figura desgrenhada que perambulava para longe do acampamento.

Derry andou o mais depressa que pôde pela estrada até ver grupos de soldados ao lado da catedral propriamente dita. Era apenas uma corrida curta, mas o espião sabia que não conseguiria. Olhou em volta para ver se alguém estava de olho nele e se jogou de repente numa vala junto a um antigo portão de madeira, onde o capim era alto.

Satisfeito por ter passado pelo meio do exército francês a pé, Derry observou soldados pararem e revistarem duas carroças que passaram por eles.

Parecia haver homens de York por toda parte. Derry fez uma careta ao sentir a água da vala se infiltrar em suas roupas, mas manteve o saco que carregava fora dela e ficou bem abaixado, usando o pilar da porteira como cobertura e aguardando o momento certo. Notou que os homens de armas ficavam longe da catedral. O prédio da igreja tinha um jardim próprio, com muro e portão. Se conseguisse passar por aquela fronteira externa, estaria a salvo. As catedrais da França e da Inglaterra eram todas construídas na mesma linha, disse a si mesmo. Ele conheceria suficientemente bem a planta caso fosse capaz de entrar.

Derry espiou entre as folhas de capim seco e avistou os belos passarinhos na festa de casamento, todos ao sol no adro. Estavam tão perto! Quase podia ver os rostos. Por um instante, ficou tentado a simplesmente se levantar e chamar um de seus aliados, como Suffolk. Sem dúvida, York não o capturaria em público. Derry olhou as calças encharcadas e os dedos pretos. Estava imundo, como só dias na estrada conseguiriam deixá-lo. Se um camponês com aparência tão bronca quanto a dele se aproximasse do grupo de convidados, os soldados o agarrariam e o colocariam para fora antes que metade dos nobres soubesse o que estava acontecendo. Fosse como fosse, não combinava com sua noção de estilo ser agarrado por guardas enquanto berrava por Suffolk. Derry ainda estava decidido a andar até Ricardo de York com suas melhores roupas e agir como se tudo tivesse sido fácil. O velho Bertle sempre apreciara sua noção de estilo. Em memória do espião-mor, ele o faria com floreios.

Derry ergueu a cabeça de leve, observando um par de guardas que tinham assumido firmemente o posto diante do portão da muralha da catedral. Dividiam uma torta e estavam bem próximos um do outro, cortando-a com os dedos e mastigando.

Além daquela muralha ficava a própria residência do bispo, com cozinhas e despensas e salas de visita adequadas a qualquer lorde. Derry arregalou os olhos, tentando vigiar as rondas de outros grupos de soldados. Bem devagar, enfiou a mão no saco para pegar o pesado porrete. Não podia ser a navalha, não contra soldados ingleses — e não no terreno de uma igreja. O tipo de mundo sombrio que costumava habitar só o levaria a ser enforcado à luz de um dia claro francês. Mas a ideia de passar por dois soldados armados com apenas um pedaço de pau era mais do que desencorajadora. Um, sim, ele sempre conseguiria surpreender um com uma pancada atrás da orelha, mas não podia permitir que dessem o alarme, senão estaria arruinado.

O sol avançou pela tarde enquanto Derry ficava lá, cada vez mais inquieto. Por três vezes, meia dúzia de soldados em tabardos ingleses vermelhos e dourados vieram marchando, contornando os limites da catedral. Levavam o tipo de arco que ficara famoso em Azincourt, e Derry sabia que conseguiriam partir um coelho em cem pedaços, quem diria um homem adulto. Estava quase invisível em sua roupa marrom esfarrapada, mas ainda assim prendeu a respiração quando passaram a pouco menos de 20 metros, sabendo que os caçadores entre eles avistariam até um tremular do capim longo.

O tempo se arrastava com dolorosa lentidão. Algo grande se moveu pelo rosto de Derry e ele o ignorou quando o picou no pescoço e lá ficou para sugar o sangue. Só havia uma coisa capaz de distrair os guardas em torno da catedral, e ele aguardava por ela antes de se mexer.

Aconteceu duas horas depois do meio-dia, segundo o que conseguia avaliar pelo sol. Homens e mulheres das aldeias locais começaram a se agitar pela estrada e ele conseguiu ouvir vivas distantes. Em poucos instantes, havia movimento por toda parte, com gente empolgada correndo para conseguir a melhor posição e ver chegarem as carruagens nupciais. Derry se levantou quando um grupo passou por ele, usando-o para que o espião-mor da Inglaterra não fosse visto saindo de rosto corado da fedentina de uma vala. Ele andou em direção aos guardas no portão e abençoou em silêncio a noiva quando viu que ambos olhavam para oeste. Nunca tinham visto uma princesa, e aquela seria rainha da Inglaterra.

Derry contornou uma criança que corria e levou seu porrete de madeira até a orelha de um dos guardas. O homem arriou como se suas pernas tivessem sido cortadas, e o outro mal se virava em surpresa iminente quando Derry levou o bastão para trás e o lançou na têmpora do homem. O guarda soltou um gemido ao cair, e o espião-mor teve certeza de ouvir uma voz inglesa exclamar em choque ali perto. Abriu o portão com um pontapé e correu para dentro, já tirando da cabeça o chapéu imundo e jogando-o num arbusto bem-aparado.

Os aposentos do bispo eram separados da catedral; ele ignorou o caminho que levava até eles e seguiu para a sacristia. Derry estava disposto a chutar qualquer porta, mas ela se abriu facilmente quando puxou o ferrolho e entrou. Ergueu os olhos devagar para ver o enorme volume rosado de um bispo francês em pé, vestido com o que pareciam ser roupas de baixo brancas. Outro clérigo estava ali, boquiaberto, uma túnica branca comprida nas mãos.

— Vossa Excelência Reverendíssima, peço desculpas por incomodá-lo. Estou atrasado para o casamento, mas lorde Suffolk lhe dará seu endosso.

Derry arrancou do saco as belas roupas, e foi somente a visão dos debruns de pele que impediu o bispo de gritar por socorro.

Derry sentiu uma batida na porta a suas costas e se virou rapidamente para baixar a tranca.

— Posso perturbá-lo mais um pouco e lhe pedir uma jarra d'água? A noiva já chegou e temo estar sujo demais pela viagem para que me vejam assim.

Espantados, os dois clérigos o olharam, e o bispo fez um gesto tímido para outro cômodo. Derry correu até onde uma grande bacia aguardava sobre uma cômoda de mármore. Deixou a água e um pano de limpeza pretos enquanto se esfregava e se despia o mais depressa possível.

Quando saiu, o bispo estava sozinho; aparentemente, o criado fora verificar a boa-fé do estranho que invadira a sacristia. O bispo parecia ainda maior nos trajes formais, como uma grande tenda que observava com interesse Derry alisar o cabelo com a mão molhada e jogar o saco amassado num canto.

— Deus lhe abençoe, Vossa Excelência Reverendíssima — disse Derry. — Achei que não conseguiria chegar a tempo.

Ele saiu andando para dentro da igreja.

— Lá está ele! — berrou uma voz em inglês.

Sem se virar para olhar a origem do grito, Derry disparou pela longa nave, rumo à porta iluminada pelo sol na outra extremidade.

7

A carruagem de Margarida parou diante da catedral, fazendo um amplo círculo. A multidão gritava, e ela corou enquanto ajudavam as duas irmãs a descerem. O véu finíssimo cobria seu rosto, mas ela conseguia ver todos com clareza através dele. Tinham ido até aquele lugar por sua causa. O nervosismo aumentou quando viu o rei Carlos sorrindo, ao lado, com sua tia Maria.

Seu próprio sorriso se tensionou sob o véu ao avistar o pai de pé junto ao rei, usando um casaco vermelho-sangue sobre calções cor de creme e lustrosas botas negras. O tecido era coberto de padrões feitos com fios de ouro, e ele abaulava acima e abaixo das partes mais justas. Mas Renato de Anjou parecia orgulhosamente feliz com a presença de tantos belos nobres no casamento da filha. Ao fazer uma reverência diante de ambos, Margarida se perguntou se o pai estaria preocupado com a cerimônia ou se só pensava nas terras que reconquistara para a família.

Quando Margarida se levantou, outro homem atravessou a multidão e fez uma profunda reverência. Era alto, de ombros largos, os cabelos tinham um tom férreo. As roupas eram menos vistosas que as do pai e do rei, e Margarida, sem entender direito como, soube que era inglês antes mesmo que ele lhe beijasse a mão e falasse.

— Princesa Margarida, é uma grande honra — declarou ele. — Sou Suffolk, mas seria uma honra para mim se me chamasse de William. — Para sua surpresa, ele se curvou de novo, e ela percebeu que o lorde inglês grandalhão estava quase tão nervoso quanto ela.

Quando ele estava prestes a falar de novo, a irmã Iolanda estendeu a mão, a palma para baixo, e deu uma risadinha quando Suffolk tentou beijá-la ao se curvar uma terceira vez.

— A senhorita deve ser a princesa Iolanda. Estou a seu serviço, é claro — disse ele. Os olhos voltaram para Margarida e Suffolk mordeu o lábio inferior. — Gostaria de saber se faria a bondade de me conceder uma palavrinha em particular, milady? Tenho uma notícia que a senhorita deve ouvir antes da cerimônia.

Margarida ergueu os olhos e viu o pai e o rei Carlos trocarem um olhar confuso.

— O que houve, lorde Suffolk? — perguntou Renato, avançando. — Não é conveniente atrasar a cerimônia. Onde está o noivo? Ele está chegando?

O coração de Margarida se apertou quando o pai falou. O rei inglês não estava ali? Ela teve visões de voltar solteira para o Castelo de Saumur, alvo de zombarias e cochichos dissimulados pelo resto da vida. De repente, teve vontade de chorar, e sentiu a mão de Iolanda pegar a dela e apertá-la em apoio velado.

— Vossa Majestade, meu senhor Anjou, tenho notícias angustiantes. O senhor, por favor, escoltaria sua filha para dentro da igreja, longe do sol? Não são notícias para todos os ouvidos.

Suffolk corara ao falar, parecendo prestes a explodir com toda a atenção do público voltada para ele. Foi o primeiro a erguer os olhos quando houve um clamor e um estrondo vindos da porta principal da catedral. Margarida viu uma expressão de profundo alívio surgir no rosto do homem quando Derry Brewer saiu da penumbra e parou de repente. Havia criados passando pela multidão com jarras e preciosas taças de vinho branco. Derry agarrou uma ao passar e andou em direção às carruagens que formavam um semicírculo.

— Mestre Brewer! — exclamou Suffolk, enxugando o suor da testa com um pano.

Margarida teve um vislumbre de outro lorde alto que se virou de repente ao ouvir o nome e andou pela multidão até eles.

— Que lindo dia para um casamento — comentou Derry em inglês, esvaziando a taça com um longo gole. Curvou-se para os nobres franceses que o observavam com desconfiança. — Vossas Majestades, lorde Suffolk. E essas flores da França devem ser as princesas Margarida e Iolanda.

Derry se curvou ainda mais diante delas e beijou a mão de ambas com um sorriso que nunca saía de seu rosto. Margarida percebeu que ele suava profusamente e tentava controlar a respiração. Estaria tão empolgado assim por vê-las? Quase parecia que estivera correndo. Os nobres que os rodeavam já sussurravam perguntas entre si.

Suffolk estendeu a mão e pegou Derry pelo braço, ficando ainda mais corado com a tensão e o calor.

— Agora mesmo eu explicava, mestre Brewer, que devíamos ir para um lugar privado um momento antes da cerimônia.

— Excelente — respondeu Derry. Quando um criado passou, trocou a taça vazia por outra e a esvaziou igualmente, em três goles dessa vez. — Está quente demais aqui. Ah, lorde York! Que prazer encontrá-lo tão bem de saúde num dia como hoje.

Aos olhos de Margarida, lorde York era muito mais parecido com o que ela esperava de um lorde inglês. Era alto e ágil, com o rosto rígido e quadrado e cabelos pretos bem curtos. Os olhos escuros faiscaram quando se aproximou, e todos em volta se calaram, sentindo a ameaça que emanava como calor do nobre inglês. Mais uma vez, o pai trocou olhares com o rei Carlos, mais preocupado a cada instante.

— Vossa Majestade, lorde Renato, lorde Suffolk — saudou York, curvando-se. — Estou muito contente em vê-lo aqui, Brewer. Adoraria ter uma oportunidade de continuar nossa última conversa mais tarde.

— Ah, como desejar, milorde. Mas hoje não é dia para nossas questões menos importantes, não é mesmo? É um dia de celebração, com duas grandes culturas unidas na promessa da juventude.

Com o rosto ainda lustroso de suor, Derry abriu um grande sorriso a todos, claramente contente com algo. Margarida acompanhara com dificuldade as palavras inglesas, e olhava de um para o outro. Suffolk havia falado com bastante delicadeza e ela percebeu que gostava dele. Lorde York sequer demonstrara perceber a sua presença ali.

— Por aqui, meus senhores, senhoras. Vamos nos refugiar do sol dentro da catedral.

Derry levou o pequeno grupo pelas portas abertas, erguendo a taça ao passar por soldados ingleses ofegantes. Eles o olharam fixamente, seguindo cada passo seu com frieza.

O interior da igreja era como uma brisa fresca depois do sol quente. Margarida respirou fundo, temendo desmaiar. Apoiou-se em Iolanda quando o estranho grupo se virou e esperou esclarecimentos.

Derry deu leves toques na testa com um lencinho antes de falar, com total consciência da atenção nele concentrada. Sabia que todos os meses de planejamento não dariam em nada se estragasse este único discurso. Ergueu a cabeça e guardou o lenço.

— Temo que haja uma pequena dificuldade, meus senhores. O rei Henrique foi acometido por uma doença ontem à noite. Não é nada fatal, mas mesmo com purgantes não passará a tempo. Contra sua vontade, foi forçado a retornar a Calais, para, de lá, voltar à Inglaterra. Ele não tem condições de comparecer, e só pôde enviar suas mais humildes desculpas à princesa Margarida e a seu pai.

— Uma *pequena* dificuldade? — perguntou o rei Carlos, estupefato. Derry notou que seu inglês era excelente, embora o sotaque fosse bastante carregado. — Tem alguma ideia de todo o trabalho investido neste dia? Agora vem me dizer que seu rei está doente? Isto é uma catástrofe!

— Vossa Majestade, nem tudo está perdido — respondeu Derry. — Tenho instruções específicas do rei Henrique. Esse é um problema que está ao alcance dos homens resolver.

— Vocês não trouxeram o noivo! — objetou o duque Renato. — Como vão resolver *isso*?

— O senhor foi diretamente ao âmago da questão, lorde Anjou — declarou Derry. Seu sorriso não titubeara. — Os reis não são como os outros homens, graças a Deus. Lorde Suffolk, aqui, tem a permissão do rei Henrique para trocar os votos em seu nome. O casamento acontecerá dessa forma, com outra cerimônia na Inglaterra em data posterior. O armistício e a troca de terras estarão garantidos.

— Troca de terras? — quis saber York de repente.

Derry se virou para ele, erguendo as sobrancelhas, surpreso.

— Milorde York, vejo que o rei não lhe contou todos os detalhes de seus planos, como é de seu direito. Talvez o senhor devesse sair em vez de ouvir detalhes que não lhe dizem respeito.

York trincou os dentes, as linhas dos músculos do maxilar se destacando.

— Ficarei para ouvir o resto, Brewer. Como comandante das tropas inglesas na Normandia, acredito que me diz respeito, sim.

Derry deixou o momento de silêncio se estender como se considerasse se devia mandar expulsá-lo. York corou ainda mais sob o exame conjunto do rei francês e do duque de Anjou.

— Muito bem, lorde York. Fique, se assim deseja, mas, por favor, permita-me discutir os planos do rei Henrique sem mais interrupções.

Margarida achou que o magro lorde inglês explodiria de fúria, mas York se controlou com esforço visível. Ela se sentiu devanear, a visão borrada pelas lágrimas. Henrique não viria! Seu inglês não era bom o suficiente para acompanhar toda a conversa rápida. À medida que tentava entender a calamidade, parecia que eles sugeriam outra coisa.

— Com licença, milordes, Vossa Majestade — murmurou Margarida enquanto Derry falava. Ninguém pareceu ouvi-la. — *Pardon*, pai — continuou ela, desistindo do inglês, o coração se rasgando ao meio no peito. — Não haverá casamento hoje?

Foi Suffolk quem se virou para Margarida, o rosto registrando tristeza e preocupação. Falou em francês fluente ao responder.

— Minha cara, sinto muitíssimo. É verdade, o rei Henrique não poderá estar aqui. Tenho sua permissão para trocar os votos em seu nome. Essas coisas podem ser feitas e satisfarão certas partes do contrato de casamento. A senhorita se casará hoje, pelo menos, e terá um casamento formal na Inglaterra. Eu preferiria não ser o responsável por lhe dar essa notícia, minha cara, mas fomos longe demais para pôr tudo a perder agora. Se me permitir, ficarei no lugar do rei Henrique neste dia.

Margarida o fitou, a boca levemente aberta. De repente, achou o véu sufocante e o afastou do rosto.

— Milorde, diga-me, por sua honra, tudo isso é real? Vou me casar hoje ou não?

Suffolk hesitou, e Derry falou por ele.

— Será uma troca formal de votos, Vossa Alteza. Sem noivo, não se pode dizer propriamente que será um casamento, mas bastará.

— Mas vejo uma aliança no dedo de lorde Suffolk! — comentou Margarida, balançando a cabeça. — Como ele pode entrar numa igreja e fazer votos solenes se já é casado?

— Os reis fazem suas próprias leis, Vossa Alteza. Se Henrique assim deseja e se o rei Carlos concorda que servirá, então, que assim seja.

Todos os olhos se voltaram para o rei francês, que escutava em fascinada perplexidade.

— Vossa Majestade — disse baixinho lorde Renato. — Chegamos longe demais. Este é apenas um passo.

O rei coçou o nariz, pensativo.

— Tenho certos acordos selados com seu rei Henrique — começou. — Acordos que entram em vigor assim que a princesa Margarida estiver casada. O senhor diz que honrará esse... noivado como um casamento de verdade nesses termos?

— Honraremos — disseram Suffolk e Derry quase ao mesmo tempo.

O rei francês deu de ombros.

— Então, estou satisfeito. — Ele passou a falar em francês rápido ao se dirigir novamente a Margarida. — Os ingleses são *gauches* e desajeitados, minha cara, mas, se o rei deles está doente, este é o plano de Deus, que meros homens só podem contornar. Aceitará esses termos? Faria honra a seu pai.

Margarida fez uma reverência.

— Se é vosso desejo, Vossa Majestade.

A tensão pareceu se esvair do pequeno grupo quando ela falou. Lorde Suffolk lhe deu um tapinha desajeitado na mão.

— Creio, então, que devo ocupar meu lugar no altar, minha cara. Vejo que o bispo aguarda que o noivo vá até o altar. Sem dúvida acreditará que tive uma vida terrível para parecer tão velho.

Suffolk sorriu para ela e os olhos de Margarida se encheram de lágrimas diante da tentativa dele de ser gentil. Viu o inglês tirar com dificuldade a aliança de ouro do dedo e colocá-la com cuidado no bolso. Dava para ver uma linha branca onde ela ficara muitos anos.

Antes que Suffolk ocupasse seu lugar junto ao altar, Margarida viu lorde York se inclinar para ele. Embora o duque magro sorrisse ao falar, o que ele disse fez Suffolk empalidecer na penumbra.

Iolanda estendeu a mão para enxugar as lágrimas de Margarida antes que manchassem o *kohl* dos cílios e repôs o véu quase com reverência. Margarida lutou para respirar fundo. Tinha 14 anos, e disse a si mesma, com firmeza, que não murcharia nem desmaiaria no dia de seu casamento ou o que quer que fosse aquilo. Em seus pensamentos, prometeu ter uma conversa com o rei inglês quando finalmente o encontrasse. Deixá-la sozinha no próprio casamento devia valer pelo menos um castelo.

A ideia a fez dar um riso abafado e Iolanda ergueu os olhos com surpresa. O restante dos homens se dispersara pelos bancos, e a multidão lá fora finalmente entrava, olhando-a com nervosismo e cochichando perguntas que não podiam ser respondidas. No fim da nave, William de la Pole cruzara a porta do púlpito alto de carvalho-negro que escondia da congregação os mistérios do coro e do altar-mor. Por aquela abertura, ela via as costas largas do inglês em pé, à espera da princesa da França. Margarida balançou a cabeça com descrença.

— Que dia mais estranho — murmurou para a irmã. — É como se eu não passasse de uma quinquilharia, enquanto eles fazem seus jogos de poder por toda parte.

Ela firmou o maxilar, recusando-se a olhar o pai que foi até seu lado e lhe tomou o braço. Iolanda e as primas entraram a passo marcado atrás dela, e a igreja se encheu de música quando três harpistas começaram a tocar. De braço dado com o pai, Margarida andou devagar pela nave, a cabeça erguida. Passaram juntos pela entrada do púlpito alto e a porta se fechou atrás deles. Quando olhou para trás, lorde Suffolk sorriu ao ver tamanha bravura numa mocinha tão jovem. Por sorte ou bênção de Deus, ou talvez por puro ardil de Derry Brewer, Suffolk achou que o rei Henrique encontrara uma joia rara para ser sua noiva.

Os sinos da Catedral de Saint-Gatien tocaram acima de Tours, um som alegre que reverberou um bom tempo em melodias complicadas que nunca se repetiam no decorrer de um dobre completo.

Derry observou placidamente a princesa francesa sair e ser escoltada de volta à carruagem que a aguardava, com os sinos e os gritos da multidão ecoando em volta. Ela sorria e chorava ao mesmo tempo, o que fez Derry dar uma risadinha. Se sua filha estivesse viva, teria mais ou menos a mesma idade. A lembrança provocou a pontada de uma dor antiga em seu peito.

O rei francês e seus nobres mais poderosos saíram para ver a noiva partir para o Castelo de Saumur, o monarca já afundado em conversas e cercado de mensageiros que iam e vinham do exército estacionado fora da cidade.

Os pensamentos de Derry foram interrompidos pela mão de alguém que caiu com força sobre seu ombro direito. Nas estalagens do leste de Londres, ele a teria agarrado e quebrado o dedo mínimo, mas se esforçou para resistir ao impulso.

— Em nome do rei, o que você fez, Derry Brewer? — sibilou-lhe York. — Diga-me que não é verdade. Diga-me que não abrimos mão de terras reconquistadas para os bons ingleses por Henrique de Monmouth.

— O filho dele, nosso *rei*, queria um armistício, lorde York, portanto, sim, foi exatamente isso que fizemos — respondeu Derry. Removeu a mão do nobre de seu ombro, espremendo deliberadamente os ossos ao fazê-lo. York grunhiu de dor, embora resistisse à vontade de esfregar a mão quando a recuperou.

— Isso *é* traição. Você será enforcado por isso, ao lado daquele idiota do Suffolk.

— Com o rei ao nosso lado, suponho? Lorde York, será possível que não consiga compreender o acordo? Maine e Anjou são o preço de vinte anos de trégua. Vai contradizer seu próprio rei nisso? É o que *ele* quis. Somos seus humildes servos e só podemos ceder à vontade real.

Para sua surpresa, York recuou e lhe sorriu friamente.

— Acho que você descobrirá que esses jogos têm consequências, Derry Brewer. Não importa o que acha que conseguiu; a notícia já se espalhou. Quando seus acordos secretos forem conhecidos, o país saberá que o rei Henrique abriu mão de territórios conquistados por seu pai e por sangue inglês derramado nos campos de batalha. Dirão... Ah, deixo a você imaginar o que dirão. Desejo-lhe sorte, mas quero que se lembre bem de que o avisei. — Por um momento, York deu um riso abafado e balançou a cabeça. — Você acha que irão embora mansamente, aqueles ingleses, só porque um gordo nobre francês os manda de volta para a Normandia? Você se superou com sua esperteza, Brewer. Homens morrerão por causa dela.

— Você está vendendo lavanda além de profecias? Pergunto porque adoraria um ramo de lavanda e não há ciganas por aqui.

Ele achou que York perderia o controle, mas o homem meramente sorriu de novo.

— Estou de olho em você, Derry Brewer. Meus homens estão de olho em você. Desejo sorte na volta a Calais, mas temo que não esteja com ela hoje. Toda essa sua brilhante falação não lhe servirá de nada quando o pegarmos na estrada.

— Que coisa indelicada para me dizer, lorde York! Voltarei a vê-lo em Londres ou Calais, tenho certeza. Mas, no momento, o rei francês me convidou para acompanhá-lo numa caçada. Gosto dele, Ricardo. Ele fala inglês muito bem.

Derry ergueu a mão para atrair a atenção do grupo de nobres franceses. Um dos barões viu e acenou em resposta, chamando-o. Com um último erguer de sobrancelhas despreocupado voltado para York, Derry se dirigiu até eles.

Fora da cidade, o exército francês começou a desfazer o acampamento, pronto para assumir o comando de mais terras novas conquistadas numa manhã do que nos dez anos anteriores. O duque Renato sorria quando Derry chegou ao grupo. Havia mais de uma dúzia de seus nobres em torno dele, dando-lhe tapinhas nos ombros e o parabenizando em voz alta. Para surpresa de Derry, o francês tinha lágrimas correndo pelas bochechas pálidas. Ele viu o rosto de Derry e riu.

— Ora, seu inglês, vocês são frios demais. Não entende que hoje recuperei as terras de minha família? Essas são lágrimas de alegria, monsieur.

— Ah, o melhor tipo — comentou Derry. — Alguém falou em caçada quando Sua Majestade me convidou para acompanhá-lo?

Os olhos do duque Renato mudaram sutilmente sob a luz.

— Acredito que Sua Majestade, o rei Carlos, se divertia a sua custa, monsieur. Não haverá nenhuma caçada de javalis ou lobos, não hoje. Mas Sua Majestade acompanhará o exército quando se deslocar para o norte por minhas terras. Quem sabe se não encontraremos algum trêmulo veado inglês nos campos e vinhedos de minha família?

— Entendo — disse Derry, o bom humor sumindo. — Acredito que, no fim das contas, não me juntarei ao senhor, lorde Anjou. Se não se importa, ficarei aqui mais um pouco, enquanto tomo providências para voltar para casa.

Ele observou Ricardo de York sair para dar ordens aos mil homens que trouxera para o sul. Eles também se retirariam para a Normandia. O duque não tinha opção. Por um instante, Derry teve a sensação nauseante de que York não era o tolo que pensara que fosse. Havia muitos colonos ingleses em Maine e Anjou, isso era verdade. Sem dúvida, não seriam tontos a ponto de resistir. Os acordos assinados pelo rei Henrique determinavam a partida pacífica das famílias inglesas que estivessem nas províncias francesas. Mas o estado de espírito dos nobres a sua volta era mesmo de caçada. Trincavam os dentes, e ele sentiu no ar uma empolgação febril que o preocupou. O espião-mor sentiu na garganta o gosto ácido do nervosismo. Se os ingleses em Maine e Anjou se recusassem a partir, ainda assim poderia haver guerra. Todo o esforço que investira, todos os meses de planejamento, teriam sido em vão. O armistício conquistado com tamanha dificuldade duraria tanto quanto gelo no verão.

8

Durante três dias, o exército francês e os soldados de York seguiram um atrás do outro, movendo-se para o norte através de Anjou. Os homens do duque se distanciaram bastante depois disso, em parte porque o rei francês parava em todas as cidades para ouvir os moradores. O grupo real deu uma grande volta pelo vale do Loire, acampando sempre que o rei Carlos via algo de interesse ou desejava visitar uma igreja onde estavam os ossos de algum santo específico. Os rios e os vinhedos que se estendiam por muitos quilômetros de terra lhe davam prazer especial.

Centenas de famílias foram expulsas de Anjou por rudes soldados franceses que avançavam à frente do exército principal. Em choque, desesperadas, elas foram para a estrada em carroças ou a pé, uma grande torrente de súditos repentinamente empobrecidos que só crescia a cada dia. York fez seus homens recuarem de volta para a nova fronteira das terras inglesas na França, cercando-os com paliçadas nos limites da Normandia, enquanto a multidão de evacuados continuava a chegar, enchendo todas as aldeias e cidades com seu sofrimento e suas reclamações. Alguns clamavam irritados ao rei Henrique por justiça por suas perdas, mas a maioria estava atordoada e indefesa demais para fazer qualquer coisa além de chorar e praguejar.

As expulsões continuaram, e logo houve histórias de estupro e assassinato para aumentar o caos e a revolta enquanto novas famílias chegavam. Com o decorrer das semanas, lordes menores enviaram mensageiros e cartas furiosas exigindo que as forças inglesas protegessem seus homens, mas York as pôs de lado sem ler. Mesmo que as expulsões não acontecessem por decreto de um rei inglês, ele queria que todos voltassem para casa com histórias de humilhação. Isso atiçaria as chamas na Inglaterra, formando uma fogueira que, sem dúvida, consumiria Derry Brewer e lorde Suffolk. Não sabia se a agitação chegaria até o rei propriamente dito, mas eles a tinham provocado e mereciam ser envergonhados e vilipendiados pelo que fizeram.

Toda noite, York ia à torre da igreja de Jublains e olhava para os campos ao sul. Quando o sol se punha, via centenas de ingleses, homens, mulheres e crianças, cambaleando rumo à fronteira segura, cada um com suas histórias de violência e crueldade. Ele só desejava que Derry Brewer ou Suffolk, ou mesmo o rei Henrique em pessoa, pudessem ver o que provocaram.

York ouviu passos na escada de pedra enquanto estava ali de pé, observando o sol se pôr no 43º dia depois do casamento. Olhou a sua volta, surpreso ao ver a esposa subindo.

— Como assim? Você deveria estar descansando, não subindo degraus frios. Onde está Percival? Ele vai se ver comigo por isso.

— Paz, Ricardo — respondeu Cecily, ofegando de leve. — Conheço minhas forças e mandei Percival me buscar um suco fresco e gelado. Só queria ver o que mantém você aqui toda noite.

York fez um gesto indicando a janela aberta. Em outras circunstâncias, talvez apreciasse os tons de rosa e ouro escuro do pôr do sol francês, mas naquela ocasião estava alheio a sua beleza.

Cecily se inclinou no largo parapeito depois de se desviar de um grande sino de bronze.

— Ah, entendo — disse ela. — Aquela gentinha. São os ingleses que mencionou?

— São, todos vindo para o norte, para a Normandia, com suas tristezas mesquinhas e fúrias, como se eu já não tivesse problemas demais. Não venho observá-los. Venho porque espero ver o exército francês marchar até aqui antes do fim do ano.

— Eles vão parar aqui? — perguntou Cecily, os olhos arregalados.

— Claro que vão! Expulsar famílias é mais de seu gosto que arqueiros ingleses. Faremos com que deem meia-volta e os mandaremos para o sul, de onde vieram, se puserem os pés em território inglês.

O alívio da esposa foi visível.

— A esposa de lorde Derby anda dizendo que está tudo uma grande confusão. O marido acha que deveríamos rasgar o acordo que foi feito, seja lá qual for, e começar de novo. Diz que o rei não devia estar bom da cabeça...

— Shhh, querida. Seja qual for a verdade disso, a única opção que temos é defender a nova fronteira. Daqui a um ou dois anos, talvez eu tenha a oportunidade de tomar tudo de volta em combate. Perdemos Maine e Anjou antes, com o rei João. Quem sabe o que o futuro nos reserva?

— Mas *há* um armistício, Ricardo? Lorde Derby diz que haverá vinte anos de paz.

— Parece que lorde Derby tem muito a dizer à mulher dele.

A torre era um lugar tão privado quanto seria possível na França, por isso York se aproximou da esposa, passando a mão no volume da criança que crescia em seu ventre.

— O humor anda péssimo entre os homens, querida. Recebo relatos de agitação, e só começou a se espalhar. Preferiria saber que você está a salvo em casa. O rei Henrique perdeu a fé de seus nobres. Isso não vai acabar bem quando uma quantidade suficiente deles souber que sua mão estava por trás disso; e com o nome de Suffolk no tratado. Juro que mandarei julgar William de la Pole por traição. Por Deus, e pensar que estou separado do trono pela distância de um irmão! Se meu avô Edmundo tivesse nascido antes de João de Gaunt, *eu* usaria a coroa que pousa tão mal na cabeça de Henrique. Estou lhe dizendo, Cecily, se eu fosse rei, não devolveria nem um único pé de terra aos franceses, não até o último sopro de trombeta! Esta terra é *nossa* e tenho de assistir a sua entrega por tolos e conspiradores. Pelas lágrimas de Cristo! O rei Henrique é um tolo. Sei desde quando ele era menino. Passava tempo demais com monges e cardeais e tempo insuficiente brandindo a espada como o pai. Eles o arruinaram, Cecily. Arruinaram o filho de meu rei com suas poesias e orações.

— Então os deixe cair, Ricardo — comentou Cecily, pondo a mão no peito do marido e sentindo o coração bater com força. — Deixe que colham a tempestade, ao passo que sua força aumenta. Quem sabe? Talvez com o tempo você se veja ao alcance da coroa... se Henrique é tão fraco quanto diz.

York empalideceu e pôs a mão sobre a boca da esposa.

— Nem mesmo aqui, querida. Não em voz alta, nem mesmo sussurrada. Isso não precisa ser dito, entende?

Os olhos dela cintilavam quando ele removeu a mão. Os últimos raios do sol brilhavam na torre, o céu inteiro escurecendo em cor de vinho e lilás.

— Querida, aconteça o que acontecer ano que vem, primeiro este verão tem de terminar. Enquanto o rei Henrique *reza*, bons rios e vales são tomados de volta por aquelas meretrizes francesas... Perdão, Cecily. Minha raiva cresce só de pensar nisso.

— Está perdoado, mas espero que não ensine essas palavras a nosso filho.

— Nunca. Você é tão fértil quanto um vinhedo, minha bela noiva Neville — disse ele, estendendo a mão e tocando a barriga da esposa para ter sorte. — Como vai o clã Neville?

Cecily riu, um som quase tilintante.

— Meu sobrinho Ricardo é o único que vai bem, ou assim me contaram. Casou-se com a menina Beauchamp, lembra-se? Uma pequena víbora, mas parece que gosta dele. O irmão dela é o conde Warwick, e me disseram que está se esvaindo mais depressa do que os médicos conseguem sangrá-lo.

— Aquele sem filhos? Eu o conheço. Espero que seu sobrinho ainda venha nos visitar, Cecily. Quantos anos ele tem agora, 18, 19? Metade de minha idade e já é quase conde!

— Ah, ele o adora, você sabe disso. Mesmo que realmente herde o condado, ainda assim virá lhe pedir conselhos. Meu pai sempre disse: Ricardo é o único com miolos em toda a família.

— Tenho certeza de que ele falava de mim — disse o marido, sorrindo.

Ela lhe deu um tapinha no antebraço.

— Ele não falava mesmo de você, Ricardo de York. O filho de meu irmão é o único com miolos.

O duque olhou pela janela. Com 34 anos, era forte e saudável, mas sentia novamente aquele desespero se esgueirar ante a ideia de avistar um exército francês marchando à distância.

— Talvez tenha razão, querida. Este Ricardo aqui mal consegue pensar no que fará depois de amanhã, pelo menos por enquanto.

— Você vencerá a todos, tenho certeza. Se o conheço bem, sei que não perde com facilidade... e não desiste. É uma característica dos Nevilles também. Nossos filhos serão temidos, tenho certeza plena.

Ele pôs a mão fria no maxilar dela, sentindo uma onda de afeição. Lá fora, a noite caía em tons arroxeados e cinzentos. York estendeu a mão para fechar a capa em torno da esposa.

— Eu desço com você. Não quero que caia naqueles degraus.

— Obrigada, Ricardo. Sempre me sinto segura com você.

Margarida estava no pátio principal do Castelo de Saumur, observando o homem que se declarara seu protetor ensinar aos irmãos alguns truques sobre esgrima. O pai viajara para supervisionar o retorno das terras de

Anjou, ocupado com os mil detalhes de propriedades e arrendamentos que conquistara com o casamento da filha.

Quando ela voltou a Saumur naquele primeiro dia, a princípio parecera que, na verdade, nada havia mudado. Não era propriamente rainha depois da estranha cerimônia, e a Inglaterra parecia tão longe como sempre.

Ela observou Suffolk corrigir o pequeno Luís que se esticara demais num golpe.

— A guarda, rapaz! Onde está sua guarda? — questionou Suffolk, a voz ribombando nos muros.

Margarida sentiu uma onda de afeição pelo lorde inglês grandalhão. O pai retornara rapidamente a Saumur depois de cavalgar uma semana com o rei. Ao ver as filhas, dissera-lhes irritado que fossem buscar a mãe, dando ordens com a antiga autoridade. O momento em que Suffolk avançou e pigarreou se tornou uma das lembranças mais queridas de sua jovem vida.

— Milorde Anjou — dissera Suffolk. — Devo lembrar-lhe de que a rainha Margarida não está mais sob seu comando. Como representante e defensor de seu marido, devo insistir que ela seja tratada com a dignidade de sua posição.

Renato de Anjou ficara boquiaberto diante do inglês instalado tão solidamente entre eles em seu próprio pátio. Havia aberto a boca para responder, mas pensara melhor, e olhara em volta com raiva até avistar a pobre Iolanda.

— Vá buscar sua mãe, menina. Estou cansado e faminto e sem paciência para joguinhos ingleses.

Iolanda saíra correndo, com a saia erguida em maços. O rosto do pai ficara rosado, o lábio inferior se projetando como um mastim ofendido ao entrar andando na própria casa. O duque Renato partiu de novo três dias depois e, nesse tempo, não disse outra palavra à filha nem a seu lorde inglês.

Margarida corou com a lembrança. Fora um momento de pura alegria ver a lesma branquela forçada a recuar. Ela não duvidou da disposição de Suffolk em defender sua honra. O homem levava muito a sério seu dever de protetor, e ela desconfiava de que o treinamento de esgrima com os irmãos tinha meta semelhante.

Olhou o choque de espadas. Os três irmãos eram mais rápidos que o conde inglês, mas ele era um lutador veterano, um homem que sofrera ferimentos em Harfleur e fora um dos comandantes do cerco de Orléans. Sabia mais sobre lutas do que João, Nicolau ou Luís, e na verdade lutara contra os três juntos para demonstrar como a armadura protegeria um homem na confusão do combate. Ainda assim, não era mais um rapaz, e Margarida o escutou ofegar quando fez uma defesa e atacou o escudo de Luís.

A espada que ele usava era imensa aos olhos da jovem, 1,2 metro de aço maciço que segurava com ambas as mãos. A arma parecia desajeitada, mas Suffolk a fazia tomar vida, erguendo-a em movimentos complicados como se não pesasse nada. Com a lâmina, todos os sinais do bondoso lorde inglês sumiam. Ele ficava simplesmente aterrorizante. Margarida observou fascinada Suffolk fazer Luís defender golpe após golpe, até a lâmina do irmão cair dos dedos inertes.

— Rá! Força nas mãos, rapaz — disse Suffolk.

Eles usavam túnicas e calças com acolchoamento espesso debaixo dos segmentos leves da armadura de treinamento. Enquanto Luís massageava os dedos dormentes, Suffolk tirou o elmo e revelou o rosto muito corado pelo qual o suor escorria.

— Não há maneira melhor de fortalecer o braço da espada do que usando a própria arma — aconselhou Suffolk ao irmão ofegante de Margarida. — Ela tem de lhe parecer leve, porque a velocidade vem da força. Em algumas batalhas, a vantagem da vitória virá de segurá-la com apenas uma das mãos num momento crucial. João, venha cá para eu mostrar a seu irmão.

Seu irmão João descansava e parecia confiante ao assumir a posição, segurando a espada ereta enquanto esperava que Suffolk pusesse de novo o elmo. Este, por si só, era um objeto pesado de ferro, forrado de grosso acolchoado de crina. Quem o usava tinha de respirar por uma grade perfurada, e o campo de visão se reduzia a uma tira estreita orlada de latão polido. Já bem aquecido, Suffolk olhou com desagrado o forro manchado de suor. Colocou-o com cuidado nas pedras atrás.

— Vire o pé direito um pouco mais — recomendou a João. — Você precisa estar equilibrado a cada passo, com os pés fixados com firmeza. Isso aí. Pé direito para atacar. Pronto?

— Pronto, milorde — respondeu João.

Ele e Suffolk já tinham lutado uma dezena de vezes, com o inglês vencendo. Mas João vinha melhorando e, com 17 anos, tinha grande velocidade, embora lhe faltasse a força obtida com anos de esgrima.

João atacou depressa e Suffolk, com uma risada, desviou sua espada. As lâminas se chocaram mais duas vezes, e Margarida viu que Suffolk estava sempre em movimento, os pés nunca parados. Seu irmão tinha a tendência a se enraizar no chão e golpear, fazendo com que o lorde conseguisse aumentar a distância entre eles e desequilibrá-lo.

— Aí! Pare! — berrou Suffolk de repente.

A espada de João fizera um arco na altura da cabeça, e Suffolk a segurou firme com a lâmina erguida. Por um instante, João expôs o peito. O irmão, paralisado com a ordem, ficou imóvel.

— Está vendo, Luís? A guarda está aberta. Se eu tiver força suficiente para defender o golpe com uma das mãos, posso tirar a manopla esquerda do punho da espada e atacar. Um soco resolve. — Ele demonstrou tocando o elmo de João com o punho coberto pela cota de malha. — Isso vai deixá-lo bem tonto, hein? Melhor ainda é uma pequena adaga de soco entre os nós dos dedos. Ela romperá o gorjal se você o atingir com força suficiente. — Para desconforto de João, Suffolk mostrou a Luís outro golpe na garganta exposta. — Ou mesmo a fenda do elmo, ainda que seja difícil de atingir se ele estiver se mexendo. Tudo depende da força do braço; e é preciso ficar atento, porque ele pode fazer o mesmo com você. Solte a espada, João, e eu lhe mostrarei algumas defesas contra esses golpes.

Suffolk recuara ao falar e viu que Margarida observava. Deu um passo na direção dela e baixou um joelho até o chão, com a espada diante dele como uma cruz erguida. Margarida se sentiu corar ainda mais enquanto os irmãos assistiam, mas não pôde deixar de sentir certo orgulho de ter esse homem grandalhão a suas ordens.

— Milady, não vi que estava aí — desculpou-se Suffolk. — Espero não ter negligenciado meus deveres. Queria mostrar a seus irmãos algumas técnicas novas que se tornaram populares na Inglaterra.

— Tenho certeza de que eles aprenderam muito, lorde Suffolk.

— William, por favor, milady. Sou seu servo.

Margarida passou um instante pensando na satisfação que teria se ordenasse a William que enfiasse o irmão João num caldeirão da cozinha do castelo. Não duvidava de que ele o fizesse. Lamentando, porém, negou-se a esse prazer. Agora era uma mulher casada, ou quase casada, ou pelo menos noiva.

— Minha mãe me pediu que lhe avisasse que um amigo seu chegou da Inglaterra. Monsieur Brewer.

— Ah, sim. Estava me perguntando quando ele apareceria. Obrigado, milady. Com sua permissão, vou me retirar.

Margarida deixou que Suffolk beijasse sua mão. Ele foi para o castelo e a deixou sozinha com os três irmãos.

— Nada de caçadas hoje, João? — perguntou Margarida docemente. — Nada de perseguir sua irmã? Imagino que, se eu lhe pedisse, lorde Suffolk puxaria a espada contra você sem pensar duas vezes. O que acha?

— Ele é um lorde inglês, Margarida. Não dê muita confiança a ele — recomendou João. — Nosso pai diz que todos eles são víboras pela esperteza. Disse que a serpente do Jardim do Éden certamente falava inglês.

— Ora! Nosso pai? Ele está tão consumido pela ganância que me surpreende que diga alguma coisa.

— Não o insulte, Margarida! Você não tem esse direito. Ainda é minha irmã e integrante desta família, e, por Deus...

— Não sou, João. Agora sou Margarida da Inglaterra. Devo chamar William de volta para me defender?

A testa de João se franziu de raiva, mas ele não podia permitir que ela chamasse seu protetor.

— Seu casamento trouxe Anjou e Maine de volta para a família. É isso que importa; esse foi seu único propósito. Fora isso, pode fazer o que quiser.

João deu meia-volta e, batendo os pés, afastou-se da irmã. Nicolau o seguiu, e o pequeno Luís ficou só mais um momento, trocando com a irmã uma piscadela e um sorriso pelos modos pomposos do irmão. Deixaram Margarida sozinha. Quando olhou em volta o pátio vazio, ela sentiu o prazer da vitória.

Suffolk achou engraçado se ver levado ao grande salão do Castelo de Saumur. Desde o casamento, os criados não sabiam direito o que fazer em relação a ele. A Inglaterra era um inimigo jurado, mas então as famílias se uniram pelo casamento. A realidade do armistício entre nações levaria algum tempo para se instalar, pensou. Por enquanto, só um pequeno grupo de senhores nos dois lados do canal da Mancha conhecia os detalhes.

Ele sufocou uma risada de divertimento quando o mordomo fez uma reverência à porta com a máxima relutância. Talvez a posição de lorde inglês já tivesse sido mais valorizada, pelo menos em Saumur.

Derry se levantou de uma cadeira estofada para cumprimentá-lo.

— Parece que você se tornou parte da família, William. Suponho que tenha se casado com uma das filhas, portanto está mais do que certo.

Suffolk sorriu com a brincadeira, erguendo os olhos automaticamente para ver se as crianças escutavam no balcão lá em cima. Nada viu, mas imaginou que pelo menos Margarida era capaz de se esconder para escutar uma conversa que, sem dúvida, lhe dizia respeito. Seria aquilo uma sombra se movendo na penumbra?

Derry seguiu seu olhar.

— Estranha construção. É uma galeria para menestréis?

— Não faço ideia. Então, Derry, o que o traz a Saumur?

— Sem saudações? Sem perguntar sobre minha saúde? Meu trabalho é solitário, William Pole, isso posso lhe dizer. Ninguém jamais fica contente em me ver. Venha se sentar a meu lado junto ao fogo. Fico nervoso com você aí de pé todo acolchoado como se estivesse prestes a entrar em combate.

Suffolk deu de ombros, mas se sentou no braço de uma cadeira imensa onde podia sentir o calor da lareira em sua pele. Depois de pensar um instante, ergueu a cabeça de repente para a galeria.

— Talvez não estejamos completamente a sós aqui, Derry — murmurou.

— Ah, entendo. Muito bem, usarei minhas famosas sutileza e habilidade. Está pronto? — Derry se inclinou à frente. — A maior rã, a rã *real*, se é que me entende, está fazendo uma refeição correta em Anjou.

— Derry, pelo amor de Deus. Você não veio aqui para brincadeiras.

— Tudo bem, lorde Suffolk, se não gosta de códigos, falarei claramente. O rei Carlos está se demorando em Anjou. Houve algumas histórias bem desagradáveis que chegaram à Inglaterra, mas, na maioria dos casos, ele está seguindo a lei e nosso acordo sobre as expulsões. A única coisa que o retardou foi a distribuição da riqueza entre seus favoritos. O velho Renato pode ser dono da província outra vez, mas os empreendimentos podem ser transferidos a qualquer um que o rei Carlos queira favorecer. Parece que ele está se divertindo, pondo para correr os mercadores ingleses. Meia dúzia já apresentou uma petição ao chanceler de Henrique para que o rei intervenha. Outra dúzia clama por soldados para defender sua propriedade, mas lorde York está bem sentadinho na Normandia e não move um dedo para ajudá-los. Ainda bem.

— Se tudo corre como você esperava, por que vir aqui? — perguntou Suffolk, franzindo a testa.

Pela primeira vez, Derry pareceu pouco à vontade. Desconfiado do balcão, inclinou-se mais para perto e fez a voz cair num murmúrio que quase se perdia sob o crepitar do fogo.

— Um de meus homens me mandou um aviso sobre Maine. Com todas as viagens do rei até a corte, as tropas francesas avançam tão devagar que podem só chegar lá no ano que vem. Seja como for, a notícia é que Maine não vai rolar de costas com as patas para cima. Por ficar tão perto da Normandia, há muitos velhos lobos de guerra que se aposentaram por lá. Têm oficiais e camponeses às centenas e não são do tipo que dobram os joelhos só porque um nobre francês lhes esfrega um tratado na cara.

— Portanto, o rei Henrique pode ordenar a York que faça o serviço com um exército inglês — respondeu Suffolk. — Fomos longe demais nessa estrada para vê-la desmoronar agora.

— Eu pensei nisso, William, porque ainda me resta uma colherada de inteligência na cabeça. York não atende a cartas nem a comandos. Mandei-lhe ordens sob o selo real e é como jogá-las num poço. Ele está deixando a situação seguir seu curso enquanto mantém as mãos limpas. É uma postura esperta, isso é preciso admitir. Tenho planos para o duque Ricardo, não se preocupe, mas isso não resolve o problema de Maine. Se irromper uma luta, sua nova esposa francesa será refém, e não podemos permitir que isso aconteça.

Suffolk pensou um bom tempo, fitando as chamas.

— Você a quer na Inglaterra.

— Eu a quero na Inglaterra, sim. Quero-a adequadamente casada com Henrique antes que tudo desmorone. Com o tempo, posso mandar outro homem assumir o comando do exército na Normandia, talvez lorde Somerset, talvez mesmo você, William. Se o rei mandar York para outro lugar, digamos, um lugar como a Irlanda, ele terá de ir. Cuidaremos das expulsões de Maine no ano que vem sem nenhum nobre francês franzir o nariz. Organizarei o casamento na Inglaterra, não se preocupe, mas preciso da noiva. Não podemos deixar que guardem uma peça valiosa como Margarida enquanto as expulsões continuam.

— A irmã mais velha vai se casar daqui a um mês. Tenho certeza de que Margarida vai querer participar da cerimônia. Eles a deixarão partir?

— Têm de deixar — respondeu Derry. — Ela já está casada, afinal de contas. Agora é uma simples questão de etiqueta, e isso eles adoram. Henrique mandará uma guarda de honra e uma frota de navios buscar sua noiva francesa e levá-la para casa. Faremos uma grande comemoração. Só tem de acontecer antes que eles parem para o inverno. — Por um instante,

Derry esfregou as têmporas e Suffolk percebeu como o outro estava cansado. — Sou só eu para pensar em tudo, William, é isso. Pode ser que o rei Henrique mande York para a Irlanda, e será você quem colocará nosso exército em Maine para que as expulsões aconteçam sem problemas. Pode ser que não haja problema nenhum e todos os meus informantes estejam errados. Mas eu seria um idiota se não me planejasse para o pior.

— *Todos* os seus informantes? — indagou William de repente, a voz de volta ao nível normal. — Pensei que você tinha dito *um* de seus homens. Quantos relatórios já recebeu sobre Maine?

— Até agora, oito — admitiu Derry, segurando o dorso do nariz e esfregando-o para se livrar do cansaço. — Não preciso ver o brilho do fogo para saber que minha casa está em chamas, William Pole. Acho que consigo equilibrar tudo, desde que você leve sua princesinha para a Inglaterra.

— Quanto tempo tenho? — perguntou Suffolk.

Derry fez um gesto leve com a mão.

— No máximo cinco meses, no mínimo três. Vá ao casamento da irmã, tome vinho e sorria para os franceses, mas esteja pronto para pular fora depois, assim que lhe mandar notícias. Na verdade, tudo depende da rapidez com que os franceses avançam para o norte, e de quantos dos nossos conseguiremos convencer a largar os lares e as terras que compraram de boa-fé.

— Cuidarei disso, Derry. Não precisa se preocupar com essa parte.

— Vou me preocupar de qualquer modo, se não se importa, William Pole. Sempre me preocupo.

9

A estrada levava a uma pequena elevação, seguindo até o topo por um bosque de carvalhos retorcidos. De seu esconderijo de caçador, a meio caminho de um morro próximo, entre as grandes samambaias, Thomas Woodchurch podia ver onde as árvores lançavam sombra nas pedras cinzentas entre elas. Era o lugar perfeito para uma emboscada, resultado da ordem dada a soldados ingleses mal-humorados de escavar a grama e ali depositar pedras alinhadas, de uma cidade à outra. As estradas locais eram formadas naturalmente, no decorrer de séculos. Serpenteavam em torno dos obstáculos, desviavam-se em volta de velhos morros e carvalhos antigos. Mas não as inglesas. Como os romanos anteriores a eles, aquelas equipes esquecidas de trabalhadores tinham traçado suas rotas em linha reta e cavado ou queimado tudo o que ficava no caminho.

Thomas se agachou mais, sabendo que ficava quase invisível na encosta com as roupas de lã marrom-escura e os calções de couro, e tinha uma boa visão do vale por quilômetros e quilômetros. O ponto mais alto da estrada bem que poderia estar vazio, mas ele avistara pegadas recentes de cascos junto a um portão naquela manhã e as seguira durante meio dia. As marcas de ferradura indicavam que os cavaleiros não eram moradores locais, poucos dos quais possuíam só um pequeno pônei.

Thomas nutria suspeitas sobre o grupo que atravessava suas terras. Também estava com o arco longo ao lado, envolto em couro oleado. Não fazia ideia se os homens do barão sabiam que ele fora soldado antes de virar negociante de lã. Fosse como fosse, caso aparecessem, alguém morreria. Ao pensar nisso, ele baixou a mão até a extensão do arco e o acariciou. Desde pequeno, tinham lhe dito que só havia três tipos de pessoa no mundo. Os que lutavam: os próprios condes e seus exércitos e cavaleiros. Os que rezavam: um grupo que Thomas não conhecia bem, mas que pareciam ser os irmãos mais novos das casas poderosas como um todo. E, por fim, os que trabalhavam. Ele sorriu com a ideia. Já havia sido parte de dois dos três tipos de homem. Lutara e trabalhara. Caso surpreendesse meia dúzia de cavaleiros atacando seus rebanhos, talvez se visse tentando fazer uma ou duas orações desesperadas também, para completar a tríade.

Ali, totalmente imóvel em meio às samambaias, Thomas estava atento a qualquer movimento. Quando o viu, não virou a cabeça de imediato. A pressa poderia causar a morte de um homem. Quando algo se mexeu a sua direita, deixou o olhar ir até lá. O coração se apertou e os olhos voltaram rapidamente para o alto do morro e a passagem escura entre os carvalhos, que tinham assumido um ar sinistro.

Seu filho Rowan estava a pé, caminhando tranquilo, com a cabeça virando de um lado para o outro à procura do pai. Thomas gemeu ao ver que o filho seguia às cegas a estrada rumo ao bosque.

Thomas se levantou de repente, erguendo o arco coberto acima da cabeça para se mostrar. Lá embaixo, Rowan o avistou e, mesmo à distância, o pai conseguiu vê-lo sorrir e mudar de direção para subir o morro.

Thomas viu sombras se mexerem no bosque. O estômago se apertou de medo quando um cavaleiro saiu a toda da penumbra. Dois outros o seguiram, e ele passou um momento tenso tentando avaliar as distâncias.

— Corra! — berrou para o filho, apontando o cume do morro.

Para seu horror, o rapaz parou e fitou os cavaleiros que desciam das árvores a toda. Thomas viu que tinham desembainhado as espadas e as seguravam abaixadas e retas acima das orelhas dos cavalos, apontadas para seu filho. Para seu alívio, Rowan saiu correndo, parecendo quase voar sobre o terreno acidentado. Thomas se viu respirando ofegante. Pelo menos o rapaz sabia correr. Rowan crescera meio selvagem na propriedade e passava mais tempo nos morros até mesmo que o pai.

— Que Jesus o proteja — murmurou Thomas.

Retirou do envoltório de couro o pedaço de cerne e alburno de teixo e ajustou as pontas de chifre de cada extremidade do arco. Para ele, esses movimentos eram completamente naturais, e, enquanto trabalhava, observava Rowan escalar o morro íngreme e os cavaleiros acelerarem o galope.

Seis cavaleiros tinham saído do meio das árvores. Thomas conhecia todos os soldados do barão e provavelmente saberia o nome de cada um deles. Em concentração silenciosa, ajustou a corda de linho e testou a tensão; depois desenrolou o tubo de couro macio, revelando uma aljava cheia de flechas.

Ele emplumara pessoalmente cada uma delas, em casa à noite, cortando as penas antes de colá-las e amarrá-las. As pontas tinham vindo de sua ferraria na aldeia, afiadas como facas e contendo a barbela de ferro que as tornava impossíveis de serem arrancadas da carne sem rasgar um homem.

Abaixo dele, os cavaleiros desaceleraram para atravessar o matagal. Tinham visto o homem solitário em pé na encosta, mas confiavam em seu número e em sua armadura e só se concentravam no rapaz que subia. Thomas trincou os dentes, embora a expressão não fosse agradável de se ver. Desde os 7 anos, todo domingo depois da missa, ele atirava flechas durante duas horas ou mais. Seu time de futebol local fora banido para que os meninos da aldeia não negligenciassem o treino com arco. Os ombros de Thomas eram uma massa de músculos em relevo e, se os homens do barão o consideravam um mercador de lã, tudo bem. Primeiro ele fora um arqueiro inglês. Largou a alça comprida sobre um dos ombros, de modo que a aljava ficou bem baixa, quase na altura do joelho. As flechas se inclinavam de lado e ele podia pegá-las apenas com um pequeno movimento. As duas cores de linha lhe mostravam que tipo de projétil encontraria. Havia as de ponta larga para veados, mas metade do estoque tinha uma ponta em estilete, quadrada e do comprimento do polegar. Thomas sabia muito bem o que poderiam fazer com a potência de um arco de teixo por trás. Ele escolheu uma delas e a pôs na corda.

— Terreno em declive — sussurrou consigo mesmo. — Vento forte a leste.

A puxada era tão natural que ele não precisava olhar a haste da flecha. Em vez disso, observava os alvos, os cavaleiros que subiam o morro e tentavam pegar seu filho.

A primeira flecha passou por cima da cabeça de Rowan, estalando no ar. Atingiu o cavaleiro da frente bem no meio do peito, e Thomas já estava com outra em riste. Quando era muito mais jovem, estivera nas fileiras de arqueiros e despejara milhares de flechas até o avanço francês desmoronar. Naquele dia estava sozinho, mas o corpo ainda se lembrava. Lançou flecha após flecha com exatidão impiedosa, disparando-as no ar.

Os cavaleiros da retaguarda podiam ter pensado que o primeiro homem simplesmente caíra quando a montaria havia tropeçado, Thomas não sabia. Continuaram avançando. Rowan finalmente teve o bom senso de sair da frente da mira, e seu pai deixou os cavaleiros se aproximarem dele. A flecha seguinte caiu no pescoço de um cavalo, fazendo-o empinar e gemer de dor.

Ele conseguiu ouvir Rowan ofegar quando alcançou o pai e pôs as mãos nos joelhos, observando a aproximação dos cavaleiros. Os olhos do rapaz estavam arregalados. Já vira Thomas abater veados, mas tinham sido disparos calculados, na imobilidade da caçada. Nunca vira o pai lançar flecha atrás de flecha, como se a força imensa de puxar a corda nada fosse para ele.

As hastes mergulhavam em homens com um som similar a pancadas num tapete grosso. Dois tinham caído. Os cavaleiros sufocavam e berravam, e Thomas começou a respirar com dificuldade ao sentir a velha ardência nas costas. Fazia uns bons anos que atirara com fúria pela última vez, mas o ritmo permanecia lá para ser convocado. Ele ajustava as flechas e puxava a corda rápido, implacável e sem misericórdia. Quatro homens derrubados, dois cavalos aos tropeços com a rédea solta, depois de perder o cavaleiro. Os dois últimos sujeitos perceberam a loucura de avançar e gritavam em pânico para os moribundos no chão.

De repente, Thomas correu à frente. Vinte passos ligeiros o deixaram a uma distância de onde não poderia errar. Os dedos ávidos encontraram três flechas ainda na aljava. Uma olhada nas linhas lhe revelou que restavam dois estiletes e uma ponta larga. Lançou as duas iguais e deixou a terceira flecha perfurante pronta na corda.

Os seis homens do barão tinham sido retirados de seus cavalos. Quatro jaziam imóveis, sem piscar, com penas rígidas saindo do peito. Os dois últimos gemiam em agonia e tentavam se levantar. No total, Thomas atirara 11 flechas com penas de ganso. Sentiu um toque de orgulho ao olhar a massa amontoada de homens e armaduras que criara, enquanto começava a pensar nas consequências.

— Olhe para o outro lado, Rowan — gritou sobre o ombro. — Isso é trabalho sujo.

Ele se virou para se assegurar de que o filho fitava o vale.

— Fique de olho nos morros, rapaz, tudo bem?

Rowan concordou, mas dirigiu o olhar para o pai assim que ele foi para junto dos homens. Com 16 anos, Rowan estava fascinado pelo poder que tinha visto. Pela primeira vez, entendeu por que o pai o fazia treinar até os dedos incharem e se arroxearem e os músculos dos ombros e das costas ficarem como tiras quentes de corda. Rowan tremeu quando o pai puxou um pesado facão e andou com cautela rumo ao par ainda vivo.

Ambos tinham sido atingidos por flechas de ponta larga. Um deles tirara o elmo, o que revelou uma barba cor de cobre molhada pelo sangue da boca aberta.

— Você será enforcado por isso — rosnou o homem.

Thomas o olhou enraivecido.

— Você está nas *minhas* terras, Edwin Bennett. E era meu *filho* que vocês caçavam como um veado.

O homem tentou responder, porém Thomas estendeu a mão e segurou seu cabelo comprido e engordurado. Ignorou a mão enluvada de cota de malha que o segurava e cortou a garganta do homem, empurrando o corpo para longe antes de se voltar para o último.

De todos, o cavaleiro restante era o menos ferido. Estava com uma das flechas enfiada com capricho na armadura, mas no alto, passando por um ponto que machucara somente seu ombro direito.

— Trégua, Woodchurch! Misericórdia, homem. Trégua!

— Você não terá trégua — disse Thomas sombriamente ao se aproximar.

O homem conseguiu se pôr de pé e ergueu a faca na mão esquerda, fatiando o ar, dando voltas enquanto tentava se afastar.

Thomas foi atrás dele, seguindo-o de perto; o cavaleiro caía e se levantava outra vez, tentando aumentar a distância entre os dois. Sangue corria pela armadura na altura da cintura e o rosto estava pálido e desesperado. O medo lhe dava velocidade, e Thomas estava cansado. Com uma maldição murmurada, ele estendeu a mão para a última flecha. O homem viu a ação e se virou para correr.

A haste pegou abaixo do braço bom, uma ponta de agulha, a distância tão curta, perfurando os elos da cota de malha como se fossem lã macia. O homem desmoronou e Thomas esperou até que ficasse imóvel.

Ouviu o mato se mover atrás de si quando o filho foi até ele.

— O que você vai fazer agora? — perguntou Rowan.

Durante a vida inteira, conhecera o pai como um homem amistoso, um mercador paciente e honesto que comprava e vendia fardos de lã na cidade e ganhava uma fortuna com isso. Usando aquela roupa marrom, com o pulso esquerdo envolto em couro e um arco longo nas mãos, o pai era uma figura assustadora. Enquanto Rowan observava, a brisa aumentou e Thomas fechou os olhos um instante, inspirando-a profundamente. Quando os abriu, a raiva quase passara.

— Remover minhas flechas, para começar, se conseguir. E enterrar os corpos. Você, corra de volta até em casa por mim e traga Jamison e Wilbur... e Christian também. Mande que tragam pás.

Pensativo, Thomas olhou os cavalos. Atingira um deles, e fez uma careta ao ver o animal em pé, mordiscando o capim com uma flecha no alto do pescoço. Conseguia ver o branco de seus olhos. O cavalo sabia que estava ferido, e os grandes flancos tremiam de dor, ondulando a carne castanha. Thomas balançou a cabeça em negativa. Poderia esconder o corpo dos homens, mas cavalos eram outra coisa. Por um instante, ficou tentado a chamar um açougueiro até lá, mas seria preciso uns dez meninos e duas ou três carroças para levar a carne embora. Era inevitável que o barão ficasse sabendo. Cavalos eram valiosos, e Thomas duvidava de que houvesse na França um mercado que recebesse seis montarias treinadas sem que a notícia chegasse a ouvidos indesejáveis.

— Meu Deus, eu não *sei* o que fazer, Rowan. Posso escondê-los em estábulos, mas, se o barão vier procurar, serão como uma confissão de culpa. Ele me levará ao magistrado, e aquele homem é amigo dele demais para dar ouvidos a qualquer coisa que eu diga.

Thomas parou e pensou por um tempo que pareceu uma era, enquanto a brisa ficava mais forte e nuvens cinzentas se avolumavam sobre sua cabeça. A chuva começou a cair em grandes gotas, e o cavalo ferido tremeu e trotou até um pouco mais abaixo do morro.

— Você poderia pegar aquele ali para mim, rapaz? Não quero que volte ao estábulo atrás de comida. Vá com calma e não o assustará. Vamos guardá-lo no velho celeiro hoje. Conheço um homem que pode dar um jeito de sairmos dessa, se conseguir falar com ele. Derry Brewer pode tirar meu pescoço da forca.

Ele observou o alívio surgir no rosto de Rowan antes que o menino descesse correndo a encosta, murmurando para o cavalo que perambulava. O animal levantou a cabeça, olhou-o com as orelhas em pé e depois voltou novamente a mordiscar o capim sem se preocupar. O rapaz tinha um jeito com cavalos que deixava Thomas orgulhoso.

— Como eu me meti nisso? — murmurou Thomas.

Ele desconfiava que o barão Strange não era sequer um nobre de verdade, pelo menos era esse o boato. Falava-se de um título caído em desuso e de um ramo feminino na árvore da família, mas Thomas nunca conseguira descobrir os detalhes da história. Fosse como fosse, Strange não ignoraria o assassinato proposital de seis soldados seus, por mais que estivessem na terra dos outros, por mais dano que causassem. A disputa entre as propriedades adjacentes fervilhava havia meses, desde que os homens do barão cercaram um pasto que por direito pertencia a Thomas. Pelo menos era assim que ele via a situação. Os homens do barão contavam outra história.

Primeiro fora coisa pouca, com seus criados e os do barão se confrontando sempre que se encontravam na cidade. Um mês antes, as coisas pioraram quando um homem de Thomas perdeu um dos olhos. Alguns amigos saíram para se vingar naquela noite e queimaram um dos celeiros do barão, além de matar algumas ovelhas galesas nos campos. Thomas mandara açoitá-los por isso, mas, a partir daquela noite, a rixa virara uma guerra não declarada. Havia ordenado que seus homens nunca andassem sozinhos; então avistara rastros passando por suas terras e tinha feito exatamente o que lhes dissera para não fazer. Praguejou contra sua tolice.

Rowan voltou trazendo dois cavalos e lhes dando tapinhas no pescoço.

— São rapazes grandes e fortes — comentou Rowan. — Podemos ficar com um deles, talvez?

— Impossível. Não podem me pegar com eles. Uma ou duas noites já é arriscado demais. Esperarei você voltar com o pessoal. Podemos terminar antes de escurecer, se a chuva não piorar muito.

Uma ideia lhe veio e ele ergueu os olhos.

— Por que veio até aqui, aliás? Você sabia que eu estaria fora até o crepúsculo.

— Ah! Há uma reunião na cidade hoje à noite. Algo sobre os franceses. Mamãe me mandou avisá-lo disso para que o senhor não faltasse. Ela disse que era importante.

— Jesus! — exclamou Thomas amargamente. — Como vou comparecer e limpar essa carnificina ao mesmo tempo? Meu Deus, alguns dias, eu juro...

— O senhor poderia pear os cavalos ou amarrar as rédeas deles. Vou buscar Jamison, Wilbur e Christian. Posso enterrar os corpos com eles também, enquanto o senhor vai à reunião.

Thomas olhou o filho, vendo até que ponto se tornara um homem no decorrer do último ano. Apesar da irritação, sorriu, sentindo orgulho suficiente para dissipar as nuvens negras lá em cima.

— Tudo bem, faça isso. Se vir qualquer pessoa montada, corra como se o diabo estivesse atrás de você, certo? Se os homens do barão vierem procurar os parceiros desaparecidos, não quero que o peguem. Está entendido?

— Claro que está. — Rowan ainda parecia um pouco pálido depois da cena à qual assistira, mas estava decidido a não hesitar diante do pai. Observou Thomas pegar a cobertura de couro do arco e descer a estrada rumo à cidade.

A chuva caía com mais força, atingindo Rowan ali em pé no morro exposto. As gotas pareciam rugir pela terra, e, descontente, ele olhou em volta ao perceber que estava sozinho com meia dúzia de mortos. Começou a reunir os cavalos, tentando não olhar as faces pálidas que o fitavam e afundavam aos poucos no mato que se curvava sob seu peso.

O salão fedia a lã úmida, o ar pesado com o cheiro. Em épocas mais normais, ali era o mercado de dezenas de proprietários. Para lá, levavam sacos de velo oleoso para serem avaliados e separados por especialistas de Londres e Paris antes que os preços fossem determinados para cada temporada de tosquia. As ovelhas que baliam eram uma dádiva de Deus para os fazendeiros, a lã que produziam era tão valiosa quanto a carne, e havia até queijo de leite de ovelha, embora só fosse popular em certas regiões do sul da França. A última enxurrada de pedidos fora entregue um mês antes, no começo do verão. Talvez por terem ouro no bolso, os homens que compareceram estavam com uma atitude agressiva, a raiva e a consternação evidentes. À luz do crepúsculo, tinham arrumado os bancos de madeira que geralmente serviam para marcar cercados para as vendas. A discussão já estava acirrada quando Thomas entrou em silêncio pelos fundos, a camisa limpa parecendo rija e lhe provocando coceiras por causa do suor do dia.

Conhecia todos os homens ali, alguns melhor que outros. O que se intitulava barão Strange se dirigia ao restante quando Thomas murmurou um cumprimento a um vizinho e aceitou um lugar na frente. Sentiu o olhar do barão cair sobre ele quando se instalou, mas simplesmente se sentou e ficou quieto por algum tempo, avaliando o clima do salão. Conseguia sentir um suor novo surgindo na pele com o calor crescente dentro da construção de madeira. Havia tantos corpos ali amontoados quanto num dia de feira, e ele se remexeu, sentindo-se desconfortável. Desde sempre detestava ajuntamentos de homens. Uma das alegrias da vida era andar livre e sozinho nos morros de suas terras.

— Se alguém tiver mais informações, que se apresente — dizia o barão.

Thomas levantou a cabeça, sentindo o olhar do homem deixá-lo. Ele observou que o barão Strange untara novamente o cabelo, formando uma mancha negra e escorregadia de cachos brilhantes que emoldurava o rosto desgastado pelo sol e pelo vento. Ao menos o barão tinha a aparência adequada à figura, fosse ou não real sua pretensão à nobreza. Thomas pôde ver a massa de músculos de seu pescoço e o ombro direito se deslocar enquanto gesticulava, legado de décadas brandindo uma espada pesada. O barão Strange não era fraco de corpo, e sua arrogância, bastante visível. Ainda assim, Thomas sempre o percebera como um sino rachado cuja nota soava desafinada. Se sobrevivessem à crise, Thomas prometeu pagar uma busca nos arquivos de Londres. Ouvira dizer que andavam falando em fundar por lá uma instituição heráldica, com todos os registros familiares do reino inteiro reunidos num só lugar. Sairia caro, mas queria saber se Strange andava enganando seus melhores homens ou se tinha mesmo direito ao título. Ele dava a Strange influência na reunião de expatriados e explicava por que o barão se levantara para se dirigir ao grupo e por que lhe davam ouvidos.

— Em épocas normais — continuou Strange —, emprego alguns homens para me transmitir informações em troca de certa quantia. Todos se calaram em Anjou. A última notícia que tive foi de que o rei francês em pessoa cavalgava pelo vale do Loire. Todos vimos as famílias expulsas passarem por Maine! Agora, esses escriturários ingleses de casaco preto estão em todas as cidades das redondezas, mandando-nos recolher tudo e partir. Estou lhes dizendo, fomos comprados e vendidos por nossos próprios senhores.

Uma onda de alvoroço percorreu o salão, e o barão levantou as mãos para inibi-la.

— Não estou dizendo que o rei Henrique sabe disso. Há homens em alta posição na corte que poderiam intermediar um acordo, que poderiam organizar a traição sem o conhecimento do rei. — O ruído elevou-se a um clamor e o barão ergueu a voz acima deles. — Bom, que outra palavra usar senão traição quando proprietários ingleses têm suas terras roubadas debaixo dos próprios pés? Comprei os direitos a minha propriedade de boa-fé, cavalheiros. Pago meu dízimo aos homens do rei todo ano. Metade dos senhores foram soldados com o bom senso de usar o que arrecadaram para comprar ovelhas e terras. Nossas terras, cavalheiros! Os senhores entregarão docilmente suas escrituras a algum soldado francês todo marcado de varíola? Terras e propriedades pelas quais suaram e sangraram mais de cem vezes?

Um rugido de fúria foi a resposta, e Thomas olhou em volta, pensativo. Strange sabia manipular, mas a verdade era um pouco mais complexa. O rei Henrique era o verdadeiro dono das terras, da menor aldeola da Inglaterra e do País de Gales até metade da França. Seus condes e barões administravam grandes extensões e coletavam dízimos e tributos em troca de fornecer soldados ao rei. A verdade poderia estar atravessada na garganta de todos os homens ali, mas, deixando a arrogância de lado, todos eram locatários do rei.

Thomas esfregou a ponte do nariz, sentindo-se cansado. Não participava da política de Maine; preferia passar o tempo em suas terras e só ia à cidade para a feira e para comprar mantimentos. Soubera dos escriturários que infestavam todas as cidades com seus avisos e ameaças de expulsão. Como os outros, Thomas sentia uma raiva cega dos nobres que, aparentemente, o tinham traído enquanto ele trabalhava por sua família. Ouvira os boatos de Anjou semanas antes, mas, aparentemente, parecia que todos foram confirmados.

— Eles podem chegar aqui no Natal, cavalheiros — continuou o barão Strange quando o barulho começou a diminuir. — Se for verdade que o preço desse armistício foram Anjou e Maine, até o fim do ano estaremos nos juntando na estrada às famílias expulsas. — Ele estalou os nós dos dedos com maldade, como se desejasse uma garganta para segurar e esganar. — Ou abandonamos tudo o que construímos aqui ou nos defendemos. E estou lhes dizendo: neste lugar, *defenderei* minhas terras. Tenho...

Ele teve de parar quando um urro de concordância se elevou dos fazendeiros e proprietários nos bancos.

— Tenho 68 chefes de família trabalhando em meus campos, velhos soldados que ficarão ao meu lado. Posso acrescentar mais duas dúzias de cavaleiros, e tenho dinheiro para mandar buscar mais na Normandia inglesa. Se os senhores juntarem seu ouro ao meu, talvez consigamos contratar homens de armas para virem ao sul nos defender.

Essa ideia levou silêncio à multidão, enquanto todos pensavam se abririam mão do ouro ganho com esforço por uma causa que talvez já estivesse perdida.

Thomas se pôs de pé, e o barão Strange franziu a testa para ele.

— Vai falar, Woodchurch? Pensei que você se mantinha à parte de todos nós.

— Tenho uma propriedade, barão, igual ao senhor. É meu direito falar.

Ele se perguntou como o barão reagiria ao descobrir que tinha seis homens de armas a menos do que pensava. Não pela primeira vez, Thomas se arrependeu do que fizera naquele dia.

De má vontade, Strange fez um gesto rijo e Thomas avançou e se virou para encarar a todos. Apesar de todo o seu amor à solidão, ele passara a conhecer os ingleses, os galeses e os escoceses daquele salão, e vários o saudaram ou lhe deram boas-vindas.

— Obrigado — disse Thomas. — Agora, ouvi mais boatos na última semana que no ano passado inteiro, e preciso conhecer a verdade concreta. Se os franceses avançam para o norte este ano, onde está nosso exército para lhes dar um tapa na cabeça e mandá-los para casa? Essa conversa de armistício não passa de história. Por que York não está aqui, nem Somerset, nem Suffolk? Temos três nobres de alta posição na França que podem mandar homens à linha de combate, e não vejo nem pelo nem couro de nenhum deles. Mandamos mensagens à Normandia? Alguém?

— Eu mandei — respondeu Strange por eles. A boca se contorceu, irritado com a lembrança. — Não recebi resposta do duque de York, nenhuma palavra. Eles nos abandonaram para que nos defendêssemos por conta própria.

Strange teria continuado, mas Thomas o interrompeu, a voz grave e lenta urrando sobre o grupo. Já tomara sua decisão. Irritava-lhe apoiar o barão, mas não havia escolha, não para ele. Tudo o que tinha estava em suas terras. Se abandonasse a propriedade, ele e a família teriam de pedir esmola nas ruas de Portsmouth ou Londres.

— Mandarei minhas meninas de volta à Inglaterra enquanto avaliamos as dificuldades que virão. Sugiro a todos que façam o mesmo, se ainda tiverem família aqui. Mesmo que não tenham, vocês têm recursos suficientes para deixá-las em estalagens na Normandia ou na Inglaterra. Não podemos manter o foco com mulheres para proteger.

— Então você se unirá a mim? — perguntou o barão Strange. — Deixará de lado nossas divergências e ficará ao meu lado?

— Jesus, barão, eu ia lhe pedir que ficasse ao meu lado — respondeu Thomas, um sorriso de cantos de boca. Os homens na sala riram e o barão corou. — Seja como for, não abrirei mão de minha fazenda, isso posso lhes dizer. Juntarei meu ouro ao seu para contratar soldados, mas precisamos de um ou dois oficiais veteranos também. Melhor ainda seria conseguir um lorde com experiência em combate para emprestar seu nome a nossa pequena rebelião.

A palavra furtou um pouco do humor da sala. Thomas olhou todos em volta, vendo fazendeiros robustos, com mãos ásperas e vermelhas de tanto trabalhar.

— E é isso o que será, se o exército francês vier bater a nossa porta. Ah, já vi ingleses derrotarem forças francesas maiores. No passado, vi as costas de alguns soldados franceses fugindo de mim. — Ele parou para que a onda de risos morresse. — Mas não podemos manter as terras com o que temos. Só podemos obrigá-los a pagar por elas.

— O quê? — perguntou o barão Strange, incrédulo. — Fala em derrota antes mesmo de começar a luta?

— Falo do que vejo — retrucou Thomas, dando de ombros. — Para mim não faz diferença. Ainda assim resistirei e lançarei minhas flechas neles quando vierem. Lutarei, mesmo que seja sozinho. Não tenho escolha alguma a não ser essa, não da forma como vejo a situação. Mas, sabe, fui arqueiro antes de ser fazendeiro, e arqueiro inglês, ainda por cima. Não fugimos só porque estamos em desvantagem. — Ele parou para pensar. — Pode ser que, se os detivermos, se os fizermos recuar, os lordes ingleses *tenham* de nos apoiar. Conheço um homem que me dirá claramente se temos chance, se virá ajuda do norte. Ele possui influência sobre o rei e nos dirá o que precisamos saber.

— Quem? — perguntou Strange. Estava acostumado a ser quem tinha contatos ou pelo menos a pretensão de tê-los. Para ele, ouvir Thomas Woodchurch falar de amigos em altas posições era estranhamente desconfortável.

— O senhor não reconheceria o nome, barão, e ele não gostaria de que eu o usasse. Lutamos lado a lado há anos. Ele me dirá a verdade pela dívida que tem comigo.

— Então guarde seus segredos, Woodchurch. Você me contará se tiver notícias dele?

— Contarei. Peço um mês, no máximo. Se não conseguir encontrá-lo até lá, é porque ele não quer ser encontrado, e estaremos por nossa conta.

O barão Strange mordeu o lábio inferior. Não gostava de Thomas Woodchurch, nem um pouco. Havia algo no sorriso que ele sempre dava ao ouvir seu título que irritava o barão como água fria nas costas. Mas ele sabia que a palavra do homem era digna de confiança.

— Também mandarei cartas aos que conheço — respondeu o barão. — E qualquer um de vocês com amigos no exército deveria fazer o mesmo. Vamos nos reunir de novo daqui a um mês e então saberemos nossa posição.

Thomas sentiu a mão de alguém lhe dar um tapinha no ombro; virou-se e viu diante de si o velho Bernard, um dos poucos homens ali que ele chamaria de amigo.

— Você vem conosco tomar um gole, rapaz? Estou com uma sede horrível depois de tanta falação, e nem fui eu que falei.

Thomas sorriu com ironia. Gostava do velho arqueiro, embora houvesse uma boa probabilidade de que algumas canecas de cerveja significassem ouvir de novo a história de Azincourt. Thomas preferiria caminhar os 13 quilômetros até a casa, mas parou antes de recusar. A maioria dos homens só iria embora depois de molhar a garganta. Thomas sabia que talvez tivesse de lhes pedir que lutassem por ele antes do fim do ano ou da próxima primavera. Não faria mal ouvir o que tinham a dizer.

— Vou, sim, Bern — respondeu.

A expressão de felicidade do velho com a resposta ajudou a aliviar um pouco a escuridão que empestava o estado de espírito de Thomas.

— Acho bom, rapaz. Agora você precisa deixar que o vejam. Esses rapazes precisam de um líder, e aquele Strange não é homem para isso, não em meu modo de ver. O título não lhe dá esse direito, embora alguns achem que dê. Não, rapaz. Eles precisam de um arqueiro com alguma noção do terreno. Tome algumas canecas de cerveja comigo e vou lhe contar o que tenho em mente.

Thomas se deixou levar com o grupo que seguia para a estalagem. Fez uma oração silenciosa para que Derry Brewer pudesse ser encontrado depressa — e que atendesse a um velho amigo.

10

Na escuridão uivante, Derry Brewer sentou-se e esperou, tendo de descobrir se era uma armadilha. Estava convencido de que somente uma coruja o veria se mover a essa hora, mas ainda assim resistiu à vontade de enxugar a àgua da chuva dos olhos. Apesar da visão borrada, permaneceu perfeitamente imóvel, só piscando devagar enquanto os céus se abriam e o encharcavam. Ele estava com uma capa escura de linho encerado, mas descobriu que era permeável, e os regatos que chegavam a sua pele eram congelantes. Estava naquele lugar havia horas, com as costas e os joelhos ficando gradualmente mais doloridos.

Houvera um pouco de luar antes que as nuvens de tempestade fervessem enraivecidamente acima de sua cabeça e as primeiras gotas grossas tamborilassem nas folhas. Ele vira que o terreno em torno da fazenda havia sido limpo e arrumado por mãos cuidadosas. À primeira vista, parecia uma casa bastante normal, mas os arbustos e a estrada tinham sido dispostos de tal modo que só havia um caminho evidente até a porta — uma trajetória que um par de arqueiros guardaria contra um exército. Derry sorriu para si mesmo, recordando outras épocas, outros lugares. Avistara a pilha de lenha deixada ao ar livre. Estava exatamente no lugar certo para usá-la como barricada e depois retornar à casa principal. Thomas Woodchurch era um homem cuidadoso, assim como Derry. Ser cuidadoso e paciente salvara a vida de ambos mais de uma vez.

A chuva se reduzia, mas o vento ainda gemia pelas árvores, enchendo o ar de folhas que giravam e dançavam como moedas molhadas. Ainda assim ele esperava, reduzido a um ponto brilhante de consciência num corpo trêmulo. No casebre, observou quais cômodos mostravam sombras em movimento e tentava adivinhar quanta gente poderia esperar lá dentro.

Sem aviso, uma sensação súbita de mal-estar o tocou, fazendo o estômago embrulhar e os testículos se contraírem. Nada ouvira, nada vira, mas na escuridão Derry percebeu que ocupava o *único* lugar que lhe dava uma ampla visão da porta da frente e dos principais cômodos da casa. O coração começou a disparar no peito, e ele se perguntou se conseguiria correr depois de tanto tempo agachado. Praguejou em silêncio, pensando mais depressa que nunca. Levou a mão até o pesado facão na cintura, o punho escorregadio sob os dedos em garra. No vento e na chuva, sabia que ninguém o escutaria expirar demoradamente. O orgulho o fez levar a voz a um tom normal, confiando no próprio instinto.

— Quanto tempo você vai esperar aqui comigo? — perguntou Derry em voz alta.

Tinha certeza de que o palpite era bom, mas mesmo assim quase pulou de susto quando alguém riu baixo atrás dele. Derry se tensionou para se mover, fosse para correr, fosse para se jogar naquela direção.

— Estava pensando o mesmo, Derry — disse Thomas. — Está um frio dos diabos e há comida e cerveja dentro de casa. Se já terminou seu jogo aqui fora, por que não entra?

Derry soltou um palavrão.

— Há alguns homens na França que adorariam saber onde eu estou hoje — declarou. Ele se levantou, os joelhos e os quadris protestando. — Precisava descobrir se não se juntara a eles.

— Se tivesse, você estaria engolindo uma flecha agora — avisou Thomas.

— Tinha de descobrir se você estava sozinho pela mesma razão. Também tenho alguns inimigos, Derry.

— Bons homens como nós sempre têm — respondeu. Embora já soubesse onde Thomas estava, ainda assim era difícil percebê-lo na escuridão.

— Não sou um bom homem, Brewer. E *sei* que você também não é. Paz, meu velho. Entre e divida o pão comigo. Vou lhe dizer o que quero.

Thomas andou sobre as folhas mortas e deu um tapinha no ombro de Derry, passando por ele rumo a casa.

— Como soube que eu estava lá? — perguntou Thomas por sobre o ombro.

— Lembrei que você adorava caçar — explicou Derry, seguindo-o. — Como chegou tão perto sem que eu o ouvisse?

Ele escutou o riso abafado do velho amigo no escuro.

— Como disse, sou um caçador, Derry. Veados ou homens, é tudo igual.

— Não, de verdade. Como fez isso?

Os dois homens andaram juntos pelo campo aberto e passaram pela pilha de lenha ao se aproximarem da casa.

— Usei o vento como cobertura, mas não é só isso. Se tiver uns vinte anos livres, posso lhe ensinar.

Quando chegaram à porta, a luz das janelas iluminadas permitiu a Derry ver o rosto do amigo pela primeira vez desde que se reencontraram. Observou Thomas dar um assovio baixo para o terreno escuro.

— Mais alguém? — indagou Derry.

— Meu filho Rowan — respondeu Thomas, sorrindo ao ver a irritação no rosto do amigo. — Esta terra é minha, Derry, e dele. Não dá para me vigiar sem que eu saiba.

— Então você não deve dormir muito — murmurou Derry.

Em meio ao vento e à chuva apareceu um rapaz alto com uma capa parecida com a de Derry. Sem dizer uma palavra, Rowan pegou o arco e a aljava do pai. As armas estavam mais embrulhadas e protegidas que os donos.

— Esfregue-as bem com óleo e verifique se as hastes empenaram — gritou Thomas quando o filho se virou e se afastou. Recebeu como resposta um grunhido que o fez sorrir.

— Você está com uma ótima aparência — comentou Derry, falando sério. — Ser fazendeiro pôs um pouco de carne em seus ossos.

— Estou muito bem. Agora entre, saia da chuva. Tenho uma proposta a lhe fazer.

A cozinha da casa estava abençoadamente quente, com um pequeno fogo ardendo na lareira. Derry removeu a capa coberta de cera antes que formasse uma poça no chão de pedra e baixou a cabeça com respeito para a mulher de aparência austera sentada à mesa. Ela o ignorou enquanto pegava um pano e removia uma chaleira preta de ferro de onde pendia acima das chamas.

— Esta é minha esposa Joan — apresentou Thomas. — Uma doce menina dos cortiços que certa vez se arriscou a se casar com um arqueiro. — Ele sorriu para ela, embora a expressão da mulher continuasse desconfiada. — Joan, esse é Derry Brewer. Já fomos amigos.

— Ainda somos, senão eu não arriscaria meu couro vindo aqui. Você enviou uma mensagem a John Gilpin, em Calais, e aqui estou, nessa chuva torrencial.

— Por que devemos confiar num homem que fica lá fora nos vigiando durante horas? — questionou Joan. Apesar dos anos na França, o sotaque era puramente londrino, como se tivesse saído dos cortiços da capital no dia anterior.

— Tudo bem, Joan, ele é só um homem cauteloso — respondeu Thomas, enquanto Derry piscava e desviava os olhos da mulher que o encarava. — Sempre foi.

Ela soltou um som ríspido de desdém no fundo da garganta e despejou água quente numa dose de conhaque em cada caneca. Derry notou que sua dose era apenas metade da dose do marido, mas achou melhor não falar nada.

— Pode ir se deitar agora, Joan, se quiser — avisou Thomas. — Não há mais ninguém lá fora; eu teria visto.

A mulher franziu o cenho para o marido.

— Não gosto de me sentir prisioneira em minha própria casa, Thomas Woodchurch. Vou levar as meninas amanhã. Quando voltar, quero isso resolvido. Não vou mais ficar olhando sobre o ombro, não vou mesmo. E cuide direito de Rowan. Ele é só um menino, apesar de todo aquele tamanho.

— Vou mantê-lo a salvo, amor. Não se preocupe com isso.

Thomas beijou a esposa na bochecha que lhe foi oferecida, embora a mulher ainda observasse o hóspede com frieza no olhar.

Quando ela saiu, Derry estendeu a mão para a garrafa de conhaque e serviu-se de mais um pouco para manter o frio longe dos ossos.

— Você se casou com um dragãozinho, hein, Tom? — insinuou, instalando-se numa cadeira. Era bem-feita, notou ele, e aceitou seu peso sem nenhum rangido. A cozinha inteira tinha a marca de um lugar que exalava amor, de um lar. Provocou uma pontada de tristeza em Derry saber que ele não possuía um lugar como aquele.

— Agradeço se guardar para si sua opinião sobre minha mulher, Derry. Temos outras coisas para conversar e você vai querer partir antes do amanhecer.

— Está me mandando embora? Estava esperando por um jantar e uma cama. Fiquei uma semana na estrada para chegar aqui.

— Tudo bem — disse Thomas, de má vontade. — Há um guisado naquela panela grande. Carne de cavalo. Quanto a ficar debaixo de meu teto, talvez dependa do que poderá me dizer.

Derry tomou um gole da bebida quente, sentindo-a pôr um pouco de calor de volta nas veias.

— Justo. Então, o que foi tão importante que fez você se lembrar de seu velho amigo? Gilpin quase não me encontrou. Eu estava nas docas, a caminho da Inglaterra. Foi bom ele conhecer meus bares, senão eu não estaria aqui.

Thomas olhou o homem que passara 14 anos sem ver. O tempo e as preocupações desgastaram Derry Brewer. Mas ele ainda parecia forte e em boa forma, mesmo com os cabelos molhados e grudados na cabeça, cobertos de folhas vermelhas e amarelas.

— Soube que você se deu bem, Derry, lá em Londres.

— Estou me virando — corrigiu, cauteloso. — Do que precisa?

— Nada para mim. Só quero saber o que acontecerá se os homens de Maine lutarem, Derry. O rei Henrique mandará homens para nos defender ou estamos por conta própria?

Derry engasgou com a bebida e tossiu até ficar com o rosto vermelho.

— Há um exército francês acampado em Anjou, Tom. Quando avançarem na próxima primavera, você mandará sua mulher brandir a vassoura para ele?

Thomas fitou os olhos cinza do velho amigo e suspirou.

— Veja bem, eu gostaria que não fosse assim, mas Maine e Anjou foram o preço do armistício. Entende? Está *feito*, comprado e vendido. Seu filho não terá de ir à guerra antes de criar uma barba decente, do jeito que tivemos de fazer. Esse é o preço.

— São minhas terras, Derry. *Minhas* terras que foram cedidas sem um aviso sequer.

— O que é isso agora? *Não* são suas malditas terras, Tom! O rei *Henrique* é dono desta fazenda e de 60 mil iguais a ela. Ele é dono desta casa *e* desta caneca que estou segurando. Parece-me que se esqueceu disso. Mas você paga o dízimo todo ano. Achou que fosse voluntário? O rei Henrique e a Igreja são os únicos que possuem terras, ou você é um daqueles que acham que ela deveria ser toda dividida? É isso? Você é um incitador, Tom? Um agitador? Então parece que ter uma fazenda o mudou muito.

Thomas olhou irritado o homem que um dia chamara de amigo.

— Talvez *tenha* me mudado, na verdade. É *meu* suor que produz a lá, Derry. Somos eu e meu filho lá fora, a qualquer tempo, mantendo os cordeiros vivos. Eu não trabalho para encher os bolsos de um lorde, isso posso lhe dizer. Trabalho por minha família e por minhas terras, porque o homem tem de trabalhar, senão não é homem. Se já tivesse tentado, não zombaria de mim. Saberia que lamento cada moeda que pago de dízimo, todo maldito ano. Cada moeda que eu ganhei. Meu *trabalho* torna minhas estas terras, Derry. Minhas escolhas e minha habilidade. Jesus Cristo, não é como se fosse algum antigo lote em Kent, dominado há gerações pela família de um lorde. Aqui não é a Inglaterra, Derry! É uma nova terra, com um novo povo.

Derry tomou um gole da caneca, balançando a cabeça com a fúria de Woodchurch.

— Há mais coisa em jogo do que alguns morros, Tom. Nenhuma ajuda virá, pode acreditar em mim. O melhor que pode fazer é pôr numa carroça tudo o que for capaz de carregar e seguir para o norte antes que as estradas fiquem lotadas. Se é o que queria saber, estou lhe fazendo a cortesia de lhe dizer às claras.

Thomas ficou um tempo sem responder enquanto terminava a bebida e voltava a encher as duas canecas. Foi mais generoso do que a esposa com o conhaque, e Derry observou com interesse ele esfarelar um pouco de canela nas canecas antes de lhe devolver a sua.

— Então, por cortesia, Derry, vou lhe dizer que vamos lutar — anunciou Thomas. As palavras não eram presunçosas. Ele afirmou aquilo com tranquilidade e por isso Derry se sentou ereto, deixando de lado o cansaço e o efeito da bebida.

— Vocês vão se matar. Há 2 ou 3 mil franceses vindo para cá, Thomas Woodchurch. O que vocês têm em Maine? Algumas dezenas de fazendeiros e veteranos? Será um massacre, e *ainda assim* eles ficarão com sua fazenda quando terminar. Escute bem. Está *feito*, entende? Não posso mudar nada, nem que minha vida dependesse disso. A sua depende. Quer ver seu menino morto por algum cavaleiro francês? Que idade ele *tem*? Dezessete? Dezoito? Jesus. Há ocasiões em que um homem tem de desistir e fugir. Sei que você não gosta de ser forçado, Tom. Mas corremos quando aquela tropa de cavalaria nos avistou, não corremos? Só nós três contra cinquenta? Corremos como coelhos de merda daquela vez, e não houve vergonha nisso porque sobrevivemos e lutamos de novo. É a mesma coisa aqui. Os reis comandam. O restante de nós só continua levando a vida e torce para sobreviver.

— Terminou? Ótimo. Agora escute *você*, Derry. Você disse que não haverá ajuda, e o escutei. Estou lhe dizendo que resistiremos. Estas terras são minhas, e não me importa que o rei Henrique venha pessoalmente me mandar sair. Eu cuspiria no rosto dele também. Não vou fugir desta vez.

— Então você está *morto* — retorquiu Derry —, e que Deus o ajude, porque não posso ajudá-lo.

Ambos ficaram sentados, olhando enfurecidos um para o outro, sem que nenhum deles cedesse. Dali a algum tempo, Derry esvaziou a caneca e continuou:

— Se lutarem, matarão seus homens. Pior, romperão o acordo pelo qual trabalhei antes mesmo que o maldito armistício comece de fato. Entende isso, Tom? Se é como falam, preciso que você vá a seus amigos e lhes diga o que lhe contei. Diga-lhes que esqueçam isso. Diga-lhes que é melhor continuarem vivo para recomeçar do que jogar tudo fora e acabar como mais um cadáver na vala. Há mais coisa em jogo nisso do que pensa. Se arruinar tudo por algumas terras cobertas de mato, eu mesmo acabo com você.

Thomas riu, embora sem júbilo algum.

— Não acaba, não. Você me deve a vida, Derry. Você me deve mais que suas advertências de mãe.

— Estou *salvando* sua vida ao lhe dizer para fugir! — rugiu Derry. — Uma só vez que seja, porque simplesmente não *escuta*, seu verme teimoso?

— Todas as nossas flechas tinham acabado, lembra?

— Tom, por favor...

— Você estava com um baita corte na perna, não podia correr... e aquele cavaleiro francês o viu no mato alto e voltou, lembra?

— Lembro — respondeu Derry lastimosamente.

— E não me viu, então pulei nele e o derrubei antes que cortasse sua cabeça com uma linda espada francesa. Peguei minha faquinha e a enfiei no olho esquerdo do infeliz, Derry, enquanto você ficava lá parado, olhando. E agora está sentado em minha cozinha, em minhas terras, e me diz que não vai ajudar? Eu fazia uma ideia melhor de você, fazia mesmo. Lutamos juntos uma vez, e isso *significou* alguma coisa.

— O rei não sabe lutar, Tom. Ele não é como o pai e não sabe lutar nem liderar homens que saibam. É como uma criança, e é meu pescoço que está em jogo se você disser que fui eu que lhe contei. Quando meu rei pediu que eu lhe conseguisse um armistício, obedeci. Porque era a coisa certa a fazer. Porque senão perderíamos a França toda de qualquer modo. Sinto muito, porque o conheço e é como enfiar uma faca em mim ficar em sua cozinha e lhe dizer que não há esperanças, mas não há.

Thomas o fitou por cima da borda da caneca.

— Está me dizendo que isso tudo foi ideia sua? — questionou ele, espantado. — Quem diabos você *é*, Derry Brewer?

— Sou um homem cujo caminho você nunca vai querer cruzar, Tom. Nunca. Sou alguém a quem deveria dar ouvidos, porque sei o que estou falando e não perdoo facilmente. Já lhe disse o que sei. Se começar uma guerra por alguns morros e ovelhas... Não faça isso, é só. Arranjo-lhe com que comprar outra propriedade no norte, pelos velhos tempos. Isso eu posso fazer.

— Esmolas para os pobres? Não quero sua caridade — refutou Thomas, quase cuspindo a última palavra. — Conquistei minhas terras aqui. *Conquistei* com sangue, dor e morte. São todas minhas, Derry, sem dívidas, nada. Você está sentado em minha casa, e estas são as mãos que a construíram.

— É apenas outra fazenda de rendeiros — rosnou Derry, zangando-se outra vez. — Desapegue-se dela.

— Não. É melhor *você* ir, Derry. Já disse tudo o que havia a dizer.

— Está me mandando embora? — perguntou Derry, incrédulo. Cerrou os punhos e Thomas baixou a cabeça, olhando-o com uma expressão ameaçadora.

— Estou. Esperava mais de você, mas seu comportamento já foi bastante claro.

— Tudo bem.

Derry se levantou e Thomas o acompanhou, de modo que se encararam na pequena cozinha, a raiva dos dois preenchendo todo o cômodo. Derry estendeu a mão para a capa coberta de cera e se cobriu com ela com movimentos bruscos e furiosos.

— O rei queria um armistício, Tom — comentou ele enquanto ia até a porta e a escancarava. — Em troca, ele cedeu algumas terras suas e pronto. Não fique no caminho como um tolo. Salve sua família.

O vento uivou na cozinha, fazendo o fogo tremular e soltar fagulhas. Derry deixou a porta aberta e desapareceu na noite. Depois de a algum tempo, Thomas foi fechá-la contra o vendaval.

O navio mergulhou, caindo numa onda de maneira tão súbita que pareceu deixar para trás o estômago de Margarida. A espuma respingou no convés, aumentando a crosta de sal que faiscava na balaustrada e em toda madeira exposta. As velas estalavam e se enfunavam acima da cabeça, e Margarida não se lembrava de já ter se divertido tanto. O segundo imediato rugiu uma ordem e os marinheiros começaram a içar cabos tão grossos quanto seus pulsos, movendo as vergas de madeira para manter as velas tesas e cheias. Ela viu William caminhar pelo convés, uma das grandes mãos pairando perto da balaustrada ao se aproximar.

— Uma das mãos pelo navio, uma por si mesmo — murmurou, deliciada com a expressão inglesa e a noção de conhecimento náutico que lhe dava. Como podia ter chegado aos 14 anos e nunca ter estado no mar? Aquilo ficava bem longe do Castelo de Saumur, em todos os sentidos puro. O comandante a tratava com respeito acima do normal, curvando-se e escutando cada palavra sua como se fosse uma pedra preciosa a ser guardada. Ela só desejava que os irmãos pudessem ver aquilo, ou, melhor ainda, Iolanda. A lembrança da irmã lhe provocou uma dor no peito, mas Margarida resistiu, mantendo a cabeça erguida e inspirando um ar tão frio e puro que ardia nos pulmões. O pai se recusara a lhe mandar sequer uma criada, deixando William tão irritado e corado que ela achou que o homem grandalhão bateria em Renato de Anjou.

Não havia sido uma despedida agradável, mas William deixara a indignação de lado e, do próprio bolso, contratara duas criadas em Calais para cuidarem dela.

Margarida sorriu quando Suffolk cambaleou e segurou a balaustrada. O navio balançava no mar cinzento, golpeado pelo frio vento de outono a oeste. A própria Calais proporcionara tantas experiências novas que a deixara assoberbada. O porto e a fortaleza estavam lotados de ingleses dentro de suas muralhas. Ela vira mendigos e comerciantes, além de centenas de marinheiros grosseiros por toda parte, correndo daqui para lá com seus baús e suas cargas. Quando pagaram o último cocheiro, William a empurrara depressa por algumas mulheres maquiadas, como se Margarida nunca tivesse ouvido falar de meretrizes. Ela riu ao recordar seu constrangimento tão inglês ao tentar impedir que as avistasse.

Uma gaivota chilreou no alto e, para o deleite de Margarida, pousou numa das cordas que se espalhavam por a toda parte, quase ao alcance de sua mão. Observava-a com olhinhos brilhantes, e Margarida ficou triste por não ter uma migalha de bolo ou pão seco para alimentar o pássaro.

A gaivota se espantou e saiu voando com um grito áspero quando William se aproximou de Margarida. Ele sorriu ao ver a expressão no rosto dela.

— Milady, achei que poderia gostar de ter seu primeiro vislumbre da Inglaterra. Se mantiver a mão na balaustrada o tempo todo, o comandante diz que podemos ir até a proa, a frente do navio.

Margarida tropeçou de ansiedade ao andar, e ele pôs a mão forte sobre a dela para estabilizá-la.

— Desculpe a impertinência, milady. Está bem aquecida? — perguntou ele. — Nenhum enjoo?

— Ainda não — respondeu Margarida. — Um estômago de ferro, lorde Suffolk!

Ele deu uma risada e a levou pelo convés inclinado. Margarida conseguia escutar o sibilo do mar passando debaixo deles. Quanta velocidade! Era extraordinário e estimulante. Ela decidiu voltar ao mar depois de estar devidamente casada na Inglaterra. Uma rainha poderia ter seu próprio navio, por certo?

— Uma rainha pode ter seu próprio navio? — perguntou, elevando a voz acima do vento e do grito das gaivotas.

— Tenho certeza de que uma rainha pode ter sua própria frota, se quiser — berrou William em resposta, sorrindo por sobre o ombro.

O vento refrescava, e os imediatos gritavam ordens. Os marinheiros voltaram a se mover, ocupados, afrouxando cabos e dobrando grandes seções de velas molhadas e depois amarrando-as antes de deixar tudo bem retesado outra vez.

Margarida alcançou a proa do navio, com a mão de William firme em seu ombro. Além do estai que sustentava a vela lá no alto, só o gurupés de madeira e algumas redes avançavam mais, baixando quase até as ondas e depois subindo de novo, várias vezes. Ela arfou de prazer com as falésias brancas que assomavam a distância, claras e limpas contra a maresia. Margarida inspirou e prendeu a respiração, sabendo que era ar inglês. Nunca saíra da França. Nunca saíra sequer de Anjou. Seus sentidos flutuavam com tantas experiências e ideias novas.

— São lindas, monsieur! *Magnifiques!*

Os marinheiros a ouviram. Sorriram e se alegraram, já afeiçoados à menina que seria rainha e que amava o mar tanto quanto eles.

— Olhe lá embaixo, milady — indicou William.

Margarida baixou o olhar e ficou boquiaberta ao ver golfinhos cinzentos singrando o mar pela superfície, acompanhando com perfeição o navio.

Eles disparavam e pulavam como se brincassem, desafiando-se uns aos outros para ver qual se aproximaria mais. Enquanto ela olhava, uma vara e uma corrente presas ao gurupés mergulharam o suficiente para tocar um deles. Em confusão súbita, todos sumiram nas profundezas como se nunca tivessem existido. Margarida ficou com uma sensação de assombro e contemplação com o que vira. William riu, contente de ser capaz de lhe mostrar essas coisas.

— É por isso que chamam aquilo ali de açoite dos golfinhos — comentou ele, sorrindo. — Não os machuca. — O vento uivava, e Suffolk teve de se inclinar para mais perto e gritar no ouvido dela. — Agora, ainda temos algumas horas antes de atracar. Devo chamar suas criadas para lhe arrumar roupas secas?

Margarida fitou as falésias brancas, a terra cujo rei não conhecia, mas com quem se casaria duas vezes. Inglaterra, sua Inglaterra.

— Ainda não, William — respondeu ela. — Antes, deixe-me ficar aqui mais um pouco.

Parte II

Firmou-se o coração naquilo que desejo:
A esta flor servir com a maior humildade,
O mais lealmente, é o que penso e almejo,
Sem dissimular, sem preguiça em minha verdade.
Conhecer-te bem não é mais que felicidade,
Ver esta flor que começa a se desvendar,
Vermelha e branca, tão nova a desabrochar.

William de la Pole
[inspirado por Margarida de Anjou]

11

Com peles quentes nas mãos e perfeitamente aconchegadas ao pescoço, Margarida entrou nos jardins cobertos de gelo. Wetherby House era seu primeiro lar na Inglaterra, onde passara quase três meses. As árvores ainda estavam nuas e austeras, mas havia fura-neves crescendo em torno das raízes e a primavera estava a caminho. Quase podia ser a França, e andar pelas vias reduzia um pouco as saudades de casa.

Todas as fazendas locais matavam porcos e salgavam a carne. Margarida sentia o cheiro da fumaça e sabia que os animais mortos estavam sendo cobertos de palha, incendiada para queimar as cerdas. O odor amargo trouxe de repente uma lembrança tão viva que ela parou e fitou. A boca recordou o sabor da vez em que a mãe deixara os cavalariços misturarem sangue fresco com açúcar até virar uma pasta, quase uma espuma. A irmã Iolanda e os irmãos tinham dividido um prato da deliciosa iguaria, brigando pela colher até que ela caiu no chão empoeirado, e depois enfiando os dedos até a pele e os dentes ficarem manchados de vermelho.

Margarida sentiu os olhos arderem de lágrimas. Saumur ficaria mais silencioso sem ela naquele verão. Era difícil não sentir saudade das sardinhas recheadas ou do frango com funcho que a mãe fazia quando lhe apresentavam um belo joelho de porco, consistente como uma pedra, num mar de ervilhas e creme de leite espesso. Parecia que os ingleses só gostavam de comida fervida. Era mais uma coisa com que se acostumar.

Lorde William era um consolo, quase o único rosto conhecido desde que partira de casa. Ajudara-a a melhorar o inglês, embora pudesse conversar em bom francês quando queria ou quando tinha de explicar alguma palavra. Mas ficava ausente a maior parte do tempo e só ia a casa em longos intervalos com mais notícias do casamento.

Foi um estranho hiato na vida de Margarida, enquanto grandes homens e mulheres organizavam seu segundo casamento. Quando desembarcara no litoral sul, perto do Castelo de Portchester, torcera para que Henrique fosse encontrá-la. Tivera uma visão com um rei jovem e belo cavalgando de Londres até as grandiosas ruínas, chegando talvez naquela primeira noite para tomá-la nos braços. Em vez disso, fora levada para Wetherby e, aparentemente, esquecida. Os dias e as semanas se esvaíam sem sinal do rei, apenas Suffolk ou o amigo dele, o conde Somerset, um homem baixo e peludo que fizera uma reverência tão demorada que ela temeu que nunca mais conseguisse se levantar. Sorriu ao se lembrar. Antes que Somerset chegasse, Derry Brewer o descrevera como "um galinho nobre e correto". Ela ouvira isso com prazer, e o divertimento se aprofundou quando conheceu o conde e o viu vestido com tons vivos de amarelo e azul. Gostava dos três homens por razões diferentes. Derry era encantador e polido e lhe passara um saco de doces minúsculos quando William não estava olhando. Ela se sentira a meio caminho entre se ofender por ser tratada como criança e se deliciar com as gotinhas azedas de limão que faziam a boca se franzir ao serem chupadas.

O Natal viera e se fora, com presentes estranhos e extravagantes chegando com seu nome, enviados por uma centena de nobres desconhecidos, todos aproveitando a oportunidade para se apresentar. Com William como seu consorte e acompanhante, Margarida havia ido a um baile que ainda recordava num redemoinho de dança e sidra de maçã picante. Ela esperara encontrar o marido por lá, a mente repleta de histórias românticas em que o rei apareceria e todos os convivas se calariam. Mas Henrique não fora. A jovem começava a se perguntar se algum dia ele apareceria.

Ela ergueu os olhos ao ouvir o som de uma carruagem que esmagava os seixos do caminho do outro lado da casa. William estava fora naquele dia, e Margarida se encheu de temor de que fosse outra nobre inglesa indo inspecioná-la ou barganhar favores que, claramente, achava que ela poderia conceder. Já participara de encontros tensos com esposas de condes e barões, beliscando bolo de sementes mergulhado em vinho temperado e torcendo para achar algo a dizer em resposta a suas perguntas. A duquesa Cecily de York fora a pior de todas, uma mulher tão alta e segura de si que fez Margarida se sentir uma criança grudenta. O inglês de Margarida ainda não era fluente, e a duquesa declarou não saber francês; assim, fora uma das tardes mais difíceis de sua vida, com muito mais silêncio que conversa.

— Vou adoecer de novo — murmurou Margarida consigo mesma ao pensar em outro encontro como aquele. — Ficarei... indisposta.

Na verdade, ela ficara doente de verdade por algum tempo depois de chegar. A comida estranha e pesada, talvez, ou apenas a mudança de ares lhe tinha causado vômitos incontroláveis, e médicos a proibiram de sair da cama durante quase 15 dias. Margarida achara, então, que o tédio intenso a mataria, mas aqueles dias de tranquilidade tinham se transformado numa lembrança estranhamente feliz, já quase esquecida.

Ela possuía uma vaga ideia de que rainhas deveriam apoiar os maridos, lisonjeando e bajulando seus partidários, mas, se Cecily de York fosse o padrão, não seria uma tarefa fácil de aprender. Margarida recordou o cheiro seco e azedo da mulher e tremeu.

Ela ergueu os olhos quando uma voz aguda chamou seu nome a distância. Meu Deus, procuravam por ela de novo! Podia ver os criados se deslocando na casa e correu além dos caminhos do jardim para se ocultar das janelas. William disse que o casamento seria dali a poucos dias. Quando havia ido lhe contar, ele estava com o rosto vermelho e alegre, a grande juba de cabelos escuros e grisalhos escovada e brilhante. Quando voltasse, ela iria para a Abadia de Titchfield, a menos de 16 quilômetros. Henrique finalmente estaria lá, esperando por ela. Margarida gostaria de visualizar o rosto do jovem rei quando imaginava a cena. Em sua cabeça, casara-se com ele mil vezes, com cada detalhe bem vivo, a não ser aquele.

— Margarida! — chamou alguém.

Ela ergueu os olhos, subitamente mais alerta. Quando a voz chamou de novo, Margarida sentiu no peito um grande palpitar de empolgação. Juntou as saias e correu de volta na direção da casa.

A irmã Iolanda estava em pé à porta do jardim, olhando para fora. Quando avistou Margarida, o rosto se iluminou, e ela também correu. As duas se abraçaram no jardim gelado, a grama branca em volta. Iolanda despejou uma torrente rápida de francês, dando pulinhos enquanto segurava a irmã mais nova.

— Que alegria vê-la de novo! Você está mais alta, juro, e há rosas em seu rosto. Acho que estar na Inglaterra combina com você!

Como não havia sinal de a conversa chegar ao fim, Margarida pôs a mão na boca da irmã, fazendo ambas rirem.

— Por que está aqui, Iolanda? Estou muito feliz de vê-la. Mal consigo respirar por causa disso, mas como você veio? Você tem de me contar tudo.

— Para seu casamento, Margarida, é claro! Por algum tempo, achei que o perderíamos, mas mesmo assim estou aqui. Seu lorde William me mandou o mais lindo convite em Saumur. Papai fez objeção, é claro, mas se distraiu com alguma nova viagem que está planejando. Nossa querida mãe disse que a família *tinha* de ser representada e ela *prevaleceu*, abençoado seja seu santo coração. Seu amigo inglês mandou um navio me buscar, como eu ou você mandaríamos uma carruagem. Ah! E não estou sozinha! Frederick veio comigo. Ele está deixando crescer um par de costeletas ridículas. Você tem de lhe dizer que são horríveis, porque elas me pinicam e não quero que ele as use.

Margarida olhou para longe, percebendo de repente a estranheza da situação. Ela se casara meses antes da irmã, mas ainda nem vira o marido. Com um jeito meio envergonhado, olhou Iolanda com mais atenção.

— Você parece estar... desabrochando, irmã. Está grávida?

Iolanda corou.

— Assim espero! Temos tentado, e, ah, Margarida, é maravilhoso! A primeira vez foi um pouco desagradável, mas não pior que uma picada de abelha, talvez. Depois disso, bem...

— Iolanda! — repreendeu Margarida, corando quase tanto quanto a irmã. — Não quero ouvir. — Ela parou para pensar melhor, percebendo que queria, sim, ouvir, queria muito. — Tudo bem, tenho certeza de que Frederick logo virá procurar você. Conte tudo para que eu saiba o que esperar. O que quer dizer com "um pouco desagradável"?

Iolanda deu uma risadinha rouca ao dar o braço à irmã mais nova e levá-la pelo caminho que se afastava da casa.

Tudo era diferente, mas, ainda assim, tudo era igual. A sensação de déjà-vu foi intensa quando Margarida ocupou seu lugar na carruagem com o vestido de noiva que usara em Tours. Pelo menos fazia frio, uma bênção num vestido que a esmagava.

Iolanda sentou-se à frente da irmã. Aos olhos de Margarida, ela parecia mais adulta, como se o casamento operasse alguma estranha alquimia, ou talvez porque agora Iolanda fosse uma condessa por direito. O marido Frederick sentou-se no banco, parecendo severo na túnica escura e com a espada sobre os joelhos. Margarida notou que ainda usava as costeletas, que iam das orelhas até a linha do queixo. Ele dissera que as do pai eram muito admiradas em sua paróquia, e Margarida se perguntou se a irmã um dia conseguiria fazer com que as raspasse. Mas sua austeridade desbotava quando olhava para Iolanda. A afeição entre os dois ficou tocante e óbvia quando entrelaçaram as mãos e balançaram junto do coche nas estradas cheias de buracos.

A manhã passara num alvoroço de empolgação, com William indo e voltando da abadia em seu cavalo para cuidar dos últimos detalhes e depois se banhando e vestindo roupas limpas num dos quartos de cima. Margarida já fora apresentada a uma dezena de homens e mulheres que não conhecia, enquanto os convidados do casamento enchiam Wetherby House, rindo e conversando o tempo todo. Sua condição era uma questão delicada na hora de conhecer nobres e esposas. Ainda sem ser rainha, Margarida fizera uma reverência para a duquesa de York, como faria a qualquer uma da geração de sua mãe. Talvez fosse apenas imaginação sua o desdém de Cecily de York ao elogiar o vestido da noiva. Lorde York foi meticulosamente bem-educado e se curvara diante dela, dizendo ter muito prazer de encontrá-la em seu segundo casamento, tanto quanto no primeiro. A esposa murmurara algumas palavras que Margarida não entendeu direito, mas viu que fizeram York sorrir quando ele se curvou sobre a mão dela para beijá-la. Algo na diversão particular deles a irritara.

Com esforço, ela pôs de lado esses pensamentos. Conheceria o marido naquele dia. Veria seu rosto. Enquanto a carruagem balançava de um lado para o outro, rezava em silêncio para ele não ser feio nem deformado. William lhe jurara que Henrique tinha boa aparência, mas Margarida sabia que ele não poderia dizer outra coisa. Medo e esperança se misturavam em quantidades iguais, e ela só podia observar as sebes passarem e os corvos negros voarem. A testa coçava onde as criadas tinham lhe puxado os cabelos para trás, mas ela não ousava pôr a mão para não deixar marcas no pó branco, e mordeu o lábio para conter a irritação. Tinham entrelaçado flores em seus cabelos, e o rosto parecia rígido com toda a maquiagem e os perfumes aplicados desde que se banhara ao amanhecer. Tentava não respirar com força demais contra os painéis apertados do vestido, caso desmaiasse.

Margarida soube que se aproximavam da Abadia de Santa Maria e de São João Evangelista porque as famílias locais saíram para vê-la passar, reunindo-se na estrada que levava para a vasta fazenda pertencente aos monges. Aprendizes ganharam um dia de folga em sua homenagem, e os moradores da cidade e suas mulheres vestiram as roupas de domingo só para ficar ali à espera da mulher que seria rainha da Inglaterra. Margarida pôde avistar a multidão que acenava e dava vivas antes que a carruagem entrasse por um caminho que percorria quilômetros de florestas e campos escuros.

Os que davam vivas não atravessaram aquela barreira invisível e, quando a estrada chegou num declive, Margarida pôde ver carruagens à frente e atrás, 14 delas viajando juntas para a igreja da abadia mais adiante. Seu coração bateu forte contra o vestido, e ela tocou o peito com a mão sentindo-o disparar. Henrique estaria lá, um rei de 23 anos. Margarida forçou os olhos por cima da irmã e de Frederick para ter um primeiro vislumbre dele. Era inútil, ela sabia. O rei Henrique já estaria no interior, alertado pela visão de carruagens no caminho. Poderia muito bem estar esperando no altar, com William ao lado.

Margarida se sentiu meio zonza e temeu desmaiar antes mesmo de chegar à igreja. Ao ver sua angústia, Iolanda puxou o leque e abanou-a, enquanto Margarida sentava-se mais ereta e respirava de olhos fechados.

A igreja da abadia fazia parte de um complexo de construções muito maior. Naquele dia, os monges não trabalhavam no campo, mas Margarida viu lagos com peixes, jardins murados e vinhedos, além de estábulos e uma dezena de outras estruturas. Viu-se descendo da carruagem com o auxílio de Frederick, que deu a volta correndo para segurar sua mão.

As carruagens à frente tinham se esvaziado e, embora muitos convidados já tivessem entrado, ainda havia uma multidão à porta da igreja, sorrindo e conversando entre si. Ela viu Derry Brewer ao lado do duque de York. Derry lhe acenou quando Margarida avançou com a irmã e um grupo de damas de companhia atrás. Viu-o dizer a York algo que fez a expressão do homem se enrijecer. Quando Margarida se aproximou da porta da igreja, todos entraram na penumbra lá dentro, como gansos tocados por uma pastora, de modo que ela ficou sozinha com a irmã e as damas de companhia.

— É uma bênção você estar aqui, Iolanda — declarou com sinceridade.

— Eu não gostaria nada de estar sozinha.

— Ora! Deveria ter sido papai, mas ele está longe, em busca de seus títulos idiotas outra vez. Ele nunca está satisfeito. Meu Frederick diz... Não, hoje isso não importa. Só queria que mamãe estivesse aqui conosco, mas papai insistiu que ela ficasse e administrasse Saumur. Você está nas orações dela, Margarida. Pode ter certeza. Está pronta para conhecer seu rei? Está nervosa?

— Estou... estou, sim. Estou até tonta. Fique comigo enquanto recobro o fôlego, tudo bem? Este vestido é apertado demais.

— Você cresceu desde o verão passado, Margarida, é só isso. Não era apertado demais antes. Vejo seus seios se desenvolverem e juro que você está mais alta. Talvez seja verdade que a carne inglesa lhe faça bem.

Ela piscou ao dizer isso, e Margarida ofegou e balançou a cabeça.

— Mas que deselegância, minha irmã. Fazer esse tipo de piada quando espero para me casar!

— Acho que é a melhor hora — disse Iolanda alegremente. Ela passou a falar inglês com uma faísca nos olhos. — Será que agora você pode *bloody hell* ir se casar?

— Não é assim que se diz — comentou Margarida, sorrindo. Inspirou de novo, o mais profundamente que pôde, e inclinou a cabeça para os monges em pé à porta. Lá dentro, foles foram bombeados e o aparelho mais complicado do mundo acumulou pressão. Os primeiros acordes soaram pela congregação da igreja e todos se viraram quase em uníssono para ver a noiva entrar.

O barão Jean de Roche era um homem feliz, embora nem mesmo brandy conseguisse afastar o vento frio. A primavera estava chegando, dava para sentir. Ninguém lutava no inverno. Além de ser praticamente impossível alimentar um exército em marcha nos meses frios, era uma época horrível para ir à guerra. As mãos ficavam dormentes, a chuva encharcava tudo e sempre havia a possibilidade de os homens simplesmente se levantarem e sumirem na noite. Ele olhou seu pequeno bando de cavaleiros rufiões e deu um grande sorriso, mostrando a gengiva superior rosada da qual mandara arrancar todos os dentes. Detestava aqueles dentes. Doíam tanto que ele os odiou mesmo quando se foram. O dia em que concordou em mandar o tira-dentes arrancá-los todos havia sido um dos mais felizes de sua vida adulta. A boca cheia de sangue e ter de mergulhar o pão no leite foram um pequeno preço a se pagar para se libertar da agonia. O barão De Roche tinha certeza de que sua vida começara a melhorar a partir daquele dia, como se seus dentes o retardassem com todos os seus venenos e inchaços. Enquanto trotava, sugou o lábio superior, dobrando-o para trás sobre a gengiva e mordendo os pelos do bigode. Mandara arrancar alguns dentes de baixo também, mas só os grandes de trás, que tinham apodrecido. Ainda possuía os inferiores da frente, e aperfeiçoara um sorriso que revelava apenas aquela perfeita fila amarela.

A vida era boa para os homens com dentes saudáveis, pensou, complacente. Estendeu a mão para trás e deu um tapinha nos alforjes atrás do quadril, apreciando como estavam gordos. A vida também era boa para os homens com iniciativa para cavalgar à frente do exército em Maine. De Roche se espantara com o resultado de saquear as casas de Anjou. Parecia que os ingleses só faziam armazenar montes de moedas, como os mercadorezinhos gananciosos que eram. Ele vira cavaleiros enriquecerem num só dia, e os nobres franceses aprenderam depressa que valia a pena revistar as carroças que seguiam para o norte, fugindo deles. As famílias tendiam a levar as posses mais valiosas e deixar o resto. Por que perder tempo desmontando uma casa quando os que sabiam já haviam levado a melhor parte? É claro que os nobres davam ao rei um quinhão do que encontravam, mas esse era exatamente o problema, pelo menos no que dizia respeito a De Roche. Eles podiam se dar a esse luxo. Já eram ricos e ficariam muito mais quando terminassem de recuperar fazendas e cidades inglesas.

Sua expressão azedou quando comparou sua propriedade à deles. Seus homens quase poderiam ser descritos como cavaleiros andantes, se não fosse pelas cores de sua casa. Há um ano apenas, pensara em demiti-los todos antes que passasse a ser chamado de barão errante. Sugou os lábios de novo ante a lembrança amarga. As fazendas da família foram todas liquidadas para pagar dívidas, fatiadas ano a ano até não lhe restar quase nada. Então ele descobriu as cartas, apresentado a elas por um amigo que, havia muito tempo, tivera a garganta cortada. De Roche pensou nos tabuleiros coloridos e se perguntou se haveria alguém em Maine que pudesse ser convencido a jogar com ele. Passara por uma fase de azar, na verdade, mas agora tinha ouro outra vez e sabia que entendia os jogos melhor que a maioria. Com uma pequena mudança na sorte, poderia dobrar o que seus homens tinham ganhado, ou até triplicar. Sorriu, mostrando apenas os dentes de baixo. Compraria de volta o castelo que fora do pai e jogaria o velhote na neve por todo o seu escárnio. Esse seria apenas o começo.

A estrada sob seu pequeno grupo mudara de trilha de terra para pedras encaixadas, sinal que assegurava que quem estava à frente era rico. De Roche deixou a montaria perambular, calculando se valeria a pena correr o risco de entrar numa cidade. Só tinha consigo uma dúzia de homens, suficientes para tirar o que quisessem de uma fazenda solitária ou de uma aldeola. As cidades às vezes conseguiam contratar milícias, e De Roche não tinha a mínima vontade de entrar num combate de verdade. Mas ele não era um criminoso procurado por alguma coisa. Era apenas a vanguarda do vitorioso exército francês. Uns 65 quilômetros à frente, antes que o restante de seus conterrâneos conseguisse obter todas as melhores peças. De Roche tomou uma decisão rápida. Poderia ao menos dar uma olhada nos mercadores ingleses locais, e depois decidiria se criariam problemas demais para seus homens.

— Vamos para a cidade — gritou aos outros. — Daremos uma olhada e, se tudo estiver tranquilo, veremos o que achamos. Se houver uma casa da guarda ou uma milícia, procuraremos uma boa estalagem para passar a noite, como qualquer outro viajante empoeirado.

Os homens estavam cansados depois de mais um dia na estrada, porém conversavam e riam enquanto seus cavalos trotavam. Parte do ouro e da prata iria para eles, e tinham encontrado uma casa de fazenda com três irmãs na noite anterior. De Roche coçou a virilha com a lembrança e torceu para não ter pego chato de novo. Detestava ter a virilha raspada e chamuscada. Fora o primeiro com as irmãs, é claro, como era seu direito. Seus homens passariam meses contando histórias sobre aquele encontro, e ele ria ao ficarem cada vez mais ferozes ao contá-las. De Roche havia insistido em pôr fogo no lugar quando partiram naquela manhã. Testemunhas vivas poderiam lhe causar algumas dificuldades, mas outra casa enegrecida seria ignorada pelo exército que viria a seguir. Deus sabia que eles já tinham incendiado várias.

Ele viu Albert aproximar sua montaria. O velho estava com a família De Roche desde que se lembrava, em geral como capataz e domador de cavalos, embora ele se recordasse de Albert cumprindo algumas missões especiais para seu pai. Não usava armadura, mas trazia um longo facão que era quase uma espada, e, como seu pai, De Roche o achara útil em terreno acidentado.

— O que foi, Albert?

— Uma tia minha morava aqui perto, quando eu era menino. Há um castelo algumas milhas a oeste, com soldados.

— E daí? — indagou De Roche, irritado. Não gostava de ter sua coragem questionada por um criado diante dos homens.

— Peço-lhe perdão, meu senhor. Só achei que o senhor deveria saber que pode ser um pouco mais complicado do que fazendas e mulheres.

De Roche piscou para o velho. Teria sido um insulto? Ele não podia acreditar, mas Albert claramente o olhava com o cenho franzido.

— Terei de lembrar-lhe de que esta pequena viagem não é nada além do que os ingleses receberão do rei e de seu exército? Poderiam ter partido, Albert. Muitos já partiram, na verdade. Os que ficaram são foras da lei, cada homem, mulher e criança. Não! Considerando que se rebelaram contra o desejo de seu próprio rei, são *traidores*, Albert. Estamos fazendo a obra de Deus.

Enquanto falava, sua tropa passou por um fazendeiro de cabeça baixa. A carroça do homem estava cheia de rutabagas, e alguns homens baixaram a mão e pegaram algumas. O camponês pareceu se zangar, mas sabia que não devia dizer nada. De certa forma, essa visão aplacou o ultraje de De Roche. Ele recordou que Albert não participara com as mulheres na noite anterior e decidiu que o homem *realmente* o estava criticando.

— Cavalgue na retaguarda, Albert. Não sou mais criança para você ficar apontando dedos.

Albert deu de ombros e puxou o cavalo para o lado para deixar os outros passarem. De Roche se ajeitou, ainda furioso com a insolência do homem. Ali estava um que não se beneficiaria das riquezas de Maine, pensou. Quando voltassem ao exército, o barão jurou que deixaria Albert para trás implorando o que comer, e que se aquecesse com todos os anos que servira à família.

Chegaram aos arredores da cidade com o sol já baixo no oeste, um dia curto de inverno com uma longa noite pela frente antes que o vissem novamente. De Roche estava cansado e suado, embora seu estado de espírito melhorasse ao ver a placa pintada de uma estalagem balançando na brisa. Ele e seus homens entregaram os cavalos aos cavalariços e tiraram a sorte para ver quais ficariam com as montarias enquanto os outros teriam uma boa noite de sono. O barão os levou para dentro, pedindo vinho e comida em altos brados. Não notou o filho do estalajadeiro sair alguns minutos depois, correndo pela rua rumo à cidade como se o diabo em pessoa estivesse em seus calcanhares.

12

Margarida soltou o ar que não sabia estar prendendo. Dois menininhos haviam se instalado diante dela quando entrou na igreja, filhos de alguma família nobre. Um deles não parava de olhar para trás enquanto andavam no ritmo da música do órgão, em meio à multidão, até a tela de carvalho esculpido e o altar oculto. Os meninos estavam vestidos de vermelho e usavam ramos de manjericão seco torcidos e amarrados nos braços. Margarida conseguia sentir o aroma da erva ao segui-los. Toda a multidão de pé parecia usar flores secas ou ramos dourados de trigo guardados da colheita. Farfalhavam quando ela passava por eles, que se viravam para observar, sorrir e cochichar.

Os meninos e as damas de companhia pararam na treliça, de modo que só Iolanda avançou junto dela, apertando seu braço ao parar e ocupar seu lugar. Margarida viu Henrique pela primeira vez. O alívio a deixou tonta. Mesmo através da névoa do véu, pôde ver que não era deformado nem tinha cicatrizes. No mínimo, Henrique possuía uma boa aparência, com a cabeça oval, os olhos escuros e os cabelos pretos que caíam em cachos sobre as orelhas. Usava uma coroa simples de ouro e a roupa de casamento quase não possuía adornos, uma túnica vermelha presa com um cinto que lhe chegava às panturrilhas, onde meias de lã creme cobriam a pele. Sobre o conjunto havia uma capa bordada, com desenhos em fio de ouro e presa ao ombro com um broche pesado. Ela viu que ele exibia uma espada no lado direito do quadril, um fio de prata polido engastado em ouro. O efeito era de simplicidade discreta — e então Margarida o viu sorrir. Corou ao perceber que o encarava. Henrique se voltou para o altar e ela continuou caminhando, forçando-se a manter o passo lento.

As notas do órgão aumentaram e a multidão reunida conversava, soltando a respiração quando as grandes portas que davam para o campo se fecharam atrás deles. Poucos conseguiam ver o altar, mas tinham assistido a sua chegada e estavam contentes.

Atrás da treliça, o espaço diante do altar-mor era muito menor. Ao contrário da nave principal, ali havia cadeiras, e Margarida passou por filas de lordes e ladies ricamente vestidos. Uma ou duas se abanavam, embora o ar estivesse frio.

Margarida se sentiu tremer ao chegar ao lado de Henrique. Ele era mais alto que ela, notou com satisfação. Todos os temores que não fora capaz sequer de admitir a si a deixaram quando o velho abade começou a falar em sonoro latim.

Ela quase pulou quando Henrique estendeu a mão e ergueu o véu, dobrando-o para trás sobre seus cabelos. Margarida ergueu os olhos enquanto ele a fitava, percebendo de repente que ele nunca vira seu rosto até aquele dia. Seu coração batia forte. O tremor aumentou, mas de certa forma parecia que ela emanava calor suficiente para acabar com a friagem da igreja inteira. O rei sorriu de novo, e alguma parte oculta de seu peito e de seu estômago se soltou. Os olhos cintilavam de lágrimas, e ela mal conseguia enxergar.

O abade era um homem severo, ou pelo menos assim pareceu a Margarida. Sua voz encheu a igreja quando ele perguntou se havia impedimentos, como consanguinidade ou casamentos anteriores. Margarida observou William lhe entregar uma autorização papal, amarrada com uma fita dourada. O abade a pegou com uma reverência, embora a tivesse lido havia muito tempo, e deu apenas um vislumbre formal antes de entregá-la a um dos monges. Apesar de serem primos, ele sabia que não havia sangue comum entre os dois.

Margarida se ajoelhou quando Henrique se ajoelhou, levantou-se quando ele se levantou. A missa em latim era uma ladainha pacífica e ritmada que parecia rolar por cima e através dela. Quando ergueu os olhos, viu luz colorida entrar por uma janela de vitral, desenhando o chão do altar em tons vivos de verde, vermelho e azul. Seus olhos se arregalaram quando ouviu o próprio nome. Henrique se virara para ela e, enquanto Margarida o olhava maravilhada, pegou sua mão, a voz calorosa e calma.

— Recebo-lhe, Margarida de Anjou, para ter e proteger, a partir deste dia, para o melhor e para o pior, na riqueza e na pobreza, na saúde e na doença, até que a morte nos separe, se assim ordena a Santa Igreja. E assim, juro-lhe minha fidelidade.

Quase em pânico, Margarida sentiu os olhos dos nobres ingleses recaírem sobre ela, que se esforçava para se lembrar das palavras que tinha de dizer. Henrique se abaixou para lhe beijar a mão.

— Agora é sua vez, Margarida — sussurrou.

A tensão se desfez dentro dela e as palavras saíram.

— Recebo-lhe, Henrique da Inglaterra, para ter e proteger, a partir deste dia, para o melhor e para o pior, na riqueza e na pobreza, na saúde e na doença, e serei dócil e obediente, na cama e na mesa, até que a morte nos separe, se assim ordena a Santa Igreja. E-assim-juro-lhe-minha-fidelidade. — As últimas palavras saíram numa torrente e ela sentiu uma grande alegria por ter conseguido sem errar. Ouviu William dar uma risadinha, e até o azedo abade sorriu um pouco.

Margarida permaneceu bem ereta enquanto o novo marido pegava sua mão esquerda e punha um anel de rubi no dedo. Ela se sentiu tonta outra vez, ainda lutando para respirar fundo em meio à armação do vestido. Quando o abade lhes disse para se ajoelharem e se prostrarem, ela poderia ter caído não fosse o braço de Henrique a segurando. Um tecido branco puro foi colocado sobre a cabeça dos dois, caindo por suas costas, e assim, por um momento, ela quase teve a sensação de estar sozinha com o marido. Quando a missa começou, sentiu Henrique se virar para ela e o olhou, inclinando a cabeça numa pergunta velada.

— Você é muito bonita — sussurrou ele. — William me mandou dizer isso, mas é verdade.

Margarida começou a responder, mas, quando ele estendeu a mão e pegou a dela outra vez, viu-se chorando em resposta. Henrique a olhou de esguelha, repleto de espanto, ao passo que o abade realizava a parte final da missa sobre suas cabeças abaixadas.

— Se fizermos isso, não pararemos — declarou Thomas, aproximando-se do barão Strange. — Assim que o rei francês souber que há luta em Maine, virá a toda e com tudo, com o sangue fervendo. Não vai mais se demorar em propriedades e vinhedos, provando os vinhos e as moças das aldeias. Com a primavera a caminho, haverá matança e destruição, e só acabará quando estivermos todos mortos ou vencermos seus homens. Entende, meu nobre barão? Não bastará matar alguns e sumir nos bosques como Robin Hood ou algum fora da lei. Se atacarmos esta noite, não haverá volta para casa para nenhum de nós, até que acabe.

— Thomas, não posso dizer isso aos homens — respondeu Strange, cansado, esfregando o rosto. — Eles não terão nenhuma esperança. Estão comigo para dar o troco aos franceses, talvez cortar algumas gargantas. Quer que enfrentem um exército? A maioria ainda espera que o rei Henrique ceda, ou lorde York. Ainda acreditam que soldados ingleses virão nos salvar. Se isso não acontecer, vão desistir e fugirão.

Thomas Woodchurch balançou a cabeça, sorrindo com ironia.

— Não fugirão, a menos que o vejam ir embora ou me vejam morto, talvez. Conheço esses homens, barão. Não são mais fortes que os franceses. Não podem lutar mais tempo sem perder o fôlego. Mas *são* matadores, barão, cada um deles. Adoram matar outros homens com uma boa espada, em companhia dos amigos. Desdenham de covardes como o diabo... e não fogem.

Um assovio baixo interrompeu a conversa. Thomas se contentou com uma última olhada significativa e depois se levantou nas sombras. A lua já saíra, e ele tinha uma boa visão da estrada à frente.

Viu um cavaleiro de cabeça desprotegida sair cambaleando da estalagem com o elmo enfiado debaixo do braço e a mão livre mexendo na virilha. Dois outros o seguiram, e Thomas entendeu que procuravam um lugar para esvaziar a bexiga. O homem levou algum tempo para remover a braguilha da armadura. Thomas recordou o cheiro na batalha quando os cavaleiros simplesmente esvaziavam bexigas e intestinos pelas pernas abaixo, contando com os escudeiros para limpar tudo depois que o combate terminasse.

Thomas se demorou colocando uma flecha na corda do arco. Queria que todos saíssem, e sua mente fervilhava com a melhor maneira de fazer isso. Se deixasse o grupo francês se isolar lá dentro, poderiam passar dias ali, com comida, bebida e conforto. Ele se virou para o barão, suspirando.

— Vou fazê-los sair — avisou. — Só comande o ataque quando chegar a hora. Ninguém se mexe e ninguém vai me buscar, aconteça o que acontecer. Entendido? Passe adiante. Ah, e diga aos homens para não me atingirem pelas costas.

Quando o barão Strange sumiu na escuridão, Thomas guardou a flecha de volta na aljava e encostou o arco num muro. Tateou o quadril para se assegurar de que ainda estava com o facão de caça. Com o coração batendo forte e depressa, saiu ao luar e se aproximou dos três cavaleiros franceses.

Um deles já gemia de alívio ao deixar correr um rastro de urina na estrada. Os outros riam dele enquanto Thomas se aproximava por trás, e só o ouviram chegar quando estava a poucos passos. O cavaleiro mais próximo se assustou e praguejou, depois riu do próprio susto e viu que só havia um homem ali sozinho.

— Outro camponês! Juro que eles se reproduzem como coelhos por aqui. Siga em frente, monsieur, e pare de incomodar seus superiores.

Thomas viu que o cavaleiro se mantinha em pé, sem firmeza. Deu um berro e o empurrou na estrada com um estrondo de metal.

— Seus canalhas franceses! — gritou. — Voltem para casa!

Um dos homens piscou espantado quando Thomas correu até ele e lhe deu um forte chute na perna, e este também caiu, debatendo-se loucamente enquanto tentava se endireitar.

— Você cometeu um erro esta noite, meu filho — disse o terceiro cavaleiro. Parecia um pouco mais firme nas pernas que os outros, e Thomas recuou quando o homem puxou a espada da bainha. — O quê? Você acha que pode atacar um homem de honra sem sofrer as consequências?

O cavaleiro avançou.

— Socorro! — berrou Thomas e, num momento de inspiração, trocou para uma expressão francesa que conhecia muito bem. — *Aidez-moi!*

O cavaleiro investiu contra ele, mas Thomas ficou fora do alcance, movendo-se depressa. Pôde ouvir o homem ofegar, depois de uma noite com muita bebida na estalagem. Se tudo desse errado, Thomas achou que ainda conseguiria fugir correndo.

O primeiro cavaleiro que empurrara se levantava ruidosamente quando a porta da estalagem se escancarou e uma dúzia de homens de armadura saiu com espadas desembainhadas. Viram um camponês dançando em torno de um cavaleiro cada vez mais frustrado, e alguns riram e lhe gritaram:

— Não consegue pegar o diabo, Pierre? Tente uma estocada, homem! Fure o fígado dele!

O cavaleiro em questão não respondeu, concentrado como estava em matar o camponês que o enfurecera.

Thomas começava a suar. Viu que outro soldado dos três primeiros puxara uma respeitável adaga curta e tentava dar a volta até seu flanco, a fim de atacá-lo ou segurá-lo para que Pierre o trespassasse com a lâmina maior. Thomas conseguiu ouvir o homem dar uma risada sinistra, quase bêbado demais para ficar em pé, porém se aproximando gradativamente.

Thomas ouviu Strange berrar uma ordem e se jogou no chão.

— Ele caiu! — Ouviu alguém gritar alegre em francês. — Ele caiu sozinho? Pierre?

A voz foi sufocada quando o ar se encheu de flechas, um som sibilante e seco enquanto os cavaleiros eram atingidos e jogados para trás conforme os projéteis lançados com a máxima força se enterravam neles. Rugiram e berraram, mas as flechas continuaram a chegar, perfurando armaduras e cotas de malha e fazendo o sangue esguichar.

Thomas ergueu os olhos e viu o cavaleiro que o atacava fitar em choque as hastes emplumadas que saíam de sua clavícula e de uma das coxas. Soltou um som de horror e tentou se virar para encarar os atacantes invisíveis. Thomas se levantou por trás dele quando o cavaleiro tentou andar, arrastando a perna ferida. Sombriamente, desembainhou o facão e se aproximou, segurando com firmeza o elmo do cavaleiro. Puxou a cabeça para trás; o homem dava espasmos de pânico, revelando os elos do gorjal metálico que protegia a garganta dele. Thomas usou a lâmina pesada como martelo e, com toda a força do braço do arco, baixou-a, quebrando o ferro mais macio e cortando profundamente antes de torcer o facão de um lado para o outro. O cavaleiro se enrijeceu, sufocado e chorando. Thomas se afastou e o deixou cair.

A maioria dos inimigos estava no chão, embora alguns feridos tivessem se reunido em volta daquele que devia ter sido seu líder. De Roche observou com horror dezenas de homens de roupa escura, portando arcos longos, saírem das ruas laterais e descerem dos telhados como aranhas. Em grupo, aproximaram-se, calados.

O estalajadeiro chegara à porta, fazendo o sinal da cruz em presença da morte. Thomas lhe fez um gesto zangado para que entrasse e o homem sumiu de volta no calor e na alegria da estalagem.

— Monsieur! — gritou-lhe De Roche. — Podem pedir meu resgate. Querem ouro?

— Tenho ouro — respondeu Thomas.

De Roche olhou em volta quando ele e quatro cavaleiros feridos foram cercados.

— Você faz ideia de que o rei da França está a apenas alguns quilômetros de distância, monsieur? Ele e eu somos como irmãos. Deixe-me vivo e não haverá represálias, não nesta cidade.

— Você dá sua palavra? Por sua honra? — indagou Thomas.

— Sim, por minha honra! Juro.

— E o restante de Maine? Deixará o território em paz? Seu rei retirará seus homens?

De Roche hesitou. Queria concordar, mas seria uma mentira tão óbvia que não conseguia dizê-la. A voz perdeu o tom de desespero.

— Monsieur, se pudesse conseguir tal coisa, eu o faria, mas não é possível.

— Muito bem. Que Deus esteja contigo, meu senhor.

Thomas murmurou uma ordem para os arqueiros a sua volta enquanto o barão francês gritava e erguia as mãos. Uma das flechas atravessou a palma de sua mão.

— Verifiquem os corpos agora — ordenou Thomas, sentindo-se velho e cansado. — Cortem as gargantas para ter certeza. Não pode haver testemunhas.

Os homens cumpriram a tarefa como fariam ao matar porcos ou gansos. Um ou dois cavaleiros se debateram ao serem segurados, mas não demorou muito.

Rowan foi até o pai com o arco longo na mão. Parecia muito pálido ao luar. Thomas lhe deu um tapinha no ombro.

— Serviço sujo — declarou.

Rowan olhou a estrada cheia de mortos.

— É. Ficarão irritados quando souberem — comentou Rowan.

— Ótimo. Quero que fiquem irritados. Quero que fiquem tão furiosos que mal consigam pensar, e quero que nos ataquem do jeito que fizeram em Azincourt. Eu era apenas um menino naquela época, Rowan. Quase jovem demais para levar os barris d'água para o velho Sir Hew. Mas eu me lembro. Foi naquele dia que comecei a treinar com meu arco, desde então até hoje.

Londres era simplesmente avassaladora, coisa demais para absorver. Margarida cavalgara com o novo marido da Abadia de Titchfield até Blackheath, onde vira o Tâmisa pela primeira vez e, naquele momento, o primeiro corpo inchado a passar flutuando na superfície.

O séquito do rei fora abençoado com um dia claro, o céu de um azul desbotado e o ar deveras frio. O prefeito e seus conselheiros a encontraram lá, usando túnicas azuis com capuzes escarlates. Havia um ar alegre e festivo na procissão, à medida que Margarida era levada pela mão até uma grande liteira com rodas, puxada por cavalos cobertos de cetim branco. A partir daí, ela foi aonde a levaram, embora olhasse o marido que cavalgava a seu lado a todo momento. A procissão entupiu a estrada e parou quando chegaram à única ponte enorme que cruzava o rio, unindo a capital aos condados do sul e ao litoral. Margarida tentou não ficar boquiaberta como uma mocinha do campo, mas a Ponte de Londres por si só era incrível, quase uma cidade que se estendia sobre a água em arcos de tijolo caiado. A liteira passou por dezenas de estabelecimentos comerciais e casas construídas sobre a ponte propriamente dita. Havia até banheiros públicos, e ela corou ao avistar tábuas pendentes acima do rio com assentos circulares instalados. A liteira prosseguiu, revelando estranheza após estranheza, até parar no centro da ponte. Construções de três andares se apertavam dos dois lados, mas uma pequena área fora armada como um palco e a imundície do chão havia sido coberta com ramos limpos. Duas mulheres aguardavam ali, maquiadas e vestidas como deusas gregas. Margarida as fitou enquanto se aproximavam e punham guirlandas de flores em seus ombros.

Uma delas começou a declamar versos acima do ruído da multidão, e Margarida entendera que aquilo era em louvor à paz apenas quando os chicotes estalaram e a cena ficou para trás. Ela esticou o pescoço e viu Iolanda cavalgando de lado na garupa junto ao marido Frederick. Quando seus olhos se encontraram, ambas tiveram de se segurar para não rir de prazer e espanto.

Os homens do prefeito continuaram marchando com eles pelas ruas, acompanhados por mais gente do que Margarida pensava existir. A cidade inteira parecia ter parado para vê-la. Com certeza não poderia haver mais homens e mulheres além dos que via. A multidão se acotovelava, subia em construções e sentava-se nos ombros de amigos para ter um vislumbre de Margarida da Inglaterra. O barulho dos gritos podia ser sentido na pele, e os ouvidos doíam.

Margarida não comia havia horas, o pequeno detalhe esquecido na vasta organização de sua viagem pela capital do marido. O cheiro das ruas ajudou um pouco a aplacar o apetite, mas quando chegaram à Abadia de Westminster ela estava fraca de fome. Os cavalos da liteira tiveram permissão de descansar, e o próprio Henrique tomou sua mão para guiá-la até o interior.

Era estranho sentir o calor de sua mão na dela. Margarida não tivera certeza do que esperar depois do casamento em Titchfield, mas nos dias que se seguiram nunca foi deixada a sós com o jovem rei. William e lorde Somerset, especificamente, pareciam decididos a afastar o rei dela em todas as oportunidades. À noite, ela dormia sozinha, e quando perguntara e depois exigira saber onde estava o marido, criados encabulados lhe disseram que tinha corrido à capela mais próxima para passar a noite em oração. Margarida começava a imaginar se o que o pai dizia dos ingleses era verdade. Poucas francesas continuavam virgens uma semana inteira depois do casamento. Ela segurou com força a mão de Henrique para que a olhasse. Viu apenas felicidade em seus olhos enquanto ele a guiava pelas pedras brancas até uma das abadias mais antigas da Inglaterra.

Margarida sufocou o espanto num interior muito mais grandioso do que a Catedral de Tours, com o teto abobadado estendendo-se muito acima em vigas de pedra. Pardais sobrevoavam lá em cima no ar frio, e ela achou que realmente conseguia sentir a presença de Deus no espaço aberto.

Havia bancos de madeira cheios de gente que se estendiam por todo o comprimento da antiga igreja. Ao ver tantas pessoas, os passos lhe faltaram, e Henrique teve de colocar o braço em sua cintura.

— Não falta muito — avisou ele, sorrindo.

Um grupo de bispos com cajados de ouro de ponta retorcida surgiu diante dela, e Margarida se deixou guiar até tronos gêmeos onde ela e Henrique se prostraram diante do altar e foram abençoados antes de se sentar e encarar milhares de rostos desconhecidos. A varredura do olhar de Margarida foi detida pela imagem do pai na primeira fila, parecendo orgulhoso e satisfeito consigo mesmo. Com isso o dia perdeu um pouco da glória, mas Margarida se forçou a cumprimentar recatadamente a lesma. Supôs que qualquer pai gostaria de ver a filha se tornar rainha, mas ele não estivera no casamento e não se dera ao trabalho de avisá-la que interromperia suas viagens para atravessar o canal e ir à Inglaterra.

Parte da congregação comia e bebia, aproveitando o clima de festa. A barriga de Margarida roncou ao ver um frango assado frio ser passado por uma fila de bancos. Uma grande capa branca e dourada foi posta em seus ombros e o arcebispo começou a cerimônia em latim.

Uma eternidade se passou com ela sentada ali, tentando não se mexer. Ao menos não tinha nenhum voto para se lembrar como esposa e rainha. Proteger a segurança do reino não era responsabilidade sua. O arcebispo lia as palavras sem parar, preenchendo o espaço.

Margarida sentiu o peso de uma coroa se apertar em sua cabeça. Instintivamente, estendeu a mão e tocou o metal gelado assim que a congregação iniciou uma onda esmagadora de vivas e aplausos. Mordeu o lábio quando os sentidos oscilaram, recusando-se a desmaiar. Era rainha da Inglaterra, e Henrique tomou seu braço para levá-la de volta pelo corredor.

— Estou muito satisfeito — comentou ele, acima do ruído das palmas e das vozes que gritavam. — Precisávamos de uma trégua, Margarida. Não posso passar toda noite em oração. Às vezes preciso dormir, e, sem um acordo, eu temia o pior. Agora você é rainha e posso interromper minha vigília.

Margarida deu uma olhada confusa no marido, mas ele sorria, e ela simplesmente baixou a cabeça e continuou a andar rumo ao sol de Londres para ser vista pela multidão.

Havia brotos primaveris verdes nas árvores, balançando de lá para cá por lufadas tão frias quanto no meio do inverno. Thomas ansiava por dias mais quentes, embora soubesse que eles trariam os franceses para Maine. Passara-se um mês desde que ele e seus homens mataram os cavaleiros franceses com seu barão. Até Strange fora forçado a admitir que o primeiro gosto de vingança funcionara bem para o recrutamento. Aquele único ato trouxera para o grupo homens que haviam se disposto a deixar toda a França para trás. Eles se aglutinaram em torno de sua pequena força, cujo efetivo dobrara.

Thomas olhou de soslaio o filho, deitado de bruços no tojal. Orgulhava-se do homem que Rowan se tornara, antes que a ideia azedasse dentro de si. Não queria ver o menino morto, mas não podia mandá-lo embora, não naquele momento. Gente demais buscava em Thomas um pequeno fiapo de fé no que começaram. Se mantivesse Rowan a salvo, mandando-o se unir à mãe e às irmãs na Inglaterra, sabia o que os outros pensariam. Metade deles iria embora, preferindo se salvar.

Thomas percebeu movimento à distância e sentou-se ereto, sabendo que sua cabeça erguida não ficaria nada invisível para quem quer que fosse. Viu cavaleiros com as montarias a passo tranquilo a fim de não deixar para trás os homens que caminhavam ao lado.

— Está vendo, Rowan? Deus sorri para nós hoje, rapaz. Estou lhe dizendo, Deus dá um maldito sorriso.

Rowan soltou uma risada, ainda escondido no mato verde-escuro. Juntos, observaram o grupo se deslocar lentamente pela estrada. Havia talvez quarenta cavaleiros, no entanto, Thomas olhou com mais atenção os homens a pé. Eram aqueles que fora esperar, e traziam arcos bem parecidos com o seu. Os arqueiros, cujo número era o dobro dos homens de armas que acompanhavam, valiam seu peso em ouro, o que preocupava Thomas.

Quando o grupo chegou a apenas algumas centenas de metros, Thomas se levantou e se preparou para aguardá-los. Fez questão de deixar o arco visível, mas com a corda frouxa, sabendo que teriam medo de emboscadas ali no fundo de Maine. Viu uma onda passar por eles ao notarem o par de desconhecidos junto à estrada, e não foi difícil para Thomas avistar quem dava as ordens ao restante. Ele deixara para trás o barão Strange, mas uma parte sua desejava que estivesse ali. Os nobres tinham estilo e modos próprios, e aquele ali já estaria bastante desconfiado de estranhos.

— Se for uma armadilha — murmurou Thomas —, você terá de correr, Rowan, como um coelho pelos tojos. Entendeu?

— Entendi — respondeu Rowan.

— Bom rapaz. Então fique aí, e corra se me pegarem.

Thomas se aproximou do grupo, que parara ao avistá-lo. Sentiu a pressão de mais de cem homens olhando em sua direção e ignorou a todos, concentrando-se no que comandava.

— Woodchurch? — chamou o homem quando ainda estava a vinte passos.

— Sou eu — respondeu Thomas.

O nobre pareceu aliviado.

— Barão Highbury. Estes são meus homens. Disseram que você organizaria uma pequena caçada caso eu o encontrasse aqui.

— O senhor foi corretamente informado, milorde.

Thomas alcançou o homem e apertou com firmeza a mão coberta pela manopla. Highbury usava uma imensa barba preta que terminava em linha reta, aparada larga como a lâmina de uma pá.

— O duque de York insistiu muito para que não houvesse excursões particulares em Maine, mestre Woodchurch. Eu e meus homens não estamos aqui, se é que me entende. No entanto, se formos caçar veados e encontrarmos alguns estupradores e assassinos franceses, não posso responder pela conduta de meus homens, não nessas circunstâncias.

Havia raiva por trás do sorriso do barão, e Thomas se perguntou se era um daqueles homens cujos amigos ou familiares passaram por longo sofrimento. Fez que sim, aceitando as regras.

— Vem de longe, milorde?

Highbury fungou.

— Da Normandia, nessas últimas semanas. Antes disso, minha família tinha um casebre de campo em Anjou. Espero talvez vê-lo de novo algum dia.

— Não tenho como garantir isso, milorde. Mas haverá uma boa caçada em Maine, isso posso lhe prometer.

— Terá de servir por enquanto, não é? Então vá na frente, Woodchurch. Suponho que tenha algum tipo de acampamento. Meus homens precisam descansar.

Thomas soltou um riso abafado, instintivamente gostando do homem.

— Tenho, milorde. Vou lhe mostrar.

Ele foi a passos rápidos pela estrada com os arqueiros ingleses, observando como corriam sem sinal de cansaço. Rowan chegou a seu lado e ele apresentou o filho aos homens que os cercavam. Eles tinham mais olhos para o arco de Rowan do que para o rapaz propriamente dito, o que fez Thomas rir.

— Vocês podem competir contra meu filho nos alvos de arquearia, rapazes. Aposto um dobrão de ouro nele.

Os severos arqueiros pareceram mais alegres com essa possibilidade enquanto continuavam correndo.

— Gosta de apostas, é? — gritou Highbury atrás deles. — Aposto dois dobrões em meus homens.

Thomas tocou a testa em aceitação. O dia começara bem e ainda iria melhorar. Tentou esquecer o exército francês que marchava por campos e vales rumo a Maine.

13

A surpresa era uma coisa estranha, pensou Thomas. Podia senti-la como moedas na mão: pesadas e valiosas, mas que só poderia gastar uma vez. Já vira exércitos franceses, mas nada como as fileiras organizadas que marchavam pela estrada principal do sul de Maine. Os que conhecera na juventude eram mendigos miseráveis, quase famintos e vestidos com as roupas esfarrapadas que conseguiam furtar. No ar sem brisa, ouviu vozes francesas cantando e balançou a cabeça com irritação. O som ofendia algo profundo dentro dele.

Os ingleses buscavam seus soldados nas partes mais pobres de cidades como Newcastle, York, Liverpool e Londres, nas minas e nos campos, entre aprendizes que, após perder o favor dos mestres, não tinham aonde ir. Ele mesmo fora voluntário, mas havia muitos que estavam bêbados demais para resistir a um tapa na nuca quando os recrutadores passavam por suas aldeias. Não importava como acontecia. Depois de entrar, ficava-se lá para sempre, quaisquer que fossem os planos de vida. É claro que era demais para alguns, com punições terríveis impostas aos que tentavam fugir. Mesmo que o desertor sumisse em alguma noite sem lua, seria denunciado em casa pela própria família em troca da recompensa por devolver um homem do rei.

Os pensamentos de Thomas eram sombrios ao recordar os primeiros meses de treinamento. Apresentara-se como voluntário depois de dar uma surra no pai há muito devida. Era se alistar ou correr o risco de enfrentar os magistrados quando o velho patife acordasse sem os dentes da frente. Tantos anos depois, Thomas ainda se arrependia de não tê-lo matado. Desde então, o pai já morrera e não lhe deixara nada além do mesmo temperamento violento.

Ele havia conhecido Derry Brewer no primeiro dia, quando quatrocentos rapazes tiveram de aprender a marchar no mesmo ritmo. Não viram armas naquele mês, eram só treinos infindáveis para melhorar o fôlego e a forma física. Derry era capaz de correr à frente de todos e ainda derrubar um homem com os punhos no fim. Thomas balançou a cabeça, angustiado com lembranças que, para ele, haviam azedado. Eles tinham sido amigos na época, mas fora Derry quem entregara a terra de Woodchurch, fora Derry o responsável pelo acordo diabólico em troca de Anjou e Maine. Não importava o que acontecesse; a partir daquela ocasião, não eram mais amigos.

Thomas olhou seus homens aguardando na linha das árvores. Rira da lã tingida de verde que usavam, dizendo que não ajudara o velho Robin Hood. Combinar o azul do pastel-dos-tintureiros com um pigmento amarelo para produzir aquele tom rico reduzira o tempo do treino de arquearia. Ainda assim, Thomas tinha de admitir que, finalmente, nisso Strange acertara. Mesmo quando se sabia onde estavam, era bastante difícil avistar os arqueiros agachados à espera. Thomas tentou encontrar Rowan entre eles. Não vira no filho sinais da fúria da família, talvez o resultado do leite materno comparado ao vinagre e ao fel de sua linhagem. Ou talvez a visse surgir na matança, como acontecera consigo. Era outra coisa que ele e Derry tinham em comum. Ambos possuíam uma fúria que só crescia com a violência. Não importava a força com que golpeassem, ela ainda estava lá, atrás dos olhos, num quarto vermelho, raspando as paredes com as garras para sair. Só precisava ser despertada.

Lentamente, Thomas voltou às linhas de combatentes que andavam ou cavalgavam pela estrada como se seguissem para um banquete ou para a comemoração de um dia santo. Os franceses não possuíam batedores na vanguarda, e ele viu que usavam roupas quentes e confortáveis e levavam lanças e boas espadas. Havia até um bando de besteiros, caminhando com as armas afrouxadas e pousadas no ombro. Thomas trincou os dentes, enojado com todos eles.

Mais além, mal conseguia distinguir o grupo real francês, que trotava em belos cavalos cinzentos com vistosos penachos vermelhos ou azuis. Era primavera, e Anjou ficara para trás. Todos os homens ali haviam passado meses se embebedando e diminuindo o ritmo com vinho roubado. Thomas mostrou os dentes, sabendo que não podiam vê-lo. Suas duas dúzias de flechas estavam prontas, e ele havia gastado parte do ouro que ganhara, fruto do comércio de lã e carne de carneiro, mandando emplumar o máximo possível durante o longo inverno. Uma coisa era certa: seus homens não conseguiriam recuperar as flechas depois.

Por um instante, pensou em deixar que o rei francês viesse diante dele antes do ataque. Seria útil a sua causa se enfiassem uma flecha numa garganta real, e isso soaria pela França como um dobre de sinos, anunciando aos homens de toda parte que Maine lutaria. Mas a guarda pessoal do rei possuía peitorais de ferro mais grosso. Muitos usavam camadas a mais de couro e pano estofado debaixo da armadura. O peso era esmagador, mas todos eram homens grandes e poderosos, fortes o suficiente para lutar sob o fardo a mais sem nenhum esforço.

Thomas hesitou, sentindo a responsabilidade e a vantagem da surpresa mais uma vez. Depois que aquilo passasse, que acabasse, ele e seus homens enfrentariam um exército enraivecido do qual o conforto e a tranquilidade foram arrancados. Um exército com centenas de cavaleiros para persegui-los como raposas entre as árvores e pelos prados. Já vira isso acontecer e conhecia a amarga realidade dos arqueiros pegos em campo aberto, incapazes de se defender antes de serem eliminados. Não podia deixar que isso acontecesse a Rowan, Strange ou Highbury nem a nenhum dos outros que dependiam dele. Thomas não tinha muita certeza de quando se tornara o comandante daquele grupo heterogêneo, mas até Highbury aceitava ser esse o seu direito, principalmente após quase ter ido às vias de fato com Strange numa discussão sobre ancestrais comuns.

Thomas sorriu para si mesmo. Fora uma boa noite, com os homens rindo e cantando em torno de uma imensa fogueira na floresta. Talvez Robin Hood tivesse passado noites como aquela com seus homens vestidos de verde.

Ele tomou sua decisão. O rei teria de ser um alvo. Bastava uma flecha da sorte para aquilo acabar como começara, e não podia abrir mão da oportunidade. O exército francês continuou avançando, a apenas 200 metros pelos arbustos e pelo mato antes que as árvores se espalhassem numa vasta floresta. Em Azincourt, a Inglaterra pusera em campo 6 mil homens capazes de atingir, àquela distância, um alvo do tamanho de uma cabeça humana e depois disparar de novo, dez ou até 12 vezes por minuto. Ele havia feito os arqueiros de Highbury e seus veteranos treinarem todo dia até passar por sua avaliação individual — quando o braço direito estava forte e grande o suficiente para quebrar duas nozes na parte interna do cotovelo.

Thomas se levantou devagar na sombra pintalgada, respirando lenta e longamente. Em menos de meio quilômetro, os homens se levantaram com ele, tocando com dedos nervosos arcos e flechas para dar sorte. Ele ergueu aos lábios uma trombeta de caça e soprou uma nota áspera, depois deixou o instrumento cair pendurado na correia em torno do pescoço e mirou seu primeiro homem.

Os soldados franceses mais próximos olharam em volta com surpresa ao ouvirem o som da trombeta. Ao longo da haste da flecha, Thomas fitou um cavaleiro de armadura que vinha cavalgando ao lado da série de lanças inclinadas para ver o que acontecia. Alguns apontaram na direção das árvores, e o homem fez o cavalo dar meia-volta, erguendo a viseira do elmo para fitar o verde.

Thomas não conseguiria ler, mesmo que soubesse. De perto, os livros ficavam embaçados aos seus olhos, mas à distância ele ainda tinha uma boa visão de arqueiro. Viu o cavaleiro se sacudir ao avistar ou sentir alguma coisa.

— Surpresa — sussurrou Thomas. Soltou a corda, e o cavaleiro recebeu a flecha no meio do rosto enquanto tentava gritar, caindo para trás sobre as ancas da montaria e despencando sobre os lanceiros a sua volta.

Ao longo da linha inteira, as flechas despejaram das árvores, e depois outra vez, num ritmo que Thomas conhecia tão bem quanto a respiração. Era por isso que treinara ininterruptamente todos eles até as pontas dos dedos incharem como uvas gordas. Seus arqueiros recolhiam as flechas enfiadas na terra negra e as puxavam, ajustando-as às cordas e atirando sem parar. O estalo dos arcos era um alarido que Thomas adorava ouvir. Menos de meio quilômetro e duzentos homens atirando de novo e de novo sobre as fileiras amontoadas.

Aos berros e indefesos, os soldados franceses se reuniram em pânico enquanto as flechas os rasgavam. Centenas se jogaram ao chão, e Thomas, em silêncio, os desafiou abertamente sem proferir qualquer palavra ao ver os próprios guardas do rei vacilarem ao serem atingidos.

Os cavaleiros em torno do monarca foram surrados e golpeados ao erguerem os escudos acima do rei Carlos e berrarem ordens. Trombetas soaram pelo fundo do vale, e Thomas pôde ver mil homens ou mais iniciarem uma investida. Cavaleiros e soldados franceses montados esporearam e incitaram os cavalos, brandindo a espada e galopando rumo à faixa que fora arrancada de seu exército, uma cutilada sangrenta que parecia feita por um gigante que os esmagava com o pé.

Thomas mandou três de suas preciosas flechas de ponta *bodkin* na direção do rei antes de se concentrar novamente nos homens a sua frente. A destruição foi até maior do que esperava, mas isso significava menos alvos, e ele viu dezenas de flechas passarem por homens em fuga e errarem completamente seus destinos.

— Mirem cavalos e cavaleiros! — rugiu pela linha.

Ele viu uma centena de arqueiros se virarem quase em sincronia, buscando os mesmos alvos. Mais de um cavaleiro que galopava para ajudar foi atingido por várias flechas e caiu morto antes de atingir o solo. Thomas praguejou ao ver o rei oscilando na sela, ainda vivo, embora os homens que o protegiam exibissem sangue na armadura. Eles começaram a levar o rei para trás por entre o amontoado de soldados que avançava, e os arqueiros continuavam a atirar e atirar, até levarem a mão à aljava e nada encontrarem.

Thomas conferiu a sua, como sempre fazia, embora soubesse que estava vazia. Vinte e quatro flechas se acabaram no que parecia um piscar de olhos, e nisso o exército francês mais parecia um idiota caído em cima de um formigueiro. Voltaram a montar formação sobre os montes de mortos quando a tempestade de flechas começou a fraquejar.

Era hora de correr. Thomas fitara o caos com prazer, fixando a cena na mente. Mas era hora de desviar a atenção do inimigo. Uma última olhada confirmou que o rei francês ainda estava vivo, sendo levado às pressas para longe por seus homens. Thomas percebeu que ofegava, e se esforçou para respirar profundamente e fazer soar a trombeta.

Ao sinal, a linha de arqueiros se desfez instantaneamente, dando as costas para os franceses e correndo entre as árvores. Mais trombetas soaram atrás deles, e novamente Thomas sentiu o terror doentio de ser caçado.

Sua respiração estava barulhenta e difícil quando ele se lançou pelos arbustos e em torno das árvores, ferindo o ombro num galho ao tentar passar por baixo dele e cair, mas então levantou de novo a toda velocidade. Conseguia ouvir os cavalos bufarem e golpearem a terra enquanto cavaleiros de armadura chegavam à linha das árvores e forçavam o caminho.

A sua esquerda, viu um de seus homens cair e, do nada, surgir um cavaleiro francês, mirando a lança para as costas do homem que tentava se levantar cambaleando. Thomas aumentou a velocidade, consternado com a rapidez com que os franceses se recompuseram. Torceu desesperadamente para ser apenas um cavaleiro à frente dos outros. Se fossem tão rápidos assim no contra-ataque, ele perderia metade dos homens antes de chegarem ao prado mais adiante.

Ouviu cascos se aproximarem por trás, com um tilintar de arreios. Thomas desviou por instinto e ouviu uma voz francesa praguejar quando o cavaleiro errou o golpe. A ponta da lança do homem apontou para baixo, enfiando-se na terra, mas o cavaleiro foi esperto o suficiente e soltou-a. Thomas não ousou olhar para trás, ainda que ouvisse uma espada ser sacada acima do ruído de seus próprios pés correndo. Encolheu-se à espera do golpe quando a floresta clareou à frente e percebeu que havia percorrido 800 metros tão depressa como nunca correra na vida.

Thomas saiu ao sol da primavera e se viu diante de uma linha de arqueiros com os arcos erguidos em sua direção. Jogou-se na terra e eles lançaram disparos rápidos sobre sua cabeça. Ouviu o berro de um cavalo, e, enquanto ofegava deitado, olhou para trás pela primeira vez e viu seu perseguidor cair no chão quando o cavalo desmoronou com o pulmão perfurado. Thomas se forçou a se levantar e prosseguir, ofegante e com o rosto corado, cambaleando até seus homens e a segunda fila de flechas que tinham preparado. Agradeceu a Deus pelos mais jovens terem sido mais velozes do que ele no terreno acidentado. O cavaleiro caído começava a se levantar quando Thomas recolheu uma nova flecha do chão e a disparou, perfurando o pescoço do homem.

O prado era mais largo que profundo, uma faixa aberta de samambaias e espinheiros densos, com alguns carvalhos teimosos em torno de uma lagoa. Fora o lugar óbvio para o recuo de seus homens, fruto do conhecimento local de meninos que costumavam brincar e pescar tritões ali quando pequenos.

Thomas procurou Rowan na linha e suspirou de alívio ao vê-lo em pé com os outros. Tinham perdido alguns homens na corrida desenfreada pela floresta, mas, antes que pudesse chamar o filho, cavaleiros montados irromperam das árvores, espalhando folhas e pequenos ramos ao cavalgarem a toda para o sol.

Morreram com a mesma rapidez, golpeados e surrados ao entrar no espaço aberto. Os últimos arqueiros de Thomas tropeçavam entre os franceses, alguns feridos e moribundos. Um ou dois deles foram mortos pelos próprios companheiros, que atiraram em tudo o que viram se mover.

Thomas aguardou, tentando controlar o coração disparado. Conseguia ouvir estrondos e trombetas soando na floresta, mas o que conseguiam escutar dali minguou aos poucos até cessar, e lá ficou ele, esperando. Surpresa. Ele a havia usado toda. Os franceses sabiam que estavam em luta por Maine. Praguejou em voz alta ao pensar no rei francês ainda entre os vivos. Apenas uma flecha no lugar certo e teriam conquistado tudo num dia, talvez até salvado sua fazenda e sua família.

Aguardou algum tempo, mas não veio mais nenhum cavaleiro. Thomas estendeu a mão para a trombeta e descobriu que sumira, deixando uma faixa doída no pescoço para mostrar onde estivera. Não conseguia se lembrar de que ela se soltara, e, confuso, esfregou o vergão vermelho antes de levar os dedos aos lábios e soltar um assovio agudo.

— Retirada! — gritou, gesticulando com o braço direito dolorido.

Eles se viraram imediatamente, correndo o mais depressa possível para as árvores distantes. Thomas viu dois homens sustentando um amigo enquanto outros ficavam para trás, sangrando e gritando em vão. Fechou os ouvidos para as vozes que o chamavam.

Margarida adorou a Torre de Londres. Não só porque, em comparação, fazia o Castelo de Saumur parecer o barraco de um carvoeiro. A Torre era um complexo de construções, grande como uma verdadeira aldeia, cercado por imensas muralhas e portais. Era uma antiga fortaleza que protegia a cidade mais poderosa da Inglaterra, e Margarida começara a explorar cada parte dela, tornando-a sua como fizera com a Sala do Corvo e as passagens secretas de Saumur.

Londres na primavera recebia brisas frescas que não eram capazes de levar embora o fedor da cidade. Mesmo onde o sistema de esgoto romano tinha sobrevivido, a chuva pesada convocava à superfície a imundície antiga, que escorria como uma maré de lodo por todos os morros. Na maioria das ruas, recipientes cheios de urina e fezes eram esvaziados num lamaçal profundo de estrume animal e excremento humano, pisoteado com as entranhas apodrecidas de animais e o sangue coagulado dos porcos chacinados. O cheiro era indescritível, e Margarida vira os tamancos de madeira que os londrinos usavam sobre as botas para erguê-las bem alto e poder cumprir suas tarefas.

Tinham lhe dito que, quando os planetas se alinhavam de um jeito que ela não entendia, vapores venenosos subiam e pragas estivais ceifavam a população. William disse que havia muito mais gente quando o pai dele era criança, mas a guerra e a pestilência cobraram um preço terrível. Fora da cidade, aldeias inteiras foram reduzidas a mato e capim, com os habitantes em fuga ou trancados em casa para morrer esquecidos. Mas Londres sobreviveu. Diziam que o povo de lá havia sido fortalecido e conseguia respirar e comer quase qualquer coisa e continuar vivo.

Margarida tremeu de leve só de pensar naquilo. Naquele dia de primavera na Torre, podia ver o céu azul-claro e as nuvens brancas que pendiam como uma pintura acima da cabeça. Pássaros voavam, e o cheiro no ar estava suficientemente agradável por onde ela andava, no alto das muralhas, falando com soldados que coravam ao se ver sob o exame de uma rainha de 15 anos.

Ela fitou o sul, imaginando o Castelo de Saumur do outro lado do mar. A carta da mãe deixara clara a situação financeira da família, mas isso Margarida conseguira resolver. Com apenas uma palavra sua, Henrique concordara em mandar 1.200 libras em moedas de prata, suficientes para manter a propriedade durante dois anos ou mais. Margarida franziu o cenho ao pensar naquilo. O marido era muito receptivo. Concordava com tudo o que ela queria, mas havia algo errado; isso ela conseguia sentir. Iolanda voltara para a propriedade do marido, e ela não ousava confiar em ninguém mais. Margarida pensou em escrever uma carta, mas desconfiava que seria lida, pelo menos nos primeiros anos. Será que conseguiria fazer perguntas sobre homens de um jeito que Derry Brewer não entenderia? Ela balançou a cabeça, duvidando de sua capacidade de fazer algo passar por aquele homem irritante.

O alvo de seus pensamentos irrompeu neles no mesmo instante, subindo ao ponto mais alto das muralhas e sorrindo ao vê-la.

— Vossa Alteza Real! — gritou. — Disseram que estava aqui em cima. Vou lhe dizer, estou com o coração na mão ante a ideia de Vossa Alteza cair e morrer. Acho que significaria guerra em menos de um ano, tudo devido a uma pedra solta ou um único escorregão. Eu ficaria mais contente se Vossa Alteza me acompanhasse de volta ao térreo. Acho que os guardas também.

Derry se dirigiu a ela e tomou seu braço com gentileza, tentando conduzi-la de volta à escada mais próxima para descer. Margarida sentiu uma pontada de irritação e se recusou a se mexer.

— Milady? — perguntou Derry, parecendo ferido.

— Não vou cair, mestre Brewer. E não sou uma criança para ser conduzida a um lugar seguro.

— Acho que o rei não ficaria feliz ao saber que sua nova esposa está nessas muralhas, milady.

— É mesmo? Acho que ele ficaria, sim. Acho que ele diria: "Se Margarida assim deseja, Derry, fico contente", não acha?

Por um instante, ambos se entreolharam com raiva, e então Derry soltou o braço dela, dando de ombros.

— Como quiser, então. Estamos todos nas mãos de Deus, milady. Vi seu marido hoje de manhã, para discutir questões de Estado que não podem ser ignoradas. Hesito em sugerir que ele entendeu mal algo que Vossa Alteza lhe disse, mas ele me pediu que a procurasse. Há algo que gostaria de me dizer?

Margarida olhou o homem, desejando que William estivesse ali e se perguntando até que ponto poderia confiar em Derry Brewer.

— Fico contente que ele tenha se lembrado, mestre Brewer. Isso me dá esperança.

— Tenho documentos que ele precisa selar, milady, hoje, se possível. Não posso responder pelas consequências se houver mais atrasos.

Margarida controlou a fúria com alguma dificuldade.

— Mestre Brewer, quero que o senhor escute bem. Entendeu? Quero que o senhor pare de falar e só me ouça.

Os olhos de Derry se arregalaram com surpresa.

— É claro, milady. Entendo. Eu só...

Ela ergueu a mão e ele se calou.

— Fiquei sentada com meu marido enquanto ele recebia nobres e homens de seu conselho, esse seu Parlamento. Observei-os apresentarem suas petições e discutirem suas finanças nos mínimos detalhes. Vi o senhor ir e vir, mestre Brewer, com os braços cheios de documentos. Assisti ao senhor guiar a mão de Henrique para pôr a cera e o selo real.

— Não entendo, milady. Eu estava lá quando conseguimos mandar uma fortuna para sua mãe. É essa a fonte de sua preocupação? O rei e eu... — Mais uma vez, Derry interrompeu a torrente de palavras quando ela levantou a mão.

— Sim, mestre Brewer. Eu também solicitei a arrecadação real. O senhor não precisa mencionar isso. Ele é meu marido, afinal de contas.

— E é meu rei — acrescentou Derry, a voz endurecendo sutilmente. — Venho tratando com ele e ajudando-o pelo tempo que a senhora tem de vida.

Margarida sentiu a coragem começar a fraquejar sob o olhar frio. A respiração parecia se prender na garganta e o coração batia com força. Mas aquilo era importante demais para desistir.

— Henrique é um bom homem — começou ela. — Não tem desconfianças, nenhum mal dentro dele. O senhor negaria isso? Ele não lê as petições nem as leis que tem de assinar, ou, quando as lê, dá apenas uma olhada rápida. Ele *confia*, mestre Brewer. Ele quer agradar quem o procura com histórias de sofrimento ou terrível urgência. Homens como o senhor.

As palavras tinham sido ditas e, pela primeira vez, Derry pareceu sem graça, fugindo do olhar dela e contemplando, além das muralhas e do fosso, o Tâmisa serpenteante. Além da comporta sob a Torre de São Tomás, havia barcos ao longe, sondando o fundo com longas varas com um gancho na ponta. Derry sabia que outra moça grávida se afogara tombando da Ponte de Londres na noite anterior. A multidão a vira segurando a barriga inchada quando subiu na amurada. Deram vivas para encorajá-la, é claro, até ela cair e ser engolida pelas águas escuras. Os barqueiros procuravam o cadáver para mandá-lo à Guilda de Cirurgiões. Aqueles homens pagavam muito bem pelas grávidas.

— Vossa Alteza, há alguma verdade no que disse. O rei é um homem que confia, e essa é uma razão ainda maior para ter homens bons a sua volta! Creia-me quando digo que sou um juiz cuidadoso daqueles que têm permissão para estar em sua presença.

— Um guardião, então? É assim que se vê, mestre Brewer? — Margarida descobriu que o nervosismo desaparecia e sua voz se fortaleceu. — Se é assim, *quis custodiet ipsos custodes*? Lembra-se de seu latim, mestre Brewer? Quem guarda os guardiões?

Derry fechou os olhos um instante, deixando a brisa secar o suor que surgira em sua testa.

— Não ouvi muito latim em meu ambiente, milady, não quando menino. Vossa Alteza tem apenas 15 anos, enquanto mantenho o reino a salvo há mais de uma década. A senhora não acha que já provei minha honra até agora?

— Talvez — respondeu Margarida, recusando-se a ceder. — Mas raro seria o homem que *não* se aproveitasse de um rei que nele confia tão cegamente.

— Sou esse homem, milady, sou esse homem por minha honra. Não busquei títulos nem riqueza. Dei-lhe todas as minhas forças, por sua glória e pela glória de seu pai.

As palavras pareciam ter sido arrancadas de Derry, encostado na parede de pedra, as mãos abertas. De repente Margarida se sentiu envergonhada, embora ainda houvesse um sussurro de suspeita de que Derry Brewer não se negaria a manipulá-la tão facilmente quanto o rei. Ela reuniu forças.

— Se o que diz é verdade, o senhor não fará objeção a que eu leia os documentos que chegam a Henrique, não é, mestre Brewer? Se tem a honra que afirma, não haverá mal nenhum nisso. Pedi permissão a Henrique, e ele me concedeu.

— Sim. Sim, claro que concedeu — comentou Derry amargamente. — Vossa Alteza lerá tudo? Submeterá o destino de um reino ao juízo de uma menina de 15 anos sem treinamento em leis e sem experiência de governar mais que um único castelo, no máximo? Entende o que está pedindo e as consequências evidentes disso?

— Eu não disse que estava pedindo, mestre Brewer! — retorquiu Margarida. — Eu lhe transmiti o que disse o rei da Inglaterra. Agora, pode desobedecer ou não à ordem dele, dependendo de querer continuar com suas responsabilidades... ou não! Seja como for, sim, lerei tudo. Verei todos os documentos, *todas* as leis que vierem para receber o selo de cera de meu marido. *Lerei* todas elas.

Derry se voltou para a jovem rainha, que viu fúria nos olhos do homem. Ele não parava quieto desde que o rei Henrique havia recusado um pedido seu naquela manhã. Havia recusado! Ele pedira ao rei que olhasse um maço de documentos e o homem balançara a cabeça, com remorso que parecia genuíno, e o instruíra a falar com a esposa. Derry ainda mal conseguia acreditar. Parecia que não era nenhum engano, pensou irritado.

Margarida o fitou de volta, desafiando-o a dizer não. Depois de algum tempo, Derry baixou a cabeça.

— Muito bem, milady. Se vier comigo, vou lhe mostrar o que isso significa.

Eles desceram juntos os degraus até o pátio principal, tão movimentado com soldados e criados quanto um dia de feira em qualquer cidade grande. Derry mostrou o caminho pelo gramado cheio de gente e Margarida o seguiu, decidida a não abrir mão de nada que conquistara, não importava o que acontecesse.

A Torre Branca era a parte mais antiga da fortaleza, construída com a pálida pedra francesa de Caen por Guilherme, o Conquistador, quase quatro séculos antes. Elevava-se acima deles enquanto Derry mostrava a ela a escada de madeira que levava à única entrada. Em tempos de guerra, a escada podia ser removida, tornando a torre praticamente inexpugnável a ataques. Dentro das maciças muralhas externas, ela e Derry passaram por sentinelas, subiram mais escadas e atravessaram uma dezena de câmaras e corredores antes de ele parar diante de uma grossa porta de carvalho e girar a maçaneta.

A sala além da porta estava cheia de escribas. Elevados acima do restante da fortaleza, sob as vigas de um telhado marcado por séculos de fuligem, ali ficavam, escrevendo em pergaminho ou rolos costurados com fitas de cores diferentes, passando-os adiante até seus superiores. Os olhos de Margarida se arregalaram ao ver pilhas de pergaminho que iam até o teto em alguns lugares, ou à espera de serem levados em carrinhos altos de madeira.

— Tudo isso se resume a apenas alguns dias, milady — explicou Derry, baixo. — É o pergaminho que governa o reino, entrando e saindo daqui rumo a todos os nobres, mercadores, arrendamentos e fazendas... Centenas de antigas disputas e aluguéis, milady. Tudo, do pagamento de uma criada a petições de soldados e dívidas de um grande castelo; tudo passa por aqui. E esta é apenas uma sala. Há outras nos palácios de Westminster e Windsor que são igualmente movimentadas.

Ele se virou para observá-la, sabendo que todo movimento cessara quando os escribas perceberam que a rainha em pessoa fora a seu domínio espremido e abafado.

— Homem nenhum conseguiria ler isso tudo, milady — continuou Derry com complacência. — Mulher nenhuma também, se a senhora me perdoa. A pequena parte que chega ao rei já foi conferida e passada aos escribas mais experientes, depois passada outra vez ao camerlengo e aos mordomos do rei. Homens como lorde Suffolk lerão parte disso, como mordomo da casa real. Ele responderá a alguns pessoalmente ou decidirá a seu respeito mas também passará adiante uma parte. Quer que tudo isso pare, milady? Vossa Alteza obstruiria o tubo que flui por essa sala com apenas suas mãos e seus olhos? A senhora passaria anos sem voltar a ver a luz do dia. Não seria um destino que eu escolheria para mim, isso posso lhe dizer.

Margarida hesitou, assombrada com a sala e com o silêncio mortal que sua presença criara. Sentia os olhos dos escribas passando por ela como besouros sobre sua pele, e tremeu. Sentia o triunfo de Derry com a montanha de documentos que lhe mostrara, a impossibilidade de ler tudo. Bastavam os documentos daquela sala para ocupar toda uma vida, e ele dissera que tudo aquilo era fruto de alguns dias? Ela relutou em ceder a vantagem que conquistara só por estar ali em cima, e não respondeu de imediato. A solução, claramente, era ler apenas demandas e as petições mais importantes, aquelas que chegassem às mãos do próprio Henrique. Mas, se fizesse isso, Derry Brewer ainda controlaria a massa imensa de comunicação ao alcance do rei. Era o que lhe dizia, com o quadro vivo dos escribas para reforçar sua posição. Ela começava a avaliar o homem perigosamente poderoso que ele era na verdade.

Margarida sorriu, mais pelos escribas que pelo próprio Derry. Com a mão pousada no braço dele, falou calma e docemente.

— Verei e lerei os pergaminhos que meu marido tiver de assinar, mestre Brewer. Pedirei a William, lorde Suffolk, que me descreva o restante, se vir tantos em seu novo cargo. Tenho certeza de que poderá me dizer quais são importantes e quais podem ficar a cargo do camerlengo do rei e dos outros. Isso não lhe parece uma bela solução para essa montanha de trabalho? Fico grata por ter visitado esta sala e pelos que aqui labutam sem recompensa. Vou mencioná-los a meu marido, para sua distinção.

Ela sentiu os escribas sorrirem com as palavras de elogio, enquanto Derry pigarreava.

— Como quiser, então, milady. — Ele manteve o sorriso, embora fumegasse por dentro. Com qualquer outra pessoa, sabia que conseguiria convencer Henrique a mudar de ideia, mas a própria esposa do rei? A moça que ficava sozinha com ele toda noite nos aposentos reais? Gostaria de saber se ela ainda era virgem, o que talvez explicasse por que sentia necessidade de preencher o tempo dessa maneira. Infelizmente, era um assunto que não ousava mencionar.

Derry a levou de volta pela Torre Branca. No último lance de escadas que levava para fora, ergueu a mão para a parte inferior das costas da rainha a fim de guiá-la, depois pensou melhor, então ela juntou a longa cauda do vestido e desceu sem nenhuma ajuda.

14

Jack Cade tropeçou ao tentar dançar uma giga no belo gramado. Não havia lua, e a única luz em quilômetros era a da casa que incendiara. Ao agitar os braços, deixou cair a jarra que levava e quase chorou quando ela se quebrou em dois pedaços perfeitos e o precioso conteúdo se espalhou. Metade da cerâmica quebrada continha um pouco do líquido ardente, e ele a virou e bebeu o resto, sem notar que cortava os lábios nas bordas afiadas.

Inclinado para trás, o rosto corado, ele rugiu para as janelas que já refletiam as labaredas que se esgueiravam para o telhado.

— Eu *sou* um bêbado de Kent, seu galês covarde! Eu sou tudo o que você disse que eu era da última em que me açoitou as costas! Eu *sou* um homem violento e filho de uma puta! E agora pus fogo em sua casa! Venha cá ver o que tenho para você! Está aí dentro, magistrado? Pode me ver aqui, a sua espera? Está ficando quente, seu corvo perturbador de ovelhas?

Jack jogou nas chamas seu caco de cerâmica e cambaleou com o esforço. As lágrimas corriam por seu rosto e, quando dois homens vieram correndo atrás dele, virou-se com um rugido, os punhos cerrados e a cabeça baixa com o instinto de lutador.

O primeiro homem a alcançá-lo era mais ou menos do mesmo tamanho robusto, com a pele clara e sardenta e uma massa desgrenhada de cabelos e barba ruivos.

— Calma aí, Jack! — exclamou, tentando segurar um braço que passou por sua cabeça num golpe malsucedido. — É o Patrick... Paddy. Sou seu amigo, lembra? Em nome de Cristo, vamos embora agora. Você será enforcado se não vier.

Com um rugido, Jack se soltou dele, virando-se de novo para a casa.

— Quero estar aqui quando o corvo for obrigado a sair. — Sua voz subiu para um mugido quase incoerente. — Está me *ouvindo*, seu pintinho galês? Estou aqui fora a sua espera.

O terceiro homem era magro, de cotovelos e falanges proeminentes com bochechas cavadas e braços nus e compridos. Robert Ecclestone estava tão pálido e esfarrapado quanto os outros dois; a pele das mãos era marcada por manchas escuras que pareciam sombras a se mover à luz das chamas.

— Você já mostrou tudo a ele, Jack — interveio Ecclestone. — Por Deus, já mostrou tudo muito bem. Isso vai queimar a noite inteira. Mas Paddy tem razão. Você tem de ir embora antes que os meirinhos cheguem.

Jack se virou para Ecclestone antes que ele terminasse de falar, agarrou o colarinho da jaqueta do amigo e o levantou. Em resposta, a mão de Ecclestone virou um borrão e uma longa navalha surgiu na garganta de Jack. Embora bêbado, o toque frio bastou para o fazer parar.

— Você puxa a faca pra mim, Rob Ecclestone? Para seu próprio companheiro?

— Você pôs as mãos em mim primeiro, Jack. Ponha-me no chão devagar e ela vai sumir. Somos *amigos*, Jack. Amigos não brigam.

Jack abriu o punho que o segurava e, fiel a sua palavra, Ecclestone dobrou a lâmina e a enfiou sob o cinto, nas costas. Quando Jack recomeçava a falar, todos ouviram o mesmo som e se viraram simultaneamente para a casa. Acima do estalar e do uivo das labaredas, ouviram a voz de crianças chorando.

— Que merda, Jack. Os filhos dele estão lá — disse Paddy, esfregando o queixo. Ele olhou a casa com mais atenção, vendo que todo o andar térreo estava em chamas. As janelas de cima ainda estavam inteiras, mas quem entrasse não conseguiria sobreviver.

— Ontem eu tinha um filho — grunhiu Jack, os olhos cintilando. — Até que ele foi enforcado pelo maldito Alwyn Judgment. Até que esse magistrado galês, que nem é de Kent, o enforcasse praticamente por nada. Se estivesse aqui, eu o teria livrado disso.

Paddy balançou a cabeça para Robert Ecclestone.

— Hora de ir, Rob. Pegue o braço dele. Temos de correr agora. Amanhã eles virão procurar, se já não estiverem a caminho.

Ecclestone esfregou o queixo.

— Se fossem meus filhos lá dentro, eu já teria quebrado as janelas e os tirado de lá. Por que ele não fez isso?

— Talvez porque nós três estejamos aqui em pé com facas, Rob — respondeu Paddy. — Talvez o magistrado prefira que morram no fogo em vez de ver seus meninos esfaqueados; não sei. Pegue o braço dele agora, senão ele não vem.

Mais uma vez, Paddy agarrou Jack Cade pelo braço e quase caiu quando o homem desolado se contorceu e se soltou. Agora, lágrimas corriam pela fuligem e pela sujeira que cobriam sua pele.

Uma janela explodiu acima de sua cabeça, fazendo todos se abaixarem e se protegerem contra os cacos lançados. Os três viram o magistrado, usando um camisolão encardido, com os cabelos desgrenhados. A janela era pequena demais para escapar, mas ele pôs a cabeça para fora.

— Tenho três meninos aqui — gritou-lhes Alwyn Judgment. — Eles são inocentes. Vocês os pegarão se eu mandar que pulem?

Nenhum deles respondeu. Paddy olhou para o fim da estrada, desejando já estar fugindo por ela. Ecclestone observou Jack, que respirava com dificuldade, um homem que mais parecia um grande touro com a mente enevoada pela bebida. Ele se irritou ao ver o inimigo lá em cima.

— Por que não desce, seu canalha galês? — indagou Jack, balançando ali de pé.

— Porque a escada está pegando fogo, homem! Agora, você pegará meus meninos, por misericórdia?

— Eles vão chamar os meirinhos, Jack — murmurou Paddy, meio entre os dentes. — Se aqueles meninos viverem, vão enforcar a todos nós.

Jack quase bufava, os punhos cerrados de raiva.

— Pode jogar! — berrou. — Vou lhes mostrar mais misericórdia do que você teve por meu filho, maldito Alwyn Judgment.

— Dá sua palavra?

— Você terá de confiar num homem de Kent, não é, seu saco de mijo galês?

As dúvidas que o magistrado poderia alimentar foram superadas pela torrente de fumaça negra que já escapava pela janela em torno de sua cabeça. Ele voltou para o quarto, e puderam ouvi-lo tossir.

— Tem certeza, Jack? — questionou Ecclestone em voz baixa. — Eles têm idade suficiente para mandar nos prender. Talvez eu e Paddy devêssemos desaparecer.

— Eu não sabia que esses meninos malditos estavam lá. O homem mora sozinho, me disseram, se gabando naquela casa grande, enquanto homens melhores têm de procurar um pouco de caça ilegal só para se alimentar. Homens como meu filho, meu filho Stephen. Deus, meu *menino*!

Jack se curvou enquanto uma onda de pesar o inundava. Gemeu de cabeça baixa, e um longo tentáculo de saliva se entrelaçou ao capim, partindo de seus lábios. Ele só olhou para cima quando a primeira criança assustada foi empurrada com rudeza, chorando e subindo na janela quebrada.

— Pule, fedelho! — berrou. — Jack Cade pega você.

— Jesus Cristo, Jack! — praguejou Paddy. — *Nomes*, homem. Pare de dizer seu maldito nome!

O menino pulou o mais longe que pôde, flutuando pelo ar como uma sombra em movimento com toda a luz atrás dele. Embora bêbado, Jack Cade o pegou com facilidade e o pousou no capim.

— Espere aí — mandou Jack rispidamente. — Não se mova nem uma polegada, senão arranco suas malditas orelhas.

Paddy pegou o segundo menino, menor que o primeiro. Colocou-o ainda choramingando ao lado do irmão e, juntos, todos olharam para cima.

O mais velho deles gritou de agonia ao ser forçado a passar pelo vidro quebrado. A janela era quase pequena demais para ele, e o pai o empurrava por dentro, deixando pele e sangue para trás quando bloqueou o buraco. Com um impulso, o menino saiu, rolando com um gemido. Jack o segurou no ar como se seu peso não fosse nada.

Mais uma vez, os três homens viram a cabeça do magistrado aparecer, olhando para baixo com uma expressão de fúria e esperança misturadas.

— Agradeço-lhe, Jack Cade, embora você vá queimar no inferno pelo que fez esta noite, seu asno bêbado.

— O que é isso? O que é isso que está me dizendo, seu galês pustulento...

Com um urro como o de um boi moribundo, Jack correu na direção da casa. Tanto Paddy quanto Robert Ecclestone tentaram segurá-lo, mas ele escapuliu das mãos dos amigos e jogou seu peso contra a porta, caindo por cima dela. Labaredas saíram porta afora, fazendo os amigos recuarem. Os dois se entreolharam e depois fitaram as crianças, sentadas no capim com os olhos sofridos e arregalados.

— Não vou entrar aí — avisou Paddy. — Nem por uma entrada no paraíso e uma maldita fortuna.

Ele e Rob se afastaram do calor, olhando o inferno.

— Daí não vai sair nada de bom — comentou Paddy. — Por Deus, ele sempre disse que queria um fim grandioso. Encontrou, não foi? Salvou os garotos e voltou para matar o magistrado.

Eles conseguiam ouvir Jack quebrando tudo no interior da casa, invisível entre as chamas. Depois de algum tempo, tudo ficou em silêncio, e Ecclestone balançou a cabeça.

— Soube que estão procurando trabalhadores em Lincoln para construir uma ponte. Aqui vai ficar quente demais para nós agora. — Ele parou, sabendo que as palavras saíam em péssima hora enquanto o amigo morria na casa em chamas.

— Talvez eu vá para o norte com você, então — respondeu Paddy. Ele se virou para os três meninos que encaravam o incêndio que consumia a casa. — Vocês três vão falar de nós aos meirinhos, não vão? Não importa nem um pouco que tenhamos salvado suas vidas, não é, rapazes?

Dois deles menearam a cabeça em negativa com uma confusão apavorada, mas o menino mais velho o olhou com raiva e se pôs de pé.

— Eu vou contar — declarou. Os olhos brilharam com lágrimas e um tipo de loucura quando ouviu o pai gritar de terror dentro da casa. — Vou mandar enforcar vocês pelo que fizeram.

— Ah, Jesus, é assim que as coisas são? — perguntou Paddy, balançando a cabeça. — Se eu fosse um homem mais severo, rapaz, cortaria sua garganta por uma ameaça idiota como essa. Já fiz coisa pior, pode acreditar. Ah, sente-se, meu filho. Não vou matar você hoje, não. Não com meu amigo morrendo com aquela dor dentro dele. Sabe por que ele veio aqui, garoto? Porque seu pai enforcou o filho dele hoje de manhã. Sabia disso? Por furtar dois cordeiros de um rebanho de mais de seiscentos. Como isso se encaixa em sua linda fúria moralista, hein? O filho dele está morto, mas mesmo assim ele pegou você quando caiu.

O garoto mais velho desviou os olhos, incapaz de continuar sustentando o olhar feroz do irlandês. Um estrondo enorme soou acima deles, e todos ergueram os olhos quando uma seção inteira da parede em chamas ruiu. Paddy se jogou para proteger os meninos, derrubando o mais velho no chão com o impacto. Ecclestone só deu um passo para trás, deixando os pedaços de tijolo, cal e palha velha caírem longe dele. Voltou os olhos para onde o corpo do irlandês grandalhão protegia os filhos do magistrado.

— Você é mole, Paddy, esse é seu problema. Jesus, você não podia...

Paddy se calou e sua boca se abriu quando Jack Cade se lançou pelo buraco acima deles com um corpo nos braços.

Ambos caíram com força, e Jack soltou um grande grito de dor. Ele rolou assim que caiu e, à luz do fogo, todos puderam ver fumaça subindo de seus cabelos e de suas roupas. O magistrado parecia uma boneca quebrada, completamente sem sentido, enquanto Jack se virava de costas e berrava para as estrelas.

Robert Ecclestone foi até ele, observando-o, espantado. Viu que as mãos do amigo estavam em carne viva e marcadas de fuligem. Cada parte exposta de seu corpo parecia ter se queimado ou ter sido arrancada. Cade tossiu, chiou e cuspiu sem forças, ali caído.

— Cristo, como *dói*! — exclamou ele. — Minha garganta...

Jack tentou se sentar e ofegou com a dor da pele queimada. Os olhos se viraram ao recordar o laguinho do outro lado do jardim; ele se levantou com esforço e se afastou cambaleando.

Ali parado, Paddy observava as três crianças, que só tinham olhos para o pai.

— Ele está...? — sussurrou o menino mais velho.

— Dá para ver que está respirando, embora talvez não acorde depois de toda essa fumaça. Já vi alguns partirem assim.

À distância, todos ouviram o barulho de quando Jack Cade caiu ou se jogou na água fria do laguinho. Os meninos se reuniram em torno do pai, beliscando suas bochechas e dando tapinhas em suas mãos. Os dois mais novos começaram a chorar de novo, enquanto ele gemia e abria os olhos.

— O quê? — perguntou.

O magistrado começou a tossir antes de conseguir falar de novo, um paroxismo violento que continuou e não parou até ele estar prestes a desmaiar outra vez, com o rosto roxo. Só conseguiu sussurrar para os filhos, esfregando a garganta com a mão queimada que escorria sangue por sobre a fuligem.

— Como...?

Ele percebeu que ainda havia dois homens em pé junto a seus filhos. Com um esforço imenso, Alwyn Judgment conseguiu se levantar. Não aguentou ficar totalmente de pé, e descansou com as mãos nos joelhos.

— Onde está Jack Cade? — perguntou-lhes com a voz chiada.

— Em seu laguinho — respondeu Ecclestone. — Ele o salvou, Meritíssimo. E pegou seus filhos, manteve a palavra. E isso não vai importar nem um pouco, não é? O senhor chamará seus meirinhos e todos seremos presos e teremos nossas cabeças espetadas em estacas.

A casa em chamas ainda bufava e cuspia, mas todos ouviram o som de cascos na estrada, subindo até eles no ar noturno. Alwyn Judgment ouviu ao mesmo tempo que Jack Cade saía do laguinho com um gemido que chegava quase tão longe.

— Leve os garotos embora, Paddy — indicou Rob Ecclestone de repente. — Leve-os para a estrada e deixe-os lá, para que os homens do magistrado os encontrem.

— Temos de correr agora, Rob. A única chance é correr como o diabo.

Ecclestone se virou para o velho amigo e deu de ombros.

— Só os leve embora.

O irlandês grandalhão preferiu não discutir com aquele olhar. Juntou os três e segurou o mais velho pelo colarinho quando este começou a se debater e gritar. Paddy o apertou com força para mantê-lo calado e os levou, quase os arrastando pelo jardim.

O magistrado o observou, inquieto.

— Eu poderia prometer deixá-los ir embora.

Ecclestone balançou a cabeça, os olhos cintilando à luz das chamas.

— Eu não acreditaria numa palavra, Meritíssimo. Conheci muitos iguais ao senhor, sabe? Eu e meus amigos seremos enforcados de qualquer jeito, então acho que devo fazer primeiro uma boa ação.

Alwyn Judgment abriu a boca para responder quando Ecclestone deu um passo à frente com a navalha à mão. Com um golpe, abriu uma linha escancarada na garganta do homem e esperou um tempo para ter certeza antes de se afastar.

Jack Cade cambaleava pelo jardim quando viu o amigo matar o magistrado. Tentou gritar, mas a garganta estava tão inchada e ardida que só saiu um sibilo de ar. Ecclestone foi até ele, e Jack conseguiu apoiar no colega um pouco de seu peso, um pouco maior com as roupas encharcadas, enquanto se afastavam da casa em chamas.

— Paddy? — grunhiu Jack para ele, tremendo.

— Ele encontrará o caminho, Jack; não se preocupe com o grandalhão. É quase tão difícil de matar quanto você. Meu Deus, Jack! Pensei que você estava acabado.

— Eu... também... — gemeu Jack Cade para o companheiro. — Ainda bem... que você o matou. Bom rapaz.

— Não sou um bom rapaz, Jack, como você bem sabe. Mas sou um sujeito irritado. Ele não devia ter matado seu filho e pagou por isso. Para onde agora?

Jack Cade inspirou forte e espasmodicamente para responder.

— A casa... do carrasco. Tenho de pôr... fogo nela.

Os dois homens, cambaleando e tropeçando na escuridão, seguiram seu caminho, deixando para trás a casa em chamas e o magistrado morto.

A manhã estava fria e cinzenta, com uma garoa leve que mal conseguia lavar a fuligem oleosa das mãos deles. Quando os três homens voltaram à cidade, Jack teria cruzado diretamente a multidão reunida na praça. Foi preciso que a manzorra de Paddy o empurrasse contra uma parede para detê-lo.

— Haverá meirinhos naquela multidão, Jack, atrás de você. Tenho algumas moedas. Vamos procurar uma estalagem ou um estábulo e esperar a reunião acabar, seja ela qual for. Você pode voltar quando estiver escuro de novo para baixar seu menino.

O homem que o olhava curara um pouco a bebedeira durante a longa noite. A pele de Jack estava rosada e inchada e os olhos azuis bastante injetados. Os cabelos pretos se eriçaram e ficaram castanhos em alguns lugares; as roupas estavam em tal estado de imundície que até um mendigo pensaria duas vezes antes de experimentá-las.

Ele ainda chiava um pouco ao inspirar e rolar os ombros para trás. Tirou do peito a mão do amigo quase com delicadeza.

— Agora escute com atenção, Paddy. Não me resta mais nada, entende? Eles levaram meu menino. Pretendo tirá-lo da forca e deixá-lo a salvo no chão, lá na igreja. Se levantarem a mão pra mim, vão se arrepender. Não tenho mais nada, mas quero fazer essa última coisa agora de manhã, antes de morrer. Se não gosta, sabe o que pode fazer, não sabe?

Eles se olharam com raiva, e Ecclestone pigarreou para interrompê-los.

— Entendo que salvei sua vida tirando você de lá ontem à noite — disse, esfregando os olhos e bocejando. — Não sei como ainda se aguenta em pé, Jack, meu velho. Seja como for, isso significa que você tem uma dívida comigo, portanto, venha tomar um trago e dormir. Há estábulos aqui perto e conheço o chefe. Por um tostão furado ele vai fingir que não viu; já fez isso antes. Não temos de entrar numa multidão que provavelmente se juntou para falar das casas que pegaram fogo ontem à noite. Não quero afirmar o maldito óbvio, Jack, mas você fede a fumaça. Todos fedemos. Se você se enforcasse por conta própria agora, ia lhes poupar o serviço.

— Não pedi a vocês que viessem comigo, pedi? — grunhiu Jack.

Seu olhar vasculhou além deles, fora do beco, na luz da praça. A multidão era barulhenta e havia muita gente na frente do corpo que rangia preso à corda. Mesmo assim, Jack conseguia vê-lo. Conseguia ver cada detalhe do rosto que criara, o menino que fugira com ele dos meirinhos centenas de vezes, com faisões escondidos no casaco.

— Não. Não, não vai dar, Rob. Você fica aqui se quiser, mas estou com minha faca e vou tirá-lo de lá.

Ele firmou o maxilar, os olhos vermelhos brilhando como o diabo despertado. Lentamente, Jack Cade ergueu o punho robusto, um grande amontoado peludo com todos os dedos para dentro, que parecia um martelo ao ser brandido na cara de Ecclestone.

— Não tente me deter, estou lhe avisando.

— Cristo — murmurou Ecclestone. — Você virá conosco, Paddy?

— Você enlouqueceu também? Já viu uma multidão enfurecida, Rob Ecclestone? Vão nos deixar em frangalhos de medo. Por Deus, parecemos os vagabundos perigosos que dizem que somos!

— E daí? Vem ou não vem? — perguntou Ecclestone.

— Vou. Por acaso eu disse que não ia? Não confio que vocês dois consigam fazer isso sozinhos. Que Jesus proteja todos os tolos como nós em suas missões insanas.

Jack sorriu como um menino ao ouvi-los. Deu um tapinha no ombro dos dois e o sorriso cresceu.

— Vocês são bons amigos quando um homem está mal, rapazes. Então, venham. Isso precisa ser feito.

Ele endireitou os ombros e andou rumo à multidão, tentando não mancar.

Thomas observou com certo assombro o barão Highbury tocar uma trombeta e sua tropa de cavaleiros começar um ataque encosta abaixo. No frio da manhã, os cavalos soltavam vapor pelas narinas e desciam depressa, como prata derretida se derramando das árvores. Os cavaleiros franceses que perseguiam seu grupo de arqueiros foram atingidos diretamente, o flanco rompido pelas lanças de Highbury. Em apenas um instante, passaram de caçadores decididos que perseguiam uma presa em fuga a homens desesperados, imobilizados pela terra e esmagados pelo golpe do martelo de Highbury. Thomas berrou com um prazer selvagem ao vê-los cair, homens e cavalos espetados em pontas afiadas. Porém, os homens de Highbury estavam em menor número, mesmo durante a investida, e Thomas podia ver mais e mais cavaleiros franceses chegarem trovejando. O ritmo se desacelerou e aquilo se tornou uma confusão cruel de espadas e uma dança de machados.

— Ataque e recue — sussurrou Thomas. — Vamos, Highbury. Ataque e recue.

Essas três palavras os mantiveram em ação durante duas semanas de luta quase constante, cobrando um preço terrível de ambos os lados. Não havia mais canções nas linhas francesas. A coluna do rei avançava por Maine com batedores e propósito implacável, queimando tudo pelo caminho. Deixavam para trás aldeias e cidades envoltas em fumaça negra, mas pagavam o preço por cada uma delas. Thomas e seus homens cuidavam disso. As represálias ficavam mais violentas a cada dia, e havia uma verdadeira fúria dos dois lados.

Highbury lhe ganhara tempo para escapar, e Thomas agradeceu a Deus por um homem que agia como ele achava que um lorde deveria agir. O nobre barbudo era movido por alguma coisa, isso Thomas descobrira. Fosse qual fosse o crime ou a atrocidade que retribuía, Highbury lutava com coragem exemplar, punindo qualquer um que fosse tolo a ponto de chegar ao alcance de sua espada longa. Os homens o amavam por seu destemor, e o barão Strange o odiava com uma intensidade feroz que Thomas não conseguia entender.

Enquanto subia pelo caminho entre as árvores que seus homens haviam marcado, Thomas parou, tocou o pedaço de pano amarrado a um galho e olhou para trás. Conhecia a terra em volta. Não ficava a mais de 20 quilômetros de sua fazenda, e ele percorrera todos os caminhos e margens de rio com a esposa e os filhos em algum momento. Esse conhecimento local dificultava ainda mais que o exército francês os encontrasse; no entanto, ainda assim, eles avançavam alguns quilômetros todo dia, suportando as emboscadas e matando todos em que punham as mãos. Por um instante, Thomas sentiu desespero. Ele e seus homens vinham regando o chão com sangue francês pelos últimos 64 quilômetros, mas eles não tinham fim.

— Recue agora — indicou Thomas, sabendo que Highbury não conseguiria ouvi-lo.

Os homens do nobre defendiam sua posição, enquanto os franceses ficavam cada vez mais ousados, cavalgando a toda e tentando cercar a pequena força inglesa. O único caminho livre era morro acima, e Highbury não dava sinal de sequer ver a linha de retirada. Sua espada golpeava incansável, a armadura estava rubra com o sangue dos outros, ou com o seu.

O combate se tornou uma confusão de cavaleiros que enxameavam em torno de Highbury, as maças girando para esmagar crânios dentro dos elmos. Estavam a apenas pouco menos de 300 metros, e Thomas viu o rosto de Highbury ser desnudado quando o elmo foi destruído num único golpe reverberante. O nariz escorria em vermelho e os cabelos compridos caíam soltos, açoitando o ar em madeixas encharcadas de suor. Thomas achou que conseguia ouvir Highbury rir ao cuspir sangue e berrar com o homem que o atingira.

— Merda! Saia daí *agora*! — gritou Thomas.

Acreditou ter visto Highbury parar e se virar com seu rugido, que o arrancou do transe assassino em que estava. O barão começou a olhar em volta. Uma dezena de seus quarenta homens estava sem cavalo, alguns ainda se movendo e atacando qualquer cavaleiro francês que conseguissem atingir.

Thomas praguejou em voz baixa. Conseguia ver reflexos prateados movendo-se em todas as árvores pelo vale. O rei francês designara uma força imensa de cavaleiros para esta ação. Isso significava que os arqueiros que Thomas havia mandado emboscar os franceses na cidade mais próxima enfrentariam menos homens, porém a vantagem numérica poderia levar a confusão do combate até o vale. Thomas agarrou o arco, verificando-o sem olhar as flechas que restavam. Sabia que, se caísse de novo, seria massacrado.

Virou-se ao som de passos que corriam, temendo que algum inimigo tivesse subido por entre seus homens. Suspirou de alívio ao ver Rowan parar de repente com um sorriso estranho. Outra dúzia de homens estava parada, aguardando que Thomas os liderasse por sobre o morro e para além dele.

Rowan viu a expressão do pai quando ambos observaram Highbury extravasar sua dor e sua raiva, lançando-as em torno dele com poderosos golpes de espada. O homem sorria para algo, os olhos esbugalhados.

— O senhor não pode salvá-lo — comentou Rowan. — Se descer para ajudá-lo agora, será morto à toa.

Thomas se virou para olhar o filho, mas só balançou a cabeça.

— São muitos, pai — continuou Rowan. Ele viu o pai passar os dedos sobre as hastes que restavam na aljava, o movimento como um tique nervoso. Fazia um som áspero e seco. Seis pontas *bodkin* e uma ponta larga, e só.

Thomas xingou com raiva, cuspindo palavras que o filho nunca ouvira sair dele. Ele gostava de Highbury. O homem merecia coisa melhor.

— Leve os outros para longe, Rowan. Passe-me suas flechas e leve os rapazes pelo morro. Peça ordens a Strange, mas também use sua inteligência. — Sem olhar para trás, estendeu a mão para pegar as flechas.

— Não — retrucou Rowan, que estendeu a mão para segurar o braço direito do pai, sentindo os músculos que o deixavam parecido com um galho. — Venha comigo, pai. O senhor não pode salvá-lo.

Thomas se virou e partiu para cima do filho, agarrando a frente de seu gibão verde e empurrando-o um passo para trás. Embora fossem quase do mesmo tamanho, ele levantou o rapaz, de modo que seus pés balançaram nas folhas molhadas.

— Você me *obedeça* quando eu mandar — rugiu Thomas. — Dê-me suas flechas e vá!

Rowan corou de raiva. Suas mãos grandes se levantaram para segurar as do pai onde ele o agarrara. Os dois homens ali ficaram, imóveis por um momento, testando suas forças, enquanto os outros assistiam à cena de olhos arregalados. Ambos largaram ao mesmo tempo, e ficaram em pé, os punhos cerrados. Thomas não desviou o olhar, e Rowan removeu a correia de sua aljava e a jogou no chão.

— Então *pegue* e faça o que bem entender.

Thomas pegou um punhado de flechas emplumadas e as juntou às suas.

— Encontro você na fazenda, se puder. Não se preocupe. — Ele ficou imóvel algum tempo sob o olhar furioso do filho. — Dê-me sua palavra de que não vai me seguir lá embaixo.

— Não — retrucou Rowan.

— Maldito menino! Dê-me sua palavra! Não quero que o matem hoje.

Rowan baixou a cabeça, preso entre a raiva cega e o medo do pai. Thomas respirou fundo, aliviado.

— Espere por mim na fazenda.

15

Thomas Woodchurch saiu pela encosta verde, o arco pronto. Tinha uma dúzia de flechas na aljava e uma no arco enquanto andava em silêncio em direção aos cavaleiros travados em sua própria formação de batalha. Cada passo parecia potencializar o ruído, até que os choques e os guinchos de metal em metal golpearam seus ouvidos. Para ele era uma música antiga, uma canção que conhecia desde as primeiras lembranças, como a canção de ninar parcialmente recordada de uma ama de leite. Sorriu ao pensar naquilo, divertido com a própria imaginação ao descer o morro. A mente era uma coisa estranha.

Os cavaleiros franceses se concentravam em Highbury e em sua pequena força sitiada. Era a violência que eles mais conheciam, contra homens que compreendiam a honra. Cada um que saía das árvores rugia em desafio ao ver a confusão do combate, forçando os cavalos cansados a um último galope para levá-los contra as bordas e os cavaleiros ingleses de armadura. Rachavam as lanças nos homens de armas de Highbury quando conseguiam alcançá-los, depois erguiam machados ou puxavam espadas longas para o primeiro golpe esmagador.

A menos de 200 metros, do outro lado do campo, estava Thomas em pé, sozinho, observando a luta cruel enquanto punha as flechas espaçadas na terra macia. Ficou parado mais um momento, jogando os ombros para trás e sentindo o cansaço dos músculos.

— Pois bem — murmurou. — Vejam o que tenho para vocês.

Ele tomou o cuidado de mirar ao longo da primeira haste longa ao puxar a corda; os homens de Highbury estavam no meio dos cavaleiros franceses e, com a armadura respingada de sangue e lama, era difícil ter certeza de quem era quem.

Thomas inspirou fundo e devagar, apreciando a força do braço e do ombro quando o nó do dedo tocou o mesmo ponto de sempre na bochecha.

Alguns homens gostavam de posicionar a flecha entre dois dedos. Thomas sempre achara que segurar a corda mais abaixo era mais natural, de modo que a haste emplumada ficava acima do indicador. Então, tudo que precisava fazer era abrir a mão, fácil como respirar. A duzentos passos, podia escolher bastante bem os alvos.

O arco estalou e ele soltou a corda, fazendo uma flecha zumbir até as costas de um soldado que atacava Highbury. As placas das costas da armadura de um cavaleiro nunca eram tão grossas quanto as do peito. Thomas sabia que era quase uma questão de honra, de modo que, se um cavaleiro se virasse para correr, ficaria mais e não menos vulnerável. A ponta endurecida da flecha penetrou certeira, perdendo as plumas, que explodiram com uma fumaça branca.

O cavaleiro gritou e caiu de lado, deixando um espaço, e Highbury viu, no meio da confusão, onde Thomas estava. O lorde barbudo riu. Thomas conseguiu ouvir o som com clareza ao puxar o arco de novo e começar o ritmo assassino que conhecera a vida inteira.

Tinha apenas 12 flechas pesadas, contando as que Rowan lhe entregara. Thomas teve de se obrigar a desacelerar, para ter certeza de cada disparo. Com as quatro primeiras, matou os homens em torno de Highbury, dando ao nobre espaço para respirar. Thomas conseguia ouvir gritos enraivecidos vindo dos cavaleiros franceses mais distantes, que giravam na sela, espiando pelas fendas do elmo para ver de onde vinham as flechas. Sentiu a boca secar e sugou os dentes ao mandar mais duas, vendo-as atingir cavaleiros que não viram a ameaça nem o homem que os matou.

Pelo canto do olho, Thomas avistou uma armadura prateada crescer em sua direção. Sabia que viriam depressa, as lanças abaixadas para derrubá-lo. Firmou as pernas, mantendo-se em equilíbrio, ajustando as flechas, lançando-as. Mais homens caíam, e Highbury reagia, usando o presente que recebera para berrar ordens aos homens que lhe restavam. Um dos cavaleiros franceses galopou rumo a Highbury com a maça cheia de pontas erguida para esmagar a cabeça descoberta do nobre. Thomas o atingiu com um disparo rápido, quase sem mirar. A flecha afundou debaixo do braço erguido do cavaleiro e a maça caiu dos dedos repentinamente inertes. Highbury girou a espada e esmagou o pescoço do homem com alegria voraz.

Do alto da sela, Highbury podia ver a figura solitária em pé no capim verde, com as poucas flechas restantes. Embora Thomas parecesse pequeno à distância, por um instante Highbury teve a sensação de enfrentar ele mesmo aquele arqueiro terrível. Engoliu em seco. Um único homem eliminara vários, mas Highbury podia ver uma linha de cavaleiros trovejando rumo ao arqueiro. Eles *odiavam* arqueiros ingleses, odiavam-nos como o demônio. Desprezavam o fato de homens comuns brandirem armas de tanto poder e ousarem usá-las sem honra no campo de batalha. Mais que todos os outros grupos, os franceses tinham antigas recordações daqueles arcos sonoros que os massacraram em diversos campos de batalha. Alguns até se afastaram dos cavaleiros de Highbury em sua fúria e desejo de ser o primeiro a assassinar o arqueiro.

Highbury virou o cavalo com um puxão das rédeas, sentindo de repente os ferimentos e os hematomas antes despercebidos. A linha das árvores ficava morro acima, e ele usou as esporas, fazendo sangue fresco correr pelos flancos do animal.

— Voltem, rapazes! Voltem para as árvores agora! — gritou.

Ele subiu o morro em disparada, tentando olhar para trás para testemunhar o desfecho daquilo tudo. Seus homens foram com ele, enlouquecidos e ofegantes, refestelando-se nas armaduras. Alguns estavam cansados demais, lentos demais. Foram cercados pelos franceses e não conseguiram se defender contra tantos. As maças martelaram grandes depressões nas armaduras, quebrando os ossos por baixo. Machados deixaram fendas afundadas correndo rubras no metal, as vidas escorrendo sobre os cavalos fumegantes.

Do outro lado do prado, Thomas estendeu a mão para pegar uma flecha e os dedos só encontraram o ar. Levantou os olhos e viu dois cavaleiros franceses galoparem em sua direção, as lanças voltadas para seu peito. Não sabia se fizera o suficiente. Ergueu a cabeça com raiva cega, tentando engolir o medo enquanto o som do trovão dos inimigos se despejava sobre ele e enchia o mundo.

O sol pareceu ficar mais forte, de modo que conseguiu ver cada detalhe dos cavalos e homens que vinham matá-lo com tanta velocidade. Pensou em lançar o arco no primeiro para atingi-lo, talvez fazendo o cavalo empinar e se virar. A mão se recusou a largar a arma, e ali permaneceu, em campo aberto, sabendo que daria na mesma correr ou ficar.

Rowan estava sozinho à sombra dos carvalhos, vendo a cena se desenrolar. Os outros tinham partido, mas ele ainda estava ali, observando por entre as folhas verdes os homens que lutavam a distância. Rowan vira a sinistra aceitação nos olhos do pai e não conseguia partir nem desviar o olhar. Observou com orgulho feroz o pai derrubar meia dúzia de cavaleiros, atingindo-os. O medo cresceu dentro dele ao perceber que tinham avistado o arqueiro solitário e começado a se desviar para massacrá-lo. Rowan respirou com força ao ver o pai lançar as últimas flechas, usando-as para salvar Highbury e não a si mesmo.

— Corra agora, pai! — disse para si mesmo.

O pai ficou lá, enquanto os inimigos aceleravam em sua direção e as pontas das lanças começavam a baixar.

Rowan ergueu o punho direito, mensurando a amplitude na horizontal, virando-o três vezes. Balançou a cabeça, tentando se lembrar de como ajustar para atirar para baixo. Em desespero, tensionou o arco. Os outros arqueiros tinham lhe passado somente uma flecha cada, até que ele ficasse com uma dúzia. Desejaram-lhe sorte, correram morro acima e o deixaram sozinho com o som da respiração, apenas um pouco mais alto do que os choques e os berros mais abaixo.

A distância era de mais de quatrocentos passos, um pouco menos do que quinhentos. Seria um tiro mais longo do que todos que Rowan já tentara, isso era certo. Havia uma leve brisa, suficiente para que fizesse um pequeno reajuste quando a flecha emplumada com penas de ganso fez cócegas em sua bochecha e o poder do arco se contraiu em seu peito e ombro. Ele se inclinou para trás a partir da cintura, acrescentando ao ângulo a largura de duas mãos.

Quase perdeu a flecha alta no ar ao ouvir passos se aproximarem correndo. Reduzindo a tensão na corda, Rowan se virou, o estômago e a bexiga se contraindo com a ideia de enfrentar lanceiros armados. Relaxou ao ver que era o grupo de arqueiros, dando risadas ao ver o terror que lhe causaram. O primeiro a alcançá-lo lhe deu um tapinha no ombro e espiou o vale.

— Temos umas duas dúzias de flechas no total, e depois acabou. Bert aqui só tem uma.

Não havia tempo para lhes agradecer por arriscar a vida mais uma vez quando podiam estar fugindo para se salvar. Rowan tensionou o arco de novo, as mãos firmes.

— Quatrocentos e dez metros, mais ou menos. Três palmos de descida do terreno.

Enquanto falava, fez a primeira flecha voar, sabendo, assim que ela partiu, que erraria o alvo. Todos observaram o voo com olhos de homens experientes.

Nos meses anteriores, Thomas tentara explicar trigonometria e táticas de disparos descendentes aos arqueiros de Highbury. O pai de Rowan havia aprendido a arte com um instrutor do exército que gostava de matemática. À noite, nos acampamentos, Thomas desenhara formas na terra para transmitir seu conhecimento: curvas, linhas, ângulos com letras gregas. Os arqueiros de Highbury tinham sido educados, mas só alguns prestaram atenção. Eram todos homens na flor da idade, escolhidos cuidadosamente para acompanhar o barão. Treinavam tiro com arco todo dia, inclusive aos domingos, havia duas ou até três décadas. Sua habilidade e sua força foram constituídas sem competência nem cálculo, mais ou menos como a capacidade de uma criança de apontar um passarinho em voo veloz. Rowan soltou a segunda flecha e eles puxaram os arcos para acompanhá-lo, de modo que dez ou 12 flechas voaram uma fração de segundo depois.

Rowan teve de se ajustar rapidamente para entrar no clima. A segunda flecha pareceu errada, mas ele atirou outras quatro que seguiram de perto a trajetória que ele via na cabeça. Os arqueiros de Highbury lançaram a segunda dúzia, e Rowan atirou cada flecha o mais depressa que podia, sentindo a mira melhorar. Em terreno plano, não conseguiria atingir os homens que atacavam seu pai. Com o declive, podia mirar mais alto, atingi-los e derrubá-los. Quando a última flecha se foi, ele a observou voar, repentinamente indefeso.

— Agora, *corra*, pai! Apenas corra — sussurrou, os olhos fixos.

Thomas ouviu as flechas antes de vê-las. Elas zumbiram no ar, as hastes vibrando ao se aproximarem. Por instinto, olhou para cima a tempo de ver um grupo delas chegar como um risco escuro.

Com um ruído abafado, as duas primeiras afundaram até as penas no chão diante dos cavaleiros que o atacavam. O grupo seguinte foi mais bem direcionado para a distância, raspando o ombro de uma armadura e atingindo um cavalo, saindo rígida do flanco do animal. Em poucos instantes, vieram mais três. Uma atingiu o alto de uma sela e ricocheteou, enquanto as duas últimas atingiram em cheio a carne do cavalo, entrando nela quase até o fim. As pesadas cabeças de aço mergulharam profundamente, fazendo os animais guincharem e cambalearem. Thomas viu um borrifo de fina névoa rubra quando um cavalo empinou, os pulmões dilacerados.

Dois cavaleiros que o atacavam puxaram as rédeas com força, fitando as árvores acima. A sensação fria de paz foi destroçada quando Thomas caiu em si. Deu uma rápida olhada em volta e o coração bateu forte.

— Merda! — berrou.

Saiu em disparada, esquivando-se e correndo morro acima. Esperava sentir a agonia de uma lança entre os ombros a qualquer momento, mas, quando olhou para trás, os cavaleiros franceses haviam recuado e o olhavam com ódio. Acharam que era outra emboscada, percebeu com satisfação, com ele como isca. Não tinha mais fôlego para rir enquanto continuava a correr.

Quando a noite cinzenta se esgueirou sobre o vale, o rei Carlos foi fazer a contagem brutal do combate do dia. Os homens da infantaria haviam vasculhado a área e a declararam suficientemente segura para garantir sua presença real, embora os guardas ainda vigiassem e cavalgassem em torno dele. Tinham sido emboscados vezes demais nas semanas anteriores. Perto do rei, só restavam mortos e feridos ainda aos gritos, até serem silenciados. Os ingleses eram cortados ou estrangulados no local, e os cavaleiros feridos eram levados para serem tratados pelos médicos do exército. No ar que escurecia, podiam-se ouvir seus gemidos num coro de sofrimento.

O rei parecia pálido e irritado ao percorrer o campo, parando primeiro onde Highbury fizera seu ataque e depois se afastando para ver onde um arqueiro solitário conseguira atirar de uma distância segura. O rei coçou a cabeça ao imaginar a cena, convencido de que pegara piolho outra vez. Disseram-lhe que aquelas coisas malditas pulavam dos mortos. E havia muitos mortos.

— Diga-me, Le Farges — pediu. — Diga-me mais uma vez que eles têm poucos homens. Que para meus bravos cavaleiros não passará de uma caçada de javalis pelos vales e campos de Maine.

O nobre em questão não enfrentou seu olhar. Temendo uma punição, ajoelhou-se e falou de cabeça baixa.

— Eles possuem arqueiros de primeira linha, Vossa Majestade, muito melhores do que eu esperava encontrar aqui. Só posso imaginar que tenham vindo da Normandia, rompendo os termos do armistício.

— Isso explicaria — respondeu Carlos, esfregando o queixo. — É, isso explicaria por que perdi centenas de cavaleiros e vi minha querida tropa de besteiros ser quase toda chacinada. Mas não importa quem sejam esses homens, não importa de onde tenham vindo, tenho relatos de no máximo algumas centenas. Capturamos e matamos quantos, sessenta? Sabe quantos dos meus perderam a vida para um número tão pequeno?

— Posso mandar trazer as listas, Vossa Majestade. Eu... Eu estou...

— Meu pai combateu esses arqueiros em Azincourt, Le Farges. Com meus próprios olhos, vi matarem nobres e cavaleiros como gado até que os ainda vivos fossem esmagados pelo peso de seus companheiros mortos. Vi seus tamborileiros correrem entre homens de armadura para esfaqueá-los enquanto os arqueiros riam. Então me diga: por que não temos nossos próprios arqueiros?

— Vossa Majestade? — perguntou Le Farges, confuso.

— Sempre me dizem que eles não têm honra, que são espécimes humanos fracos e sem coragem, mas ainda assim eles matam, Le Farges. Quando mando besteiros para aniquilá-los, esses malditos arqueiros os atingem de uma distância grande demais para que possam revidar. Quando mando cavaleiros, um único arqueiro consegue assassinar quatro ou cinco antes de ser derrubado, isso quando não o deixam escapar para voltar a matar! Então, esclareça seu rei, Le Farges. Por todos os santos, *por que não temos nossos próprios arqueiros?*

— Vossa Majestade, nenhum cavaleiro usaria uma arma dessas. Seria... *peu viril*, seria desonroso.

— Camponeses, então! Que me importa quem resista, desde que eu tenha homens que o façam?

O rei se abaixou para pegar um arco longo caído. Com expressão de nojo, tentou puxar a corda e não conseguiu. Gemeu com a força, mas a grossa arma de teixo só se curvou algumas polegadas antes que ele desistisse.

— Não sou um boi para esse tipo de serviço, Le Farges. Mas já vi camponeses de grande força e grande tamanho. Por que não os treinamos para um massacre desses, como fazem os ingleses?

— Vossa Majestade, acredito que leve anos para obter a força necessária para manejar um desses arcos. Não é possível simplesmente pegar um deles e atirar. Mas, Vossa Majestade, o senhor se curvará a tal recurso? Não é adequado a um cavaleiro usar uma ferramenta dessas.

Com um xingamento, o rei jogou longe a arma com grande impulso, fazendo-a zumbir no ar.

— Talvez. A resposta talvez sejam armaduras melhores. Meus guardas conseguem passar por um ataque desses arqueiros. O bom ferro francês é à prova deles.

Para reforçar a questão, ele bateu os nós dos dedos com orgulho no próprio peitoral, fazendo-o tinir. Le Farges se calou em vez de ressaltar que a armadura ornamentada do rei estava longe de ter espessura suficiente para deter uma flecha inglesa.

— Os besteiros usam manteletes e escudos de vime, Le Farges. Mas isso não serve para cavaleiros que têm de brandir espada e lança. Armaduras melhores e homens mais fortes. É disso que precisamos. Então meus cavaleiros conseguirão investir contra eles, cortando cabeças.

O rei Carlos parou, limpando uma gota de saliva da boca. Respirando fundo, ele olhou o pôr do sol.

— Seja como for, eles *romperam* o armistício. Mandei um aviso a meus nobres, Le Farges. Todos os cavaleiros e homens de armas da França já estão vindo para o norte.

O barão Le Farges pareceu contente ao se erguer da posição ajoelhada.

— Ficarei honrado em comandá-los, Vossa Majestade, com sua bênção. Com os regimentos nobres e a ordem de Vossa Majestade, destruirei estes últimos indolentes e tomarei Maine inteira num mês.

O rei Carlos o olhou friamente.

— Maine, não, seu tolo de cabeça oca. Eles romperam o armistício, não foi? Então terei tudo. Tomarei de volta a Normandia e empurrarei para o mar os últimos trapos ingleses. Tenho 11 mil homens em marcha para o norte. Eles usam manteletes e escudos, Le Farges! Não os verei derrubados. Com arqueiros ou sem eles, não pararei agora. Terei a França de volta antes que o ano termine. Juro pela Virgem Abençoada.

Havia lágrimas nos olhos do nobre quando ele se ajoelhou de novo, humilhado. O rei pôs a mão brevemente na cabeça emplastrada do barão. Por um instante, uma onda de desdém o fez pensar em cortar a garganta do idiota. Sua mão se apertou no cabelo, fazendo Le Farges gemer de surpresa, mas então o rei o soltou.

— Ainda preciso de você, Le Farges. Preciso de você a meu lado quando expulsarmos os ingleses da França de uma vez por todas. Já vi o suficiente aqui. O armistício foi rompido, e irei impor a eles tal destruição que perdurará por uma geração. Minha terra, Le Farges. *Minha* terra e minha vingança. Minha!

Jack Cade teve de empurrar a multidão com força para abrir caminho. Seus dois companheiros o seguiram no espaço que criava com os cotovelos e os ombros largos. Mais de um cotovelo golpeou de volta a tempo de pegar o avanço de Paddy ou Rob Ecclestone e fazê-los praguejar. A multidão já estava zangada, e os três homens receberam olhares furiosos e empurrões enquanto abriam caminho até a frente. Apenas os que reconheceram Ecclestone ou seu amigo irlandês recuaram. Os que os conheciam bem se afastaram para os arredores, prontos para fugir. A fama abria tanto espaço quanto os cotovelos e ajudou a depositar Jack Cade no espaço aberto.

Ele ficou encarando a multidão, ofegante, negro de fuligem e tão inclemente quanto uma ventania de inverno. O homem que estivera gritando para o público interrompeu-se como se visse um fantasma. O restante silenciou devagar ao ver os recém-chegados.

— É você, Cade? — perguntou quem falava. — Pelos ossos de Deus, o que aconteceu *com você*?

O homem era alto e ficava ainda maior com um chapéu marrom que se elevava a uns 15 centímetros da testa. Jack conhecia Ben Cornish muito bem e nunca gostara dele. Ficou calado, o olhar orlado de vermelho atraído para o corpo que balançava num dos lados da praça. Eles não tinham notado o corpo enquanto batiam os pés, riam e faziam sua reunião. Jack não sabia por que Cornish e os outros estavam ali, mas ver seus olhares vazios fez sua raiva aumentar de novo. Sentiu vontade de ter uma jarra cheia na mão para afogá-la.

— Vim baixar meu rapaz — declarou bruscamente. — Vocês não vão me deter, não hoje.

— Por Deus, Jack, há questões mais importantes aqui — bufou Cornish. — O magistrado...

Os olhos de Jack arderam.

— Está morto, Cornish. Como você, se cruzar meu caminho. Estou por aqui com esses magistrados e meirinhos... e com homens do xerife como você. Malditos bajuladores, é o que vocês todos são. Está me entendendo, Cornish? Saia da frente agora antes que eu use o cinto. Não, fique. Estou mesmo com vontade de fazer isso.

Para surpresa de Jack e de seus dois amigos, esse discurso foi recebido com vivos rosnados pela multidão. Cornish ficou muito corado, a boca se mexendo sem que nenhum som saísse. Jack baixou a mão para a faixa larga de couro que segurava suas calças e Cornish correu, empurrando a multidão e sumindo a toda pela rua para longe da praça.

Sob o olhar atento do público, Jack corou quase tanto quanto Cornish.

— Inferno, que reunião é esta? — indagou. — Alguém aumentou o imposto sobre velas ou cerveja? O que fez vocês todos fecharem a rua?

— Você vai se lembrar de mim, Jack! — gritou uma voz. Uma figura robusta, de avental de couro, abriu caminho à frente. — Eu o conheço.

Jack espiou o homem.

— Dunbar, isso, conheço você. Achei que estava na França fazendo fortunas.

— E estava, até que roubaram minhas terras debaixo de meus pés.

Jack ergueu as sobrancelhas, contente por dentro ao saber do fracasso do homem.

— Pois bem, nunca tive terras, Dunbar, então não sei como é.

O ferreiro o olhou com raiva, mas ergueu o queixo.

— Estou começando a lembrar por que não gostava de você, Jack Cade. — Por um instante, ambos se fitaram com raiva crescente. Com esforço, o ferreiro se forçou a ser agradável. — Veja bem, Cade, se você matou o magistrado, vou chamá-lo de amigo e não verei nenhuma vergonha nisso. Ele teve o que merecia e nada mais.

— Eu não... — começou a responder Jack, mas a multidão rugiu sua aprovação e ele piscou.

— Precisamos de um homem que leve nossas queixas a Maidstone, Jack — disse Dunbar, segurando-o pelo ombro. — Alguém que agarre esses canalhas do condado pela garganta e os sacuda até que se lembrem do que é a justiça.

— Pois não sou nada disso — respondeu Jack, soltando-se. — Vim buscar meu menino e só. Agora saia de meu caminho, Dunbar, senão, por Deus, eu o tirarei daí.

Com a mão firme, ele empurrou o ferreiro para o lado e andou até ficar debaixo do corpo do filho que balançava, olhando para cima com uma expressão de terror.

— Iremos de qualquer maneira, Jack — retrucou Dunbar, elevando a voz. — Há sessenta homens aqui, mas milhares estão voltando da

França. Vamos lhes mostrar que ninguém trata os homens de Kent com arrogância, não aqui.

A multidão urrou com essas palavras, mas todos observavam Jack, que pegou o velho facão e cortou a corda que prendia seu filho. Paddy e Ecclestone avançaram para aparar o corpo quando caísse e baixá-lo suavemente até as pedras. Jack olhou o rosto inchado e enxugou as lágrimas com os nós dos dedos antes de erguer os olhos.

— Nunca fui a Maidstone — declarou baixinho. — Haverá soldados por lá. Você vai se matar, Dunbar, você e o restante. Homens de Kent ou não, matarão vocês. Mandarão os cães e os rapazes violentos os atacarem, e tenho certeza de que vocês enfiarão o rabo entre as pernas e pedirão desculpas.

— Com mil de nós não farão isso, Jack, não farão não. Vão nos dar ouvidos. Nós os *obrigaremos* a ouvir.

— Não, parceiro, eles mandarão homens iguaizinhos a vocês, é o que vão fazer. Vão ficar sentados em suas lindas casas e homens durões de Londres virão rachar a cabeça de vocês. Aceite o aviso, Dunbar. Aceite o aviso de quem sabe.

O ferreiro esfregou a nuca, pensando.

— Talvez sim. Ou talvez encontremos justiça. Virá conosco?

— Não acabei de dizer que não vou? Como pode me perguntar isso com meu filho jazendo aqui? Já não dei o suficiente aos meirinhos e juízes, não? Siga seu caminho, Dunbar. Seus problemas não são de minha conta. — Ele se ajoelhou junto do filho, a cabeça inclinada de pesar e exaustão.

— Você já pagou o suficiente, Jack. O bom Deus em pessoa pode ver. Talvez não queira andar com os rapazes de Kent para exigir dos homens de nosso rei um pouco da bela justiça que eles só concedem aos ricos.

O ferreiro observou Jack se endireitar, sabendo muito bem que o homem queimado e enegrecido diante dele ainda levava um baita facão com uma lâmina do tamanho do antebraço.

— Calma aí, Jack — pediu ele, erguendo a palma das mãos. — Precisamos de homens com experiência. Você foi soldado, não foi?

— Já tive meu quinhão.

Pensativo, Jack olhou a multidão, observando quantos deles eram fortes e estavam em boa forma física. Não eram homens da cidade, aqueles refugiados. Dava para ver que levaram vidas de trabalho árduo. Sentiu os olhos sobre si enquanto coçava a nuca. A garganta estava seca, e os pensamentos pareciam se mover como barcos lentos à deriva num rio largo.

— Mil homens? — perguntou, finalmente.

— Ou mais, Jack, ou mais! — respondeu Dunbar. — O suficiente para provocar alguns incêndios e cortar algumas cabeças, hein? Vem conosco, Jack? Pode ser sua única chance de dar umas boas cajadadas nos meirinhos do rei.

Jack deu uma olhada em Ecclestone, que se virara com firmeza para trás, sem nada revelar. Paddy sorria como o irlandês que era, contentíssimo com a possibilidade de caos que caíra sobre eles naquela linda manhã. Jack sentiu a própria boca se contorcer em resposta.

— Acho que talvez eu seja o homem para esse tipo de trabalho, Dunbar. Incendiei duas casas ontem à noite. Pode ser que eu esteja gostando disso agora.

— Isso é bom, Jack! — exclamou Dunbar com um largo sorriso. — Marcharemos pelas aldeias primeiro e reuniremos todos que voltaram da França... e todos que tiverem o mesmo sentimento.

O ferreiro parou de falar ao sentir a grande mão de Jack pressionar seu peito pela segunda vez naquela manhã.

— Espere aí, Dunbar. Não vou receber ordens de você. Quer um homem com experiência? Você nem é de Kent. Pode morar aqui agora, Dunbar, mas nasceu sei lá onde, numa daquelas aldeias onde as ovelhas fogem ao ver os homens. — Ele inspirou e os moradores locais riram. — Não, rapazes. Serei eu a levá-los a Maidstone e cortarei cabeças quando necessário. Tem minha palavra, Dunbar.

O ferreiro ficou ainda mais corado, embora baixasse a cabeça.

— Certo, Jack, é claro.

Cade deixou o olhar perambular pela multidão, escolhendo os rostos que conhecia.

— Estou vendo você aí, Ronald Pincher, seu velho patife. Sua estalagem está fechada hoje de manhã, com uma multidão grande e sedenta como esta? Estou com uma baita duma sede e você é o homem certo para matá-la, mesmo com aquela cerveja de mijo que serve lá. — Ele levantou as sobrancelhas quando lhe veio uma ideia. — Bebida de graça para os homens de Kent num dia como hoje, que tal?

O estalajadeiro em questão não pareceu ficar muito contente, mas revirou os olhos e bufou com as bochechas cheias, aceitando seu destino. Os homens rugiram e riram, já estalando os lábios com a possibilidade. Enquanto se afastavam, Dunbar olhou para trás e viu Jack e os dois amigos ainda em pé ao lado da forca.

— Você não vem? — gritou Dunbar.

— Vá na frente. Encontro você depois — respondeu Jack sem olhar. Sua voz estava rouca.

Quando a multidão se afastou, seus ombros despencaram de pesar. Dunbar observou por um instante o grandalhão pôr o corpo do filho nos ombros, dando-lhe tapinhas suaves ao erguer o peso. Ladeado por Paddy e Ecclestone, Jack começou a longa caminhada até o cemitério junto à igreja para enterrar seu menino.

16

William de la Pole subiu as escadas de madeira que espiralavam até o cômodo acima. Era um lugar espartano para um homem com autoridade sobre a prestigiada guarnição de Calais. Uma mesinha dava para um mar plúmbeo visível pelas seteiras estreitas nas paredes de pedra. William podia ver as ondas de crista branca à distância e ouvir os chamados onipresentes das gaivotas que giravam e sobrevoavam a costa. O cômodo estava muito frio, apesar do fogo que ardia na lareira.

O duque de York se levantou da cadeira quando William entrou, e os dois homens apertaram-se as mãos rapidamente antes que York lhe indicasse um assento e se instalasse. A expressão era sardônica quando cruzou as mãos sobre o cinto e se recostou.

— Como devo tratá-lo agora, William? Você tem tantos títulos novos pelas mãos do rei. Almirante da esquadra, é isso? Mordomo do rei? Conde de Pembroke? Ou talvez *duque* de Suffolk agora, assim como eu? Como você cresceu! Que nem pão quente. Mal consigo compreender que serviço à Coroa seria valioso a ponto de merecer tais recompensas.

William o fitou com calma, ignorando o tom zombeteiro.

— Desconfio de que sabe que me mandaram aqui para substituí-lo, Ricardo. Gostaria de ver a ordem real?

York fez um gesto de desdém.

— Mais uma coisa que Derry Brewer arrumou, não é? Tenho certeza de que está tudo certo. Pode deixá-la com meu criado quando sair, William, se é o que tem a dizer.

Com atenção ponderada, William retirou o rolo de um saco de couro surrado e o empurrou por cima da mesa. Um pouco contra a vontade, Ricardo de York olhou o selo imenso com expressão azeda.

— O rei Henrique o selou com as próprias mãos, em minha presença, milorde. Entra em vigor com minha chegada a Calais. Quer queira ler agora ou não, a partir deste momento o senhor está removido de seu cargo aqui.

William franziu o cenho com o próprio tom de voz. O duque de York perdia sua posse mais valiosa. Sem dúvida era um momento para ser generoso. Ele olhou pela janela as gaivotas e o mar, as ondas cor de ardósia e brancas, com a Inglaterra a apenas 32 quilômetros dali. Num dia claro, William sabia que a costa era visível de Calais, um lembrete constante do lar para o homem que se sentasse na torre e governasse em nome do rei.

— Lamento... ser o portador dessa notícia, Ricardo.

Para sua surpresa, York deu uma gargalhada, batendo na mesa com a mão aberta, sacudindo-se e ofegando.

— Ah, William, sinto muito, é só seu olhar sério, seus modos fúnebres! Acha que isso é meu fim?

— Não sei o que pensar, Ricardo! — retorquiu William. — O exército está parado em Calais e não dá um passo enquanto os súditos do rei são jogados nas estradas de Anjou e Maine. O que esperava, senão a demissão do cargo? Só Deus sabe que eu preferiria não vê-lo ser envergonhado dessa maneira, mas o rei ordena e, portanto, aqui estou. Não entendo sua alegria. E ainda ri! Perdeu o juízo?

York se controlou com dificuldade.

— Ah, William. Você sempre será um joguete nas mãos dos outros homens, sabia? Se há uma taça envenenada, aqui está. O que fará com meus soldados em Calais? Vai mandá-los para lá? Fará com que sirvam de babá de todos os andarilhos ingleses que voltam para casa? Não vão lhe agradecer por isso. Já ouviu falar das revoltas na Inglaterra? Ou será que seus ouvidos foram tapados por todos os novos títulos? Afirmo que este pergaminho não é nenhum favor a você, não importa o que diga. Boa sorte em Calais, William. Vai precisar dela e de muito mais.

Com um gesto brusco, York rompeu o selo, desenrolou a folha e a examinou por alto. Deu de ombros ao ler.

— Tenente da Irlanda, o homem do rei? Ótimo lugar para ver isso aqui desmoronar, não acha, William? Talvez eu preferisse algum lugar quente, mas tenho uma pequena propriedade lá no norte. É, acho que servirá.

Ele se levantou, enfiando o pergaminho na túnica e estendendo a mão direita.

— Soube que há luta em Maine, William. Você descobrirá que tenho um bom homem aqui, Jenkins. Ele distribui as moedas e estou sempre bem-informado. Vou lhe dizer que você é seu novo senhor na França. Pois, então. Lembranças à senhora sua esposa. Desejo-lhe sorte.

William se levantou devagar, aceitando a mão a ele oferecida e apertando-a. O aperto de mão de York era firme, a palma seca. William balançou a cabeça, desconcertado com o humor inconstante do outro.

— Minhas lembranças à duquesa Cecily, Ricardo. Se não me engano, ela está grávida.

Ricardo sorriu.

— Vai ter o bebê a qualquer momento. Ela começou a chupar pedaços de carvão, não é espantoso? Talvez a criança nasça no canal, agora que estamos partindo. Ou no mar da Irlanda, quem sabe? Sal e fuligem nas veias, com sangue dos Plantagenetas. Será um bom augúrio, William. Se Deus quiser que ambos sobrevivam.

William baixou a cabeça com a rápida oração, apenas surpreendendo-se quando York lhe deu um tapa no ombro.

— Agora você deve estar querendo trabalhar, William. Era meu costume manter um navio com a tripulação preparada o tempo inteiro para o comandante da guarnição de Calais. Creio que ele não fará objeção a que eu o use para voltar para casa. — York esperou enquanto William de la Pole balançava a cabeça em negativa. — Bom homem. Não vou mais incomodá-lo.

O duque foi a passos largos até a escada e William ficou sozinho na torre alta, com as gaivotas gritando no céu.

O barão Highbury ofegava ao puxar as rédeas, os pulmões parecendo virados do avesso e em carne viva de frio. Cada respiração doía como se ele sangrasse por dentro. Acima da barba, a pele pálida estava respingada de lama lançada pelos cascos da montaria. Ele parara num campo de plantações verdes em crescimento, com o vento frio soprando entre seus homens. Podia ver que estavam tão desgrenhados e exaustos quanto ele, com as montarias em situação ainda pior. Highbury passou a língua seca pela boca, sentindo a saliva colar os maxilares. Os cantis estavam todos vazios e, embora tivessem passado por dois riachos naquela manhã, não ousaram parar. Os franceses eram incansáveis na perseguição, e um gole era um preço alto a pagar por ser pego e massacrado.

O estado de espírito de Highbury era sombrio ao ver como eram poucos os que passaram por tudo com ele. No inverno anterior, levara quarenta cavaleiros consigo para Maine ao sul, os melhores dentre os mantidos pela família. Sabiam os riscos que corriam e mesmo assim foram voluntários. Só restavam 16, e o restante fora deixado para apodrecer em campos franceses. Naquela manhã, tinham sido vinte, mas quatro montarias mancavam e, quando as trombetas francesas soaram, foram alcançadas.

Ao pensar nisso, Highbury apeou com um gemido e ficou em pé um instante, a cabeça apoiada na sela, enquanto as pernas se desemperravam. Andou rapidamente em torno do cavalo castanho, passando as mãos para cima e para baixo nas pernas, verificando o calor. O problema estava ali, em cada articulação inchada. O cavalo estendeu a cabeça para trás ao seu toque para cumprimentá-lo com o focinho, e ele sentiu vontade de ter uma maçã, qualquer coisa. Ao subir mais uma vez na sela, Highbury cofiou a barba, puxando um piolho gordo das profundezas negras e esmagando-o entre os dentes.

— Certo, rapazes — disse. — Acho que para nós acabou. Sangramos o nariz deles e perdemos bons homens em troca.

Seus homens de armas escutavam com atenção, sabendo que a vida deles dependia de o barão considerar ou não satisfeita a honra da família. Todos viram o efetivo imenso que inundara a área nos últimos dias. Parecia que o rei francês havia convocado todos os camponeses, cavaleiros e nobres da França para irem a Maine, um exército que apequenava a força original.

— Alguém viu Woodchurch? Ou aquele palhaço vaidoso do Strange? Ninguém?

Highbury coçou a barba com força, quase zangado. Cavalgara quilômetros naquela manhã, perseguido insistentemente por tropas francesas em seus calcanhares. Não sabia sequer se Woodchurch fora derrubado ou ainda vivia. Mas Highbury não gostava da ideia de partir sem nada dizer. A honra exigia que voltasse, mesmo que fosse apenas para falar que partia. Woodchurch não era nenhum idiota, pensou. Se estivesse vivo, sem dúvida estaria procurando o caminho para o norte, agora que as cidades e os campos de Maine estavam cheios de soldados franceses.

Highbury sorriu, cansado para si. Vingara o assassinato do sobrinho, muitas e muitas vezes. Desobedecera às ordens de lorde York para ir a Maine, e desconfiava que haveria um acerto de contas por isso. Mesmo assim, forçara o rei francês a fugir de arqueiros e cavaleiros ingleses. Vira os soldados reais serem derrubados às centenas, e Highbury cobrara um preço pessoal de seis cavaleiros para acrescentar a sua ficha. Não bastava, mas era alguma coisa — e muito melhor do que ficar sentado a salvo em Calais enquanto o mundo desmoronava.

— Estamos 48 quilômetros ao sul da fronteira da Normandia, talvez um pouco menos. Nossos cavalos estão arrasados e, se algum de vocês se sente como eu, estarão prontos a se deitar e morrer bem aqui. — Alguns homens deram uma risadinha, e ele continuou: — Há uma boa estrada a menos de 7 quilômetros a leste. Se conseguirmos chegar lá, teremos um curso direto até o norte.

Alguns homens do pequeno grupo se viraram de repente ao ouvir o toque de uma trombeta. Highbury praguejou entre os dentes. Da altura da sela, não conseguia ver além da sebe mais próxima; assim, tirou os pés dos estribos e se ajoelhou na sela, sentindo quadris e joelhos rangerem. Ouviu a trombeta tocar de novo, soando perto. E novamente praguejou baixo, desta vez, ao ver oitenta ou noventa cavaleiros se movimentando por um caminho pelo morro mais próximo. Eles começaram a cortar caminho pela terra arada em sua direção, os cavalos com muita dificuldade para andar na lama viscosa.

— Cristo, eles nos viram — declarou, amargamente. — Corram, rapazes, e que o demônio pegue quem ficar para trás... senão os franceses pegarão.

Thomas Woodchurch se deitou. A mão estava no braço de Rowan, para mantê-lo imóvel mas também para dar algum consolo ao pai.

— Agora — avisou.

Os dois homens saíram cambaleando da vala e atravessaram a estrada. Thomas olhou para ambos os lados enquanto corriam e se agachavam do outro lado. Esperaram sem fôlego que um grito se elevasse ou que soasse uma trombeta que traria cavaleiros franceses a galope em busca deles. Segundos se passaram antes que Thomas soltasse a respiração.

— Ajude-me a levantar, rapaz — pediu, aceitando o braço e mancando por entre as árvores.

Thomas mantinha o sol à direita o máximo que podia, seguindo para o norte para ficar à frente dos homens que os caçavam. Conseguia sentir o ferimento que recebera se esticar e repuxar a cada passo. O sangue escorrido encharcara as calças do lado direito e a dor era incessante. Sabia que tinha agulha e linha enfiadas em alguma costura, se conseguisse encontrar um lugar para descansar pelo resto do dia. Caso estivesse sozinho, teria se escondido no mato alto e feito armadilhas para estrangular coelhos com alguns pedaços de barbante. A barriga roncou com o pensamento, mas ele tinha de manter Rowan a salvo, e continuou aos tropeços.

Chegou ao limite de um campo arado e, entre as árvores e os arbustos ao longo da beira, olhou o prado aberto, com todas as possibilidades de serem avistados e derrubados. Thomas se orientou mais uma vez. Conseguia ver cavaleiros à distância, felizmente seguindo para longe deles.

— Fique abaixado, Rowan. Há cobertura suficiente, e esperaremos um pouco aqui.

Cansado, o filho concordou com a cabeça, os olhos arregalados e aparentemente ferido. Nenhum deles dormia desde o ataque do dia anterior. Uma força imensa de lanceiros havia atacado os arqueiros. Dezenas de franceses tinham morrido, mas parecia que seus nobres lhes causavam mais pavor que os arqueiros ingleses. Se houvesse como arranjar mais flechas, Thomas achava que teriam conseguido detê-los, mas os arcos não serviam para mais nada depois que as aljavas se esvaziavam.

Eles tinham se espalhado, correndo por campos e fazendas que Thomas conhecia bem. Em certo momento, chegara a atravessar o campo a oeste de sua própria terra, provocando-lhe outro tipo de dor. Os franceses tinham incendiado seu lar, talvez apenas pelo prazer de destruir. O cheiro de fumaça pareceu acompanhá-los por quilômetros.

Ele se deitou de costas e, ofegante, olhou as nuvens cinzentas. Rowan continuou de cócoras, os olhos correndo de um lado para o outro atrás do inimigo. Ambos tinham visto o barão Strange ser morto, embora nenhum dos dois mencionasse o ocorrido. Thomas teve de admitir que o homem morrera bem, lutando até o fim, quando foi cercado e derrubado do cavalo com machados. Thomas sentira os dedos coçarem nessa hora, mas as flechas haviam acabado, e ele se obrigara a correr de novo quando cortaram a cabeça do barão.

— Você sabe costurar uma ferida? — perguntou Thomas em voz baixa, sem olhar o filho. — Está no lado direito, perto das costas. Acho que não consigo alcançar. Há uma agulha em meu colarinho, se você puder procurar.

Os braços e as pernas estavam pesados como chumbo, e ele só desejava ficar ali deitado e dormir. Sentiu Rowan remexer em sua camisa e puxar o valioso aço e a linha.

— Ainda não, rapaz. Deixe-me descansar um pouco.

Thomas estava exausto, sabia disso. A simples ideia de examinar a ferida era demais. O filho o ignorou, e ele estava cansado demais para reunir força de vontade suficiente para se sentar.

Rowan sibilou para si ao desnudar o corte profundo no quadril do pai.

— Como está? — quis saber Thomas.

— Nada bom. Tem muito sangue. Acho que consigo fechar. Já treinei em cachorros.

— Esse é... um grande consolo. Obrigado por me dizer — respondeu Thomas, fechando os olhos um instante. Parecia que a lateral do corpo estava em chamas, e ele achava que havia quebrado algumas costelas. Nem vira o soldado francês até que o sujeito pulara e quase o estripara. Se a lâmina não resvalasse no osso da bacia, já estaria morto.

Ele sentiu uma onda de tontura e enjoo enquanto estava ali deitado, ofegante.

— Filho, talvez eu desmaie. Se isso acontecer...

A voz sumiu, e Rowan ficou sentado a seu lado, esperando para ver se o pai falaria de novo. Olhou por entre os arbustos e respirou fundo. Do outro lado do campo havia soldados marchando. Conseguia ver uma série de lanças acima das sebes. Com um olhar de feroz concentração, Rowan começou a costurar o ferimento do pai.

Highbury sabia que não estava a mais de alguns quilômetros da fronteira da Normandia inglesa. As estradas estavam cheias de famílias de refugiados, e era um contraste estranho correr para salvar a vida enquanto passava por coches e carroças cheios de pertences pessoais, os donos se arrastando a pé pelo mesmo caminho. Alguns pediram sua ajuda, mas ele estava prestes a desmaiar e os ignorou. Atrás de Highbury, vinham os cavaleiros franceses, aproximando-se a cada passo.

Seus 16 homens foram reduzidos a oito depois de um longo dia. Com tantos soldados seguindo seus passos, ele sabia que não podia se virar e lutar, mas estava igualmente sem vontade de correr até a completa exaustão e ser pego tão facilmente quanto uma criança. A barba estava molhada de suor, e o cavalo às vezes tropeçava e cambaleava, um aviso de que logo cairia.

Highbury puxou as rédeas, olhando a armadura brilhante dos homens que o perseguiam. Não saberiam quem ele era, tinha quase certeza, só que fugia deles rumo ao território inglês. Bastava isso para que fossem atrás.

Ele viu um marcador de pedra que indicava a distância até Rouen. Eram apenas 10 quilômetros mais ou menos, porém longe demais. Estava acabado, as mãos congeladas e dormentes, o corpo reduzido a uma tosse seca e uma dor que parecia chegar à barba, até as raízes dos pelos doíam.

— Acho que eles me pegam, rapazes — avisou, sem ar. — Vocês devem continuar, se tiverem fôlego. É apenas uma hora de cavalgada, não mais, talvez até menos. Vou retardá-los o máximo que puder. Vocês me dão orgulho, e eu não mudaria nada se pudesse.

Três de seus homens não tinham parado com ele. Fracos pelos ferimentos, cavalgavam com o pescoço sem firmeza, os grandes cavalos de combate a trote. Os cinco restantes estavam apenas um pouco mais alerta; entreolharam-se e depois fitaram a estrada. O mais próximo removeu a manopla de metal e limpou o rosto.

— Meu cavalo não aguenta mais, milorde. Ficarei, se não se importar.

— Posso me render, Rummage — disse Highbury. — Você, eles só vão matar. Prossiga, agora! Vou segurá-los enquanto puder. Dê-me a satisfação de saber que salvei alguns de meus homens.

Rummage baixou a cabeça. Cumprira seu dever com a oferta, mas o território inglês estava a uma proximidade tentadora. Ele usou as esporas mais uma vez, e o cavalo cansado galopou, ultrapassando uma carroça e uma família miserável que se arrastava.

— Vá com Deus, milorde — gritou um dos outros ao se afastar, deixando Highbury sozinho na encruzilhada.

Ele ergueu a mão para eles em despedida, depois se virou e aguardou os perseguidores.

Não demorou muito para que alcançassem o solitário lorde inglês. Os cavaleiros franceses encheram o pequeno caminho e se espalharam em torno dele, praguejando contra outra família que se apertou nas sebes para deixá-los passar, o terror visível no rosto.

— Pax! Sou lorde Highbury. A quem estou me rendendo?

Os cavaleiros franceses ergueram a viseira para dar uma olhada no nobre barbudo grandalhão. O mais próximo estava com a espada em riste ao levar o cavalo até bem perto e pôr a mão no ombro de Highbury, apreendendo-o.

— Sieur André de Maintagnes. O senhor é meu prisioneiro, milorde. Pode pagar o resgate?

Highbury suspirou.

— Posso.

O cavaleiro francês sorriu com tamanha sorte. Continuou em inglês trôpego.

— E seus homens?

— Não. São apenas soldados.

O cavaleiro deu de ombros.

— Então cabe a mim aceitar sua rendição, milorde. Se me entregar sua espada e me der sua palavra, pode cavalgar a meu lado até eu encontrar um lugar para mantê-lo. Sabe escrever um pedido para que mandem o dinheiro?

— É claro que sei escrever — respondeu Highbury. Praguejando baixinho, soltou a espada longa e a entregou. Quando a mão do cavaleiro se fechou em torno dela, Highbury a segurou.

— Deixará meus homens partirem em troca de minha rendição?

Sieur André de Maintagnes riu.

— Milorde, eles não têm para onde ir, não mais. Não lhe disseram? O rei está vindo, e não parará até expulsar vocês, ingleses, para o mar.

Com um puxão, tirou a bainha das mãos de Highbury.

— Fique perto de mim, milorde — ordenou ele, virando o cavalo.

Os companheiros estavam bastante alegres com a ideia de um belo resgate a ser dividido.

Highbury pensou rapidamente em pedir comida e água. Como seu captor, o cavaleiro francês tinha a responsabilidade de fornecer essas coisas, mas, por enquanto, o orgulho de Highbury o manteve calado.

Eles voltaram pelo caminho que Highbury seguira durante a tarde inteira e, enquanto avançavam, via mais e mais cavaleiros e homens em marcha até olhar em volta em confusão consternada. Cavalgara tanto e tão depressa que deixara de compreender que todo o exército francês seguia para o norte atrás dele. Os campos estavam cheios deles, todos seguindo para a nova fronteira do território inglês na França.

17

William de la Pole andava de um lado para o outro, as mãos trêmulas seguras nas costas. As gaivotas gorjeavam em torno da fortaleza, um barulho que começara a soar como zombaria. Passara a manhã rugindo ordens para sua desafortunada equipe, mas, enquanto a tarde findava, sua voz se aquietou e uma calma perigosa se instalou nele.

O último mensageiro a encontrá-lo estava ajoelhado no assoalho de madeira, a cabeça baixa em autopreservação.

— Milorde, não recebi nenhuma mensagem verbal para acompanhar o pacote.

— Então use sua inteligência — grunhiu William. — Diga-me por que não há reforços prontos para atravessar o mar até Calais quando minhas tropas estão em desvantagem numérica e um exército francês invade a Normandia inglesa.

— Deseja que eu especule, milorde? — indagou o criado, confuso. William só o olhou com raiva, e o rapaz engoliu em seco e continuou gaguejando. — Acredito que estejam sendo reunidos, milorde, preparando-se para vir para o sul. Vi uma frota no porto quando parti de Dover. Soube que mandaram alguns soldados da Coroa sufocar agitações, milorde. Tem havido assassinatos e revoltas em Maidstone. Pode ser que...

— *Chega*, chega — ordenou William, esfregando as têmporas com a mão aberta. — Você não disse nada além do que posso ouvir em qualquer cervejaria. Tenho cartas a serem levadas para casa imediatamente. Pegue-as e vá, em nome de Deus.

O jovem mensageiro sentiu-se grato por ser mandado embora e, correndo, afastou-se da presença do duque o mais depressa que pôde. William sentou-se à mesa de York, fervilhando. Entendera um pouco melhor as palavras do antecessor depois de algumas poucas semanas no comando. A França desmoronava, e não admirava que Ricardo de York se mostrasse tão alegre e enigmático ao ser demitido do cargo.

William gostaria que Derry estivesse ali. Apesar de todo o sarcasmo e acidez, o homem ainda teria sugestões a dar ou, pelo menos, informações melhores que as dos criados. Sem seus conselhos, William sentia-se completamente à deriva, perdido sob o peso das expectativas nele depositadas. Como comandante das forças inglesas na França, teria de evitar toda e qualquer interferência da corte francesa. Seu olhar se dirigiu aos mapas sobre a mesa, cheios de pedacinhos de chumbo. Sabia que era um quadro incompleto. Soldados e cavalaria se moviam mais depressa do que os relatórios lhe chegavam, e, assim, os gorduchos símbolos de metal estavam sempre no lugar errado. Porém, se apenas metade dos relatórios fosse verdadeira, o rei francês invadira a Normandia, o armistício frágil e conquistado com tanta dificuldade rasgado como se nunca tivesse existido.

William cerrou os punhos enquanto continuava a andar de um lado para outro. Tinha apenas 3 mil homens de armas na Normandia, com talvez mais mil arqueiros. Era uma tropa numerosa e cara em tempos de paz, mas na guerra? Com um rei combatente para comandá-los, talvez ainda fossem suficientes. Com um Eduardo de Crécy ou um Henrique de Azincourt, William tinha quase certeza de que os franceses seriam forçados a correr, humilhados e derrotados. Observou, faminto, os mapas, como se contivessem o próprio segredo da vida. Tinha de ir ao campo de batalha; não haveria como escapar. *Tinha* de lutar. Sua única chance era deter o avanço francês antes que batessem à porta de Rouen ou, que Deus não o permitisse, da própria Calais.

Hesitou, mordendo o lábio. Poderia evacuar Rouen e salvar centenas de vidas inglesas antes do ataque francês. Se aceitasse a impossibilidade de ir a campo contra tantos, poderia se dedicar à defesa de Calais. Poderia pelo menos ganhar tempo e espaço suficientes para permitir que os súditos de seu rei escapassem da rede que se fechava. Nervoso, engoliu em seco ante a ideia. Todas as opções eram pavorosas. Cada uma delas parecia levar ao desastre.

— Que vá tudo para o inferno — murmurou a si mesmo. — Preciso de 6 mil homens.

Deu uma risada curta e encheu as bochechas de ar. Se queria exércitos que não tinha, pedir 6 ou 60 mil dava na mesma. Enviara apelos a Derry Brewer e ao rei Henrique, mas parecia que os refugiados de Anjou e Maine que voltavam para casa tinham levado consigo seu medo contagioso. As forças do rei haviam sido usadas para manter a paz em casa. Na França, William fora deixado com muito pouco. Era enfurecedor. Quando a corte inglesa chegasse a entender a magnitude daquela ameaça, ele achava que a Normandia já estaria perdida.

William limpou o suor da testa. Calais era uma soberba fortaleza no litoral, com fosso duplo e muralhas imensas com mais de 5,5 metros de espessura na base. Instalada na costa e suprida pelo mar, nunca seria obrigada a se render pela fome. Mas o rei Eduardo já a vencera uma vez, um século antes. Poderia ser tomada de novo com homens suficientes e enormes máquinas de cerco levadas para golpeá-la.

— Como conseguirei detê-los? — perguntou-se William em voz alta.

Ao ouvir sua voz, dois criados vieram correndo para ver se o comandante tinha novas ordens. Ele começou a mandá-los embora, mas mudou de ideia.

— Mandem uma ordem ao barão Alton. Ele deve preparar a guarnição para marchar.

Os criados sumiram na corrida e William se virou para olhar o mar.

— Que Cristo salve a todos nós — sussurrou. — Já foi feito antes. Pode ser feito de novo.

Ele sabia que o efetivo não era tudo. Reis ingleses tinham comandado tropas menores contra os franceses em quase todas as suas batalhas. Balançou a cabeça, os cabelos espessos oscilando de um lado para o outro no pescoço. Essa era a dificuldade que enfrentava. O povo da Inglaterra esperava que seus exércitos vencessem os franceses, sem importar o efetivo ou o lugar onde se travassem as batalhas. Se não conseguisse proteger a Normandia depois do caos de Maine e Anjou... William tremeu. Só havia mais um território inglês na França: a Gasconha, no sudoeste. Seria engolida numa só estação, caso os franceses triunfassem em sua campanha. Ele cerrou o punho e golpeou a mesa, de modo que as peças de chumbo caíram e se espalharam. Perdera o pai e o irmão para os franceses. Todas as casas nobres sofreram perdas, mas ainda assim mantiveram e aumentaram os territórios franceses. Todos desprezariam um homem que não conseguisse manter o que o sangue dele conquistara.

William entendeu a "taça envenenada" que York descrevera em seu rápido encontro. Mas achava que nem York poderia prever o avanço súbito das tropas francesas na Normandia. Deu um suspiro sofrido e esfregou o rosto com ambas as mãos. Não tinha opção senão enfrentar em combate o rei francês e confiar o resultado a Deus. Ele não podia escolher o desastre, só ser forçado a sofrê-lo.

Convocou seus criados pessoais, três homens jovens dedicados a seu serviço.

— Tragam-me a armadura, rapazes — pediu William, sem erguer os olhos dos mapas. — Parece que vou à guerra.

Eles deram vivas de prazer com isso, saíram correndo do salão e foram direto ao arsenal buscar seu equipamento pessoal. Estaria bem-cuidado e lubrificado, pronto para envolvê-lo em ferro. Fitando as costas dos criados, William percebeu que sorria enquanto eles gritavam a notícia aos outros e vivas descoordenados começaram a se espalhar pela fortaleza de Calais. Apesar do humor sombrio, ficou contente com o entusiasmo e a confiança que depositavam nele. Não compartilhava de nenhum dos dois mas também não podia recusar a taça que lhe fora entregue.

Thomas gemeu e depois começou a engasgar quando sentiu a pressão de uma grande mão sobre sua boca e seu nariz. Lutou contra o peso, dobrando os dedos para trás até que o que quer que fosse gritasse de dor. Pouco antes de os ossos dos dedos estalarem, a pressão sumiu e Thomas ficou ofegante, tentando respirar à luz da aurora. Sua mente clareou e ele sentiu uma onda de vergonha ao perceber o filho sentado na penumbra a seu lado. Os olhos de Rowan estavam furiosos, esfregando a mão machucada.

Nisso, Thomas estava atento o suficiente para não falar. Observou os olhos do filho deslizarem para o lado ao inclinar a cabeça, indicando alguém ali perto. Em pânico, Thomas sentiu algo subir por sua garganta, algo decorrente da febre que o tomara cruelmente e deixara seu corpo tão fraco quanto um pano podre. A última coisa de que se lembrava era de ser arrastado por um campo pelo filho sob o luar.

A febre havia cedido, isso Thomas entendia. O calor terrível que secara sua boca e fizera todas as juntas doerem se fora. Sentiu o gosto do vômito subindo e teve de usar as mãos para fechar a mandíbula, apertando o máximo que podia enquanto o mundo ondulava e ele quase desmaiava. As mãos pareciam cortes de carne fria contra o rosto.

Rowan se tensionou com os gemidos e ruídos de sufocação que vinham do pai. Por entre as tábuas do estábulo, o rapaz espiou o que andava lá fora, mas pouco conseguia ver. Em tempos mais pacíficos, não seria nada mais funesto que os rapazes do fazendeiro acordando para um dia de trabalho, mas fazia dias que os dois arqueiros não viam uma fazenda que não estivesse abandonada. As estradas que seguiam para o norte estavam lotadas com uma nova onda de refugiados, mas dessa vez não havia nenhuma desculpa, nenhuma bela palavra sobre armistício e pactos feitos em segredo. Rowan sabia que ele e o pai estavam além da fronteira da Normandia, embora já fizesse algum tempo que não ousavam cruzar uma estrada e limpar o musgo das pedras que indicavam as distâncias. Rouen ficava em algum ponto ao norte, era tudo o que Rowan sabia. Além daquela cidade, Calais ainda estaria lá, o porto mais movimentado da França.

Na terra e no farelo de esterco de galinha, Thomas não conseguiu impedir os espasmos enquanto a barriga vazia roncava. Tentou sufocar o barulho com as mãos negras de sujeira, mas não conseguia ficar em silêncio total. Rowan se imobilizou quando uma tábua rangeu ali perto. Não ouvira ninguém entrar no estábulo, e a cautela fazia pouco sentido. Os soldados franceses que marchavam para o norte eram barulhentos, confiantes na força de seu exército. Mas havia a possibilidade de que Thomas e Rowan ainda fossem caçados pelos perseguidores iniciais. Tinham aprendido o suficiente para temer aqueles homens teimosos e persistentes, homens que seguiram os dois arqueiros por quase 100 quilômetros de jornadas noturnas e colapso diurno.

Em sua imaginação, Rowan descarnara as sombras obscuras que se moviam e que vira à distância mais de uma vez. A mente os transformara em demônios vingativos, criaturas implacáveis que não parariam, por mais longe que tivessem de perseguir. Olhou, impotente, o corpo ferido do pai, bem mais magro agora do que quando lutaram e perderam. Dias antes, tinham jogado fora os arcos, um gesto de sobrevivência mais parecido com arrancar dentes saudáveis. Além de perder o peso das armas, aquilo não os salvaria se fossem pegos. Sabia-se que os franceses ficavam atentos à compleição típica dos arqueiros e reservavam ódio especial e punições terríveis aos que capturavam. Não havia como esconder os calos da mão de um arqueiro.

A mão de Rowan ainda sentia saudades da arma que perdera e fazia o gesto de pegá-la sempre que ficava com medo. Deus, isso era insuportável! Ele ainda tinha o facão na bainha do cinto. Quase desejou que pudesse apenas se jogar das sombras da baia sobre quem se esgueirava em torno do estábulo. A tensão fazia seu coração bater tão depressa que luzes piscavam em seu campo de visão.

Ele sacudiu a cabeça com rapidez, quase praguejando em voz alta. Sempre havia algo se mexendo num estábulo, em meio aos fardos de palha. Ratos, é claro, e, sem dúvida, gatos os caçando; insetos e pássaros fazendo ninhos na primavera. Rowan disse a si mesmo que, provavelmente, estava cercado de coisas vivas que se esgueiravam. Mas duvidava de que alguma delas tivesse peso suficiente para fazer as tábuas do assoalho rangerem.

Lá fora, ele ouviu um estrondo de pratos estilhaçando e girando no chão com um barulho que não podia ser de outra coisa. Rowan se levantou de sua posição para espiar de novo por entre as tábuas. Ao fazê-lo, ouviu um passo na penumbra. Deu uma olhada rápida no pátio e avistou um soldado francês que ria ao tentar catar pratos inteiros da pilha que derrubara. Não eram os perseguidores sinistros que temera, apenas lanceiros franceses em pilhagem.

Mas ainda havia aquele passo no interior do estábulo. Rowan baixou os olhos para o pai, as roupas molhadas de suor e sujas com os próprios excrementos. Quando ergueu o olhar de novo, deparou-se com o rosto de um rapaz espantado, que vestia um pano azul grosseiro. Os dois ficaram um instante boquiabertos, os corações batendo forte, e então Rowan pulou à frente, enfiou o facão no peito do outro e gritou ao fazê-lo.

Seu peso derrubou o estranho de costas e o facão se enfiou ainda mais, apertando-se contra ele até que Rowan sentiu costelas se quebrarem debaixo de sua mão. O jovem francês expirou uma grande quantidade de ar. O que tentava dizer se perdeu na agonia da faca no peito. Rowan fitou com terror a figura que se debatia e que ele prendera no chão. Só pôde se inclinar sobre ele com todo o seu peso, sufocando os pontapés com as pernas.

No terreno, uma voz gritou um nome ou uma pergunta. O rosto de Rowan se contraiu de um jeito parecido com choro quando apertou a testa contra a bochecha do rapaz que mantinha preso, parado e esperando que as contorções, a luta e os gemidos ofegantes terminassem. Rowan tremia quando finalmente levantou a cabeça, observando olhos manchados com o pó de sua túnica, mas nem assim fechados.

A voz gritou de novo, mais perto. Rowan se acocorou, desnudando os dentes como um cão que defende a presa. Tirou a grande faca das costelas do rapaz e a ergueu, pronto para ser novamente atacado. Podia haver dez soldados por ali, ou cem, ou apenas um ou dois. Não tinha como saber, e terror e nojo o invadiram. Não queria nada além de correr, só *correr* do terror que sentira se abater sobre ele quando a vida de outro homem era tirada. Havia sentido nojo, e queria sair daquele lugar.

Rowan ouviu um ruído suave e olhou para baixo, percebendo que o intestino do rapaz se esvaziara, assim como a bexiga. O pênis do soldado estava claramente ereto, visível nas calças que se escureciam. Rowan sentiu o estômago embrulhar e os olhos se encherem de lágrimas indesejadas. Ouvira falar dessas coisas, mas a realidade era muito, muito pior. Não era nada parecido com atingir um homem a distância com uma flecha de quase 1 metro e um bom arco de teixo.

Um grito vindo de fora o fez sair do transe e voltar correndo para a baia de madeira. A voz ficava mais alta e mais irritada conforme o homem lá fora perdia a paciência com o companheiro desaparecido. Rowan espiou por pequenas rachaduras e buracos, procurando os outros. Não podia vê-los, mas tinha a sensação de que estavam todos em torno do estábulo em ruínas no amanhecer. Tremeu, os músculos se contraindo nas costas e nas laterais do corpo. Precisava sair para o campo, mas o pai era pesado demais para ser carregado.

Por impulso, Rowan se agachou junto de Thomas e bateu de leve em seu rosto. Os olhos se abriram, a íris escura tingida de amarelo, enquanto o pai afastava as mãos do filho.

— Você consegue andar? — sussurrou Rowan.

— Acho que sim — respondeu Thomas, embora não soubesse. Uma história de infância sobre Sansão perdendo o cabelo veio a sua mente, e ele sorriu com fraqueza para si, usando o cabo de um velho arado para se erguer. Então descansou, gotas de suor grossas vertendo do rosto e atingido a terra, escurecendo-a.

Rowan atravessou os raios dourados de sol que se derramavam no celeiro. Ficou junto à porta, olhando a manhã lá fora e acenou para que o pai se aproximasse. Thomas se restabeleceu, sentindo-se como se tivesse levado uma surra na noite anterior. Precisava dormir, ou talvez apenas morrer. A promessa de repouso o chamava com força suficiente para fazer formas negras esvoaçarem em seu campo de visão. Ele arrastou os pés pelo chão empoeirado, tentando não ofegar enquanto a mente flutuava e afundava em ondas de enjoo.

Rowan quase se jogou para trás quando uma voz falou uma torrente em francês bem junto de sua cabeça.

— Está se escondendo de mim, Jacques? Se eu pegar você dormindo, juro que...

A porta se abriu e Rowan semicerrou os olhos, vendo o espanto do homem se transformar em terror ao ver a faca e seu volume na penumbra.

O homem correu em disparada, escorregando e caindo ao se virar em pânico. A voz já subia num berro quando tentou se levantar, mas Rowan estava em cima dele num único grande salto, esfaqueando loucamente através do casaco. Com uma força selvagem, passou o braço esquerdo em torno do pescoço do francês e o esmagou, puxando-o para perto. Os ruídos desesperados se tornaram ruídos ásperos, e Rowan percebeu que soluçava enquanto golpeava sem parar, vendo o sangue rubro respingar a sua volta. Deixou o corpo cair de bruços, levantou-se e ofegou, com os sentidos repentinamente amortecidos no sol da manhã.

O terreno da fazenda estava vazio, com o capim verde e grosso crescendo entre as pedras rachadas. Ele viu uma cabana em ruínas que estivera invisível na noite anterior, a porta aberta pendurada por uma dobradiça de couro destruída. Rowan olhou em volta, depois percebeu as gotas vermelhas na terra e manchando sua faca. Somente dois homens à procura de algo que valesse a pena furtar enquanto os oficiais dormiam. Rowan sabia que deveria arrastar o segundo corpo para dentro do estábulo, mas ficou ali parado no terreno, de olhos fechados, o rosto virado para o sol.

Ouviu o pai sair e ficar a seu lado. Rowan não o olhou, preferindo deixar o calor penetrar na pele. Recordou-se de que já matara animais com o pai na fazenda. Tinham matado veados na caça, depois limpado os corpos moles nas encostas até ficarem rindo, cobertos de sangue.

Thomas respirou fundo, sem saber se o filho queria que falasse ou não. A fome fazia sua barriga doer um pouco, e ele percebeu que gostaria de saber se os dois soldados não teriam com eles algo de comer. Era outro sinal de que o corpo lutara durante a doença que o derrubara.

— Você gostou?

Rowan abriu os olhos e o observou.

— Do quê?

— De matar. Conheci homens que gostam. Eu mesmo nunca gostei. Sempre me pareceu uma coisa esquisita de se *querer*. Sempre achei parecido demais com trabalho. Numa emergência, tudo bem, mas eu não procuraria outro homem para matar, não por prazer. Mas conheci homens que gostavam, só isso.

Rowan balançou a cabeça com espanto amortecido.

— Não... eu não... Meu Deus... eu não gostei.

Para sua surpresa, o pai lhe deu um tapinha nas costas.

— Ótimo. É isso mesmo. Agora acho que meu apetite voltou. Mas ainda estou fraco a ponto de me assustar com um menininho com uma vara.

Você poderia procurar comida na casa? Precisamos encontrar um lugar para descansar e nos esconder durante o dia e não consigo fazer isso morrendo de fome, não depois da doença.

— Que tal ficarmos no estábulo? — perguntou Rowan, olhando temeroso para a porta escura atrás deles.

— Não com o corpo de soldados e sangue no chão, filho. Acorde! Precisamos nos deslocar alguns quilômetros sem que ninguém nos veja e meu estômago está doendo demais. Preciso de um pouco de comida e não vou comer um francês, não hoje, pelo menos.

Rowan deu uma risada fraca, mas o olhar ainda estava perturbado. Thomas desistiu do sorriso, que lhe exigia demais para ser mantido.

— O que foi? — Viu a pele do filho tremer como a de um cavalo importunado por moscas e depois enrijecer quando os pelos se eriçaram.

— Aquele no estábulo... sua.. virilidade estava rija... Meu Deus, pai, foi horrível.

— Ah — respondeu Thomas. Ficou ali parado, deixando o sol aquecer os dois. — Será que ele gostou de você?

— Pai! Jesus! — Rowan tremeu ante a lembrança, esfregando os braços. O pai riu.

— Tive de velar os mortos certa vez, depois de uma batalha — contou. — Eu tinha uns 12 anos, acho. Fiquei lá sentado a noite inteira, cercado de soldados mortos. Depois de algum tempo, comecei a ouvi-los arrotar e peidar como homens vivos. Duas vezes um deles se sentou, só se sacudiu bem ereto como um homem surpreendido por uma ideia. A morte súbita é algo estranho, meu raio de sol. O corpo nem sempre sabe que está morto, não no começo. Já vi... o que você viu num enforcado, quando menino. Havia uma velha junto à forca quando todo mundo foi embora, raspando o chão junto aos pés dele. Perguntei-lhe o que fazia e ela disse que a raiz da mandrágora cresce da semente dos enforcados. Então corri, Rowan, não me incomodo de lhe contar. Corri o caminho todo até em casa.

Ambos ficaram imóveis quando um farfalhar chegou a eles no ar parado. Viraram-se devagar e viram um ganso velho irromper das árvores junto à cabana, onde balançava uma corda que pendia de um galho. A ave ciscava o chão e espiou os dois homens em pé em seu terreno.

— Rowan? — murmurou Thomas. — Se conseguir achar uma pedra, mova-se devagar e a pegue. Tente quebrar uma asa.

O ganso os ignorou quando Rowan encontrou uma pedra do tamanho do punho e a pegou.

— Acho que ele não tem medo de nós — comentou, caminhando na direção da ave. O ganso começou a sibilar, abrindo as asas. A pedra voou, derrubando-o com um grasnido e revelando a barriga coberta de penas e terra. Rowan o pegou pelo pescoço num instante e arrastou até o pai o ganso que batia as asas e protestava antes de silenciá-lo com um puxão forte.

— Você pode ter salvado minha vida de novo agora — disse Thomas. — Não podemos nos arriscar a fazer uma fogueira, portanto vamos cortá-lo e beber enquanto está quente. Muito bem, rapaz. Acho que eu choraria feito criança se ele fugisse de nós.

O filho sorriu, começando a sentir que seu estranho humor soturno passava. Tomou o cuidado de limpar a faca no homem caído de bruços no terreno antes de usá-la na ave.

— Eu só gostaria que seu avô estivesse aqui — declarou York, bebericando vinho. — O velho ficava tão alegre com o nascimento de crianças... O que não é de se espantar, com as 22 que teve! Ainda assim, os presságios são excelentes, pelo que me disseram. Um menino, com certeza.

Ele estava num pátio interno com telhado de carvalho e telhas, cercado de pedras cor de creme por todos os lados. A rosa branca da casa de York estava em evidência, num escudo pintado nas vigas e gravado nas próprias pedras. Nos cômodos superiores, soou um grito aterrador que levou seu companheiro a fazer uma careta.

Ricardo Neville era tão alto quanto o tio, embora ainda não tivesse barba. Com dois casamentos, era verdade que o avô tivera tantos filhos que Ricardo se acostumara às tias ainda crianças e aos sobrinhos de sua idade. O Neville mais velho fora um homem potente, e o número de descendentes vivos era fonte de inveja de muitos.

Antes que Ricardo respondesse, York falou de novo.

— Mas estou me esquecendo! Devo parabenizá-lo pelo novo título, muito merecido. Seu pai com certeza ficará contente ao vê-lo transformado em conde de Warwick.

— O senhor é muito gentil, milorde. Ainda estou aprendendo o que isso significa. Meu pai está maravilhado de ver o título e as terras virem para a família, como creio que sabe. Acho que não conheci meu avô.

York deu uma risada, esvaziando a taça e erguendo-a para que um criado voltasse a enchê-la.

— Se você for metade do homem que Ralph Neville foi, ainda será duplamente abençoado. Ele me criou quando o azar fez de mim um órfão à mercê de todos os homens. O velho Neville manteve intactos meus títulos e minhas propriedades até eu crescer. Não pediu nada em troca, embora eu soubesse que ele queria que eu me casasse com Cecily. Mesmo assim, me deixou a escolha final. Ele foi... um homem honrado. Não tenho elogio melhor que esse. Só espero que compreenda. Devo-lhe mais do que jamais poderia dizer, Ricardo... ou melhor, conde Warwick!

York sorriu para o sobrinho. Outro guincho veio da sala de parto, levando ambos a fazerem uma careta.

— Não está preocupado? — perguntou Ricardo de Warwick, brincando com o cálice e erguendo os olhos como se pudesse ver através das paredes os mistérios femininos dentro daquele quarto.

York deu de ombros.

— Cinco mortos, é verdade, mas seis vivos! Se eu fosse dado a isso, não apostaria contra outro saudável menino York. O 12º parto é o número dos apóstolos, como gosta de dizer meu letrado médico. Ele acredita que é um número poderoso.

York então se calou, considerando por um instante que o 12º apóstolo fora Judas. O olhar do mais jovem ficou sombrio, porque ele pensara a mesma coisa, mas preferiu se calar.

— O sétimo vivo, então — declarou Warwick para romper o silêncio. — Um número de grande sorte, tenho certeza.

York relaxou visivelmente enquanto ele falava. Viera bebendo muito durante o confinamento, apesar de parecer estar despreocupado. Pediu que as taças fossem enchidas mais uma vez, e Warwick teve de esvaziar a sua rapidamente, sentindo o vinho aquecer seu sangue. Ele descobriu que era necessário. O Castelo de Fotheringhay podia ser bem fortificado, mas, mesmo no abrigo do pátio coberto, era muito frio. O fogo ardia numa lareira próxima, pronto a consumir a bolsa e o cordão umbilical do recém-nascido. O calor parecia sumir antes de alcançar os homens que aguardavam.

— Não sei direito, milorde, se devo parabenizá-lo também — disse Warwick. York o olhou com um ar inquiridor enquanto o rapaz continuava. — Quanto à Irlanda, milorde. Meu pai me disse que o senhor foi nomeado tenente do rei lá.

York fez um gesto de desdém.

— Tenho inimigos que preferem me ver bem longe da Inglaterra nos próximos anos, Ricardo. Irei aonde me mandarem... eventualmente! Por ora, contento-me em permanecer aqui enquanto sobem uns sobre os outros como ratos que se afogam. Assumi minha cadeira na Câmara dos Lordes mais de uma vez só para observar e escutar. Recomendo que faça o mesmo, para ver que imbecis correm e se vangloriam em Londres. — Ele sopesou as palavras antes de continuar. — Para os que têm olhos para ver, este será um ano tempestuoso, Ricardo Os que sobreviverem a ele, bem, só podem ascender.

— Milorde York! — chamou uma voz.

Ambos se inclinaram para trás para olhar o pequeno corredor no alto, separados por uma geração, mas unidos na preocupação com Cecily Neville e a criança. Enquanto aguardavam, o vinho esquecido nas mãos, uma parteira saiu detrás de cortinas pesadas, usando um pano para limpar todos os vestígios de sangue que restavam no rosto do bebê. A criança estava bem-enrolada num cueiro azul-escuro. Não chorava quando ela a estendeu para o pai e o jovem tio verem.

— É um menino, milorde, um filho — anunciou ela.

York soltou o ar pelo nariz, bastante feliz.

— Já tem um nome para a criança? — perguntou Warwick, sorrindo. Podia ver o orgulho que Ricardo de York sentia. Ao menos uma vez, o homem parecia um menino de tanta emoção.

— Tenho um filho de 10 anos chamado Eduardo, outro chamado Edmundo e um doce rapazinho chamado George. Não vou me arriscar a ofender as pobres almas que pereceram, então nada de Henrique, João, William nem Tomás. Não. Acho... É, acho que este será Ricardo.

Ricardo, conde de Warwick, soltou uma gargalhada de surpresa e prazer sinceros.

— Três Ricardos então entre nós. Ricardo como o rei Coração de Leão. Não, três leões, milorde! Um belo presságio.

York ficou um pouco envergonhado quando seguiu o caminho tomado pela mente rápida de Warwick. Dois séculos antes, o rei Ricardo Coração de Leão adotara três leões como seu selo real. Mais recentemente, aquele emblema real fora levado para Azincourt pela casa de Lancaster e pelo pai do rei Henrique. Era uma associação que não enchia York de alegria.

— É um bom nome — comentou de má vontade, erguendo a taça num brinde. — Servirá.

18

A cidade de Rouen fica uns 160 quilômetros ao sul e a oeste de Calais. Em épocas normais, William a consideraria uma fortaleza. Como capital da Normandia inglesa, assistira a diversas vitórias da Inglaterra, inclusive à execução de Joana d'Arc depois de sua rebelião. William seguira com o exército para o sul, até a cidade, passando por terras que, pela familiaridade, poderiam ser fazendas inglesas em Kent ou Sussex. Atravessara o Sena e chegara a Rouen, três dias antes, numa manhã fria, com a geada do amanhecer chiando sob os cascos da montaria.

A cidade fora testemunha silenciosa de sua chegada, os grandes portões solidamente fechados. William fitara as dezenas de corpos na brisa, pendurados na muralha pelo pescoço. Quase cem deles balançavam e rangiam, muitos ainda mostrando as marcas de violência com manchas marrom-escuras de sangue seco. William fizera o sinal da cruz ao ver aquilo e rezara uma breve oração pela alma daqueles bons homens sem culpa de nenhum crime além de nascerem naquele lugar.

O povo de Rouen soubera que o rei francês estava em marcha e tomara coragem a partir dessa informação. Consumido pela fúria, William mal suportava pensar nos estupros e massacres que deviam ter acontecido no interior daquelas muralhas. Havia centenas de famílias inglesas em Rouen. Ele já tinha visto cidades ruírem, e essas lembranças estavam entre as coisas mais feias a que já assistira. Achou que os enforcados eram os mais afortunados.

Sem os recursos da cidade, fora forçado a criar linhas de suprimento vindas diretamente de Calais, guardando as estradas e perdendo homens de importância vital apenas para manter as carroças rodando. Pelo menos havia água. Rouen era cercada pelo Sena, quase fechada por uma grande curva do rio que cortava o solo fértil da província. Seu exército atravessou o rio pelas pontes de pedra e se instalou em campo aberto ao sul da cidade. Deram as costas a Rouen e começaram o trabalho de fixar no solo estacas de madeira afiadas para defender a posição contra ataques de cavalaria. Uma quantidade ainda maior de seus homens usava a proteção de pesados manteletes de madeira para abordar a cidade silenciosa e trancar os portões com vigas imensas e pregos de ferro do comprimento do antebraço de um homem. Não haveria um ataque súbito pela retaguarda. William só esperava ter a oportunidade de impor represálias aos homens lá de dentro pelo que fizeram.

Os batedores traziam notícias todos os dias, sempre piores que as anteriores. William tinha certeza de que o rei francês não poderia ter escondido a existência de tantos homens treinados. Metade do exército que enfrentaria tinha de ser formado por camponeses convocados para a tarefa, e, no passado, esses homens não obtiveram um bom resultado contra exércitos ingleses. Era um leve fio de esperança, mas não havia muito mais para animar seu espírito com Rouen às costas.

A paisagem aberta apequenava até grandes exércitos, e passou-se quase um mês depois de sua chegada antes que William vislumbrasse os primeiros soldados em movimento a distância. Ele se aproximou com uma dúzia de seus barões mais graduados para observar o inimigo. O que viram não agradou a nenhum deles.

Parecia que os batedores não tinham exagerado. Milhares e milhares marchavam para o norte, rumo à cidade e ao rio. William podia ver blocos de cavalaria e cavaleiros de armadura, além das esperadas fileiras de lanceiros de que o rei francês tanto gostava. Do alto de uma pequena elevação, William observou a chegada dos inimigos enquanto os contava e avaliava, vendo como se moviam. Não demorou para que avistasse um segundo grupo de escudos coloridos e flâmulas adejando na brisa. O grupo de nobres do rei viera à vanguarda. A uma distância de mais de 2 quilômetros, William observou um jovem tolo fazer o cavalo empinar, os cascos chutando o ar. Reavaliou a própria posição, com a consciência desagradável de que tinha de manter abertas as pontes sobre o Sena senão seus homens ficariam presos contra a cidade que os deixara para resistir sozinhos.

William se virou na sela e viu o barão Alton olhando com raiva a distância que se reduzia.

— O que acha, David? — perguntou William.

O comandante deu de ombros com eloquência.

— Acho que são muitos — respondeu. — Podemos ficar sem flechas antes que todos morram.

William deu uma risada, como esperado, embora a piada não o sensibilizasse em nada. Não via tantos soldados franceses desde a batalha de Patay, vinte anos antes. Perceber quanto tempo se passara o fazia se sentir velho, mas ainda recordava aquele desastre — e o massacre de arqueiros ingleses que se seguira. Disse a si mesmo que não cometeria os mesmos erros, e não conseguiu deixar de olhar para trás, por sobre o ombro, o lugar onde seus arqueiros tinham preparado o campo da morte. Nada vivo conseguiria alcançá-los enquanto seus espadachins guardassem o centro. William balançou a cabeça, desejando mais confiança na própria habilidade. Ofereceria uma defesa forte, porque isso ele sabia fazer. Podia ao menos agradecer ao rei francês por não parar e forçá-lo a atacar. O rei Carlos devia estar confiante, mas, com tamanho efetivo, tinha todo o direito de estar.

— Já vi o suficiente aqui — declarou William com firmeza. — Acho que devemos reagrupar os homens. Milordes, cavalheiros. Comigo. — Fez o cavalo dar meia-volta, e eles trotaram às linhas inglesas novamente. William se forçou a cavalgar sem olhar para trás, embora sentisse o inimigo chegando.

Enquanto atravessavam as filas de estacas afiadas, William mandou, com um gesto, que dois condes e meia dúzia de barões assumissem posição. Cada um deles comandava centenas de homens de armas, rijos combatentes protegidos por pesada cota de malha sob a túnica. Tinham deixado os cavalos além do rio, embora William ainda ficasse preocupado com o que parecia uma rota de fuga. Sabia que essas coisas não soavam bem para os arqueiros, pois eles não tinham montaria. William se lembrou de novo do modo como os cavaleiros montados haviam fugido em Patay, deixando os arqueiros indefesos para serem massacrados. Jurou que isso não aconteceria outra vez, mas ainda assim lá estavam os cavalos, uma grande manada de milhares pronta a fugir correndo se a batalha não corresse bem.

Conforme o exército francês se aproximava, William foi mais uma vez de um lado ao outro da linha, trocando algumas palavras com comandantes e comentando sua posição. Para defender a várzea, não havia nada a fazer senão esperar, e William tomou um gole d'água do cantil enquanto os franceses se aproximavam cada vez mais. Depois de algum tempo, ele assumiu seu lugar no centro da formação, um dos poucos homens montados ali entre os que portavam espada e escudo. A cavalaria defendia o flanco direito, mas só atacaria se o próprio rei francês se expusesse ou se os franceses fossem encurralados. William, engolindo em seco com o tamanho do exército que chegava para matá-lo, duvidou que fosse ver veria uma coisa daquelas, não naquele dia.

Quando a distância encurtou, William pôde divisar o volume dos manteletes usados pelos besteiros do rei francês. Os pesados escudos de madeira exigiam três homens cada para serem empurrados sobre rodas, mas dariam proteção até contra a tempestade de flechas que o comandante inglês podia provocar. William franziu a testa ao ver as colunas avançando devagar, com os manteletes na frente, como um elmo blindado. Via os nobres franceses cavalgando ao longo das colunas, rugindo ordens. Moviam-se com determinação, pensou, embora ainda apostasse nos arcos longos contra eles. Seus arqueiros também possuíam barreiras pesadas de madeira que podiam levantar ou baixar para se proteger de barragens de dardos ou pedras lançadas por fundas. William agradeceu a Deus por não haver máquinas de cerco nem canhões no exército francês. Tudo o que ouvira dizer tornava isso improvável, mas ainda assim ficou aliviado. Os franceses avançavam rapidamente, correndo para ocupar a Normandia antes que o verão terminasse. As pesadas máquinas de guerra chegariam depois deles, prontas para os futuros cercos. Até então, as armas mais poderosas em campo eram os arcos longos ingleses.

No centro francês, a cavalaria trotava junta, numa massa. William quase sorriu ao vê-la, como alguém que cavalgara para o combate mais vezes do que conseguiria contar. Era fácil imaginar as bravatas e o riso nervoso e excessivo enquanto se aproximavam da posição inglesa. Ele fez uma curta oração a seu santo padroeiro e à Virgem Maria, depois baixou a viseira do elmo, reduzindo o que conseguia ver a uma fímbria de luz.

— Arqueiros, preparar! — gritou pelo campo.

William observou os besteiros franceses empurrarem os manteletes numa linha escalonada para dar a melhor proteção possível. Mas, para alcançar as linhas inglesas, os cavaleiros inimigos teriam de sair de sua sombra. Ele trincou os dentes, ouvindo a própria respiração soar barulhenta no interior do elmo. Deteria o rei francês diante de Rouen. Era preciso.

Ele conseguiu ouvir ordens berradas à distância, sons tênues trazidos pelo vento. A massa de lanceiros inimigos parou e a cavalaria no centro puxou as rédeas. Os dois exércitos se encararam, a força francesa quase cinco vezes maior que a dele, um verdadeiro mar de ferro e escudos. William fez o sinal da cruz quando as fileiras de besteiros avançaram. Era uma bênção que não tivessem o alcance de seus arqueiros. Para se aproximar o suficiente para matar, tinham de chegar ao alcance dos arcos de teixo. Seus arqueiros, de túnicas frouxas e calças justas, estavam de bom humor, esperando que eles fizessem exatamente isso.

Os últimos 180 metros eram chamados de "a mão do diabo" pelos soldados franceses. William ouvira a expressão anos antes, e a recordou enquanto os besteiros andavam com as armas ao ombro, ainda longe demais para atingir as linhas inglesas. Não podiam correr com os pesados manteletes empurrados junto deles. Os que corriam à frente tinham pagado um preço alto por isso nas batalhas do passado. Agora tinham de caminhar o último oitavo de quilômetro, sabendo o tempo inteiro que estavam ao alcance das flechas.

William ergueu a mão e a baixou de repente, deflagrando com o gesto o voo de milhares de flechas ao mesmo tempo, depois outra e outra vez. Ele nunca deixava de se maravilhar com a pontaria dos homens que treinavam sua arte havia vinte anos. Sabia que eram desprezados pelos cavaleiros de armadura, vistos como homens que matavam como covardes. Mas aqueles arqueiros dedicavam quase a vida inteira a obter habilidade e força, como qualquer soldado treinado. Galeses e ingleses em sua maioria, com alguns escoceses e irlandeses aqui e ali, conseguiam mirar e derrubar um homem a 360 metros de distância. Não havia no mundo nada igual a eles, e William sentiu uma onda de alegria quando os besteiros começaram a cair.

Os manteletes protegiam muitos inimigos que se aproximavam cada vez mais em suas colunas. Os arcos longos lançavam além dos escudos de madeira, e as flechas caíam sobre os homens amontoados atrás deles, cem delas de cada vez, perfurando as fileiras amontoadas. William ouviu gritos e sentiu uma onda atravessar a cavalaria francesa. Havia homens orgulhosos ali, cavaleiros e nobres senhores que não se dispunham a ver os odiados arqueiros ingleses provocar o caos.

— Que ataquem — sussurrou William a si mesmo.

Já vira aquilo, cavaleiros em frenesi tentando enfrentar o ataque das flechas. Eles conheciam o medo das hastes velozes e lamuriosas. Eram homens que reagiam ao medo com fúria.

— Por favor — sussurrou William novamente. — Jesus, são Sebastião, façam com que ataquem.

A mão do diabo já fora ultrapassada, e os besteiros tinham forçado os manteletes até uma proximidade suficiente para retomar a formação e reagir. Pela primeira vez, o ar se encheu de dardos negros, não maiores do que o dedo de um homem, mas fatais. Em toda a linha inglesa, os escudos se ergueram e se uniram. O som dos dardos batendo lembrava granizo, um matraquear ensurdecedor que atingia os homens nos espaços entre a proteção, e eles gritavam.

William ergueu o próprio escudo, embora soubesse que os dardos de ferro não perfurariam sua armadura, a não ser por muito azar. Vira batalhas em que a troca de dardos e flechas podia prosseguir durante dias antes que os exércitos se chocassem, mas ele contava com a confiança francesa na vantagem numérica. Tinha certeza de que já havia vozes clamando por um ataque súbito, insistindo com o rei francês para que lhes permitisse pegar seus arqueiros de surpresa. Ele planejara isso.

Flechas brancas com plumas de ganso se erguiam como um tapete de estranhas ervas em volta dos manteletes franceses. Os besteiros tinham sofrido com a falta de potência e pontaria. Centenas deles haviam caído ou mancavam de volta pelas linhas com ferimentos terríveis. William viu a onda passar mais uma vez pelos cavaleiros franceses ao avançarem um pouco, os cavalos bufando e batendo os cascos.

Ele vociferou a ordem que discutira com o barão Alton. Foi passada aos arqueiros, que pareceram previsivelmente desdenhosos. Alguns cuspiram no chão em sua direção, mas William não se importava com o que pensassem da tática, desde que obedecessem.

Quando a próxima saraivada de dardos de ferro chegou, centenas de arqueiros se jogaram no chão, como se tivessem sido atingidos. Um grande viva subiu dos besteiros, respondido pelo centro. O coração de William disparou ao ver os cavaleiros esporearem e saírem a meio galope pelo centro, ignorando todas as ordens de parar em seu prazer de ver os arqueiros em confusão. Tinham uma vantagem numérica imensa e avassaladora, e lutavam com seu rei em campo, decididos a impressioná-lo e ganhar fama.

William esperou enquanto eles se aproximavam, o coração batendo forte, até estarem totalmente vendidas e ao alcance dos arcos. Apesar das dúvidas, os arqueiros gostaram do subterfúgio e lançaram algumas flechas despropositadas como se a grande tempestade tivesse se reduzido a nada.

— Esperem! Parem! — rugiu William.

Os homens deitados no chão sorriam como idiotas, ele podia vê-los. O barão Alton tinha uma expressão selvagem, os olhos arregalados observando William, à espera da ordem.

— De pé! Arqueiros de pé! — berrou William.

Ele observou os "mortos" se erguerem num pulo e porem novas flechas nos arcos. Nisso, a investida francesa não podia recuar. Não podia parar. Os cavaleiros haviam passado pelos manteletes, espalhando-se ao redor deles no desejo de encontrar e matar o inimigo. Tomaram as posições de seus próprios besteiros, assim como tinham feito em Crécy. William cerrou o punho dentro da manopla, fazendo couro e metal rangerem.

Os cavaleiros em investida fitavam os espadachins amontoados diante deles. Aqueles homens de armas ergueram as espadas, gritando e gesticulando para que viessem. Com um estalo reverberante, centenas de flechas soltaram-se das cordas, ceifando os franceses com um zumbido de terror.

As primeiras fileiras se esfarelaram, desmoronando enquanto os homens e os cavalos mais próximos eram atingidos várias vezes. Foi como se um barbante enegrecido tivesse sido esticado numa estrada deserta, sendo os cavaleiros franceses a recebê-lo na garganta. Morreram aos montes até que a massa crescente de feridos e cadáveres forçou a interrupção furiosa da investida.

William gritou uma ordem e o centro inteiro de seu exército avançou. Ele foi com os homens armados de espadas e machados, as armas erguidas para matar enquanto corriam o mais depressa possível. Chegaram à linha dos mortos em pouco tempo, escalando cavalos que ainda se debatiam e caindo sobre o ajuntamento de cavaleiros montados atrás deles. O tempo todo as flechas sobrevoavam sua cabeça e matavam homens que sequer viam o que os atingira.

William observou um grupo de ingleses robustos e armados de machado abrir caminho em meio a uma dezena de cavaleiros, derrubando-os das selas. A grande vantagem do cavalo era a velocidade e a agilidade, mas as linhas estavam comprimidas e os cavaleiros franceses mal conseguiam se mexer para lutar.

William viu lanças sendo descartadas com repulsa e espadas desembainhadas para atacar, enquanto os vibrantes açougueiros ingleses matavam descontroladamente nas linhas francesas. Exultou com os danos causados, mas, de cima da sela, conseguia ver além dos homens que estavam no chão. Quando ergueu os olhos, seu coração se apertou. A ação violenta não tocara o grosso do exército francês. Eles se moviam e se deslocavam sob novas ordens para contorná-lo e atacar pelos flancos. Eram tantos! Aquilo tornou seu triunfante estratagema e o ataque súbito tão perigosos quanto uma pequena escaramuça.

Ele se virou para os mensageiros que corriam a seu lado.

— Encontrem o barão Alton e lhe transmitam meus cumprimentos. Digam-lhe que eu gostaria que nossos cavaleiros montados fossem usados para evitar que a cavalaria inimiga nos flanqueasse.

Um deles correu e, para William, o tempo pareceu congelar enquanto seus homens golpeavam e matavam por ele. Aguardava a resposta de Alton. A cavalaria francesa finalmente recuava do amontoado inviável no centro. William pôde ver novos regimentos de lanceiros marcharem friamente para onde acontecia a matança. Era uma manobra impressionante sob pressão, e ele supôs que a ordem viera do próprio rei, o único homem naquele campo com autoridade para ordenar a seus cavaleiros que recuassem.

A linha de espadachins ingleses avançou, matando todos a seu alcance. Nisso, tinham ido longe demais para receber o apoio dos arqueiros, o que fez William hesitar. Seus homens de armas tinham avançado numa longa coluna enquanto perseguiam o inimigo. Além dos flancos expostos, corriam o perigo iminente de ficarem isolados. Ele olhou novamente a distância e balançou a cabeça com o efetivo ainda intocado pela batalha. Contra todas as esperanças, torcera por uma confusão que dobrasse as linhas francesas sobre si mesmas no terror súbito do ataque. Não acontecera, e William sabia que tinha de recuar. Mas a cavalaria pesada de Alton se movia pelos flancos e, quando olhou para trás, viu centenas de arqueiros avançando, tentando acompanhar o movimento da frente de batalha para continuar causando danos.

William se percebeu suando. Ainda estava em imensa desvantagem numérica, mas avançando com um bom ritmo contra regimentos de lanceiros inimigos. Era quase impossível investir com a cavalaria contra aquelas armas cruéis, mas seus homens, com espadas e machados, passariam literalmente através deles, desviando-se das pontas e depois criando o caos entre os homens destreinados que seguravam as armas longas. Sabia que deveria recuar com certa ordem, mas não ainda, não agora.

As fileiras de lanceiros baixaram as pesadas pontas de ferro e partiram em ataque, uma linha de metal afiado e pés em marcha aterrorizante de enfrentar. Os homens de armas ingleses prepararam os escudos, sabendo que tinham de desviar a ponta de lança mais próxima com a espada e depois enfiá-la com um impulso direto para matar seu portador. Era um golpe difícil de realizar com o coração disparado e as mãos escorregadias de sangue e suor. Muitos erraram e foram empalados, as pesadas lanças empurradas tanto pelos homens que corriam atrás quanto pelos que as seguravam. Outras centenas desviaram as lanças e usaram as espadas, mas a correria e a pressão eram tão grandes que também foram engolidos, derrubados pelo peso da investida. William praguejou, gritando para que seus homens recuassem e refizessem a formação. Virou a montaria e trotou uns cem passos para a retaguarda antes de encarar o inimigo outra vez. Eles ainda avançavam, rugindo de empolgação apesar das baixas.

— Arqueiros! — gritou William, pedindo a Deus que o ouvissem acima do ruído da batalha.

Ele escutou atrás de si o estalo dos arcos se soltando e surgiram buracos na linha de lanças. Aqueles homens precisavam de ambas as mãos para equilibrar as hastes pesadas. Os camponeses não possuíam escudo, e as vestes de couro fervido não ofereciam nenhuma proteção contra as flechas que as perfuravam. A investida da infantaria oscilou quando os arcos de teixo lançaram saraivada após saraivada.

Apesar da carnificina do ataque, era a visão dos odiados arqueiros que mantinha o avanço dos lanceiros franceses. De pé, em filas bem espaçadas, usando roupas marrons simples como agricultores, os arqueiros eram os monstros de mil histórias e desastres. As fileiras de lanceiros continuavam, loucas para alcançar os homens que, calmamente, matavam seus amigos. Era tudo o que sabiam: a única fraqueza do arqueiro. Se fosse alcançado, poderia ser morto.

William foi forçado a recuar uma vez mais. As fileiras de espadachins o acompanharam, enquanto as linhas de lanceiros se reorganizavam e deixavam os mortos para trás. Passo a passo, as forças inglesas perdiam o terreno que tinham conquistado no primeiro avanço, até chegarem de volta à posição inicial. Ali, firmaram-se e ficaram com espadas e escudos erguidos, ofegantes, à espera.

Alguns arqueiros foram lentos demais para recuar com eles, e sumiram numa maré de homens e fúria em movimento. Mas cerca de oitocentos conseguiram retornar a seus manteletes e estacas. Viraram-se mais uma vez para os lanceiros com sangue nos olhos.

Aquelas saraivadas de flechas não voaram alto. Enquanto os regimentos de lanceiros continuavam a atacar, as flechas foram lançadas em tiros curtos e picotados, calando gritos de guerra e fazendo os homens caírem de joelhos. Grandes buracos surgiram nas linhas, e lanças caíram ou balançaram para cima, para o céu. Toda a linha francesa tentou desacelerar em vez de correr para o fogo ardente. Os que estavam atrás se comprimiram, as lanças densas como os espinhos de um ouriço, uma floresta de madeira e ferro.

Os lanceiros pararam, cambaleantes, ensanguentados, e os arqueiros pegaram novas flechas nos cestos e as lançaram até as mãos ficarem cobertas de sangue e ombros e costas doerem e se rasgarem a cada disparo. Contra um inimigo parado, a matança era selvagem, e eles se deleitaram.

Os regimentos franceses finalmente recuaram, incapazes de forçar mais o avanço. Eles correram, virando-se de costas e depois sentindo a onda de terror que dava asas aos pés. Atrás deles, os arqueiros deram vivas e uivaram como lobos.

William sentiu um jorro de prazer que durou até observar suas forças. Perdera uma grande quantidade de homens só na primeira ação, talvez seiscentos ou um pouco mais. Fechou os olhos, sentindo-se enjoado de repente. A sua frente, os cavaleiros franceses estavam se reunindo de novo, e o rei chegara até a mandar pequenos grupos à vanguarda para deslocar os manteletes para posições melhores. Os arqueiros ingleses reagiram com uma dezena de meninos que saíram correndo e recolheram flechas nos braços, arrancando-as do chão em grandes maços. Um besteiro solitário mirou com cuidado e atingiu um dos rapazes que se virava para voltar. Ele caiu e as flechas se derramaram como uma pena branca, e os companheiros rugiram de raiva.

Os franceses iam atacar de novo, William tinha certeza. Podia ver mais de 8 mil inimigos que ainda não haviam entrado em combate naquele dia. Seus soldados provocaram uma destruição sangrenta, mas o preço fora alto e simplesmente havia inimigos demais prontos para atacar.

— A segunda investida vem aí, Alton! — gritou William do outro lado do campo.

Enquanto falava, o cavalo bufou, caiu de joelhos e quase o derrubou. Com a armadura pesada, William apeou devagar, sem muito jeito. Viu dois furos ensanguentados no peito do animal, atingido por dardos. Viu gotículas rubras no focinho e, angustiado, deu uns tapinhas de leve no pescoço vigoroso, já procurando outra montaria que o levasse.

— Um cavalo aqui! — pediu, esperando com paciência seus mensageiros encontrarem e levarem até ele uma das montarias de reserva. Foi a primeira vez naquela manhã que viu o campo de batalha da altura de seus homens de armas, e ficou boquiaberto com a largura das fileiras que ainda o enfrentavam. Os franceses tinham perdido uma quantidade incapacitante, talvez 2 mil contra as centenas dos seus. Em outras circunstâncias, a vitória seria sua. Mas o rei ainda vivia, e sua fúria e amargura só teriam crescido.

— Mais uma investida — murmurou William conforme o ajudavam a montar. Na privacidade dos próprios pensamentos, sabia que, com certeza, teria de recuar depois dela. Dissera aos arqueiros sobreviventes que corressem para as pontes enquanto os cavaleiros e homens de armas lutavam na retaguarda. Isso ele podia fazer, disse a si mesmo, redimir aquela honra. Até então, teria de sobreviver a outra carga maciça de um inimigo que sentia sua fraqueza.

— Arqueiros, preparar! — berrou.

Poucos besteiros tinham sobrevivido à confusão em torno dos manteletes. Se os franceses queriam uma vitória aquele dia, teriam de atacar os arcos de teixo que detestavam. Com esforço, William tirou o elmo, querendo respirar e ver com clareza. Eles estavam se aproximando, e os arqueiros já curvavam os arcos, à espera. Ele mantinha viva uma fagulha de esperança devido àqueles homens — e àqueles homens apenas.

19

— Não entendo o que está dizendo! — retorquiu Margarida, levada à fúria. — Por que essa conversa sobre graus e arcos e sombras? É doença ou não? *Preste atenção.* Há vezes em que Henrique fala com clareza, como se não houvesse nada errado. Há outras vezes em que fala sem nenhum sentido, como uma criança. Logo algo muda e seus olhos ficam vazios. Entendeu? Dura minutos, horas e até dias, então ele revive e *meu marido* volta a me olhar! *Esses* são os sintomas, mestre Allworthy! Que erva tem em sua sacola para isso? Essas histórias de fluxos e... *planetas* não lhe dão nenhum crédito. Devo fazer meu marido se mudar de Londres, se o ar daqui traz tamanha mácula? Pode responder ao menos isso, se não pode tratar o que o ataca?

O médico do rei se fechara, o rosto cada vez mais rubro a cada palavra que Margarida dizia.

— Vossa Alteza Real — começou mestre Allworthy, muito rígido. — Dosei e purguei o rei. Ministrei-lhe enxofre e uma tintura de ópio em álcool que verifiquei ser muito eficaz. Sangrei Sua Graça repetidas vezes e apliquei minhas melhores sanguessugas em sua língua. Mas seus humores continuam desequilibrados! Eu tentava explicar que passei dias temendo a conjunção de Marte e Júpiter, sabendo o que provocaria. É uma época ruim, milady. Sua Graça sofre como *representante* de seu povo, a senhora entende? — O médico cofiou a barba curta que deixava crescer, enrolando os dedos nos nós de pelo enquanto pensava. — Pode ser até sua nobreza, sua santidade, que lhe faça mal. O sangue real não é como o dos outros homens, milady. É um farol na escuridão, uma fogueira no alto de um morro que atrai as forças das trevas. Numa época dessas, de agitação e caos nos céus, bom... se Deus estiver pronto para aceitar Sua Alteza Real em Seu abraço, nenhum homem comum pode ficar no caminho dessa vontade divina.

— Ah, então saia do caminho, mestre Allworthy — mandou Margarida —, se isso é tudo o que tem a dizer. Não vou dar mais ouvidos a essa conversa fiada sobre planetas enquanto meu marido sofre tanto. *Fique* aqui e pense em seus preciosos Marte e Júpiter. Espero que se alegre com eles.

O médico abriu a boca, ainda mais vermelho. O que ia responder se perdeu quando Margarida o empurrou, passando por ele e adentrando os aposentos do rei.

Henrique estava sentado na cama quando ela entrou. O quarto estava na penumbra e, andando até ele, o pé de Margarida se prendeu em alguma peça do equipamento médico, que caiu com um estrondo e a fez tropeçar e depois dar um pontapé mal-humorado. Uma invenção complexa de latão, ferro e vidro saiu girando pelo chão. Em sua fúria com o médico, ficou tentada a segui-la como a um rato que fugisse e fazê-la em pedaços.

O marido virou a cabeça devagar com o barulho, piscando. Ergueu as mãos enfaixadas e Margarida engoliu em seco ao ver sangue recente no curativo. Ela limpara e tratara delas muitas vezes, mas sabia que ele mordia as feridas sempre que ficava sozinho, preocupado com elas como uma criança.

Com cuidado, ela se sentou na cama, encarando profundamente os olhos do marido e só vendo refletidos dor e pesar. Nos braços nus de Henrique, havia crostas onde as facas estreitas de Allworthy tinham aberto suas veias. Ele parecia magro, com círculos escuros sob os olhos e linhas azuis aparecendo na pele pálida.

— Você está bem, Henrique? — perguntou ela. — Consegue se levantar? Acho que este lugar traz doenças no próprio ar. Gostaria de ser levado pelo rio, para Windsor, talvez? Lá o ar é mais doce, longe dos fedores de Londres. Lá você pode cavalgar, caçar, comer boa carne vermelha e se fortalecer.

Para seu desalento, o marido começou a chorar contra sua vontade, o rosto se contraindo. Quando Margarida se moveu para abraçá-lo, ele ergueu as mãos entre os dois, como se a afastasse. Os dedos tremiam como se Henrique tivesse febre e arrepios, embora o quarto estivesse quente e o suor brilhasse em seu rosto.

— As sopas e os medicamentos fazem meus sentidos esvoaçarem, Margarida, mas nem assim consigo dormir! Já estou acordado há... há mais tempo do que consigo me lembrar. Não devo descansar sem a certeza de que o reino está a salvo.

— Ele *está* a salvo! — retrucou Margarida, desesperada para tranquilizá-lo.

Henrique balançou a cabeça em triste repreensão.

— Meu povo se agita, inquieto, sem saber o que faço por ele. Pegaram em armas contra homens ungidos e os assassinaram! Meu exército ainda existe? Pode me dizer isso ou me trará notícias que eu não suportaria ouvir? Todos eles me desertaram, Margarida?

— Ninguém o desertou! *Ninguém*, entende? Seus soldados ficariam a seu lado no Dia do Juízo Final se lhes pedisse. Londres está em segurança, Henrique, juro. A Inglaterra está em segurança. Fique em paz e por favor, *por favor*, tente dormir.

— Não consigo, Margarida. Mesmo que desejasse, continuo, continuo a arder como uma vela até que alguém venha apagá-la. — Ele olhou vagamente o quarto na penumbra. — Onde estão minhas roupas? Preciso me vestir e cumprir meu dever.

Ele começou a se levantar, e Margarida apertou a mão em seu peito, quase recuando com o calor da pele de Henrique quando sua palma nua o tocou. Sentiu então uma dor diferente pelo homem com quem se casara, mas com quem nunca se deitara. Ele não lutou contra seu toque, e Margarida acariciou seu rosto, acalmando-o ao mesmo tempo que acendia chamas dentro de si. Ele fechou os olhos e se recostou nos travesseiros e almofadas. Ela ficou mais ousada, sem se preocupar com o médico que ainda estava do lado de fora.

Margarida se inclinou à frente e beijou o marido no pescoço, onde a garganta era revelada pela camisola aberta. O peito dele era branco e glabro como o de um menino, os braços finos. Cheirava a pós fortes, a enxofre e limão azedo. A pele parecia quente aos seus lábios, quase como se ela tivesse se queimado.

Ela prendeu a respiração, levou a mão ao colo dele e chegou mais perto na cama para se inclinar sobre Henrique e conseguir beijá-lo com mais firmeza na boca. Sentiu os lábios dele tremerem e os olhos se abrirem, fitando os dela com assombro. Ele ofegou em sua boca enquanto Margarida o acariciava. Ela viu músculos se contraírem e os alisou com as mãos.

— Fique parado e deixe que cuido de você — sussurrou Margarida no ouvido do marido. — Deixe-me lhe dar a paz que puder.

Ela sentiu a voz enrouquecer quando a garganta se apertou e um rubor abriu caminho até o rosto e o pescoço. Seu toque parecia acalmá-lo, e Margarida não ousou se afastar para se despir. Em vez disso, manteve os lábios nos dele, as mãos trabalhando em laços e presilhas, tirando tecido dos ombros, desnudando-os. Era impossível. Temia que ele falasse para proibi-la ou se levantasse para afastá-la. Mas o vestido não se soltava! Ela apertou a cabeça contra o pescoço dele enquanto lutava com a roupa, e seu cabelo caiu sobre o rosto de Henrique.

— Eu... — começou o rei, a palavra instantaneamente sufocada quando recebeu outro beijo. Margarida conseguiu sentir o sangue das feridas da sanguessuga que orlava seus lábios, um gosto de ferro na boca.

Com uma das mãos, ela ergueu o vestido e rasgou o pano por baixo, para revelar as nádegas. Um pensamento lhe passou pela cabeça, o médico letrado abrindo a porta naquele momento, e ela sufocou uma risadinha ao passar uma perna nua por sobre o marido e tentar se encaixar debaixo da massa de vestimentas. Quando ousou observar Henrique, ele estava com os olhos fechados de novo, mas sentia a prova de que pelo menos o corpo dele estava disposto. Por Deus, ela vira uma quantidade suficiente de animais fazer isso com o passar dos anos! O ridículo da situação lhe deu vontade de rir; Margarida se mexia e pressionava seu corpo contra o dele, tentando encontrar uma posição que funcionasse.

Aconteceu repentina e inesperadamente, então ambos perderam o fôlego e os olhos de Henrique se abriram de súbito. Mesmo então ele parecia vago, como se acreditasse ser um sonho. Margarida se viu ofegar enquanto segurava a cabeça do marido e sentia a mão dele se estender para agarrar sua coxa nua. Ela sentiu a aspereza das ataduras tocar sua pele, fazendo-a tremer. Fechou os olhos e corou quando a imagem de William lhe surgiu na mente. William, que era tão velho! Tentou banir o pensamento, mas conseguia vê-lo no pátio de Saumur, forte, rindo, as mãos rudes e fortes.

Com os olhos bem fechados, ela se moveu sobre o marido como Iolanda descrevera no jardim de Wetherby House, partilhando respiração, calor, suor e esquecendo a impaciência do médico atrás da porta. Quando Henrique gritou, Margarida sentiu o corpo tremer em resposta, tremores leves de prazer em meio ao desconforto que, de certa forma, era muito mais incisivo. Sentiu o marido se erguer dos travesseiros, os braços e as costas se enrijecendo ao segurá-la, e ficar repentinamente mole e cair para trás como um homem morto. Henrique respirava suavemente ali deitado, e Margarida sentiu um calor invadir seus quadris.

Ela descansou a cabeça no peito do marido até a respiração se tranquilizar, e sentiu uma leve dor que não era pior do que esperara. As imagens frenéticas de William desbotaram com um vago bulício de culpa.

238

Margarida sorriu ao ouvir Henrique começar a ressonar de leve e, quando o médico abriu a porta e olhou para o interior, ela não abriu os olhos até que ele fosse embora, nem mesmo para ver sua expressão consternada.

Jack Cade olhou em volta os homens que aguardavam suas ordens. Paddy e Rob Ecclestone estavam lá, é claro, seus lugares-tenentes de confiança que mal conseguiam esconder o prazer com o rumo que as coisas tomavam. Ele logo percebera que uma mera assembleia de agricultores furiosos não teria a mínima chance quando o xerife de Kent mandasse soldados. A resposta fora treinar os refugiados da França até que conseguissem resistir e matar em formação, marchar e fazer o que mandassem aqueles que sabiam mais.

— Alguém pode me buscar uma caneca de cerveja escura ou terei de falar a seco? — perguntou Jack.

Ele descobrira que era uma boa ideia arranjar bebida cedo nas tabernas que usavam a cada noite. Seus homens tinham sede, e os barris estavam sempre secos na hora em que avançavam. Toda manhã, gemiam e se queixavam de que a cabeça ia explodir, mas Jack não se importava. Se havia aprendido alguma coisa lutando na França anos antes fora que os homens de Kent lutam melhor com um pouco de cerveja dentro deles — melhor ainda, com um odre inteiro.

A viúva atrás do balcão não estava nada contente com os homens bebendo de graça. Flora mantinha uma boa casa, Jack tinha de admitir. Havia palha limpa no chão e as tábuas e os barris estavam lisos após anos sendo esfregados. É certo que não era nenhuma beldade, mas possuía aquela teimosia no maxilar anguloso de que Jack sempre gostara. Em épocas mais felizes, pensaria em cortejá-la. Afinal de contas, ela não havia fugido nem mesmo quando 2 mil homens chegaram marchando pela estrada rumo a sua taberna. Isso era puro Kent. Jack esperou com paciência enquanto ela enchia uma caneca de estanho e a passava para ele soprar a espuma.

— Obrigado, amor — agradeceu Jack.

Ela lhe lançou um olhar azedo, cruzando os braços de um jeito que ele já vira em todas as estalagens e tabernas de onde fora expulso com o passar dos anos. Aquele pensamento o deixou de bom humor. Não podiam mais expulsar Jack Cade na noite, não agora. Com goles enormes, ele bebeu a cerveja até o fim e ofegou, limpando uma linha grossa de bebida dos pelos em torno da boca.

A estalagem estava lotada com cerca de oitenta dos homens que ele escolhera nas últimas semanas. Na maioria eram como ele: de ombros largos, com boas pernas fortes e mãos grandes. Todos tinham nascido em Kent, nem era preciso dizer. Com exceção de Paddy, Jack se sentia mais à vontade com esses. Sabia como funcionava a cabeça deles, como pensavam e como falavam. Em consequência, conseguia falar com eles, algo que não estava acostumado a fazer, pelo menos não em multidões.

Jack olhou em volta com aprovação, todos aguardando sua palavra.

— Agora, sei que alguns de vocês não me conhecem direito e talvez queiram saber por que Jack Cade lhes deu um tapinha no ombro. Vocês também sabem que não gosto de falar como outros falam, então vão saber que não é só bobagem.

Eles o fitavam, e Paddy deu uma risada no silêncio. O irlandês grandalhão usava roupas e botas novas, recém-tiradas de uma das cidades por onde tinham passado e melhores do que tudo o que possuíra até então. Jack deixou os olhos vaguearem até encontrar Rob Ecclestone nos fundos. Aquele combinava mais com as sombras, onde pudesse ficar de olho no restante. Ecclestone parecia deixar os homens pouco à vontade quando era visto afiando a navalha toda manhã — e isso era bom, na opinião de Jack.

— Traga-me outra, por favor, Flora? — pediu Jack, passando a caneca. — Tudo bem?

Ele se virou de novo para a multidão, divertindo-se.

— Fiz vocês correrem e marcharem para melhorar a respiração. Fiz vocês suarem afiando ganchos e machados e tudo o que pudemos achar para vocês. Fiz tudo isso porque, quando vier contra nós, o xerife de Kent terá soldados com ele, tantos quanto conseguir achar. E não vim até aqui para perder agora.

Um murmúrio se elevou da multidão quando os que se conheciam baixaram a cabeça e cochicharam alguns comentários. Jack corou de leve.

— Já ouvi suas histórias, rapazes. Já ouvi o que aqueles canalhas fizeram na França, como entregaram a terra de vocês e recuaram enquanto soldados franceses punham as mãos em suas mulheres e matavam seus velhos. Ouvi falar dos impostos e de como um homem pode trabalhar duro a vida inteira, mas nem assim ter alguma coisa quando acabam de tirar a parte deles de seu dinheiro. Pois bem, rapazes, agora vocês podem fazê-los escutar se quiserem. Vocês estarão num lamaçal com os homens aqui em volta e os outros lá fora. Verão os soldados do xerife virem marchando com espadas e arcos e vão querer esquecer como estão morrendo de raiva deles. Vão querer fugir e deixar que vençam, com o mijo escorrendo pelas pernas ao correr.

A taberna lotada pareceu quase se sacudir quando os homens lá dentro grunhiram e berraram que não fariam nada disso. Os lábios de Jack se franziram, em divertimento, enquanto ele tomava a segunda cerveja e a engolia tão depressa quanto a primeira.

— Conheço esse medo, rapazes, e não venham me dizer que são corajosos quando estão sãos e salvos num lugar quente. Suas tripas vão se apertar, seu coração vai querer pular do peito e vocês vão querer estar *em qualquer outro lugar.* — Sua voz se endureceu e os olhos cintilaram, a velha raiva crescendo nele com a bebida. — Mas, se fugirem, vocês não serão homens de Kent. Não serão nem homens. Terão *uma* chance de enfiar os dentes deles dentro da cabeça, uma única luta em que vão esperar que vocês se mijem e fujam. Se vocês se aguentarem, eles não vão saber o que os atingiu e passaremos por cima deles como trigo, juro por Deus. Vamos pôr a cabeça daquele xerife numa estaca e levá-la como uma maldita bandeira! Vamos marchar sobre Londres, garotos, se puderem se aguentar. Ao menos *uma vez*, e eles saberão que vocês têm estômago pra isso.

Jack olhou a sala em volta, satisfeito com o que viu na expressão dos homens.

— Quando saírem — continuou —, quero que cada um de vocês escolha uma dúzia de homens. Serão seus, portanto, aprendam o nome de cada um e façam com que aprendam o nome uns dos outros. Quero que saibam que, se fugirem, serão os parceiros deles que ficarão para trás, entendido? Nada de estranhos, *parceiros*. Mandem beberem juntos e treinarem juntos todo dia até se tornarem quase irmãos, o máximo possível. Assim, teremos uma chance.

Ele baixou a cabeça um instante, quase como se rezasse. Quando voltou a falar, a voz estava rouca.

— Então, quando me ouvirem gritar, ou Paddy, ou Rob, vocês seguem. Façam o que mandarmos e verão os soldados do xerife caírem. Vou indicar a vocês a direção certa. Eu sei como é. Aproveitem sua única chance e cortem cabeças. Vocês andarão diretamente sobre os homens que se levantaram contra nós.

Paddy e Rob urraram e o restante acompanhou. Jack fez um gesto para Flora e ela cuspiu no chão de asco, mas começou a passar mais canecas de cerveja. Acima do barulho, Jack levantou a voz mais uma vez, embora a vista estivesse meio turva. A cerveja escura valeria o preço que custava, se ele estivesse pagando.

— Há mais e mais homens de Kent vindo se juntar a nós todo dia, rapazes. Agora o condado inteiro já sabe o que pretendemos fazer e há mais gente vindo da França todo dia. Dizem que a Normandia está caindo e que nosso bondoso rei traiu a todos nós de novo. Pois bem, tenho a resposta para isso!

Ele levantou uma machadinha pousada junto a suas botas e bateu com a lâmina no balcão de madeira. Num instante de silêncio, Flora xingou. A palavra que ela usou fez todos rirem enquanto bebiam e davam vivas. Jack ergueu a caneca a eles.

Thomas mancava de leve, um efeito colateral do ferimento que sofrera. Os pontos tinham se repuxado numa linha inchada que lhe atravessava o quadril e se esticava dolorosamente a cada passo. Depois de uma semana atravessando campos e se escondendo em valas, era estranho pegar a estrada de novo. Ele e Rowan se misturaram bem à multidão miserável e dispersa de refugiados que seguiam para Calais. Não havia espaço na maioria das carroças, que já rangiam sob o peso dos que possuíam moedas para gastar. Thomas e Rowan não tinham nada, e assim caminhavam de cabeça baixa, apenas deixando para trás o máximo de quilômetros que pudessem por dia. Thomas tentava ficar atento, mas a fome e a sede o deixavam inquieto e às vezes ele chegava à noite com poucas lembranças do caminho que percorrera. Os nervos se tensionavam com a viagem às claras, mas fazia dias que ele e o filho não viam um soldado francês. Estavam em algum outro lugar, talvez com coisa melhor a fazer do que importunar e roubar a torrente de famílias inglesas que partiam da França.

O crepúsculo se transformava em escuridão quando Thomas caiu. Com um grunhido, simplesmente desmoronou e ficou deitado na estrada, com os refugiados passando por cima dele. Rowan o ergueu e depois deu seu facão com cabo de chifre a um carroceiro disposto a enfiar mais dois na traseira. Naquela noite, o homem chegou a dividir com eles uma sopa rala, que Rowan pôs às colheradas na boca do pai. Não estavam numa situação pior do que muitos que os cercavam, mas ser carregado ajudava.

Outro dia se passou com o mundo reduzido a um quadrado de céu visível pela traseira da carroça. Rowan parou de olhar para fora quando viu três homens surrando e roubando alguma alma indefesa. Ninguém foi ajudar o homem e a carroça prosseguiu, deixando a cena para trás.

Ainda não haviam dormido quando a carroça parou, estavam num estado de estupor estonteado que transformava os dias num borrão. Rowan sentou-se ereto de repente quando o carroceiro deu tapas fortes na lateral da carroça. Havia outras três pessoas amontoadas com os arqueiros, dois velhos e uma mulher que, pelo que Rowan entendera, era casada com um deles, embora não soubesse direito com qual. Os velhos se espreguiçaram devagar e o carroceiro continuava a bater e a despertar todos.

— Por que paramos? — murmurou Thomas sem se levantar de seu lugar junto à lateral de madeira.

Rowan desceu e ficou olhando a distância. Depois de tanto tempo, era estranho ver as muralhas da fortaleza de Calais a não mais do que 2 quilômetros. As estradas estavam tão lotadas que a carroça só podia se mover junto do fluxo das pessoas, na velocidade dos mais lentos. Rowan se inclinou para dentro e sacudiu o pai pelos ombros.

— Hora de descer, acho — avisou. — Finalmente sinto o cheiro do mar.

Gaivotas gritavam à distância, e Rowan sentiu seu ânimo aumentar, ainda que tivesse tantas moedas quanto um mendigo e não possuísse mais uma faca para se defender. Ajudou o pai a descer para a estrada e agradeceu ao carroceiro, que se despediu deles com a atenção voltada para os pais e o tio na traseira.

— Que Deus esteja com vocês, rapazes — desejou ele.

Rowan pôs o braço em torno do pai, sentindo o relevo dos ossos que espetavam onde a carne se consumira.

As muralhas de Calais pareciam crescer à medida que eles empurravam e abriam caminho pela massa de gente. Ao menos os arqueiros não tinham fardos que os atrapalhassem, nenhuma posse para guardar. Mais de uma vez ouviram um grito de revolta quando alguém furtava algo e tentava sumir. Rowan balançou a cabeça ao ver dois homens chutarem outro no chão. Estavam concentrados na tarefa e, quando Rowan passou, um deles ergueu os olhos como num desafio. Rowan desviou os seus, e o homem voltou a pisar na figura caída.

Thomas gemeu, a cabeça pendendo enquanto Rowan se esforçava carregando-o. Havia tanta gente! Para um homem que crescera numa fazenda de criação de ovelhas isolada, Rowan suava por estar em tamanha aglomeração, todos seguindo para as docas. Eram quase carregados, incapazes de parar ou se desviar do movimento do povo.

O ajuntamento pareceu crescer ainda mais quando Rowan cambaleou com o pai pelos imensos portões da cidade e pela rua principal, na direção do mar. Dava para ver os mastros altos dos navios, e ele levantou a cabeça com esperança.

Levaram a manhã inteira e quase toda a tarde para chegar às docas propriamente ditas. Rowan havia sido forçado a descansar mais de uma vez quando via um degrau vazio ou mesmo uma parede onde se encostar. Estava tonto e cansado, porém a visão dos navios o atraía. O pai ia e voltava do estado de alerta, às vezes com plena consciência e falando, depois recaindo na sonolência.

O sol se punha sobre mais um dia sem uma refeição decente. Alguns monges tinham aparecido distribuindo porções de pão duro e vasilhas d'água pela multidão. Rowan os abençoara pela gentileza, mas isso fora horas atrás. Sentia a língua engrossar na boca, e o pai não dizia palavra desde então. Com o sol descendo para o horizonte, eles entraram numa fila que se remexia e serpenteava pela multidão em movimento, sempre seguindo em direção a um grupo de homens robustos que guardavam a entrada de um navio. A luz se tornava vermelha e dourada, e Rowan ajudou o pai a subir os últimos degraus, sabendo que deviam parecer mendigos ou condenados, mesmo naquele grupo.

Um dos homens ergueu os olhos e crispou o rosto de maneira visível ao ver os dois espantalhos esquálidos em pé, oscilando diante dele.

— Nome?

— Rowan e Thomas Woodchurch — respondeu Rowan. — Tem vaga para nós?

— Vocês têm dinheiro? — perguntou o homem. A voz era monótona de tanto fazer as mesmas perguntas.

— Minha mãe tem, na Inglaterra — disse Rowan, o coração afundando no peito.

O pai se mexeu em seus braços, erguendo a cabeça. O marinheiro deu de ombros, já olhando além deles para o próximo da fila.

— Hoje não posso ajudá-lo, filho. Haverá outros navios amanhã ou depois de amanhã. Um deles os levará.

Thomas Woodchurch se inclinou à frente, quase derrubando o filho.

— Derry Brewer — murmurou, embora o enervasse usar aquele nome. — Derry Brewer ou John Gilpin. Eles responderão por mim. Eles responderão por um arqueiro.

O marinheiro parou no ato de acenar para chamar o próximo grupo. Pareceu pouco à vontade enquanto verificava a prancheta de madeira.

— Está bem, senhor. Pode embarcar. Ainda há espaço no convés. O senhor ficará bem, contanto que o vento se mantenha tranquilo. Logo partiremos.

Enquanto Rowan observava com espanto, o homem usou a faca para marcar mais duas almas no bloco de madeira.

— Obrigado — disse, ajudando o pai a subir a prancha de embarque. O marinheiro tocou a testa numa rápida continência. Rowan empurrou e abriu caminho até um lugar vazio no convés, próximo à proa. Com alívio, ele e o pai se deitaram e esperaram para serem levados à Inglaterra.

20

Derry olhou pela janela da Torre das Joias em vez de encarar a expressão ameaçadora do orador William Tresham. Podia ver o vasto Palácio de Westminster do outro lado da rua, com a torre do relógio e Edward, o famoso sino. Quatro guardas parlamentares o tinham feito esperar na torre durante uma manhã inteira, incapaz de sair antes que o grande homem lhe concedesse a honra de sua presença.

Derry suspirou, contemplando através do vidro grosso de tom esverdeado que fazia o mundo do outro lado balançar indistinto. Ele sabia que Westminster Hall estaria concorridíssimo, com todas as lojas em seu interior realizando um próspero comércio de perucas, penas, papel: tudo e todos que pudessem ser requisitados pela Câmara dos Comuns ou pelos tribunais para administrar as terras do rei. Derry preferia estar lá em vez de onde estava. A Torre das Joias era cercada por fosso e muralhas, originalmente para proteger os valiosos pertences do rei Eduardo. Com apenas alguns guardas, funcionava igualmente bem para manter um homem prisioneiro.

Depois de se sentar confortavelmente a uma enorme escrivaninha de carvalho, Tresham pigarreou com ênfase deliberada. Relutante, Derry se virou para encará-lo, e os dois se fitaram com desconfiança mútua. O orador da Câmara dos Comuns ainda não tinha 50 anos, embora já tivesse servido a 12 parlamentos desde sua primeira eleição, aos 19 anos. Com 46, dizia-se que Tresham estava no ponto mais alto do poder, com uma fama de inteligência que provocava em Derry mais do que um pouco de cautela. Tresham o observava em silêncio, o olhar frio registrando cada detalhe, das botas respingadas de lama de Derry ao forro puído da capa. Era difícil ficar parado com aqueles olhos reparando em tudo.

— Mestre Brewer — começou Tresham depois de algum tempo. — Sinto que devo me desculpar por fazê-lo esperar tanto tempo. O Parlamento é uma amante exigente, como se diz. Ainda assim, não o prenderei por muito tempo, agora que nos decidimos. Lembro-lhe de que sua presença é uma cortesia a mim, pela qual tem minha gratidão. Só posso esperar lhe transmitir a seriedade de meus propósitos, de modo que o senhor não sinta que desperdicei o tempo de um homem do rei.

Tresham sorria ao falar, sabendo muito bem que Derry fora levado até ele pelos mesmos soldados armados que agora guardavam a porta da torre, dois andares abaixo. O espião-mor do rei não tivera opção nem aviso, talvez porque Tresham soubesse muito bem que ele teria desaparecido em silêncio ao primeiro sussurro de convocação.

Derry continuava a lançar um olhar furioso ao homem sentado diante dele. Antes da carreira na política, sabia que Sir William Tresham estudara para ser advogado. Na privacidade dos próprios pensamentos, Derry disse a si mesmo para ser cauteloso com o velho diabo com rosto de cavalo, com seus pequenos dentes quadrados.

— Não tem resposta para mim, mestre Brewer? — continuou Tresham. — Sei através de boas fontes que o senhor não é mudo, mas ainda não ouvi uma única palavra sua desde que cheguei. Não há nada que queira me dizer?

Derry sorriu, mas se refugiou no silêncio em vez de dar ao outro qualquer coisa que pudesse usar. Diziam que Tresham conseguia tecer uma teia grossa o suficiente para enforcar um homem partindo de uma faca e uma luva caída. Derry só observou Tresham pigarrear e folhear uma pilha de documentos que arrumara sobre a escrivaninha.

— Seu nome não está em nenhum destes documentos, mestre Brewer. Isto não é uma inquisição, pelo menos no que lhe diz respeito. Eu esperava que o senhor se dispusesse a auxiliar o orador da Câmara em seus inquéritos. As acusações que serão feitas estão no âmbito da alta traição, afinal de contas. Acredito ser possível afirmar que é seu *dever*, senhor, me ajudar do modo que eu achar adequado.

Tresham parou, erguendo as enormes sobrancelhas na esperança de um comentário. Derry trincou os dentes, mas se manteve calado, preferindo deixar o homem mais velho revelar o que sabia. Quando Tresham meramente o fitou de volta, Derry sentiu a paciência se esfarrapar da maneira mais irritante.

— Se isso é tudo, Sir William, preciso cuidar dos assuntos do rei. Como o senhor mesmo disse, sou um de seus homens. Eu não deveria ser detido aqui, não com atribuições mais importantes.

— Mestre Brewer! Mas é claro que o senhor está livre para sair a qualquer momento...

Derry se virou instantaneamente na direção da porta, e Tresham ergueu um único dedo ossudo como aviso.

— Mas... ah, claro, mestre Brewer, há sempre um "mas", não é? Convoquei-o aqui para auxiliar meus inquéritos legais. Se escolher partir, serei forçado a supor que o senhor seja um dos homens do mesmo tipo que procuro! Nenhum homem inocente fugiria de mim, mestre Brewer. Não quando busco a justiça em nome do rei.

Contra sua vontade, o mau humor de Derry aumentou e ele voltou a falar, talvez se consolando com o corredor tão perto. Não passava de uma ilusão de fuga, com guardas no andar de baixo para detê-lo. Ainda assim, libertou a língua contra o bom senso.

— O senhor busca um bode expiatório, Sir William. Deus sabe que não pode envolver o rei Henrique nessas falsas acusações de traição, portanto, deseja encontrar algum inferior para enforcar e estripar para o prazer da população de Londres. O senhor não me engana, Sir William. Eu sei o que pretende!

O homem mais velho se recostou, confiante que Derry não iria embora, ou melhor, não poderia ir. Descansou as mãos cruzadas sobre os botões do casaco velho e, cansado, ergueu os olhos para o teto.

— Vejo que posso ser franco com o senhor. Não me surpreende, dado que fui levado a compreender sobre sua influência na corte. É verdade que seu nome não aparece em nenhum documento, embora, sem dúvida, seja dito por muitos. Não menti quando disse que o senhor não corria perigo, mestre Brewer. O senhor é apenas um servo do rei, apesar de seu serviço ser amplo e bastante variado, creio eu. Entretanto, permita-me ser claro, de homem para homem. Os desastres na França devem ser atribuídos a quem for responsável. Maine, Anjou e agora a Normandia foram perdidos, não, arrancados dos legítimos donos com morte, fogo e sangue! O senhor fica assim tão surpreso por haver um preço a ser pago por tamanho caos e má administração?

Com uma mórbida sensação de inevitabilidade, Derry viu para onde o homem o empurrava. Falou depressa para desviá-lo.

— O matrimônio na França foi a pedido do próprio rei, os termos aceitos por Sua Alteza Real até a última gota de tinta. O selo real está bem firme sobre tudo isso, Sir William. Será o senhor o homem que levará suas acusações ao rei? Desejo-lhe sorte. A aprovação real é imunidade suficiente, penso eu, para os desastres que menciona. Não nego os territórios perdidos e lamento a perda de cada fazenda e propriedade lá, mas essa busca frenética por culpados, por bodes expiatórios, está abaixo da dignidade do Parlamento e de seu orador. Sir William, há ocasiões em que a Inglaterra triunfa e outras em que... fracassa. Suportamos e prosseguimos. Não nos é adequado olhar para trás e apontar o dedo, dizendo: "Ah, *isso* não deveria ter acontecido. *Aquilo* não deveria ter sido permitido." Esse ponto de vista só é concedido aos homens que olham para trás, Sir William. Para aqueles dentre nós com vontade de *avançar*, é como se entrássemos vendados numa sala escura. Nem todos os tropeços e passos em falso podem ser julgados depois de passado o momento nem deveriam ser.

Sir William Tresham parecia se divertir enquanto Derry falava. O velho advogado baixou o olhar e Derry se sentiu perfurado por olhos que viam e entendiam demais.

— Pelo seu raciocínio, mestre Brewer, nunca haveria punição para nenhum delito! O senhor nos faria dar de ombros e atribuir todos os fracassos ao azar ou ao destino. É uma visão curiosa e, devo dizer, uma percepção interessante do interior de sua mente. Quase desejo que o mundo *pudesse* funcionar assim, mestre Brewer. Infelizmente, *não* pode. Os que provocaram a ruína e a morte de milhares devem, por sua vez, ser levados à justiça! Tem de *haver* justiça, e é preciso *cuidar* para que haja!

Derry se viu respirando com força, os punhos se fechando e se abrindo de frustração ao lado do corpo.

— E a proteção do rei? — indagou.

— Ora, ela tem limites, mestre Brewer! Quando revoltas e assassinatos vis se espalham pelo país, desconfio que até a proteção do rei tenha seus limites. O senhor permitiria que os responsáveis por tamanha destruição ficassem impunes? A perda das terras da Coroa na França? O massacre de homens de alta posição? Se assim for, eu e o senhor discordamos.

Derry semicerrou os olhos, pensando outra vez no momento peculiar da convocação que o surpreendera e o levara a atravessar Londres até Westminster.

— Se meu nome não consta em lugar nenhum, por que estou aqui? — quis saber.

Para sua irritação, Tresham deu uma risada com um prazer que parecia genuíno.

— Fico surpreso por não ter feito essa pergunta desde o princípio, mestre Brewer. Um homem desconfiado talvez encontrasse falhas no tempo que demorou para chegar a esse ponto.

Tresham se levantou e olhou pela janela.

Perto do rio, o grande sino tocava naquele momento, atingido duas vezes para que todos soubessem que passavam duas horas do meio-dia. Tresham cruzou as mãos nas costas, como se desse uma aula a estudantes de direito, e o coração de Derry se apertou ante a confiança desanimadora do outro.

— O senhor é um sujeito fascinante, mestre Brewer. Lutou como homem do rei na França, há uns 16 anos, com alguma distinção, pelo que se diz. Depois disso, entrou para o serviço do velho Saul Bertleman como mensageiro e informante. Ambas ocupações arriscadas, mestre Brewer! Cheguei a ouvir dizer que o senhor lutou nos cortiços, como se a violência e o risco fossem coisas pelas quais anseia. Conheci Saul Bertleman há muitos anos, sabia? Não diria que éramos exatamente amigos, só que aprendi a admirar a qualidade das informações que conseguia fornecer. Mas o aspecto dele que permanece em minha mente talvez fosse sua maior virtude: cautela. Seu antecessor era um homem cauteloso, mestre Brewer. Por que um homem daqueles escolheria o *senhor* para sucedê-lo é algo que não consigo entender.

Tresham parou para observar o efeito de suas palavras. Seu prazer com uma plateia cativa era extremamente irritante, mas não havia nada que Derry pudesse fazer além de aguentar.

— Espero que ele tenha visto coisas que o senhor não vê — respondeu Derry. — Ou talvez o senhor não o conhecesse tão bem quanto pensa.

— É, suponho que seja possível — concordou Tresham, sua dúvida evidente. — Desde o primeiro momento em que comecei a examinar essa barafunda, essa confusão indescritível de vaidade, armistícios e *arrogância*, sussurram-me seu nome. Homens honestos o cochicham por trás das mãos, mestre Brewer, como se temessem que o senhor descobrisse que falaram comigo ou com meus homens. Seja qual for a verdade de seu envolvimento, parece-me mero bom senso mantê-lo sob meus olhos enquanto mando homens prenderem um amigo seu.

Derry sentiu uma mão fria apertar suas entranhas. A boca se mexeu, mas nenhuma palavra saiu. Tresham mal conseguia conter a satisfação ao sorrir na direção da torre do relógio.

— Lorde Suffolk deveria chegar hoje a Portsmouth, mestre Brewer, enquanto os sobreviventes esfarrapados de seu exército lambem as feridas em Calais. As notícias não são boas, embora eu ouse dizer que não preciso contar isso ao *senhor.*

Tresham indicou os documentos sobre a escrivaninha, os cantos da boca se franzindo com algo parecido com arrependimento.

— *Seu* nome pode não ser mencionado ali, mestre Brewer, mas o de William de la Pole, lorde Suffolk, está em quase todos eles. Pergunta por que está aqui? Foi a mensagem daquelas vozes sussurrantes, mestre Brewer. Avisaram-me que, se queria lançar redes, devia primeiro ter certeza de que o senhor não estivesse lá para cortá-las. Acredito que agora essa tarefa foi cumprida. O senhor pode partir, a menos, é claro, que tenha mais alguma pergunta. Não? Então diga a palavra "Pescador" aos guardas lá embaixo. — Tresham deu uma risada. — Uma ideia boba, sei disso, mas, se lhes disser a palavra, eles o deixarão passar.

Ele disse as últimas palavras para o ar vazio, ao mesmo tempo que Derry descia correndo os degraus. Perdera a maior parte do dia preso à disposição de Tresham. Seus pensamentos enlouqueciam enquanto corria pelo caminho e contornava a orla externa do palácio, seguindo para as balsas e o rio. A Torre de Londres ficava a quase 5 quilômetros dali, bem depois da curva do Tâmisa. Tinha homens lá que poderiam ser enviados à costa em cavalos velozes. Em disparada, ria de nervoso, os olhos brilhantes. O maldito Sir William Tresham era um inimigo perigoso, disso não havia dúvida. Mas, apesar de toda a sua inteligência, ele errara numa única coisa. William de la Pole não vinha para Portsmouth, a dois dias a cavalo e a sudoeste da cidade de Londres. Ele vinha para Folkestone, em Kent, e Derry era o único que sabia disso.

Estava sem fôlego quando chegou à plataforma de embarque, onde as balsas para membros do Parlamento aguardavam o tempo inteiro, dia e noite. Derry empurrou e passou por um cavalheiro idoso a quem ajudavam a descer, pulando a bordo do barco estreito e fazendo o dono praguejar quando a embarcação adernou e quase virou.

— Leve-me à Torre — pediu, acima dos protestos do barqueiro. — Um dobrão de ouro se remar como se sua casa estivesse em chamas.

Com isso, a boca do homem se fechou. Ele abandonou o velho que ajudava e tocou a testa rapidamente antes de pular e mergulhar os remos nas águas escuras.

— Eu *detesto* lutar na maldita neblina e na chuva — declarou Jack Cade enquanto andava. — As mãos escorregam, os pés escorregam, a corda do arco apodrece e a gente não consegue ver o maldito inimigo antes que ele nos alcance.

Paddy grunhiu encurvado a seu lado, tremendo enquanto andavam em fila. Apesar da irritação de Jack com o aguaceiro, ele supunha ser um tipo de bênção. Duvidava que o xerife de Kent tivesse muitos arqueiros à disposição. Manejar um arco e flecha era um talento valioso e os que o possuíam estavam todos na França para ganhar mais e sendo massacrados. Se os oficiais do rei em Kent tivessem pelo menos uma dezena de besteiros, estariam com sorte, mas na chuva forte as cordas afrouxavam e o alcance era reduzido. Se não estivesse se sentindo tão mal, encharcado e gelado, Jack agradeceria a Deus pela chuva. Mas não era o caso.

O ponto de vista de Paddy era, no máximo, um pouco pior. Sempre desconfiara de qualquer tipo de sorte. Não parecia ser a ordem natural das coisas, e, em geral, ficava mais feliz quando tinha azar. Porém marcharam por Kent quase sem incidentes a partir de Maidstone. O xerife do rei não estava na sede do condado quando foram procurá-lo. O exército de Cade capturara alguns de seus meirinhos perto da cadeia e os homens se divertiram enforcando-os antes de libertar os presos e queimar o local. Desde então, haviam andado como crianças no Jardim do Éden, sem ver nem ouvir os soldados do rei. A cada dia de paz, o humor de Paddy afundava mais ainda. Não se importava de passar as horas do dia treinando com ferramentas agrícolas em vez de armas, mas haveria punição e ajuste de contas, ele tinha certeza. O rei e seus bons lordes não permitiriam que perambulassem pelo campo à vontade, tomando e queimando tudo o que quisessem. Só a ideia de que não estavam sozinhos animava o espírito de Paddy. Ouvira notícias de revoltas em Londres e nos condados, todas deflagradas pelas queixas justificadas das famílias que voltavam da França. Paddy rezava toda noite para os soldados do rei estarem ocupados em algum outro lugar, mas, no fundo, sabia que eles chegariam. Tivera algumas semanas grandiosas com os Homens Livres de Kent, mas esperava lágrimas, e o tempo combinava com seu humor soturno.

A chuva se reduzira a uma garoa constante, mas havia uma neblina espessa em torno deles quando ouviram uma voz aguda gritar. Jack insistira em usar batedores, embora só tivessem roubado cavalos de arado para montar. Um dos voluntários era um escocês baixo e peludo chamado James Tanter. A imagem do homenzinho encarapitado no cavalo enorme quase reduzira Paddy às lágrimas de tanto rir quando a viu pela primeira vez. Todos reconheceram o sotaque forte de Tanter berrar um aviso em meio à chuva.

No mesmo instante Jack rugiu ordens para preparar armas. Tanter podia ser azedo, um chupadorzinho de *haggis*, como dizia Jack, mas também não era homem de gastar fôlego à toa.

Eles continuaram marchando, segurando ganchos e foices afiados, pás e até espadas velhas caso as tivessem encontrado ou tomado de meirinhos sem sorte. Cada homem ali fitava o cinza, procurando formas que pudessem ser de inimigos. Todos os ruídos estavam abafados, mas eles ouviram Tanter praguejar e seu cavalo ganir em algum ponto à frente. Paddy se virava de um lado para o outro, esforçando-se para escutar. Fazia barulho e engolia em seco de nervoso.

— Cristo nos salve, lá estão eles! — exclamou Jack, erguendo a voz num mugido. — Estão vendo? Agora, matem. Paguem um pouco do que lhes devem. Atacar!

As linhas de homens se desfizeram numa corrida desabalada pela lama grossa, os de trás observando os companheiros sumirem no turbilhão de neblina. Não conseguiam ver além de trinta passos adiante, mas, para Jack Cade e Paddy, esse pequeno espaço se enchia de soldados com boas espadas e cota de malha. Eles também foram avisados pelos gritos desesperados de Tanter, mas ainda havia confusão nas fileiras do xerife. Alguns pararam assustados ao ver os homens de Cade saírem como fantasmas da terra a sua frente.

Com um rugido, Cade atacou, erguendo o machado de lenhador acima da cabeça enquanto avançava. Foi um dos primeiros a alcançar os soldados do xerife e enterrou a lâmina larga no pescoço do primeiro homem que enfrentou. O golpe cortou fundo os elos da cota de malha e se prendeu, então teve de torcê-lo de um lado para o outro para livrar a lâmina, respingando-se de sangue. Em torno de Jack, seus homens avançavam. Rob Ecclestone não usava armadura e brandia apenas a navalha, mas fazia com ela um trabalho sangrento, passando pelos homens de armadura com um movimento rápido que os deixava sem ar, segurando a garganta. Paddy tinha uma foice de podar com a lâmina em forma de lua crescente, que segurava na horizontal. Enganchava com ela a cabeça dos homens, puxando-as quando a lâmina encontrava seu alvo. Os outros eram, em sua maioria, homens de Kent, e estavam zangados desde que os franceses os tinham expulsado. E tinham ainda mais raiva dos lordes ingleses que concordaram com aquilo. Naquele campo pantanoso perto de Sevenoaks, tinham a oportunidade de finalmente agir, e todos os discursos de Jack não eram nada perto daquilo. Eram homens furiosos com ferro afiado, e se despejaram sobre os soldados.

Jack cambaleou, praguejando com a dor silenciosa na perna. Não ousou olhar para baixo e correr o risco de ter a cabeça aberta no momento errado. Não tinha sequer certeza de ter sido cortado e não se lembrava de nenhum ferimento, porém a maldita coisa cedeu debaixo dele, o que o fez mancar e saltitar junto dos outros, balançando o machado ao avança. Ficou para trás apesar de todo o esforço, cambaleando sem parar enquanto os ruídos da batalha se afastavam.

Ele passou por cima de homens mortos e se desviou com cuidado dos feridos que gritavam. Sentia como se mancasse há um século, perdido na chuva sibilante que fazia o sangue do machado escorrer pelo braço e pelo peito. Na neblina, levou algum tempo para entender que não viria mais ninguém contra ele. O xerife mandara quatrocentos homens de armas, um verdadeiro exército naquelas circunstâncias. Eram homens mais que suficientes para sufocar uma rebelião de agricultores — a menos que fossem 5 mil, armados e enraivecidos. Os soldados promoveram um massacre sangrento a alguns Homens Livres de Cade, mas, na garoa e na neblina, nenhum dos lados vira o efetivo que enfrentava até não restarem mais homens para matar.

Jack estava com as botas tão cheias de lama que teve a sensação de que ficara dois palmos mais alto. Ofegava e suava, aumentando seu fedor. Mas ninguém vinha. Lentamente, um sorriso se espalhou pelo rosto de Jack.

— É só *isso*? — gritou. — Alguém consegue ver mais algum deles? Jesus, não podem já estar todos mortos! Rob?

— Ninguém vivo aqui — berrou o amigo à direita.

Jack se virou para a voz e, em meio à neblina, viu Ecclestone em pé sozinho, com os Homens Livres de Kent se afastando dele. Estava coberto de sangue alheio, uma figura rubra no redemoinho de vapor. Jack tremeu, sentindo mãos frias passarem por suas costas com a visão.

— O xerife não tinha um cavalo branco no escudo? — gritou Paddy de algum ponto à esquerda de Jack.

— Não tinha direito a ele, mas ouvi dizer que sim.

— Então ele está aqui.

— Vivo? — perguntou Jack, esperançoso.

— Estaria gritando se vivesse, com um ferimento desses. Ele se foi, Jack.

— Corte a cabeça dele. Vamos colocá-la numa estaca.

— Não vou cortar a cabeça dele, Jack! — respondeu Paddy. — Prenda o escudo em sua maldita estaca. É o cavalo de Kent, não é? Vai servir do mesmo modo.

Jack suspirou, lembrando-se novamente de que o irlandês tinha alguns escrúpulos esquisitos para um homem com sua história.

— Uma cabeça transmite melhor a mensagem, Paddy. Pode deixar que eu faço. Você arranje uma boa estaca e afie a ponta. Levaremos o escudo também, não se esqueça.

A falta de inimigos era lentamente percebida pelo exército esfarrapado, e vivas subiram aqui e ali, ecoando estranhamente pelos campos e parecendo tênues e exaustos, apesar de seu número. Jack passou por cima de dezenas de corpos para alcançar Paddy. Baixou os olhos para o rosto branco de um homem que nunca vira e ergueu o machado com satisfação, descendo-o com força.

— Para onde agora, Jack? — perguntou Paddy com espanto, olhando os cadáveres a toda volta. As botas chapinhavam em sangue, misturado à lama e à água da chuva.

— Estou pensando que temos um exército de verdade aqui — comentou Jack, absorto. — Que teve seu batismo de sangue e se saiu bem. Há espadas para tomarmos, além de escudos e cotas de malha.

Paddy ergueu os olhos da figura sem cabeça que fora o xerife de Kent. Na véspera, o xerife fora um homem temido em todo o condado. O irlandês olhou Jack com um fiapo de temor, os olhos se arregalando.

— Você não está pensando em Londres, está? Achei que era só conversa. É bem diferente de derrubar algumas centenas de homens do xerife, Jack!

— Bem, conseguimos, não foi? Por que não Londres, Paddy? Estamos a 50 ou 60 quilômetros de lá, com um *exército*. Mandaremos alguns rapazes para fazer o reconhecimento da região, ver quantos homens corajosos eles têm para guarnecer as barricadas. Estou lhe dizendo, nunca teremos uma oportunidade como esta. Podemos obrigá-los a limpar os tribunais, talvez, ou nos entregarem os juízes para enforcar, como enforcaram meu filho. Meu menino, Paddy! Você acha que já acabei? Com um machado na garganta deles, podemos obrigá-los a mudar as leis que o tiraram de mim. Eu o libertarei, Paddy Moran. Não, mais do que isso. Farei de você um maldito conde.

William de la Pole pisou cautelosamente nas docas, sentindo os anos e os hematomas. Tudo doía, ainda que ele não tivesse se ferido. Lembrava-se de uma época em que conseguia lutar o dia inteiro e depois dormir profundamente, só para se levantar e lutar de novo. Não havia dores nas articulações naquele tempo, nem um braço direito que parecia ter algo agudo se aprofundando no ombro, de modo que qualquer movimento o fazia tremer por dentro. Ele também se lembrava de que a vitória lavava tudo. De certa maneira, ver inimigos mortos ou em fuga fazia o corpo se curar mais depressa, tornava a dor menos cruel. Ele balançou a cabeça em pé, no cais, e olhou para a cidade de pescadores de Folkestone, cinzenta e fria no vento vindo do mar. Era mais difícil quando se perdia. Tudo era.

A chegada de seu navio não passara despercebida nem deixara de chamar a atenção dos pescadores da cidade, reunidos às dezenas nas ruas lamacentas. Não demorou para que seu nome fosse gritado entre eles. William viu sua raiva e a entendeu. Eles o responsabilizavam pelos desastres do outro lado do estreito canal. Não os condenava; sentia-se da mesma maneira.

Havia neblina no mar à luz fria da manhã. Não podia ver a França, embora sentisse Calais assomando às suas costas como se a cidade-fortaleza estivesse a apenas um passo do outro lado do mar. Era tudo o que restava, o último domínio inglês na França, além de alguns matagais na Gasconha que não sobreviveriam um ano. Ele voltara para organizar os navios que buscariam os feridos, afora a tarefa infeliz de relatar a vitória francesa a seu rei. William esfregou o rosto com força ao pensar nisso, sentindo a barba e o frio. As gaivotas mergulhavam e giravam no ar em toda a volta, e o vento o mordia enquanto ali ficava. Podia ver os pescadores apontando em sua direção e se virou para o pequeno grupo de seis guardas que trouxera consigo, todos tão surrados e cansados quanto ele.

— Três de vocês, tirem os cavalos do porão. O restante, fique com a mão no punho da espada. Não estou com vontade de conversar com homens irritados, não hoje.

Mesmo dizendo isso, os pequenos grupos de moradores locais cresciam; outros saíam das estalagens e das fábricas de velas ao longo do litoral em resposta à notícia de que lorde Suffolk em pessoa estava na cidade. Havia vários ali que tinham voltado da França nos meses anteriores e ficado na costa, sem dinheiro que os levasse além. Sua aparência era a dos mendigos que haviam se tornado, esfarrapados e imundos. Os braços finos golpeavam o ar, e o clima piorava a cada minuto. Os guardas de William se remexiam inquietos, entreolhando-se. Um deles gritou para que os outros se dirigissem rápido ao porão, enquanto dois seguravam o punho da espada e pediam a Deus que não fossem atacados num porto inglês depois de sobreviver à guerra na França.

Levou tempo para abrir as baias de madeira nas profundezas do navio, depois vendar cada uma das montarias e levá-las a salvo pela estreita prancha de desembarque até o cais de pedra. A tensão dos homens de William se aliviava conforme cada animal era selado e preparado.

Além das gaivotas e dos pescadores, um homem saiu correndo de uma taberna, passando depressa pela multidão e seguindo para as docas. Dois guardas de William puxaram a espada para ele quando se aproximou, e o homem parou de repente nos seixos, erguendo as mãos vazias.

— *Pax*, rapazes, *pax*! Não estou armado. Lorde Suffolk?

— Sou eu — respondeu William com cautela.

O homem respirou com alívio.

— Esperava o senhor dois dias atrás, milorde.

— Fui atrasado — declarou William com irritação.

A retirada para Calais fora uma das piores experiências de sua vida, com lanceiros franceses latindo em seus calcanhares o caminho inteiro. Metade de seu exército havia sido massacrada, mas ele não abandonara os arqueiros, nem quando parecia que nunca chegariam à fortaleza. Alguns tinham tomado cavalos sem cavaleiros ou corrido ao lado, segurando estribos soltos. Era um pequeno ponto de orgulho em meio ao fracasso, mas William não os deixara para serem torturados e dilacerados pelos cavaleiros franceses triunfantes.

— Trago uma mensagem, milorde, de Derihew Brewer.

William fechou os olhos um instante e massageou a ponte do nariz com uma das mãos.

— Então fale. — Como o homem permaneceu em silêncio, William abriu os olhos injetados e lhe lançou um olhar penetrante. — E então?

— Milorde, acho que é uma mensagem particular.

— Basta... me contar — pediu ele, absurdamente cansado.

— Devo avisá-lo de que há acusações de traição a sua espera em Londres, milorde. Sir William Tresham mandou homens a Portsmouth para prendê-lo. Devo lhe dizer: "É hora de fugir, William Pole." Sinto muito, milorde, são essas as palavras exatas.

William se virou para seu cavalo e verificou a cilha com expressão azeda, dando um tapinha nas ancas do animal e depois apertando-a com cuidado. O pajem e todos os guardas esperavam que dissesse algo, mas ele pôs o pé no estribo e montou, dando uma olhada na multidão que ainda não ousara se aproximar e realmente ameaçá-lo. Ele pôs a bainha com cuidado ao longo da perna e segurou as rédeas antes de baixar os olhos para os guardas.

— O que foi?

Os guardas o olharam, perplexos. O mais próximo pigarreou.

— Queríamos saber o que pretende fazer, milorde Suffolk. A notícia é grave.

— Pretendo cumprir minha missão! — respondeu William secamente. — Pretendo voltar a Londres. Agora montem, antes que esses pescadores tomem coragem.

O mensageiro estava boquiaberto, mas William o ignorou. A notícia o deixara enjoado, mas na verdade não mudava nada, pensasse Derry o que pensasse. William tensionou o maxilar enquanto seus homens montavam. Ele não seria covarde. Manteve as costas rígidas ao fazer o cavalo andar, *andar*, por Deus, por entre pescadores. Algumas pedras foram atiradas, mas não o tocaram.

Thomas Woodchurch observou o duque de Suffolk passar. Já vira William de la Pole antes, de longe, e reconheceu os cabelos férreos e o porte ereto, embora o nobre tivesse emagrecido muito desde então. Thomas franziu a testa quando um imbecil jogou uma pedra. Sua expressão zangada foi notada por alguns pescadores próximos que assistiam aos procedimentos.

— Não se preocupe, rapaz — gritou um deles com forte sotaque. — O velho Jack Cade vai pegá-lo, Deus é testemunha.

Thomas se virou de repente para quem falava, um velho grisalho com mãos e braços peludos marcados pelas cicatrizes brancas da rede.

— Jack *Cade*? — indagou, incrédulo, dando um passo à frente.

— Ele tem um exército de homens livres. Vão pegar seu lindo cavaleiro, com aquele nariz empinado enquanto homens melhores passam fome.

— Quem é Jack Cade? — perguntou Rowan.

O pai o ignorou; estendeu a mão e segurou o barqueiro pelo ombro.

— Como assim, um exército? Jack Cade, de Kent? Já conheci um homem com esse nome.

O barqueiro levantou as sobrancelhas grossas e sorriu, revelando apenas um par de dentes numa extensão de gengiva castanha.

— Vimos alguns homens passarem para se juntar a ele no mês passado ou no anterior. Alguns têm de pescar, rapaz, mas, se gosta de cortar cabeças, Cade vai aceitá-lo.

— Onde ele está? — quis saber Thomas, apertando a mão no braço do homem que tentava se afastar e não conseguia.

— Ele é como um fantasma, rapaz. Ninguém consegue achar se ele não quiser. Vá para o norte e para o oeste, foi o que me disseram. Está em algum lugar lá pelos bosques, matando meirinhos e homens do xerife.

Thomas engoliu em seco. O ferimento no quadril ainda doía, a cura retardada pela fome e por dormir toda noite na praia, no vento e na chuva. Ele e Rowan vinham comendo peixe em fogueiras feitas com madeira que o mar jogava na costa e o que conseguissem encontrar. Não tinha dinheiro sequer para mandar uma carta à esposa e às filhas — e, se tivesse, teria comprado uma refeição. Seus olhos se acenderam como se a febre tivesse voltado.

— Aquele mensageiro, Rowan. Ele veio a cavalo, não veio?

Rowan abriu a boca para responder, mas o pai já andava na direção da taberna de onde vira o homem sair. Thomas teve de derrubar um cavalariço para pegar o cavalo, mas ele e o filho estavam magros e o animal, bem alimentado com cereais, era capaz de levar os dois. Passaram pelo mensageiro perplexo que retornou pouco depois. Os pescadores uivaram de tanto rir com a expressão consternada do homem ao ver seu cavalo ser levado embora, dando tapas no joelho e apoiando-se uns nos outros para continuar de pé.

21

Em seus aposentos na Torre Branca, Derry acordou agarrando a mão que o tocara no ombro. Antes de despertar por completo, estava com a lâmina contra o rosto chocado do criado, formando uma linha na bochecha, abaixo do olho. Com a mesma velocidade com que se movera, entendeu que não o atacavam e afastou a lâmina com um pedido murmurado de desculpas. As mãos do criado tremiam ao acender a vela e colocá-la debaixo de um funil de vidro para difundir a luz.

— Sinto muito, Hallerton. Eu... não estou no meu juízo perfeito neste momento. Vejo assassinos por toda parte.

— Entendo, senhor — respondeu Hallerton, ainda pálido de medo. — Eu não o despertaria, mas o senhor disse para entrar se houvesse notícias de lorde Suffolk.

O homem mais velho se afastou de repente quando Derry virou as pernas sobre a beira da cama e se levantou. Estava totalmente vestido, tendo desmoronado sobre os cobertores havia apenas algumas horas.

— Então? Fale logo, homem. Que notícia?

— Ele foi preso, senhor. Preso pelos homens do cardeal Beaufort quando tentava apresentar seu relatório ao Parlamento.

Derry piscou, a mente ainda nublada de sono.

— Ah, pelo *amor* de Deus. Eu lhe mandei um aviso, Hallerton! O que diabos ele estava pensando para vir a Londres agora? — Esfregou o rosto, fitando o nada enquanto pensava. — Sabemos aonde o levaram?

O criado balançou a cabeça em negativa, e Derry franziu a testa, pensando.

— Pode me trazer uma vasilha d'água e o urinol, por favor?

— Sim, senhor. Precisa que eu o barbeie esta manhã?

— Do jeito que suas mãos estão tremendo? Não, hoje não. Eu mesmo me barbeio, para ficar apresentável para o orador Tresham. Mande um mensageiro me anunciar em seu gabinete em Westminster. Não duvido que a velha aranha já esteja bem acordada agora de manhã. Ainda é de manhã?

— É, sim, senhor — respondeu Hallerton, procurando debaixo da cama o urinol de porcelana que aguardava ali, já com um quarto de urina escura. Derry gemeu. Fora se deitar com as primeiras luzes do sol no céu. Mal parecia que tinha caído no sono, mas precisava ficar alerta, senão Tresham e Beaufort teriam seu bode expiatório. O que William estava *pensando* para se jogar nas mãos deles? O problema era que Derry conhecia muito bem o orgulho do homem. Suffolk não fugiria, nem mesmo da acusação de alta traição. A seu modo, William era um cordeiro tão inocente quanto o próprio rei, mas agora estava cercado de lobos. Derry não tinha ilusões quanto à gravidade das acusações. Seu amigo seria feito em pedaços caso não conseguisse salvá-lo.

— Pare de remexer nesse maldito urinol, Hallerton! E esqueça Tresham. Onde está o rei hoje de manhã?

— Em seus aposentos aqui, senhor — respondeu o criado, preocupado com o ríspido aturdimento de seu mestre. — Ele permanece no leito, e seus criados dizem que ainda sofre de febre. Acredito que a esposa esteja com ele, ou por perto.

— Ótimo. Anuncie-me lá, então. Precisarei da fonte se quiser encontrar uma saída para William. Ande, homem! Não preciso que você me veja mijar.

Derry pôs o urinol sobre os cobertores e suspirou de alívio ao verter o líquido amarelado dentro dele. Hallerton saiu depressa, chamando outros criados para ajudarem o espião-mor. Desceu correndo as escadas da Torre Branca e disparou pelo gramado além dela, desacelerando só um pouco ao passar por filas de soldados fortemente armados em marcha. A Torre de Londres era um labirinto de caminhos e construções, e Hallerton suava ao chegar aos aposentos pessoais do rei e anunciar aos criados a vinda iminente de seu mestre. Ainda discutia com o mordomo do quarto real quando Derry apareceu ofegante atrás dele.

— Mestre Brewer! — exclamou o mordomo do rei. — Estava explicando a seu criado que Sua Alteza Real, o rei Henrique, está mal de saúde e não pode ser perturbado.

Derry passou pelos dois, simplesmente pressionando a mão no peito do mordomo para segurá-lo contra a parede. Dois soldados de expressão séria observaram sua aproximação e se puseram deliberadamente no caminho.

De súbito, Derry se lembrou da tentativa de lorde York de chegar ao rei em Windsor e quase riu.

— Afastem-se, rapazes. Tenho ordens permanentes de falar com o rei, dia e noite. Vocês me conhecem e sabem que é verdade.

Os soldados se agitaram, pouco à vontade. Olharam além de Derry para o mordomo do rei, que cruzara os braços em clara recusa. Era um impasse, e Derry se virou com alívio ao ouvir uma voz de mulher no andar de cima.

— O que está acontecendo? É o mestre Brewer? — perguntou Margarida em voz alta, enquanto descia até o meio de uma escada de carvalho e espiava o grupo de homens ali reunido. Estava descalça, vestida com uma camisola branca e comprida, os cabelos desarrumados. Após um momento de choque, todos os homens baixaram o olhar para as botas evitando fitar a rainha naquele estado de descompostura.

— Vossa Alteza, eu não... — começou o mordomo do rei, ainda olhando para baixo.

Derry elevou a voz acima da dele, sentindo de repente que o tempo se esgotava para todos.

— Suffolk foi preso, milady. Preciso falar com o rei.

A boca de Margarida se abriu com surpresa, e o mordomo do rei parou de falar. A rainha viu a preocupação de Derry e tomou uma decisão rápida.

— Obrigada, cavalheiros — disse Margarida, dispensando-os. — Venha, mestre Brewer. Acordarei meu marido.

Derry estava preocupado demais para gozar da pequena vitória sobre o mordomo e subiu correndo os degraus atrás da rainha. Caminharam por um longo corredor e passaram por cômodos que fediam a substâncias amargas. Derry tremeu, o ar parecia se tornar mais denso. Os aposentos do rei cheiravam a doença, e ele passou a respirar mais leve para não inspirar em excesso o ar pesado.

— Espere aqui, mestre Brewer — indicou Margarida. — Verei se ele está acordado.

Ela entrou nos aposentos privativos do rei e Derry foi deixado a sós no corredor. Ele notou outros dois soldados que o observavam com desconfiança na outra ponta, mas a permissão de Margarida o deixava além do alcance deles, de qualquer forma. Ignorou-os enquanto aguardava.

Quando a porta se abriu de novo, Derry já havia preparado os argumentos — que morreram na garganta ao ver a figura pálida do rei sentado na cama, o peito branco e estreito envolto numa capa. Derry ainda conseguia se lembrar do tronco de touro do pai do rapaz, e a tristeza subiu num jorro ao fechar a porta e encarar o rei Henrique.

Derry se ajoelhou, a cabeça baixa. Margarida ficou ali observando-o, torcendo as mãos enquanto esperava que Henrique cumprimentasse seu espião-mor. Quando o silêncio se estendeu demais, foi ela quem finalmente falou.

— Por favor, levante-se, mestre Brewer. O senhor disse que lorde William foi preso. Sob que acusação?

Derry se ergueu devagar e ousou se aproximar. Sem tirar os olhos do rei, respondeu, buscando alguma fagulha de vida que mostrasse que Henrique estava consciente e compreendia.

— Alta traição, milady. Os homens do cardeal Beaufort o prenderam quando ele voltou de Kent ontem à noite. Tenho certeza de que Tresham está por trás disso. Ele me disse que o faria alguns dias atrás. Eu lhe falei então que essa acusação só poderia levar ao desastre. — Derry se aproximou ainda mais, a um braço do rei. — Vossa Graça? Não podemos deixar William de la Pole ir a julgamento. Sinto a mão de York nisso. Tresham e Beaufort interrogarão lorde Suffolk. Com uma acusação dessas, não há proteção. Insistirão em provar a verdade com ferro em brasa.

O espião-mor esperou um pouco, mas os olhos de Henrique permaneceram vazios e inocentes. Por um instante, Derry acreditou ter visto algo como compaixão, embora pudesse ter imaginado.

— Vossa Graça? — repetiu. — Temo que seja uma conspiração visando à própria linhagem real. Se forçarem lorde Suffolk a revelar os detalhes do armistício com a França, ele dirá a verdade, que foi por ordem real. Depois das perdas que sofremos por lá, uma admissão dessas ajudará a causa deles, Vossa Graça. — Derry inspirou devagar, forçando-se a fazer uma pergunta que o envergonhava. — Compreende, Vossa Graça?

Por algum tempo, pensou que o rei não responderia, mas então Henrique suspirou e falou, a voz arrastada.

— William não me trairá, mestre Brewer. Se a acusação for falsa, ele deveria ser libertado. Essa é a verdade?

— *É*, Vossa Graça! Eles querem incriminar e matar lorde Suffolk para aplacar a turba de Londres. Por favor. O senhor sabe que William não pode ser levado a julgamento.

— Sem julgamento? Muito bem, mestre Brewer. Eu sei...

A voz do rei se apagou e ele fitou com olhos vazios. Derry pigarreou, mas o rosto permaneceu totalmente imóvel e frouxo, como se seu espírito tivesse sido levado.

— Vossa Graça? — chamou Derry, confuso, olhando Margarida de relance.

Ela balançou a cabeça, com lágrimas enchendo seus olhos, fazendo-os brilhar.

O momento passou e Henrique pareceu retornar, piscando e sorrindo como se nada tivesse acontecido.

— Estou cansado agora, mestre Brewer. Gostaria de dormir. O médico diz que devo dormir se quiser melhorar.

Derry olhou Margarida e viu sua angústia enquanto ela fitava o marido. Foi um momento chocante de intimidade, e surpreendeu-se ao ver ali também algo como amor. Por um instante, os olhos dos dois se cruzaram.

— O que o senhor precisa de seu rei, mestre Brewer? — quis saber Margarida em voz baixa. — Ele pode ordenar a libertação de William?

— Poderia, se eles honrassem a ordem — respondeu Derry, esfregando os olhos. — Não duvido de que a ordem será retardada ou que William será levado a algum lugar escuro onde não poderei alcançá-lo. Em Westminster, Tresham e Beaufort possuem muito poder, no mínimo porque o Parlamento paga os guardas. Por favor, milady, deixe-me pensar um instante. Não basta mandar uma ordem escrita para libertá-lo.

Derry detestava falar de Henrique enquanto o homem em pessoa estava ali sentado e o observava como uma criança que nele confiasse, mas não havia como evitar.

— Sua Alteza Real está em condições de viajar? Se o rei tomar uma balsa até Westminster, poderia entrar nas celas e ninguém ousaria detê-lo. Poderíamos libertar William hoje, antes que lhe fizessem muito mal.

Para sua tristeza, Margarida fez um gesto de negação, estendendo a mão para tocar o ombro de Derry e, depois, chamando-o de lado. A cabeça de Henrique se virou para observá-los, sorrindo com inocência.

— Ele está... sofrendo dessa... ausência há dias. Neste momento está ótimo, o melhor que já vi — sussurrou Margarida. — Tem de haver algum outro modo de tirar William das garras deles. Que tal lorde Somerset? Ele não está em Londres? Ele e William são amigos. Somerset não permitiria que William fosse torturado, não importa as acusações que fizerem.

— Gostaria que fosse simples assim. Estão com ele, Vossa Graça! Mal consigo acreditar que ele foi tolo a ponto de se entregar, mas a senhora conhece William. Conhece sua noção de honra e seu orgulho. Eu lhe dei a oportunidade de fugir, mas, em vez disso, ele veio docilmente, confiando que seus captores eram homens de honra. Não são, milady. Derrubarão um lorde poderoso que apoia o rei ou... o próprio rei. Ainda não sei exatamente o que pretendem, porém William...

Parou de falar quando lhe veio uma nova ideia.

— Acho que *há* um modo de evitar o julgamento! Espere... claro. Não podem interrogá-lo se ele admitir imediatamente a culpa por todas as acusações.

Margarida franziu a testa.

— Mas isso não os beneficia, mestre Brewer? Com certeza é isso que Tresham e o cardeal Beaufort querem!

Para sua confusão, ela viu Derry sorrir, os olhos cintilando. Não era uma expressão agradável.

— Servirá por enquanto. Vai me dar um pouco mais de tempo, e é isso que mais me falta. Tenho de descobrir onde o puseram. Tenho de encontrá-lo. Vossa Alteza, obrigado. Vou buscar lorde Somerset em casa. Sei que ele me ajudará, e ele tem seus próprios homens de armas. Apenas reze para que William ainda não tenha sido torturado, por sua honra e seu maldito orgulho.

Ele se ajoelhou de novo junto ao leito do soberano, baixando a cabeça para falar com Henrique mais uma vez.

— Vossa Graça? Seu palácio em Westminster fica a apenas uma curta viagem de barco daqui. Ajudaria William se o senhor estivesse lá. Ajudaria a mim.

Henrique piscou para ele.

— Nada de cerveja, Brewer! Não é? O doutor Allworthy diz que preciso dormir.

Derry fechou os olhos, desapontado.

— Como quiser, Vossa Graça. Se me permite, sairei agora.

O rei Henrique fez um gesto e Margarida viu que o rosto de Derry estava pálido e cansado quando fez uma lenta reverência para ela e saiu correndo do quarto.

Na Torre das Joias, do outro lado da rua, diante do Palácio de Westminster, William andava de um lado para o outro, fazendo as tábuas grossas de carvalho rangerem a cada passo. A sala era fria e vazia, com apenas uma mesa e uma cadeira posicionadas de modo que a luz caísse sobre elas. Alguma parte perversa dentro dele achava certíssimo que estivesse confinado dessa maneira. Fora incapaz de deter o exército francês. Embora seus homens matassem ou aleijassem milhares deles, ainda assim foram forçados a voltar para Calais, a cada maldito passo. Antes de partir, ele vira seus homens içando os portões de Calais, fechando as antigas grades e cobrindo as muralhas com arqueiros. William sorriu, consigo cansado. Ao menos havia salvado os arqueiros. O resto caíra sobre sua cabeça. Não resistira quando os homens de Tresham foram prendê-lo. Seus guardas tinham tocado a espada, mas ele os impedira com um gesto e fora em silêncio. Os duques gozavam da proteção do próprio rei, e William sabia que teria a oportunidade de negar as acusações que lhe faziam.

Pela janela, ele conseguia ver tanto o palácio do rei quanto a antiga abadia, com sua Sala do Capítulo octogonal. A Câmara dos Comuns se reunia ali ou na Câmara Pintada do palácio. William ouvira falar da concessão de algum lugar permanente para seus debates, mas sempre havia questões mais prementes do que poltronas quentes para os homens dos condados. Ele esfregou as têmporas, sentindo a tensão e o medo. Apenas um cego deixaria de perceber a raiva e a ameaça de violência que vira desde que havia tocado a terra onde nascera. Tinha cavalgado depressa por Kent, às vezes pelas mesmas trilhas de grandes corpos de soldados. Quando parou para passar a noite numa estalagem onde estradas se cruzavam, só ouviu histórias sobre Jack Cade e seu exército. Os donos ficaram a noite inteira lançando olhares hostis a William, mas, reconhecido ou não, ninguém ousara interromper seu avanço de volta à capital.

William deu as costas para a vista e voltou a andar de um lado para o outro, cruzando as mãos firmemente nas costas. As acusações eram uma farsa para qualquer um que soubesse o que acontecera de verdade naquele ano e no anterior. Tinha certeza de que não se sustentariam, não após o rei ser informado. William se perguntou se Derry Brewer soubera de seu confinamento. Depois do aviso que havia mandado, William se divertiu pensando no desgosto de Derry com sua decisão de voltar para casa de qualquer maneira, mas de fato não havia opção. William endireitou as costas. Era o comandante dos soldados ingleses na França e duque da Coroa. Apesar de todos os desastres a que assistira, nada mudaria isso. Ele se viu pensando na esposa Alice. Ela nada saberia além dos piores boatos.

Imaginou se seus captores lhe permitiriam escrever a ela e ao filho John. Não queria que se preocupassem.

William parou de andar quando ouviu vozes masculinas nos andares abaixo. A boca se firmou numa linha rígida e os nós embranqueceram nas mãos cruzadas. Ficou esperando no alto da escada, quase como se guardasse a sala. Sem pensar conscientemente, a mão direita se moveu para segurar o espaço vazio onde normalmente estaria a espada.

Ricardo de York guiava dois outros homens escada acima com energia de menino. Parou com a mão no corrimão ao avistar Suffolk em pé encarando-os como se pudesse atacar a qualquer momento.

— Acalme-se, William — pediu York suavemente ao entrar na sala. — Eu lhe disse na França que tinham lhe dado uma taça envenenada. Acha que eu sumiria calado na Irlanda enquanto grandes eventos se desenrolavam em minha ausência? Dificilmente. Andei ocupado nesses últimos meses. Acredito que você também, embora talvez com resultados não tão positivos.

York atravessou a sala para fitar o sol nascente e a neblina que se dissipava em torno de Westminster. Atrás dele, Sir William Tresham e o cardeal Beaufort pisaram no espaço da torre. York acenou dois dedos na direção deles sem olhar em volta.

— É claro que conhece Tresham e Beaufort. Sugiro que escute o que têm a dizer, William. É o melhor conselho que posso lhe dar.

York deu um leve sorriso, apreciando a vista. Lugares altos sempre o agradaram, como se Deus estivesse mais perto do que dos homens no chão lá embaixo.

William notara a espada de York, é claro, além da adaga que usava enfiada no cinto, com um polido par de bolas que lembrava testículos esculpido em madeira para mantê-la firme. Era uma lâmina perfurante, comprida e fina. William duvidava que York fosse tolo o bastante para deixá-lo chegar ao alcance de alguma das armas, mas mesmo assim mediu a distância. Nem Tresham nem o cardeal Beaufort estavam armados, até onde conseguia ver, mas William sabia que era tão prisioneiro quanto qualquer pobre coitado nas celas de Westminster ou da Torre. O pensamento o fez erguer os olhos de seus devaneios.

— Por que não me levaram à Torre de Londres? Com acusações de alta traição? Gostaria de saber, Ricardo, se é porque você sabe que essas acusações se sustentam em bases fracas. Não fiz nada sozinho. Nunca seria possível para *um* homem conseguir um armistício com a França, fosse qual fosse o resultado. — Sua mente voltou a Derry Brewer, e ele balançou a cabeça, cansado de todos os jogos e promessas.

Ninguém lhe respondeu. Os três homens ali se quedaram pacientemente até que dois soldados corpulentos subiram a escada com esforço. Usavam cota de malha e tabardos sujos, como se tivessem sido chamados enquanto cumpriam outras tarefas. William notou com desagrado que traziam entre eles um saco de lona manchada. O saco tilintou quando o pousaram no chão de madeira e ficaram em posição de sentido.

O cardeal Beaufort pigarreou e William se virou para o homem, escondendo o desagrado. O tio-avô do rei tinha o físico perfeito para o papel, com a tonsura raspada e os dedos longos e brancos unidos como se em oração. Mas o homem fora lorde chanceler de dois reis e descendia de Eduardo III, através de João de Gaunt. Fora Beaufort quem condenara Joana d'Arc à morte pelo fogo, e William sabia que não havia bondade dentro daquele velho. Desconfiava que, dos três, Beaufort era seu verdadeiro captor. A presença de York era uma declaração óbvia da lealdade do cardeal. William não pôde impedir que o desdém surgisse em seu rosto quando Beaufort falou com uma voz amaciada por décadas de orações e vinho com mel.

— O senhor é acusado dos mais graves crimes, lorde William. Acredito que um aspecto de humildade e arrependimento lhe seria mais adequado que essa jactância fingida. Se o senhor for levado a julgamento, sinto dizer que não duvido do resultado. Há testemunhas demais dispostas a falar contra o senhor.

William franziu o cenho enquanto os três homens trocavam olhares antes que Beaufort continuasse. Já haviam discutido seu destino, isso era óbvio. Ele endureceu o maxilar, decidido a resistir à conspiração.

— Seu nome está em todos os documentos do Estado, milorde — comentou Beaufort. — O armistício fracassado, os documentos originais do casamento em Tours, a ordem de defender a Normandia contra a incursão francesa. O povo da Inglaterra clama por justiça, lorde Suffolk... e sua vida tem de responder por suas traições.

O cardeal tinha aquela maciez branca da carne que William já vira, nascida de uma vida de claustros e missas. Mas os olhos negros eram severos quando o sopesaram. Ele fitou de volta, deixando seu desprezo aparecer. Beaufort balançou a cabeça com tristeza.

— Que ano péssimo foi este, William! Sei que é um bom homem, um homem piedoso. Gostaria que não tivesse chegado a esse ponto. Mas as formalidades têm de ser respeitadas. Pedirei que confesse seus crimes. Sem dúvida o senhor negará e, então, temo que meus colegas e eu nos retiremos. O senhor será preso àquela cadeira e esses dois homens o convencerão a assinar seu nome debaixo do pecado mortal de traição.

William, escutando a voz suave e monótona, engoliu em seco, dolorosamente, o coração batendo forte. Suas certezas se esfarelavam. York sorria com ironia, sem olhá-lo. Tresham, pelo menos, parecia pouco à vontade, mas não havia dúvida sobre a determinação dos três. William não pôde evitar um relance no saco de lona que ali estava, temendo avistar as ferramentas que continha.

— Exijo falar com o rei — pediu William, satisfeito porque a voz saiu calma e, aparentemente, não amedrontada.

Quando Tresham respondeu, a voz do velho advogado saiu seca, como se ele discutisse uma questão difícil dos estatutos.

— Temo que a acusação de alta traição não permita isso, milorde — retrucou ele. — O senhor há de compreender que o homem que conspirou contra a Coroa dificilmente teria permissão de se aproximar da Coroa. Primeiro, o senhor tem de ser interrogado. Depois que todos os detalhes e todos os seus cúmplices tiverem sido citados, o senhor assinará a confissão. Então será amarrado e levado a julgamento, embora, como sabe, isso não passe de mera formalidade. O rei não se envolverá em nenhum estágio, milorde, a menos, é claro, que deseje assistir a sua execução.

— A não ser... — acrescentou York. Ele parou, contemplando Westminster pela janela. — A não ser que a perda da França possa ser lançada aos pés do próprio rei, William. Você e eu sabemos que é verdade. Diga-me, quantos homens atenderam a seu chamado de reforçar as forças na Normandia? Quantos ficaram a seu lado contra o rei francês? Mas há 8 mil soldados nos condados próximos de Londres, William, para aliviar o pavor que o rei tem de rebeliões. Se tivessem permitido a esses homens atravessar o canal até a França quando precisou deles, onde acha que estaria agora? Teríamos perdido a Normandia se você tivesse 12 mil soldados em campo?

William olhou York com fúria, a raiva crescendo nele ao ver onde o homem mirava seu ataque.

— Henrique é meu rei *ungido*, milorde York — disse ele, devagar e com força. — O senhor não obterá de mim acusações mesquinhas, se é o que procura. Não cabe a mim julgar os atos do rei da Inglaterra, nem ao senhor, nem a esse cardeal, tio dele, nem a Tresham, apesar de todos os seus truques de advogado. Entende?

— Entendo, sim — respondeu York, virando-se para ele com um sorriso tanto. — Entendo que só há dois caminhos, William. Ou o rei perde você, seu partidário mais poderoso, ou... perde *tudo*. Seja como for, o reino e minha causa se fortalecerão de forma incomensurável. Encare a verdade, Suffolk! O rei é um menino fraco e adoentado demais para governar. Não sou o primeiro a dizer isso e, acredite em mim, isso está sendo murmurado agora em todos os povoados, aldeias e cidades da Inglaterra. As perdas na França só confirmaram o que alguns de nós sabemos desde que ele era criança. Nós esperamos, William! Por respeito e lealdade a seu pai e à Coroa, nós esperamos. E veja aonde isso nos levou! — York parou, encontrando a calma mais uma vez. — A esta sala, William, e a você. Aguente a culpa sozinho e morra ou cite seu rei como o homem que arquitetou esse fracasso. A opção é sua e, para mim, não importa.

Diante do triunfo venenoso de York, William se abateu, pousando uma das mãos na mesa para sustentar seu peso.

— Entendo — comentou William, a voz fraca. Pelas palavras de York, ele não tinha opção. Sentou-se à mesa. As mãos tremiam ao descansar na madeira polida. — Não confessarei traições que não cometi. Não acusarei meu rei nem nenhum outro homem. Torturem-me, se for preciso; não fará diferença. E que Deus os perdoe, porque *eu* não os perdoarei.

Exasperado, York fez um gesto para os dois soldados. Um deles se agachou ao lado do saco e começou a abri-lo, revelando as linhas limpas de pinças, sovelas e serras no interior.

22

Mais de trinta dos cinquenta e cinco lordes da Inglaterra tinham propriedades perto do centro de Londres, Derry sabia. Em uma ou duas horas, ele poderia visitar cada casa, assim como os homens e as mulheres que trabalhavam para ele. Mas Somerset era amigo pessoal de William. O mais importante é que Derry sabia que ele estava em Londres naquele dia e não em suas propriedades no sudoeste. Mandara outro barqueiro do Tâmisa quase estourar os pulmões para chegar à casa de Somerset na cidade, à beira do rio, e subiu no largo desembarcadouro. O espião-mor quase fora morto pelos guardas de Somerset que ali estavam até se identificar e correr com eles pelos jardins. Somerset estava escrevendo cartas e se levantou com a pena entre os dedos para escutar o que Derry tinha a dizer. Embora cada momento passado fosse uma agonia, Derry havia se forçado a explicar com clareza do que precisava. A meio caminho, o diminuto conde lhe deu um tapinha nas costas e gritou chamando seus auxiliares.

— Conte o restante no caminho, Brewer — dissera Somerset rapidamente, descendo para o desembarcadouro.

O conde tinha 44 anos, sem excessos de carne sobre os ossos e com a energia de um homem vinte anos mais jovem. Derry teve de correr para acompanhá-lo e, apesar da baixa estatura e da aparência amistosa do conde, notou que os guardas de Somerset pulavam quando ele dava ordens. A balsa pessoal do conde era levada pelo rio menos de uma hora após a chegada de Derry.

Eles atracaram no cais de Westminster e Derry se viu respirando com dificuldade ao contar os homens que Somerset convocara. Parecia toda a sua guarda pessoal. Havia seis homens na balsa com eles, enquanto outra dúzia recebera ordens de seguir com a máxima velocidade para Westminster por terra. Tinham corrido três bons quilômetros para contornar a curva do rio que passava por Londres, mergulhando por ruas imundas para chegar, respingados de lama e ofegantes, pouco depois de a balsa de seu senhor ser puxada.

Contra sua vontade, Derry ficou impressionado. Somerset fervia de indignação com a ideia da ameaça ao amigo, mas ainda assim se virou para o espião-mor com um olhar questionador enquanto caminhavam rumo ao portão do palácio que dava para o rio.

— Fique por perto, milorde, se possível — disse Derry. — Precisarei de sua autoridade para isso.

Ter 18 homens armados às costas era encorajador e preocupante ao mesmo tempo. Não deixava de ser uma possibilidade que o Parlamento reagisse mal à invasão armada de seu santuário. Derry sentiu o coração bater forte quando se aproximou dos primeiros guardas, que já chamavam os superiores e procuravam lanças e espadas. Somerset estalou o pescoço com um gesto brusco, a expressão do rosto confiante e ansiosa. Os dois vinham de mundos muito diferentes, mas, com William de la Pole em perigo, ambos se dispunham a lutar juntos.

Margarida ouviu chamarem seu nome quando estava no meio de outra conversa furiosa com o médico do rei. Calou-se de imediato, correndo de volta aos aposentos do marido. Ficou boquiaberta ao ver Henrique com as pernas no chão e um par de botas à espera de serem calçadas. Ele puxara uma camisa branca e comprida sobre o peito ossudo e achara calças justas de lã.

— Margarida? Pode me ajudar com elas? Não consigo calçá-las sozinho.

Ela se ajoelhou depressa, empurrando a lã grossa perna acima antes de pegar um pé de bota e enfiar o pé de Henrique dentro.

— Está se sentindo melhor? — perguntou, erguendo os olhos para o marido. Havia círculos escuros sob os olhos dele, porém parecia mais alerta do que Margarida vira nos últimos dias.

— Um pouco, acho. Derry esteve aqui, Margarida. Ele queria que eu fosse a Westminster.

O rosto dela se fechou, então escondeu a expressão baixando a cabeça e se concentrando na segunda bota.

— Eu sei, Henrique. Estava aqui com você quando ele veio. Está bem a ponto de se levantar?

— Acho que sim. Posso pegar um barco e não vai ser muito difícil, embora o rio esteja frio. Você pediria a meus criados que me trouxessem cobertores? Precisarei ficar bem protegido do vento.

Margarida terminou de calçar a segunda bota e esfregou os olhos. O marido levantou um braço e ela o ajudou a ficar de pé, puxando as calças mais para cima e fechando o cinto. Ele parecia magro e pálido, mas os olhos estavam vívidos, e ela teve vontade de chorar só de vê-lo em pé. Percebeu um manto pendurado num gancho do outro lado do quarto e foi buscá-lo para colocá-lo nos ombros dele. Henrique lhe deu um tapinha de leve na mão quando ela o tocou.

— Obrigado, Margarida. Você é muito gentil comigo.

— A honra é toda minha. Sei que você não está bem. Vê-lo se levantar por seu amigo...

Ela parou de falar antes que a tristeza e a alegria se misturassem. Tomou o braço do marido e saiu pelo corredor, surpreendendo os guardas, que se puseram em posição de sentido.

Mestre Allworthy ouviu o barulho e saiu do quarto ao lado, segurando um pedaço torto de sua invenção que Margarida havia chutado mais cedo. A expressão ameaçadora se transformou em espanto ao ver o rei. O médico se abaixou e se ajoelhou no piso de pedra.

— Vossa Graça! Estou tão satisfeito em vê-lo melhor! Sentiu algum movimento no intestino, Vossa Graça, se posso ser ousado a ponto de perguntar? Às vezes, um fato desses limpa a mente confusa. Foi o destilado verde, tenho certeza, além do filtro de losna. O senhor vai dar uma volta nos jardins? Eu não gostaria que o senhor se esforçasse demais. A saúde de Vossa Graça está por um fio. Se me permite sugerir...

Henrique parecia disposto a escutar o médico tagarelar para sempre, mas a paciência de Margarida se esgotou. Ela falou por ele.

— O rei Henrique vai ao portão do rio, mestre Allworthy. Se o senhor sair do caminho em vez de bloquear todo o corredor, poderemos passar.

O médico reagiu tentando fazer uma reverência e se apertar contra a parede ao mesmo tempo. Não pôde deixar de fitar o rei enquanto Margarida ajudava o marido a descer o corredor, e ela tremeu sob aquela inspeção profissional. Talvez seu olhar furioso tenha sido o que manteve o homem calado; ela não sabia nem se importava. Desceu a escada com Henrique, e o mordomo do rei veio correndo saudá-los.

— Mande preparar a balsa — ordenou Margarida com firmeza, antes que ele fizesse objeções. — E traga cobertores, tantos quantos encontrar.

Dessa vez o mordomo não respondeu; só se curvou e sumiu a toda. Logo se espalhou a notícia de que o rei estava em pé, e a ala da Torre pareceu se encher de criados ocupados, carregando braços cheios de tecidos grossos. Henrique tinha os olhos vidrados quando a esposa o levou em direção à brisa. Ela o sentiu tremer, pegou um cobertor com uma moça que seguia para a balsa real e o enrolou nos ombros de Henrique. Ele o segurou junto ao peito, parecendo frágil e doente.

Margarida segurou sua mão quando ele pisou na balsa que balançava e se sentou no banco ornamentado no convés aberto, sem perceber ou sem se importar com a multidão que começava a se aglomerar nas margens. Margarida via homens acenarem com o chapéu, e o som dos vivas começou a aumentar quando os moradores locais perceberam que a família real saíra e podia ser vista. Criados amontoaram mais cobertores em torno do rei para mantê-lo aquecido; Margarida descobriu que também tremia e se sentiu grata pelas grossas cobertas de lã. Os balseiros zarparam e as varas mergulharam na corrente, levando-os pelas águas velozes do Tâmisa.

A viagem foi estranhamente pacífica, com apenas o som das varas e os gritos das margens, onde crianças, rapazes e mulheres corriam, tentando ao máximo acompanhá-los. Quando fizeram a grande curva do rio e avistaram o Palácio de Westminster e as docas, Margarida sentiu Henrique apertar mais sua pequena mão. Ele se virou para ela, enrolado nas camadas de lã.

— Sinto muito ter estado... mal, Margarida. Há vezes em que sinto como se tivesse caído, que ainda estou caindo. Não consigo descrever. Gostaria de conseguir. Tentarei ser forte por você, mas se acontecer de novo... não consigo impedir.

Margarida se viu chorando outra vez e esfregou os olhos, zangada com sua reação. Sabia que o marido era um bom homem. Ergueu a mão envolta em ataduras e a beijou suavemente, entrelaçando os dedos nos dele. Isso pareceu confortá-lo.

Derry se moveu o mais depressa que pôde, usando a lâmpada para espiar lugares escuros. Achava que Tresham convocaria homens para deter sua busca assim que soubesse. Nem a presença do conde de Somerset seria suficiente para impedir a prisão de Derry caso se recusasse a obedecer ao orador, ou talvez ao cardeal Beaufort. Não ajudava ter deixado Somerset uns 12 cômodos para trás.

Derry ainda achava difícil acreditar no tamanho do labirinto sob o Palácio de Westminster. Vasculhara as principais celas com bastante facilidade, mas William não estava lá. A linha de cômodos com grades de ferro era apenas uma pequena parte dos andares e porões debaixo do palácio, alguns tão abaixo do nível do rio que fediam a mofo e das paredes escorriam esporos negros e pingava um líquido verde. Derry esperava a qualquer momento ouvir gritos mandando-o parar, e começava a achar que se entregara a uma tarefa impossível. Com cem homens e uma semana, poderia vasculhar cada setor dos depósitos e aberturas de esgoto que sopravam vapores fétidos quando puxava as portas. William poderia estar em qualquer lugar, e Derry começava a se perguntar se Tresham não adivinhara que ele tentaria encontrá-lo e levara o duque para outro local.

Derry balançou a cabeça enquanto corria, discutindo em silêncio consigo. A casa dos Comuns tinha pouco poder fora do Palácio de Westminster e menos ainda fora de Londres. Longe da Câmara Pintada ou da Sala do Capítulo, não tinha autoridade real além de missões em nome do rei. Num conflito com o próprio rei, dificilmente ousariam utilizar uma propriedade real. Derry parou de repente e levantou a lâmpada de ferro para iluminar uma longa abóbada baixa que se estendia a distância, muito além do alcance de sua pequena luz.

Tresham era esperto, disso Derry sabia. Se mantivesse William em cativeiro tempo suficiente para assegurar sua confissão, na verdade não importava onde o pusessem. Derry não tinha ilusões sobre a capacidade de resistência de William. O duque era um homem forte em todos os sentidos, forte demais, talvez. Derry já vira tortura. Seu temor era que o amigo ficasse permanentemente aleijado ou louco quando a vontade enfim fraquejasse.

Estava a meio caminho do cômodo abobadado, baixando a cabeça para não bater num antigo arco, quando parou de novo e se virou para dois guardas de Somerset.

— Venham comigo, rapazes. Quero tentar em outro lugar.

Ele começou a correr de volta pelo caminho por onde viera, sopesando as probabilidades. Não permitiriam que voltasse a entrar no Parlamento depois que saísse do palácio principal. Tresham com certeza cuidaria disso. A velha aranha provavelmente estava organizando os homens para prendê-lo assim que saísse, com Derry correndo diretamente para seus braços.

Derry subiu uma escada frágil e escorregou quando um degrau rachou e caiu no andar inferior. Céus, o lugar todo estava úmido e podre! Um dos homens que o acompanhavam praguejou e gemeu ao pôr o pé no buraco. Derry não parou para ajudá-lo a sair; em vez disso, correu pelo andar de cima e subiu outro meio lance até os corredores mais bem-iluminados junto às celas. Ouviu vozes raivosas antes de ver quem fazia barulho, embora seu coração se apertasse.

Tresham avistou Derry primeiro, porque olhava naquela direção. O rosto do advogado estava cor de tijolo de tanta fúria, e ele levantou a mão para apontar.

— Lá está ele! Prendam aquele homem! — berrou Tresham.

Os soldados começaram a se mover e Derry olhou desesperado para Somerset. Poderia ter abençoado o conde quando ele falou com apenas um instante de hesitação, embora sua vida e sua reputação estivessem em jogo.

— Fiquem longe dele! — rugiu Somerset para os guardas parlamentares. — Mestre Brewer está sob minha custódia. Estou numa missão real e vocês não vão impedi-lo nem atrapalhá-lo.

Os guardas de Tresham hesitaram, sem saber quem possuía mais autoridade. Derry não parara; passara pelos guardas e fora até Tresham no momento de imobilidade.

— William, lorde Suffolk — disse Derry, observando o outro com atenção. — Ele está na Sala do Capítulo? Devo revistar a própria abadia ou seria sacrilégio torturar um homem em solo consagrado? — Ele observava Tresham com atenção enquanto o homem relaxava, as rugas se alisando em torno dos olhos. — Ou a Torre das Joias? Teriam coragem de colocá-lo onde me prenderam?

— Você não tem autoridade aqui, Brewer! Como *ousa* me interrogar? — cuspiu Tresham, indignado.

Derry sorriu, satisfeito.

— Acho que é onde ele está, lorde Somerset. Vou atravessar a estrada e ver.

— Guardas! — rugiu Tresham. — Prendam-no agora, ou, por Deus, mandarei enforcar a todos.

Foi uma ameaça suficiente para decidir o impasse. Eles estenderam a mão para Derry, porém os homens de Somerset bloquearam a passagem com as espadas desembainhadas. Derry correu e deixou todos para trás.

Ao sair pelos salões principais, à luz da tarde, ouviu trombetas soarem rio abaixo. Os arautos só tocavam em ocasiões importantes ou para anunciar uma visita real. Derry parou, incapaz de acreditar que poderia ser Henrique. Margarida teria vindo sozinha? Ela quase não possuía autoridade formal, mas poucos homens se arriscariam a ofender a rainha da Inglaterra e, por meio dela, o rei. Derry balançou a cabeça, presa da indecisão. Parou e praticamente oscilou, puxado em duas direções. Não. Ele *tinha* de continuar.

Disparou rumo à luz do sol, correndo pela extensão do palácio e entrando no vasto espaço sob as vigas de Westminster Hall. Derry não parou na multidão que ali se ocupava; costurou pelo meio dela e depois pela estrada, com a sombra da abadia caindo sobre ele. Passou por mascates e ricos que aproveitavam o sol, carruagens e pedestres, deixando o cheiro do rio distante.

Enquanto avançava, o medo aumentou. Estava sozinho. Mesmo que estivesse certo, sabia que, com certeza, haveria guardas com William. A mente de Derry corria tão depressa quanto os pés, ofegando pesado ao chegar ao fosso da Torre das Joias. Pelo menos a ponte levadiça estava abaixada. Ao vê-la, quase duvidou da certeza inicial de que William estava lá dentro. Mas Tresham era esperto demais para revelar a localização do prisioneiro transformando o lugar numa fortaleza. Derry passou rápido pelo único guarda e então parou.

Dois homens o encaravam na porta principal. Dois soldados rijos que o haviam observado atravessar correndo a estrada do palácio e estavam com as espadas prontas e desembainhadas. Ao ver a expressão deles, Derry soube que era o fim da linha, ao menos por um instante. Teria de correr de volta e buscar Somerset. Sem dúvida, até lá, Tresham já teria chamado mais soldados, uma quantidade suficiente para expulsar todos eles do palácio ou levá-los direto para as celas. Velocidade e surpresa o levaram bem longe — mas não o bastante. Derry praguejou e um dos guardas levantou a cabeça num movimento de desdém, concordando com sua avaliação.

Derry encheu os pulmões e pôs as mãos em concha em torno da boca.

— William Pole! — berrou a plenos pulmões. — Confesse! Entregue-se à misericórdia do rei! Dê-me tempo, seu *estúpido*!

Os guardas ficaram boquiabertos enquanto Derry ofegava e se repetia várias vezes. A Torre das Joias possuía apenas três andares, e ele tinha certeza de que poderia ser ouvido se William estivesse preso ali dentro.

Derry cedeu quando um grupo de guardas veio correndo do outro lado da via. Não eram homens de Somerset, e ele não protestou quando o prenderam e quase o carregaram de volta ao palácio no outro lado da estrada.

William mordera o lábio inferior com toda a força. Sangrava abundantemente e deixava rastros de sangue na mesa de madeira que um dos dois homens limpava uma vez ou outra, o rosto vazio de tudo exceto uma leve irritação.

Tresham, Beaufort e York haviam aguardado até William estar bem amarrado numa cadeira, depois o deixaram sozinho com dois homens. York saíra por último, erguendo a mão ao dar adeus com um quê de arrependimento no rosto.

William se horrorizara ao ver os dois soldados se porem a trabalhar com um ar tranquilo e relaxado em que ele ainda achava difícil de acreditar. Não ficaram calados e não fizeram ameaças. Em vez disso, conversavam calmamente enquanto deixavam à vista vários objetos, cada um deles projetado para arrancar de um homem a dignidade e a força de vontade. Descobriu que o mais velho era Ted e o mais novo, James. James era como um aprendiz de Ted, ao que parecia, ainda sendo instruído no ofício. O mais velho costumava parar para explicar o que fazia e por que era daquele jeito. William só queria gritar. Estranhamente, era quase um observador, algo a ser trabalhado, e não outro homem.

No começo, perguntaram-lhe apenas se era destro ou canhoto. William lhes disse a verdade, e Ted ajustou uma série de tornos de péssima aparência que podiam ser apertados até os dedos se quebrarem. Cortaram a aliança de casamento com um alicate e a enfiaram em seu bolso. Tinham escolhido aquele dedo para ajustar o primeiro parafuso e apertá-lo, ignorando sua respiração sibilada.

William começara a rezar em latim quando o dedo explodiu em todo o comprimento, como se uma costura se abrisse. Ele achou que a agonia era suficiente até que o osso estalou com mais duas voltas, unindo as placas com a carne esmagada no meio. Os dois homens se demoraram para ajustar os outros, apertando cada um deles um pouco mais, a intervalos, enquanto discutiam sobre alguma meretriz do cais e o que ela faria por um centavo. James afirmou ter lhe mostrado coisas que ela nunca vira, e Ted lhe disse para não desperdiçar o fôlego mentindo nem o dinheiro contraindo uma purgação. Isso provocou uma discussão furiosa, com William como testemunha involuntária, amarrado e indefeso entre os dois.

A mão esquerda pulsava em uníssono com o coração; dava para sentir. Eles o haviam sentado na mesa com as mãos livres sobre a madeira, passando as cordas pelo peito. A princípio ele tentara puxar as mãos, mas o seguraram com firmeza. Olhava agora a carne inchada e arroxeada, vendo uma ponta de osso sair do dedo mínimo. Em sua vida já mastigara o tutano de ossos de galinha, e a imagem da mão com os mecanismos pavorosos presos nela era algo irreal, nem mesmo parecia sua mão.

William balançou a cabeça, sussurrando o pai-nosso, a ave-maria, o credo, murmurando versos que aprendera quando menino, com o tutor usando a vara caso ele tropeçasse numa única sílaba.

— *Credo in unum Deum!* — disse, ofegante. — *Patrem omni... potentem! Factorem cæli... et terræ.*

Ele sofrera ferimentos em combate que não doeram tanto. Tentou listá-los na cabeça, assim como a maneira como tinham ocorrido. Certa vez haviam lhe fechado um grande corte com ferro quente e, embora não conseguisse entender como, seu nariz se encheu do mesmo cheiro de carne queimada que pensara ter esquecido, fazendo-o vomitar fracamente nas cordas.

Os dois homens pararam, com Ted erguendo a mão para interromper o companheiro ao fazer uma pergunta. Os sentidos de William flutuavam na dor, mas ele achou ter ouvido uma voz conhecida. Vira moribundos sofrerem visões aterrorizantes no passado, e, a princípio, tentou bloquear os ouvidos ao som, acreditando, em seu terror, que escutava os primeiros sussurros de um anjo que viesse buscá-lo.

— Confesse! — Escutou com clareza, a voz abafada pelas pedras em volta.

William levantou a cabeça, loucamente tentado a perguntar aos torturadores se também tinham ouvido. As palavras eram gritadas por alguém a plenos pulmões, e a cada repetição partes diferentes se perdiam. William reuniu tudo, gritando de surpresa e dor quando Ted perdeu o ar vago de incompreensão e se lembrou de apertar os parafusos mais uma vez. Outro osso estalou, lançando um borrifo de sangue na superfície de madeira. William sentiu lágrimas chegarem a seus olhos, embora só aumentasse sua raiva pensar que aqueles homens achavam que o viam chorar.

Ele inspirou de forma profunda e trêmula. Conhecia a voz de Derry. Ninguém mais o chamava de William Pole. Cortava-lhe o coração pensar em ceder aos dois homens, mas a ideia abriu a porta e sua determinação sumiu como cera numa fornalha.

— Muito bem... *cavalheiros* — falou, ofegante. — Confesso tudo. Tragam-me seu pergaminho e assinarei meu nome.

O mais novo pareceu espantado, mas Ted deu de ombros e começou a desapertar os parafusos, limpando cada um deles com muito cuidado e aplicando óleo nos mecanismos para que não enferrujassem no saco. William baixou os olhos para o rolo aberto de pano grosso e tremeu com o que viu ali. Haviam apenas começado seu tormento.

Ted pigarreou enquanto limpava o sangue da mesa e punha a mão esmagada de William num pano ao lado. Com cuidado, o homem colocou uma folha de papel velino feito com couro de bezerro onde William pudesse alcançar. Do saco de equipamentos, tirou um tinteiro e uma pena. Molhou a ponta para ele quando viu que a mão direita de William tremia violentamente e poderia derramar a tinta.

William leu as acusações de alta traição com uma sensação de náusea. Seu filho John saberia. A esposa passaria o resto da vida à sombra daquela confissão tão vergonhosa. Era pedir muito confiar a Derry Brewer sua honra, mas ele confiou e assinou.

— Eu lhe disse que ele assinaria! — exclamou James, triunfante. — Você disse que um duque aguentaria um dia ou dois, talvez mais.

Ted pareceu enojado, mas entregou uma moeda de prata ao jovem companheiro.

— Eu tinha apostado em você, meu velho — comentou com William, balançando a cabeça.

— Retire as cordas — respondeu William.

Ted deu uma leve risada.

— Ainda não, milorde. Certa vez, um sujeito jogou a própria confissão no mesmo fogo que acendemos para ele. Tivemos de começar tudo de novo! Não, camarada. O senhor vai esperar enquanto James leva a confissão ao homem que a pediu. Depois disso, o senhor não é mais de minha conta.

Com uma cerimônia que zombava dele, entregou a folha assinada a James, que a enrolou, pôs num tubo e amarrou as pontas com uma fita preta limpa.

— Não se demore agora, rapaz! — gritou Ted atrás dele quando saiu. — O dia ainda está claro e eu estou com sede... e é você quem paga!

Levado à força em ritmo mais lendo que gostaria, Derry se espantou mais uma vez com o tamanho imenso do Palácio de Westminster. Os guardas que o faziam marchar de volta à construção estavam decididos a levá-lo diretamente, mas ainda assim era uma rota diferente da que ele usara antes. Derry passou por tribunais e câmaras com o teto abobadado, como o das catedrais. Quando passaram pela câmara cheia de ecos onde os lordes se reuniam, estava profundamente aborrecido. A busca por Suffolk nunca tivera chance de dar certo com o tempo de que dispusera. Só sabia o que lera no rosto furioso de Tresham e não tinha certeza, não podia ter certeza. Um exército poderia vasculhar o vasto palácio e nunca achar um único homem.

À frente de seu pequeno grupo de guardas, Derry viu outro amontoado de pessoas com certa agitação. Ele havia sido levado direto para o outro lado do palácio e, quando foi empurrado para mais perto, viu com espanto que o portão do rio estava aberto, uma barra brilhante de sol cintilando como o paraíso. Derry tropeçou no piso irregular, a atenção atraída pelas duas figuras que entravam no palácio. Um de seus guardas xingou quando o pôs de pé, e depois um murmúrio de assombro passou por todos.

Eles levaram Derry até a retaguarda de um grupo que olhava o portão externo. Todos ali estavam de joelhos ou bastante curvados enquanto o rei e a rainha da Inglaterra entravam em seu domínio. Derry começou a sorrir, olhando em volta para ver Tresham e o cardeal Beaufort entre eles. O movimento dos olhos se acentuou ao avistar lorde York ao lado. Não era surpresa descobrir que o duque ainda não fora para a Irlanda, mas isso confirmava algumas suspeitas de Derry sobre a conspiração contra William Pole.

O rei Henrique parecia magro e pálido. Derry o viu passar um grosso cobertor dos ombros para um criado, revelando roupas simples sem ornamentos. A rainha parecia segurar seu braço para sustentá-lo, e o coração de Derry se enterneceu por ela, abençoando Margarida por levar o marido. A mente começou a disparar de novo, sopesando as possibilidades.

Derry se virou para o guarda que o segurava. O homem tentava se curvar na presença do rei sem afrouxar a mão que segurava o criminoso que tinha sido encarregado de capturar.

— Não há cardeais no xadrez, mas o rei toma seu bispo, se é que me entende. Agora, veja bem. Estou aqui em missão real, portanto tire sua mão de meu braço.

O guarda recuou, desencorajado pela presença do rei e querendo simplesmente não ser notado por tantos homens de poder. Derry estalou o pescoço e endireitou as costas, o único que estava em pé, ereto. Os outros homens começavam a se erguer, Tresham e o cardeal Beaufort entre eles.

— Vossa Alteza Real, é uma grande honra vê-lo com saúde — declarou Tresham.

Henrique piscou em sua direção e Derry teve certeza de ver Margarida segurá-lo com mais força.

— Onde está William de la Pole, lorde Suffolk? — perguntou Henrique com clareza.

Derry poderia tê-lo beijado quando uma onda percorreu o grupo. Alguns claramente não entenderam, mas a expressão de Beaufort, York e Tresham disse a Derry tudo o que precisava saber.

— Vossa Graça! — gritou Derry.

Dezenas de homens se viraram para ver quem falava, e Derry aproveitou a oportunidade para atravessar a multidão. Seus guardas ficaram ofegantes atrás dele, furiosos porque o espião-mor atraíra toda aquela atenção.

— Vossa Graça, lorde Suffolk foi acusado de traição contra a Coroa — avisou Derry.

Tresham sussurrava instruções a outro homem, e Derry continuou depressa, antes que o orador recuperasse a iniciativa. Na cabeça, conseguia ver como aquilo tinha de andar, se encontrasse as palavras certas.

— Lorde Suffolk se entregou a sua misericórdia, Vossa Graça. Ele se submete à vontade do rei, nisso e em todas as coisas. — Derry só viu vazio no rosto de Henrique e teve a sensação desagradável de que o homem não o escutara. Olhou desesperado para Margarida, implorando em silêncio sua ajuda enquanto continuava falando. — Se convocar seus pares, Vossa Graça, o senhor mesmo poderia decidir seu destino.

O cardeal Beaufort então se levantou, a voz tilintando.

— Lorde Suffolk será levado a julgamento, Vossa Graça. É uma questão para os tribunais do Parlamento.

Enquanto ele falava, Derry viu um rapaz sujo vir correndo dos fundos da multidão. Trazia um tubo amarrado com uma fita preta e cochichou com Tresham antes de fazer uma reverência e recuar. Tresham lançou um olhar triunfante na direção de Derry, levantando o que recebera.

— Lorde Suffolk confessou, Vossa Graça. Ele tem...

— Ele se entregou à vossa misericórdia! Ele se submete à vontade real! — interrompeu Derry falando com clareza, com firmeza, a voz soando acima de todos.

As expressões que usou eram tão antigas quanto o prédio em volta, um chamado para que o próprio rei decidisse o destino de um de seus lordes. Derry estava desesperado, mas não podia deixar Tresham e Beaufort afirmarem sua autoridade. O rei estava a bordo. A *rainha* também estava, ele percebeu quando Margarida começou a falar.

Margarida tremia com o esforço de segurar as lágrimas. Nunca estivera tão apavorada na vida, ali, diante daquela formação de homens poderosos. Vira a luz sumir dos olhos do marido. A viagem pelo rio o deixara exausto, corpo e mente fracos como os de uma criança. Ele lutara contra aquilo, com os músculos magros se contraindo nos braços e nas costas quando saíra da balsa e entrara no palácio. Havia chamado por William com o último sopro de vontade, e Margarida conseguia senti-lo cambalear contra ela enquanto os homens gritavam e tentavam fazer valer suas reinvindicações. Escutou com atenção as palavras de Derry, sabendo que ao menos ele estaria protegendo William.

Durante um bom tempo, Margarida esperou que Henrique voltasse a falar. Ele não disse nada, só piscava devagar. A garganta dela estava seca, o coração golpeava o vestido, mas a rainha sentia a frieza do rei através do pano e se sentia sozinha.

— Meu marido... — começou Margarida.

A voz saiu como o rangido de uma porta; ela parou e pigarreou para tentar de novo. Em mais de uma ocasião, metade daqueles homens tentara manipular Henrique. Que Deus a perdoasse, mas teria de fazer o mesmo.

— O rei Henrique se retirará para seus aposentos agora — anunciou ela com clareza. — Ele ordena que William, lorde Suffolk, lhe seja trazido. Lorde Suffolk se entregou à vontade do rei. Somente o rei agora é responsável.

Ela esperou enquanto os homens a fitavam, sem saber como aceitar tal declaração da jovem francesa. Ninguém parecia capaz de responder, e sua paciência se esgotou.

— Mordomo! Sua Alteza Real ainda se recupera de sua doença. Ajude-o.

Os criados do rei estavam mais acostumados com sua autoridade, e no mesmo instante obedeceram, levando Henrique da câmara para os aposentos pessoais do rei no palácio. Uma grande tensão abandonou o grupo de homens, e Derry soltou a respiração presa com um longo suspiro. Piscou para Tresham. O advogado com rosto de cavalo só pôde fitá-lo com raiva enquanto o espião-mor seguia o grupo real. Ninguém ousou detê-lo. A presença do rei mudara o jogo inteiro, e eles ainda vacilavam.

23

Por uma janela estreita, Derry fitava um claustro do Palácio de Westminster. Fazia frio lá fora, estava escuro além do vidro. Ele pouco podia ver exceto seu reflexo destacado, que o fitava em ouro e sombras. Fungou e esfregou o nariz, suspeitando que um resfriado se aproximava. Após distribuir ordens em nome do rei, levara dois dias para trazer todos os lordes ao alcance de Londres aos aposentos reais de Henrique. Às costas de Derry, até o maior dos cômodos particulares estava desconfortavelmente apinhado e quente. Velas brancas e grossas nas paredes iluminavam o salão, acrescentando fumaça oleosa ao ar abafado de calor e suor. No total, 24 homens de elevada posição compareceram para assistir ao julgamento de um deles pelo rei. Derry dormira apenas algumas horas enquanto eles chegavam, e o cansaço doía. Havia feito todo o possível. Quando finalmente vira a mão destruída de William, prometera continuar até seu coração desistir.

Lorde York estava lá, é claro, junto de mais seis nobres ligados à família Neville. Ricardo, conde de Salisbury, estava ao lado direito de York, usando um espesso manto escocês que seria adequado ao extremo norte, mas o fazia suar profusamente nos limites apinhados daquele salão. Derry descobriu que conseguia observar o grupo no reflexo do vidro, e estudava o filho do homem, Ricardo de Warwick. O jovem conde pareceu sentir a análise minuciosa e, de repente, o olhou, apontando e murmurando algo a York. Derry não se mexeu nem revelou o que pensava deles. Os seis continuaram a conversar em voz baixa entre si, e Derry continuou observando-os. Juntos, representavam uma facção pelo menos tão poderosa quanto o próprio rei. Três deles eram Ricardos, pensou com ironia: York, Salisbury e Warwick. Casado com uma Neville, filho e neto do velho Ralph Neville. Era um triunvirato pequeno e poderoso, embora o clã Neville tivesse casado filhas e filhos em todas as linhagens desde o rei Eduardo III. Derry sorriu ante o pensamento de que York dera ao filho mais novo o mesmo nome, numa total demonstração de falta de imaginação.

Contra eles — e não havia mais dúvida de que estava contra eles —, Derry tinha Somerset entre os aliados do rei, ao lado dos lordes Scales, Grey, Oxford, Dudley e mais uma dezena de homens de poder e influência. Todos os que puderam ser convocados a tempo estavam presentes naquela noite, alguns ainda sujos e cansados da viagem em alta velocidade para chegar a Londres. Fora mais que o destino de um duque que os levara até lá. Os poderes do próprio rei foram questionados, e a Inglaterra ainda estava em chamas além das ruas que cercavam a capital.

Derry esfregou os olhos, pensando nos relatórios que se empilhavam na Torre para que lesse. Recordou a promessa de Margarida de que daria uma olhada em todos os documentos vitais. Isso o fez sorrir de cansaço. Eram documentos demais para ele — que sabia separar o joio do trigo.

Ele se virou para o aposento, querendo que aquilo terminasse. A vida de seu amigo estava em jogo, mas, enquanto os bons lordes brincavam de justiça e vingança, o território que governavam caía no banditismo e no caos. Amargurava-o ter conhecido Jack Cade na época do exército. Se pudesse voltar àquele tempo e enfiar uma faca nas costelas do homem, ficaria consideravelmente aliviado.

— Maldito Jack Cade — murmurou para si mesmo.

O homem de que se lembrava era um bêbado inveterado, um terror com o machado e um arruaceiro nato, embora não tivesse condição social digna de nota. A tendência de Cade de socar os sargentos eliminara todas as possibilidades de promoção e, pelo que Derry se recordava, o homem cumprira seu período de serviço e voltara para casa com apenas uma treliça de chibatadas nas costas para exibir. Era quase inacreditável que Cade tivesse reunido um exército só seu e atacasse povoados e aldeias em torno de Londres, inebriado pelo sucesso. Haviam cortado a cabeça do próprio xerife do rei, e Derry sabia que era preciso uma resposta incisiva e rápida. Era quase pecaminoso distrair o rei e seus lordes numa época dessas. Derry prometeu se vingar de todos os responsáveis, levando calma a seus pensamentos desordenados. Cade, York, Beaufort, os Nevilles e o maldito Tresham. Teria de cobrar de todos eles por ousarem atacar o cordeiro.

O salão ficou em silêncio quando William, lorde Suffolk, foi trazido. Andava ereto, embora os braços estivessem algemados às costas. Derry conseguira vê-lo apenas uma vez na Torre das Joias, e ainda se enfurecia com os ferimentos cruéis e a indignidade que seu amigo havia sofrido. Suffolk era inocente de todas as maneiras. Não merecia a maldade cometida contra ele. Boa parte da responsabilidade cabia ao próprio Derry, e a culpa tornou-se um fardo pesado ao ver William sofrer a análise dos lordes Neville. O antebraço esquerdo do duque parecia um pernil, gordo e rosado, com talas nos dedos, todo embrulhado em ataduras. Tiveram de arranjar uma algema de perna para envolver a carne inchada. Derry sabia que a manga do casaco de William fora cortada na costura para que ele se vestisse.

O chanceler do rei entrou atrás do prisioneiro, um homem baixo de testa larga tornada ainda maior com os cabelos que retrocediam. Ele observou a sala e franziu os lábios de satisfação com as vestimentas dos lordes.

Haviam deixado um pequeno espaço solitário no centro da sala para William enfrentar seus pares. Quando ocupou seu lugar, eles murmuraram, observando e comentando impressionados. Suffolk aguardou o rei com dignidade, ainda que os olhos pousassem brevemente em Derry enquanto percorriam a sala. Os cabelos de William foram escovados por uma criada qualquer. Por alguma razão, esse pequeno gesto de gentileza provocou em Derry uma pontada de dor. Em meio a inimigos e conspirações, alguma copeira pensara em passar um pano nas roupas manchadas do duque e uma escova em sua cabeça.

Não houve fanfarra para anunciar o rei, não em seus aposentos reais. Nenhuma trombeta soou. Derry viu um criado entrar como um camundongo numa jaula de leões, cochichar com o chanceler do rei e se retirar com velocidade. O chanceler pigarreou para anunciar a presença real, e o espião-mor fechou os olhos um instante, fazendo uma oração. Vira o rei Henrique com frequência nos dois dias anteriores e o encontrara tão disperso e vazio quanto na manhã em que saíra correndo para procurar William. A surpresa havia sido ver Margarida resistir tão bem sob a tensão. Para o bem de William, para salvá-lo, ela pusera de lado seus temores. Tinha dado ordens em nome do marido como Derry instruíra, confiando nele. Na tarefa de manter William longe do cepo do carrasco, eram aliados até o fim. Ele só lamentava que Margarida não pudesse comparecer à convocação. Com os lordes Neville e York observando, seria sinal de fraqueza ter a rainha para guiar o marido. Mas a alternativa era igualmente ruim ou pior. Derry mordeu o lábio ao pensar em Henrique falando com os presentes. Ele mesmo se arriscara a ser acusado de traição ao dizer ao rei que *não* podia falar, não naquela noite. Henrique concordara, é claro, sorrindo e parecendo não entender palavra. Mas houve momentos nos dias anteriores em que os olhos do rei se concentraram, como se alguma parte de sua alma ainda lutasse para se erguer acima dos mares que o inundavam. Derry cruzou os dedos quando o rei entrou, com suor novo brotando sobre o antigo.

Uma poltrona estofada tinha sido disposta alguns passos à direita de William, lorde Suffolk, para que Henrique olhasse a extensão do cômodo, vendo todos os que haviam atendido sua ordem real. Com o coração na mão, Derry observou o rei sentar-se, ajeitar-se e depois erguer os olhos com interesse amistoso. Os lordes murmurantes e cochichantes finalmente se calaram, e o chanceler do rei fez soar sua voz.

— Sua Excelentíssima Graça, rei Henrique, por linhagem, título e graça de Deus, rei da Inglaterra e da França, rei da Irlanda, duque da Cornualha e duque de Lancaster.

Henrique fez um pacífico sinal de cabeça para o homem, e o chanceler se inflou como uma bexiga ao abrir um pergaminho com um floreio e ler.

— Milordes, os senhores se reuniram por ordem do rei para ouvir acusações de alta traição feitas contra William de la Pole, duque de Suffolk.

Ele parou enquanto William se ajoelhava com dificuldade no chão de pedra, baixando a cabeça. Derry viu York reprimir um sorriso, e daria os caninos para ficar sozinho com aquele homem por uma hora.

O chanceler leu a lista. Metade das acusações dizia respeito ao armistício fracassado e à responsabilidade pela perda das posses inglesas na França. Derry tentara tirar do registro oficial algumas acusações mais alucinadas, porém, nessa área, ele tinha pouca influência. O pergaminho fora preparado por Tresham e Beaufort, sem dúvida com York olhando por cima de seus ombros e dando sugestões. Era uma lista condenatória, mesmo antes de o chanceler recitar a acusação de reuniões secretas com o rei e os nobres franceses na intenção de usurpar o trono inglês.

Somente o lento rubor que se espalhava pelo rosto de William ali ajoelhado mostrava que ele escutava atentamente cada palavra. Derry trincou os dentes quando o chanceler leu a quantia em ouro que, supostamente, William recebera em troca de apoio. Qualquer um que o conhecesse riria da ideia de Suffolk receber algum tipo de suborno. Até a ideia de tais quantias serem registradas era ridícula. Mas, enquanto Derry olhava a sala, homens sérios balançavam a cabeça a cada artigo, a cada calúnia vil que era lida.

— Que seja sabido por todos que, no vigésimo dia do mês de julho, no ano de Nosso Senhor de 1447, o acusado conspirou na paróquia do Santo Sepulcro, no distrito de Farringdon, para facilitar a invasão francesa dessa costa, com vistas a usurpar o trono de direito da Inglaterra. Que também seja sabido...

Não era um julgamento. Esse era o único raio de luz na escuridão, no que dizia respeito a Derry. Ele passara horas discutindo com advogados do Parlamento e da Coroa, mas o rei tinha o direito de decidir sobre um integrante da nobreza caso o lorde se entregasse à misericórdia real. Porém a confissão de William continuaria válida, ainda que todos os homens ali presentes soubessem como havia sido obtida. As acusações não podiam ser completamente revogadas — fora esse o acordo arranjado de madrugada. Até certo ponto, Derry teve de aceitar a afirmação de Tresham de que o reino se ergueria em revolta sem um bode expiatório pela perda da França.

O simplório exército de Cade estava disposto a invadir Londres e, sem dúvida, aguardava para conhecer o destino de Suffolk com tanto interesse quanto o restante do reino. Muitos recrutas de Cade conheceram William na França. Irritava como areia nos olhos de Derry que nenhum deles culpasse York pela perda de Maine e Anjou, embora ele estivesse no comando na época. Ricardo de York fora rápido ao acusar os partidários do rei e, com isso, conseguira escapar das críticas.

— Lorde Suffolk confessou todas as acusações — terminou o chanceler, claramente satisfeito de estar no centro do palco naquela noite. Levantou um pergaminho com fita preta na outra mão. Derry se surpreendeu apenas pelo rolo não estar respingado de sangue, depois dos ferimentos que vira.

— Nego todas as acusações, toda a traição! — rosnou William de repente.

O silêncio tomou conta da câmara quando todos os olhos caíram sobre o homem ajoelhado. A boca de Derry secou. Ele havia discutido isso com William. Ver o homem desmentir a confissão não fazia parte do negócio.

— O senhor... há... O senhor *nega* as acusações? — questionou o chanceler fracamente, com dificuldade.

Mesmo de joelhos, mesmo algemado, William era uma imagem impressionante ao erguer a cabeça e responder.

— As acusações são absurdas, produto de mentes cruéis. Nego-as completamente. Sou inocente de traição. Mas fui levado à desgraça por canalhas que agem contra meu rei e meu país.

Derry quis gritar a William que calasse a boca antes de arruinar tudo. Viu que York sorria com a explosão, os olhos brilhando.

— Milorde Suffolk, está agora reivindicando seu direito a julgamento? — perguntou o chanceler.

Derry viu York se inclinar à frente ansioso. Quis gritar, mas Derry não tinha direito sequer a estar naquela sala. Não ousou falar, e apenas fechou os olhos, aguardando a resposta de William.

William olhou todos com raiva, depois a cabeça enorme baixou e ele suspirou.

— Não. Entrego-me à vontade e ao julgamento do rei. Confio na graça de Deus e na honra do rei Henrique.

O chanceler limpou o suor da testa proeminente com um grande lenço verde.

— Muito bem, milorde. Então é meu dever ler o veredito do rei.

Muitos lordes se viraram surpresos para Henrique, entendendo que ele não falaria e que o veredito fora feito com antecedência. York fez um muxoxo e Derry prendeu a respiração, temendo que Henrique sentisse a atenção e respondesse.

O rei olhou em volta, um leve sorriso brincando no canto da boca. Perplexo, inclinou a cabeça, e o chanceler entendeu que era um sinal para continuar; pegou o terceiro de seus pergaminhos e o desenrolou com um floreio.

— Sejam testemunhas do veredito do rei contra William de la Pole, duque de Suffolk, no Ano de Nosso Senhor de 1450. — Ele fez uma pausa para inspirar de novo e enxugar a testa mais uma vez. — Pelos serviços passados, as oito acusações capitais são desprezadas por ordem e vontade do rei.

Houve uma súbita explosão de sons vinda dos lordes reunidos, encabeçada por York e pelo cardeal Beaufort, que latiram respostas zangadas. O chanceler se encolheu, mas continuou a ler acima do barulho, as mãos visivelmente tremendo.

— As 11 acusações restantes de conivência não criminosa são consideradas provadas, na medida em que o prisioneiro confessou.

Outro rosnado ainda mais forte veio dos lordes, e o chanceler os olhou, indefeso e incapaz de continuar. Não possuía autoridade para impor silêncio e, embora olhasse o rei, Henrique nada disse.

Ao ver o impasse, foi Somerset quem gritou, o condezinho rijo em pé com o peito estufado e a cabeça erguida agressivamente.

— Milordes, isto não é um julgamento. Sem dúvida também não é uma estalagem vulgar! Os senhores insultarão o rei em seus próprios aposentos? Parem com esse barulho.

Liderados pelos cochichos furiosos de York, alguns continuaram gritando e argumentando, embora a maioria aceitasse a repreensão e calasse a boca. Agradecido, o chanceler olhou lorde Somerset e estendeu mais uma vez a mão para o lenço, limpando o brilho do rosto.

— A pena para essa conivência é o exílio desta terra pelo período de cinco anos a contar de hoje. Os senhores têm nossa bênção por sua paciência. Esses documentos são assinados e selados no Ano de Nosso Senhor de 1450, Henrique Rex.

O tumulto morreu com a velocidade de uma vela sendo apagada, caindo por terra assim que os lordes entenderam que tinham escutado as palavras e as ordens do próprio rei. Aproveitando a surpresa, Derry avançou e usou uma chave pesada para abrir as algemas dos pulsos de William. O amigo pareceu nauseado de alívio. Levantou-se devagar, esfregando a mão inchada e recordando aos mais próximos que ainda era um homem de força prodigiosa. O braço da espada estava ileso, e ele o dobrou à frente do corpo, cerrando o punho enquanto fitava enraivecido York, Tresham e Beaufort.

Derry estendeu a mão e segurou o braço de William. Sem aviso, o amigo se virou para encarar o rei Henrique, e uma tensão súbita passou pela sala, com até York erguendo os olhos. Por tantos crimes e acusações, não houvera no passado pena que não fosse a execução. Mas um homem que confessasse a traição estava ao alcance do rei. William estava desarmado, porém, novamente, todos tomaram consciência da força de urso que havia nele e da fragilidade do próprio rei. Antes que alguém se mexesse, William deu um passo à frente, apoiou-se num dos joelhos e baixou a cabeça até o peito.

— Sinto muito ter-lhe provocado pesar, Vossa Alteza Real. Se agradar a Deus, voltarei para servi-lo de novo.

Henrique franziu vagamente a testa. Por um instante, estendeu um pouco a mão, mas depois recuou. Todos os lordes se ajoelharam quando Henrique se levantou da cadeira, guiado para longe de sua presença pelo chanceler e por seus criados pessoais. Não dissera uma única palavra.

William permaneceu ajoelhado até a porta se fechar atrás do rei. Quando voltou a se levantar, havia lágrimas em seus olhos, e ele aceitou a mão de Derry no ombro para levá-lo para fora. Ao se afastarem pelos corredores, foram ultrapassados por mensageiros que levavam a notícia correndo para todos os que tinham pago algumas moedas por elas. Parecia que William fora fulminado, pálido e espantado com a pena que havia recebido.

— Tenho cavalos à espera para levá-lo de Londres ao litoral, William — avisou Derry, examinando o rosto do amigo enquanto caminhavam. — Há uma coca à espera em Dover, a *Bernice*. Ela o levará à Borgonha, onde o duque Filipe lhe ofereceu abrigo enquanto durar o exílio. Entendeu, William? Você terá uma casa só sua e pode levar Alice para lá assim que se instalar. Seu filho pode visitá-lo e escreverei todo mês para mantê-lo informado do que acontece aqui. São apenas cinco anos.

Derry ficou comovido com o olhar de desespero que William lhe lançou. Parecia zonzo, e a mão de Derry continuou em seu ombro para mantê-lo ereto, embora tivesse o cuidado de não tocar a mão e o antebraço inchados.

— Sinto muito, William. Se o rei anulasse todas as acusações, haveria revolta, entende? Esse foi o melhor acordo que consegui para você. Um vendedor de vinhos foi enforcado ontem mesmo por ameaçar começar uma agitação se você fosse libertado.

— Entendo, Derry. Obrigado por tudo o que fez. Talvez eu devesse ter fugido quando você me avisou. Mas não pensei que fossem tão longe.

Derry sentiu o pesar do amigo como se fosse seu.

— Vou fazê-los pagar pelo que fizeram, William, eu juro. Em cinco anos, você voltará à Inglaterra e os caçaremos como lebres, se eu não tiver terminado. Você verá.

Eles andaram juntos pelo espaço imenso de Westminster Hall, ignorando os olhares de mercadores e parlamentares. A notícia se espalhava depressa, e alguns ousaram assoviar e vaiar ao ver um traidor condenado andando entre eles. William levantou a cabeça com o barulho, um toque de fúria substituindo o ar sombrio dos olhos.

— Como você disse, Derry, são apenas cinco anos — murmurou, endireitando as costas e olhando em volta com o rosto fechado.

Eles saíram do palácio e foram até os dois homens que aguardavam com cavalos de carga. Derry engoliu em seco, nervoso, quando a multidão começou a aumentar, a sensação de violência no ar crescendo a cada momento que passava.

— Vá com Deus, meu amigo — despediu-se Derry suavemente.

Com a mão ferida, William não conseguiu montar sozinho, e Derry o ajudou a chegar à sela com um bom empurrão e depois lhe passou uma espada com cinto e bainha. A visão da longa lâmina ajudou a calar os mais estridentes da multidão, porém a cada momento chegava mais gente, vaiando e gritando insultos. William os olhou de cima, a boca como uma linha firme e pálida. Cumprimentou Derry com a cabeça, estalou os lábios e bateu os calcanhares, trotando tão perto de um carvoeiro que berrava que fez o homem cair para trás nos braços dos colegas. Derry havia pedido emprestado a lorde Somerset dois bons homens para escoltá-lo. Eles puxaram as espadas ao fazer as montarias avançarem, a ameaça clara.

Derry parou um instante para observá-los partir até que sentiu o desprezo da multidão se afastar deles em busca de outro alvo. Com alguns passos rápidos, sumiu de volta no grande salão e na penumbra do interior. Ali nas sombras, longe dos olhos, descansou a cabeça contra a fria massa corrida, querendo apenas dormir.

Embora estivesse escuro lá fora, o Palácio de Westminster estava iluminado de dourado, cada janela brilhando com a luz de centenas de velas. Os nobres lordes que tinham se reunido para ouvir o veredito do rei sobre William de la Pole não partiram de imediato. Seus criados corriam de um lado para o outro levando mensagens, enquanto eles percorriam os corredores ou pediam vinho e sentavam-se para discutir os eventos da noite. Duas facções claras surgiram pouco depois de o rei se retirar. Em torno de lorde Somerset e lorde Scales, uma dezena de outros condes e barões se reuniu para discutir os fatos e exprimir sua consternação com o destino de Suffolk.

York tinha partido com os lordes Neville para uma sala vazia, não muito longe dos aposentos do rei. Tresham e o cardeal Beaufort foram com eles, imersos na conversa. Os criados corriam em torno do grupo de oito homens, acendendo velas e a lareira; outros iam buscar comida e vinho. Conforme a noite avançava, alguns lordes foram até a porta aberta e brindaram à saúde de York. Nada disseram de importante, mas demonstraram seu apoio.

Tresham saiu e voltou duas vezes, até que se instalou perto do fogo e aceitou uma taça de vinho quente com agradecimentos murmurados. Estava gelado de andar pelo exterior e tremia ao sentar-se e retomar a conversa. O Ricardo Neville mais velho falava. Além do título de conde de Salisbury, Tresham não o conhecia bem. Salisbury tinha propriedades e deveres que o mantinham longe, na fronteira com a Escócia, e raramente era visto no Parlamento. Tresham tomou o vinho em pequenos goles, com gratidão, observando a quantidade de homens ligados à família Neville. Quando se casara com aquele clã específico, York conquistara o apoio de um dos grupos mais poderosos do reino. Sem dúvida não o prejudicava ter os Nevilles por trás.

— Digo apenas que é preciso haver um herdeiro — dizia Salisbury. — Vocês viram a rainha, ainda magra como um junco. Não estou dizendo que um filho *não* virá, só que, se ela for estéril, com o tempo isso mergulhará a Inglaterra no caos mais uma vez. Com esse exército de Cade ameaçando até Londres, não faria mal propor um herdeiro nomeado.

Tresham aguçou os ouvidos, inclinando-se à frente e esvaziando a taça. Vira o humor dos amigos de York passar do prazer ao desespero quando os havia informado horas antes. Tinham encontrado um bode expiatório para os desastres na França, mesmo que o rei e Derry Brewer tivessem salvado Suffolk do machado do carrasco. O nome de Brewer foi pronunciado com raiva e desprezo especiais naquela sala, embora, na verdade, ele só tivesse atrapalhado em parte o golpe organizado por York. Suffolk estava afastado durante cinco anos, removido da presença do rei no ponto máximo de sua força. Era uma vitória parcial, apesar da rapidez dos pés e da inteligência de Brewer. Porém a conversa sobre herdeiros era novidade, e Tresham escutou com atenção enquanto os lordes Neville murmuravam para as taças seu assentimento. Eram leais uns aos outros, e, se o Ricardo Neville mais velho falasse, era por todos eles, algo decidido havia muito tempo.

— Poderíamos perguntar a Tresham, aqui — continuou Salisbury. — Ele conhecerá as leis e os documentos que precisam ser propostos. O que acha, Sir William? Podemos nomear outro herdeiro até que nasça um filho do rei e da rainha? Há precedentes?

Um criado voltou a encher a taça dele, dando a Tresham tempo para sentar-se mais ereto e pensar.

— Seria preciso uma lei aprovada pelo Parlamento, é claro. Uma votação dessas seria... controversa, suponho.

— Mas possível? — insistiu Salisbury.

Tresham inclinou a cabeça.

— Tudo é possível, milorde... com votos suficientes.

Soaram risadas abafadas em resposta, enquanto York sentava-se no meio deles e sorria. Não havia dúvida de quem seria o herdeiro caso essa votação pudesse ser convocada no plenário do Parlamento. Ricardo de York descendia de um filho do rei Eduardo, como o próprio Henrique. O avô de Cecily de York fora João de Gaunt, outro daqueles filhos. Entre eles, a pretensão dos Yorks era tão boa quanto a do próprio rei — e eles tinham seis filhos. Mentalmente, Tresham se corrigiu, recordando o nascimento recente de mais uma criança. Sete filhos, todos descendentes de filhos do rei guerreiro.

— Uma proposta dessas seria uma declaração de intenções, milordes — comentou Tresham, a voz baixa e firme. — Não haveria como disfarçar os propósitos nem a lealdade de seus partidários. Menciono isso para ter certeza de que os senhores compreendem as possíveis consequências, caso se perca a votação.

Para sua surpresa, York riu amargamente, contemplando o fogo.

— Sir William, meu pai foi executado por traição contra o pai *deste* rei. Fui criado como órfão, dependente da gentileza do velho Ralph Neville. Acho que conheço um pouco as consequências, e os riscos, da ambição. Mas talvez os homens não devam temer acusações de traição depois do que a que todos assistimos hoje. Parece não ter mais o peso de outrora.

Todos sorriram ante seu tom irônico, observando-o e entreolhando-se atentamente.

— Mas não estou cochichando, Sir William! Esta não é uma conspiração, não é um conluio. Apenas uma discussão. Meu sangue é bom, minha linhagem é boa. O rei está casado há alguns anos, mas não encheu nenhum ventre. Numa época de agitação como esta, acho que o reino precisa saber que há uma linhagem forte à espera caso a semente dele seja fraca. É, penso assim, Tresham. Prepare seus documentos, sua lei. Permitirei que meu nome seja apresentado como herdeiro do trono. O que vi hoje me convenceu de que isso é o certo a fazer.

Pelo sorriso satisfeito de Salisbury, Tresham viu que não era a primeira vez que discutiam o assunto. Ficou com a sensação de que os homens ali só haviam aguardado sua chegada para lançar a conversa e avaliar sua reação.

— Milorde York, concordo. Pelo bem da Inglaterra, é preciso que haja um herdeiro. É claro que qualquer acordo desses seria anulado se a rainha concebesse.

— É claro — respondeu York, mostrando os dentes. — Mas temos de estar preparados para todos os resultados, Sir William. Como descobri hoje à noite, é bom ter planos, não importa o desenrolar dos acontecimentos.

24

William, lorde Suffolk, estava de pé nas falésias brancas acima do porto de Dover. Os homens de Somerset aguardavam respeitosamente a certa distância, entendendo que o inglês talvez quisesse um momento de reflexão silenciosa antes de deixar a pátria para os cinco anos de banimento.

O ar estava puro comparado aos vapores e fedores de Londres. Havia nele um toque de calor primaveril, mesmo naquela altura. William gostou de ter parado. Podia ver o navio mercante à espera no porto, mas só ficou ali, olhou para o mar e respirou. A fortificação maciça do Castelo de Dover podia ser vista a sua direita. Sabia que Guilherme, o Conquistador, a incendiara e depois pagara sua restauração, numa mistura de terror e generosidade típica dele. Os franceses queimaram a cidade inteira havia apenas um século. As lembranças eram antigas naquele trecho da costa. William sorriu com a ideia, consolando-se. Os moradores locais tinham reconstruído tudo depois de desastres muito piores do que o que o atingira. Levantaram-se das cinzas e construíram lares mais uma vez. Talvez ele fizesse o mesmo.

Ficou surpreso ao sentir seu estado de espírito se alegrar enquanto inspirava o ar suave. Tantos anos de responsabilidade não pareceram um fardo. Mas perdê-la o fazia sentir-se livre pela primeira vez, desde que conseguia se lembrar. Não podia mais mudar nada. O rei Henrique possuía outros homens para apoiá-lo e orientá-lo. Enquanto Derry Brewer vivesse e planejasse, sempre haveria esperança.

William sabia que tentava ver o lado bom de um destino ruim, característica que compartilhava com o povo fleumático da cidade lá embaixo. A vida *não* era um passeio no Jardim do Éden. Se fosse, William sabia ser do tipo que olharia em volta e construiria para si uma maldita casa. Nunca ficara ocioso, e pensar em como preencher seus anos na Borgonha era uma preocupação incômoda. O duque Filipe era um bom homem por ter feito a oferta, e pelo menos não era amigo do rei francês. A ironia de ser acusado de traição é que William possuía muito mais amigos na França que na Inglaterra, ao menos naquele momento. Com documentos que asseguravam a proteção pessoal do duque Filipe, passaria pelo coração da França, pararia algum tempo em Paris e seguiria para seu novo lar.

William enfiou a ponta da bota na terra verde até chegar ao cal embaixo. Mas suas raízes estavam *ali*, sua alma no cal. Ele esfregou os olhos com veemência, na esperança de que os homens não vissem a força da emoção que o inundara.

William soltou a respiração e limpou os pulmões.

— Vamos, rapazes — chamou, voltando ao cavalo. — A maré não espera por nós nem por homem nenhum.

Ele encontrara um modo de montar sem forçar demais o braço; esforçou-se para subir na sela e pegou as rédeas com a mão boa. Desceram por caminhos e por uma boa estrada até a frente das docas. Mais uma vez, William sentiu olhares hostis sobre ele, ouvindo sussurrarem seu nome, embora achasse que devia estar um dia à frente das notícias. Manteve a cabeça erguida ao ser apresentado ao capitão-mercante e supervisionar o carregamento dos suprimentos providenciados por Derry. Eram apenas o suficiente para manter um homem de sua estatura durante algumas semanas. William sabia que teria de recorrer à esposa para obter roupas e recursos. A Borgonha fazia parte do continente francês, a um mundo de distância, mas, mesmo assim, dolorosamente perto de casa. Ele se despediu dos homens de Somerset, distribuiu algumas moedas de prata e lhes agradeceu a proteção e a cortesia. Ao menos o trataram com o respeito devido a um lorde, fato que não escapou aos olhos do comandante do navio.

William estava acostumado a embarcações, e, a seus olhos, a coca mercante parecia malcuidada. Os cabos não estavam enrolados em pilhas direitas, e o convés precisava ser esfregado com pedras ásperas. Ele suspirou ao se inclinar na balaustrada e olhar os moradores da cidade que se moviam, ocupados. Derry havia molhado as mãos necessárias para sua viagem e conseguira maravilhas em tão pouco tempo. Assim como a esposa e o filho, William sabia que deixava bons amigos para trás. Ficou no convés conforme o navio desatracava, o primeiro e o segundo imediatos gritando um ao outro da proa à popa. A tripulação içou a verga da vela principal mastro acima, num canto ritmado a cada puxada. William ergueu os olhos enquanto a vela se enfunava e o navio ganhava velocidade.

Ele viu a terra se afastar e tragou a paisagem, querendo guardar cada detalhe na memória. Sabia que estaria com quase 60 anos quando voltasse a ver aquelas falésias brancas. O pai falecera com apenas 48, morto em combate. Era uma lembrança perturbadora, e William se perguntou se via sua terra pela última vez, tremendo à medida que o vento aumentava além do porto, fazendo a grande vela ranger.

Fora do abrigo do litoral, o mar alto sibilava sob a proa e a coca se agitava. William recordou a viagem pelo canal com Margarida, quando ela era pouco mais que uma menina. O prazer dela fora contagioso, e a lembrança o fez sorrir.

Estava perdido num devaneio de tempos melhores e, a princípio, não entendeu o súbito alvoroço de marinheiros descalços que corriam de uma ponta à outra do convés. O primeiro imediato rugia novas ordens, e o navio girou para outra rota, cabos e vergas movidos por homens que conheciam o ofício. Confuso, William olhou primeiro a tripulação e depois se virou para ver o que todos fitavam.

Ele segurou com força a balaustrada ao avistar outro navio que saía de uma baía mais adiante na costa. Era uma embarcação de guerra, de proa e popa altas, com um convés central de embarque mais baixo — não era um navio mercante. Uma onda de náusea varreu William quando todos os seus planos, toda a paz que juntara como areia, foram subitamente por água abaixo. Cocas muito carregadas como a *Bernice* eram um bom prêmio para piratas. O canal entre a França e a Inglaterra vivia repleto de mercadores o ano inteiro, e os piratas atacavam navios e aldeias costeiras, vindos da França ou mesmo da Cornualha para atacar seu próprio povo. Quando pegos, as penas eram violentas, e era raro ver as gaiolas vazias nos grandes portos marítimos.

A terrível sensação de consternação de William se intensificou quando o outro navio se aproximou, com a grande vela tesa e enfunada. Apesar dos castelos de popa e de proa feios, era mais estreito que a *Bernice* e claramente mais veloz. Lançava-se contra eles como um falcão arremetendo contra a presa, tentando pegá-los.

A França estava perto o suficiente para fugir para o litoral dela. William conseguia *vê-la*, embora o vento ainda estivesse aumentando e o continente se nublasse à distância. De todos os que estavam a bordo, ele era o que mais sabia que restavam poucos portos seguros na França. Agarrou pelo braço um marinheiro que corria, quase fazendo o homem tropeçar.

— Siga para Calais — ordenou William. — Diga ao comandante. É o único porto com navios ingleses.

O homem o olhou boquiaberto, depois bateu continência antes de se soltar, correndo de volta a seus deveres.

O céu começou a escurecer, o tempo piorando. Em meio à neblina e à umidade, William ainda tinha vislumbres da França à frente e da Inglaterra atrás, as falésias brancas de Dover apenas uma linha indistinta. A *Bernice* corria à frente sob o peso da vela e do vento, mas ele podia ver que não seria suficiente. As cocas eram construídas largas para levar carga, grandes embarcações lentas que eram o sangue do comércio. O navio em perseguição era praticamente um galgo comparado à *Bernice* e se aproximava cada vez mais; as ondas ficavam violentas e a espuma golpeava o convés dos dois navios. William sentiu nos lábios o gosto do sal enquanto a *Bernice* avançava à toda e o comandante rugia ordens para seguir para Calais.

Uma dezena de tripulantes puxou os grossos cabos para girar as vergas e outros puseram o peso contra o leme, virando-o a bombordo para forçar o navio a tomar o novo rumo. A vela adejou com força quando as cordas se afrouxaram, e o navio em perseguição pareceu se aproximar mais. Se pudessem ter continuado, seria uma caçada muito mais demorada, porém que terminaria com a *Bernice* encalhada na costa francesa. *Tinham* de tentar chegar a Calais, embora a mudança de rumo quase tivesse matado sua velocidade.

William sentiu o coração bater forte conforme a *Bernice* estalava e desacelerava. Nisso, conseguia ver cada detalhe do navio que os perseguia, a apenas 800 metros de ondas cinzentas, e ainda se aproximando. Franziu os olhos e leu um nome marcado em enormes letras douradas. O *Tower* era um navio excepcionalmente bem-equipado para estar sob o comando de um pirata.

A vela se retesou novamente com o vento, e os marinheiros mercantes comemoraram rispidamente ao amarrarem os cabos e descansarem, ofegantes. Todos os mais velhos tinham participação no navio e na carga. Seu sustento e sua vida dependiam de que a *Bernice* escapasse. As ondas fervilharam novamente sob a proa enquanto cortavam as águas escuras. A França estava a poucos quilômetros, e William ousou ter esperanças. O outro navio ainda estava atrás deles, e com certeza haveria embarcações inglesas mais perto da França, prontas para zarpar quando vissem uma valiosa coca sendo perseguida.

Uma hora se passou, depois outra, com o vento ficando cada vez mais forte e as nuvens afundando em direção ao mar revolto lá embaixo. Cristas de espuma branca surgiram nas ondas, e a água fria e salgada era lançada ao ar como névoa. William sabia que o canal podia ser volúvel, criando tempestades repentinas. Mas a *Bernice* era sólida, e ele achou que a grande vela aguentaria mais tempo que a do *Tower*. Começou a murmurar uma oração pedindo a tempestade, observando o comandante com atenção enquanto o homem, em pé sob o mastro principal, olhava para cima, aguardando o primeiro sinal de um rasgo. O vento se tornou uma ventania e nuvens mais escuras correram pelo céu, tal qual os navios que lutavam no mar abaixo. A luz do sol sumiu rapidamente, e William sentiu as primeiras gotas de chuva batucarem no convés. Tremeu, vendo o navio perseguidor mergulhar e subir com água branca e verde do mar escorrendo da proa.

Nisso, os perseguidores estavam a poucas centenas de metros da popa. William podia ver homens vestidos com cota de malha e tabardos em pé no convés. Havia talvez vinte deles, não mais, embora portassem espadas e machados suficientes para abordar uma tripulação mercante. Engoliu em seco ao ver arqueiros subirem no alto castelo de madeira construído atrás da proa. Com ambos os navios subindo e descendo e o vento soprando em lufadas violentas, ele lhes desejou sorte, e depois viu, consternado, três arcos longos se curvarem e dispararem flechas para atingir o convés da *Bernice* com barulho de martelo.

A mão boa de William agarrou a balaustrada como um grampo de carpinteiro, o cenho franzido. Os piratas conseguiam tripulantes nas cidades costeiras, mas nunca houvera um arqueiro francês capaz daquele tipo de pontaria. Ele sabia que observava arqueiros ingleses, traidores e patifes que preferiam a vida de roubos e assassinato ao trabalho mais honesto. O comandante passou correndo por ele, seguindo para a popa a fim de ver o que acontecia. William tentou ir com ele, mas, com apenas uma das mãos boa, cambaleou e quase caiu assim que largou a balaustrada. Por instinto, o capitão o agarrou antes que ele caísse ao mar. Por azar, segurou a mão ferida, fazendo William gritar com a dor súbita.

O capitão berrava desculpas acima do vento quando uma flecha o atingiu, afundando-se em suas costas e atravessando o corpo. William pôde ver com clareza a ponta *bodkin*, com lascas brancas de costela em torno do ferro escuro. Os dois homens se entreolharam boquiabertos, e o capitão quis falar antes que os olhos ficassem mortiços e se revirassem. William tentou segurá-lo, mas era peso demais, e o capitão sumiu na espuma do mar por sobre a balaustrada e afundou num instante.

Mais flechas caíram com estrondo em torno deles, e William ouviu um marinheiro gritar de dor e surpresa quando outra acertou o alvo. A grande vela acima da cabeça de William começou a tremular. Ele podia ver que os homens do leme estavam deitados no chão: tinham abandonado seu dever diante da chuva de flechas. Sem suas mãos para guiá-la, a *Bernice* se movia frouxamente, saindo da rota. Mantendo-se o mais abaixado possível, William berrou para que segurassem o leme outra vez, porém o dano já fora causado. O navio perseguidor abalroou repentinamente o costado, um rugido áspero de madeira rachando, enquanto a chuva golpeava todos eles.

William foi derrubado e ainda tentava se levantar quando homens armados saltaram ao invadir a coca, berrando o próprio medo ao atravessarem a faixa de ondas altas e plúmbeas. Ele viu um homem errar e escorregar para ser esmagado ou se afogar, mas no mesmo instante surgiu outro, passando por cima dele com a espada firme em riste.

— *Pax!* — gritou William, ofegando ao tentar se levantar. — Sou o lorde Suffolk! Posso pagar o resgate.

O homem que assomava sobre ele pisou com força na mão destruída de William, fazendo o mundo ficar completamente branco por um segundo. Ele gemeu e abandonou toda a ideia de se levantar enquanto jazia ali no convés, encharcado e gelado, com a chuva tamborilando a madeira a sua volta.

Os atacantes recorreram ao choque e à violência para dominar a *Bernice*. Os pobres tripulantes, a maioria desarmada, foram jogados ao mar ou mortos no primeiro tumulto selvagem. William olhou furioso seu captor, meio surpreso de já não ter sido morto. Sabia que recolheriam a carga e provavelmente afundariam a *Bernice*, levando todas as testemunhas para o fundo do mar. Vira corpos irem parar na praia vezes suficientes para saber como trabalhavam, e mesmo a possibilidade de resgate podia não compensar o aumento do risco. Aguardou o golpe, enjoado com as ondas de agonia que vinham da mão esmagada.

O vento continuou a uivar em torno das cordas e da estranha fera formada por dois navios que se agitavam juntos no mar encapelado.

Jack Cade olhou furioso os homens que foram até ele ousando questionar seus planos. O fato de serem aqueles os homens que havia preparado para comandar outros não ajudava. Eram os presentes na reunião na taberna, onde os encarregara de treinar grupos de doze homens. Sob seu comando, tinham lutado e vencido o xerife de Kent. A cabeça boquiaberta do homem ainda pendia num ângulo estranho no alto de uma estaca ao lado da fogueira de Jack, com o escudo do cavalo branco descansando a seus pés. Em vida, o xerife fora baixo, mas, como ressaltou Paddy, no fim ficara mais alto que todos.

Embora Jack não soubesse dizer exatamente o porquê, o que mais o incomodava era terem pedido a Ecclestone que o confrontasse em seu próprio território. O amigo estava à frente de um pequeno grupo de homens e falava devagar, com calma, como se estivesse se dirigindo a um louco.

— Ninguém está dizendo que está com medo, Jack. Não é isso. É só que Londres... bem, é grande, Jack. Só Deus sabe quanta gente existe lá, toda espremida entre o rio e as velhas muralhas. Nem o rei sabe, provavelmente, mas é muita gente... muito mais do que temos.

— Então você acha que esse é o nosso fim — retrucou Jack, os olhos faiscando perigosamente cabeça baixa. Ele se sentou e observou a fogueira que tinham acendido, sentindo-se quente e confortável por dentro e por fora, com uma garrafa de bebida transparente e destilada que lhe deram naquela manhã. — Então é isso, Rob Ecclestone? Estou surpreso de ouvir isso de você. Acha que fala pelos homens?

— Não falo por nenhum deles, Jack. Sou só eu falando agora. Mas você sabe, eles têm milhares de soldados e cem vezes mais homens pululando na cidade. Metade deles são homens fortes, Jack. Haverá açougueiros e barbeiros para resistir a nós, homens que sabem qual é a ponta e qual é o cabo de uma faca de estripar. Só estou avisando. Pode ser um passo grande demais sair procurando o rei em pessoa. Pode ser o tipo de passo que nos fará balançar nas forcas de Tyburn. Ouvi dizer que agora são três, com espaço para oito em cada uma. Podem enforcar duas dúzias de uma vez, Jack, é só isso. É uma cidade forte.

Jack grunhiu de irritação, inclinando a cabeça para trás para esvaziar o resto da bebida ardente garganta abaixo. Ficou olhando mais um pouco e depois se pôs de pé, assomando sobre Ecclestone e os outros.

— Se pararmos agora — começou a argumentar suavemente —, ainda assim virão atrás de nós. Acharam que poderíamos simplesmente ir para casa? Rapazes, furtamos e roubamos. Matamos homens do rei. Não vão nos deixar ir embora, não agora, não depois que começamos. Podemos lançar a sorte por Londres ou... — Ele levantou os ombros grandes. — Bom, suponho que podemos tentar a França. Mas acho que não seremos muito bem-vindos por lá.

— Eles o enforcariam em Maine, Jack Cade. Sabem reconhecer os patifes de Kent quando veem um.

A voz viera dos fundos do grupo. Jack se enrijeceu, cego pela luz do fogo enquanto espiava a escuridão.

— Quem falou? Mostre o rosto quando falar comigo.

Ele tentou enxergar por entre as chamas negras e amarelas. Sombras se moveram entre os homens, que se viravam nervosos para ver quem havia falado. Jack percebeu o corpanzil do amigo irlandês empurrar dois outros homens em sua direção.

— Ele afirmou que o conhecia, Jack — explicou Paddy, ofegante. — Disse que você se lembraria de um arqueiro. Não achei que fosse louco de provocá-lo.

— Ele já recebeu coisa pior de mim no passado, seu touro castrado irlandês — respondeu Thomas Woodchurch, lutando contra a força de Paddy, que o segurava. — Cristo, o que dão para você comer?

Com ambas as mãos segurando as roupas dos indivíduos, Paddy só podia balançar os homens com exasperação. Fez isso até a cabeça dos dois balançar tontamente.

— Já basta?

— Woodchurch? — perguntou Jack espantado, avançando para além da luz da fogueira. — Tom?

— Sou eu. Agora, diga a este cachorro do pântano que me ponha no chão antes que eu chute as bolas dele até a garganta!

Com um rugido, Paddy largou Rowan e ergueu o punho para martelar Thomas e fazê-lo se ajoelhar. Rowan viu o que ele pretendia e agarrou o irlandês depressa, derrubando os três num monte de xingamentos e pontapés.

Jack Cade estendeu a mão e puxou o rapaz com os punhos ainda golpeando o ar.

— Quem é este aqui, então? — quis saber Jack.

Rowan só conseguiu olhá-lo furioso, segurado pelo colarinho com tanta força que sufocava e ficava vermelho.

— Meu filho — respondeu Thomas, sentando-se e defendendo-se dos pontapés de Paddy.

Thomas se levantou primeiro e estendeu a mão para ajudar o irlandês. Paddy ainda estava disposto a atacar, mas se contentou em praguejar furiosamente enquanto Jack levantava a mão aberta e tirava a terra de Rowan com um sorriso estranho brincando na boca.

— Lembro-me dele, Tom, quando não passava de um fedelho chorão, de rosto tão vermelho quanto agora. O que aconteceu com aquela moça dos cortiços? Sempre achei que era uma figurinha esperta.

Jack sentiu que o mau humor de Paddy estava prestes a tomar conta dele e pôs a mão no ombro do amigo.

— Tudo bem, Paddy. Tom e eu nos conhecemos há muito, muito tempo. Vou ouvir o que ele tem a dizer e, se não gostar, talvez você possa convidá-lo para trocar uns socos e alegrar os rapazes.

— Eu gostaria disso — grunhiu Paddy, ainda com raiva nos olhos.

Thomas olhou de soslaio para ele, avaliando o peso e o tamanho do irlandês antes de rir por entre os dentes.

— Eu não conseguiria enfrentá-lo se estivesse em forma... e me cortaram quando tentava sair da França. Foi um ano difícil para mim e para o garoto. Então me disseram que Jack Cade arranjara um exército e me deu vontade de ver se era o mesmo homem de quem eu me lembrava.

— Veio se juntar aos Homens Livres de Kent, é? Sempre há serviço para arqueiros, se ainda tiver braço para isso.

— Pensei no caso, Jack, mas seus homens andam dizendo que você está de olho em Londres e no próprio rei. Quantos você tem, três mil?

— Cinco — respondeu Jack no mesmo instante. — Quase seis.

— Com antecedência suficiente, eles conseguem pôr o dobro disso na estrada, Jack. Aquela é uma cidade velha e cruel. Eu sei.

Os olhos de Cade cintilaram ao avaliar o homem a sua frente.

— Então, como você faria, Tom? Eu lembro que você enxergava com bastante clareza antigamente.

Thomas suspirou, sentindo os anos e a fraqueza do corpo. Ele e Rowan tinham comido um quarto do cavalo que furtaram, trocando alguns dias de carne substanciosa por andar pela última parte do caminho. Mesmo assim, sabia que demoraria mais um pouco para conseguir esvaziar uma aljava com velocidade decente. Não respondeu por um momento, os olhos baços enquanto pensava nas fazendas queimadas que vira e nos corpos de famílias inteiras pelos quais passara na estrada. Em toda a sua vida, sempre fora rápido para se enraivecer, mas aquilo não era a mesma coisa. Ele havia acumulado a fúria lentamente, durante meses de perda e perseguição. Culpava o rei Henrique e seus lordes por tudo o que vira; isso era verdade. Culpava os franceses, embora os tivesse feito sangrar a cada metro de suas terras. Também culpava Derry Brewer, e sabia que era em Londres que o encontraria.

— Eu iria direto ao coração, Jack. O rei estará na Torre ou no Palácio de Westminster. Eu mandaria alguns homens que conheçam a cidade entrar e ficar tempo suficiente para descobrir onde ele está. Meu palpite seria a Torre, com a Casa da Moeda Real e todo o ouro lá guardado. Depois eu faria o ataque à noite, encheria os bolsos e arrancaria seu coração negro. Estou farto de reis e lordes, Jack. Eles me tiraram coisa demais. Chegou a hora de eu tomar algo de volta por tudo que sofri.

Jack Cade riu e lhe deu um tapa no ombro.

— É bom ver você, Tom. Bom ouvir você também. Sente-se aqui comigo e me conte que caminhos percorreu. Essas menininhas de coração mole estão me dizendo que não pode ser feito.

— Ah, pode ser feito, Jack. Não sei se conseguimos vencer Londres, mas podemos mostrar àqueles nobres o preço do que nos tiraram. Talvez possamos enriquecer ao mesmo tempo. Há ideias piores; eu tenho estado do lado errado da maioria delas.

O estômago de William se rebelava, forçando o ácido até a boca ao ele se ajoelhar no convés oscilante com as mãos amarradas às costas. O antigo ferimento provocava câibras numa das pernas e o músculo gritava, mas, sempre que tentava se mexer, um dos piratas o chutava ou sacudia sua cabeça para a frente e para trás até ele cuspir sangue. Estava indefeso e furioso, incapaz de fazer qualquer coisa além de assistir aos últimos tripulantes serem mortos sem cerimônia e jogados pela amurada para sumir no mar.

Ele conseguia ouvir seus captores vasculhando sob o convés, saqueando e gritando de alegria com tudo o que encontravam ali. Seus sacos já haviam sido abertos, com homens remexendo na bolsa de moedas que Derry deixara para ele. William nada tinha dito enquanto zombavam dele e o provocavam, esperando que quem os comandava aparecesse.

Soube que o homem estava chegando quando a louca empolgação da tripulação pirata se apagou de repente. Eles fitaram o convés ou os próprios pés, como cães na presença do líder da matilha. William espichou o pescoço para ver e deu um berro de surpresa e dor ao ser subitamente arrastado para a frente pelo convés, as pernas abertas para trás. Dois piratas o seguraram pelas axilas e gemeram com seu peso enquanto ele tombava e tropeçava. William adivinhou que o levariam para o outro navio como uma ovelha atada, e torceu para que não o largassem pelo caminho, com as ondas de crista branca jogando espuma no ar, cada passo um desafio para permanecer ereto.

Não entendeu quando o arrastaram diretamente para a proa da *Bernice*, enquanto olhava para os estais e a água que fervia abaixo. O homem a quem os outros obedeciam entrou em seu campo de visão, e William ergueu os olhos, confuso.

O capitão dos piratas tinha a tez amarelada cheia de cicatrizes, um tipo rijo como os que William já vira matando porcos nos matadouros de Londres. O rosto do homem exibia antigas marcas de varíola em grandes poços nas bochechas e, quando sorria, os dentes eram quase todos marrom-escuros com contornos pretos, como se mastigasse carvão. O capitão espiou o prisioneiro, os olhos vivos de satisfação.

— William de la Pole? Lorde Suffolk? — disse com prazer.

O coração de William se apertou, e seus pensamentos clarearam e se acalmaram, a náusea nas entranhas transformada num incômodo distante. Não dissera seu sobrenome, e aquela gente não era do tipo que o conhecesse, a menos que procurassem seu navio desde o começo.

— Então sabe meu nome — disse. — Quem o revelou a você?

O capitão sorriu e estalou a língua com reprovação.

— Homens que esperavam justiça de um rei fraco, lorde Suffolk. Homens que a *exigiram* e a viram recusada.

William observou com satisfação doentia o homem desembainhar uma lâmina com aparência enferrujada e passar o polegar nela.

— Já me rendi em troca de resgate! — exclamou William, desesperado, a voz falhando de medo. Apesar da mão ferida, lutou contra as cordas, mas todo marinheiro sabe dar nós, e eles não cederam. O capitão sorriu de novo.

— Não aceito sua rendição. O senhor é um traidor condenado, William de la Pole. Alguns acham que não deviam lhe permitir que andasse em liberdade, não com a traição pendurada no pescoço.

William se sentiu empalidecer quando o sangue lhe fugiu do rosto. O coração batia forte enquanto ele compreendia. Fechou os olhos um instante, lutando para encontrar dignidade, o convés subindo e descendo sob seus pés.

Seus olhos se abriram quando sentiu uma mão rude nos cabelos, segurando-o e forçando sua cabeça à frente.

— Não! — gritou. — Eu recebi a liberdade!

O capitão ignorou seu protesto; pegou um grande tufo de cabelos grisalhos e o ergueu para revelar o pescoço por baixo, mais pálido que o restante. Com determinação cruel, o homem começou a serrar o músculo. O berro ultrajado de William se transformou num grunhido de agonia quando o sangue jorrou e sujou o convés em todas as direções, açoitado e levado pelos borrifos d'água. Ele se sacudiu e tremeu, mas foi segurado com firmeza até cair para a frente, batendo com força no convés.

O capitão arruinara a lâmina cortando ossos e músculos espessos. Jogou a arma longe de qualquer jeito enquanto estendia a mão e levantava a cabeça cortada. A tripulação deu vivas ao vê-la ser colocada num saco de lona, e o corpo de William foi deixado amontoado no convés.

A *Bernice* foi solta dos cabos que a prendiam, deixada para trás para sacolejar sozinha no mar enquanto o navio pirata seguia para a costa da Inglaterra.

Parte III

Haverá, na Inglaterra, por um penny sete pães
dos que hoje custam meio penny; os potes de três
medidas conterão dez e tornarei crime de
felonia beber cerveja fraca.
Tudo será comum no reino e meu palafrém
pastará em Cheapside.

Jack Cade, de Shakespeare: *Henrique VI*,
Parte II, ato 4, cena 2

A primeira coisa que temos a fazer é matar
todos os advogados.

Henrique VI, Parte II, ato 4, cena 2

25

— Os portões de Londres ficam fechados à noite, Jack — avisou Thomas, apontando o chão. Os dois homens estavam sozinhos no andar de cima de uma estalagem na cidade de Southwark, diante da capital, do outro lado do rio. Com um tapete puxado para revelar as antigas tábuas do assoalho, Thomas rabiscara um mapa improvisado, marcando o Tâmisa e a linha das muralhas romanas que cercavam o coração da antiga cidade.

— O que, *todos* eles? — perguntou Jack. Nunca fora à capital e ainda estava convencido de que Woodchurch só podia estar exagerando. Aquela história de 60 ou 80 mil pessoas parecia impossível, e agora devia acreditar que havia portões imensos em toda a volta?

— É para isso que servem os portões das cidades, Jack; portanto, sim. Seja como for, se queremos chegar à Torre, ela fica dentro da muralha. Cripplegate e Moorgate estão fora; teríamos de marchar para contornar a cidade, e os aldeões de lá sairiam correndo para buscar os soldados do rei enquanto isso. Aldgate a leste, está vendo aqui? Esse tem guarnição própria. Eu costumava percorrer aquelas ruas quando estava cortejando Joan. Poderíamos atravessar o rio Fleet a oeste, talvez, e entrar pela catedral; mas não importa, por onde formos entrar, teremos de atravessar o Tâmisa... e só há uma única ponte.

Jack franziu a testa para os arranhões no chão, tentando entender.

— Não gosto muito da ideia de atacar por uma estrada que eles sabem que teremos de usar, Tom. Você havia falado em barcas. Que tal usar algumas, talvez mais abaixo, onde é mais tranquilo?

— Para dez homens, seria a solução. Mas quantos você tem desde Blackheath?

Cade deu de ombros.

— Eles não param de chegar, Tom! Mas são homens de Essex, até alguns de Londres. Oito ou nove mil, talvez? Ninguém está contando.

— Gente demais para transportar de barca, de qualquer modo. Não há barcos suficientes e demoraria tempo demais. Precisamos entrar e sair antes de o sol nascer. Quero dizer, se você quiser viver até ficar velho. É claro que ainda há a possibilidade de o rei e seus lordes responderem nossa petição, não acha?

Os dois se entreolharam e riram com ceticismo, levantando as taças que seguravam num brinde silencioso aos inimigos. Ao desejo de Thomas, Jack permitira que uma lista de reivindicações fosse levada ao Guildhall de Londres em nome do "capitão da grande congregação de Kent". Alguns homens tinham sugerido virgens e coroas para uso pessoal, é claro, mas a discussão acabou se concentrando em reclamações genuínas. Todos estavam cansados dos altos impostos e das leis cruéis que só se aplicavam aos que não podiam pagar para se livrar delas. A petição que mandaram ao prefeito de Londres e a seus conselheiros mudaria o reino se o rei concordasse. Nem Jack nem Thomas esperavam que o rei Henrique sequer a visse.

— Eles não vão nos responder — declarou Thomas. — Não sem atrapalhar o interesse de todos os que aceitam propinas e mantêm as famílias comuns sob suas botas. Não têm interesse em nos tratar com justiça, portanto, temos de enfiar o bom senso na cabeça deles. Olhe aqui: a Torre fica perto da Ponte de Londres, no máximo 800 metros. Se usarmos outra rota para entrar, teremos de encontrar o caminho num labirinto de ruas que nem os moradores conhecem direito. Você pediu meu conselho e aí está. Saímos de Southwark e atravessamos a ponte próximo ao pôr do sol; depois vamos para leste, rumo à Torre, antes que os homens do rei sequer saibam que estamos entre eles. Teremos de cortar algumas cabeças pelo caminho, mas, se não pararmos, não haverá soldados suficientes em Londres para nos deter. Desde que não fiquemos amontoados num espaço pequeno, Jack.

— Porém é mais gente do que nunca vi — murmurou Jack com desconforto. Ainda não conseguia imaginar um número tão imenso de homens, mulheres e crianças, todos amontoados nas ruas imundas. — Parece que seriam capazes de nos deter apenas se dando as mãos e ficando parados.

Thomas Woodchurch riu ao imaginar a cena.

— Talvez conseguissem, mas não vão. Você ouviu seus batedores. Se metade daquilo é verdade, os londrinos estão tão irritados com o rei e os seus lordes quanto nós. Mal conseguem se mexer nem cagar sem que um gordo imbecil cobre uma multa que vai para seu bolso ou para o bolso do lorde que o emprega. Se puder impedir que seus homens saqueiem, Jack, eles nos darão *boas-vindas* e vivas por todo o caminho.

Ele viu o grandalhão de Kent encarar o mapa, os olhos orlados de vermelho. Cade bebia muito toda noite, e Thomas desconfiava que ele teria ficado em Blackheath ou nos limites de Kent até o Dia do Juízo Final. Cade era muito bom em lutas corpo a corpo contra meirinhos ou homens do xerife, mas se vira perdido ante a tarefa de tomar Londres. Havia recorrido a Woodchurch como um afogado, pronto a escutar. Depois de todo o azar que tivera, Thomas sentia que lhe deviam um pouco de sorte. Para variar, sentia que estava no lugar certo, na hora certa.

— Você acha que conseguimos? — murmurou Jack, a voz arrastada. — Há muitos homens esperando que eu os mantenha vivos, Tom. Não quero ver todos eles mortos. Não estou nisso para fracassar.

— Não fracassaremos — declarou Woodchurch baixinho. — O reino pegou em armas por uma razão. Esse nosso rei é um idiota covarde. Já perdi o bastante para ele, você também... e todos os homens que estão conosco. Aguentarão quando for preciso; você já demonstrou isso. Aguentarão e andarão até a Torre de Londres.

Jack balançou a cabeça.

— É uma *fortaleza*, Tom — retrucou Cade, sem erguer os olhos. — Não podemos estar do lado de fora quando os soldados do rei nos alcançarem.

— Há portões lá, e temos homens com machados e martelos. Não diria que vai ser fácil, mas você tem 8 ou 9 mil ingleses e, com tudo isso, pouca coisa resistiria muito tempo contra nós.

— A maioria deles é de *Kent*, Tom Woodchurch — disse Jack, os olhos cintilantes.

— Melhor ainda, Jack. Melhor ainda. — Ele deu uma leve risada quando Cade lhe deu um tapa nas costas, fazendo-o cambalear.

O sol nascia quando os dois homens saíram da estalagem e pararam à porta ofuscados pela claridade. O bando de Homens Livres tinha atacado todas as fazendas e aldeias num raio de 8 quilômetros, e muitos estavam caídos no chão, num estupor desacordado, por causa dos barris de vinho ou aguardente roubados. Jack cutucou um homem com o pé e o observou amolecer, gemendo sem acordar. O homem segurava um grande presunto, abraçado com ele como uma amante. Tinham marchado muito nos dias anteriores, e Jack não relutara em lhes dar a oportunidade de descansar.

— Tudo bem, Tom — concedeu ele. — Hoje os homens podem recuperar as energias. Eu mesmo acho que vou dormir um pouco. Hoje entraremos pela ponte.

Thomas Woodchurch olhou para o norte, imaginando os fogos matutinos de Londres sendo acesos, criando sua fumaça engordurada e os cheiros da juventude de que se lembrava tão vivamente. A esposa voltara ao lar da família com as filhas, e ele se perguntou se elas sequer saberiam que ele e Rowan estavam vivos. A lembrança de suas mulheres o fez franzir o cenho quando um pensamento súbito lhe veio à mente.

— Você terá de dizer aos homens que não haverá estupro nem saques, Jack. Sem bebida também, até acabar e estarmos aqui a salvo de volta. Se virarmos o povo contra nós, nunca sairemos da cidade.

— Direi a eles — aceitou Jack com azedume, olhando-o com raiva.

Thomas percebeu que praticamente dera uma ordem ao grandalhão, e continuou a falar para aliviar o momento de tensão.

— Eles vão lhe dar ouvidos, Jack. Foi você que trouxe todos até aqui, cada um deles. Eles o seguirão.

— Vá dormir, Woodchurch — respondeu Jack. — Será uma noite movimentada para nós dois.

Derry Brewer estava de péssimo humor. Com as botas estalando no assoalho de madeira, andava de um lado para o outro na sala acima da comporta da Torre, olhando para o Tâmisa que corria em cinza escuro. Margarida o observava de um banco, as mãos cruzadas com força no colo.

— Não estou dizendo que chegarão mais perto de onde estão agora, milady, mas há um exército nos arredores de Londres, e a cidade inteira está apavorada ou querendo se unir a ele. Tenho lorde Scales e lorde Grey atrás de mim todos os dias querendo mandar soldados reais para dispersar os homens de Cade, como se fossem todos camponeses que correriam ao avistar alguns cavalos.

— Não são camponeses, Derihew? — perguntou ela, usando meio sem jeito seu nome de batismo. Desde que foram forçados a se unir como aliados, ela pedira a Derry que a chamasse de Margarida, mas ele ainda resistia. Ela ergueu os olhos quando ele parou e se virou, sem saber se o espião-mor via força ou fraqueza.

— Milady, tenho homens passeando neste momento pelo acampamento deles. Aquele tolo do Cade não sabe nada sobre guardas e senhas. Naquela multidão alcoolizada, qualquer um pode entrar e sair quando quiser, e, sim, a maioria deles é de trabalhadores, aprendizes, homens rijos. Mas há cavalheiros lá também, com amigos em Londres. Há vozes gritando apoio por toda parte, e farejo moedas de York por trás delas. — Ele soltou o ar e esfregou a ponte do nariz. — E conheci Jack Cade quando ele era apenas mais um grande... hum... demônio, nas fileiras contra os franceses. Soube que certa vez chegou a lutar pelos franceses, quando pagaram melhor que nós. Há raiva suficiente nele para deixar Londres queimar até as cinzas, milady, se tiver oportunidade.

Ele parou de falar, pensando se deveria pedir a um de seus espiões que enfiasse uma adaga no olho de Cade. Significaria a morte do homem, é claro, mas Derry tinha as moedas do rei a sua disposição. Poderia pagar a uma viúva com filhos uma fortuna, ao menos o suficiente para a oferta ser tentadora.

— Não importa quem sejam ou por que se reuniram, há uma boa horda deles, milady, todos berrando e fazendo discursos e incentivando uns aos outros. Com uma fagulha, Londres poderia ser saqueada. Eu ficaria mais feliz se não tivesse de planejar a segurança do rei, além de tudo mais. Se ele estivesse fora da cidade, eu poderia agir com mais liberdade.

Margarida baixou os olhos para não ser pega fitando o espião-mor do marido. Não confiava completamente em Derry Brewer nem o entendia. Sabia que ficara a seu lado no caso do destino de William de la Pole, mas tinham se passado semanas desde que um corpo sem cabeça dera na praia com mais uma dúzia, em Dover. Ela fechou os olhos rapidamente, com uma pontada de dor pelo amigo. Uma das mãos se fechou sobre a outra.

Confiasse ou não em Derry Brewer, sabia que tinha poucos aliados na corte. As revoltas pareciam se disseminar, e aqueles lordes que apoiavam o duque de York não se esforçavam muito para reprimi-las. Era bom para sua facção ter o reino em armas, rugindo seu descontentamento. Ela aprendera a odiar Ricardo de York, porém o ódio não o desviaria da rota. Acima de tudo, Londres e seu marido precisavam ficar a salvo.

Quando Derry voltou a se virar para a janela, ela passou a mão de leve sobre o ventre, rezando para ter vida lá dentro. Parecia que Henrique não se lembrava da primeira intimidade furtada, de tão drogado e doente que estava na ocasião. Ela havia sido ousada o suficiente para procurá-lo meia dúzia de vezes desde então, e era verdade que seu fluxo estava atrasado naquele mês. Tentou não alimentar muitas esperanças.

— Milady? Não está se sentindo bem?

Os olhos de Margarida se abriram e ela corou, sem saber que isso a deixava bela. Desviou-os do olhar penetrante de Derry.

— Estou um pouco cansada, só isso, Derry. Sei que meu marido não quer sair de Londres. Diz que tem de ficar para envergonhá-los pela traição.

— Seja o que for que ele queira, milady, não vai ajudá-lo se milhares de homens dilacerarem Londres. Não posso dizer com certeza que Sua Alteza esteja em segurança aqui; a senhora me entende? York tem seus lançadores de boato cochichando em tantos ouvidos quanto eu... e uma bolsa cheia para subornar homens fracos. Se o exército de Cade entrar, será fácil demais encenar um ataque ao rei e muito difícil protegê-lo com a cidade sitiada.

Derry se aproximou, e sua mão se levantou um instante como se fosse pegar as dela. A rainha recuou, pensando melhor.

— Por favor, Vossa Alteza. Pedi para vê-la por essa razão. O rei Henrique tem um castelo em Kenilworth, a menos de 130 quilômetros de Londres, com boas estradas. Se estiver em condições de viajar, chegaria lá em poucos dias de carruagem. Eu saberia que meu rei está a salvo e seria menos um fardo na hora de derrotar a ralé de Cade. — Ele hesitou e voltou a falar, a voz mais baixa. — Margarida, a senhora deveria ir com ele. Temos soldados leais, mas, com Cade tão perto, o próprio povo está pilhando e destruindo. Estão fechando ruas e multidões se acumulam pela cidade inteira. A entrada de Cade será o momento crítico, a fagulha. Poderia acabar mal para nós, e não duvido que os partidários de York marcaram a senhora também. Afinal de contas, seus bons e leais membros do Parlamento tornaram York herdeiro real "em caso de infortúnio". — Derry quase cuspiu as palavras do decreto. — Seria loucura provocar exatamente o que eles querem. Ficar é pôr a faca no próprio peito.

Margarida observou com firmeza os olhos do outro enquanto ele falava, perguntando-se mais uma vez até onde confiaria naquele homem. Que vantagem teria ele com o rei e a rainha longe de Londres, além de suas declarações e da redução do medo? Nisso ela já sabia que Derry Brewer não era um homem simples. Raramente havia *uma* só razão para que fizesse qualquer coisa. Mas ela vira seu pesar e fúria quando soubera do assassinato de William. Derry sumira por dois dias, bebendo até cair nas tabernas de Londres, uma atrás da outra. Isso havia sido bastante real. Ela tomou sua decisão.

— Muito bem, Derry. Pedirei a meu marido que vá para Kenilworth. Eu ficarei em Londres.

— A senhora ficará mais segura lá — avisou ele imediatamente.

Margarida não se abalou.

— Não há *nenhum lugar* seguro para mim, Derry, não na presente situação. Não sou mais criança para que me escondam a verdade. Não estou em segurança enquanto outros homens cobiçam o trono de meu marido. Não estou em segurança com meu ventre vazio! Ora, que se dane tudo! Ficarei aqui e observarei os lordes e os soldados de meu marido defenderem a capital. Quem sabe você pode precisar de mim antes do fim.

Cade jogou os ombros para trás, olhando a hoste de homens que se estendia bem além da luz das tochas crepitantes. Sentia-se forte, embora a garganta estivesse seca, e viu que gostaria de mais um gole para aquecer a barriga. O crepúsculo do verão desbotara devagar, mas por fim a escuridão chegava sobre eles, e um exército aguardava sua palavra. Deus sabia que ele lutara com forças menores contra os franceses! Olhou em volta com espanto, mais sentindo do que vendo o número extraordinário de homens que havia reunido. Sabia que pelo menos metade viera atrás dele depois de sofrer alguma injustiça. Ouvira cem histórias repletas de ira, talvez mais. Homens que tinham perdido tudo na França ou tiveram a vida e a família destruídas por alguma decisão dos tribunais. Depois que tudo lhes foi tirado, foram todos seguir Jack Cade.

Os poucos milhares de homens vindos de Kent quase foram engolidos pela massa de retardatários de Essex e da própria Londres. Cade balançou a cabeça admirado. Havia dezenas ali que haviam morado no interior das muralhas de Londres, porém se dispunham a marchar com espada e podões contra a própria cidade. Não os entendia, mas, ora bolas, não eram homens de Kent, então nem tentou entendê-los.

Seus lugares-tenentes tinham passado o dia inteiro ocupados, anotando nomes e preparando o exército para marchar. Nas semanas anteriores, os recém-chegados vieram em tamanho número que o máximo que conseguira fazer fora designá-los para oficiais específicos e deixar que arranjassem armas. Paddy parecia gostar do trabalho, e Jack achou que ele teria sido um bom oficial do exército real. Com Ecclestone e Woodchurch, trabalhara para pôr alguma ordem na massa de homens, principalmente aqueles que não possuíam treinamento nenhum. A vasta maioria levava nas mãos algum tipo de ferro, e só havia um modo de usá-lo. Jack não fazia ideia de como se comportariam contra soldados reais com cota de malha e armadura, mas pelo menos as ruas estreitas de Londres impediriam a ameaça de ataques de cavalaria. Seus homens *andavam*, soldados de infantaria, mas esse era o tipo de exército que dominava, e não se preocupava muito com a falta de montarias.

À esquerda, conseguia ver Tanter, o escocezinho, no enorme cavalo de puxar arado que lhe tinham dado. Jack achou que o homem parecia uma mosca pousada num boi, com as pernas enfiadas para dentro. Tanter observava um par de tordos que subia e dardejava no céu vazio da noite. O ar já estava espesso, e um bando de nuvens escuras se amontoava a oeste. De repente, Cade se lembrou da mãe lhe dizendo que os tordos eram as últimas aves no céu antes de uma grande tempestade. O pessoal do campo as via voarem sozinhas no vento e sabia que uma tempestade estava a caminho. Jack sorriu com a lembrança. Ele estava *levando* a tempestade à cidade naquela noite, andando com ela a sua volta no rosto e no ferro frio de homens com raiva.

Uma dúzia dos maiores rapazes de Kent estava perto de Cade, sorrindo como lobos à luz das tochas sustentadas em suas mãos no alto. Formavam um anel de luz em torno dele, para que todos pudessem ver seu líder, além da bandeira de Kent que seguiam. Jack olhou o menino que segurava a estaca, apenas um da centena de rapazes que recolhera pelo caminho. Alguns eram filhos dos homens; outros, apenas órfãos que seguiam em seu caminho, brigando por restos de comida e fitando com olhos arregalados adultos que pareciam ferozes com suas lâminas e ferramentas.

Jack viu que o menino o observava e pestanejou.

— Como se chama, rapaz?

— Jonas, capitão — respondeu o menino, espantado porque Cade havia falado com ele.

— Pois levante isso aí, Jonas — pediu Jack. — Com as duas mãos e firme, rapaz. É um bom símbolo de Kent... e um aviso.

Jonas se endireitou, erguendo a estaca como um estandarte. Faltava ao menino a força para mantê-la firme, e ela balançava à luz dourada sob o peso do escudo com o cavalo branco e a cabeça do xerife.

— Mantenha isso no alto enquanto marchamos. Os homens precisam vê-la e saber onde estou, tudo bem?

— Sim, capitão — acatou Jonas com orgulho, mirando, concentrado, a ponta oscilante acima dele.

— Pronto, capitão! — berrou Paddy a sua direita.

— Pronto, Jack! — gritou Woodchurch, mais atrás.

Cade sorriu enquanto os gritos ecoavam a sua volta, até serem centenas e depois milhares se repetindo num grunhido sonoro. Estavam prontos.

Jack encheu o peito para dar a ordem de marchar, mas viu um sujeito empurrar as fileiras em sua direção e esperou para ver o que ele queria. Cabeças se viraram para acompanhar o homem que grunhia e se esgueirava até chegar ofegante ao lado de Jack. Era um homem miúdo de pele amarelada, os braços finos e as faces encovadas que só décadas de pobreza produziriam. Jack acenou para que se aproximasse.

— O que foi? Perdeu a coragem? — perguntou, suavizando o tom de voz ao ver a preocupação e o medo escritos em cada ruga do homem.

— Eu... Eu sinto muito, Jack — disse o homem quase gaguejando. Ele olhou os homens furiosos armados com machados e, rapidamente, a bandeira de Kent. Para surpresa de Jack, fez o sinal da cruz, como se visse uma relíquia sagrada.

— Eu o conheço, meu filho? — indagou Jack, confuso. — O que o trouxe a mim?

Cade se inclinava mais para perto, para ouvir a resposta, quando o homem se lançou em seu pescoço, uma adaga na mão. Praguejando, Jack o afastou com o braço erguido, sibilando de dor quando a lâmina lhe cortou as costas da mão. A faca voou da mão do homem, tilintando contra metal e sumindo. Jack trincou os dentes e estendeu ambas as mãos, agarrando a cabeça do sujeito e torcendo com força. O homem guinchou e se debateu até que um estalo soou e ele amoleceu. Jack deixou o corpo cair frouxo no chão.

— Vai se *foder*, rapaz, quem quer que seja — rosnou ele ao cadáver.

Descobriu que respirava com força ao erguer os olhos para o rosto em choque dos homens em volta.

— Então? Acham que não temos inimigos? Londres é astuta, não se esqueçam disso. Não importa o que lhe prometeram; ainda estou em pé e ele, não.

Num súbito alvoroço, Cade deu meia-volta, convencido de que estava prestes a ser atacado de novo. Viu Ecclestone abrir caminho pela multidão, com a navalha erguida, pronta para matar. Jack o encarou, erguendo os ombros agressivamente. A fúria o enchia de força.

— Você também? — grunhiu, preparando-se.

Ecclestone baixou os olhos para o corpo, depois os ergueu para os olhos de Jack.

— *O quê?* Por Cristo, não, Jack! Eu estava seguindo esse aí. Ele parecia nervoso e tentava se aproximar cada vez mais de você.

Jack observou o amigo dobrar a lâmina estreita e fazê-la sumir.

— Então você se atrasou um pouco, não é?

Ecclestone, meio sem graça, apontou o sangue que pingava das mãos de Jack.

— Ele cortou você?

— Não foi nada.

— Vou ficar por perto, Jack, se não se importa. A gente não conhece nem metade dos homens agora. Pode haver outros.

Jack fez um gesto de desdém, o bom humor já retornando.

— Eles já lançaram seu dardo, mas fique, se quiser. Prontos, rapazes?

Os homens em torno dele ainda estavam pálidos e chocados com o que tinham visto, mas murmuraram que sim.

— Cuidem de minha retaguarda enquanto marchamos, se quiserem — disse Jack. — Vou para Londres. Eles sabem que estamos chegando e estão com medo. É assim que deve ser. Erga esse estandarte bem alto, Jonas! Como já lhe disse! Que nos vejam chegar.

Eles deram vivas quando partiram, milhares de homens andando na escuridão rumo à capital. Gotas grossas de chuva quente de verão começaram a cair, fazendo as tochas chiarem e oscilarem. Os homens conversavam e riam ao avançar, como se passeassem rumo a um mercado ou a um dia de feira.

Cripplegate estava aberto, iluminado por braseiros sobre mastros de ferro. A carruagem do rei estava fechada contra o frio, com Henrique bem enrolado no interior. Em torno do rei, sessenta cavaleiros montados o escoltavam para o norte, retirando-o da capital. Henrique olhava o portão iluminado, tentando se virar no assento para vê-lo se fechar atrás de si. A antiga muralha romana se estendia em ambas as direções, cercando sua cidade e sua esposa. As mãos tremiam, e ele balançou a cabeça confuso, procurando a porta e abrindo-a pela metade. O movimento provocou a atenção instantânea de lorde Grey, que fez o cavalo se virar para a carruagem do rei.

Henrique organizou os pensamentos, sentindo o processo como se agarrasse fios soltos. Recordou ter falado com Margarida, pedindo-lhe que fosse com ele para Kenilworth, onde ficaria a salvo. Mas ela não estava ali. Dissera que mestre Brewer lhe havia pedido que ficasse.

— Onde está minha esposa, lorde Grey? — quis saber. — Ela vai demorar?

Para surpresa de Henrique, o homem não respondeu. Lorde Grey corou ao apear e ir até a lateral da carruagem. Henrique, confuso, piscou.

— Lorde Grey? O senhor me escutou? Onde está minha esposa Margarida...?

Ele se interrompeu, tendo a sensação repentina de já ter feito aquela pergunta muitas vezes. Sabia que sonhara por algum tempo. Os frascos do médico faziam coisas falsas parecerem reais e deixava os sonhos tão vívidos quanto a realidade. Ele não sabia mais distingui-los. Henrique sentiu uma leve pressão na porta da carruagem quando lorde Grey a empurrou, desviando o olhar ao mesmo tempo para não ver os olhos arregalados e a expressão de pesar de seu rei.

A porta se fechou com um clique suave, deixando Henrique espiando pelo pequeno quadrado de vidro. Quando a respiração o enevoou, o rei o esfregou a tempo de ver Grey balançar a cabeça para um dos cavaleiros.

— Temo que o rei esteja indisposto, Sir Rolfe, sem o domínio da mente.

O cavaleiro pareceu pouco à vontade ao dar uma olhada no rosto pálido que o observava. Ele baixou a cabeça.

— Compreendo, milorde.

— Assim espero. Não seria sábio de sua parte sugerir que fechei a porta para meu soberano, Sir Rolfe. Se é que nos entendemos...

— É claro, lorde Grey, é claro. Não vi nada digno de nota.

— Muito bem. Cocheiro! Em frente.

Um longo chicote estalou no ar e a carruagem voltou a se mover, balançando e se sacudindo na estrada esburacada. Enquanto ela avançava, o vento soprou mais forte e começou a chover, as gotas pesadas tamborilando no teto da carruagem e no chão empoeirado.

26

Derry manteve o mau humor sob controle com imenso esforço. A meia-noite não tardaria, e ele estava cansado e sem paciência.

— Milorde Warwick, se retirar seus homens de armas do norte da cidade, não teremos ninguém lá para conter a revolta.

Ricardo Neville era alto e magro, jovem demais para ter barba. Mas era conde, filho e neto de homens poderosos. Fitou-o de volta com o tipo de arrogância que precisa de gerações para se aperfeiçoar.

— Quem é *você* para me dizer onde ponho meus homens, mestre Brewer? Vejo que faz os soldados de lorde Somerset correrem de um lado para o outro a seu comando, mas quer que eu me afaste do exército que se aproxima de Londres? Perdeu o juízo? Vou ser bem claro. Você não dá ordens aqui, Brewer. Não se esqueça disso.

Derry sentiu seus instintos aflorarem, mas provocar um confronto com um Neville enquanto Londres corria perigo real não serviria a ninguém.

— Milorde, concordo que a turba de Cade é a pior das ameaças que a cidade enfrenta. Mas, quando ele vier, ainda teremos de manter as ruas em ordem. A presença de um exército às portas da cidade atiçou e empolgou todos os desordeiros de Londres. Há tumultos hoje junto à Catedral de São Paulo, exigindo que o rei seja arrastado para fora e julgado. Em Smithfield, junto à Torre, houve uma reunião de centenas, com algum maldito orador de Sussex pondo o sangue deles para ferver. Esses lugares precisam de presença armada, milorde. Precisamos que os soldados sejam vistos em *todas* as esquinas, dos Shambles aos mercados, de Aldgate a Cripplegate. Só peço que o senhor...

— Acredito que já respondi, Brewer — retrucou Ricardo Neville friamente, falando acima dele. — Eu e meus homens defenderemos a Ponte de Londres e a Torre. É esse o posto no qual escolhi ficar. Ou vai me dizer que o rei tem outras ordens? Ordens *escritas* que eu mesmo possa ler? Não?

Acho que não, visto que Sua Majestade saiu da cidade! Você exagera, Brewer. Tenho certeza de que preferiria que um Neville guardasse as esquinas enquanto a luta de verdade prossegue sem mim. Mas você não tem nenhuma autoridade aqui! Sugiro que se retire, ou pelo menos se cale e deixe os melhores se prepararem para o pior.

Algo na perigosa imobilidade de Derry Brewer fez Warwick parar de falar. Havia cinco homens na sala do recém-construído Guildhall, a sede da autoridade civil de Londres. Lorde Somerset escutara a conversa com atenção, fazendo a própria avaliação dos presentes. Ao observar que Derry estava prestes a falar com raiva, pigarreou.

— Não há tempo para discutir, cavalheiros — interrompeu secamente. — Lorde Scales? O senhor mencionou a guarda dos outros portões?

Scales estava na casa dos 50 anos, um veterano do conflito francês que ficara em Londres desde o julgamento de William, lorde Suffolk. Aceitou o ramo de oliveira que Somerset lhe estendeu e falou com voz suave de barítono, rompendo a tensão na sala.

— Sabemos que aquele tal de Cade possui um grande número de seguidores. É apenas mero bom senso reforçar os portões de Londres.

— *Sete* portões, lorde Scales! — exclamou Derry, desapontado por deixar a irritação transparecer. — Se pusermos ainda que apenas mais quarenta homens em cada um, perderemos um número importantíssimo capaz de manter a ordem nas *ruas*. Milorde, tenho homens nas aldeias em torno da cidade, vigiando o ataque. Cade não se afastou de Southwark. Caso venha, virá como um touro rumo ao portão. Se fosse o único fator, concordaria com o jovem conde aqui que devemos nos reunir como um nó na Ponte de Londres. Mas há dezenas de milhares de indivíduos em Londres que se aproveitarão da agitação para queimar, matar, estuprar e acertar contas antigas. Podemos ser poucos para tudo, e Cade é apenas uma parte. O ataque dele, nada mais, nada menos, é o toque da trombeta que destruirá a cidade.

Derry parou, olhando em volta os homens que defenderiam Londres quando Cade viesse, supondo que viesse. Pelo menos o espião-mor confiava em Somerset, embora o velho fosse tão espinhoso quanto Ricardo Neville caso lhe negassem a honra de uma posição de destaque. Scales caíra num silêncio ruborizado pela mesma razão. O barão Rivers ele mal conhecia, além do fato de ter trazido duzentos homens a Londres por ordens que Derry escrevera e selara pelo rei. Em comparação, o jovem conde de Warwick era tão hostil quanto qualquer agitador, a face que o clã Neville havia escolhido para representar seu poder. Derry o observava amargamente, sabendo que York estava por trás dele, ainda que, naturalmente, ele mesmo não aparecesse em lugar nenhum. A facção dos Nevilles só tinha a ganhar com um ataque a Londres, e o espião ficou desesperado ao pensar que esses homens aproveitariam a oportunidade no caos que se seguiria. Ele precisava de mais soldados!

Margarida estava bem segura na Torre, pensou Derry. Preferiria não ter deixado quatrocentos homens para protegê-la, mas, como ela se recusara a partir, não houvera opção. Melhor que muitos, Derry conhecia os pecados dos homens. Se Londres fosse salva, mas Margarida perdida, o espião-mor sabia que a causa de York se fortaleceria imensamente. O duque de York, então, se tornaria rei em menos de um ano, tinha certeza. Só para variar, gostaria de ter um único inimigo a enfrentar, como nos velhos tempos. Em vez disso, sentia-se andando numa sala repleta de cobras, sem saber qual delas o atacaria.

Um dos auxiliares do prefeito veio ofegante pela escada até a sala, um vereador grande e gordo em sedas e veludos. Estava com o rosto rosado e suava ao entrar, embora fossem poucos degraus. Os quatro lordes e Derry se viraram para ele com uma expressão sombria, fazendo-o arregalar os olhos.

— Milordes — começou, arfando. — Os homens de Cade estão vindo. Agora, milordes. *Esta noite.*

Warwick xingou entre os dentes.

— Vou para a ponte — anunciou. — O resto de vocês faça o que quiser.

O vereador recuou para deixá-lo passar, tentando curvar-se e respirando fundo ao mesmo tempo. Warwick sumiu correndo escada abaixo. Derry o olhou com raiva e logo se virou para lorde Scales.

— Milorde, nisso tenho a autoridade do rei. Por favor, ceda-me parte de seus homens para guardar o interior da cidade.

Lorde Scales, mais alto, baixou os olhos para ele, sopesando as palavras.

— Não, mestre Brewer. Minha resposta é não. Também defenderei a ponte.

— Por *Cristo*, Scales — interveio Somerset. — Estamos do mesmo lado. Colocarei sessenta homens nas ruas para você, Derry. Mandarei que se apresentem no Guildhall para que você os mande aonde for necessário, tudo bem? É tudo de que posso abrir mão.

— Não é o suficiente — disse Derry. — Se os homens de Cade entrarem na cidade, precisaremos de centenas para enfrentá-los, para qualquer lado que se dirijam.

Seus punhos estavam cerrados, e Somerset deu de ombros como se pedisse desculpas.

— Então reze para que não entrem na cidade. — Apontou os degraus que levavam para baixo. Lá fora, dava para ouvir o sibilar e os rugidos da tempestade que começava a se espalhar por Londres. — Parece que será uma noite úmida. Vamos, cavalheiros?

Havia tochas na Ponte de Londres, grandes vasilhas que cuspiam óleo chamejante em pilares na entrada e ao longo de todo o seu comprimento. A ponte brilhava dourada na escuridão e, ao sul, podia ser vista de longe. Curvado sob a chuva, Jack Cade marchava em direção àquele ponto reluzente com seus Homens Livres, enrolando pelo caminho um pano no ferimento recente e apertando o nó com os dentes. Atrás da nuvem negra que corria pelo céu, a lua estava quase cheia. Ele conseguia ver a massa prateada do avanço de seus homens se aproximando da cidade.

O Tâmisa era uma fita cintilante que cruzava seu caminho quando se aproximou da ponte. Jack podia ouvir Woodchurch gritando com os homens da retaguarda para que formassem uma coluna. A ponte era larga, porém a maior parte da largura era tomada por construções ao longo de cada beirada. A pista no meio não comportaria mais de quatro ou seis homens lado a lado — e Jack podia ver que não estava vazia. A Ponte de Londres fervilhava de gente, animais e carroças, com mais e mais deles fitando os homens armados. Jack se sentiu como um lobo se aproximando de um rebanho de carneiros, e sorriu ao pensar nisso, erguendo o machado e fazendo-o pousar no ombro como qualquer lenhador que saísse para um passeio. Ecclestone deu uma leve risada ao ter um pensamento parecido, embora o som não fosse agradável.

— Nada de matar cordeiros! — rosnou Jack para os homens a sua volta. — Nada de roubar nem de encostar nas mulheres! Entenderam? Se virem um homem com uma lâmina ou escudo, podem cortar sua maldita cabeça. E mais ninguém.

Os guardas resmungaram sua concordância.

Provavelmente, foi na imaginação que Jack sentiu as pedras tremerem sob os pés ao passarem da terra sólida para os primeiros passos na ponte propriamente dita. Seus homens foram antes dele, mas Jack insistira em estar nas primeiras fileiras para dar ordens quando necessário. Apesar do esforço de Woodchurch, tinham formado uma coluna larga demais na estrada aberta e tiveram de se afunilar atrás dele, com milhares apenas parados ali, de cabeça baixa na chuva torrencial, incapazes de avançar. No entanto, a fila de homens armados de Kent serpenteava e adentrava cada vez mais, empurrando a multidão diante deles como animais num dia de feira. Para surpresa de Jack, muitos londrinos davam vivas e gritavam seu nome, apontando-os como se viessem romper um cerco. Não pareciam ter medo, e Jack Cade não conseguia entender nada.

Engoliu em seco, nervoso, quando começou a passar pelas construções dos dois lados, que se elevavam tanto que bloqueavam a chuva em quase todo o caminho, com exceção da trilha central. Ele não gostava de ser olhado de cima, e fitou com raiva as janelas abertas.

— Cuidado com arqueiros! — gritou Woodchurch atrás dele.

Jack podia ver Ecclestone virando a cabeça, limpando a chuva dos olhos e tentando enxergar em todas as direções. Se as janelas se enchessem, Jack sabia que seus homens buscariam a sombra das próprias edificações, apinhando as calçadas atrás da falsa promessa de proteção. E ficariam vulneráveis a qualquer um que tivesse um arco do outro lado, como galinhas num cercado. Jack cruzou os dedos, mas conseguia ouvir o andar tilintante de soldados à frente, movendo-se para bloquear o outro lado da ponte. Trocou o machado de ombro, forçando-se a continuar andando, firme e forte atrás da bandeira de Kent que o pequeno Jonas mantinha erguida.

Jack olhou para trás por sobre o ombro, tentando avaliar quantos haviam entrado na ponte. Woodchurch parecera uma velha o dia inteiro, preocupado com o gargalo. À luz das lâmpadas crepitantes da ponte, Jack podia ver o homem e o filho, ambos arqueiros, examinando as janelas. Estavam vazias, espaços escuros sem fogo aceso no interior. Algo nisso incomodava Jack, porém não sabia dizer exatamente o quê.

A sua frente, a multidão havia engrossado numa grande massa, e começava a parecer que os homens que marchavam teriam de parar.

— Mostrem-lhes seu ferro, rapazes! — gritou Jack. — Mantenham os cordeiros em movimento!

Ecclestone ergueu um pouco a navalha, firme contra seu polegar. Por todo lado, os homens de Cade levantaram machados e espadas, enquanto os que possuíam escudos os usaram com veemência, forçando e empurrando para tirar do caminho quem fosse lento demais. Continuaram marchando e, ao passarem pelo ponto central, Jack pôde ver lampejos de armadura polida do outro lado, com a multidão fugindo e escorrendo por entre linhas de homens à espera. Passou por sua cabeça que os soldados do rei estavam sendo tão estorvados quanto ele pela multidão. Não podiam formar paredes sólidas de escudos enquanto inocentes ainda lutavam para escapar.

Ele levantou a cabeça e deu um grande berro, confiando que os homens que estavam a seu lado obedeceriam.

— Por Kent! Avante! Atacar!

Só pôde trotar, em vez de disparar à frente, os homens diante dele avançando pela lama escorregadia. Viu Ecclestone empurrar o peito de um londrino que dava vivas, derrubando-o para o lado quando começaram a correr. Todos os homens urravam, e formou-se uma parede de som acima do sibilar da chuva, ecoando no espaço cercado. Sem palavras distinguíveis, apenas um bramido crescente que saía de centenas de gargantas.

Jack escorregou em algo e cambaleou. Pelo menos, conseguia enxergar. As lâmpadas da ponte iluminavam toda a sua extensão, as luzes cheias de manchas faiscantes levadas pelo vento crescente. Estava a menos de 200 metros dos homens rijos que o aguardavam.

Na multidão, alguns se espremeram contra a parede das casas em vez de tentar correr mais do que um exército em investida. Outros não foram suficientemente rápidos e gritaram ao cair, logo pisoteados. Jack teve vislumbres de corpos que caíam enquanto ele avançava cada vez mais depressa, contando com a velocidade e o próprio peso para abrir caminho.

As janelas à frente e acima se encheram de homens que se inclinaram para fora no espaço escuro. Jack praguejou de horror ao avistar as bestas. Com tais armas, a ponte estreita era uma armadilha brutal, o massacre limitado apenas pela rapidez com que os soldados conseguissem recarregar e pela quantidade deles. Jack não ousou se virar para ver até que lugar da ponte se estendiam, mas seu coração bateu forte de terror com o desejo de buscar proteção. A única possibilidade de sobreviver estava à frente: através dos soldados, para sair da ponte e entrar na cidade propriamente dita.

— Mais rápido! — gritou.

Ele correu mais enquanto os homens a seu lado disparavam em pânico. O menino Jonas não conseguiu acompanhar e, quando cambaleou, um dos guardas de Jack estendeu a mão e agarrou o mastro do estandarte numa das mãos, baixando-o quase como uma lança ao avançar com velocidade.

Os primeiros dardos vieram de apenas alguns centímetros acima de suas cabeças. Jack se enfiou debaixo de um escudo erguido e brandido pelo homem mais próximo, encolhendo-se sem parar de correr. Ouviu gritos de choque e dor em toda a extensão da ponte, e soube que era o alvo principal, quase diretamente atrás do estandarte. Ergueu os olhos a tempo de ver o menino Jonas tremer e escorregar para a frente ao ser atingido. Outro dardo acertou o homem que pegara o estandarte, e ele também despencou. O escudo de Kent e a cabeça do xerife caíram na lama e na sujeira, e ninguém tentou erguê-los de novo enquanto corriam num terror descuidado.

Thomas havia sentido a mesma inquietação de Jack com as janelas vazias — escuras quando todos os homens e mulheres de Londres queriam ver os Homens Livres de Cade chegarem. Sentira a armadilha e gritara a todos que portavam machados que arrebentassem qualquer porta pela qual passassem. Enquanto os primeiros dardos voavam, elas eram arrombadas. Alguns besteiros tinham pensado em barricar o andar de baixo, e foram necessários golpes fortes para passar pelas portas e obstáculos.

Thomas corria devagar, com Rowan à esquerda, pelo centro da ponte. Levavam arcos longos ainda verdes, sem o poder e a boa constituição dos que perderam na França. Metade da habilidade do arqueiro vem do conhecimento de sua arma, com todos os seus pontos fortes e peculiaridades. Thomas daria um ano de vida pelos arcos que ele e Rowan haviam deixado para trás.

Os Homens Livres empurravam e forçavam o caminho em torno deles, homens em pânico com roupas encharcadas de chuva que sabiam que parar significava morrer, que *tinham* de chegar ao fim da ponte. Era impossível mirar em meio ao tumulto de empurrões e cotoveladas. O máximo que Thomas e o filho podiam fazer era disparos curtos, confiando no instinto e no treinamento para guiá-los. A princípio, o alcance era praticamente nulo, mas então Thomas viu Jack rugir e começar a correr, forçado a avançar pelos dardos que caíam, abrindo buracos em seus homens. Não havia homens com machados para arrombar portas além da fila da frente, e a multidão correra para lá, deixando vazios os últimos 100 metros até a linha de soldados do rei. Thomas pensou com raiva. Era um campo de morte, e sabia que Jack não iria sobreviver. Ergueu os olhos quando um besteiro acima de sua cabeça foi estrangulado e puxado para trás, dando um grito. Alguém o alcançara pelo interior.

— Por Cristo! — rugiu Thomas em voz alta. — As janelas à frente, Rowan! Pense bem nos seus tiros; temos poucas flechas.

Thomas agarrou dois homens que tentavam ultrapassá-lo e os forçou a se posicionar atrás dele, berrando ordens para que lhe dessem espaço. Eles o fitaram com os olhos arregalados ao reconhecê-lo, mas assumiram posição alguns passos atrás, talvez agradecidos por andar a sua sombra enquanto os dardos zumbiam e sibilavam pelo ar. A presença deles abriu espaço para que pai e filho mirassem e avançassem pela ponte.

Thomas sentiu o quadril repuxar em agonia, como se alguém o cortasse. O instinto o fez levar a palma da mão à lateral do corpo e procurar sangue, mas eram apenas as cicatrizes se esticando. Então, mostrou os dentes, inundado pela raiva. Estava forte outra vez. Forte o suficiente para aquilo.

Ele curvou o arco longo e mandou uma flecha para dentro de uma janela no alto. A distância era de no máximo 50 metros, e ele soube que acertara antes que o homem caísse sobre os que passavam embaixo. O primeiro tiro de Rowan errou por pouco, fazendo o alvo recuar. O rapaz mandou outra flecha quase na mesma trajetória, apontando à frente e para cima ao fazer soar o arco. Um soldado que mirava a besta recebeu a segunda flecha no pescoço e se contorceu em agonia quando ela o prendeu na madeira da moldura da janela.

Pai e filho avançavam juntos, os olhos concentrados nas janelas baixas à frente, em meio à chuva. Aqueles que acreditavam que iriam disparar em homens indefesos só percebiam sua vulnerabilidade quando uma flecha os atingia. Os dois arqueiros matavam mais e mais adiante, mantendo Cade a salvo enquanto corria para ver o que mais os lordes de Londres prepararam para sua chegada.

Jack ouviu o som dos arcos longos em ação atrás dele e a primeira reação foi se encolher. Conhecera aquele som nos campos de batalha e se encheu de horror ante a ideia de arqueiros ingleses fazerem parte da emboscada na ponte. Mas os besteiros que se inclinavam para fora das janelas começaram a cambalear e cair de suas escuras seteiras. A barreira de dardos à frente se reduziu e mortos e moribundos ficaram para trás.

Jack ofegava quando viu que estava quase no fim da ponte. As roupas estavam pesadas e grudadas, gelando sua carne. Havia soldados de cota de malha ali, aguardando, prontos para o ataque. Apesar do frio, seus olhos brilharam ao vê-los, a distância se reduzindo depressa demais para que enxergasse mais do que um borrão. Só podia agradecer a Deus terem escolhido colocar os besteiros ao longo da ponte e não numa linha de combate. Suas primeiras fileiras possuíam alguns escudos, mas não havia nada tão apavorante no mundo quanto correr contra uma saraivada maciça de dardos ou flechas.

Ele parou de pensar ao correr contra dois homens do rei, o machado erguido para um golpe de açougueiro. Os homens de Kent em torno de Jack ergueram as armas com fúria cega, levados quase à loucura pela corrida sob os dardos, vendo os amigos mortos. Caíram sobre as primeiras fileiras de soldados como uma matilha de cães latindo, atacando num frenesi sem sentir os ferimentos que recebiam em troca.

Jack deu o primeiro golpe com mais força do que nunca na vida, sem pensar em defesa. Estava tomado pela fúria, quase sem raciocinar, quando esmagou um homem menor a sua frente, atingindo com a borda da lâmina pesada ou batendo com o cabo, o tempo inteiro rugindo para os que surgiam em seu caminho. Não se sentia sozinho ao avançar sobre a primeira fila e a segunda. Alguns de seus guardas tinham caído com os dardos, mas os sobreviventes, mesmo os feridos, atacavam sem restrições, um perigo tão grande para os que estavam em volta quanto para os homens adiante. Era selvagem e terrível, e eles mudavam a direção no chão escorregadio enquanto continuavam avançando, pressionados por sua vez pelos homens de trás que só queriam sair da maldita ponte.

Jack podia ver além dos soldados as ruas mais escuras. Tinha a sensação de que havia apenas algumas centenas de homens aguardando por ele lá. Podiam ser suficientes para segurar os Homens Livres para sempre na ponte, a menos que fossem forçados a recuar para as ruas mais largas além. Jack agiu assim que viu necessidade, abrindo caminho com o cabo do machado atravessado no peito como uma barra. Com uma explosão de força, empurrou dois homens, que caíram de costas quando ergueram o escudo contra ele. Tremeu ao passar sobre eles, imaginando uma lâmina lambendo de baixo para cima. Os dois soldados caídos estavam ocupados demais com seu pânico quando os Homens Livres os pisotearam. Num primeiro momento havia fileiras organizadas de homens com espada e escudo; no instante seguinte, eles estavam no chão, e os Homens Livres corriam sobre mortos e feridos, derrubando a fileira de trás com grandes golpes e esmagando o restante sob os pés.

Os que ainda estavam na ponte sentiram o bloqueio de homens ceder. Gritaram com selvageria quando tiveram espaço para avançar, dando vivas ao explodirem nas ruas londrinas lavadas pela chuva. Nada ficava em seu caminho, e eles só paravam para dar atenção aos soldados inimigos indefesos, esfaqueando e chutando com botas pesadas até os homens do rei virarem uma confusão sangrenta nas pedras e na palha molhada.

Uns 100 metros além da ponte, Jack parou e ofegou, com as mãos pousadas no cabo do machado e a lâmina semienterrada na lama espessa. A tempestade estava exatamente sobre a cidade, e a chuva caía com força suficiente para açoitar a pele exposta. Ele bufava e estava meio tonto ao olhar para trás, o rosto exibindo um triunfo selvagem. A ponte não os havia segurado. Exultou ali parado, com homens lhe dando tapas nas costas e rindo sem fôlego. Estavam dentro.

— Soldados a caminho! — berrou Ecclestone ali perto.

Jack ergueu a cabeça, mas não conseguia identificar a direção através da chuva e das nuvens que trovejavam no céu.

— Por onde? — gritou Jack.

Ecclestone apontou para leste, na direção da Torre, enquanto Paddy aparecia ao lado de Jack. Metade de seu exército estava na ponte ou ainda do outro lado do rio, esperando impaciente para se unir a eles na cidade.

— Precisamos avançar mais, Jack — declarou Paddy. — Para dar espaço ao restante.

— Eu sei — respondeu Cade. — Só me deixe respirar e pensar.

Desejou ter uma bebida para afastar o frio. Além desse pensamento, avaliou o solo em que estaria pisando, algo que conseguia prender os pés de um jeito tão repugnante. Torrentes haviam começado a correr pelas ruas, brilhando onde a lua as atingia por entre as nuvens. Alguns homens tinham parado com ele; outros empurravam e praguejavam entre si para chegar a seu lado. Embora sua audição não fosse tão boa quanto a de Ecclestone, Cade imaginou que realmente conseguia ouvir o tilintar de homens de armaduras se aproximando naquele momento. Teve uma visão súbita do Guildhall de Londres que Woodchurch descrevera e tomou sua decisão.

Precisava pôr todos os seus seguidores na cidade, e Deus sabia que a Torre esperaria mais um pouco.

— Woodchurch! Onde está você?

— Aqui, Jack! Cuidando de sua retaguarda, como sempre — respondeu Thomas com alegria. Ele também exultava com o sucesso.

— Mostre-me o caminho para o Guildhall, então. Quero ter uma palavra com aquele prefeito. Tenho uma ou duas reclamações a fazer! Avante agora, Homens Livres! Avante, comigo! — vociferou Jack, voltando repentinamente a se divertir.

Os homens riram, ainda zonzos por terem sobrevivido à corrida brutal pela ponte. Bons planos mudam, recordou Jack. O Guildhall serviria de base para planejar o restante da noite.

Enquanto marchava, Jack agradeceu à luz fraca da lua. As casas pareciam perto demais por todos os lados quando ela atravessava nuvens apressadas. Naqueles momentos, não conseguia ver quase nada da cidade a sua volta. Era escura e sem fim, um labirinto de ruas e becos em todas as direções. Ele tremeu ao pensar naquilo, sentindo como se tivesse sido engolido.

Foi com alívio que chegou a um pequeno cruzamento, a 400 metros da ponte. Como uma bênção, a lua pelejou para se libertar das nuvens e ele conseguiu enxergar. Havia uma pedra no centro, um grande pedregulho que parecia não ter nenhum propósito senão marcar o ponto entre as ruas. Jack descansou nele os braços e olhou para os homens que vinham atrás pela rua. Teve a ideia de reuni-los em alguma praça aberta e fazê-los dar vivas pelo que conseguiram. Simplesmente não havia espaço para isso, e ele balançou a cabeça. Todas as portas em torno do cruzamento estavam trancadas, todas as casas cheias de cabeças nas janelas que cochichavam e observavam dos andares superiores. Ele ignorou o povo amedrontado que fitava a rua.

Rowan encontrara uma tocha em algum lugar, um embrulho de trapos amarrado na ponta de uma estaca e mergulhado em óleo — talvez uma das lâmpadas a óleo da Ponte de Londres, Jack não sabia. Agradeceu à luz amarela quando Woodchurch e o filho o alcançaram.

Thomas riu entre os dentes ao ver Jack Cade descansando na pedra.

— Sabe o que é isso aí, Jack?

O tom de voz dele era intrigante, e Jack olhou novamente a pedra sob suas mãos. Parecia bastante comum, embora ele se espantasse outra vez ao encontrar algo natural tão grande marcando um cruzamento numa cidade.

— É a Pedra de Londres, Jack — continuou Thomas, com assombro na voz. Tinha de haver alguma ação do destino que levara Jack Cade por ruas que não conhecia até aquele ponto exato.

— Bom, isso eu posso ver, Tom. É uma pedra e está em Londres. E daí?

Woodchurch riu, estendendo a mão e dando um tapinha na pedra para dar sorte.

— É mais antiga que a cidade, Jack. Alguns dizem que era um pedaço da pedra do rei Artur, aquela que se partiu quando ele puxou a espada. Outros dizem que foi trazida de Troia para fundar aqui uma cidade junto ao rio. — Ele balançou a cabeça, com divertimento. — Ou pode ser apenas a pedra com que medem as distâncias de toda a Inglaterra. Seja como for, você está com a mão no frio coração de pedra de Londres, Jack.

— Estou mesmo? — perguntou Jack, olhando o pedregulho com novo apreço. Num impulso, recuou e girou o machado, fazendo a lâmina deslizar e soltar fagulhas pela superfície. — Então é um bom lugar para declarar que Jack Cade entrou em Londres com seus Homens Livres! — Ele deu uma gargalhada. — O homem que será rei!

Os homens em volta ficaram sérios, e suas vozes se calaram.

— Tudo bem, tudo bem, Jack — murmurou Woodchurch. — Se sobrevivermos até amanhã, por que não?

— Cristo, quanta imaginação — disse Jack, balançando a grande cabeça. — Mostre-me as ruas que levam mais depressa ao Guildhall, Tom. Isso é o que importa.

27

Ricardo Neville começava a entender a exatidão dos avisos de Brewer. Sua corrida impetuosa pela cidade fora atrapalhada por multidões de homens bêbados e violentos e até mulheres que gritavam e zombavam de seus soldados. Ruas inteiras foram bloqueadas por barricadas improvisadas, e ele teve de se desviar várias vezes, guiado por seus capitães nascidos em Londres rumo aos Homens Livres de Kent.

Não conseguia entender o estado de espírito das ruas, sentia apenas um desprezo frio pelos oportunistas e imbecis iludidos. O exército de Cade era uma ameaça a Londres, e lá estava Warwick, correndo em sua defesa, sendo atingido com imundície, pedras e tijolos sempre que uma turba se reunia em seu caminho. Era enfurecedor, mas eles ainda não eram suficientes para obstruir completamente sua passagem. Estava disposto a dar a ordem de puxar a espada contra quaisquer vagabundos e desordeiros, mas, por enquanto, seus capitães o levavam por uma trajetória sinuosa pelo centro, seguindo para o sul com seiscentos homens.

Os cavaleiros e os homens de armas que levara a Londres não eram suficientes para atacar Cade diretamente, ele sabia disso. Mas seus capitães lhe asseguraram que o ajuntamento de Cade seria dispersado por quilômetros de ruas e vielas. O jovem conde sabia que sua melhor chance seria cortar caminho em algum ponto e recuar rapidamente para atacar de novo em outro lugar. Sabia que devia evitar um choque maior; a quantidade dos que invadiam a cidade simplesmente era grande demais.

A primeira oportunidade apareceu como havia imaginado, quando Warwick virou uma esquina, olhou por uma pequena ladeira abaixo até um cruzamento e parou ao avistar homens armados correndo com muita pressa. Ficou ali debaixo do aguaceiro em relativa segurança, a menos de 20 metros das tropas principais de Cade, que seguiam, sem perceber, por sua rota. Alguns chegaram a olhar para a esquerda ao passar pela entrada da rua, vislumbrando os soldados de Warwick na escura via lateral, observando-os. Pegos na fila de homens irritados, foram forçados a avançar antes que pudessem parar.

— Mantenham uma linha de retirada — ordenou Warwick. Para seu desagrado, a voz tremeu, e ele pigarreou antes de continuar com as ordens. — São todos traidores. Entramos, matamos o máximo que pudermos enquanto estiverem surpresos e recuamos para... — Ele olhou em volta e viu uma placa de madeira. Inclinou-se um pouco para ler e, por um instante, revirou os olhos. — Para Shiteburn Lane... a travessa onde se queima merda.

Ao menos o nome ajudava a explicar em que ele afundara até os tornozelos. Pensou por um momento, com saudade, nos tamancos de madeira que o ergueriam acima da imundície, embora dificilmente conseguisse lutar com eles. As botas teriam de ser queimadas depois.

Ele puxou a espada, o punho ainda novo, com a cota de armas de Warwick esmaltada em prata. A chuva corria por ela, juntando uma lama de sujeira a seus pés. Ajustou o escudo no antebraço esquerdo e tocou de leve a viseira de ferro sobre a testa. Inconscientemente, balançou a cabeça, quase tremendo ao pensar que iria sumir naquela massa de homens armados com apenas uma nesga de luz para enxergar. Deixou a viseira erguida e se virou para os homens.

— Cortem a linha, cavalheiros. Vejamos se conseguimos manter uma única rua. Comigo agora.

Com a espada erguida, Warwick avançou para o cruzamento de ruas, os homens se formando em torno dele para o primeiro golpe.

Thomas andava a trote por ruas que recordava da juventude, e momentos de saudade o atingiam, contrapostos à realidade insana de seguir Jack Cade e sua ralé ensanguentada pelo coração de Londres. Mantinha Rowan por perto ao avançar, e ambos levavam no ombro os arcos longos encordoados, inúteis agora, com as cordas alongadas pela chuva e todas as flechas perdidas na ponte. As espadas eram escassas, e Thomas tinha apenas uma clava de carvalho robusta que tirara de um moribundo. Rowan estava armado com uma adaga tirada de um dos soldados que foi tolo a ponto de ficar em seu caminho.

Os homens de Jack pegavam armas melhores de cada grupo que encontravam; venciam as fileiras de soldados e depois saqueavam os corpos, substituindo adagas por espadas, escudos de madeira por escudos de verdade, fossem quais fossem as cores. Mesmo assim, não eram suficientes para todos os que vinham atrás e ainda clamavam por um bom pedaço de ferro afiado.

A tempestade enfraquecia e a lua estava alta no céu, emprestando sua luz às ruas que seguiam diretamente abaixo dela. A violência que Thomas vira na hora anterior havia sido simplesmente estarrecedora, enquanto os homens de Cade faziam em pedaços quem estivesse em sua frente e depois andavam sobre os mortos. Os soldados que defendiam a cidade estavam desorganizados, surgindo em ruas laterais ou parando em pânico ao perceberem que foram parar no caminho de Cade. Os homens do rei tinham terreno demais para cobrir. Mesmo que adivinhassem a intenção de Cade pela trajetória rumo ao Guildhall, não poderiam se comunicar com cada uma das forças nas ruas. Os grupos de soldados que perambulavam protegiam barricadas nos lugares errados ou seguiam o som da luta o melhor que podiam naquele labirinto.

A vanguarda de Cade encontrara um grupo de cerca de oitenta homens trajando cota de malha, parados numa rua vazia ao luar, com as cabeças inclinadas como se escutassem o ruído noturno da cidade. Foram derrubados e depois sofreram a indignidade de ter as túnicas de metal engordurado arrancadas dos corpos ainda quentes.

A fila de homens de Kent e Essex se espalhara conforme as ruas se ramificavam, acrescentando novas caudas e rotas enquanto os homens se perdiam na escuridão. A direção comum era o norte, para o interior da cidade, com a Cannon Street e a Pedra de Londres ficando para trás.

Thomas forçou a memória, verificando cada cruzamento atrás de sinais de que estava no caminho certo. Sabia que Jack contava com ele para encontrar o caminho, mas a verdade era que fazia vinte anos que não ia à cidade e as ruas sempre pareciam diferentes à noite. Deu uma leve risada ao pensar na reação de Jack se os levasse num grande círculo e vissem o Tâmisa de novo.

Uma rua mais larga que as outras permitiu que Thomas se orientasse pela lua e, assim que teve certeza, encorajou os homens a avançar. Sentia que deviam continuar avançando, que as tropas do rei estariam se acumulando em algum lugar ali perto. Thomas queria ver o Guildhall, aquele símbolo da riqueza e da força da cidade. Queria que o rei e seus lordes soubessem que estavam num combate de verdade, não numa pequena rixa com comerciantes irritados fazendo discursos e batendo os pés.

Ecclestone deu um solavanco e tropeçou para a frente. Thomas ergueu os olhos a tempo de ver uma forma escura passar correndo pelos pés de Ecclestone, guinchando de terror antes que alguém conseguisse atingi-la.

— Um porco! Só um maldito porco de *merda* — murmurou Ecclestone para si, baixando a navalha.

Ninguém riu do modo como ele havia pulado e xingado. Havia algo terrível e assustador em Ecclestone e em sua lâmina curta e sangrenta. Ele não era o tipo de homem que convidava ao humor zombeteiro à própria custa, de jeito nenhum. Thomas observou que Ecclestone ficava de olho em Jack o tempo inteiro, vigiando suas costas. Isso o fez procurar o irlandês grandalhão, mas, para variar, Paddy não estava em lugar nenhum.

Quando passaram por uma rua lateral, Thomas olhou automaticamente, quase parando em choque ao ver as fileiras de homens armados que ali aguardavam, a apenas vinte passos. Teve um vislumbre de ferro e soldados de barba escura antes de ser levado adiante.

— Cuidado à esquerda! — gritou para os que ficaram para trás, tentando se segurar um momento contra a correria de homens em movimento antes de ser arrastado.

Thomas se moveu mais depressa para alcançar Rowan e o grupo em torno de Jack.

— Soldados atrás, Jack! — gritou Thomas.

Ele viu o grandalhão olhar por sobre o ombro mas também estava no meio da torrente e todos avançavam, incapazes de parar ou desacelerar. Ouviram o choque e os berros começarem, no entanto já a 100 metros na retaguarda, e eles só puderam continuar em frente.

As ruas estavam tão cheias de lama espessa sob os pés quanto na hora em que entraram em Londres, mas Thomas podia ver que agora algumas casas eram de pedra, com sarjetas melhores correndo ao longo da rua principal, de modo que os homens se inclinavam ao pôr o pé nelas. Um sopro de lembrança lhe disse onde estava, e ele teve tempo de gritar um alerta antes que a vanguarda chegasse aos tropeços a uma praça de pedra mais larga.

O Guildhall de Londres estava à frente deles, sob a chuva, com deliberada imponência, embora tivesse menos de 12 anos. Thomas viu Jack levantar a cabeça com instinto rebelde ao avistá-lo, sabendo apenas que representava riqueza e poder e tudo o que nunca conhecera. O ritmo se acelerou, e Thomas avistou soldados do rei correndo em torno das grandes portas de carvalho, gritando ordens uns aos outros com desespero ao verem centenas de homens se despejarem sobre eles vindo das ruas escuras.

Do outro lado, apareceram fileiras de guerreiros em marcha, as linhas organizadas vacilando ao ver o exército de Cade inchar no espaço aberto como uma bolha estourada. Em ambas as extremidades da pequena praça, capitães berraram ordens e homens começaram a correr uns contra os outros, erguendo armas e uivando. A chuva tamborilava com força nas lajes largas e o som ecoou nas construções por todos os lados, ampliado e assustador ao luar.

Derry estava quatro ruas a leste do Guildhall quando ouviu o som do novo combate. Ainda se sentia grogue pelo golpe recebido de algum grande agricultor que praguejava num beco lateral enquanto corria pela cidade. Derry balançou a cabeça, sentindo o olho e a bochecha incharem até mal conseguir enxergar do lado direito. Furara o canalha, mas o abandonara gemendo de dor quando mais homens de Cade apareceram.

O espião conseguia ouvir lorde Scales ofegando a sua direita. O barão deixara de lado o ressentimento pouco antes, depois que Derry havia tirado os soldados de uma emboscada, percorrendo com exatidão impecável becos que eram um pouco mais largos que os ombros de um homem. Passaram por uma imundície fedorenta que, em certos pontos, chegava quase aos joelhos, disparando por esquinas e afastando roupas molhadas e penduradas que batiam em seu rosto. Saíram do outro lado de uma barricada improvisada e mataram uma dezena de desordeiros antes mesmo que percebessem que haviam sido flanqueados.

Essa deveria ter sido uma vantagem maior, disse Derry a si mesmo. Ele conhecia a cidade tão bem quanto qualquer menino de rua acostumado a fugir de comerciantes e quadrilhas. Os defensores do rei deveriam ter sido capazes de usar esse conhecimento para formar anéis em torno da turba de Cade. O problema era que a maioria deles tinha sido convocada a Londres e viera dos condados ou de lugares mais distantes ainda. Poucos conheciam as ruas que percorriam. Mais de uma vez naquela noite, Derry e Scales foram detidos por homens de armadura e acabavam descobrindo que estavam do mesmo lado. Fazia frio, com sujeira e caos, e Derry não duvidava que Cade se aproveitava ao máximo da fraca defesa. Se tivessem um único homem no comando teria sido mais fácil, porém, com o rei fora da cidade, 11 ou

12 lordes detinham a autoridade sobre as forças que comandavam. Derry praguejou, sentindo os pulmões arderem. Mesmo que o rei Henrique em pessoa estivesse ali, duvidava que os lordes a favor de York se pusessem sob as ordens de outra pessoa. Não naquela noite.

— Próxima à esquerda! — gritou Scales para os que o cercavam. — Rumo ao Guildhall!

Derry fez as contas mentalmente. Acabara de passar por duas ruas secundárias e tinha certeza de que não era mais do que isso.

— O Guildhall está a duas ruas daqui — corrigiu Derry, a voz pouco mais que um grasnido.

Não conseguiu ver com clareza a expressão do barão, mas os soldados que corriam com eles sabiam que não deviam questionar o comando de seu senhor. Entraram à esquerda em ordem, pisoteando carroças abandonadas e uma pilha de corpos decorrentes de algum encontro anterior naquela noite. Derry achou que seus pulmões iam explodir, cambaleando sobre uma massa escura de mortos, estremecendo ao ouvir ossos estalarem e se quebrarem sob suas botas.

— Que Deus me perdoe — sussurrou, com a certeza súbita de ter sentido um deles se mexer e gemer sob seu peso.

Havia tochas em movimento à frente e o som de uma mulher gritando. O rosto de Derry ardia, e a saliva na boca era grossa como sopa de ervilha, mas ele trincou os dentes e ficou junto dos outros. Disse a si mesmo que seria seu fim se deixasse soldados jovens ultrapassá-lo na corrida, mas estava fora de forma e isso começava a pesar.

— Quem estiver saqueando ou estuprando pode ser atacado, rapazes — gritou Derry.

Ele sentiu lorde Scales virar a cabeça, porém não fora uma ordem de verdade. O grunhido de concordância dos soldados deixou claro o que pensavam, mas Scales aproveitou para responder acima do cansaço e da frustração.

— Os homens de Cade são prioridade — declarou com firmeza. — Qualquer outra coisa, *qualquer uma*, pode esperar pelo amanhecer.

Derry se perguntou o que Scales achava que seus oitenta homens poderiam fazer contra milhares, mas manteve o silêncio quando a luz à frente cresceu e eles viram homens passarem correndo. Não importava quem fosse Scales, ele não sabia o que era medo. Não diminuiu o ritmo de modo nenhum ao chegar ao cruzamento. Derry conseguia apenas arfar enquanto o restante dos homens o acompanhava, chocando-se com a multidão aos berros com um estrondo seguido instantaneamente pelos primeiros gritos. Os soldados de Scales usavam peitorais e cota de malha. Cortaram a multidão como a ponta de uma lança, derrubando tudo em seu caminho. A sua volta, os homens de Cade recuaram, amontoados ao se afastar de soldados que usavam a armadura como arma, enfiando cotovelos cobertos de metal nos dentes dos homens a cada passo.

Derry se viu mergulhando no fluxo como se pulasse num rio. Bloqueou um bastão que girava e transpassou o agressor com um bom pedaço de ferro afiado que já era usado havia um século ou mais. Os homens de Scales brandiam espadas e martelos de cabo longo como se tivessem enlouquecido num grande massacre, atravessando a procissão iluminada por tochas. Defenderam uma posição no centro da rua, bloqueando o avanço enquanto enfrentavam os que ainda vinham atrás.

Derry olhou rapidamente para a esquerda e para a direita, vendo a linha se estender até o Guildhall numa direção e dobrar uma esquina do outro lado. Os homens corados de Kent pareciam não ter fim, e percebeu que Scales havia encontrado a fonte. Pelo que Derry sabia, essa aglomeração se estendia até o rio. Na primeira corrida ensandecida, Scales e seus homens levaram consigo tudo a sua frente e bloquearam a rua. Agora resistiam juntos, eriçados de armas, desafiando a multidão agitada a tentar recuperar o terreno.

Derry riu entre os dentes ao ver a falta de vontade dos homens de Cade. Tinham seguido alegremente os que iam na vanguarda, não muito dispostos a agir por conta própria, pelo menos não naquele momento. A vanguarda continuou avançando, com as fileiras da retaguarda olhando para trás e gritando zombarias e insultos, mas ainda preferindo avançar em vez de se virar e lutar. Com apenas oitenta homens, Scales havia parado a multidão a seco, porém Derry viu que se deslocavam pelas ruas laterais enquanto pensava.

— Cuidado com os flancos! — gritou.

Não havia um caminho único para o Guildhall, e, por instinto ou conhecimento local, os homens de Cade já abriam caminho, levando consigo as tochas, e a luz da rua começou a diminuir. Derry olhou Scales, mas o lorde hesitava, a indecisão escrita claramente em seu rosto. Podiam manter aquele ponto ou perseguir as torrentes de homens em movimento. Derry tentou pensar. Apenas oitenta soldados não eram capazes de enfrentar a força principal de Cade, embora as ruas estreitas impedissem que fossem facilmente esmagados pelo imenso efetivo. Derry sabia que o Guildhall estava mal defendido, com metade dos lordes de Londres supondo que Cade iria para a Torre. Quando percebessem a verdade, o Guildhall teria sido estripado e a multidão já estaria longe há tempos.

Esfregando o rosto inchado, Derry viu a inundação de homens de Cade começar a correr, enquanto mais deles sumiam nas ruas laterais. O espião esticou o pescoço, desejando mais luz, no entanto havia gritos de dor e fúria não muito distantes, e os sons pareciam se aproximar.

— O que está acontecendo lá atrás? — gritou-lhe Scales.

Derry balançou a cabeça, confuso, e franziu o cenho. Uma fileira de cavaleiros de armadura e homens de armas dobrava a esquina e subia a rua, marchando sob o comando de alguém que trazia o escudo da família Warwick. A via continuou a se esvaziar entre os dois grupos, com os últimos homens entre eles sendo ocasionalmente atravessados por espadas enquanto tentavam e não conseguiam sair da confusão. Após algumas batidas do coração, Derry viu uma dezena de homens ser derrubada e morta antes que os dois grupos se encarassem, ofegantes.

— Boas graças, Warwick — anunciou Scales com prazer a seu jovem líder. — Quantos você tem?

Ricardo Neville avistou Derry observando-o e ergueu uma sobrancelha. Ele também recebera golpes na armadura polida, mas, na flor da juventude, parecia mais extasiado que exausto. Fez questão de encarar Scales ao responder, ignorando o olhar taciturno de Derry.

— Tenho meus seiscentos, lorde Scales. Suficientes para limpar as ruas dessa ralé. É sua intenção ficar aí parado até o sol nascer ou podemos passar?

Mesmo ao luar e nas sombras, Derry conseguiu ver Scales corar. O homem era orgulhoso, e seu queixo se ergueu. Não houve convite para unirem forças, e Scales nada pediria depois de um comentário daqueles de um homem mais jovem.

— O Guildhall fica à frente — avisou Scales com frieza. — Recuem, homens. Para trás, aqui. Deixem lorde Warwick passar.

Derry recuou com os outros, observando os soldados do conde passarem marchando de cabeça erguida. Warwick levou seus seiscentos homens de armadura por entre eles sem um único olhar de relance para o lado, seguindo a retaguarda dos Homens Livres de Cade que já desaparecia.

— Que Deus nos salve de jovens tolos. — Derry ouviu Scales dizer baixinho quando passaram, o que o fez sorrir.

— Para onde agora, milorde? — perguntou Derry, contente porque pelo menos respirar estava ficando mais fácil.

Scales o olhou. Ambos podiam ouvir o ruído de homens em movimento por todos os lados, esgueirando-se como ratos num celeiro em torno de sua pequena tropa. Scales franziu a testa.

— Se o próprio Cade segue para o Guildhall, a escolha é bastante clara, embora eu prefira não ir atrás de um galinho Neville como aquele. Tem certeza de que a Torre e a rainha estão a salvo?

Derry pensou.

— Não posso ter certeza, milorde, ainda que haja homens do rei para guardá-la. Tenho mensageiros e não duvido que estejam procurando por mim. Enquanto não chegar a um dos pontos de encontro, estou tão cego quanto aquele jovem Neville, com o povo de Cade perambulando por Londres inteira. Não sei dizer onde atacarão em seguida.

Scales mostrou cansaço ao esfregar o rosto com a mão.

— Por mais tentador que seja pensar em lorde Warwick correndo para os garotos agressivos de Cade, devo ajudá-lo. Não posso dividir ainda mais uma força tão pequena. Maldição, Brewer, eles são muitos! Teremos de caçá-los a noite inteira?

Derry olhou em volta a tempo de ver um grupo de guerreiros se esgueirar por uma esquina à frente deles. Com um grande berro, começaram a atacar os homens de armas, brandindo espadas e podões.

— Parece que eles vieram a nós, milorde — gritou Derry, preparando-se. — Como são prestativos!

Paddy brandia um martelo como se sua vida dependesse daquilo, o que, tinha de admitir, era verdade. Ele havia se surpreendido quando Jack o chamara a um canto em Southwark na noite anterior, mas depois conseguiu entender por quê. Jack levaria os homens do rei numa caçada pela cidade, porém entrar na Torre exigiria um tempo precioso. Correr direto para lá e esmurrar o portão enquanto todos os soldados de Londres convergiam para aquele ponto seria um caminho rápido para as forcas de Tyburn na manhã seguinte — e gargantas cortadas para a maioria.

Ele parou um instante para limpar o suor que escorria para os olhos e ardia.

— Jesus, eles construíram esse portão como uma montanha.

Os homens em volta enfiavam machados pesados na madeira antiga, torcendo as lâminas de um lado para o outro, lançando nas pedras lascas da grossura de um braço. Estavam nisso havia uma hora de trabalho constante, com homens descansados tomando as armas conforme cada grupo se esgotava. Era o terceiro turno de Paddy no martelo, e aqueles em torno dele haviam aprendido a lhe dar espaço depois que ele derrubara um sujeito com costelas quebradas.

Quando começou de novo o movimento, Paddy se inclinou para trás e tentou escutar os passos do outro lado da torre do portão. Sabia que estariam à espera e não tinha como descobrir se havia algumas dezenas ou milhares de homens se preparando para recebê-lo. A torre do portão tinha um ponto fraco, e ele agradeceu a Deus por isso. Separada da muralha principal, a massa de pedra da própria torre protegia seus homens de flechas e dardos. Ele já ouvira o matraquear de uma grade sendo baixada pouco mais adiante, porém alguns rapazes seus tinham cruzado o fosso a nado e enfiado barras de ferro nas correntes da ponte levadiça. Ela ficaria baixada e, a julgar pelas avarias causadas ao portão externo, Woodchurch acertara numa coisa. Homens suficientes com martelos e machados conseguiriam abrir caminho praticamente por qualquer coisa. Paddy sentiu o portão ceder quando pôs toda a sua força e peso em mais um golpe. Os robustos homens com machados tinham aberto um buraco comprido e estreito numa das vigas reforçadas com ferro. Havia luzes se mexendo no interior, do outro lado do fosso, e Paddy tentou não pensar nos danos que os arqueiros poderiam causar atirando nele enquanto martelava uma grade de ferro. Seria um serviço violento, e ele chamou alguns homens com escudos para entrarem em ação da melhor maneira possível. Não era muito, mas poderia salvar algumas vidas, a sua inclusive.

Com um grande estalo, uma das dobradiças de ferro cedeu. Mas a fechadura central se aguentou no lugar, então o portão se inclinou para dentro na parte de cima. Com outros dois martelando entre seus golpes, Paddy atacou ainda mais depressa as presilhas de ferro, sentindo grandes tremores subirem pelos braços e a força no cabo do martelo diminuir.

— *Vamos*, menino — disse, tanto para si quanto para o portão.

Paddy viu a tranca de ferro se romper, limpa e resplandecente, e, com a força do último golpe, quase caiu na ponte levadiça travada.

— Minha Nossa! — exclamou com assombro, olhando do outro lado da passagem uma grade de ferro com o dobro de sua altura.

As flechas tamborilaram nela, vindas do pátio mais além. Apenas algumas passaram, porém os homens de Paddy estavam amontoados em torno do portão quebrado e dois caíram, praguejando e gritando de dor.

— Escudos, aqui! — chamou Paddy. — Sigam o ritmo: os rapazes golpeiam, depois vocês vêm com os escudos para nos proteger entre os golpes. Derrubaremos essa belezinha de ferro num piscar de olhos.

Eles correram à frente, rugindo para assustar os defensores enquanto se lançavam contra a grade fria. Ela era feita de tiras de ferro negro, rebitadas com cabeças pontudas e polidas que se destacavam em cada junção. Paddy descansou a mão no metal. Com força suficiente contra as junções, achou que os rebites poderiam ser quebrados.

Pela grade, conseguia ver as torres internas da fortaleza. Acima de todas elas, a Torre Branca se elevava alta e pálida ao luar, com sombras escuras enxameando em volta. Seus olhos cintilaram, tanto com a ideia da violência prestes a acontecer quanto com a Casa da Moeda Real. Nunca chegaria tão perto de tanta riqueza novamente, nem que vivesse cem anos.

Margarida sentiu arrepios subirem pelos braços enquanto tremia olhando para baixo. Finalmente a chuva cessara, deixando o chão como um atoleiro sob os pés. Pisando com força e ofegando no frio, quatrocentos homens do rei aguardavam que os sitiantes invadissem. Do alto da entrada da Torre Branca, ela podia vê-los enegrecidos contra as tochas, fileiras e fileiras de soldados em pé. Assistira a sua preparação, assombrada com a calma deles. Talvez fosse por isso que os ingleses esmagaram tantos exércitos franceses, pensou. Não entravam em pânico nem quando a probabilidade e o efetivo estavam contra eles.

O comandante-chefe era um alto capitão da guarda chamado Brown. Vestido com um tabardo branco sobre a cota de malha, com a espada pendurada no quadril, era uma figura impetuosa, facilmente visível. Apresentara-se a ela mais cedo com uma elaborada reverência, um homem jovem para tanta autoridade, que parecia pensar que a chance de Cade alcançar a Torre era mínima. Margarida se comovera com as tentativas do rapaz de tranquilizá-la. Ela observou que o capitão Brown cultivava grandes costeletas negras, quase tão bonitas quanto as do cunhado Frederick. A lembrança delas se eriçando quando ele movia os lábios lhe dava vontade de sorrir toda vez que o via. Mesmo quando chegou a notícia das tropas que se aproximavam, Brown se manteve confiante, pelo menos ao lhe fazer seu relatório. Em pouco tempo, Margarida passou a apreciar os breves momentos em que ele voltava ao pé da escada, o rosto corado após conferir todos os postos da guarda. Com a cabeça inclinada, erguia os olhos para ver se Margarida ainda estava lá, e sorria quando ela aparecia. Somados, todos aqueles instantes dariam menos de uma hora, mas ainda assim sentia conhecê-lo.

Margarida vira o desapontamento do capitão quando seus arqueiros nas muralhas descobriram que tinham poucos alvos. A multidão lá fora havia enviado apenas um pequeno grupo para martelar o portão da frente e quebrar a grade, o restante ficava para trás como uma mancha escura, aguardando para vir rugindo quando tivesse oportunidade. Enquanto a lua subia, Margarida conseguia escutar ganidos ocasionais quando um dardo de besta atingia o alvo, mas era difícil mirar bem na escuridão, e as marteladas lá fora não paravam, primeiro contra madeira, depois com o tom mais agudo e retinido dos golpes no ferro.

O capitão Brown havia gritado para um grupo de besteiros descer das muralhas e fazer seu serviço lá embaixo. Margarida percebeu que tremia no ar noturno quando ele os mandou diretamente à grade, de modo que posicionassem as armas quase junto à treliça de ferro antes de soltar as travas. Por algum tempo, o martelar se reduzira a nada quando os homens que estavam do lado de fora arrumavam os escudos contra o ferro. A velocidade dos golpes sem dúvida se reduziu, mas mesmo assim continuaram. Um a um, os rebites e as junções se romperam com uma nota aguda diferente dos golpes. Margarida pulava a cada um que se soltava, forçando-se a sorrir e se manter ereta nos degraus.

Quando as fileiras de homens do rei assumiram posição para receber o primeiro ataque, Margarida notou o tabardo branco do capitão Brown quando ele veio andando na direção oposta, erguendo os olhos para sua rainha do outro lado do espaço vazio. Ela o aguardou, as mãos segurando com força a balaustrada de madeira.

— Vossa Alteza Real — gritou ele. — Eu esperava reforços, mas, sem um milagre, creio que esses homens estarão sobre nós a qualquer momento.

— O que quer que eu faça? — perguntou Margarida, satisfeita por também conseguir fingir calma e sua voz não estar trêmula.

— Com vossa permissão, milady, mandarei alguns homens destruírem essa escada. Se a senhora não se importar de recuar, a derrubaremos num instante. Deixei seis bons homens para guardar o portal da Torre Branca. A senhora tem minha palavra de que estará a salvo, contanto que fique aí em cima.

Margarida mordeu o lábio, passando os olhos do rosto sério do jovem oficial para os que aguardavam para suportar a inundação.

— O senhor não pode se unir a seus homens aqui na torre, capitão? Eu... — Ela corou, sem saber como fazer a oferta de proteção sem ofendê-lo. Para sua surpresa, ele lhe lançou um sorriso, satisfeito com alguma coisa.

— A senhora poderia ordenar, milady, mas... há... se não se importa, prefiro que não. Meu lugar é aqui embaixo e, quem sabe, talvez ainda consigamos fazê-los fugir.

Antes que Margarida pudesse voltar a falar, uma dezena de homens com martelos e machados apareceu correndo e o capitão Brown se ocupou dando instruções.

— Afaste-se agora, por favor, Vossa Alteza — gritou ele de baixo.

Margarida deu um passo para trás, passando da escada de madeira para a porta de pedra aberta da torre, enquanto os degraus começavam a tremer e se sacudir. Não demorou para que toda a estrutura desmoronasse, e Margarida assistiu do alto aos homens se ocuparem em reduzir cada pedaço a lascas inúteis. Ela descobriu que tinha lágrimas nos olhos quando o capitão Brown a saudou antes de retornar a seus homens, todos aguardando que a grade cedesse e o combate começasse.

28

Jack Cade saiu do Guildhall enrolando nas mãos um pedaço de corda de cânhamo áspera. Dera vivas com Ecclestone e os outros quando o próprio tesoureiro real havia sido pendurado para dançar, o rosto do lorde ficando roxo enquanto eles olhavam e riam. Lorde Say fora um dos responsáveis pelos impostos do rei, e Jack não sentia nenhum remorso. Na verdade, cortara um pedaço da corda como lembrança, e só sentia pena de não achar mais nenhum dos homens que comandavam os xerifes e os meirinhos da Inglaterra.

Quando emergiu de seus pensamentos, os olhos se arregalaram. Ainda havia homens chegando à praça aberta em torno do Guildhall. Os que já estavam lá havia algum tempo encontraram barris de cerveja ou aguardente, isso era evidente. Já embriagados de violência e sucesso, usaram o tempo em que ele havia ficado lá dentro para saquear todas as casas em volta. Alguns cantavam, outros estavam caídos completamente desacordados ou cochilavam abraçados a garrafas de cerâmica com tampas de rolha. Outros ainda descarregavam a raiva nos sobreviventes do último grupo que os atacara. Os poucos soldados do rei ainda vivos foram desarmados e agora eram jogados de um lado para o outro num círculo de homens, levando socos e chutes para onde quer que se virassem.

Jack olhou Ecclestone com descrença ao ver homens cambaleantes passarem com os braços cheios de objetos roubados. Dois deles brigavam com uma trança de pano cintilante, trocando socos enquanto ele os observava. Jack franziu a testa ao ouvir uma mulher começar a gritar ali perto, o som se transformando num grasnido quando alguém a sufocou para que se calasse.

Thomas Woodchurch apareceu atrás de Cade, sua expressão endurecendo ao ver o caos e as pedras respingadas de sangue.

— Sodoma e Gomorra, Jack — murmurou. — Se isso continuar, estarão todos adormecidos ao amanhecer e terão as gargantas cortadas. Consegue colocá-los de volta no arreio? Estamos vulneráveis aqui... e idiotas bêbados não conseguem lutar.

Cade estava um pouco cansado de Woodchurch achar que sabia tudo o tempo inteiro. Ficou calado, pensando. Sua garganta doía de vontade de beber, mas isso poderia esperar, pensou. A tempestade passara, no entanto, Londres ainda vacilava. Ele sentiu que sua única chance corria o risco de se esvair. A vida inteira, curvara a cabeça para os homens do rei, forçado a baixar os olhos diante dos juízes quando vestiam a túnica verde ou vermelha e ditavam sentenças. Ao menos uma vez podia chutar os dentes deles, mas sabia que aquilo não duraria.

— Quando amanhecer, chamarão novos homens para nos perseguir — resmungou. — Mas e daí? Hoje fiz com que temessem a Deus. Eles se lembrarão disso.

Woodchurch fitou o capitão de Kent, a irritação visível. Tinha esperado mais do que apenas uma noite de pilhagem e sangue derramado. Com um bom número de homens, esperara mudar a cidade, talvez até arrancar algum tipo de liberdade das mãos dos homens do rei. Todos já sabiam que o rei Henrique partira há um bom tempo, mas aquilo não precisava acabar numa loucura inebriada, não se Cade continuasse em frente. Alguns nobres mortos, alguns pedaços de pano e algumas bolsas de ouro. Não era nem de longe suficiente para pagar o que havia sido tirado.

— A aurora não deve demorar — comentou Woodchurch. — Vou para a Torre. Se o rei foi embora como dizem, ao menos saio rico de Londres. Vem comigo, Jack?

Cade sorriu, erguendo os olhos para a passagem da lua no céu.

— Mandei Paddy para lá na primeira leva. Agora ele ou está morto ou está no interior da Torre. Vou com você, Tom Woodchurch, se vier comigo.

Então eles riram como meninos, enquanto Ecclestone olhava com azedume essa demonstração de camaradagem. Um instante depois, Jack começou a chamar seus homens de volta às ruas. Sua voz era um rugido grave que ecoava nas casas dos vereadores em volta.

Derry estava exausto. Sabia que era uns dez anos mais novo que lorde Scales e só podia se maravilhar com a fonte de energia inesgotável do homem quando chegaram a mais um beco e o percorreram em completa escuridão. Pelo menos a chuva havia parado. Tinham quatro homens na frente e atrás, dando avisos de alerta ou de oportunidades, quando as encontravam. Lutavam nas ruas havia horas, e Derry perdera a conta dos homens que tinha matado na noite negra, breves momentos de horror e medo ao cortar estranhos, ou quando sentia a dor com suas facas e clavas o alcançando.

Havia costurado a perna onde algum anônimo puxador de arado de Kent lhe enfiara uma lança. Uma lança! Derry mal conseguia acreditar que fora ferido por uma coisa com fitas decorativas na haste. Levava na mão esquerda um bom pedaço dela, depois de ter privado da vida seu último dono. Um facão pesado pendia do cinto, e o espião não era o único a ter recolhido armas dos mortos. Após tanto tempo lutando com estranhos ao vento e no escuro, estava simplesmente desesperado para ver o sol outra vez.

Dos oitenta homens iniciais, o grupo de Scales tinha se reduzido a apenas três dúzias. Perderam poucos em cada confronto até esbarrar com algumas centenas de saqueadores. Aqueles homens estavam completamente bêbados, o que foi uma bênção, porque isso os retardou. Ainda assim, o curto combate deixara quase metade dos homens de Scales moribundos, caídos de costas na imundície e no próprio sangue.

Tudo estava desmoronando, Derry conseguia sentir. Os homens de Cade chegaram ao coração da cidade e a fúria que os levara até lá explodira num desejo de pilhar, estuprar e assassinar enquanto podiam. Era algo que Derry conhecia bem das batalhas que tinha visto, algo sobre matar e sobreviver que fazia o sangue ferver e tornava os homens selvagens. Eles podiam ter sido um exército de Homens Livres de Kent ao chegar, mas se transformaram numa turba selvagem e aterrorizante. Na cidade inteira, os londrinos se agachavam atrás das portas, sussurrando preces para que ninguém tentasse entrar.

— Leste de novo — ordenou Scales mais à frente. — Meus batedores dizem que há uns cinquenta mais adiante, perto da estalagem Cockspur. Podemos pegá-los enquanto ainda estão levando os barris para fora.

Derry balançou a cabeça para desanuviá-la, também desejando um copo. Londres possuía mais de trezentas tabernas e cervejarias. Ele já passara por umas dez que conhecia desde jovem, edificações fechadas e escuras, com os donos em barricadas no interior. Ao passar a língua pelos lábios secos, Derry daria uma moeda de ouro por uma caneca naquele instante, principalmente porque jogara fora o cantil depois de vê-lo perfurado. O objeto provavelmente havia salvado sua vida, mas a perda o deixara seco como um cão de língua de fora.

— Leste de novo — concordou.

Cade parecia estar voltando pela cidade e, na condição em que estavam, tudo o que Scales e Derry podiam fazer era segui-lo a distância e pegar alguns grupos menores que se agitavam em sua volta — de preferência os bêbados, caso pudessem escolher. Derry levantou a cabeça. Conhecia essa parte da cidade. Recompôs-se, esfregando o rosto com ambas as mãos para despertar. Estavam na Three Needle Street, lugar que frequentava desde antes de começar a fazer a barba. A sede da Merchant Taylors, a guilda dos alfaiates, ficava ali perto.

— Espere um instante, lorde Scales, por gentileza — gritou Derry. — Deixe-me ver se alguém me aguarda.

Scales fez um gesto irritado e Derry correu pela rua, os pés afundando até os tornozelos. Sentira-se perdido sem seus informantes, mas, com a cidade fervendo de grupos em combate, não havia conseguido encontrá-los. Chegou à sede da guilda e nada viu. Com um xingamento breve, virava-se para retornar ao grupo quando alguém saiu de um portal às sombras. Derry ergueu a ponta da lança, assustado pelo som, convencido de que estava prestes a ser atacado.

— Mestre Brewer? Desculpe, senhor. Não sabia se era o senhor.

Derry se recompôs e pigarreou para encobrir o embaraço.

— Quem é? — perguntou, a mão livre descansando no punho do facão no cinto, só para prevenir. A lealdade andava escassa naquela noite.

— John Burroughs, senhor — respondeu a sombra. Debaixo do beiral das casas acima, quase não havia luz.

— Então? Pois você me achou — disse Derry, irritado. — Se me pedir a senha, posso lhe entregar suas entranhas. Basta me dizer o que sabe.

— Tudo bem, senhor, desculpe. Vim da Torre, senhor. Quando saí, tinham passado pela portão externo.

Os olhos de Derry se arregalaram, impossíveis de serem vistos na escuridão.

— Mais alguma coisa? Soube de Jim ou dos Kellys?

— Não desde que o povo de Cade entrou, senhor, desculpe.

— Então volte lá. Diga-lhes que estou indo com mil homens.

Derry sentiu o informante olhar com ceticismo o grupo esfarrapado de lorde Scales na rua.

— Terei mais quando chegar lá, não duvide. A rainha está na Torre, Burroughs. Leve quem mais encontrar.

Ele observou o homem correr na velocidade máxima que conseguia sobre a lama fedorenta da rua.

— Cristo, Cade, seu velho esperto.

Derry respirou ruidosamente e começou a correr na direção oposta, onde lorde Scales aguardava notícias com impaciência.

— Estão atacando a Torre, milorde. Meu homem disse que já estavam dentro das muralhas externas.

Scales olhou o céu noturno. As primeiras luzes da aurora finalmente apareciam. Seu estado de espírito se animou, agora que finalmente conseguia ver as ruas em volta.

— A aurora está quase chegando, graças ao Senhor. Obrigado a você também, mestre Brewer. Deixaremos o grupo da Cockspur para os outros. Consegue traçar o caminho daqui até a Torre?

— Num piscar de olhos, milorde. Conheço essas ruas.

— Então nos guie, Brewer. Não pare por nada. A segurança da rainha vem em primeiro lugar.

Paddy ergueu os olhos para a Torre Branca, estranhamente tentado a erguer a mão num saudação aos que estavam no interior, não que fossem capazes de vê-lo. Seus homens tinham lutado com os soldados do rei até uma sangrenta última defesa, pulando por cima do alto das muralhas externas e pegando-os um a um ou em pequenos grupos, sem lhes dar guarida. Apesar de todas as boas espadas e da cota de malha, ele conseguira levar para dentro da fortaleza a maior parte dos 2 mil atacantes, derrubando portas e removendo tudo o que valesse a pena levar. Sabia que, sem dúvida, as melhores peças estariam dentro das imensas muralhas da Torre Branca, mas simplesmente não havia como chegar até elas.

A edificação se elevava sem marcas, pintada de cor clara e brilhando ao luar. A única entrada ficava no primeiro andar, com a escada reduzida a lenha quando arrombaram a grade. Era algo tão simples para frustrar seu ataque. Se tivesse mais um dia, Paddy achava que conseguiria dar um jeito, mas os soldados que aguardavam dentro da pequena porta de entrada poderiam se defender com facilidade e não havia tempo suficiente.

Ele olhou em volta, mordendo o lábio. Conseguia ver do outro lado o pátio interno das imensas muralhas. A aurora se aproximava, e Paddy tinha a forte sensação de que não seria bom estar preso no interior do complexo de torres e muros quando ela chegasse. Aguardando o sol surgir, viu dois homens seus cambaleando com o peso de um cofre reforçado de ferro.

— O que vocês têm aí, rapazes? — gritou.

— Moedas! — respondeu um deles. — Mais ouro e prata do que dá para acreditar!

Paddy balançou a cabeça.

— É pesado demais, seu idiota. Encha os bolsos, homem. Jesus, até onde vocês irão com um cofre?

O homem respondeu com um xingamento e Paddy pensou em ir atrás para enfiar algum bom senso na cabeça dele à força, antes de controlar a irritação. Pelo menos Jack e Woodchurch acertaram quanto à Casa da Moeda Real. Mesmo sem invadir a Torre Branca no centro, haviam achado ouro suficiente para viver como reis, se pelo menos conseguissem tirá-lo da cidade. Brilhantes moedas de ouro cobriam as pedras, e Paddy pegou uma delas e a fitou enquanto a luz aumentava. Nunca tivera ouro nas mãos antes daquela noite, e agora os bolsos estavam cheios. Ele descobriu que era um metal pesado, com grande quantidade delas descansando ao ombro, num saco feito com uma capa.

Paddy se perguntou se encontrariam carroças para levar a nova riqueza pela Ponte de Londres. No entanto, a luz aumentava o tempo inteiro, e ele temia o dia. Os homens do rei foram feitos em pedaços a noite toda, mas, sem dúvida, voltariam com força total quando vissem os danos causados à cidade.

Um dos homens que ele pusera no alto das muralhas externas levantou o braço e gritou. Paddy correu para ouvir mais de perto, tilintando a cada passo e temendo a notícia de que um exército vinha salvar a Torre.

— É Cade! — berrava o homem com as mãos em concha. — *Cade!*

Paddy relaxou de alívio. Pelo menos era melhor do que fileiras furiosas de soldados do rei. Dentro das muralhas da Torre, ainda não podia ver o sol, que subia assim mesmo, revelando espirais de névoa e cadáveres por todo lado. Paddy começou a trotar rumo ao portão destruído para receber o amigo. Atrás dele, os soldados da Torre Branca gritaram insultos e ameaças pelas janelas. Ignorou-os. Podiam ser intocáveis por trás de paredes de quase 5 metros de espessura, mas aquele truque da porta levadiça significava que também não podiam sair para incomodá-lo. Acenou-lhes alegremente antes de sair pelo portão até a rua do outro lado.

Jack Cade estava quase morto de cansaço após a noite passada lutando e andando. As pernas e as mãos estavam geladas, respingadas de sangue e imundície. Atravessara a cidade duas vezes na escuridão, e o sol nascente revelava como seus homens estavam surrados e esfarrapados, como se tivessem passado por uma guerra e não por uma única noite em Londres. Piorava a situação o fato de metade ainda estar bêbada, fitando com olhos turvos os que os cercavam e tentando se manter em pé sem vomitar. Ele dera ordens furiosas para que deixassem as tabernas em paz, porém o maior dano já fora feito.

Quando chegaram às muralhas externas da Torre, Jack sentia uma pontada de preocupação nas entranhas, além da exaustão. Deu vivas ao ver no chão os cofres quebrados de moedas novas de ouro e prata, mas, quando seus homens correram com gritos roucos para pegar sua parte, pôde ver que alguns haviam perdido ou largado as armas. A maioria dos que ainda estavam com ele tinha os olhos vermelhos, cansados demais para rechaçar até mesmo uma criança; um homem do rei, então, nem pensar. Algumas centenas de soldados descansados massacrariam todos. Ele ergueu os olhos e viu Woodchurch com a mesma expressão preocupada.

— Acho que devemos atravessar o rio de volta, Jack — sugeriu Thomas. Ele balançava ali em pé, embora o filho Rowan estivesse tão ocupado quanto os outros, recolhendo punhados de ouro e enfiando-os pelo corpo.

Jack levantou os olhos para a Torre Branca, com centenas de anos e ainda de pé e forte depois da noite pela qual todos tinham passado. Suspirou, esfregando os pelos eriçados do queixo com uma das mãos. Londres acordava em torno deles, e metade dos homens que levara para lá estava morta ou jazia no estupor da bebedeira.

— Nós os pusemos para dançar um pouco, não foi? Esta foi a melhor noite de minha vida, Tom Woodchurch. Estou com vontade de voltar amanhã e ter outra igualzinha.

Woodchurch riu, um som seco da garganta dolorida de tanto gritar. Teria respondido, mas Paddy veio correndo nesse momento para abraçar Jack e quase o levantou do chão. Woodchurch ouviu o tilintar das moedas e riu, vendo como o irlandês inchara pelo corpo todo. Era grande o suficiente para aguentar o peso.

— É bom ver você entre os vivos, Jack! — exclamou Paddy. — Há mais ouro aqui do que consigo acreditar. Peguei uma parte para você, mas acho que talvez a gente devesse cair fora agora, antes que os homens do rei voltem com sangue nos olhos.

Jack suspirou, satisfação e desapontamento misturados dentro dele em partes iguais. Fora uma noite grandiosa, com alguns momentos maravilhosos, mas ele sabia que não devia forçar a sorte.

— Tudo bem, rapazes. Passem a ordem. De volta à ponte.

O sol já subira quando os homens de Jack foram empurrados e forçados a se afastar da busca pelas últimas moedas da Torre. Paddy achara a carroça de um limpador de esgoto a algumas ruas dali, com um fedor tão forte que fazia os olhos lacrimejarem. Ainda assim, ele a forrou com um pano bordado e a encheu de sacos e baús e tudo o que podia ser erguido. Não havia boi para puxá-la, e uma dúzia de homens segurou os cabeçalhos com muito bom humor, levando-a pelas ruas na direção do rio.

Centenas mais surgiram de todas as ruas laterais pelas quais passavam, alguns exultando com a carga ou com os itens saqueados que ainda traziam, outros parecendo culpados ou envergonhados, ou apenas vazios de horror com o que viram e fizeram. Outros ainda traziam jarras de bebida e rugiam ou cantavam em pares e trios, ainda respingados de sangue.

O povo de Londres dormira pouco, se é que dormira. Enquanto removiam os móveis de trás das portas e tiravam pregos das janelas, descobriam mil cenas de destruição, de casas demolidas a pilhas de corpos por toda a cidade. Não havia comemoração pelo que o exército de Homens Livres de Jack Cade fizera. Sem nenhuma voz ou sinal, a população da cidade saiu com paus e lâminas, reunindo-se às dezenas e depois às centenas para bloquear as ruas que levavam de volta a Londres. Os homens de Cade que ainda não tinham chegado ao rio foram acordados por tamancos pesados de madeira ou por ocupantes das casas enraivecidos que os surravam ou cortavam sua garganta. Eles sofreram uma noite inteira de terror, e não houve misericórdia.

Alguns homens bêbados de Kent se levantaram e correram como coelhos à frente dos cães, derrubados por londrinos furiosos que, cada vez mais, viam quanto a invasão de Cade custara à cidade. Enquanto o sol subia, grupos de Homens Livres se reuniram, encurralando pessoas com espadas e machados conforme recuavam. Alguns desses grupos foram cercados pela multidão, pela frente e por trás, e rapidamente desarmados e estrangulados ou surrados até a morte no tipo de frenesi enlouquecido que viveram apenas horas antes.

A sensação da cidade enraivecida atingiu até os que chegaram à Ponte de Londres. Jack se viu olhando por sobre o ombro as filas de londrinos que berravam e lhe gritavam insultos. Alguns chegaram a lhe acenar para que voltasse, e ele só conseguiu ficar boquiaberto com o número imenso de pessoas que a cidade era capaz de lançar contra ele. Não olhou para Thomas, embora soubesse que o companheiro devia estar pensando no alerta sobre saques e estupros. Londres demorara para acordar, mas a ideia de simplesmente voltar na noite seguinte parecia cada vez menos provável.

Jack manteve a cabeça erguida ao voltar a pé pela ponte. Próximo à metade dela, viu a estaca com a cabeça e o escudo do cavalo branco ainda presos a ela. Estava respingada de lama, e a cena fez um arrepio correr pela espinha de Jack ao recordar a fuga enlouquecida debaixo da chuva torrencial e dos dardos das bestas na noite anterior. Ainda assim, parou e a pegou, entregando o machado a Ecclestone, que estava a seu lado. Ali perto jazia o corpo do menino Jonas, que a carregara por algum tempo. Jack balançou a cabeça de tristeza, sentindo a exaustão atingi-lo como um golpe de machado.

Com um impulso, ergueu a estaca da bandeira. Os homens a sua volta e atrás dele na ponte deram vivas ao vê-la, enquanto marchavam para longe da cidade e das lembranças sombrias que criaram.

29

Ricardo Neville sentia sangue espirrar na bota da armadura a cada passo. Achava que o corte debaixo da proteção da coxa não era tão grave assim, mas ser forçado a continuar andando fazia com que o sangue ainda escorresse, encharcando as calças e manchando de vermelho e preto o metal oleoso. Ele sofrera o ferimento quando seus homens atacaram a praça diante do Guildhall, massacrando os atacantes bêbados. Warwick vira a falta de resistência e praguejara contra si próprio por baixar a guarda tempo suficiente para que um dos corpos deitados de bruços enfiasse uma faca entre as placas da armadura quando estava em pé acima dele. Cade já havia partido, é claro. Warwick vira o resultado do "julgamento" nos traços roxos de lorde Say, pendurado debaixo da viga onde o tinham enforcado.

Sentia como se tivesse lutado eternamente na chuva e no escuro e, quando o sol surgiu, ficou tentado a encontrar um lugar para dormir. Seus homens cambaleavam de exaustão, e ele não se lembrava de ter se sentido tão cansado em toda a sua jovem vida. Simplesmente não conseguia manter o passo num bom ritmo, nem mesmo para seguir as hostes de homens de Cade que usavam a luz cinzenta anterior ao verdadeiro amanhecer para avançar mais uma vez pela cidade.

Warwick praguejou novamente ao chegar à entrada de outra rua silenciosa. Após a chuva, a umidade vinda do rio enchera algumas ruas de espessa neblina. Ele só podia contar com a audição para lhe dizer que a rua estava vazia, mas, se houvesse homens aguardando em outra emboscada silenciosa, sabia que cairia diretamente nela.

Seus soldados ainda estavam entre as maiores forças de homens do rei na cidade. A armadura e a cota de malha salvaram muitos deles. Ainda assim, Warwick tremeu com as lembranças sombrias dos loucos de Kent atacando-os de três ou quatro lados ao mesmo tempo. Perdera 180 homens mortos em combate e mais de uma dezena feridos demais para prosseguir com ele. Permitira que os homens mais gravemente feridos entrassem em casas, gritando seu título e o nome do rei e depois simplesmente chutando a porta se ninguém ousasse responder.

Londres estava aterrorizada; ele podia sentir o terror como a névoa que se esgueirava pela armadura e se misturava ao sangue e ao suor de uma noite em claro. Vira tantos corpos que era quase estranho passar por uma rua sem seu complemento de cadáveres. Muitos deles eram soldados com libré, usando as cores de algum lorde no escudo ou nas túnicas emplastradas sobre a cota de malha ensanguentada. O orvalho da noite se congelara sobre alguns, que cintilavam e faiscavam como se estivessem num esquife de gelo.

Warwick estava furioso com frieza: consigo e com o rei Henrique por não ficar e organizar a defesa. Meu Deus, parecia que, afinal de contas, York estava certo. O pai guerreiro do rei teria aparecido cedo e atacado com violência. Henrique de Azincourt enforcaria Cade ao amanhecer, isso se os rebeldes tivessem conseguido entrar na cidade. O velho rei transformaria Londres em fortaleza.

Esse pensamento fez Warwick parar no meio de uma rua de açougueiros. A imundície sob os pés era quase toda rubra, espessada por cerdas de porco e retalhos de ossos e carne podre. Seu nariz se acostumara a pisar nessas coisas, mas essa rua específica tinha um fedor acre que quase ajudava a desanuviar a cabeça.

Os homens de Cade espalhavam a leste e ao sul. Era verdade que a ponte ficava naquela direção, mas também a Torre e a jovem rainha abrigada no interior de suas muralhas. Warwick fechou os olhos por um breve instante, louco para encontrar um lugar onde sentar. Podia imaginar com muita facilidade o alívio que inundaria os pulsos e os joelhos caso se permitisse parar. Só de pensar nisso, suas pernas cederam, e teve de travar os joelhos com esforço.

Na luz crescente, os homens mais próximos o fitavam, os olhos inchados, os ferimentos atados com panos imundos. Vários tinham envolvido as mãos onde pequenos ossos do pulso ou dos dedos haviam se quebrado. Estavam desgrenhados e miseráveis, mas ainda eram seus, leais a sua casa e a seu nome. Warwick se endireitou, reunindo força de vontade com um imenso esforço.

— A rainha está na Torre, cavalheiros. Quero ver se está a salvo antes de descansarmos. O dia chegou. Haverá reforços esta manhã, trazendo o fogo e a espada para todos que participaram. Então haverá justiça.

A cabeça de seus soldados baixou quando entenderam que o jovem lorde não lhes permitiria parar. Nenhum deles ousou erguer a voz para reclamar, e continuaram avançando na neblina, contemplando-a com olhos injetados enquanto ela se agitava em volta.

Margarida tremeu de frio, olhando porta de entrada da Torre Branca. Seu campo de visão era bloqueado pelas muralhas externas, e não era possível ver muito além do resultado dos combates noturnos em volta de sua fortaleza de pedra. A neblina começara a se esgueirar pelos corpos que jaziam no chão lá embaixo, movendo-se aos espasmos da brisa. O dia a faria se evaporar, mas, por algum tempo, a névoa rastejou sobre os mortos, misturando-se a eles e transformando-os em meros calombos e elevações na brancura.

Havia sido uma noite de terrores à espera de que os homens rudes de Cade entrassem à força. Ela fizera o possível para demonstrar coragem e manter a dignidade, porém os soldados na torre ficaram igualmente nervosos espiando a escuridão, esforçando-se para identificar cada som.

Margarida baixou a cabeça e fez uma oração pelo capitão Brown, que agora jazia cego e imóvel onde caíra em sua defesa. Sua visão do combate acontecera em borrões e lampejos de luar, uma testemunha paralisada de sombras que corriam e berravam e um choque constante de metal como uma voz sussurrante.

A voz se calara com o passar das horas, substituída por ruidosas conversas e gargalhadas dos homens de Cade. Quando o sol subiu, ela viu os seguidores dele enlouquecerem, arrombarem a Casa da Moeda e saírem cambaleantes sob o peso de tudo o que conseguiam carregar. Ouvira a turba uivar de prazer e vira moedas de ouro e prata se derramarem tão descuidadamente quanto a vida de homens, rolando e girando sem atenção nas pedras.

Houve um momento em que um deles parou e ergueu os olhos para a torre, como se pudesse vê-la em pé, oculta nas sombras da porta. Fosse quem fosse, o homem tinha a cabeça e os ombros acima dos que o cercavam. Então Margarida imaginou se seria o próprio Cade, mas o nome que rugiu em seus pensamentos foi gritado nas muralhas e o grandalhão correu para receber seu chefe. O sol estava no céu e a torre resistira. Ela deu graças por isso.

Então outros passaram pelas muralhas externas para fitar a Torre Branca. Margarida conseguia sentir o olhar deles se esgueirando sobre a torre até ela, dando-lhe vontade de se coçar. Se tivesse bestas, seria a hora de ordenar seu uso, mas esse tipo de arma jazia nas mãos mortas no chão lá embaixo. Era estranho olhar de cima os inimigos que haviam atacado a cidade e ser incapaz de fazer qualquer coisa, embora eles estivessem ao alcance e andassem como se fossem donos das terras a sua volta.

Enquanto o sol superava a altura das muralhas externas, inundando a Torre Branca com uma luz dourada, eles partiam em marcha, levando o butim e deixando para trás os mortos para os corvos da Torre os bicarem e despedaçarem. A neblina se dissipava, e Margarida encostou o corpo no portal gelado, fazendo um dos guardas estender a mão nervosa para evitar que ela caísse. Ele se conteve antes de tocar a rainha, e ela nem notou o movimento, a atenção atraída pelo tilintar de homens de armadura que entravam pelo portão arrombado.

Foi com uma estranha sensação de alívio que reconheceu Derry Brewer à frente de um pequeno grupo. Quando ele avistou os corpos e passou a correr com dificuldade, ela viu como estava imundo, respingado até as coxas com todo tipo de lama sórdida. O espião-mor seguiu direto para a base da torre, ficou em pé na madeira destruída das escadas e ergueu os olhos para o portal.

Margarida avançou para a luz do sol e poderia ter abençoado Derry pelo ar de alívio no rosto dele quando a avistou.

— Graças a Deus — disse ele em voz baixa. — Os homens de Cade estão indo embora da cidade, milady. Fico contente em vê-la bem. — Derry olhou em volta. — É difícil imaginar um lugar mais seguro em Londres neste momento, mas imagino que a senhora esteja cansada desta torre, pelo menos por hoje. Se me permitir, mandarei os homens buscarem escadas ou construí-las.

— Desçam-lhe uma corda — ordenou Margarida aos soldados que se aglomeravam atrás dela. — Enquanto dão um jeito de me descer, Derry, você pode subir.

Ele não questionou a ordem e só gemeu baixinho, sem saber se teria forças. No fim, foi preciso que três homens puxassem a corda no alto para que chegasse à beirada e conseguissem içá-lo. Derry ficou deitado no chão de pedra, ofegante, incapaz de se levantar até que os guardas o ajudaram. Tentou fazer uma reverência e quase caiu.

— Você está exausto — comentou Margarida, estendendo a mão para pegar seu braço. — Vamos, entre. Há vinho e comida suficientes.

— Ah, isso seria muito bem-vindo, milady. Não estou em minha melhor forma, admito.

Meia hora depois, ele estava sentado numa sala no interior da torre, enrolado num cobertor junto ao fogo e mastigando fatias gordas de presunto curado enquanto resistia ao impulso de dormir. Lá fora, o barulho de martelos revelou que lorde Scales se ocupava construindo degraus improvisados. Alguns homens de dentro já haviam descido para ajudar no serviço. Derry ficou sozinho com a jovem rainha, que o observava com grandes olhos castanhos que não deixavam passar nada.

Margarida mordeu o lábio com impaciência, forçando-se a esperar até que ele saciasse a fome e arrotasse no punho fechado, o prato de presunto bem limpo. Precisava saber ao que Derry assistira à noite. Talvez antes precisasse lhe deixar saber o que havia sido feito por ela.

— O capitão Brown era um homem bom e corajoso — declarou Margarida.

Derry ergueu os olhos atentamente, vendo a palidez insólita do rosto da rainha, o medo e a exaustão ainda visíveis.

— Eu o conhecia bem, milady. Sinto muito em saber que não sobreviveu. Foi uma noite difícil para todos.

— Foi. Bons homens morreram em minha defesa, Derry. E ainda estou viva. Ambos sobrevivemos... e o sol nasceu.

A voz dela se firmou e pôs de lado o pesar e o cansaço para outra ocasião.

— Quão boas são suas informações de hoje, mestre Brewer? — perguntou ela.

Derry se endireitou na cadeira, espantado com a formalidade e entendendo que era um chamado ao dever. Teve de se forçar a não gemer quando cada osso e cada músculo emitiu alertas com o movimento.

— Não tão boas quanto eu gostaria, milady. Sei que Cade marchou de volta à ponte e a atravessou. Tenho homens de olho nele, prontos a correr de volta a mim se algo mudar. Por hoje, imagino que ficará em Southwark para descansar e contar a pilhagem. — A voz dele ficou amargurada ao falar. — Mas voltará hoje à noite, não duvido. Esse é o cerne da questão, milady. Esse é o espinho. Não tenho a contagem de homens que perdemos, mas, pelo que vi e escutei, restam poucos soldados em Londres. Não temos mais que algumas centenas, talvez mil homens no máximo, daqui até a muralha a oeste. Com sua permissão, mandarei mensageiros convocarem todos os cavaleiros e homens de armas ao alcance para hoje à noite.

— Será suficiente? — quis saber ela, olhando as labaredas na lareira.

Ele pensou em mentir para animá-la, mas não havia por quê. Balançou a cabeça.

— Os lordes do norte têm exércitos para esmagar Cade e meia dúzia iguais a ele, mas não os alcançaremos a tempo. Os que podemos... bem, não são suficientes, não se ele voltar hoje à noite.

Margarida sentiu seus temores aflorarem com o desespero que viu nele. Derry nunca desanimava por muito tempo, ela sabia disso. Sempre se recobrava ao levar um golpe nas costas. Ver seu desamparo era quase mais assustador do que os sombrios assassinatos da noite anterior.

— Como é possível? — perguntou ela num sussurro. Talvez fosse uma pergunta que não quisera fazer em voz alta, mas Derry deu de ombros.

— Éramos poucos numa área grande demais, ou a agitação foi ampla demais para ser contida. Milady, não importa o que aconteceu antes. Estamos aqui hoje e defenderemos Londres esta noite. Acho que a senhora deveria sair da cidade e ir para Kenilworth ou para o Palácio de Greenwich. Posso mandar que tragam barcos antes do meio-dia para levá-la. Saberei que a senhora está a salvo, aconteça o que acontecer.

Margarida hesitou uma fração de segundo antes de fazer um gesto negativo com a cabeça.

— Não. Ainda não chegamos a isso. Se eu fugir da cidade, antes de amanhã esse tal Cade estará se declarando rei... ou talvez lorde York o faça no dia seguinte, caso ele esteja por trás disso.

Derry olhou atentamente a jovem rainha, perguntando-se até que ponto ela entendia a fila de ameaças contra sua família.

— Caso a mão de York esteja em alguma parte desse ataque, ele foi mais sutil que nunca, milady. Não me surpreenderia se houvesse agentes trabalhando em seu nome, mas sei com certeza que o homem ainda está na Irlanda.

A voz dela estava baixa e insistente quando respondeu, aproximando-se para o caso de serem entreouvidos.

— Sei da ameaça, Derry. Afinal de contas, York é o "herdeiro" real. — Inconscientemente, sua mão mergulhou para acariciar o ventre. — Ele é um homem sutil, Derry. Não me surpreenderia que tomasse o cuidado de se manter afastado, sem se sujar, enquanto seus leais seguidores derrubam meu marido.

Derry piscou devagar, lutando contra o cansaço e o calor que chamava o sono, bem na hora em que precisava estar atento. Ele a viu pensar, próximo o suficiente para observar as pupilas da rainha se contraírem e depois se dilatarem.

— Vi quando levaram o ouro recém-cunhado — comentou ela, fitando o nada —, ontem à noite e hoje de manhã. Os homens de Cade encontraram muito mais do que jamais imaginaram pilhar. Hoje ficarão contando e comemorando, sabendo que jamais voltarão a ver tanta riqueza.

— Milady? — questionou Derry, confuso. Ele se sentou mais ereto e esfregou o rosto, sentindo os calos nas mãos.

— Eles não sabem como estamos fracos, como a defesa se tornou frágil. Eles não *podem* saber. — Ela inspirou fundo, tomando a decisão. — Vou lhes mandar o perdão por todos os seus crimes, na condição de que se dispersem.

— O *quê*? — perguntou Derry, chocado.

Ele começou a se levantar da cadeira, mas a rainha pressionou a mão em seu ombro. Derry a olhou com descrença. Combatera os homens de Cade numa noite que havia durado uma eternidade, e agora ela perdoaria todos eles, deixaria que voltassem para casa com ouro real no bolso? Era loucura, e ele procurou a maneira menos ofensiva de lhe dizer isso.

— O perdão, Derry — repetiu Margarida, a voz firme. — Total, por escrito, entregue a Jack Cade em seu acampamento em Southwark. A oportunidade de pegarem o que conquistaram e partir. Diga-me outra opção que obtenha o mesmo resultado. Eles podem ser rechaçados?

Derry a olhou.

— Poderíamos destruir a ponte! — exclamou ele. — Há pólvora no arsenal aqui, a menos de 15 metros de onde estamos. Com barris suficientes, posso demoli-la. E então, como eles atravessariam?

A jovem rainha francesa empalideceu um instante, pensando na sorte que tivera quando os desordeiros não encontraram o paiol de pólvora e não a usaram. Deu graças em silêncio e então, após algum tempo, balançou a cabeça.

— Isso só provocaria outro ataque. Se tivéssemos um dia livre, talvez conseguisse derrubá-la, mas Cade atravessará de novo no momento em que vir barris sendo rolados pelas ruas. *Escute-me*, Derry. Todos os homens que entraram em Londres merecem a forca, mas quantos morreram ontem à noite? Milhares? O restante imaginará outra noite como essa e pensará na riqueza que já ganharam. Alguns deles... queira Deus, a *maioria* deles quererá igualmente *ir para casa*. Vou lhes dar a oportunidade de partir. Se recusarem, não perdemos nada. Se aceitarem a oferta, salvaremos Londres.

Margarida parou, esperando a concordância dele e vendo apenas vazio.

— Ou prefere que voltem para outra noite de estupro e matança? — continuou. — Ouvi o que conversaram, Derry. Sei o que fizeram. Monsieur, desejo com todas as fibras do coração vê-los punidos, mas, se houver outra saída, não a conheço. Portanto, o senhor me *obedecerá* nisso, mestre Brewer.

Derry ainda fitava com espanto a fúria ponderada que via quando sua atenção foi afastada por gritos fora da torre. Margarida também ergueu os olhos com uma expressão de medo súbito. Seu coração se condoeu por ela, e ele se pôs de pé com esforço.

— Vou ver o que é, milady. Lorde Scales é um bom homem, não se preocupe.

Derry deixou de lado o cobertor para não aparecer à porta da torre como uma velha assustada enrolada num xale. Saiu ao sol e, quando olhou para baixo, viu Scales discutindo com Warwick, ambos apontando a torre. Derry sentiu os pensamentos se agitarem entre as orelhas. Encostou-se na porta, olhando os dois com o máximo de despreocupação que conseguiu reunir.

— Bom dia, milorde Warwick. Vejo que sobreviveu, graças a Deus. Antes tarde do que nunca, hein?

Warwick olhou para cima, a expressão se tornando sombria ao avistar Derry sorrindo para ele lá no alto.

— Quero ver a rainha, mestre Brewer. Quero ver com meus próprios olhos que ela está ilesa.

— Como desejar, milorde. Devo lhe jogar uma corda ou o senhor prefere esperar a escada?

— Era *exatamente* o que *eu* estava dizendo... — começou lorde Scales com indignação.

Warwick olhou os dois enraivecido, mas era jovem e não ligava para o que seria uma indignidade para um homem mais velho.

— Corda, Brewer. Imediatamente, se me faz o favor.

Derry desenrolou a que ele mesmo usara. Viu Warwick subir com velocidade surpreendente, sentindo-se contente porque o jovem conde não estava presente quando os soldados o içaram como um saco de carvão. No momento em que Warwick se pôs de pé na soleira da porta, Derry sumiu de volta para os cômodos mais quentes lá dentro. Chegou à rainha poucos metros à frente do homem que vinha atrás.

— Vossa Alteza Real, é meu prazer anunciar Ricardo Neville, conde de Warwick — anunciou Derry, fazendo Warwick parar de repente ao ser forçado a fazer uma reverência. — Quanto à questão que estávamos discutindo, é claro que sou seu criado obediente. — Ele fitou-a média distância enquanto falava. — Cuidarei disso imediatamente, milady.

Margarida o dispensou com um gesto. A importância do nome Neville não lhe passara despercebida, mas havia guardas ali perto e ela não sentiu medo de enfrentar um rapaz tão surrado e exausto. Derry se retirou, seguido no corredor pelo olhar desconfiado de Warwick.

— Como vê, estou a salvo, lorde Warwick. O senhor consegue ficar de pé ou gostaria de uma cadeira ou algo para comer ou beber? Parece que serei enfermeira esta manhã, do senhor e talvez de Londres.

Warwick aceitou, agradecido, satisfeito ao ver a jovem rainha ainda no domínio do bom senso e da dignidade após uma noite daquelas. Em geral, não se sentia à vontade na presença de mulheres, preferindo a conversa franca dos homens de sua condição. Mas estava cansado demais, até mesmo para ficar sem graça. Com um gemido sufocado, sentou-se, começando o relato dos eventos da noite conforme os criados preparavam novas fatias de presunto e cerveja fria para mitigar a sede do lorde. Margarida escutou com atenção, interrogando-o somente quando Warwick titubeava ou não era claro. Ele mal notou como seus modos conquistaram a simpatia da rainha, enquanto o sol continuava a subir sobre a Torre.

30

O sol da tarde caía sobre as hostes reunidas em Southwark, ao sul da cidade. Para os que saíram ilesos da noite, aquilo era uma bênção um calor que aliviava os músculos doloridos e os fazia suar os venenos da bebida e da violência. Para os feridos, o sol era um tormento. O exército de Cade não possuía barracas para proteger dele o rosto, e o suor escorria deles enquanto o pequeno número de médicos cuidava dos piores casos. A maioria tinha pouco a oferecer além de um gole d'água e ataduras em grandes fardos de tiras levados ao ombro, emprestando-lhe uma corcunda quando apareciam contra o brilho ofuscante. Uma ou duas senhoras levavam potes de unguento, óleo de cravo ou uma bolsa de folhas de murta, que moíam numa pasta verde usada para aliviar a dor. O estoque logo se esgotou, e os homens só podiam se virar de lado ao ar livre e esperar o frescor da noite.

Jack sabia que era um dos sortudos. Examinara-se no quarto de cima da estalagem, tirando a camisa e espiando aqui e ali para ver a extensão dos hematomas. A pele era uma colcha de retalhos de marcas e listras amassadas, mas os poucos cortes eram superficiais e já estavam coagulados. Embora o levasse a fazer caretas, ainda conseguia mexer o braço direito.

Para não deixar outro homem vê-lo despido, vestiu de novo a camisa fedorenta ao ouvir passos na escada, alisando o cabelo com a água de um balde e virando-se para encarar fosse quem fosse. O ar estava calmo e abafado no pequeno quarto, e ele sentiu suor novo escorrer por cima do antigo. Pensou com desejo no cocho dos cavalos no pátio da estalagem, mas a água de lá estava sendo usada para encher jarras para os feridos, e provavelmente já acabara. Havia mandado homens ao Tâmisa encher odres d'água, embora nunca fossem suficientes para tantos, não naquele calor de julho.

Quando a porta se escancarou, Jack lançou um olhar culpado para a jarra de cerveja sobre a cômoda, já meio vazia. Havia vantagens em ser o líder, e ele não estava disposto a dividir a boa sorte.

Woodchurch estava ali de pé, pálido e com olheiras pela falta de sono. A maioria dos homens que conseguira voltar de Londres havia chegado ao acampamento e simplesmente se jogara no chão ao encontrar um bom lugar. Woodchurch e o filho continuaram em pé, organizando os herboristas e os médicos da vila, mandando pessoas buscarem água e distribuindo moedas para que trouxessem comida. Os homens estavam famintos depois da noite que tinham passado, mas nisso seriam satisfeitos. Com o ouro do rei, Woodchurch comprou uma dúzia de novilhos de um fazendeiro local. Havia vários açougueiros entre os homens de Kent e Essex, que se puseram a trabalhar com vontade e apetite, retalhando as carcaças e preparando enormes fogueiras para os assados. Jack sentia o cheiro da fumaça de lenha no arqueiro ali de pé, o que o fez sorrir. Ouro no bolso e a expectativa de uma carne suculenta. Deus sabia que ele havia tido dias piores.

— O que foi, Tom? Estou mijando sangue e só vou ter forças para mais conversas depois de comer.

— Isso você vai querer ver, Jack — declarou Thomas. Ainda estava rouco de tanto berrar, a voz mal passando de um grunhido áspero. Ergueu um rolo na mão e o olhar de Jack se grudou nele. Pergaminho limpo e um selo vermelho-sangue. Com os olhos semicerrados, imaginou se Woodchurch teria conhecimento de que ele não sabia ler.

— Então, o que é? — perguntou, pouco à vontade.

A palavra escrita sempre havia sido sua inimiga. Sempre que fora açoitado, multado ou preso, houvera algum escriba de rosto pálido envolvido, rabiscando com pena de ganso e tinta. Jack via que Thomas estava demasiadamente satisfeito com alguma coisa. O homem ofegava, e Jack já sabia que o arqueiro não era um sujeito de se empolgar à toa.

— Estão nos oferecendo o perdão, Jack! Um maldito perdão! Todos os crimes e delitos esquecidos, na condição de nos dispersarmos. — Ele viu Cade começar a franzir o cenho e continuou rapidamente antes que o homem obstinado começasse a discutir. — É a vitória, Jack! Nós os surramos até tirar sangue, e não querem mais! Meu Deus, Jack! Conseguimos!

— Aí diz que eles vão demitir os juízes, então? — perguntou Jack. — Diz que vão derrubar as leis contra a caça ou baixar os tributos de quem trabalha? Sabe ler as palavras nesse seu rolinho, Tom?

Thomas balançou a cabeça negativamente.

— O mensageiro leu para mim lá embaixo... e não comece, Jack, não agora. É o *perdão*... de todos os crimes até agora. Os homens podem ir para casa com ouro e liberdade, e ninguém virá atrás de nós depois. Você será o herói que ocupou Londres e venceu. Não é o que queria? Vamos *lá*, Jack. Isto é *bom*. A tinta ainda está fresca, Jack, e tem a assinatura da rainha. Eles arranjaram isto numa manhã.

Cade levou a mão ao pescoço e o estalou para a esquerda e para a direita, aliviando a rigidez. Uma parte dele queria gritar e pular, reagir com o mesmo prazer selvagem que via em Woodchurch. Com um grunhido, obrigou essa parte a se calar enquanto pensava melhor.

— Demos um susto neles ontem à noite — disse, depois de algum tempo. — É essa a raiz disso.

— Demos, sim, Jack — concordou Thomas imediatamente. — Mostramos a eles o que acontece quando pressionam demais homens como nós. Pusemos neles o temor a Deus e a Jack Cade, e este é o resultado.

Cade atravessou a porta e gritou para Ecclestone e Paddy subirem. Ambos estavam dormindo um sono pesado no térreo da estalagem. Demorou um pouco para despertarem, mas por fim subiram a escada, piscando, os olhos cansados. Paddy achara uma jarra de aguardente tampada e a ninava como a um filho dileto.

— Diga a eles, Tom — pediu Jack, voltando para se sentar na cama baixa. — Diga aos rapazes o que me contou.

Ele esperou que Thomas repetisse, observando o rosto dos amigos com atenção à medida que começavam a entender. Não que Ecclestone revelasse algo. A expressão do homem não mudou um fiapo, nem quando sentiu o escrutínio e relanceou para Jack. Paddy sacudia a cabeça de espanto.

— Em minha vida inteira, nunca pensei que viveria para ver uma coisa dessas — comentou Paddy. — Os meirinhos, os xerifes e os canalhas donos das terras, todos tremendo de medo de nós. Estão em cima de mim desde que sou menino. Nunca os vi ir embora, Jack, nenhuma vez.

— Mas eles ainda são os mesmos — disse Jack. — Matamos seus soldados e enforcamos algumas autoridades do rei. Tiramos até a cabeça do xerife de Kent. Mas eles encontrarão novos homens. Se aceitarmos esse perdão, eles continuarão exatamente como são, e não teremos mudado nada.

Thomas entendeu a mistura de medo, desejo e prazer do grandalhão, que descansava as mãos nas coxas ali sentado. Thomas sentia a mesma cautela, mas também vira a multidão de Londres ladear as ruas quando partiram. Ninguém na estalagem admitiria, porém não havia nos Homens Livres de Kent entusiasmo para outro ataque, se é que conseguiriam atravessar a ponte outra vez diante de forte resistência. As multidões de Londres foram levadas à fúria, e eram mais que suficientes. No entanto, enquanto Paddy e Ecclestone se entreolhavam, Thomas soube que ambos seguiriam Jack de novo, mesmo que ele os levasse de volta à cidade.

— Fizemos nossa parte, Jack — continuou Thomas antes que pudessem falar. — Ninguém poderia pedir mais. E não serão os mesmos, não depois disso. Darão cada passo com cautela, pelo menos por alguns anos. Saberão que só fazem as leis quando o povo diz que podem. Ainda governam, tudo bem, mas com nossa maldita *permissão*. É isso que sabem agora. É isso que sabem hoje e que não sabiam ontem. E, se nos governarem com dureza demais, sabem que nos reuniremos outra vez. Sabem que estaremos lá, nas sombras da noite, prontos para obrigá-los a se lembrar.

Jack sorriu ao ouvir aquelas palavras, apreciando o fervor e a certeza de Woodchurch. Ele também vira a multidão se reunir ao atravessar a ponte naquela manhã. A ideia de voltar não era agradável, embora Jack preferisse morrer a admitir isso na frente dos outros. Queria ser convencido, e isso Thomas havia feito. Ele ergueu os olhos devagar.

— Tudo bem, Paddy? Rob?

Ambos assentiram, e Ecclestone até sorriu, o rosto pálido se franzindo em rugas pouco usuais.

Jack se levantou e colocou ambos os braços em torno do grupo de três homens, espremendo-os.

— O mensageiro ainda está aqui, Tom?

— Esperando lá fora — respondeu Thomas, com uma sensação crescente de alívio.

— Diga a ele que aceitamos, então. Mande-o de volta e avise os homens. Teremos um pouco de carne e cerveja hoje à noite e amanhã vou para casa. Acho que comprarei a casa daquele magistrado e farei um brinde ao maldito Alwyn Judgment na própria cozinha dele.

— Você pôs fogo nela, Jack — murmurou Ecclestone.

Cade piscou para ele, recordando.

— Pus, não foi? Pois posso construir uma nova. Terei meus amigos em volta e vamos nos sentar ao sol e beber de um barril... e brindar ao querido rei da Inglaterra, que pagou por tudo.

No fim do dia, Margarida estava no alto da larga muralha que cercava a Torre de Londres, olhando uma cidade que havia sofrido. O sol poente deixava o horizonte cor de sangue e de hematomas e prometia um dia seguinte claro e quente. Na verdade, dali de cima viam-se poucos sinais da destruição da noite anterior. O longo dia de verão assistira aos primeiros movimentos para organizar a capital, com homens como lorde Warwick organizando grupos de carroças para recolher os mortos. Ela suspirou, novamente desapontada por um rapaz tão admirável ser aliado de York. O sangue Neville corria em demasiadas casas nobres de seu marido, pensou. A família continuaria a ser um perigo para ela, pelo menos até que seu primeiro filho nascesse.

Margarida deu um tapinha no ventre, sentindo a dor do fluxo e todo o pesar e frustração que trazia. Não seria neste mês. Ela corou ao recordar o pequeno número de encontros íntimos com o marido. Talvez viesse uma época em que fossem tantos que não poderia recordá-los todos com muitos detalhes, mas naquele momento ainda eram acontecimentos raros em sua vida, cada um deles tão importante quanto o dia de seu casamento ou o ataque à Torre.

Ela rezou num sussurro, as palavras suaves perdidas na brisa e na cidade.

— Maria, mãe de Deus, por favor, permita-me gerar um filho. Não sou mais menina, dada a sonhos e devaneios tolos. Permita-me ser fértil, permita-me engravidar. — Margarida fechou os olhos um momento, sentindo o peso imenso da cidade a sua volta. — Permita-me um filho e lhe darei graças em todos os meus dias. Permita-me um *menino* e erguerei capelas em sua glória.

Quando voltou a abrir os olhos, ela viu uma fileira lenta de carroças se arrastando numa rua à distância, cheia de corpos envoltos em branco. Sabia que grandes valas tinham sido abertas, com cada morto, homem ou mulher, disposto com cuidado, com um padre para abençoá-los antes que os trabalhadores começassem a cobri-los de terra e barro frio. Familiares aos prantos seguiam as carroças, mas era fundamental trabalhar depressa com o calor do verão. Pestes e doenças seguiriam logo atrás. Margarida tremeu ao pensar.

Do outro lado do rio, as hostes de Cade haviam começado um grande banquete, com fogueiras visíveis como pontos de luz barulhentos. Tinham enviado a resposta, mas ela ainda não sabia se a honrariam, se iriam embora. Sabia que Derry transformara a ponte numa fortaleza caso não fossem, organizando equipes de londrinos para construir grandes barricadas em toda a sua extensão.

Ela sorriu ao pensar na expressão travessa dele naquele dia enquanto vasculhava a Torre atrás de armas e barris de pólvora. Nunca tinham lhe permitido tanta liberdade, mas ninguém poderia detê-lo agora, não depois da noite anterior. Margarida sabia que não deveria depender da partida de Cade, mas era difícil ver a malícia evidente de Derry e não sentir confiança no que planejara caso atravessassem a ponte mais uma vez. Os homens de Londres trabalharam o dia inteiro para se preparar, afiando ferro e fechando ruas em torno da ponte. A notícia do perdão Cade ainda não se espalhara entre eles, e ela não sabia como reagiriam. Não se arrependia da oferta, não agora que fora aceita. O rei Henrique não estava a seu lado e, por algum tempo, a cidade era sua responsabilidade, sua joia, o coração pulsante do reino que a adotara. Seu pai Renato dificilmente imaginaria tantas dificuldades para a filha caçula.

Margarida ficou na muralha até o sol se pôr, e pôde ver com mais clareza as fogueiras distantes no grande acampamento do outro lado do Tâmisa. Cade tinha lá milhares de seus homens de Kent, e ela ainda não sabia se ele viria. O ar noturno estava frio e silencioso, e Londres prendia a respiração e aguardava. O céu estava limpo e a lua baixa apareceu, esgueirando-se até o alto conforme subiam as estrelas de Órion.

A rainha rezou o terço em sua vigília, repetindo ave-marias e pais-nossos, perdida num transe tão profundo que não sentia sequer desconforto. Devaneava, consciente apenas das mãos brancas na pedra áspera da parede ancorando-a à cidade. Perguntou-se se era essa a paz que Henrique encontrava quando rezava do amanhecer ao crepúsculo e até mais além, durante a noite, até não conseguir se levantar sem homens para erguê-lo. Isso a ajudou a entender o marido, e ela rezou por ele também.

As estrelas viraram para o norte, e Cade não veio. Conforme a lua atravessava a cidade, ela sentiu que quase conseguia ver as constelações se moverem. Seu coração bateu mais devagar, e, no silêncio que a envolvia, Margarida se encheu de uma sensação de paz e presença. Baixou a cabeça, dando graças a Deus por livrar sua cidade.

Com cuidado, desceu os degraus da muralha quando o sol começou a subir, sentindo uma dor silenciosa em todas as articulações. Transpôs pedras ainda marcadas com respingos esmaecidos de sangue do ataque, embora os corpos e as moedas tivessem sido retirados. Ergueu a cabeça quando os guardas passaram a andar a suas costas, seguindo-a das sombras da muralha até a Torre Branca. Haviam aguardado a rainha durante as horas escuras, ficando de vigília, em seu modo próprio de garantir a segurança dela.

Na Torre Branca, ela desceu um corredor até onde um grupo menor passara a noite. Sua chegada foi anunciada pelo pisotear e pelo alarido de homens de armadura pondo-se em posição de sentido. Se dormiram, aqueles homens não o revelavam, primeiro em pé e depois ajoelhados diante da jovem rainha. Margarida passou por eles e foi se sentar num trono na outra ponta da sala, escondendo o alívio que isso trazia a seus joelhos e quadris.

— Aproxime-se, Alexander Iden — chamou ela.

O maior dos homens se levantou e andou até poucos passos dela antes de se ajoelhar de novo. Como os outros guardas, passara a noite esperando pela rainha, mas parecia bastante descansado, aquecido pelo fogo que ardia na lareira. Margarida o olhou e viu um homem durão, de traços fortes e barba aparada.

— O senhor me foi recomendado, mestre Iden — começou ela. — Disseram-me que é um homem de honra e bom caráter.

— Com a graça de Deus, Vossa Alteza — respondeu ele, a voz encorpada e sonora, embora mantivesse a cabeça baixa.

— Derihew Brewer fala bem de seu talento, mestre Iden. E tendo a confiar na opinião dele.

— Fico agradecido, Vossa Alteza — disse ele, visivelmente satisfeito.

Margarida pensou mais um momento e se decidiu.

— Neste momento o nomeio xerife de Kent. Meus escriturários prepararão os documentos para que os sele.

Para sua surpresa, o homenzarrão ajoelhado a seus pés corou de prazer, aparentemente ainda incapaz de erguer os olhos.

— Obrigado, Vossa Alteza. Vossa... Minha... Vossa Alteza me concede uma grande honra.

Margarida sentiu vontade de sorrir e reprimiu o desejo.

— Mestre Brewer reuniu sessenta homens que o acompanharão até seu novo lar em Maidstone. À luz dos recentes problemas, o senhor precisa se manter a salvo. A autoridade da Coroa não deve mais ser questionada em Kent. Entendeu?

— Sim, Vossa Alteza.

— Pela graça de Deus, a rebelião dos homens de Kent está no fim. Foram concedidos perdões e eles voltarão a suas fazendas e aldeias com a riqueza que arrancaram de Londres. Os crimes que cometeram foram todos perdoados e não devem ser levados aos tribunais. — Ela parou, os olhos cintilando acima da cabeça baixa do homem. — Mas o senhor foi nomeado por *minha* mão, minha apenas, mestre Iden. O que dei, posso tirar com a mesma facilidade. Quando lhe enviar ordens, o senhor as cumprirá celeremente, como lei do rei, como a espada do rei em Kent. Entendeu?

— Entendi, Vossa Alteza — respondeu Iden imediatamente. — Prometo-lhe minha honra e minha obediência. — Ele abençoou Derry Brewer por apresentar seu nome. Era a recompensa de uma vida inteira de guerra e serviço, e Iden ainda mal compreendia o que recebera.

— Vá com Deus então, xerife Iden. O senhor voltará a receber notícias minhas.

Iden corou de prazer ao ouvir o novo título. Levantou-se e fez outra reverência demorada.

— Sou seu leal criado, Vossa Alteza.

Margarida sorriu.

— É tudo o que peço.

Thomas Woodchurch andava em silêncio com o filho pelas ecoantes ruas de Londres, de olho atento em qualquer um que pudesse notá-los ou reconhecê-los. Haviam se livrado dos arcos verdes e guardado apenas uma faca decente cada um para proteger as bolsas de ouro que ambos levavam. Jack Cade fora mais do que generoso com a pilhagem, distribuindo quinhões triplos para os que comandaram os homens de Kent. Com a bolsa menor que Rowan escondera debaixo do cinto e da túnica, tinham o suficiente para arrendar uma fazenda de tamanho decente, caso a encontrassem.

Atravessaram o Tâmisa de barca para não pôr à prova com os que defendiam a Ponte de Londres a força do perdão real. Thomas e Rowan chegaram a um desembarcadouro mais abaixo no rio e depois o pai guiara o filho pelas ruas densas e sinuosas. Pouco a pouco, elas retornavam a sua memória, até que chegaram aos cortiços propriamente ditos, as casas de cômodos apinhadas que Thomas havia conhecido quando o pai desenraizara de Kent sua pequena família e se instalara na cidade para tentar ganhar a vida.

Para Rowan, era a primeira vez que via Londres à luz do dia. Ficou perto do pai, a multidão se ocupando em volta deles, para comerciar e conversar enquanto o sol subia. Os sinais da luta e da destruição já estavam sumindo, engolidos por uma cidade que continuava sempre em frente, fosse qual fosse o sofrimento dos indivíduos. Havia cortejos fúnebres bloqueando algumas ruas, porém os dois arqueiros seguiram seu caminho em torno e através do labirinto até Thomas chegar a uma pequena porta preta no fundo do bairro. Aquela parte de Londres era uma das mais pobres, mas não parecia que os dois homens tivessem algo a ser roubado, e Thomas tomou o cuidado de manter a mão perto da faca. Respirou fundo e bateu na madeira, recuando para a lama do chão enquanto esperava.

Ambos sorriram quando Joan Woodchurch abriu a porta e ali ficou, olhando desconfiada o volume corpulento do marido e do filho.

— Achei que vocês dois estavam mortos — declarou objetivamente.

Thomas sorriu para ela.

— Muito prazer em vê-la também, meu anjo mais querido.

Ela fungou ao ouvir isso, mas, quando Thomas abraçou a esposa, algo da dureza se derreteu dentro de Joan.

— Entrem, então — falou. — Vocês devem estar querendo o desjejum.

— Pai e filho entraram no casebre, logo seguidos pelos gritos empolgados das filhas que davam boas-vindas aos homens da família.

31

Jack deu um passo atrás, franzindo os olhos para a linha de argamassa que pressionara contra o tijolo. Com a mão firme, passou a pontuda colher de pedreiro pela linha, satisfeito pelo jeito como as paredes cresciam. Quando os longos dias de verão começaram a encurtar, convencera Paddy e Ecclestone a se unir a ele no serviço. Nenhum deles precisava do trabalho, mas lhe dera prazer que mesmo assim tivessem aceitado. Paddy estava no alto do telhado, martelando pregos nas tábuas com mais entusiasmo que habilidade. Jack sabia que o amigo havia mandado algumas moedas a seu lar na Irlanda, para uma família que fazia muitos anos que não via. Paddy bebera uma grande porção do que restara de todas as tabernas e estalagens a quilômetros de distância. Era uma bênção o irlandês ser um bêbado sensato, dado a cantar e às vezes chorar em vez de quebrar as mesas. Jack sabia que o velho amigo não se sentia bem tendo qualquer tipo de riqueza. Por razões que não sabia explicar direito, Paddy parecia decidido a queimar a fortuna e ficar sem uma moeda outra vez. Isso aparecia no peso que ganhara e na pele flácida em torno dos olhos injetados. Jack balançou a cabeça, triste ao pensar no assunto. Alguns homens não conseguiam ser felizes e ponto final. Chegaria um dia em que Paddy perderia tudo e ficaria reduzido à mendicância, isso era certo. Jack nada lhe tinha dito, mas certamente haveria uma cama para Paddy na casa que estavam construindo, ou talvez um celeiro quente na terra onde o grandalhão pudesse dormir. Era melhor planejar essas coisas para não ver o amigo morrer congelado numa sarjeta.

Ecclestone misturava mais cal, crina de cavalo, areia e água, com um pano enrolado no rosto para evitar os vapores acres. Havia comprado uma fábrica de sebo na cidade e aprendera o ofício de fazer velas e sabão com uma pequena equipe de dois rapazes e um velho. Pelo que diziam, Ecclestone ia bastante bem. Jack sabia que ele usava a famosa navalha para cortar os blocos de sabão branco pintalgado, enquanto as mocinhas olhavam com expressão espantada. Às vezes, uma multidão se reunia à porta da loja, homens e mulheres que conheciam suas façanhas, só para assistir à incrível perfeição de seus cortes.

O trabalho poderia andar mais depressa se não passassem tanto tempo rindo e conversando, mas Jack não se importava com isso. Contratara três moradores para erguer a estrutura de madeira, cortando cavilhas e rabos-de-andorinha com o talento e a velocidade da longa experiência. Outro morador fornecera os tijolos, cada um deles com o polegar do fabricante impresso no barro ao secar. Jack achava que ele e os dois amigos terminariam o restante antes do inverno, com uma casa quente e confortável.

A nova edificação estava longe de ser tão grande quanto a que tinham queimado. As terras do magistrado saíram bem baratas com apenas vigas enegrecidas em pé nos jardins, mas não parecera correto construir outra mansão. Em vez disso, Jack planejara um lugar para uma família pequena, com dois cômodos grandes no andar térreo e três quartos em cima. Não havia contado aos outros dois por medo de que rissem dele, no entanto, a notícia de suas façanhas em Londres tinha provocado o interesse de mais de uma mulher solteira. Ele estava de olho na filha de um padeiro da aldeia. Achou que provavelmente não seria tão ruim assim ter pão fresco a vida inteira. Jack podia imaginar alguns meninos correndo em volta e nadando no lago, sem ninguém para expulsá-los das terras. Era uma ideia agradável. Kent era um condado bonito, na verdade. Ele chegara a pensar em arrendar alguns campos para cultivar lúpulo. Algumas estalagens da cidade começaram a vender seus produtos como a cerveja de Jack Cade. Fazia sentido pensar em lhes fornecer a genuína.

Jack deu uma leve risada consigo mesmo ao pegar outro tijolo e lhe passar cimento úmido. Seria um homem de negócios de verdade, com boas roupas e um cavalo para ir à cidade. Não era um destino ruim para um arruaceiro e seus companheiros.

Ele ouviu os passos de homens em marcha antes de vê-los chegando pelo longo caminho. Paddy assoviou um alerta lá em cima, já começando a descer. Cade sentiu um antigo tremor no estômago, mas se lembrou que não tinha nada a temer, não mais. Havia passado a vida inteira pensando que os meirinhos o pegariam algum dia. De certo modo, era difícil se lembrar de que fora perdoado por todos os seus crimes — e tomar cuidado para não cometer outros. Naqueles dias, Jack cumprimentava os homens do rei ao passar por eles na cidade, vendo que sabiam quem era pela expressão azeda. Mas não podiam fazer nada a respeito.

Jack pousou a colher de pedreiro nas filas de tijolos, batendo levemente no facão do cinto por hábito, para se assegurar de que ainda estava lá. Estava em sua própria terra, legalmente comprada. Não importa quem fossem, ele era um homem livre, pensou, com um perdão por escrito para provar. Havia um machado ali perto, com a lâmina enterrada num toco para que não enferrujasse. Jack lhe lançou um olhar, sabendo mesmo assim que se sentiria mais feliz com uma arma decente nas mãos. Era um pensamento do homem que tinha sido. Não era o pensamento do respeitável Jack Cade, proprietário de terras, já meio comprometido com a ideia de se casar, ou pelo menos pensando no assunto.

Paddy chegou a seu lado, um pouco ofegante após descer do telhado. Tinha um martelo na mão, um pedaço pequeno de carvalho e ferro maciço. Apontou os soldados.

— Parecem vinte, talvez mais, Jack. Quer fugir?

— Não — respondeu Jack brevemente. Foi até o machado e o tirou da madeira, descansando a mão direita no alto do longo cabo de freixo. — Soube que o novo xerife chegou de Londres. Não duvido que gostaria de nos ver correndo como coelhos pelo campo, mas agora somos homens livres, Paddy. Homens livres não fogem.

Ecclestone foi até eles, limpando do rosto uma marca de cal branco-amarelada. Jack viu que estava com a navalha escondida na mão, antigo hábito que não permitira cair em desuso nos meses anteriores.

— Não façam nenhuma burrice, rapazes — murmurou Jack quando a linha de soldados em marcha se aproximou. Ele podia ver o estandarte do xerife tremulando entre eles, e não pôde conter um sorriso ao se lembrar do anterior.

Os três amigos ficaram parados e ameaçadores enquanto os soldados se espalhavam, formando um semicírculo em torno deles. O homem que apeou no centro usava uma barba preta e curta e era quase tão grande quanto Jack e Paddy.

— Boa tarde — saudou, sorrindo. — Eu me chamo Alexander Iden. Tenho a honra de ser o xerife deste condado.

— Sabemos quem é — avisou Jack. — Também nos lembramos do anterior.

Uma sombra atravessou o rosto de Iden com essa resposta.

— Pois é, pobre homem. Então o senhor é Jack Cade?

— Sou, sim. O senhor também está em minhas terras, e eu agradeceria se dissesse o que deseja e fosse embora. Como pode ver pela casa, tenho trabalho a fazer.

— Acho que não — respondeu Iden. Enquanto Jack observava, ele puxou uma espada comprida da bainha na cintura. — Jack Cade, você está preso por ordem da Coroa. As acusações são formação de quadrilha, traição e homicídio de autoridades do rei. Agora, irá para Londres com calma ou com violência? Diga logo; dará na mesma.

Jack sentiu uma grande calma inundá-lo, uma frieza que saiu das entranhas e deixou seus braços e pernas dormentes. Sentiu uma onda de fúria por ter confiado que os nobres e os lordes de Londres manteriam a palavra. Haviam escrito e selado o perdão! Palavras *escritas*; palavras com autoridade. Ele pedira a um escriturário local que as lesse para ele uma dezena de vezes, tão sólidas e reais como tudo no mundo. Depois de voltar a Kent, Jack guardara o documento com um prestamista da cidade e desde então pedira para vê-lo duas vezes, só para passar a mão sobre as letras escuras e saber que era verdade. Mesmo com o coração batendo com força no peito e o rosto corando, ele se agarrou àquele junco esguio.

— Eu fui perdoado, Iden. Um papel com o selo e a assinatura da própria rainha está guardado num cofre na cidade. Meu nome está nele, e isso significa que você não pode tocar num fio de minha *cabeça*.

Jack levantou o machado, segurando o cabo com ambas as mãos e apontando a grande lâmina para o xerife.

— Tenho minhas ordens — retrucou Iden dando de ombros. Parecia quase divertido com a indignação que via no rebelde. — Então não virá em paz?

Jack podia sentir a tensão em seus dois amigos. Olhou de relance para Paddy e viu que o homenzarrão suava profusamente. Ecclestone estava imóvel como uma estátua, fitando com ódio a garganta do xerife.

— Vocês dois deviam ir embora — murmurou Jack. — Seja o que for que esse quebrador de juramentos quer, não é com vocês. Vão.

Paddy olhou o amigo como se tivesse levado um tapa, os olhos arregalados.

— Estou *cansado* de fugir, Jack — disse em voz baixa.

Naqueles últimos meses, os três puderam ter um vislumbre de uma vida diferente, uma vida em que não precisavam ter medo das autoridades do rei, com os homens do condado de olho neles, obrigando-os a mendigar. Haviam lutado em Londres, e isso os mudara. Ecclestone e Paddy se entreolharam e ambos balançaram a cabeça em negativa.

— Tudo bem então, rapazes — disse Jack, e sorriu para os dois amigos, ignorando os soldados que os encaravam.

O xerife vinha observando a conversa com atenção. Como os três homens não mostraram sinais de se render, fez com a mão um gesto como se picasse algo com uma faca. Os soldados avançaram com espadas e escudos prontos. Não houve aviso, mas Jack esperava o ataque e girou selvagemente o machado, destruindo um escudo e esmagando a costela do primeiro a lhe pôr a mão. O homem gritou, um som repentino e chocante no jardim.

Ecclestone se moveu depressa, virando os ombros e se enfiando entre dois homens com cota de malha na tentativa de alcançar o xerife. Jack berrou de pesar ao ver o amigo ser derrubado por um grande golpe, a espada do xerife cortando-o profundamente no pescoço. Paddy rugia, a grande mão esquerda apertada nas vestes de alguém enquanto usava o martelo para esmagar o rosto e a cabeça de um soldado. Jack continuava a girar e atingir, já sabendo que não havia esperança, que nunca houve esperança. A respiração ficou pesada. Sentiu que os soldados a sua volta tentavam não desferir golpes fatais, porém um deles o atingiu nas costas com a lâmina, estocando-o com selvageria. Ouviu Paddy gemer ao ser derrubado, as pernas lançadas no ar quando foi atingido pelo flanco.

Outra faca foi enfiada entre as costelas de Jack e lá ficou quando ele se contorceu de dor. Com uma sensação de choque e assombro, sentiu sua grande força sumir. Desmoronou, rapidamente chutado e surrado até ficar tonto, com os dedos quebrados e o machado arrancado das mãos.

Jack estava apenas semiconsciente ao ser arrastado para que o xerife Iden o examinasse. Havia sangue no rosto e na boca de Jack. Ele cuspiu fraco enquanto estranhos o seguravam com firmeza. Os amigos foram mortos, deixados no próprio sangue onde caíram. Jack praguejou ao ver o corpo dos dois e amaldiçoou os homens do rei em volta.

— Idiotas, qual de vocês o esfaqueou? — Jack ouviu Iden ralhar. O xerife estava furioso, e os soldados olharam o chão, corados e ofegantes. — *Maldição!* Ele não viverá até Londres com esse ferimento.

Jack sorriu ao ouvir isso, embora doesse. Conseguia sentir a vida se esvaindo para o chão de terra, e só lamentava Ecclestone não ter cortado a garganta do xerife.

— Amarrem esse traidor num cavalo — continuou Iden, furioso. — Meu Deus, eu não *disse* que ele tinha de ser levado com vida?

Jack balançou a cabeça, sentindo um frio estranho apesar do calor do sol. Por um instante, pensou ter ouvido vozes de crianças, mas então desapareceram e ele amoleceu nos braços dos homens que o seguravam.

32

Uma leve chuva caía nas primeiras horas daquele dia de abril sobre o Parque de Caça de Windsor, pancadas frias e em rajadas que pouco faziam para reduzir o entusiasmo dos lordes que haviam se reunido por ordem do rei. Quanto a isso, Derry Brewer acertara, Margarida tinha de admitir, tremendo de leve. Ainda bocejando pelo pouco que dormira, olhou os vastos campos, com a mancha das florestas escuras além. Durante o reinado do pai de seu marido, as caçadas reais eram organizadas todo ano, com centenas de nobres descendo com seus criados até os campos do rei para caçar veados ou demonstrar sua habilidade com cães e falcões. Os banquetes que se seguiam ainda eram famosos, e, quando ela perguntara a Derry o que seria capaz de levar até os lordes Neville a Windsor, a resposta dele havia sido imediata e sem pensar duas vezes. Ela desconfiava que até uma caçada normal os atrairia, após ver tantos rostos corados e o orgulho satisfeito de homens, como o conde Salisbury, retornando com os criados carregados de lebres e faisões, ou o veado macho que lorde Oxford derrubara. O marido não caçava havia uma década, e os campos reais estavam repletos de presas. As duas primeiras noites tinham se passado em banquetes opulentos, músicos e dança para manter contentes as esposas enquanto os homens cortavam a carne suculenta que obtiveram, gabando-se e rindo ao recontar os eventos do dia. Fora um sucesso em tudo o que era importante — e a principal atração ainda estava por vir.

Margarida havia descido ao estábulo do castelo para ver os dois javalis cativos que soltariam naquela manhã. O duque Filipe da Borgonha mandara os animais de presente, talvez, em parte, para demonstrar sua tristeza pela morte de William de la Pole. Esse simples fato a fez abençoar o duque, embora a oferta de abrigo a William fizesse com que sempre pensasse nele como amigo. Os javalis machos eram os monarcas da floresta profunda, os únicos animais da Inglaterra capazes de matar os homens que os caçavam.

Margarida tremeu com a lembrança dos corpos imensos e fedorentos e da fúria raivosa em seus pequenos olhos. Na infância, vira ursos dançarem em Saumur quando um circo ambulante fora a Anjou. Os porcos selvagens nas baias possuíam o dobro do tamanho daqueles animais, com cerdas tão grossas quanto o pelo castanho dos ursos e as costas largas como uma mesa de cozinha. Fazia sentido que, como presentes entre casas nobres, fossem belos exemplares da raça, mas nem assim estivera preparada para o enorme porte dos animais que roncavam, chutavam e batiam o focinho nas baias de madeira e faziam chover pó do telhado. Aos olhos de Margarida, eram tão parecidos com o suculento porco de um açougueiro quanto um leão se parece com um gato doméstico. O caçador-mor havia falado deles com assombro e tinha dito que cada um devia pesar 180 quilos, com um par de presas do tamanho do antebraço de um homem. Margarida vira a ameaça quase irracional dos animais que atacavam as baias com aquelas presas, roendo e raspando, furiosos por serem incapazes de alcançar seus captores.

Ela sabia que o conde Warwick passara a chamá-los de Castor e Pólux, os guerreiros gêmeos dos antigos contos gregos. Era de conhecimento geral que o jovem Ricardo Neville pretendia levar consigo para casa uma das cabeças, embora houvesse muitos outros que olhavam a grande curva das presas com prazer e desejo. Os javalis de verdade foram caçados até quase se extinguir na Inglaterra, e havia poucos homens na reunião de Windsor que já tivessem matado algum. Margarida teve de se controlar muito para não rir com os intermináveis conselhos trocados pelos homens sobre a questão, se era melhor usar os cães para mantê-los imóveis e depois buscar seu coração com uma flecha ou se uma lança entre as costelas seria mais eficaz.

Ela passou a mão pelo volume do ventre, sentindo de novo a intensa satisfação de estar grávida. Suportara a amargura de ver York ser nomeado herdeiro real, calada durante todo o tempo em que o Parlamento parecia estar certo ao se preparar para o pior. Então havia sentido os primeiros sintomas, e se virara de um lado para o outro diante de espelhos, convencida de que era sua imaginação. O volume aumentava a cada semana, uma maravilha para ela e uma resposta a mil preces fervorosas. Até o enjoo era um prazer enquanto o filho crescia. Só precisava, agora, que os condes da Inglaterra vissem os sinais, a curva do ventre significando que as jogadas de York não dariam em nada.

— Que seja um menino — murmurava consigo, como fazia várias vezes todos os dias. Ela sonhava com filhas, mas um filho garantiria o trono para o marido e sua linhagem. Um filho lançaria à escuridão Ricardo e Cecily York, com todas as suas conspirações em farrapos. A ideia lhe dava mais prazer do que conseguia exprimir, e percebeu que a mão segurava a taça com tanta força que as pedras preciosas em torno da borda deixaram marcas em sua palma.

Ricardo de York não havia sido convidado para a caçada em Windsor. Embora tivesse herdado o título de conde de March, foi o único dos 12 condes ingleses e "companheiros do rei" a não ser chamado para a caçada. Sem dúvida, seus aliados considerariam isso outro insulto a uma família antiga, mas mesmo assim ela tomara a decisão. Que pensassem e dissessem o que achassem melhor. Margarida não queria aquele homem nem sua fria esposa perto dela nem do marido. A rainha ainda culpava York pela morte de lorde Suffolk e, embora isso nunca tivesse sido provado, desconfiava de seu envolvimento na rebelião de Cade e em todos os danos e dores que provocara. A cabeça de Cade estava no alto de uma estaca, na mesma ponte que lutara para atravessar. Margarida fora até lá para vê-la.

Um dos criados se adiantou para encher sua taça, mas ela o afastou com um gesto. Durante meses, seu estômago se contorcia e protestava com praticamente tudo. Até vinho aguado tinha de ser tomado em pequena quantidade, e a maior parte de sua nutrição vinha na forma de caldos ralos que punha para fora com a mesma frequência com que os tomava. Não tinha importância. O que importava era que os lordes Neville viram sua gravidez, a prova de que a linhagem do rei Henrique ia continuar e não se perderia. O momento em que o conde Warwick ficara paralisado fitando-a no primeiro encontro dos dois no castelo fora um dos mais felizes de sua vida. Margarida sabia que já deviam ter avisado a York. O marido podia ter perdido a França, mas sobrevivera. O rei Henrique não havia sido esmagado por rebeliões, revoltas nem conspirações, nem mesmo pelo ataque à própria Londres. Seu marido vivia, e todos os planos e manobras de York, todos os subornos e lisonjas de aliados não deram em nada conforme seu ventre crescia.

Margarida se espantou ao ouvir um grande berro do lado de fora, e percebeu que os lordes reunidos tinham saído para ver os javalis serem libertos aos guinchos na floresta real. Os caçadores do rei perseguiriam os animais até as profundezas da floresta e depois ficariam de olho neles enquanto os caçadores montavam e preparavam armas e cães. Ela já conseguia escutar o alarido das esporas das botas dos homens que desciam as escadas. Era fácil imaginar a cena em que nobres empolgados gritavam e brincavam uns com os outros, pegando carnes frias nas mesas para quebrar o jejum.

Com o tumulto ruidoso lá embaixo, Margarida não ouviu o marido entrar na sala. Saiu de seu devaneio com um movimento brusco quando ele foi anunciado pelo mordomo, e se levantou, arfando de leve com o esforço. Henrique estava pálido como sempre, embora ela o achasse um pouco menos magro. Ficou contente ao ver que não havia ataduras na mão esquerda, onde a ferida enfim havia sarado. Restara uma marca rosada como uma queimadura, áspera e dura comparada à maciez do restante da pele. Ainda havia ataduras na palma da mão direita, um envoltório apertado de pano branco trocado e limpo toda manhã. Mesmo assim, ela ficava contente com qualquer pequena melhora.

O rei Henrique sorriu ao ver a esposa. Beijou a testa dela e depois a boca, os lábios secos e quentes.

— Bom dia, Margarida — saudou ele. — Dormiu bem? Tive tantos sonhos! Mestre Allworthy me deu um novo frasco que me trouxe as visões mais estranhas.

— E eu escutaria o relato de todas elas, meu marido — respondeu Margarida —, mas a grande caçada está começando. Seus homens soltaram os javalis e os lordes estão se reunindo para partir.

— Já? Mal me levantei, Margarida. Não comi nada. Mandarei trazerem meu cavalo. Onde está o mestre de estábulos?

Ao ver que Henrique se agitava, Margarida passou as mãos na testa dele, um toque frio que sempre parecia acalmá-lo. Ele se tranquilizou, os olhos ficando vagos.

— Você ainda não está em condições de cavalgar com eles, Henrique. Seria se arriscar a uma queda ou ferimento, caso a fraqueza lhe venha de repente. Eles entendem, Henrique. Os javalis são seu presente para eles, que são gratos pela caça.

— Bom... Bom, Margarida. Esperava rezar na capela hoje, e não via como encontrar tempo.

Ele se deixou guiar por ela até uma cadeira numa mesa comprida. Um criado a segurou para que Henrique se sentasse; o rei se instalou e um prato de sopa fumegante foi posto diante dele. Pegou uma colher e olhou a sopa desconfiado enquanto o criado de Margarida a ajudava a se sentar a seu lado.

Nos andares inferiores, Margarida ainda conseguia ouvir as vozes ruidosas dos lordes, estrondeando com os preparativos. Lá fora, na garoa, o latido dos cães aumentava em intensidade e os animais sentiam que logo seriam soltos para correr atrás dos javalis. Durante a noite, metade dos condes que ela convidara havia levado os melhores cães até o estábulo para sentir o cheiro de Castor e Pólux. Pelo ruído resultante, os cachorros tinham chegado quase a um frenesi com a proximidade das feras monstruosas. Ela dormira pouco com o ruído, mas tinha sorrido mesmo assim ao cochilar.

Margarida observou o marido levar a colher de sopa à boca, os olhos completamente vazios, como se visse alguma outra paisagem em meio aos talheres e aos pratos quadrados de madeira. Os terrores que quase o destruíram tinham se reduzido no ano posterior à rebelião de Cade. Ela se assegurara de que Henrique visse e compreendesse que a cidade de Londres estava a salvo e em paz novamente, pelo menos por algum tempo.

Henrique baixou a colher de repente, levantando-se.

— Tenho de ir até eles, Margarida. Como anfitrião, preciso lhes desejar sorte e boa caça. Os javalis já foram soltos?

— Foram, meu marido. Sente-se, está tudo sob controle.

Ele voltou a se sentar, embora a rigidez de Margarida se esvaísse ao vê-lo remexendo os talheres, como um menino a quem negassem a oportunidade de correr para fora de casa. Ela ergueu os olhos, divertida e indulgente.

— Vá então, meu marido, se acha que deve. Mordomo! O rei precisará de uma capa. Faça-o vesti-la antes de sair na chuva.

Henrique se levantou rapidamente, inclinando-se para beijá-la antes de sair quase correndo da sala. Margarida sorriu então, instalando-se para tomar a própria sopa antes que esfriasse demais.

A reunião de condes e criados na entrada do castelo poderia lembrar os preparativos de uma batalha não fossem os risos e a boa disposição geral. Sob um grande arco de pedra, fora da chuva, Ricardo Neville, conde de Warwick, discutia táticas com seus caçadores e o pai, enquanto três de seus homens preparavam quatro cavalos e uma matilha de cães selvagens presos que rosnavam e latiam uns para os outros de empolgação. Os falcões de Warwick não estavam presentes naquela manhã. Todas as valiosas aves estavam encapuzadas, sendo cuidadas no aposento dos nobres. Ele não tinha interesse em aves e peles naquela manhã, apenas nos dois nobres javalis que perambulavam em algum lugar dos 5 mil acres de prados e mata fechada do rei. Os escudeiros de pai e filho estavam prontos com suas armas, e os cães encurralariam os javalis, mordendo sua carne e segurando-os para a matança.

O conde Salisbury olhou o filho, vendo seu rosto corado apesar do dia frio.

— Adiantaria lhe dizer que tome cuidado?

O filho riu, balançando a cabeça enquanto conferia se as cilhas das montarias estavam bem justas.

— O senhor os viu. As cabeças combinam com a lareira de meu castelo, não acha?

O homem mais velho sorriu com tristeza, sabendo que o filho decidira ser o primeiro a alcançar os javalis, não importasse o risco. Quando os arautos do rei tocassem suas trombetas, todos partiriam, disparando pelo campo aberto e se espalhando por entre as árvores.

— Fique de olho naqueles rapazes Tudor — preveniu o pai de repente. Afastou com um gesto um dos caçadores e cruzou as mãos para ajudar o filho a montar. — São jovens, e aquele Edmundo é conde há tão pouco tempo que ainda está meio verde. Fará o máximo possível para agradar ao rei, não duvido. E cuidado com Somerset. Aquele homem é destemido até a estupidez. — Contra o bom senso, ele não pôde deixar de acrescentar outro aviso. — Não fique entre *nenhum* dos favoritos do rei e o javali, rapaz, é só isso. Não se estiverem com uma lança para atirar ou uma flecha na corda. Entendeu?

— Entendi, senhor, mas voltarei com uma daquelas cabeças ou com ambas. Não há nenhum cavalo aqui que se iguale ao meu. Chegarei àqueles javalis antes do restante. Que eles se preocupem então!

Alguns condes mais velhos contariam a caça como sua, mesmo que os criados derrubassem o javali. Warwick pretendia dar o golpe ele mesmo, se possível, com uma das três lanças que levara para a ocasião. Eram mais altas do que ele, com lâminas tão afiadas que poderia se barbear com elas. O pai as entregara a ele, balançando a cabeça, divertido, para esconder a preocupação.

— Estarei logo atrás de você, com Westmoreland. Quem sabe, talvez eu consiga acertar com meu arco quando vocês, filhotinhos, se cansarem. — Ele sorriu enquanto falava, e o filho deu um riso abafado.

Ambos os lordes Neville viraram a cabeça quando as conversas pararam em volta e os criados se ajoelharam nos seixos. O rei Henrique saiu ao pátio chuvoso, com o mordomo nos calcanhares ainda tentando cobri-lo com uma capa grossa.

Henrique parou e olhou em torno a reunião de uma dúzia de condes com seus criados de caça, quarenta ou cinquenta homens no total, com outros tantos cavalos e cães fazendo um barulho terrível em conjunto. Um a um, os nobres avistaram o rei e se curvaram, baixando a cabeça. Henrique sorriu para todos, a chuva caindo com mais força, grudando seus cabelos na cabeça. Ele, finalmente, aceitou a capa, embora já estivesse escura e pesada.

— Por favor, levantem-se. Desejo-lhes tudo de bom, meus senhores. Só sinto muito não poder me unir aos senhores hoje.

Ele olhou com desejo os cavalos ali perto, mas Margarida fora bastante clara.

— Boa sorte a todos, mas esperarei ver ao menos uma daquelas cabeças trazida de volta por meus irmãos.

Os homens reunidos riram, olhando para onde estavam Edmundo e Jasper Tudor, orgulhosos por terem sido mencionados. Quando chegaram à corte vindos do País de Gales, Henrique quisera transformar ambos em condes, homenageando os filhos do breve segundo casamento da mãe. Mas, por serem meio franceses e meio galeses, não havia uma gota de sangue inglês em nenhum dos dois. O Parlamento, relutante, fora forçado a lhes agraciar por estatuto com os direitos de um inglês para que Henrique pudesse conceder propriedades a seus meios-irmãos Tudor. A visão deles lhe trouxe à mente a lembrança do rosto da mãe. Lágrimas surgiram sem aviso em seus olhos, lavadas no mesmo instante pela chuva que caía.

— Lamento apenas que nossa mãe não esteja viva para vê-los, mas ela estará observando, eu sei.

O silêncio se estendeu e ficou desconfortável, pois os 12 condes não podiam partir para a caçada sem receberem licença. Henrique os fitava com olhos vazios, esfregando a testa ao sentir que uma dor de cabeça começava. Alguma consciência lhe voltou devagar e ele ergueu os olhos.

— Verei todos vocês no banquete de hoje à noite para brindar ao vitorioso na caçada.

Os condes e seus homens deram um grande viva a isso, e Henrique sorriu de prazer antes de voltar ao castelo. Tremia, e os lábios estavam com um tom azulado pelo frio. O mordomo que levara a capa estava pálido de desapontamento, sabendo que ouviria uma reprimenda por deixar o rei na chuva.

À luz de uma lâmpada, Henrique tremia de frio. Tinha um cobertor sobre as pernas para se manter aquecido e tentava ler, remexendo-se desconfortável na poltrona. Desde o discurso daquela manhã, a cabeça pulsava de dor. Tomara um pouco de vinho no banquete, além de beliscar o grande quarto de porco que fumegava em seu trincho. Ricardo de Warwick se embebedara descontroladamente após o sucesso na caçada. Em meio à dor de cabeça, Henrique sorriu com a lembrança, esfregando a ponte do nariz. Edmundo Tudor pegara Castor, e Pólux fora para Warwick. Três cães tinham morrido, abertos da cabeça aos pés pelas presas dos javalis. Dois caçadores de Warwick também se feriram. Recebiam os cuidados de Allworthy, costurados e medicados para suavizar a dor.

Na cabeceira da mesa, Henrique concedera honras iguais no banquete, brindando à saúde de Warwick e Edmundo Tudor. Margarida apertara o joelho dele debaixo da toalha e sua felicidade havia sido completa. Ele temera, durante muito tempo, que seus condes implicassem entre si ou até fossem às vias de fato. Pareceram bastante irritados durante um ano ou mais. Mas haviam bebido e comido de bom humor, cantando com músicos e assoviando para os atores e malabaristas que trouxera para diverti-los. A caçada tinha sido um sucesso, Henrique sabia. Margarida ficara contente, e até o velho Ricardo Neville desfizera a expressão azeda pelo orgulho de ver o filho homenageado.

Henrique afastou os olhos da leitura, preferindo descansá-los nas florestas escuras além dos vidros da janela. A meia-noite passara havia muito, mas ele não conseguia dormir com a cabeça latejando e a pressão em torno da órbita do olho direito. Só precisava aguentar até o sol nascer e poderia sair de seus aposentos. Pensou por um momento em chamar Margarida, porém se lembrou de que ela estaria há muito dormindo. As grávidas precisavam dormir, tinham lhe dito. Henrique sorriu, espiando de novo a página, que ficou fora de foco enquanto a fitava.

No silêncio, o rei soltou um pequeno gemido. Reconhecia os passos que se aproximavam, soando cada vez mais perto no assoalho de madeira polida. Henrique ergueu os olhos com desalento quando mestre Allworthy entrou, trazendo a volumosa bolsa de couro. Com a capa preta e os sapatos pretos de verniz, o médico mais parecia um padre.

— Não o chamei, doutor — avisou Henrique, hesitante. — Estou descansando, como vê. Não pode ser hora de outro frasco.

— Vamos, vamos, Vossa Graça. Seu mordomo me disse que o senhor deve ter pegado uma febre, andando por aí na chuva. Sua saúde está a meus cuidados e para mim não é problema nenhum cuidar do senhor.

Allworthy estendeu a mão e apertou a palma contra a testa de Henrique, murmurando para si:

— Quente demais, como eu desconfiava.

O médico, balançando a cabeça em desaprovação, abriu a bolsa e arrumou as ferramentas e os frascos de seu ofício, verificando cada um deles com atenção e ajustando a posição até estarem arrumados como queria.

— Acho que gostaria de ver minha esposa, Allworthy. Desejo vê-la.

— É claro, Vossa Graça — respondeu o médico sem muita atenção. — Logo depois de sangrá-lo. Que braço prefere?

Apesar da raiva crescente, Henrique estendeu o braço direito. Era preciso força de vontade para resistir à falação de Allworthy, e ele não a encontrava. Deixou o braço pender mole e Allworthy arregaçou sua manga e tateou as veias. Com cuidado, o médico dispôs o braço sobre o colo do rei e se virou para seus preparativos. Enquanto Henrique olhava o nada, Allworthy lhe passou uma pequena bandeja de prata com algumas pílulas enroladas à mão na superfície polida.

— Tantas — murmurou Henrique. — O que são hoje?

O médico mal parou ao verificar o fio da cureta pronta para mergulhar numa veia.

— Ora, são para a dor, Vossa Graça! O senhor quer que a dor vá embora, não quer?

Uma expressão de intensa irritação cruzou o rosto de Henrique ao ouvir a resposta. Uma parte dele detestava ser tratada como criança. Mesmo assim, abriu a boca e deixou o médico colocar as pílulas amargas em sua língua para serem engolidas. Allworthy passou ao rei um vaso de cerâmica contendo um dos líquidos repugnantes de sempre. Henrique conseguiu dar um pequeno gole antes de fazer uma careta e afastá-lo.

— De novo — insistiu Allworthy, fazendo o recipiente retinir ao ser pressionado contra os dentes do rei.

Um pouco do líquido escorreu pelo queixo de Henrique e ele tossiu, engasgado. O braço nu subiu num solavanco e derrubou a vasilha com grande estrondo ao se estilhaçar em pedaços no chão.

Allworthy franziu a testa e ficou um instante completamente imóvel, até controlar a indignação.

— Trarei outro, Vossa Graça. Quer ficar bom de novo, não quer? É claro que quer. — Ele foi mais grosseiro do que precisava ao usar um pano para limpar a boca do rei, deixando rosada a pele em torno dos lábios de Henrique.

— Margarida — disse Henrique com clareza.

Allworthy ergueu os olhos com irritação quando um criado encostado à parede do outro lado se mexeu. Ele não havia notado o homem ali de pé em posição de sentido.

— Sua Graça não deve ser incomodada! — ralhou o médico para o outro lado do quarto.

O criado interrompeu a corrida, mas por pouco tempo. Num conflito de autoridade, o melhor era obedecer às ordens do rei e não às do médico. Allworthy murmurou algo quando o homem sumiu com passos ruidosos pelos corredores da ala leste.

— Agora, metade da casa será acordada, não duvido. Ficarei para conversar com a rainha; não se preocupe. Agora, o braço outra vez.

Henrique olhou para o outro lado enquanto Allworthy cortava uma veia no interior do cotovelo e espremia a carne até um bom fluxo de sangue ser estabelecido. O médico espiou com atenção a cor, segurando uma vasilha sob o cotovelo do rei que se enchia lentamente.

Margarida chegou antes que o sangramento terminasse, vestida com uma camisola e uma capa grossa sobre os ombros.

O doutor Allworthy fez uma reverência quando ela entrou, sensível à autoridade da rainha e, ao mesmo tempo, muito seguro da sua própria.

— Sinto *muitíssimo* que Vossa Alteza Real tenha sido incomodada a esta hora. O rei Henrique ainda não está bem. Sua Graça chamou seu nome e temo que o criado...

Allworthy se calou quando Margarida se ajoelhou ao lado do marido, sem dar sinais de ter ouvido uma só palavra dita pelo médico. Em vez disso, ela olhou com nojo a vasilha que se enchia devagar.

— Não está bem, Henrique? Estou aqui agora.

Henrique afagou a mão de Margarida, consolando-se com o toque lutando contra o cansaço que caíra sobre ele.

— Sinto muito tê-la acordado, Margarida — murmurou. — Estava sentado no silêncio e então Allworthy chegou, e eu quis que você ficasse comigo. Talvez eu devesse dormir.

— É claro que deveria, Vossa Graça! — exclamou Allworthy com firmeza. — De que outro modo poderia melhorar? — Ele se virou para Margarida e se dirigiu a ela. — O criado não deveria ter corrido até a senhora, milady. Eu lhe disse isso, mas ele não me deu ouvidos.

— O senhor se enganou — respondeu Margarida instantaneamente. — Se meu marido lhe disser que vá me buscar, largue sua bolsa e corra, mestre Allworthy!

Ela nunca gostara do pomposo médico. O homem tratava Henrique como a um idiota da aldeia, pelo que Margarida podia ver.

— Não sei dizer — respondeu Henrique a uma pergunta que ninguém lhe fizera.

Abriu os olhos, mas o quarto parecia se mover a sua volta enquanto os sentidos flutuavam nos ácidos que estavam em seu sangue. De repente, engasgou, a boca se enchendo de bile verde. Margarida arfou de horror quando o líquido com cheiro amargo se derramou por seus lábios.

— A senhora está cansando o rei, milady — disse Allworthy, mal ocultando a satisfação. Usou o pano para recolher a lama fina que saía da boca do rei, limpando com força. — Como médico real...

Margarida lançou um olhar tão furioso que Allworthy corou e se calou. Henrique continuou engasgado, gemendo, o estômago se apertando e se esvaziando. Líquidos imundos respingaram da boca no cobertor e na túnica. O sangue continuava a pingar do braço, formando contas brilhantes em torno da vasilha que afundavam instantaneamente no cobertor. Allworthy não parava de se mover em torno do rei, limpando e enxugando.

Quando Margarida segurou com força sua mão, Henrique afundou na poltrona, com tendões parecendo fios na garganta. A vasilha de sangue saiu voando com um estrondo terrível e derramou o conteúdo espesso no cobertor e numa poça rubra que se espalhou pelo chão. Quando a vasilha descansou de cabeça para baixo, os músculos de Henrique se contraíram por todo o corpo e seus olhos rolaram para cima.

— Vossa Graça? — chamou Allworthy, preocupado.

Não houve resposta. O jovem rei caiu para o lado, desmaiado.

— Henrique? Está me ouvindo? O que você *fez* com ele? — indagou Margarida.

O doutor Allworthy balançou a cabeça em nervosa confusão.

— Milady, nada do que lhe dei provocaria ataques. O mesmo destempero já o dominou, agora e antes. Só o que fiz foi mantê-lo suprimido todo esse tempo.

Para esconder o pânico, o médico pisou no sangue derramado para se inclinar sobre o rei. Beliscou as bochechas de Henrique, primeiro com suavidade e depois com mais força, de modo a deixar marcas vermelhas.

— Vossa Graça? — chamou.

Não houve resposta. O peito do rei subia e descia como antes, porém o homem propriamente dito sumira e se perdera.

Margarida olhava o rosto frouxo do marido e o médico em pé a seu lado, com manchas de sangue e vômito no casaco preto. Estendeu a mão e segurou com força o braço do médico.

— Chega de frascos fedorentos, sangramentos e pílulas. *Chega*, doutor! Um só protesto e mandarei prendê-lo e interrogá-lo. *Eu* cuidarei de meu marido.

Ela virou as costas para o médico e pegou uma atadura para amarrar a ferida da cureta que ainda sangrava no braço de Henrique. Margarida a apertou bem com os dentes e depois segurou o marido por ambos os braços. A cabeça dele caiu para a frente, saliva pingando da boca.

Allworthy ficou boquiaberto enquanto a jovem rainha mordia o lábio com indecisão, então levantou a mão aberta e a manteve no ar, tremendo visivelmente. Ela inspirou lenta e longamente e deu um tapa no rosto de Henrique, fazendo a cabeça dele cair para trás. O rei não emitiu nenhum som, embora uma marca escarlate se espalhasse devagar pela bochecha para mostrar onde fora atingido. Margarida o deixou cair de volta na poltrona, soluçando de frustração e medo profundo. A boca do médico se abriu e se fechou, porém ele não tinha mais nada a dizer.

Epílogo

Londres podia ser bela na primavera. O sol fazia o rio lento faiscar e havia produtos novos em todos os mercados. Ainda havia algumas pessoas que iam ver onde o machado de Cade marcara a Pedra de Londres, mas até essa cicatriz sumia com o tempo e o esfregar das mãos.

Ao Palácio de Westminster chegavam lordes da Inglaterra inteira, vindo de carruagem ou a cavalo, ou trazidos rio acima em balsas movidas a remos. Vinham sozinhos ou em grandes grupos, alvoroçando-se pelos corredores e pelas salas de reunião. Tresham, o orador, havia sido enviado ao Parlamento para receber o duque de York, que voltava da Irlanda, mas o que quer que pretendesse foi esquecido quando mataram o orador na estrada, aparentemente confundido com um bandoleiro. Sir William Oldhall, camareiro pessoal de York, agora ocupava aquele importante cargo. Foi ele que organizou o local para o retorno de seu senhor e enviou os convites formais para o comparecimento. Trinta e duas das cinquenta e cinco casas nobres estavam representadas na reunião de Londres, um número quase insuficiente para a tarefa que as aguardava.

Quando o sino da torre do relógio deu meio-dia, Oldhall olhou os lordes reunidos, separados uns dos outros por um largo corredor. O sol brilhava pelas janelas altas da Câmara Branca, revelando veludos e sedas, uma massa de cores vivas. York ainda não estava presente, e não se podia começar sem ele. Oldhall limpou o suor da testa, olhando a porta.

Ricardo de York caminhava calmamente pelos corredores que levavam à Câmara Branca. Tinha consigo uma dúzia de homens, todos vestidos com a libré de sua casa e marcados com a rosa branca de York ou seu símbolo pessoal do falcão com as garras abertas. Não esperava ser ameaçado no palácio real mas também não entraria na fortaleza de seus inimigos sem bons espadachins ao lado. Ouviu o sino do relógio tocar ao meio-dia e apressou o passo, sabendo que seus nobres pares o aguardavam. Seus homens o acompanharam, verificando cada câmara e corredor lateral por que passavam, em busca da primeira sugestão de problemas. Os cômodos estavam todos desertos, e York virou no último corredor velozmente.

O duque parou subitamente ao avistar um grupo próximo à porta que atravessaria para entrar na câmara reverberante. York conseguia ouvir o murmúrio de conversas no interior, mas tinha olhos apenas para a moça em pé no centro de seus pajens e mordomos, fitando-o enraivecida como se pudesse queimá-lo apenas com a força do desagrado. Ele hesitou somente uma fração de segundo antes de avançar a perna direita e fazer uma demorada reverência, seus homens curvando-se com ele diante da rainha da Inglaterra.

— Vossa Alteza Real — saudou ele ao se erguer. Por impulso, York avançou sozinho, erguendo a mão aberta para os homens, para que não parecessem ameaçar Margarida. — Não esperava vê-la aqui hoje...

Seu olhar baixou enquanto falava, incapaz de não fitar o volume do vestido. A boca se franziu ao ver a gravidez da rainha pela primeira vez. Quando ergueu os olhos, viu que ela observava sua reação.

— Milorde York, achou que eu não viria? — perguntou ela, a voz baixa e firme. — Logo hoje, quando questões tão grandiosas serão decididas?

Para York, foi um esforço não demonstrar seu triunfo, porém ele sabia que era desnecessário.

— Vossa Alteza, houve alguma mudança na situação do rei? Ele se levantou? Darei graças em todas as igrejas de minhas terras se assim for.

Os lábios de Margarida se estreitaram. Durante cinco meses, o marido havia ficado totalmente sem sentidos, quase se afogando todo dia só para forçar para dentro do estômago caldo suficiente para mantê-lo vivo. Não conseguia falar nem reagir, nem mesmo à dor. O filho dos dois ainda crescia dentro dela, até que sentiu que não aguentaria mais um dia de peso e desconforto. O triunfo da grande caçada de Windsor parecia a uma vida de distância, e agora ali estava seu inimigo, o inimigo de sua casa, de sua linhagem, mais uma vez de volta da Irlanda. O reino inteiro falava do retorno de York e do que isso significava para a Inglaterra e para o rei alquebrado.

As mãos de Margarida estavam inchadas, doloridas com a gravidez. Ainda se contorciam ao desejar que, uma vez só, tivesse a força de um homem para segurar e esmagar a garganta de outro. O duque assomava acima dela, sua diversão revelada com clareza nos olhos. A rainha quisera que ele visse sua gravidez para saber que, ao menos, haveria um herdeiro. Quisera olhar nos olhos dele enquanto traía seu rei, mas tudo eram cinzas naquele momento, e ela desejou não ter ido até lá.

— O rei Henrique melhora a cada dia, lorde York. Não duvido que voltará a tomar as rédeas do governo.

— É claro, é claro — respondeu York. — Todos rezamos para que assim seja. Fico honrado por ter vindo me encontrar, milady. Mas estou sendo chamado. Com sua permissão, devo entrar para assistir à votação.

York se curvou de novo antes que ela pudesse responder. Margarida o observou entrar na Câmara Branca, murchando ao ver que a vontade de enfrentá-lo desaparecia. Mas seus homens ainda a observavam sob cenhos franzidos, e ela levantou a cabeça, levando seu séquito embora. Sabia o que pretendiam aqueles lordes que falavam com tanta frequência da necessidade de um governo forte, enquanto seu marido lutava e sufocava em seu sono desperto.

Quando York entrou, Oldhall encheu as bochechas, extremamente aliviado ao ver seu patrono, o duque, presente e a salvo. Quando York assumiu seu lugar nos antigos bancos de carvalho, Oldhall se levantou para falar, pigarreando.

— Milordes, solicito a atenção de todos — gritou Oldhall diante deles. Estava em pé num leitoril em frente de uma cadeira dourada, elevando-se acima dos bancos para se dirigir a todos. O ruído se reduziu. — Milordes, tenho a honra de agradecer sua presença aqui hoje. Peço-lhes que baixem a cabeça em oração.

Todos os homens ali baixaram a cabeça ou se ajoelharam no chão junto ao seu lugar.

— Senhor Deus da verdade e da retidão, concedei ao rei e a seus lordes a condução do vosso espírito. Que nunca levem a nação pelo caminho errado, por amor ao poder ou desejo de agradar, mas que deixem de lado todos os interesses privados e não se esqueçam de sua responsabilidade perante a humanidade e o rei, para que venha o Vosso reino e o Vosso nome seja louvado. Que a Graça de Nosso Senhor Jesus Cristo, o amor de Deus e a companhia do Espírito Santo estejam sempre conosco. Amém.

A última palavra foi repetida pelos presentes, que se sentaram, conhecendo cada detalhe do que viria a seguir, porém ainda atentos e alerta. A reunião era simplesmente a última parte de meses de discussões e negociações. O resultado já estava decidido e só precisava ser posto em prática.

— O estado do rei Henrique continua sem alteração há cinco meses, milordes — continuou Oldhall, a voz tremendo com a tensão. — Ele não pode ser despertado e, em sua doença, falta ao rei juízo e capacidade de governar. Portanto, para o bem do reino, proponho que um dentre nós seja reconhecido como Protetor e Defensor do Reino, para ser o árbitro e a autoridade final até que chegue a hora da recuperação do rei Henrique ou a sucessão seja determinada de outro modo.

Oldhall, nervoso, engoliu em seco ao ver a boca de lorde York se contorcer. A gravidez da rainha era a única farpa a reduzir seu prazer naquele dia. Os acordos e as alianças foram todos arranjados. Estava feito, o resultado necessário dos olhares vazios e da incapacidade de falar de seu marido. Oldhall pigarreou outra vez para continuar, as mãos tremendo tanto que segurou o leitoril para mantê-las paradas.

— Antes de prosseguirmos com a votação desse assunto, qual dentre vós se apresentará como Protetor e Defensor do Reino pelo período da enfermidade do rei?

Todos os olhos se voltaram para York, que se levantou devagar de seu assento.

— Com grande relutância, ofereço meus préstimos a meus lordes e a meu rei.

— Mais alguém? — perguntou Oldhall. Ele olhou em volta, encenando, embora soubesse que mais ninguém se levantaria. Os condes e os duques que ainda eram ferrenhos no apoio ao rei Henrique não estavam presentes. Somerset faltara, assim como os meios-irmãos do rei, Edmundo e Jasper Tudor. Oldhall assentiu, satisfeito.

— Milordes, convoco a votação. Por favor, levantem-se e passem às salas da divisão.

As duas salas estreitas ficavam nos dois lados da Câmara Branca. Todos os lordes se levantaram dos bancos e andaram para a sala "Contentes", deixando vazia a "Descontentes". York foi o único deles a permanecer no lugar, um leve sorriso brincando nos cantos da boca. Escriturários anotaram os nomes, mas foi mera formalidade. Quando voltaram, o estado de espírito estava mais alegre, e York sorria ao aceitar os parabéns de Warwick, Salisbury e o restante de seus partidários.

Oldhall aguardou que se acomodassem de novo antes de proferir a decisão.

— Ricardo Plantageneta, duque de York, é a vontade dos lordes temporais e espirituais que seja nomeado Protetor e Defensor do Reino. Aceita a nomeação?

— Aceito — respondeu York.

Subiram vivas dos bancos nos dois lados, e Oldhall se sentou aliviado, limpando a testa. Haviam conseguido. A partir daquele momento, York era rei em tudo, menos no nome. Ricardo de York inclinou a cabeça para seus pares. Em pé, ereto em meio à reunião de nobres, seu orgulho se mostrou de forma clara.

Nota histórica

Eduardo III criou apenas três duques em seu longo reinado. Os condes eram os companheiros do rei, aliados próximos que forneciam exércitos de cavaleiros, arqueiros e homens de armas em troca de vastas extensões de terra e do "terceiro pêni" das rendas geradas. O título de "duque" era novo para Eduardo III, e os limites de seu poder não tinham sido testados. Dois filhos de Eduardo morreram antes dele, de modo que o único duque em seu leito de morte era, de fato, João de Gaunt, duque de Lancaster. Os dois outros filhos ainda eram chamados pelos títulos anteriores. Edmundo de Langley, conde de Cambridge, receberia do sobrinho, o rei Ricardo II, o título de duque de York. Tomás de Woodstock era conde de Buckingham na época da morte do pai. Também receberia de Ricardo II o título de duque. Aqueles cinco filhos de Eduardo III seriam as sementes do conflito entre as casas nobres que passou a ser chamado de Guerra das Rosas.

O filho mais velho de Eduardo III pode ter morrido antes do rei, mas o Príncipe Negro ainda era o herdeiro real, e seu filho se tornou o rei Ricardo II em 1377, com apenas 10 anos. O regente de Ricardo durante a menoridade foi o tio João de Gaunt. Quando Gaunt morreu, em 1399, o rei Ricardo tinha 32 anos e fora um monarca impopular e malsucedido. Para afastar a ameaça da linhagem de Gaunt ao trono, Ricardo exilou e depois deserdou um certo Henrique de Bolingbroke — filho de João de Gaunt. Henrique voltou do exílio com um exército, invadiu a Inglaterra e depôs Ricardo, tornando-se rei Henrique IV. Seu filho talvez seja o mais famoso dos reis guerreiros da Inglaterra.

Henrique V triunfaria contra probabilidades apavorantes em Azincourt, na França. Bem-sucedido em casa e no exterior, a linhagem de Lancaster de João de Gaunt ficaria estabelecida na história caso ele tivesse vivido mais um pouco. Mas Henrique V adoeceu e faleceu em 1422, com 35 anos. Deixou um filho de 9 meses para ser o rei Henrique VI, com regentes para governar até que o bebê chegasse à maioridade. Infelizmente para a linha de Lancaster, Henrique VI era muito diferente do rei guerreiro. Foi o último monarca inglês que se poderia chamar corretamente de rei da França, embora o título ainda fosse usado por reis e rainhas ingleses e depois britânicos até 1801. Como descrevi aqui, no reinado de Henrique VI houve a perda de todos os territórios franceses, a não ser a fortaleza de Calais.

Foi quando eu examinava os detalhes do plano para abrir mão de Maine e Anjou em troca de um armistício de vinte anos e uma esposa para Henrique VI que percebi que tinha de haver uma mente condutora por trás de um plano tão absurdo. Embora o nome do indivíduo não tenha sobrevivido, *alguém* precisava conhecer a aristocracia francesa e a casa de Anjou nos mínimos detalhes, além de ser suficientemente íntimo do rei Henrique VI para influenciar os grandes eventos. Assim nasceu Derry Brewer. Um homem parecido com ele deve ter existido.

Carlos VII, o rei francês, não daria uma filha ao rei inglês. Vira duas irmãs serem mandadas para o outro lado do canal, e o resultado fora o fortalecimento da pretensão inglesa a seu reino. Mas as únicas outras princesas em solo francês estavam em Anjou, uma família sem amor aos ingleses. Renato de Anjou foi levado à mesa de negociações pela única coisa que lhe importava: a devolução da terra de seus ancestrais.

Como curiosidade, o cronista francês Bourdigné realiza uma descrição angustiante da prisão e da condenação por blasfêmia de um judeu idoso na área controlada por Renato de Anjou. Embora a comunidade judaica apelasse ao próprio duque, a execução aconteceu e o homem foi esfolado vivo.

Nota sobre o "casamento" francês de Margarida de Anjou: é verdade que Henrique VI não estava presente na primeira cerimônia, que presumivelmente deveria ser chamada de "noivado", uma vez que ele não estava na igreja. William de la Pole, lorde Suffolk, disse os votos em nome de Henrique e pôs o anel no dedo de Margarida, então com 14 anos. William de la Pole já era casado com Alice Chaucer, neta do escritor Geoffrey Chaucer. Na verdade, a cerimônia aconteceu na Igreja de St. Martin, em Tours, e não na catedral. Não sabemos por que Henrique VI não compareceu, embora pareça sensato desconfiar que seus lordes não o quisessem perto do rei francês, do território francês nem de soldados franceses. Durante quatro anos após o casamento, cortesãos e lordes ingleses prometeram um encontro entre os dois reis, e adiaram o evento incontáveis vezes.

Sempre foi um problema na ficção histórica os fatos reais acontecerem num período muito mais longo do que eu gostaria. Por exemplo, a retomada da Normandia inglesa pelos franceses levou um ano inteiro. O casamento entre Margarida e o rei Henrique foi em abril de 1445. Embora todas as pretensões de Henrique a Anjou e Maine fossem abandonadas como parte do contrato de casamento, Maine foi enfim retomado depois de um armistício de *cinco* anos, em 1450. Ocasionalmente, comprimi ou alterei as datas dessa maneira porque anos de negociações tortuosas ou "nada acontecendo" não criam capítulos interessantes. Durante o armistício, William de la Pole foi o principal negociador, indo várias vezes à França. O mandato do duque de York como tenente do rei na França terminou em 1445. Edmundo Beaufort, lorde Somerset, foi nomeado seu sucessor em 1447, embora realmente só chegasse lá em fevereiro de 1448. Nos anos intermediários, dei o cargo a Suffolk.

Da mesma maneira, achei necessário reduzir o tempo entre a rebelião de Cade e a ascensão de York a Defensor do Reino. Na realidade, algo como três anos monótonos se passaram, com a saúde do rei Henrique piorando e os aliados de York cada vez mais fortes e ousados.

Não consegui encontrar registros dos votos reais proferidos por Henrique VI e Margarida de Anjou, por isso aproveitei detalhes bem-comprovados de casamentos nobres desde o século XV. Sabemos que Henrique usou tecido dourado e que o anel de rubi que pôs no dedo de Margarida era o mesmo que usara em sua coroação. Os votos são reproduzidos com base num formulário usado na época, com uma leve modernização da escrita. Envolver os noivos num xale amarrado com um cordão é um detalhe correto. Também é verdade que não havia bancos na igreja e que o altar ficava escondido da congregação por uma treliça. A proximidade a que se chegava do altar dependia da condição social. Henrique e Margarida realmente se casaram na Abadia de Titchfield, destruída no século XVI e reconstruída como mansão Tudor. Parte da antiga abadia sobrevive como portaria. De lá, Margarida foi para Blackheath, em Londres, e entrou na cidade numa procissão que atravessou a Ponte de Londres e ali se deteve para assistir a desfiles em sua homenagem. Ela foi finalmente coroada na Abadia de Westminster. Não há registro da presença de Henrique a seu lado nessa cerimônia.

Não resisti a usar o nome do barão Strange. O restante daquela história francesa é ficcional, embora baseada em fatos verdadeiros. Os colonos ingleses de Maine resistiram à ocupação francesa e começaram um conflito desastroso que terminou com a perda de toda a Normandia até Calais. O título de barão Strange existia na época, embora mais tarde tenha ficado em suspenso durante três séculos. Atualmente há um barão Strange, e uma das coisas estranhas de situar um romance na Inglaterra é que os personagens principais têm descendentes vivos ainda hoje. Mesmo assim, o nome era simplesmente bom demais para ser omitido. Lorde Scales também esteve envolvido na defesa de Londres.

Havia açúcar na Inglaterra desde as Cruzadas do século XII. No século XIV, era importado do Oriente Médio, especificamente do Líbano, para a Europa e para a Inglaterra. Seria uma guloseima cara quando comparado ao mel. A referência a sangue e açúcar dados a crianças é uma antiga guloseima da Europa continental, hoje fora de moda, mas ainda popular há poucas gerações.

Nota sobre braguilhas: embora geralmente associadas ao fim da época elizabetana, as primeiras braguilhas entraram na moda nos séculos XIV e XV. Conta-se que Eduardo III mandou fazer uma enorme durante a Guerra dos Cem Anos e ordenou que seus cavaleiros fizessem o mesmo. Diz a lenda que os franceses ficaram apavorados com cavaleiros tão "bem-equipados".

Também vale notar que o Palácio de Westminster moderno devia ser bem diferente no século XV. Na época de Henrique VI, ainda era uma importante residência de monarcas. As câmaras dos Lordes e dos Comuns existiam como entidades políticas, embora, em geral, para controlar a coleta de impostos e assessorar o rei. A Câmara dos Comuns tinha 280 membros em 1450, formada por cavaleiros dos Condados (dois de cada um dos 37 condados) e 190 membros "burgueses" (dois de cada cidade ou burgo e quatro de Londres). Sem lugar permanente para chamar de seu, eles se reuniam com mais frequência na octogonal Sala do Capítulo, anexa à Abadia de Westminster, do outro lado da rua do Palácio de Westminster. A Câmara Pintada do palácio também era usada, e aqui a representei como o eixo da atividade administrativa em que se transformava aos poucos. Tomei certa liberdade com as orações cristãs descritas no início de uma sessão parlamentar. A oração formal foi adotada mais tarde, e misturei as palavras modernas das câmaras dos Lordes e dos Comuns. Sem dúvida é verdade que haveria uma oração no século XV, mas acredito que as palavras exatas sejam desconhecidas.

A Câmara dos Lordes era um grupo bem menor, formado por 55 lordes temporais — duques, viscondes, condes e barões — e por lordes espirituais — os bispos. Reuniam-se na Câmara Branca do Palácio de Westminster e as assembleias eram supervisionadas pelo lorde chanceler. No século XV, Westminster também era sede de tribunais, como o King's Bench e a Court of Common Pleas — que cuidavam, respectivamente, de processos relativos ao rei e a outros indivíduos —, e devia ser um lugar movimentado, com juízes, advogados e grande quantidade de lojas.

O cardeal Henrique Beaufort foi de fato o primeiro-ministro no fim da vida, embora esse cargo não existisse formalmente na época. Com isso quero dizer que ele era o homem mais importante da Câmara dos Comuns, com vínculo com a Diocese de Roma e elevada posição secular. Além de segundo filho de João de Gaunt, Beaufort também fora lorde chanceler de Henrique IV e Henrique V e presidira tanto os tribunais quanto a assembleia de lordes. É verdade que Beaufort decidiu o destino de Joana d'Arc e, por estranha coincidência, realmente nasceu em Anjou, na França. Eu não poderia omitir da trama um personagem com histórico tão fascinante, ainda que tenha tomado certa liberdade com a história, mantendo-o vivo depois de 1447. O homem real não poderia ter se envolvido com a acusação de traição contra William, lorde Suffolk, em 1450.

Sir William Tresham era o orador da Câmara dos Comuns e, em 1450, já servira a 12 parlamentos. A Torre das Joias, onde descrevi seu encontro com Derry Brewer, está de pé até hoje. Foi construída originalmente para guardar os bens de valor do rei Eduardo III, com fosso, muros altos e guardas. É verdade que William, lorde Suffolk, ficou preso lá durante o julgamento por traição. O texto de uma carta que escreveu ao filho John ainda existe e é fascinante como exemplo dos conselhos de um homem que achava que seria executado.

Às vezes a ficção histórica exige preencher lacunas e partes inexplicadas da história. Como a Inglaterra pôs em campo 50 mil homens na batalha de Towton, em 1461, mas só conseguiu mandar 4 mil para evitar a perda da Normandia 12 anos depois? Minha suposição é que a agitação e as revoltas na Inglaterra causaram tanto medo nas autoridades que a maior parte do exército ficou em casa. Afinal de contas, a rebelião de Jack Cade foi apenas um dos levantes mais graves. A fúria com a perda da França, somada aos tributos elevados e à noção de que o rei era fraco, deixou a Inglaterra à beira de um desastre total nessa época. Sabendo-se que Cade invadiu a Torre de Londres, talvez a corte e o parlamento estivessem certos ao manter em casa soldados que poderiam ter sido muito úteis na França.

É difícil identificar a doença do rei Henrique VI a uma distância de cinco séculos e meio. Dado seu colapso final, é sensato supor que houve avisos e sintomas antes daquele evento desastroso. As descrições do período indicam que ele tinha vontade fraca, era "simples" e influenciável. É claro que qualquer homem pode ter vontade fraca, mas seu prolongado estado semicatatônico indica algum tipo de dano físico. Não importa a causa; ele não era o filho que o pai Henrique V deveria ter. Embora a Guerra das Rosas tivesse muitos elementos desencadeadores, um deles foi a total fraqueza de Henrique como rei.

É verdade que ele estava presente em Westminster quando William de la Pole foi acusado de traição por seu papel na perda da França. Como era típico na época, uma longa lista de crimes foi preparada e lida. Lorde Suffolk a negou inteira. É interessante notar que o rei Henrique não proferiu seu veredito. Não foi um julgamento formal, embora 45 lordes (ou seja, praticamente todos os nobres da Inglaterra) estivessem presentes em seus aposentos pessoais em Westminster. O veredito foi lido pelo chanceler do rei, e Suffolk foi exilado por cinco anos. Uma leitura possível dos fatos é que William de la Pole seria o bode expiatório perfeito para esconder o envolvimento do rei no armistício fracassado. O fato de ter recebido uma pena tão leve indica que Henrique ficou a seu lado até o fim.

Isso não bastava para os acusadores de William de la Pole. O Parlamento queria que lorde Suffolk fosse o único responsável. Na sessão formal seguinte, foi apresentado um projeto de lei para declará-lo formalmente traidor, derrotado por pouco na votação. Lorde Suffolk conseguiu fugir à noite, mal escapando de uma turba revoltada.

Não tenho dúvida nenhuma de que o navio "pirata" que o abordou quando Suffolk deixou a Inglaterra estava a soldo de outra facção, ou mesmo do culpado mais provável, o próprio York. Suffolk foi decapitado no convés, enquanto piratas de verdade o teriam aprisionado para pedir um resgate, como era a prática da época. Foi um fim trágico para um homem decente que deu tudo de si pelo rei e pelo país.

A rebelião comandada por Jack Cade foi uma das muitas iniciadas por volta de 1450. Em parte, era um transbordamento da fúria e da tristeza com a perda dos territórios na França, que resultou em violentos ataques franceses ao litoral de Kent. A lista de queixas de Cade também incluía ser acusado pelo homicídio de William de la Pole no mar, além de injustiças e corrupção. É espantoso que Cade conseguisse reunir tantos milhares de homens irritados para marchar sobre Londres, forçando o rei a fugir da capital para Kenilworth. Algumas fontes calculam que havia até 20 mil seguidores.

Sabe-se muito pouco sobre Cade com exatidão. Podia ser irlandês ou inglês, e provavelmente John ou Jack Cade não era seu nome verdadeiro. Na época, era comum usar "Jack" quando o nome do filho era o mesmo do pai. Quando Cade enfiou a espada na Pedra de Londres na Cannon Street, disse que seu nome era Mortimer, e usava esse ou o de John Amendall. Seus homens realmente invadiram a Torre de Londres, passando pelas defesas externas e só não conseguindo entrar na Torre Branca, ao centro. Num julgamento semiformal no Guildhall, Cade e seus homens executaram lorde Say, tesoureiro do rei, e seu genro, William Crowmer. É verdade que Cade pôs a cabeça do xerife de Kent numa estaca. Mas aquela revolta foi mais do que uma mera rebelião de camponeses. A exigência mais famosa de Cade foi que o rei demitisse seus favoritos porque "seus lordes estão perdidos, sua mercadoria está perdida, suas terras, destruídas, o mar, perdido e a França, perdida".

A fraqueza de Henrique não era um estado constante. Ocasionalmente, seu papel foi mais ativo do que lhe dei aqui, antes, durante e depois da rebelião de Cade. No entanto, é verdade que foi a rainha Margarida quem ficou em Londres e foi ela quem negociou o armistício e o perdão. No interesse da exatidão histórica, devo dizer que ela não estava na Torre de Londres quando esta foi invadida. Ficou em Greenwich, conhecido na época como o Palácio de Placentia. Também é verdade que perdoar os homens de Cade foi ideia e ordem sua. Cade concordou com o perdão. Fugiu quando as forças reais se reagruparam e só alguns meses depois o recém-nomeado xerife de Kent finalmente o pegou. Cade foi mortalmente ferido em sua última luta e morreu na viagem de volta a Londres. Seu cadáver foi enforcado, baixado e esquartejado antes que a cabeça fosse enfiada numa estaca na Ponte de Londres. Muitos outros rebeldes foram perseguidos e mortos no ano seguinte.

Nota sobre as rosas: um dos símbolos da casa de York é uma rosa branca. Ricardo de York também usava um falcão e um javali. Tanto Henrique VI quanto Margarida usavam um cisne como símbolo.

A rosa vermelha era um dos muitos símbolos heráldicos da casa de Lancaster (de João de Gaunt, duque de Lancaster). O conceito de uma guerra entre as rosas é uma invenção Tudor e não havia noção de branco contra vermelho na época. A verdadeira luta era entre as diversas linhagens masculinas de Eduardo III: homens de grande poder, todos em busca do trono. Mas foram as fraquezas do rei Henrique VI que deram ousadia a seus inimigos e mergulharam o país na guerra civil.

Conn Iggulden
Londres, 2013

Bibliografia selecionada

Henry VI, de Bertram Wolffe, Eyre Methuen, 1981
The Wars of the Roses, de Desmond Seward, Constable, 1995
The Wars of the Roses: A Concise History, de Charles Ross, Thames and Hudson, 1976
Blood Sisters, de Sarah Gristwood, HarperPress, 2012
She-Wolves, de Helen Castor, Faber and Faber, 2010
The Medieval Household, de Geoff Egan, Boydell Press, 2010
Elizabeth Woodville, de David Baldwin, Sutton, 2002
Duke Richard of York 1411-1460, de P. A. Johnson, OUP, 1988
Richard III, de Charles Ross, Eyre Methuen, 1981
Edward IV, de Charles Ross, Eyre Methuen, 1974
Richard III, de Paul Murray Kendall, Allen and Unwin, 1955
Henry the Fifth, de A. J. Church, Macmillan, 1889
The Fifteenth Century 1399-1485, de E. F. Jacob, OUP, 1961
Cassell's History of England, vol. I e II, Waverley, s.d.
English Men of Action: Henry V/Warwick, Macmillan, 1899

Este livro foi composto na tipografia
Adobe Garamond Pro, em corpo 11,5/15, e impresso
em papel off-white no Sistema Digital Instant Duplex
da Divisão Gráfica da Distribuidora Record.